〔二〕上林池籞：上林，苑名。本秦舊苑，漢武帝擴建，周圍至三百里，有離宫七十所。苑中養禽獸供狩獵。池籞，見卷九清明前一日李觀察席上得風字詩注〔四〕。此指汴京園林。

〔三〕應與二句：韓愈嘲少年詩：「只知閑信馬，不覺誤隨車。」此用其意。少游望海潮（梅英疏淡）亦有「長記暗隨車」之句。轂，本爲車輪中軸，此代指車輛。

泗州東城晚望〔一〕

渺渺孤城白水環，舳艫人語夕霏間〔二〕。林梢一抹青如畫〔三〕，應是淮流轉處山〔四〕。

【箋注】

〔一〕本篇作於元豐元年戊午（一〇七八）。據王宗稷蘇文忠公年譜注引查慎行年表，是歲少游赴京應舉。夏，訪蘇軾於徐州。自徐州入汴，東歸時過泗州入淮，故送錢秀才序曰：「至秋，余先浮汴決淮以歸。」因對地形不太熟悉，故猜想曰「應是淮流轉處山」。泗州，唐置，近淮河，故又稱泗州臨淮郡，爲唐宋時赴開封之要衝。故城清康熙時淪入洪澤湖。參見宋史地理志四。

〔二〕舳艫句：舳艫，見卷二次韻邢敦夫秋懷十首其八注〔二〕。夕霏，黄昏時雲氣。謝靈運石壁

淮海集箋注卷第十

絶　句

寄孫傳師著作〔一〕

上林池籞富春風〔二〕，十里宫青錯御紅。應與少年修故事，誤隨遊轂柳花中〔三〕。

【箋注】

〔一〕本篇蓋作於元豐中。少游有與參寥大師簡云：「傳師已聞作司農簿。」案孫傳師，名覺，高郵人，孫覺莘老之弟。東都事略卷九二謂其舉進士，調河南簿，後知尉氏縣。神宗嘉之，以爲司農寺主簿，又遷丞。宋史亦有傳。畢仲游朝散大夫孫公墓志銘謂孫傳師爲治平二年進士，元豐三年，由河南簿遷著作郎。孫莘老年譜謂元豐三年六月，傳師先生以知尉氏縣改司農寺主簿。故知孫傳師之爲著作郎，當在元豐三年作司農寺主簿之後。

〔宋〕秦觀 撰
徐培均 箋注

淮海集箋注

修訂本 二

上海古籍出版社

精舍還湖中作：「林壑斂暝色，雲霞收夕霏。」

〔三〕林梢句：寫林上山影，又如畫家潑墨山水，色綵鮮明。少游善用「抹」字：如滿庭芳詞之「山抹微雲」，備受前人稱贊；與子瞻會松江得浪字詩「離離雲抹山」、李壁王荆公詩箋注引其斷句「斷霞一抹海天低」，用二「抹」字，景色如畫。

〔四〕淮流轉處山：指泗州南山。胡仔苕溪漁隱叢話後集卷三五：「淮北之地平夷，自京師至汴口，並無山。惟隔淮方有南山，米元章名其山爲第一山，有詩云：『京洛風塵千里還，船頭出没翠屏間；莫能衡霍撞星斗，且是東南第一山。』此詩刻在南山石崖上。石崖之側，有東坡行香子詞，後題云：『與泗守游南山作。』」據乾隆泗州志州境河運總圖，淮河在泗州城南轉彎向南，復向東。其轉處有鐵索嶺、巉石山、圍屏山、甓山，河之南岸爲浮山。南山，指浮山。水經注淮水：「浮山，山北對巉石山。」詩中係泛指。

【彙評】

王士禛香祖筆記卷五：宋牧仲中丞行賑邳、徐間，於村舍壁上見二絶句，不題名氏，真北宋人佳作也！「横笛何人夜倚樓，小庭月色近中秋。涼風吹墮雙梧影，滿地碧雲如水流。」「渺渺孤城白水環，舳艫人語夕霏間。林梢一抹青如畫，應是淮流轉處山。」

戲雲龍山人二絶〔一〕

其一

芳草未應羞鶤鵊〔二〕，潛鱗終是畏提壺〔三〕。蔡經背上痕猶在，更念麻姑指爪無〔四〕？

【校】

〔二絶〕王本、四部本無此二字。

〔其一〕此爲箋注者所加，下同。

【箋注】

〔一〕二首作於元豐元年戊午（一〇七八）夏間。王宗稷蘇文忠公年譜馮應榴注引查慎行年表：「是年，秦少游將入京應舉，至徐謁見先生。」秦譜以爲「前一年先見公於彭城」，實誤。少游與蘇公先生簡之二謂所作黄樓賦「又多不詳被水時事」，可見本年不在徐州。據王文誥蘇詩總案卷十五，蘇軾到徐州任爲熙寧十年四月二十一日，八月二十一日黄河決口，水及徐州城下。又卷十六云：元豐元年四月十六日，「秦觀投長篇來謁，和贈『夜光明月非所投』詩」。

注：「欒城集次韻秦觀秀才攜李公擇書相訪詩注云：『秦君與家兄子瞻約秋後再游彭城。』詒案：『此少游自徐赴京應舉，過宋見子由所贈詩，據此則少游到徐當在夏初以後。』」此詩云「芳草未應羞鷤鴂」，時令恰相合。雲龍山人，即張天驥，字聖塗。賀鑄慶湖遺老集卷二游雲龍山張氏故居：「雲龍山距彭城郭南三里，郡人張天驥築亭於西麓。元豐初，郡守眉山蘇公屢登燕於此亭，下畜二鶴，因以『放鶴』名亭。亭下有小屋曰書齋。……亭上一逕至山腹，有石如甕治者，公復題三十許字，記戊午仲冬雪後與二三子攜惠山泉烹鳳團此巖下，張即鑱之。」案雲龍山因所出雲氣蜿蜒如龍，故名。見名勝志。

〔二〕鷤鴂：一名夏雞，見卷六海康書事十首其二注〔二〕。

〔三〕潛鱗句：潛鱗，指潛龍。易乾文言：「初九，曰潛龍勿用，何謂也？子曰：『龍德而隱者也，不易乎世，不成乎名，遁世無悶，不見是而無悶，樂則行之，憂則違之，確乎其不可拔，潛龍也。』」舊時常以比喻有大德而不爲世用之賢人，此喻雲龍山人。提壺，即提壺蘆，鳥名。王質林泉結契：「提壺蘆，身麻斑，如鷁而小，嘴彎，聲清重。」歐陽修啼鳥：「獨有花上提壺蘆，勸我沽酒花前醉。」此處提壺亦喻沽酒。

〔四〕蔡經二句：蔡經，吴胥門人。麻姑，傳説中的仙女，曾修道牟州東南姑餘山，東漢桓帝時應王方平之召，降於蔡經家，年十八九，能擲米成珠，自言曾見東海三次變爲桑田。蔡經念麻姑爪長可以搔背，念纔動，即被鞭背。事見葛洪神仙傳。

其　二

選勝只攜長脛鶴〔一〕，入廛還駕短轅車〔二〕。時人若問虛玄事，笑答無過李老書〔三〕。

【箋注】

〔一〕選勝句：蘇軾放鶴亭記云：「（雲龍）山人有二鶴，甚馴而善飛，旦則望西山之缺而放焉，縱其所如，或立於陂田，或翔於雲表；莫則傃東山而歸。」

〔二〕入廛句：廛，市廛。禮王制：「市，廛而不税。」注：「廛，市物邸舍，税舍不税其物。」短轅車，即短轂車。吴曾能改齋漫録卷六：「晉書王導傳：『蔡謨曰：但見短轅犢車，長柄麈尾。』按後漢馬援傳『乘下澤車』注云：『行澤者欲短轂，行山者欲長轂。短轂則利，長轂則安。』短轂者，短轅也。蓋本於周禮冬官『車人爲車』云。」

〔三〕李老書：指老子道德經。

圓通院白衣閣〔一〕

其一

白衣閣外遶朱欄，人在琉璃菡萏間〔二〕。誰把此花爲刻漏？修行不放一時閑〔三〕。

【校】

〔題〕本題第一首篇末蜀本注云：「公闢首唱。」案卷端目録原作「和圓通院白衣閣二首，唱首詩附」，可見第一首非少游所作。

〔其一〕此爲箋注者所加，下同。

【箋注】

〔一〕據秦譜，本題組詩係元豐二年己未（一〇七九）夏作於如越省親之際，此首爲程公闢首唱詩。嘉泰會稽志卷七：「圓通妙智教院，在府東南三里一百五十步，開寶八年，少卿皮文粲捨地建，號觀音院。……熙寧間，太守趙清獻公（抃）具奏，以祈禱之地，賜額圓通。」

〔二〕人在句：寫會稽鑑湖景色。趙抃書圓通院水閣云：「風送荷花香滿欄，上人燕坐水雲間。」

亦寫此景，均爲和作。琉璃，形容湖水之平静瑩潔。歐陽修采桑子詞：「無風水面琉璃滑，不覺船移。」菡萏，蓮花，見卷二和王通叟琵琶夢注〔四〕。

〔三〕誰把二句：此花，指蓮花。刻漏，古代計時器。梁高僧傳六道祖傳：「遠（慧遠）有弟子慧要……尤長巧思，山（廬山）中無漏刻，乃於泉水中立十二葉芙蓉，因流波轉以定十二時，晷影無差焉。」名之曰蓮華漏。李肇國史補云即慧遠所作，乃以銅葉製器，狀如蓮華，置盆水上，底孔漏水之半則沉，每晝夜十二沉。慧遠，俗姓賈，晉廬山東林寺僧人，曾結白蓮社，於無量壽佛前修浄業。二句所云指此。

其二

無邊刹境一毫端〔一〕，同住澄清覺海間〔二〕。還是此花並此葉，壞空成住未曾閑〔三〕。

【箋注】

〔一〕無邊句：佛家語。古尊宿語録卷十一慈明禪師語録：「無邊刹境，自他不隔於毫端；十世古今，始終不離於當念。」

〔二〕覺海：佛家語，喻教義之深廣。盧思道遼陽山寺願文：「投心覺海，束意玄門；手執明珠，頂受甘露。」

〔三〕壞空成住：即成、住、壞、空，佛家謂之四劫，各有二十增減。成劫謂由初禪天下至地獄界次第成立之期；住劫爲此世間安穩成住之期；壞劫爲世間起火、水、風三大災，蕩盡色界初禪天、二禪天及三禪天以下之期；空劫爲壞後空無一物之期。經此四期爲一大劫。見俱舍論。

其 三

一根反本六根同〔一〕，古佛傳家有此風。滿目紅蕖參翠蓋，不唯門里獲圓通〔二〕。

【箋注】

〔一〕一根句：佛教謂眼、耳、鼻、舌、身、意六者爲罪孽根源。眼爲視根，耳爲聽根，鼻爲嗅根，舌爲味根，身爲觸根，意爲念慮根。其中任何一種爲一根，合稱則曰六根。見法門名義集身心品。楞嚴經卷六：「一根既返源，六根成解脱。」句意即指此。

〔二〕圓通：佛家語。圓，不偏倚；通，無阻礙。楞嚴正脈疏：「六根互用，周遍圓融，成茲妙果，其修入方法最爲方便者，即從耳根修入。耳根聞性人人本自圓通：如十方擊鼓，一時並聞，是圓也；隔牆聽音，遠近能悉，是通也。……若不尋聲流轉，而能反聞自性，漸至動靜雙除，根塵迥脱，寂滅現前。六根互相爲用，遂得圓通。」此句切圓通院。

照閣〔一〕

彌猴鏡裏三身現〔二〕，龍女珠中萬象開〔三〕。未若此軒人散後，水光清泛月華來〔四〕。

【箋注】

〔一〕本篇作於元豐二年己未（一〇七九）秋。據卷三八龍井題名記，是歲中秋後一日，少游至龍井壽聖院，謁辯才於潮音堂。又咸淳臨安志卷七八：「元豐二年辯才大師元淨自天竺退休茲山，始鼎新棟宇及游覽之所，有過溪亭（又曰二老亭）、德威亭、歸隱橋、方圓庵、寂室、照閣、趙清獻公閒居堂。……山川勝概一時呈露，而二蘇趙（抃）秦諸賢皆與辯才爲方外交，名章大篇，照耀泉石。龍井古荒刹，由是振顯。」案：參寥子元祐中作照閣奉陪辯才老師夜坐懷少游學士詩，云：「校酬御府圖書客，疇昔還同此夜禪。」亦追憶少游此遊。四庫本參寥子詩集題作「四照閣」。

〔二〕彌猴句：彌，通「獼」。五燈會元卷三中邑洪恩禪師：「仰（山）問如何見得佛性義？師曰：『我與汝説箇譬喻，如一室有六窗，内有一獼猴，外有獼猴，從東邊唤猩猩，猩猩即應。如是六窗俱喚，俱應。』仰山禮謝，起曰：『適蒙和尚譬喻，無不了知。』」三身，佛家語，即自性身，受用身，變化身，見佛地經論卷七。然亦有其他不同名稱，略。

〔三〕龍女珠：法華經提婆品：「爾時龍女有一寶珠，價值三千大世界，持上佛。」

〔四〕未若二句：參寥子照閣奉陪辯才老師夜坐懷少游學士詩：「雲依絶壁中間破，月自遥峯缺處圓。」境界略相似，唯少游祇寫水中月光耳。

睡足寮寄震鼎二弟〔一〕

與物無營但欲眠，客來從笑腹便便〔二〕。秋生淮海涼如水，得句還應夢阿連〔三〕。

【箋注】

〔一〕卷七有睡足軒二首，本篇題曰睡足寮，蓋爲一地。震、鼎，少游從弟，蓋叔父定所生，參見卷四送少章弟赴仁和主簿注〔四〕。據秦譜，元豐初，定爲會稽尉，震鼎當隨居任所，故少游作詩寄之也。

〔二〕與物二句：無營，蔡邕釋誨：「安貧樂賤，與世無營。」腹便便：見卷五次韻夏侯太沖秀才注〔三〕。

〔三〕阿連：謝惠連，南朝宋謝靈運之族弟，多借指從兄弟，見卷九寄少儀弟注〔四〕。

次韻參寥見别〔一〕

爐香冉冉紆寒穗〔二〕，篝火熒熒擢夜芒〔三〕。預想江天回首處，雪風横急雁聲長。

【箋注】

〔一〕參寥子原唱題爲冬夜會孫莘老司諫書齋，共三首，寫冬夜焚香、燒柹，故少游和之。案：熙寧九年，莘老爲祖母丁憂在鄉與參寥子、少游游，元豐元年冬相别參寥子赴徐州訪蘇軾，行前作此詩。見卷二夜坐懷莘老司諫注〔一〕。

〔二〕爐香句：冉冉，緩緩上升貌。王昌齡玩月：「冉冉幾盈虚，澄澄變今古。」紆，屈曲。狀爐香上升屈曲如穗。

〔三〕篝火句：篝火，王安石寄張先郎中詩：「篝火尚能書細字，郵筩還肯寄新詩。」擢夜芒，猶言火光直立。擢，聳起。班固西都賦：「抗仙掌以承露，擢雙立之金莖。」

與倪老伯輝九曲池有懷元龍參寥〔一〕

雲月涓涓淮海秋，隋家池上共浮游〔二〕。可憐一段風流事〔三〕，特欠支郎與子猷〔四〕。

【箋注】

〔一〕本篇元豐七年甲子（一〇八四）作於揚州。倪老，姓張，名康伯，揚州人，升卿之子，多試中選，時爲南都教授。其弟康國字賓老，宋史有傳。少游爲作芝室記云：「以其父宣義君命，奉其母彭城君之喪，殯於廣陵石塔佛舍，遂與其弟曼老沖老廬於殯側。數月有芝生於廬中，余聞而謁觀焉。」案：張邦基墨莊漫録卷一：「崇寧三年，邦基伯父文簡公賓老，自翰苑拜左丞，而伯父倪老後除内相。」邦基自序署「淮海」，倪老爲其伯父，籍貫當相同。伯輝，姓姜，官朝奉郎，曾從參寥子游。參寥子有次韻姜伯輝朝奉宿九曲池詩可證。元龍，見卷八送王元龍赴泗州糧料院注〔一〕。參寥，見卷二夜坐懷莘老司諫注〔一〕。是時元龍在泗，參寥在杭，因而懷念之。

〔二〕隋家池：即九曲池，見卷八次韻子由題九曲池注〔一〕。

〔三〕風流事：猶風雅事，指作者與倪老、伯輝九曲池之聚會。

〔四〕特欠句：支郎，即支遁，晉陳留人，或云河東林慮人，字道林，本姓關氏，家世事佛，隱居餘杭山，深思道行，年二十五出家，能詩，與謝安等爲方外交。事迹見高僧傳卷四。參見卷一嘆二鶴賦注〔一八〕。此喻參寥子。子猷，晉王徽之。此喻王斿。見卷六次韻曾存之嘯竹軒注〔二〕，此喻王元龍。

春日五首〔一〕

其一

幅巾投曉入西園〔二〕，春動林塘物物鮮。却憩小庭纔日出，海棠花發麝香眠〔三〕。

【校】

〔五首〕王本、四部本無此二字。

〔其一〕此爲箋注者所加，下同。

【箋注】

〔一〕此詩首句曰「幅巾投曉入西園」，案西園，指金明池，宋時亦稱西池，在汴京順天門外。參見卷九西城宴集詩其一注〔一〕。可見詩乃元祐中作於汴京，以下四首同。

〔二〕幅巾：見卷三寄陳季常注〔一三〕。

〔三〕麝香：指麝而言。杜甫山寺詩：「麝香眠石竹，鸚鵡啄金桃。」唐雍陶寄襄陽章孝標：「聞説小齋多野意，枳華陰里麝香眠。」范成大菊譜：「麝香黄，花心豐腴，傍短葉密承之，格極高勝。亦有白者。」如此，則指菊花也。

酒邊。

于源鐙窗瑣話引詩：淮海風流句亦仙，遺山創論我嫌偏。銅琶鐵綽關西漢，不及紅牙唱

陳衍宋詩精華録卷二：遺山譏「有情」二語爲女郎詩。詩者，勞人思婦公共之言，豈能有雅頌而無國風，絶不許女郎作詩耶！

錢鍾書談藝録（元好問）又論詩絶句第二十四首論秦少游云：『拈出退之山石句，始知渠是女郎詩。』施注引中州集及歸田詩話。按靈芬館詩話卷一亦引此二書，皆未及敖陶孫所云：『秦少游如時女步春，終傷婉弱。』李方叔師友談記載少游自論其文謂：『點檢不破，不畏磨難，然自以華弱爲愧』云云，尤宜引以作證。」

其　三

裌衣新著倦琴書，散策池塘返照初〔一〕。翠碧黄鸝相續去〔二〕，荇絲深處見游魚〔三〕。

【箋注】

〔一〕散策：策杖散步，見卷四同子瞻參寥游惠山三首之三注〔一〇〕。

〔二〕翠碧句：宋祁益都方物記略：「百舌鳥，一云翠碧鳥，善效他禽語，凡數十種，非東方所謂反舌無聲者。」出中蜀山谷間，毛采翠碧，蜀人多蓄之。黄鸝，即黄鶯。少游八六子詞：「正銷

也。破却工夫，何至作女郎詩？按昌黎詩云：「山石犖确行徑微，黄昏到寺蝙蝠飛。升堂坐階新雨足，芭蕉葉大梔子肥。」遺山固爲此論。然詩亦相題而作，又不可拘以一律。如老杜云：「香霧雲鬟濕，清輝玉臂寒。」「俱飛蛺蝶元相逐，并蒂芙蓉本自雙。」亦可謂女郎詩耶？

薛雪一瓢詩話：元遺山笑秦少游春雨詩（詩略），瞿佑極力致辨。余戲詠云：「先生休訕女郎詩，山石拈來壓晚枝。千古杜陵佳句在，雲鬟玉臂也堪師。」

袁枚隨園詩話卷五：元遺山譏秦少游云（詩略），此論大謬。芍藥、薔薇，原近女郎，不近山石，二者不可相提而並論。詩題各有境界，各有宜稱。杜少陵詩，光燄萬丈，然「香霧雲鬟濕，清輝玉臂寒」，「分飛蛺蝶原相逐，并蒂芙蓉本自雙」；韓退之詩，横空盤硬語，然「銀燭未銷窗送曙，金釵半醉坐添春」，又何嘗不是女郎詩耶？東山詩：「其新孔嘉，其舊如之何？」周公大聖人，亦且善謔。

又補遺卷八：余雅不喜元遺山論詩引退之山石句，笑秦淮海「芍藥」「薔薇」一聯爲女郎詩。是何異引周公之「穆穆文王」，而斥后妃之「采采卷耳」也？前於詩話中已深非之。近見毛西河與友札云：「曾遊泰山，見奇峯怪崿，拔地倚天，然山澗中杜鵑紅豔，春蘭幽香，未嘗無倡條冶葉，動人春思。此泰山之所以爲大也。大家之詩，何以異此？」其言有與吾意相合者，故録之。

王敬之讀秦太虚淮海集詩之二：異代雌黄借退之，偏拈芍藥女郎詩。詩心花樣殊今古，前有香奩知不知？

商隱戲贈張書記詩所謂『池光不受月』的『不受』也許是『浮』字的好解釋。」差差，參差不齊。荀子正名：「君子之言，涉然而精，俛然而類，差差然而齊。」注：「差差，不齊貌。謂論列是非，似若不齊，然終歸於齊一也。」此寫陽光在瓦上之反射情景。

〔三〕春淚：指雨後未乾之水珠。

【彙評】

惠洪天厨禁臠卷中：春日：「有情芍藥含春淚，無力薔薇卧曉枝。」又：「白螘撥醅官酒熟，紫綿揉色海棠開。」前少游詩，後山谷詩。夫言花與酒者，自古至今不可勝數，然皆一律，若兩傑則以妙意取其骨而换之。

元好問論詩絶句：「有情芍藥含春淚，無力薔薇卧晚枝。拈出退之山石句，始知渠是女郎詩。」宗廷輔注：「此首排淮海。上二句即以淮海詩狀淮海詩境也。」

又中州集擬栩先生王中立傳：「予嘗從先生學，問作詩究竟當如何。先生舉秦少游春雨詩云：『有情芍藥含春淚，無力薔薇卧晚枝。』此詩非不工，若以退之『芭蕉葉大梔子肥』之句校之，則春雨爲婦人語矣。破却工夫，何至學婦人？」

瞿佑歸田詩話卷上：元遺山論詩三十首，内一首云：「有情芍藥含春淚，無力薔薇卧晚枝。拈出退之山石句，始知渠是女郎詩。」初不曉所謂，後見詩文自警一編，亦遺山所著，謂：「有情芍藥含春淚，無力薔薇卧晚枝」，此秦少游春雨詩也。非不工巧，然以退之山石句觀之，渠乃女郎詩

【彙評】

魏慶之詩人玉屑卷十八引雪浪齋日記：少游詩甚麗，如「翡翠側身窺緑醑，蜻蜓偷眼避紅粧」，又「海棠花發麝香眠」……之句是也。

胡仔苕溪漁隱叢話後集卷三十三：春日云「却憩小庭纔日出，海棠花發麝香眠」，語固佳矣，第恐無此理。香譜云：「香中尤忌麝。唐鄭注赴河中，姬妾百餘盡騎，香氣數里，逆於人鼻。是歲，自京兆至河中，所過瓜盡，一蔕不獲。」然則海棠花下豈應麝香可眠乎？

其　二

一夕輕雷落萬絲〔一〕，霽光浮瓦碧差差〔二〕。有情芍藥含春淚〔三〕，無力薔薇卧曉枝。

【校】

〔曉枝〕王本、四部本作「晚枝」。

【箋注】

〔一〕萬絲：此喻雨絲。

〔二〕霽光句：錢鍾書宋詩選注：「指緑琉璃瓦説；『浮』字描寫太陽照在光亮物體上的反射，李凝，黄鸝又聽數聲。」

〔三〕荇絲：即荇菜，水藻之一種。詩周南關雎：「參差荇菜，左右流之。」傳：「荇，接餘也，根生水底，莖如釵股，上青下白，葉紫赤，圓徑寸餘，浮在水面。」

其　四

春禽葉底引圓吭〔一〕，臨罷黄庭日正長〔二〕。滿院柳花寒食後〔三〕，旋鑽新火爇爐香〔四〕。

【箋注】

〔一〕圓吭：謂聲音圓潤。廣韻：「吭，聲也。」

〔二〕黄庭：道經名。一爲黄庭内景經，稱大道玉晨君作；一爲黄庭外景經，傳爲老子作。相傳東晉王羲之有書黄庭經换白鵝故事。此指臨摹黄庭經法帖。

〔三〕柳花：即柳絮。白居易别楊柳枝：「誰能更學兒童戲，尋逐春風捉柳花。」

〔四〕新火：古寒食時禁火，至清明朝廷乃賜百官新火。亦稱易季所取之火爲新火。蘇軾徐使君分新火詩：「臨皋亭中一危坐，三見清明改新火。」鑽新火，謂鑽木取火也。爇，燒。

其　五

金屋舊題煩乙子〔一〕，蜜脾新採賴蜂臣〔二〕。蜻蜓蛺蝶無情思，隨例顛忙過一生。

【校】

〔顛忙〕「忙」，原注：「一作狂。」

【箋注】

〔一〕金屋句：金屋，據漢武故事，武帝幼時，其姑館陶長公主抱女兒阿嬌置席上，問曰：「兒欲得婦乎？」帝笑曰：「若得阿嬌，當以金屋貯之。」乙子，燕子，此處兼喻祈子。案禮記月令謂仲春之月「玄鳥（燕子也）至」，「以太牢祠於高禖，天子親往，后妃帥九嬪御」。隋書禮儀志復謂「每歲春分玄鳥至之日，祀神以祈子」。漢書外戚傳謂孝武陳皇后「擅寵嬌貴十餘年而無子」，則年年祈子，乃必然之事，故云「煩乙子」。「金屋」即指陳皇后事，「舊題」謂舊籍所載。

〔二〕蜜脾：蜜蜂營造連片巢房，釀蜜其中，其形如脾，故名。王禹偁蜂記：「其釀蜜如脾，謂蜂脾。」李商隱閨情詩：「紅露花房白蜜脾，黃蜂紫蝶兩參差。」蜂臣，與蜂皇相對，指蜂群，工採蜜。

秋日三首〔一〕

其一

霜落邗溝積水清〔二〕，寒星無數傍船明。菰蒲深處疑無地，忽有人家笑語聲。

【校】

〔三首〕王本、四部本無此二字。

〔其一〕此爲箋注者所加，下同。

【箋注】

〔一〕此詩三首元豐間作於高郵。錢鍾書宋詩選注秦觀秋日注云：「第一首寫船上，第二首寫家裏。」

〔二〕邗溝：參見卷三春日雜興十首其二注〔九〕。

【彙評】

陳巖肖庚溪詩話卷下：晉宋間，沃州山帛道猷詩曰：「連峯數千里，修林帶平津。茅茨隱不見，雞鳴知有人。」後秦少游詩云：「菰蒲深處疑無地，忽有人家笑語聲。」僧道潛號參寥，有云：

「隔林彷佛聞機杼,知有人家住翠微。」其源乃出於道猷而更加鍛鍊,亦可謂善奪胎者也。(徐案:蔡正孫詩林廣記引此文小有異同,帛作「白」。)

胡仔苕溪漁隱叢話前集卷五十六引高齋詩話云:東坡長短句云:「村南村北響繅車。」參寥詩云:「隔林彷佛聞機杼,知有人家在翠微。」秦少游云:「菰蒲深處疑無地,忽有人家笑語聲。」三詩大同小異,皆奇句也。

楊慎升庵詩話卷二:晉世釋子帛道猷,有陵峯採藥詩曰:「連峯數千里,修林帶平津。茅茨隱不見,雞鳴知有人。」此四句古今絶唱也,有石刻在沃州岩。按弘明集亦載此詩,本八句,其後四句不稱,獨刻此四句,道猷自删之耶?抑別有高人定之耶?宋秦少游詩「菰蒲深處疑無地,忽有人家笑語聲」,道潛詩「隔林髣髴聞機杼,知有人家在翠微」,雖祖道猷語意而不及。庚溪作詩話,謂少游、道潛比道猷尤爲精練,所謂「蘇糞壤以充幃,謂申椒其不芳」也。

翁方綱石洲詩話卷三:王半山「青山繚繞疑無路,忽見千帆隱映來」,秦少游「菰蒲深處疑無地,忽有人家笑語聲」所祖也。陸放翁「山重水複疑無路,柳暗花明又一村」,乃又變作對句耳。

其　二〔一〕

月團新碾瀹花瓷〔二〕,飲罷呼兒課楚詞。風定小軒無落葉,青蟲相對吐秋絲。

【箋注】

〔一〕本篇又載南宋院畫録卷二，書畫彙考謂宋高宗曾題於李唐畫上。

〔二〕月團句：月團，茶餅名。蔡襄茶録：「碾茶先以净紙密裹搥碎，然後熟碾。其大要旋碾則色白，或經宿則色已昏矣。」新碾，即旋碾旋泡（瀹）之茶。又茶録云：「茶色白，宜黑盞。建安所造者，紺黑，紋如兔毫，其杯微厚，熁之久熱難冷，最爲要用。出他處者，或薄，或色紫，皆不及也。」花瓷，蓋如建安所造之茶瓷。

【彙評】

胡仔苕溪漁隱叢話前集卷五十引王直方詩話云：少游嘗以真字題「月團新碾瀹花瓷，飲罷呼兒課楚詞。風定小軒無落葉，青蟲相對吐秋絲」一絶於邢敦夫扇上。山谷見之，乃於扇背復作小草題「黄葉委庭觀九州，小蟲催女獻功裘。金錢滿地無人費，百斛明珠薏苡秋」一絶，皆自所作詩也。少游後見之，復云：「逼我太甚。」

蔡正孫詩林廣記後集卷八：雪浪齋日記云：「少游詩甚麗，如『青蟲相對吐秋絲』之句是也。」

王若虚滹南詩話卷三：王直方詩話云：「秦少游嘗以真字題邢敦夫扇云：（略）山谷見之，乃於扇背作小草云：（略）少游見之，復云：『逼我太甚。』」予謂黄詩語徒雕刻，而殊無意味，蓋不及少游之作。少游所謂相逼者，非謂其詩也，惡其好勝而不讓耳。

其　三

連卷雌蜺掛西樓〔一〕，逐雨追晴意未休〔二〕。安得萬粧相向舞〔三〕？酒酣聊把作纏頭〔四〕。

【箋注】

〔一〕連卷句：連卷，通連蜷，屈曲貌。沈約郊居賦：「駕雌霓之連蜷，泛天江之悠永。」雌霓，副虹，見卷二田居四首其二注〔三〕。

〔二〕逐雨追晴：虹現可以占晴雨，民諺：「東虹晴，西虹雨。」又陸佃埤雅釋鳥：「鵓鳩灰色無繡頸，陰則屏逐其匹，晴則呼之。語曰『天將雨，鳩逐婦』者是也。」

〔三〕萬粧相向舞：謂無數盛粧女子相對而舞。萬，虛指。

〔四〕酒酣句：纏頭，指贈與歌舞者之錦帛或財物。太平御覽卷八一五引唐書：「舊俗賞歌舞人，以錦綵置之頭上，謂之纏頭。宴饗加惠，借以爲詞。」此句奇想妙喻，欲以虹霓作錦帛賞舞女。

【彙評】

胡仔苕溪漁隱叢話後集卷二十六：藝苑雌黄云：「吟詩喜作豪句，須不畔於理方善。如東坡觀崔白驟雨圖云：『扶桑大繭如甕盎，天女織絹雲漢上。往來不遺鳳銜梭，誰能鼓臂投三丈？』此語豪而甚工。石敏若詠雪詩有『燕南雪花大於掌，冰柱懸簷一千丈』之語，豪則豪矣，然安得爾高屋邪？雖豪，覺畔理。……余又觀李太白北風行云：「燕山雪花大如席」，秋浦歌云：「白髮三千丈。」其句可謂豪矣，奈無此理何！如秦少游秋日絕句：「連卷雌霓掛西樓，逐雨追晴意未休。安得萬粧相向舞，酒酣聊把作纏頭。」此語豪而且工。

方回瀛奎律髓卷十二：（少游）別有秋日絕句三首，尾句云：「菰蒲深處疑無地，忽有人家笑語聲」；「風定小軒無落葉，青蟲相對吐秋絲」；「安得萬粧相向舞，酒酣聊把作纏頭」，此謂虹霓。皆極怪麗。

次韻子由召伯埭見別三首〔一〕

其一

孤篷短榜泝河流〔二〕，無賴寒侵紫綺裘〔三〕。召伯埭南春欲盡，爲公重賦畔牢愁〔四〕。

【校】

〔三首〕王本、四部本無此二字。

〔其一〕此爲箋注者所加，下同。

〔孤篷〕原誤作「孤蓬」，據王本、四部本改。

〔畔牢愁〕原作「伴牢愁」，誤，據宋紹熙本改。

【箋注】

〔一〕本篇作於元豐三年庚申（一〇八〇）春。孫汝聽蘇潁濱年表謂本年蘇轍貶監筠州酒税，有「高郵別秦觀詩」，此爲少游和作。淮海集卷三十與參寥大師簡云：「子由春間過此，相從兩日，僕送至南埭而還。……渠在揚州淹留甚久，時僕值寒食上冢，故不得往送之耳。」此詩當作於寒食節前。子由，蘇轍字。召伯埭，今江蘇揚州市邵伯鎮，詳見卷三和孫莘老題召伯斗野亭注〔一〕。

〔二〕孤篷句：孤篷，謂孤舟。短榜，短槳。見卷七德清道中還寄子瞻注〔四〕。泝，逆流而上。

〔三〕無賴：憎惡之詞。徐陵烏棲曲：「唯憎無賴汝南雞，天河未落猶爭啼。」少游浣溪沙：「漠漠輕寒上小樓，曉陰無賴似窮秋。」此句寫春寒料峭天氣。紫綺裘，李白金陵江上遇蓬池隱者：「解我紫綺裘，且換金陵酒。」

〔四〕畔牢愁：楚辭篇名，漢揚雄作。漢書揚雄傳：「又旁離騷作一篇，名曰廣騷；又旁惜誦以下至懷沙一卷，名曰畔牢愁。」注：「李奇曰：『畔，離也；牢，聊也。與君相離，愁而無聊也。』」

【附】

蘇轍高郵見别秦觀三首之一：濛濛春雨濕邗溝，篷底安眠晝擁裘。知有故人家在此，速將詩卷洗閑愁。

其二

青熒燈火照深更〔一〕，逐客舟航冷似冰〔二〕。到處故應山作主，隨方還有月爲朋〔三〕。

【箋注】

〔一〕青熒：形容燈光清冷。歐陽修讀張李二生文贈石先生詩：「夜歸獨坐南窗下，寒燭青熒如熠爚。」

〔二〕逐客：指被貶謫而失意之官吏。杜甫夢李白二首：「江南瘴癘地，逐客無消息。」此謂蘇轍，時東坡以烏臺詩案陷詔獄，轍「上書，乞以見任官職贖先生罪，責筠州酒官」（見王宗稷蘇文忠年譜）。

〔三〕到處二句：勸蘇轍隨遇而安，勿以孤獨爲懷。蘇軾亦有張中舍壽樂堂詩云：「笲如玉箸椹如簪，强飲且爲山作主。」月爲朋，南史謝譓傳：「入吾室者，但有清風；對吾飲者，唯當明月。」李白把酒問月:「人攀明月不可得,月行却與人相隨。」此用其意。

【附】蘇轍高郵别秦觀三首之二:筆端大字鴉棲壁,袖裏新詩句琢冰。送我扁舟六十里,未嫌罪垢污交朋。

其　三

冠蓋紛紛不我謀〔一〕,掩關聊與古人遊〔二〕。會須匹馬淮西去,雲巘風溪遂所求〔三〕。

【箋注】

〔一〕冠蓋:古代官吏之服飾與車乘,借指顯貴者。杜甫夢李白詩:「冠蓋滿京華,斯人獨憔悴。」此用其義。

〔二〕掩關:閉門。錢起歲初歸舊山酬寄皇甫侍御詩:「求仲應難見,殘陽且掩關。」此指閉門讀書。卷三十與李德叟簡云:「某去年除日還自會稽,鄉里交朋皆出仕宦,所與游者無一二人,杜門獨居,日益寡陋。」又與李樂天簡云:「自還家來,比會稽人事差少,杜門却掃,日以文史自娱。」并作有掩關銘。

〔三〕會須二句：淮西，淮南西路，宋行政區域。此時少游有訪蘇軾於黄州或滁州之願望，故云。與李德叟簡云：「秋間本欲一至黄州，過舒奉見。」與參寥大師簡云：「昨聞蘇就移滁州，然未知實耗，果然，甚易謀見也。蓋此去滁纔三程，公便可輟四明之游，來此偕往，琅琊山水亦不減雪竇天童之勝。」雲巘，雲霧籠罩之山峯。

【附】

蘇轍高郵别秦觀三首之三：高安此去風濤惡，還有廬山得縱遊。便欲攜君將船去，念君無罪去何求？

還自廣陵四首〔一〕

其一

薄茶便當烏程酒〔二〕，短艇聊充下澤車〔三〕。墳墓去家無百里〔四〕，往來仍不廢觀書。

【校】

〔四首〕王本、四部本無此二字。

〔其一〕此爲箋注者所加，下同。

【箋注】

〔一〕本題其二云：「南北悠悠三十年。」案少游生於皇祐元年（一〇四九），至元豐元年（一〇七八），虚歲三十。此處蓋舉成數，詩當作於元豐中出仕之前。廣陵，縣名，秦置，宋熙寧五年併入江都，故城在今揚州市東北。

〔二〕烏程酒：文選張景陽七命：「乃有荆南烏程，豫北竹葉，浮蟻星沸，飛華蓱接。」太平寰宇記：「古烏程能釀酒，故以名縣，又指酒爲烏程。」案烏程縣，即今浙江吴興。

〔三〕下澤車：利於沼澤地行走之短轂車。後漢書馬援傳：「乘下澤車，御款段馬。」参見本卷戲雲龍山人二絶其二注〔二〕。

〔四〕墳墓句：秦氏墳墓有在揚州者，少游與蘇公先生簡（第四）云：「又安厝亡嬸靈柩在揚州，且買地，趁今冬舉葬。」當依先塋擇地也。

其　二

南北悠悠三十年，謝公遺埭故依然〔一〕。欲論舊事無人共，卧聽鐘魚古寺邊〔二〕。

【箋注】

〔一〕謝公遺埭：指邵伯埭，嘉慶揚州府志卷八云：「晉太傅謝安出鎮廣陵，修築湖埭，民思其功，以比邵伯，故名。」亦作召伯埭，有鎮，在今揚州市北四十五里。

〔二〕鐘魚，撞鐘之木，形似鯨魚。古寺：指甘棠廟。嘉慶揚州府志云：「甘棠廟，在邵伯鎮，祀晉太傅謝安。」

其三

邗溝繚繞上雲空〔一〕，坐阻層冰不得通。賴有東風可人意，爲開明鏡玉奩中〔二〕。

【箋注】

〔一〕邗溝：見卷三春日雜興十首其二注〔九〕。

〔二〕賴有二句：寫東風解凍。玉奩，玉製鏡匣，常用以喻湖水之清澈。

其四

天寒水鳥自相依，十百爲群戲落暉〔一〕。過盡行人都不起，忽聞冰響一齊飛。

【校】

〔冰響〕原作「水響」，誤，據宋紹熙本、王本改。

【箋注】

〔一〕天寒二句：宋梅堯臣和希深晚泛伊川詩：「水鳥静相依，蘆洲藹將晚。」落暉，落日餘光。抱朴子廣譬：「西穨之落暉，不能照山東。」

元日立春三絶〔一〕

其一

此度春非草草回，美人休着剪刀催〔二〕。直須殘臘十分盡，始共新年一併來〔三〕。

【校】

〔三絶〕王本、四部本無此二字。

〔其一〕此爲箋注者所加，下同。

【箋注】

〔一〕本篇作於元祐八年癸酉（一〇九三）元旦。秦譜云：「元日立春，先生作絶句三首。故事，立春日翰苑供詩帖子。」趙翼陔餘叢考卷二四云：「宋時八節内宴，翰苑皆撰帖子詞。」據近人王學初考證，帖子詞乃剪貼於禁中門帳者（見拙著李清照集校注卷二）。

〔二〕美人句：龐元英文昌雜録卷三云：正月七日爲人日，家家剪彩或鏤金箔爲人，以帖屏風，亦戴之頭鬢。又引賈充李夫人典誡曰：「每見時人，月旦花勝，交相遺與。」謂正月旦也。今俗用立春日，亦近之。案：典誡疑即女訓。世説新語賢媛：「賈充妻李氏作女訓行於世。」此謂美人毋須剪幡勝，新春自回。

〔三〕直須二句：意謂臘盡春回，乃點出在元旦日立春。

【附】

蘇軾次韻秦少游王仲至元日立春三首之一：省事天公厭兩回，新年春日併相催。殷勤更下山陰雪，要與梅花作伴來。

其二

發春獻歲偶然同〔一〕，新曆觀天最有功〔二〕。頭上兩般幡勝影〔三〕，一時飛入酒杯中。

【箋注】

〔一〕獻歲：一年之始，楚辭招魂：「獻歲發春兮，汨吾南征。」此句謂元旦與立春在同一日。

〔二〕新曆：指元祐六年所頒之元祐觀天曆。

〔三〕幡勝：即綵勝。孟元老東京夢華録立春：「春幡雪柳，各相獻遺。春日，宰執親王百官，皆賜金銀幡勝。」兩般幡勝，指元旦幡勝與立春幡勝。參見本題其一注〔二〕。

【附】

蘇軾次韻秦少游王仲至元旦立春三首之二：己卯嘉辰壽阿同，（自注：「子由，一字同叔。元日己卯，渠本命也。」）願渠無過亦無功。明年春日江湖上，回首觚稜一夢中。

其三

攝提東直斗杓寒，驟覺中原氣象寬〔一〕。天爲兩宮同號令〔二〕，不教春歲各開端〔三〕。

【箋注】

〔一〕攝提二句：攝提，星名。史記天官書：「大角者，天王帝廷，其兩旁各有三星，鼎足句之，曰攝提。攝提者，直斗杓所指，以建時節，故曰『攝提格』。」晉書天文志上：「攝提六星，直斗杓之南，主建時節，伺機祥。……其北一星曰招摇……七公七星，在招摇東，天之相也，三公之象也，主七政。……天紀九星，在貫索東，九卿也，主萬事之紀，理怨訟也。」攝提東直，故曰氣象寬。

〔二〕兩宫，指哲宗與太皇太后高氏。

〔三〕不教句：春之端爲立春，歲之端爲元旦；不教各開端，亦謂同日。

【附】

蘇軾次韻秦少游王仲至元日立春三首之三：詞鋒雖作楚騷寒，德意還同漢詔寬。好遣秦郎供帖子，盡驅春色入毫端。（自注：立春日翰林學士供詩帖子。）

次韻宋履中題李侯檀欒亭〔一〕

陰陰數畝籊龍稠〔二〕，亭外危通一逕幽。頗似竹林當日集〔三〕，酒狂莫笑阮陳留〔四〕。

【箋注】

〔一〕宋履中，名匪躬，見卷九次韻宋履中近謁大慶退食館中注〔一〕。李侯，疑爲李端慤；檀欒亭，蓋李氏園中亭名。檀欒，竹之代稱。參見卷九清明前一日李觀察席上得風字注〔一〕。

〔二〕籦龍：見卷九會蓬萊閣注〔三〕。

〔三〕竹林：世説新語任誕：「陳留阮籍、譙國嵇康、河内山濤，三人年皆相比，康年少亞之。預此契者，沛國劉伶、陳留阮咸、河内向秀、琅邪王戎。七人常集于竹林之下，肆意酣暢，故世謂『竹林七賢』。」注引晉陽秋曰：「于時風譽扇于海内，至于今詠之。」

〔四〕酒狂句：世説新語任誕：「阮公鄰家婦，有美色，當壚酤酒。阮與王安豐（戎）常從婦飲酒，阮醉，便眠其婦側。夫始殊疑之，伺察，終無他意。」阮陳留，指阮籍。

春日偶題呈錢尚書〔一〕

三年京國鬢如絲，又見新花發故枝。日典春衣非爲酒〔二〕，家貧食粥已多時。

【校】

〔題〕原作「春日偶題呈上尚書丈丈」，此從李本、段本、王本、秦本、四部本。原篇末附錢穆父詩，他本皆不附。

【箋注】

〔一〕本篇秦譜繫於元祐五年，蓋未深考。據續資治通鑑長編卷四七四云：元祐七年六月丙寅，「龍圖閣待制知青州錢勰權户部尚書」；又卷四八四云：元祐八年五月甲午，「權户部尚書錢勰知開封府。」五年，勰不在此任。詩云：「三年京國鬢如絲，又見新花發故枝。」考少游於元祐五年五月來京，至八年，正爲三年。詩當作於此時，特爲駁正。錢尚書，名勰，字穆父，易之孫，彦遠之子。熙寧三年應試，王安石罷其科第。後以蔭知尉氏縣，歷提點京西、河北、京東刑獄。元祐初，遷給事中，以龍圖閣待制知開封府。出知越州，徙瀛州。累進尚書，復知開封。紹聖初兼侍讀。罷知池州，卒，追復龍圖閣學士。宋史有傳。此詩作於錢勰復知開封府時。

〔二〕日典句：杜甫曲江二首其二：「朝回日日典春衣，每日江頭盡醉歸。」此反其意而用之。

【彙評】

阮閱增修詩話總龜前集卷二七引王直方詩話：秦少游爲黄本，錢穆父爲户部，皆居於東華門之堆垜場。少游春日嘗以詩遺穆父云（略）。穆父以米二石送之，復爲二十八字云：「儒館優賢蓋取頤，校讎尤自困朝饑。西鄰爲禄無多少，希薄纔堪作淖糜。」時人以少游有如此才而亦食粥，似不相稱耳。

吕祖謙詩律武庫後集卷一：吴孫權之叔濟，嗜酒不治産業，嘗醉欠人酒緡。人皆笑之。濟怡然自若，謂曰：「尋常行坐處欠人酒債，欲貨此緼袍以償之耳。」……少游亦有詩曰：「日典春衣非爲酒，家貧食粥已多時。」皆此事也。

又卷三：唐顔真卿爲刑部尚書時，乞米於李大夫，帖云：「拙於生事，家食粥來已數月，今又罄乏，實用憂煎。……」又秦少游云：「家貧食粥已多時。」用此事也。

【附】

錢勰次韻：蕺室委蛇詠素絲，春風初動萬年枝。如何愁嘆無行路，却似袁郎卧雪時。

又：春雪唯添鑑裹絲，慵將淚眼看花枝。蹣跚伏枕呻吟日，枉過還家一笑時。

觀辱户部錢尚書和詩餉禄米再成二章上謝〔一〕

其一

本欲先生一解頤〔二〕，頓煩分米慰長饑。客無貴賤皆蔬飯〔三〕，惟有慈親食肉糜〔四〕。

【校】

〔題〕李本、段本、王本、秦本無「觀辱」二字，段本且無「禄」字。王本、四部本篇末案：「此首次錢穆父餉米詩韻。」他本無此案語。

〔其一〕此爲箋注者所加，下同。

【箋注】

〔一〕本篇元祐八年癸酉（一〇九三）作於汴京。參見前春日偶題呈錢尚書詩注〔一〕。錢穆父原唱亦見前詩附録之一。

〔二〕解頤：漢書匡衡傳：「匡説詩，解人頤。」顔師古注：「如淳曰：使人笑不能止也。」

〔三〕客無句：道山清話：「予一日道過毗陵，舍於張郎中巷，見張第宅雄偉……問其世家，知國初有張佖者，隨李煜入朝。太宗時，佖在史館，家常多食客。一日，上問：『卿何賓客之多，每日聚説何事？』佖曰：『臣之親舊，多客都下，貧乏絶糧，臣累輕而俸有餘，故常過臣飯，止菜羹而已。……』一日，上遣快行家一人，伺其食時，直入其家，佖方對客飯，於是即其座上取一客之食以進，果止糲飯菜羹，仍皆麄壘陶器。上喜其不隱，時號『菜羹張家』。」

〔四〕惟有句：慈親，少游此時唯老母戚氏在堂，其與蘇公先生簡云：「但以再世偏親皆垂白，而田園之入，殆不足奉裘褐，供饘粥。犬馬之情，不能無悒悒爾。」詩意略同。

其　二

夢裏光陰挽不回，掩關獨坐萬緣灰〔一〕。偶因問訊維摩病〔二〕，香積天中施飯來〔三〕。

【箋注】

〔一〕萬緣：謂一切因緣，即事物之因果關係。傳燈録：「達摩謂二祖：『汝但外息諸緣，可以入道。』二祖從此息萬緣，心如枯木。」

〔二〕維摩：即維摩詰，釋迦同時人，曾向佛弟子舍利弗、彌勒、文殊師利等講説大乘教義。據維摩詰經，當維摩詰以身疾廣爲説法時，佛告文殊師利：汝詣問疾。時維摩詰室有一天女，見諸天人，問所須法，便現其身。

〔三〕香積：指佛家香積厨。見卷八次韻子瞻贈金山寶覺大師注〔二〕。

【附】

錢穆父再答二十八字：春雪嚴凝暖未回，圍爐猶擁已燃灰。明朝知是長齋畢，准擬衝泥踏水來。（徐案：此詩原附於前一首末，作雙行小字。）

擬題織錦圖 東坡跋並詩三絶，見注下〔一〕

悲風鳴葉秋宵冷，寒絲縈手淚殘粧。微燭窺人愁斷腸，機翻雲錦妙成章〔二〕。

【校】

〔題〕題下附注，宋刻明印本同。宋本篇末有注云：「余少時見一江南本，其後有人題詩十餘首，皆奇絶宛轉，過於蘇氏之作遠矣。今獨記其三絶：『春晚落花餘碧草，夜涼低月半梧桐。人隨遠雁邊城暮，雨映疏簾繡閣空。』『紅手素絲千字錦，故人新曲九回腸。風吹絮柳愁縈骨，淚灑縑書恨見郎。』『羞看一首回文錦，錦似文君别恨深。頭白自吟悲賦客，斷腸愁是斷絃琴。』」王本、四部本篇末案云：「此首當是回文七絶，中有錯誤。」又案：「後集蘇子瞻記江南所題詩本不全題下元注云：『東坡跋并三絶見正集第十卷擬織錦圖詩注下。』今張綖、胡民表、李之藻各本織錦圖詩下無附詩，亦無跋。觀苕溪漁隱叢話，知附注三絶宋時已羼入蘇詩中矣。詳考證。」徐案：王本考證所列，見後集卷二蘇子瞻記江南所題詩本不全余嘗見之記其五絶以補子瞻之遺校記。又馮應榴輯注東坡詩集卷四十七有次韻回文三首，並附江南本織錦圖上回文原作三首，後者即宋本跋中所引之詩。據此，本篇乃蘇子瞻所記江南所題詩之一，既非蘇作，亦非秦作。

【箋注】

〔一〕織錦圖：又名璇璣圖。侍兒小名録載璇璣圖叙云：「前秦安南將軍竇滔，有寵姬趙陽臺，歌舞之妙，無出其右。滔置之别所，妻蘇知之，求而獲焉，苦加撻辱。滔深恨之。陽臺又專伺蘇之短，讒毁交至，滔益忿。蘇氏年二十一，滔鎮襄陽，與陽臺之任，絶蘇氏之音問。蘇悔恨自傷，因織錦回文，題詩二百餘首，計八百餘字，縱横反覆，皆爲文章，名曰璇璣圖，遣蒼頭賫至襄陽。滔覽錦字，感其妙絶，因送陽臺之關中，而具車從迎蘇氏，恩好愈重。」案：蘇氏名蕙，字若蘭。晉書本傳謂竇滔徙流沙，蘇氏織錦爲回文以寄之。參見卷八客有傳朝議欲以子瞻使高麗大臣有惜其去者白罷之作詩以紀其事其二注〔六〕。

〔二〕雲錦：謂錦文美如雲彩。據伶玄飛燕外傳，趙飛燕曾以「雲錦五色帳」遺女弟昭儀。李白答元丹丘：「青鳥海上來，今朝發何處？口銜雲錦字，與我忽飛去。」

晚出左掖〔一〕

金爵觚稜轉夕暉〔二〕，翩翩宮葉墮秋衣。出門塵障如黄霧〔三〕，始覺身從天上歸。

【箋注】

〔一〕據秦譜，本篇元祐五年庚午（一〇九〇）作於汴京。案：左掖，宮城城門名。宋史地理志一：「宮城周回五里，南三門：中曰乾元，東曰左掖，西曰右掖。」楊奐汴故宮記：「檢院之東曰左掖門，門之南曰待漏院。……左掖門正北曰尚食局，局南曰宮苑司。」東京夢華録謂爲大内正門宣德樓之左曰左掖門，右曰右掖門。

〔二〕金爵觚稜：見卷九西城宴集詩其二注〔四〕。

〔三〕塵障：塵埃如障，形容灰塵之濃密。元好問雖譏少游作「女郎詩」，而其南原秋望云：「洗開塵障雨纔定，老盡物華秋不知。」其用「塵障」字正得自少游。

【彙評】

蔡正孫詩林廣記後集卷之八引王直方詩話：少游嘗因晚出右掖門，作此一絶。識者以爲少游作一黄門校勘而衒炫如此，必不能遠到也。（徐案：「衒炫」，苕溪漁隱叢話作「衒耀」，「右掖」應作「左掖」，「黄門」應作「黄本」。）

次韻蔡子駿瓊花〔一〕

無雙亭上傳觴處〔二〕，最惜人歸月上時。相見異鄉心欲絶，可憐花與月應知。

【箋注】

〔一〕蔡子駿，蓋爲山陽人，參見卷五送蔡子驥用蔡子駿韻注〔一〕。瓊花，嘉慶揚州府志卷二一八引齊東野語：「揚州后土祠瓊花，天下無二本，絶類聚八仙，色微黄而有香。仁宗慶曆中，嘗分植禁苑，明年輒枯；遂復載還，敷榮如故。」

〔二〕無雙亭：嘉慶揚州府志卷三一引王鞏聞見近録：「揚州后土廟有瓊花一株，宋丞相郊構亭於側曰無雙，謂天下無别株也。」然王禹偁移瓊花詩序謂「永叔爲揚州，作無雙亭以賞之」。嘉慶揚州府志卷二十八引歐陽修詩云：「曾在無雙亭下醉，自知不負廣陵春。」似以歐建亭爲是。

處州水南庵二首〔一〕

其一

竹柏蕭森溪水南〔二〕，道人爲作小圓庵〔三〕。市區收罷魚豚稅〔四〕，來與彌陀共一龕〔五〕。

【校】

〔二首〕王本、四部本無此二字。

〔其一〕此爲箋注者所加，下同。

〔竹柏〕蘇詩補遺作「松柏」。

〔爲作小圓庵〕蘇詩補遺作「只作兩團庵」。蜀本「圓」作「園」。

【箋注】

〔一〕據秦譜，此二首作於紹聖二年乙亥（一〇九五）。清同治彭潤章麗水縣志卷七：「法安寺，在城西南一里，宋大中祥符初建。紹聖間秦觀謫監酒稅，青田曇法師於此結庵居之。」注引此二首。可見水南庵即指法安寺。王本、四部本案：「二詩及後四時四首内『天風吹月』一首，又載蘇詩補遺作絶句三首。」案蘇詩補遺查慎行案云：「以上二首，見淮海集第十一卷中。蓋少游於紹聖初坐黨籍，由國史編修官出通判杭州。御史劉拯復論其增損神宗實録，貶監處州酒稅。使者承風望旨，伺候過失，不可得。以謁告寫佛書爲罪，削職，徙郴州。此二首，正貶處州時作，故有『市區收稅』、『一龕蒲團』之句。」查説是。處州，今浙江麗水。

〔二〕蕭森：草木茂密貌。阮籍詠懷詩：陽精炎赫，卉木蕭森。

〔三〕圓庵：屋之簡陋者，亦稱圓舍、圜舍。崔豹古今注：「野人結圓舍如蝸牛，故曰蝸舍。」三國志魏書焦先傳注引魏略：「先等作圜舍，形如蝸牛蔽，故謂之蝸牛廬。」又引高士傳謂其「結草爲廬」。可知此處係指草庵。

〔四〕市區句：蘇轍東軒記：「晝則坐市區鬻鹽、沽酒、税豚魚，與市人争尋尺以自效。」

〔五〕彌陀：即阿彌陀佛，佛教以爲西方極樂世界之教主。蘇軾自金山放船至金焦詩：「自言久客忘鄉井，只有彌陀爲同龕。」

其　二

此身分付一蒲團，静對蕭蕭玉數竿〔一〕。偶爲老僧煎茗粥〔二〕，自攜修綆汲清寬〔三〕。

【校】

〔玉數竿〕千首宋人絶句作「竹數竿」，蘇詩補遺同。

〔清寬〕蘇詩補遺作「清泉」。

【箋注】

〔一〕玉數竿：前人喻稱竹爲琅玕。元稹寺院新竹詩：「寶地琉璃坼，紫苞琅玕踴。」琅玕爲玉名，故此處徑以玉稱竹。

〔二〕茗粥：茶録：「吴人採茶煮之，名茗粥。」楊億休沐端居有懷希聖少卿學士詩：「茗粥露芽銷晝夢，柘漿雲液浣朝酲。」

〔三〕修綆：吊桶上長繩。左傳襄公九年：「具綆缶。」杜預注：「綆，汲索；缶，汲器。」唐韓愈秋懷詩十一首之五：「歸愚識夷途，汲古得修綆。」

三月晦日偶題

節物相催各自新〔一〕，癡心兒女挽留春。芳菲歇去何須恨〔二〕，夏木陰陰正可人〔三〕。

【校】

〔題〕王本、四部本案：「一本作首夏。」徐案：首夏見後集卷四，字句相同。

【箋注】

〔一〕節物：應時景物。晉書律曆志上：「周禮：太師掌六律、六吕，以合陰陽之聲。……此皆所以律述時氣、效節物也。」陸機擬古詩明月何皎皎：「踟蹰感節物，我行永已久。」

〔二〕芳菲：謂花草之芳香，亦借指花草。謝朓休沐重還道中詩：「賴此盈罇酌，含景望芳菲。」

〔三〕夏木陰陰：王維積雨輞川莊作詩：「漠漠水田飛白鷺，陰陰夏木囀黄鸝。」可人，宜人。

次韻東坡上元扈從三絶〔一〕

其一

赭黄織底望龍章〔二〕，不斷惟聞蠟炬香。一片韶音歸複道〔三〕，重瞳左右列英皇〔四〕。

【校】

〔三絶〕王本、四部本無此二字，然詩後有附注云：「三絶句又載黄文節公詩外集。」徐案史容注黄庭堅山谷外集無此三絶，未知所據何本。

〔其一〕此爲箋注者所加，下同。

【箋注】

〔一〕王文誥蘇詩總案卷三十六云：「元祐八年癸酉正月十五日，御宣德樓觀燈，上呈同列。」案蘇軾詩題作上元侍飲樓上三首呈同列，此爲少游和作。葉夢得石林燕語卷四：「從駕謂之扈從，始司馬相如上林賦云：『扈從横行，出乎四校之中。』」案宋史禮志云：「自唐以後，常于正月望夜，開坊市門燃燈。宋因之。」即元宵也。

〔二〕赭黄句：皇帝所用之儀仗有赭黄傘。孟元老東京夢華録卷六元宵：「宣德樓上皆垂黄緣簾，中一位乃御座，用黄羅設一綵棚，御龍直執黄蓋掌扇，列於簾外。」黄蓋，即黄傘，赭黄色。龍章，皇帝所穿衮龍之服。

〔三〕一片句：韶音，相傳爲舜之音樂。書益稷：「簫韶九成，鳳凰來儀。」傳：「韶，舜樂名。」案：東京夢華録卷六謂正月十五日元宵，「歌舞百戲，鱗鱗相切，樂聲嘈雜十餘里。……内設樂棚，差衙前樂人作樂雜戲」。本句指此。複道，宫中樓閣相通，上下有道，故曰複道。

〔四〕重瞳句：重瞳，指舜。史記項羽紀贊：「吾聞之周生曰：『舜目蓋重瞳子。』」英皇，女英、娥皇，堯之二女，舜之二妃。此句借喻哲宗及扈從之后妃。

【附】

蘇軾上元侍飲樓上三首呈同列之一：澹月疎星繞建章，仙風吹下御爐香。侍臣鵠立通明殿，一朵紅雲捧玉皇。

其二

端門魏闕鬱峥嶸〔一〕，燈火成山輦路平〔二〕。不待上林鶯百囀，教坊先已進新聲〔三〕。

【箋注】

〔一〕端門：即端禮門之簡稱。宋史地理志一謂宫城「正南門内正殿曰大慶，東西門曰左右太和，正衙殿曰文德」。注云：「熙寧間改南門曰端禮。」魏闕，宫門外之闕門。淮南子俶真高誘注：「魏闕，王者門外闕，所以縣教象之書。於象，魏也。巍巍高大，故曰魏闕。」

〔二〕燈火成山句：孟元老東京夢華録卷六元宵：「燈山上綵，金碧相射，錦繡交輝。面北悉以綵結山沓，上皆畫神仙故事。」乾淳歲時記：「元夕二鼓，上乘小輦幸宣德門觀鼇山。擎輦者皆倒行，以便觀賞。山燈凡千數百種，極其新巧，中以五色玉栅簇成『皇帝萬歲』四大字。」

〔三〕不待二句：上林，秦漢時宫苑，司馬相如上林賦言其華麗無比。此指宋時皇家苑囿。教坊，宫廷樂隊。東京夢華録卷六元宵：「差衙前樂人作樂雜戲……教坊鈞容直，露臺弟子，更互雜劇。」

【附】

蘇軾上元侍飲樓上三首呈同列三首之二：薄雪初銷野未耕，賣薪買酒看升平。吾君勤儉倡優拙，自是豐年有笑聲。

其三

仗下番夷各一群〔一〕，機泉如雨自繽紛〔二〕。細看香案旁邊吏〔三〕，卻是茅家大小君〔四〕。

【箋注】

〔一〕仗下，儀仗之下。見宋史儀衛志一。番夷，指四夷蕃客。宋史禮志十六：「上元前後各一日，城中張燈。……天子先幸寺觀行香，遂御樓，或御東華門及東西角樓，飲從臣；四夷蕃客各依本國歌舞，列於樓下。」

〔二〕機泉句：寫燈棚頂上瀉下之人工「瀑布」。宋吴自牧夢粱録卷一：「正月十五日元夕節，乃上元天官賜福之辰。昨汴京大内前縛山棚。……左右以五色綵結文殊、普賢跨獅子白象，各手指內五道出水。其水用轆轤絞上燈棚高尖處，以木櫃盛貯，逐時放下，如瀑布狀。」

〔三〕細看句：元稹以州宅夸於樂天：「我是玉皇香案吏。」此喻蘇氏兄弟在朝供職，軾爲翰林、侍讀學士，轍爲尚書左丞。

〔四〕茅家大小君：據神仙傳，茅君，幽州人，學道於齊，二十年道成歸家，與父母辭別，乃登羽蓋車而去。案：大茅君，指茅盈，漢茅蒙曾孫，字叔申，獨尚清虛，年十八，棄家入恒山修道，後隱句曲（即江蘇句容縣之茅山），人稱茅君。其仲弟茅固本爲執金吾，季弟茅衷本爲五官大夫，各棄官渡江，隨兄求仙。後稱小茅君。詳見列仙全傳卷二。此處歸美原唱者，以「茅家大小君」喻蘇氏兄弟。

【附】

蘇軾上元侍飲樓上三首呈同列之三：老病行穿萬馬群，九衢人散月紛紛。歸來一盞殘燈在，猶有傳柑遺細君。

淮海集箋注卷第十一

絶句

四絶〔一〕

其一

本是匡山種杏人〔二〕，出山來事碧虚君〔三〕。上清欲問因何事〔四〕？請看先山十賚文〔五〕。

【校】

〔題〕段本、王本、秦本、四部本作四時四首贈道流，王本、四部本案曰：「侯鯖録作游仙詞。」張本、胡本、李本題下附注：「此贈道流，蓋有四時意，録者失其序耳。」

〔其一〕原無,從段本、王本、秦本、四部本。張、胡、李本此首均置最後。

〔匡山〕侯鯖録卷二作「廬山」。

〔先山〕王本、四部本案曰:「侯鯖録作『仙家』。」

〔十賫文〕原作「十丈文」,非。此據段本、王本、秦本、四部本及侯鯖録改。

【箋注】

〔一〕據段本、王本詩題,此四首係爲「贈道流」之作。道流,道家者流。其四重見於後集卷四,題作雪中寄丹元子,丹元子,即道士姚丹元,見卷五次韻奉酬丹元先生注〔一〕,蓋作於元祐七年壬申(一〇九二)。

〔二〕匡山種杏人:指董奉。列仙全傳卷三:「董奉,字君異,侯官縣人。……蜀先主時……年已三十餘」,「後奉游交州,州刺史杜燮得毒病,死已三日。奉以三丸藥内燮口中」,「半日中能起坐」。「奉後還廬山下居」,「咒水治病,不取錢物。重病愈者,但使栽杏五株,輕者一株。如此數年,計得杏七萬餘根,森然成林」。「杏每熟時」,「欲買杏者,但將穀一器置倉中,即自取杏一器」。「奉以其所得糧穀,賑救貧窮,供給行旅。」匡山,即廬山。

〔三〕碧虚君:列仙全傳卷三:「奉一旦受上帝命,授碧虚太一真人,白日飛昇。」據此,碧虚君當指董奉。少游謂「來事」,意謂奉來從事此一仙職。

〔四〕上清:太平御覽卷六五九道部:「玉皇譜録有八百道君……三清之間各有正位:聖登玉

清，真登上清，仙登太清。」此指上清真人。御覽卷六六一道部引真誥曰：「許謐字思玄，一名穆，晉簡文帝以爲護軍長史，雖外混俗務，而内修真學，得爲上清真人。」

〔五〕十賚文：即陶弘景授陸敬游十賚文，文中凡十賚，一曰「賚爾爲棲静處士」，二曰「賚爾四霤飛軒，厢廊側屋」，三曰「賚爾蒼頭一人」，四曰「賚爾鋼鐵如意」，五曰「賚爾筇竹錫杖」，六曰「賚爾香爐一枚，熏籠副之」，七曰「賚爾杯盤一具」，八曰「賚爾大硯一面，紙筆副之」，九曰「賚爾鍮石澡灌，手巾爲副」，十曰「今賚爾十事，事準前史，可對揚嘉策，循言求理」。皮日休懷華陽潤卿博士詩：「十賚須加陸逸沖。」自注：「沖嘗事陶隱居，隱居錫名棲静處士，十賚猶人間九錫也。」

【彙評】

趙德麟侯鯖録卷二：少游嘗作游仙詞（原案：淮海集題云「四時四首贈道流」），坡稱之。（詩略）余聞仙家十賚，猶人間九錫也。

趙與虤娱書堂詩話卷下：陸龜蒙詩云：「他年欲事先生去，十賚須加陸逸沖。」注：「逸沖常事陶隱居，錫名栖静居士。十賚猶人間九錫也。」秦少游游仙詞一絶，亦用此意。詩云（略）。

其二

夜深樓上撥書眠〔一〕，天在欄干四角邊。風拂亂雲毫髮盡，獨留璧月向人圓〔二〕。

【校】

〔其二〕原無，從張本、胡本、李本、段本、王本、秦本、四部本。

〔欄干〕「干」原誤作「竿」，此從張本、胡本、李本、段本、王本、秦本、四部本。

〔風拂〕「拂」，王本、四部本案曰：「侯鯖録作掃。」

〔向人圓〕侯鯖録卷二作「照人圓」。

【箋注】

〔一〕撥書眠：棄書而眠。説文通訓定聲：「撥，又爲廢。楚詞九歎惜賢：『撥諂諛而匡邪兮。』一切經音義引廣雅：『撥，棄也。』」杜甫九月一日過孟十二倉曹十四兄弟詩：「力稀經樹歇，老困撥書眠。」

〔二〕璧月：月圓如璧。見卷二泊吴興西觀音院注〔八〕。

其　三

天風吹月入欄干〔一〕，烏鵲無聲子夜闌〔二〕。織女明星來枕上〔三〕，了知身不在人間。

【校】

〔其三〕原無，從張本、胡本、李本、段本、王本、秦本、四部本。篇末王本、四部本案曰：「此首見墨莊漫録，作納朝華詩。」

【箋注】

〔一〕天風句：謂月光斜射入欄干之内。

〔二〕子夜闌：謂夜半子時將盡。

〔三〕織女明星：二仙女名。織女，班固西都賦：「臨乎昆明之池，左牽牛而右織女。」文選洛神賦注引曹植九詠注：「牽牛爲夫，織女爲婦。牽牛織女之星各處一旁，七月七日乃得一會。」後謂其隔天河而處。明星，太平廣記卷五十九引集仙録：「明星玉女者，居華山，服玉漿，白日升天。」少游雨中花詞：「玉女明星迎笑，何苦自淹塵域？」

其四

陰風一夜攪青冥〔一〕，風定霏霏霰雪零〔二〕。遥想玉真清境上〔三〕，白虚光裏誦黄庭〔四〕。

【校】

〔其四〕原無，從段本、王本、秦本、四部本。張本、胡本、李本此首置於第一。篇末王本、四部本案曰：「此詩又見後集，題作雪中贈丹元子。今删後集詩。」

〔霰雪〕李本作「散雪」，王本、四部本案曰：「侯鯖録作『雪霰』。」

〔遥想〕侯鯖録卷二作「想見」。

【箋注】

〔一〕青冥：喻晴空、青天。屈原九章悲回風：「據青冥而攄虹兮，遂儵忽而捫天。」

〔二〕霰雪：雪珠。詩小雅頍弁：「如彼雨雪，先集維霰。」

〔三〕玉真：仙人。陶弘景真靈位業圖謂玉清三元宫之右位，爲太上玉真保皇道君。太平御覽卷六六〇道部二引太真科曰：「羽仙侍郎上都官典格，列其職位，都統玉真太上真人，在五嶽華房之内。」

〔四〕黄庭：經名。見卷十春日五首其四注〔二〕。

奉别牛司理〔一〕

堂堂先德擅才名〔二〕，詞賦高凌墨客卿。之子妙齡初筮仕〔三〕，好修文史繼家聲。

【箋注】

〔一〕本卷又別牛司理云：「半年淹恤越溪濱，好愛如君只數人。」時少游正如越省親，滯留半年。故知本篇元豐二年己未（一〇七九）歲暮作於會稽。牛司理，名字無考，又別牛司理云：「故園桑梓幸相鄰。」可知爲淮海人。司理，官名。宋太祖開寶六年設置諸州司寇參軍，後改爲司理參軍，主管獄訟，簡稱司理。

〔二〕堂堂先德：指牛氏先人，此謂唐憲宗時牛僧孺。僧孺工屬文，元和初，以賢良方正對策，與李宗閔、皇甫湜俱獲第一，新、舊唐書有傳。

〔三〕筮仕：原指將要仕宦而卜其吉凶，後謂初入仕曰「筮仕」。左傳閔公元年：「初，畢萬筮仕於晉。」

送酒與泗州太守張朝請〔一〕

莫笑杭州別駕村〔二〕，昔曾柱下數承恩〔三〕。而今雖是江湖吏，猶有當時七字尊〔四〕。

【箋注】

〔一〕本卷留別平闍黎詩跋云：「紹聖元年，觀自國史編修官，蒙恩除館閣校勘，通判杭州。」與本篇詩意相符，故知本篇紹聖元年甲戌（一〇九四）貶赴杭州途經泗州時所作。泗州，唐置，宋時屬淮南東路，爲泗州臨淮郡。清康熙時淪入洪澤湖。張朝請，字里不詳。案朝請郎宋初爲正七品上階文散官，朝請大夫爲從五品上階文散官，元豐三年改制後，皆廢爲新寄禄官。此處係州守，當爲朝請大夫寄禄官。

〔二〕莫笑句：杭州别駕，時少游出爲杭州通判，故云。别駕，官名，漢時爲州刺史之佐吏。宋改置諸州通判，以職守相同，故通判也有别駕之稱。村，土氣。楊大年不喜杜甫詩，謂爲村夫子（劉頒貢父詩話）。戴復古望江南詞：「杜陵言語不妨村，誰解學西崑？」

〔三〕柱下：謂侍立殿柱之下。李白贈宣城趙太守悦詩：「公爲柱下史，脱繡歸田園。」古常指御史，此處謂供職朝廷。

〔四〕七字尊：宋史吕溱傳：「溱開敏，善議論，一時名輩皆推許。然自貴重，在杭州接賓客，不過數語，時目爲『七字舍人』云。」少游爲杭倅，故以此自喻。

題郴陽道中一古寺壁二絶〔一〕

其一

門掩荒寒僧未歸，蕭蕭庭菊兩三枝。行人到此無腸斷，問爾黄花知不知〔二〕？

【校】

〔題〕王本、四部本無「一」「二絶」三字。

〔其一〕此爲箋注者所加，下同。

【箋注】

〔一〕本篇紹聖三年丙子（一〇九六）秋作於郴陽道中。據秦譜，是歲「先是使者承望風指，候伺過失，卒無所得。至是遂以謁告寫佛書爲罪，削秩徙郴州」；「先生至郴陽道中題一古寺壁二絶」。郴陽，宋時爲郴州，屬荆湖南路。今湖南郴州市。

〔二〕「行人」二句：形容極端痛苦，唐白居易山游示小妓詩：「莫唱楊柳枝，無腸與君斷。」宋張耒次韻張公遠二首之二：「無腸可斷方爲憾，有藥能治不是愁。」此二句並切合時令，雙關螃蟹。抱朴子登涉：「稱無腸公子者，蟹也。」唐彦謙蟹詩：「無腸公子固稱美，弗使當道禁横行。」案：我國素有持螯賞菊風習，故少游有此語，蓋以自嘲也。

其　二〔一〕

哀歌巫女隔祠叢〔二〕，饑鼠相追壞壁中〔三〕。北客念家渾不睡，荒山一夜雨吹風。

【箋注】

〔一〕本篇紹聖三年丙子（一〇九六）作於貶徙郴州之際。淮海居士長短句卷中如夢令其二云：「夢破鼠窺燈，霜送曉寒侵被。無寐，無寐，門外馬嘶人起。」與此詩情境相似，當爲同時所作。

〔二〕祠叢：叢祠之倒裝語。見卷二田居四首其三注〔五〕。

〔三〕饑鼠句：唐周賀送僧歸江南詩：「饑鼠緣危壁，寒狸出壞墳。」少游如夢令詞：「遥夜沉沉如水，風緊驛亭深閉。夢破鼠窺燈，霜送曉寒侵被。」亦作于此時。

又別牛司理〔一〕

半年淹恤越溪濱〔二〕，好愛如君只數人。解手莫令書信斷，故園桑梓幸相鄰〔三〕。

【箋注】

〔一〕本篇元豐二年己未（一〇七九）歲暮作於會稽。牛司理，見前奉別牛司理注〔一〕。

〔二〕淹恤：左傳襄公二十六年：「君淹恤在外十二年矣，而無憂色，亦無寬言。」此處指淹留。據秦譜，少游如越省親，自五月至歲暮，半年有餘，故云。

〔三〕桑梓：鄉里，見卷二泊吴興西觀音院注〔一六〕。

和工部侍郎新章〔一〕

甍棟相連數畝中〔二〕，出門遥見大明宫〔三〕。朝元雖共浮丘伯〔四〕，煮茗還同桑苧翁〔五〕。

【箋注】

〔一〕本篇元祐七年壬申（一〇九二）作於汴京。工部侍郎，即王仲至，參見西城宴集……詩其二注〔一〕。

〔二〕甍棟：謂宏偉建築。甍，屋棟。

〔三〕出門句：據阮閱增修詩話總龜前集卷二七引王直方詩話：「秦少游爲黄本……居於東華門之堆垛場。」距大内甚近，故云。大明宫，本唐宫殿名。貞觀八年建永安宫，九年改大明宫。唐詩人賈至有早朝大明宫詩，岑參、杜甫等均有和作。此處借指宋宫殿。

〔四〕朝元句：朝元，此處謂朝見天子。羅鄴歲仗詩：「玉帛朝元萬國來，雞人曉唱五門開。」浮丘伯，戰國末至漢初齊人，荀卿門人，治詩。楚元王少時，嘗與魯穆生、白生、申公受詩於浮丘伯。見漢書儒林傳。

〔五〕桑苧翁：即陸羽，見卷四同子瞻參寥遊惠山三首之三注〔六〕。

題金華山寺壁〔一〕

鸞鶴同爲汗漫游〔二〕，天風吹散下滄洲〔三〕。金華有路通元氣〔四〕，水繞高寒不斷流〔五〕。

【箋注】

〔一〕本篇作於紹聖元年甲戌（一〇九四）四月以後。皇宋續資治通鑑長編紀事本末卷一〇一逐元祐黨人謂，是歲四月乙酉，監察御史劉拯又言：「秦觀浮薄小人，影附於軾，請正軾之罪，褫觀職任，以示天下後世。詔蘇軾合叙復日未得與叙復，秦觀落館閣校勘，添差監處州茶鹽酒税。」案，據宋史劉拯傳，乃言「秦觀竄易先帝實録，其罪特甚」，故少游未及倅杭，徑過金華赴處州貶所。據元和郡縣志云，金華山在婺州金華縣北二十里，赤松子得道處，山上有智者寺古迹。金華山寺似指此。

〔二〕鸞鶴句：鸞鶴，仙人所乘。江淹從冠軍建平王登廬山香爐峯詩：「此山具鸞鶴，往來盡仙靈。」汗漫游，見卷四别子瞻學士注〔一五〕。

〔三〕滄洲：見卷六送楊康功守蘇注〔三〕。案：以上二句謂自京師道貶處州。

〔四〕金華句：指赤松子（即皇初平）在此得道事。酈道元水經注謂赤松子游金華山，自燒而化，故今山上有赤松壇。太平御覽卷六七四道部十六引葛洪神仙傳：「金華山有石室一所，丹溪人皇初平之隱處也。」詳見卷五次韻奉酬丹元先生注〔二〕。

〔五〕水繞高寒：道光金華縣志山川：「金華山……又西南經徐公湖，一名千日醉，山中飛瀑，瀉如玉虹下飲，相傳是皇初平兄弟登仙處。」本句當指此。

次韻出省馬上有懷蔣穎叔〔一〕

其一

新淬魚腸玉似泥〔二〕，將軍唾手取河西〔三〕。偏裨萬户封龍額〔四〕，部曲千金賜褭蹄〔五〕。

【校】

〔題〕段本、秦本作「出省馬上有懷蔣穎叔次韻二首」，王本、四部本案：「次韻當作次錢穆父韻。」是。

〔其一〕此爲箋注者所加，下同。

【箋注】

〔一〕王文誥蘇詩總案卷三十六載，元祐八年癸酉正月十六日，蘇軾有送蔣之奇帥熙河詩，時錢穆父首唱，題爲馬上有懷寄蔣穎叔二首，東坡、少游次韻。錢詩首句云「春雪京城一尺泥」，則其作於是歲春初無疑。參見卷七次韻蔣穎叔南郊祭告上清儲祥宮注〔一〕、卷九送蔣穎叔帥熙河二首注〔一〕。

〔二〕新淬句：淬，鑄劍燒紅浸水曰淬，可使堅硬。魚腸，古劍名。越絶書外傳紀寶劍：「闔閭以魚腸之劍刺吴王僚。」吴越春秋王僚使公子光傳：「使專諸置魚腸劍炙魚中進之。」玉似泥，山海經中山經郭璞注：「此山（昆吾山）出名銅，色赤如火，以之作刀，切玉如割泥也。」

〔三〕唾手：喻極易。漢書公孫瓚傳：「天下指麾可定。」注引九州春秋：「瓚曰：始天下兵起，我謂唾手而決。」

〔四〕龍頟：漢代所封侯國名。史記建元以來侯者年表龍頟國條：「征和二年，（韓説）子長代，有罪，絶。子曾復封爲龍頟侯。」頟，通額。

〔五〕褭蹄：亦作褭蹏，指鑄成馬蹄型之黄金。漢書武帝紀：「今更黄金爲麟趾褭蹏，以協瑞焉。」注引師古曰：「武帝欲表祥瑞，故改鑄爲麟足馬蹄之形，以易舊法。今人往往於地中得馬蹏金，金甚精好，而形制巧妙。」

【附】

錢穆父馬上有懷寄蔣潁叔：春雪京城一尺泥，並鞍還憶蔣征西。碧幢紅旆出關去，一路春風送馬蹄。

蘇軾次韻錢穆父馬上寄蔣潁叔：玉關不用一丸泥，自有長城鳥鼠西。剩與故人尋土物，臘糟紅麴寄駝蹄。

其二

制詔行聞降紫泥〔一〕，簪花且醉玉東西〔二〕。羌人誰謂多籌策？止有黔驢技一蹄〔三〕。

【校】

篇末王本、四部本案：「詩後唱首詩舊未著名，今據東坡集此題次錢穆父韻詩，訂爲錢詩。」今附後。

【箋注】

〔一〕紫泥：皇帝詔書用紫泥封，因稱詔書爲紫泥詔。蘇頲扈從温泉同紫微黄門群公泛渭川得齊字詩：「侍蹕扶清道，揚舲降紫泥。」

〔二〕玉東西：指酒，周紫芝南柯子詞：「畫燭催歌板，飛花上舞衣。殷勤猶勸玉東西。」亦指酒杯，見卷九次韻宋履中近謁大慶退食館中注〔六〕。

〔三〕黔驢技：喻伎倆拙劣。柳宗元三戒謂黔地本無驢，有好事者載入。虎初見之，以爲龐然大物；稍近，狎之。驢怒而蹄之。虎因喜曰：「技止此耳！」遂大噉其肉。

【附】

錢穆父馬上有懷寄蔣穎叔：不論埃壒與塗泥，封印還家日正西。豈比元戎碧油下，貔貅繞帳馬千蹄。

蘇軾次韻錢穆父馬上寄蔣穎叔：多買黃封作洗泥，使君來自隴山西。高才得兔人人羨，爭欲尋蹤覓舊蹄。

元祐三年余被召至京師從翰林蘇先生過興國浴室院始識汶師後二年復來閱諸公詩因次韻〔一〕

聊移小榻就風廊〔二〕，卧久衣巾帶佛香。白髮道人還省否〔三〕？前年引去病賢良〔四〕。

【箋注】

〔一〕題意甚明，本篇作於元祐五年庚午（一〇九〇）。翰林蘇先生，即蘇軾。王宗稷蘇文忠公年譜謂元祐二年蘇軾始爲翰林學士。興國浴室院，佛寺名，亦兼作應舉者館舍。孟元老東京夢華録卷三謂「浴室院在（市内）第三條甜水巷」。蘇軾興國寺浴室院六祖畫贊云：「予嘉祐初舉進士，館於興國浴室。……予去三十一年，而中書舍人彭君器資亦館於是。予往見之，則院中人無復識予者，獨主僧惠汶，蓋當時堂上侍者，然亦老矣。」案：嘉祐初至元祐三年，已三十餘年，當係概數。據王文誥蘇詩總案卷三十：「同子由、孫敏行、秦觀游相國寺，觀王詵墨竹，題名寺壁。」注云：「周公謹癸辛雜志載，羅壽可再游汴梁，記相國寺石刻題名云：『蘇子瞻、子由、孫子發、秦少游同來觀晉卿墨竹，申先生亦來。元祐三年八月五日。』」可見少游從蘇軾過興國浴室院，係在此時。元祐六年，蘇軾見此詩，次韵曰：「夢裏還驚屧響廊，故人來炷影前香。」

〔二〕風廊：陸龜蒙同襲美遊北禪院詩：「連延花蔓映風廊，岸幘披襟到竹房。」

〔三〕白髮道人：指主僧惠汶。

〔四〕前年句：據秦譜，元祐三年，「先生自汝南被召至京師，爲忌者所中，復引疾歸汝南」。少游高無悔跋尾云：「元祐二年，余爲汝南學官，被詔至京師，以疾歸。」後者云「二年」，實誤。案續資治通鑑長編卷四一四云，元祐三年九月辛亥，由孫覺、蘇轍、彭汝礪、張績考試應賢良方正能言極諫科舉人。少游應賢良方正科當在此時。長編卷四一五又云：冬十月己丑，蘇軾言：「貼黄：臣所舉自代人黄庭堅、歐陽棐，十科人王鞏，制科人秦觀，皆誣以過惡，了無事實。」於是少游落選引疾歸去。本句即指此。

客有遺予以假山石盆池者聞陳元發有石菖蒲作此詩乞之〔一〕

瑟瑟風漪心爲清，更窺酱崒眼增明〔二〕。可憐一片江山樣，只欠菖蒲十數莖。

【箋注】

〔一〕陳元發：生平不詳。蘇轍有詩題曰「石盆種菖蒲甚茂，忽開八九華，或言此華壽祥也。……」故知元祐時人喜種石菖蒲。又本草菖蒲集解：「時珍曰：水菖蒲，溪蓀也，生於水石之間，葉有劍脊，瘦根密節，高尺餘者，石菖蒲也，人家以砂栽之一年，至春剪洗，愈剪愈細，高四五寸，葉如韭，根如匙柄。」

〔二〕酱崒：高峻貌。杜甫白水縣崔少府十九翁高齋三十韻：「煙氛藹酱崒，魍魎森慘戚。」此狀假山石。

興國浴室院獨坐時兒子湛就試未出〔一〕

滿城車馬没深泥，院裏安閑總不知。兒輩未來鈎箔坐〔二〕，長春花上雨如絲。

【箋注】

〔一〕本篇作於元祐五年庚午（一〇九〇）。秦譜云，是歲，「先生子處度公湛在都下應秋試未出，先生獨坐興國浴室院，有詩。」見本卷元祐三年余被召至京師……注〔一〕。湛，紹興二年，添差通判常州。四年，致仕。

〔二〕鈎箔：即捲簾。參寥子和龍直夫秘校細雨三首之二：「晚來欣小霽，鈎箔見疎雲。」

【彙評】

段斐君本淮海集徐渭眉批：句雖平淡，而老情閑致，依然可想。

題趙團練江干晚景四絶〔一〕

其一

本自江湖客，宦游常苦心〔二〕。看君小平遠〔三〕，懷我舊登臨。

【校】

〔題〕張本、胡本、李本、段本、王本、秦本、四部本「晚」作「曉」。王本、四部本無「四絶」二字，題下案曰：「侯鯖録引作題大年小景。」

〔其一〕此爲箋注者所加，下同。

〔常苦心〕侯鯖録卷二「常」作「何」。

〔看君〕侯鯖録卷二作「因君」。

〔懷我〕侯鯖録卷二作「還我」。

【箋注】

〔一〕四絶皆元祐六年辛未（一〇九一）作於汴京。陳師道有次韻秦少游春江秋野圖詩，題下自注：「宗室所畫。」任淵後山詩注繫於元祐六年辛未，有句云：「若個丹青裏，猶須著此翁？」係對秦詩「煩君添小艇，畫我作漁翁」而發，故任淵注曰：「言少游方見用於世，非江海之士，不當畫之漁舟也。」冒廣生後山詩注補箋：「今按少游除太學博士時，右諫議大夫朱光庭言其素號薄徒，惡行非一，事在元祐五年五月。及除正字，御史中丞趙君錫、侍御史賈易，交章論其不檢，事在元祐六年八月，並見續通鑑長編。後山此詩作於六年，正少游不得意時，此少游所以有小艇漁翁之思，而山谷嘆後山爲不苟作也。任注惜未明。」據鄧椿畫繼卷二，趙團練名叔盎，字伯充，廷美四世孫，善畫馬，嘗與蘇軾、黄庭堅唱和。黄庭堅有同子瞻韻和伯充團練、戲答趙伯充勸莫學書及爲席子澤解嘲二詩，次於元祐二年末，任淵注「金玉堂中寂寞人，仙班時得共朝真」二句云：「言伯充宗室子，居富貴而自處如寒素也。」山谷外集又有戲題大年防禦蘆雁一首，次於元祐三年，注引王直方詩話云：「宗室大年，名令穰，喜微行而善畫小景。山谷詩云：『雖有珠簾籠翡翠，不忘煙雨罩鴛鴦。』蓋有所譏也。」案侯鯖録引此詩以爲趙大年所畫，作者趙令時與令穰（大年）兄弟行，所云當可信。且伯充善畫馬，而大年以畫小景見長，參寥子次韻詩亦稱「宗室大年觀察所畫江干晚晴圖」，故此畫應爲大年所作無疑，詩題蓋後人編輯時所臆改。米芾畫史：「宗室令穰大年作小軸清麗雪景，類世所收王維汀渚水鳥，有江湖意。」

〔二〕宦游：外出求官、做官稱「宦游」。杜審言和晉陵陸丞早春遊望詩：「獨有宦游人，偏驚物候新。」

〔三〕平遠：據郭熙林泉高致云，自近山望遠山，謂之平遠。其色有明有晦，其意冲融而縹緲。蘇軾郭熙畫秋山平遠詩：「離情短幅開平遠，漠漠疎林寄秋晚。」

【附】

參寥子次韻秦少游學士觀宗室大年觀察所畫江干晚晴圖四首之一：數幅生綃上，形容萬態心。坐窺天下勝，何用遠登臨？

其二

鳥外雲峯晚，沙頭草樹晴。想初揮灑就〔一〕，侍女一齊驚。

【校】

〔鳥外〕鳥，王本、四部本案曰：「侯鯖録作島。」

〔沙頭草〕侯鯖録卷二作「沙邊水」。

〔草樹晴〕晴，王本、四部本案曰：「侯鯖録作明。」

〔想初〕侯鯖録卷二作「想當」。

〔一齊驚〕齊，王本、四部本案曰：「侯鯖録作時。」

【箋注】

〔一〕揮灑：揮筆灑墨，形容作畫時運筆自如。杜甫奉先劉少府新畫山川障歌：「自有兩兒郎，揮灑亦莫比。」

【附】

參寥子次韻秦少游學士觀宗室大年觀察所畫江干晚晴圖四首之二：漠漠雲披岫，斑斑雨弄晴。横江舟一葉，注目使人驚。

陳師道次韻秦少游春江秋野圖（原注：宗室所畫。）：翰墨功名裏，江山富貴人。倏看雙鳥下，已負百年身。

其　三

公子歌鐘裏〔一〕，何從識渺茫？惟應斗帳夢〔二〕，曾到水雲鄉〔三〕。

【校】

〔何從〕侯鯖録卷二作「何曾」。

〔曾到〕侯鯖録卷二作「曾入」。

【箋注】

〔一〕公子句：公子，指作者趙大年，因係宗室，故尊稱之。歌鐘，歌唱時，以敲鐘爲節拍。左傳襄十一年「歌鐘二肆」注：「肆，列也。縣鐘十六爲一肆。二肆，三十二枚。」疏：「歌鐘者，歌必先金奏，故鐘以歌名之。晉語孔晁注：歌鐘，鐘以節歌也。」

〔二〕斗帳：小帳，因形如覆斗，故名。古詩爲焦仲卿妻作：「紅羅複斗帳，四角垂香囊。」

〔三〕水雲鄉：雲水瀰漫之境，多爲隱者所居。蘇軾和章七出守湖州之一：「方丈僊人出渺茫，高情猶愛水雲鄉。」又南歌子別潤守許仲塗：「一時分散水雲鄉，唯有落花芳草斷人腸。」傅幹

注：「江南地卑濕而多沮澤，故謂之水雲鄉。」

【附】參寥子次韻秦少游學士觀宗室大年觀察所畫江干晚晴圖四首之三：陽秋悶肝膈，無處見微茫。時作丹青戲，風流冠帝鄉。

其　四

曉浦煙籠樹，春江水拍空。煩君添小艇，畫我作漁翁。

【校】〔曉浦〕「曉」，與題意及詩中畫境不合，疑爲「晚」之誤，侯鯖録卷二側注作「晚」，是，參見後附參寥子詩。

〔春江〕侯鯖録卷二作「晴江」。

【彙評】胡仔苕溪漁隱叢話後集卷十三醉吟先生：秦少游題扇頭小詩云：「絶島煙生樹，秋江浪拍空。憑君添小艇，畫我作漁翁。」余嘗用此寫真，則玄真子家風也。

陸游出游歸卧得雜詩：江村何處小茅茨，紅杏青蒲雨過時。半幅生綃大年畫，一聯新句少游詩。

【附】參寥子次韻秦少游學士觀宗室大年觀察所畫江干晚晴圖四首之四：參差山接野，渺莽水連空。笠釣沙頭客，真宜避世翁。

陳師道次韻秦少游春江秋野圖（原注：宗室所畫。）：江清風偃木，霜落雁橫空。若個丹青裏，猶須著此翁？任淵注：「秦詩云：請君添小艇，畫我作漁翁。言少游方見用于世，非江海之士，不當畫之漁舟也。」

夢中得此

縞帶橫秋匣，寒流炯暮堂〔一〕。風塵如未息〔二〕，持此奉君王。

【箋注】

〔一〕縞帶二句：寫劍藏匣中，而寒光猶耀於外。西京雜記卷一：「高祖斬白蛇劍……雜厠五色琉璃爲劍匣，劍在室中，光景猶照於外……刃上常若霜雪。」縞帶，白色生絹帶子，此喻錚亮之寶劍。

〔二〕風塵：喻戰亂，言戎馬所至，風起塵颺。杜甫贈別賀蘭銛詩：「國步初返正，乾坤尚風塵。」

寧浦書事六首〔一〕

其　一

揮汗讀書不已，人皆怪我何求〔二〕。我豈更求榮達〔三〕，日長聊以銷憂〔四〕。

【校】

〔六首〕王本、四部本無此二字。

〔其一〕此爲箋注者所加，下同。

【箋注】

〔一〕據秦譜，元符元年，「先生自郴州赴横州……作寧浦書事六言詩」。通鑑長編紀事本末卷一〇二載，紹聖四年四月庚辰，「郴州編管秦觀移送横州編管」，蓋詔下之日。而先生之赴横州，則在元符元年。寧浦，宋時爲横州寧浦郡，屬廣南西路，故治在今廣西横縣西南，元廢。見光緒横州志卷一方輿志。今入廣西横縣治。

〔二〕人皆句：詩王風黍離：「知我者謂我心憂，不知我者謂我何求。」

〔三〕榮達：亢倉子賢道：「窮厄則以命自寬，榮達則以道自正。」

〔四〕銷憂：解憂。漢王粲登樓賦：「登兹樓以四望兮，聊暇日以銷憂。」曹操短歌行：「何以解憂，唯有杜康。」

【彙評】

曾季貍艇齋詩話：秦少游在嶺外貶所有詩云：「揮汗讀書不已，人皆笑我何求。我豈更求聞達，日長聊以消憂。」其語平易渾成，真老作也！今集中不見有之，予見吕東萊之子逢吉口説。

劉受祖海棠橋記：子獨不觀寧浦書事之詩乎？（詩略）淮海何憂乎？詩云：「知我者謂我心憂，不知我者謂我何求。」紹聖以來，群賢屏斥，姦夫竊柄，剥床而膚可虞，城圮而隍可復。淮海之憂，蓋在是耳。在天下者，不忘其憂；在吾心者，不改其樂。淮海之志，惟志於憂國憂民。故淮海之氣，不詘於流離遷謫。孟子曰：「志壹則動氣。」此淮海之所以超軼絶群者歟？

其二

魚稻有如淮右〔一〕，溪山宛類江南〔二〕。自是遷臣多病，非干此地煙嵐〔三〕。

【箋注】

〔一〕魚稻句：光緒横州志卷六物産：「谷之屬曰：粳稻，其種不一，有毛粳、六月粳、八月粳。糯稻，類更多，有白糯、紅糯、黑糯、斑糯、早糯、香糯、光糯、毛糯、黄皮糯、赤陽糯、六月糯、狗眼糯，俱可酒。」又：「鱗之屬曰：鯪魚，録異曰：鯩魚似白魚。異物志云：南方魚多不肥，美味惟鯪魚爲上，大者長三尺，作膾炙尤美。」其「沙塘魚」類中又有鯉、鯽、鰱、鱖、胖頭魚等。淮右，此指宋時淮南東路一帶，少游故鄉所在，今江淮地區。

〔二〕溪山句：光緒横州志卷一形勝：「簡陽地多遼曠，選高山大川之名勝者，殆弗及焉。然山環水繞，龍山跨於東北，左江來自西南，實爲一州帶礪。其森列於近者，則如舊志稿所傳：古鉢峙其北，寶華拱其南，東有月林聳秀，西有筆架獻奇，鬱江横帶於前，龍池澄澈於後，山川清淑，甲於他治。……過而問之，則天窟、月江，遠與會稽、永柳争勝矣。」可見與江南有相似處。

〔三〕煙嵐：雲煙蒸潤之氣。元稹重誇州宅旦暮景色兼酬前篇末句詩：「繞郭煙嵐新雨後，滿山樓閣上燈初。」此指南方瘴氣。横州志卷二氣候：「本州舊志稿云：横州城郭，四望開朗，氣候與郡城無異。惟四鄉嵐霧鬱蒸，寒燠相搏，瘴癘時有之。」

其三

南土四時盡熱〔一〕，愁人日夜俱長〔二〕。安得此身作石〔三〕？一時忘了家鄉。

【箋注】

〔一〕南土句：光緒横州志卷二氣候引李西美攝生論云：「南方地卑而土薄，土薄故陽氣常泄，地卑故陰氣常盛。陽氣泄，故四時常花，三冬鮮雪，一歲之中，暑熱過半。」案：横州地處嶺南，緯度低，故「四時盡熱」。

〔二〕愁人句：晉傅玄雜詩：「志士惜日短，愁人知夜長。」

〔三〕此身作石：録異記謂唐乾符中，有天台僧「自台山之東臨海縣界，得一洞穴。飢甚，乞食。食畢，僧立化爲石。」案：此二句反用唐柳宗元與浩初上人同看山寄京華親故詩：「若爲化得身千億，散上峰頭望故鄉。」

【彙評】

釋惠洪冷齋夜話卷三：少游謫雷悽愴，有詩曰：「南土四時都熱，愁人日夜俱長。安得此身如石，一時忘了家鄉。」魯直謫宜，殊坦夷，作詩云：「老色日上面，歡情日去心。今既不如昔，後當不如今。」「輕紗一幅巾，短簟六尺牀。無客白日静，有風終夕涼。」少游鍾情，故其詩酸楚；魯直學道休歇，故其詩閑暇。至於東坡南中詩曰：「平生萬事足，所欠惟一死。」有英特邁往之氣，不受夢幻折困，可畏而仰哉！（徐案：詩話總龜前集卷三引此文，文字小異。）

胡仔苕溪漁隱叢話前集卷四十八：冷齋夜話云：「秦少游責雷州詩曰：（略）黄魯直責宜州詩曰：『老色日上面，懽悰日去心。今既不如昔，後當不如今。』『輕紗一幅巾，小簟六尺牀。無客盡日静，有風終夜涼。』少游情鍾，故詩酸楚；魯直學道，故詩閑暇。至東坡則云：『平生萬事足，所欠惟一死。』英特邁往之氣，可畏而仰哉！」苕溪漁隱曰：「老去日上面，懽悰日去心。今既不如昔，後當不如今。」乃白樂天東城尋春詩也。「輕紗一幅巾，小簟六尺牀。無客盡日静，有風終夜涼。」亦白樂天竹窗詩也。二詩既非魯直所作，冷齋何爲妄有「學道閑暇」之語邪？

其四

洛邑太師奄謝〔一〕，龍川僕射云亡〔二〕。他日巋然獨在，不知誰似靈光〔三〕？

【箋注】

〔一〕洛邑太師：指文彦博。彦博，字寛夫，汾州介休人。宋史本傳云：「彦博逮事四朝，任將相五十年，名聞四夷。……久之，以太師致仕，居洛陽。元祐初，司馬光薦彦博宿德元老，宜起以自輔。……乃命平章軍國重事，六日一朝，一月兩赴經筵，恩禮甚渥。然彦博無歲不求退，居五年，復致仕。紹聖初，章惇秉政，言者論彦博朋附司馬光，詆毁先烈，降太子少保。卒，年九十二。」案：文彦博卒於紹聖四年五月丁巳，見續資治通鑑長編卷四八七。奄謝，即謝世。

〔二〕龍川僕射：指吕大防。大防，字微仲，藍田人，仁宗寶元元年進士。元祐三年，超拜尚書左僕射，與范純仁、劉摯共同執政，廢王安石新法。紹聖初，爲章惇等所排斥，貶郢州，轉徙循州，至虔州信豐縣而卒，時在紹聖四年四月辛亥，終年七十一，見續資治通鑑長編卷四八五。宋史有傳。案：龍川，指循州，今屬廣東省。

〔三〕靈光：殿名。文選王延壽魯靈光殿賦序：「魯靈光殿者，蓋景帝程姬之子恭王餘之所立也。……遭漢中微，盜賊奔突，自西京未央、建章之殿，皆見隳壞，而靈光巋然獨存。」此謂朝中老臣死亡殆盡，誰能幸存。

其　五

身與杖藜爲二〔一〕，對月和影成三〔二〕。骨肉未知消息〔三〕，人生到此何堪〔四〕！

【箋注】

〔一〕杖藜：用老藜莖所製手杖。

〔二〕對月句：李白月下獨酌四首之一：「舉杯邀明月，對影成三人。」以上二句，寫其孤獨。

〔三〕骨肉句：唐杜甫天邊行：「九度附書向洛陽，十年骨肉無消息。」

〔四〕人生句：南朝梁江淹恨賦：「試望平原，蔓草縈骨，拱木斂魂。人生到此，天道寧論！」

【彙評】

吴聿觀林詩話：秦太虚用樂天木藤謡「吾獨一身，賴爾爲二」，作六言云：「身與杖藜爲二，影將明月爲三」。真奇對也！

其　六

寒暑更拚三十〔一〕，同歸滅盡無疑。縱復玉關生入〔二〕，何殊死葬蠻夷〔三〕！

【箋注】

〔一〕拚：此同「拌」，義爲捨棄。

〔二〕玉關生入：指遇赦北歸。玉關，即玉門關，在今甘肅敦煌縣西北，古爲通西域要道。後漢書班超傳謂超在西域三十一年，求歸上疏，云：「臣不敢西望到酒泉郡，但願生入玉門關。」

〔三〕蠻夷：對南方少數民族的蔑稱。唐韓愈潮州刺史謝上表：「單立一身，朝無親黨，居蠻夷之地，與魑魅爲群。」

題務中壁〔一〕

⿰酉盧頭春酒響潺潺〔二〕，壚下黄翁寢正安〔三〕。夢入平陽舊池館〔四〕，隔花螭口吐清寒〔五〕。

【校】

〔醽〕原作「醽」，蜀本同。案：字當爲「醡」（即「醽」）之誤。張本、胡本、李本、段本、秦本誤作「醽」。

【箋注】

〔一〕本篇紹聖二年乙亥（一〇九五）春作於處州，時少游謫監酒税。光緒處州府志卷二：「姜山，在櫸山西，宋秦觀謫監酒税時常居此山。」務中，指酒税局。清端木國瑚詠姜山詩云：「小塍荒草埋吟屐，隔代蒼苔出酒瓶。」自注：「嘉慶初，土人於其處掘得宋時酒瓶。」又卷八清秦瀛書淮海先生除太學博士敕碑後：「處之姜山，爲宋酒税局，始祖淮海先生謫降郡酒税時居此。」

〔二〕醽頭：集韻：「醡，酒湰也，或作醽。」案：滲漏以去水爲湰。醽頭，當爲濾酒龍頭。

〔三〕黄翁：老人。年老髮白轉黄，故稱。此處係少游自指，時少游四十七歲。

〔四〕平陽：見卷九清明前一日李觀察席上得風字注〔三〕。

〔五〕螭口，見卷九次韻王仲至侍郎會李觀察席上注〔一〕。以上二句實爲追憶昔日在李觀察席上情境。

題法海平闍黎〔一〕

寒食山州百鳥喧〔二〕，春風花雨暗川原。因循移病依香火，寫得彌陀七萬言〔三〕。

【箋注】

〔一〕據秦譜，本篇紹聖三年丙子（一〇九六）寒食節作於處州。同治麗水縣志卷九云：「法海寺，在府南圓山，唐光化二年建……秦觀題法海平闍黎詩……」光緒處州府志卷二云：「圓山，富山東，古名新意山，有宋給事王信別業，今爲忠靖王廟，法海寺在其麓。」平闍黎，處州府志卷九案：「指月録：立禪師，處州人，住法海寺。徽宗革本寺作神霄宫，師陞座，謂衆曰：『更僧寺作神霄，佛頭添箇冠兒，有何不可？山僧不免横擔拄杖，高掛鉢囊，向無縫塔中安身，立命於無根樹下，嘯月吟風去也！』擲下拂子，竟爾趨寂。郡守以聞，仍改寺額曰『真身』。」又見五燈會元卷六。平闍黎，或即此僧。

〔二〕山州：處州府治皆山地，故名。處州府志卷二引清袁牧登白雲望處州詩：「一州大如斗，四面總山環。」又孟淳詩：「萬疊巉巖一徑開，中開空洞白雲堆。」皆寫山州特點。

〔三〕彌陀：指佛説阿彌陀經，佛教浄土宗主要經典之一。浄土宗以阿彌陀佛爲西方「極樂世界」之教主。

留别平闍黎〔一〕

紹聖元年，觀自國史編修官，蒙恩除館閣校勘，通判杭州，道貶處州，管庫三年，以不職罷。將自青田以歸，因往山寺中修懺三日，書絶句於住僧房壁。

緣盡山城且不歸，此生相見了無期。保持異日蓮花上，重説如今結社時〔二〕。

【校】

〔小序〕原爲詩跋，箋注者移前作序。

【箋注】

〔一〕據跋語，本篇紹聖三年丙子（一〇九六）作於處州青田縣。光緒處州府志卷九青田縣古蹟云：「秦學士祠，在慈仁院。宋紹聖初，秦觀謫監處州酒税時訪曇法師；後與曇别，贈詩有『緣盡山城且北歸』之句，又嘗爲曇師真贊。異時，院僧以名賢故蹟，因繪像立祠於院。嘉泰間，郡守胡澄訪其遺像，遂取以往，刊石郡齋。」清秦瀛書淮海先生除太學博士敕碑後云：「又青田縣有慈仁院者，先生昔訪曇法師於是，官滿作詩留别。院僧繪像立祠，已久廢。郡齋亦無先生像。」徐案：此首與題法海平闍黎一首中之平闍黎，當係一人；何則一在府治、一在青田，一爲立禪師、一爲曇法師，而曇法師又曾居處州水南庵？此中必有誤，待考。然依作者跋尾觀之,似以青田説爲是。抑平闍黎先在府治後移青田,亦有可能。

〔一一〕保持二句:蓮社高賢傳:「遠法師(僧慧遠)與諸賢結蓮社,以書招淵明。」案東晉僧慧遠居廬山東林寺,與劉遺民、雷次宗等同修浄土,寺中有白蓮池,因號蓮社。後人撰蓮社高賢傳,列名者一百二十三人。此以慧遠喻平闍黎,以劉遺民自喻。

淮海集箋注卷第十二

進策

序篇〔一〕

臣聞春則倉庚鳴，夏則螻蟈鳴，秋則寒蟬鳴，冬則雉鳴〔二〕。此數物者，微眇矣；然其候未至則寂寞而無聞，既至則日夜鳴而不已。何則？陰陽之所鼓動，四時之所感發，氣變於外，則情迫於中，雖欲不鳴不可得也。

淮海小臣，不聞廟堂之議、帷幄之謀〔三〕；獨耳剽目采，頗知當世利病之所以然者。嘗欲輸肝膽，效情素〔四〕，上書於北闕之下〔五〕；則又念身非諫官，職非御史，出位犯分，重煩有司之誅，隱忍逡巡而不敢發。幸陛下發德音，下明詔，使大臣任舉賢良方正能直言極諫之士，將修祖宗故事而親策於庭〔六〕。嗚呼！此亦愚臣效鳴之秋也。輒忘疎賤，條其意之所欲言者爲三十篇以獻。惟陛下財擇焉〔七〕！其目曰：

以意寓言，以言寓文，示變化之所終始，使天下曉然知之，作國論。

瑟不鳴，二十五弦各以其聲應〔八〕；轂不運，三十輻各以其力旋〔九〕。默則治語，靜則制動〔一〇〕。作主術〔一一〕。

急不極則緩不生，緩不極則急不成。一僨一起，如環無端〔一二〕。作治勢二篇。

以地爲險，山川是資〔一三〕；以兵爲險，不厭通達。作安都。

自信者不避嫌，自許者不求合，倚而容之，績乃可底〔一四〕。作任臣二篇。

衆賢聚於本朝，姦人之所不利，巧爲詆誣，以幻群聽。作朋黨二篇。

鳥有鳳〔一五〕，魚有鯤〔一六〕，超絶之材，宜見闊略〔一七〕。作人材。

楊墨塞路，孟氏所攘〔一八〕。申商崛興〔一九〕，莫或汝遏。作法律二篇。

得與失爲鄰，利與害同門，非至精莫之能分。作論議二篇。

爵禄者所以勵世磨鈍，科條品目，其可不悉？作官制二篇。

善治水者以四海爲壑〔二〇〕，善治財者以天地爲資〔二一〕，國之大計，於是乎在。作財用二篇。

料敵之虛實，若別牛馬；應變之倉卒，如數一二：非有道之士不能。作將帥。

以寡覆衆，來如風雨，去如絶絃〔二二〕。作奇兵。

美言可以市，三寸之舌，勝百萬之師〔二三〕。作辯士。

機會之來，間不容髮〔二四〕。匪龜匪鏡〔二五〕，其能勿失？作謀主。

心不治則神擾，氣不養則精喪〔二六〕。治心養氣〔二七〕，四術自得。作兵法。

愚民弄兵，依阻山谷，銷亡不時，或爲大釁。作盜賊三篇。

党項微種，盜我靈武〔二八〕，逾八十年，天誅不讫。作邊防三篇。

東西爲緯，南北爲經，織者執綜而文成。其詳在彼，其略在此。作序篇。

【校】

〔進策〕原闕此二字，據卷端目録補。

〔作辯士〕原「辯」作「辨」，字通。此從段本、秦本、王本、四部本。

【箋注】

〔一〕秦譜元祐五年庚午載：「先生被召至京師應制科，進策三十篇、論二十篇，進策序篇。既奏，除太學博士，校正祕書省書籍。」非是。案策、論及序篇，俱係應制科（即賢良方正能直言極諫科）而進。續資治通鑑長編卷八十謂元祐二年四月乙巳，「吕公著請復制科」；乙未，「詔復置賢良方正能言極諫科」。至次年方實行。長編卷四一四云：元祐三年九月，「辛亥，御史中丞孫覺、户部侍郎蘇轍、中書舍人彭汝礪、祕書省正字張續考試應賢良方正能言極諫科舉人」。卷四一五又云是歲冬十月己丑，翰林學士兼侍讀蘇軾言：「又貼黄，臣所舉自代人黄庭堅歐陽棐，十科人王鞏、制科人秦觀，皆誣以過惡，了無事實。」可見秦觀曾應是歲制科，則策、論及序篇當爲此時所進。秦觀又有詩題云：「元祐三年余被召至京師，從翰林蘇先生過興國浴室院……」可證其確曾赴京應試，然因有人「誣以過惡」，故落第而回蔡州。又據長編卷四一四云，是歲九月丁卯，「上御集英殿，試賢良方正能言極諫科謝悰」，右正言劉安世言：「臣伏見朝廷近復制科，祕閣所試之人，皆不應格。陛下方務進人材，不欲並行黜落，曲收謝悰，以爲天下學士之勸。」則此歲制科僅取謝悰一人，其餘「並行黜落」，少游亦在黜落之列。然策、論各篇，並非作於一時。早在元豐三年寒食前，蘇轍赴高安經高郵，少游曾以策論數篇託其至黄州時轉交蘇軾。蘇軾答秦太虛書云：「寄示詩文，皆超然勝絶，亹亹焉來逼人矣，如我輩亦不勞逼也。太虛未免求禄仕，方應舉求之。應舉不可必，竊爲君謀，宜多著書，如所示論兵及盜賊等數篇。但似此得數十首，皆卓然有可用之實者，不須及時事也。但旋作此書，亦不可廢應舉，此書若成，聊復相示，當有知君者，想喻此意也。」少游復書云：「得公書，重以親老之命，頗自摧折，不復如向來簡慢，盡取今人所謂時文者讀之，意謂亦不甚難及，就其體作數首，輒有見推可者，因以應書。……繼亦作得十數篇，未敢附上。」可見全部策論，始作於元豐之初，至元祐二年陸續完成，用以進於朝廷，前冠此序篇，提綱挈領，舉其大要。

〔二〕春則四句：語本東坡與李端叔書。禮記月令：「仲春之月……始雨水，桃始華，倉庚鳴。」又：「孟夏之月……螻蟈鳴，蚯蚓出。」又：「孟秋之月……涼風至，白露降，寒蟬鳴。」又：「季冬之月……鵲始巢，雉雊，雞乳。」倉庚即黄鶯。

〔三〕帷幄之謀：史記高祖本紀：「高祖曰：『公知其一，不知其二。夫運籌策帷帳之中，決勝於千里之外，吾不如子房。』」

〔四〕輸肝膽效情素：史記淮陰侯列傳：「臣願披腹心，輸肝膽。」又史記范雎蔡澤列傳：「披腹心，示情素。」

〔五〕北闕：宫殿北面門樓。漢書高帝紀：「至長安，蕭何治未央宫，立東闕、北闕……」注：「未央殿雖南嚮，而尚書奏事，謁見之徒，皆詣北闕。」

〔六〕幸陛下四句：宋史哲宗紀一謂元祐二年夏四月丁未復制科，宋史紀事本末卷三八學校科舉之制謂元祐二年，「夏四月，丁未，吕公著請復制科。詔曰：『祖宗設六科之選，策三道之要，以網羅天下賢俊。先皇帝興學校，崇儒術，以作新人材，變天下之俗，故科目之設，有所未遑。今天下之士，多通於經術而知所學矣，宜復制策之科，以徠拔俗之才，裨於治道。蓋乃帝王之道，損益趨時，不必盡同，同歸於治而已。今復置賢良方正能言極諫科，自今年爲始。』」親策於庭，指元祐三年九月丁卯哲宗御集英殿，試賢良方正。見本篇注〔一〕。

〔七〕財擇：猶裁擇。漢書晁錯傳：「傳曰：狂夫之言而明主擇焉。臣錯愚陋，昧死上狂言，唯陛下財擇。」注：「財與裁同也。」

〔八〕瑟不鳴二句：淮海子繆稱訓：「治國譬若張瑟。」太平御覽卷五七六引王子年拾遺録：「黄帝使素女鼓庖羲氏之瑟，滿席悲不能已，後破爲七尺二寸，二十五弦。」

〔九〕三十輻：老子十一章：「三十輻共一轂，當其無，有車之用。」王弼注：「轂所以能統三十輻者，無也。以其無能受物之故，故能以實統衆也。」史記太史公自序：「二十八宿環北辰，三十輻共一轂，運行無窮。」

〔一〇〕默則二句：韓非子主道：「道者萬物之始，是非之紀也。是故明君守始以知萬物之源，治紀以知善敗之端。故虚静以待令，令名自命也，令事自定也。虚則知實之情，静則知動者正。」淮南子主術訓：「人主之術，處無爲之事，而行不言之教，清静而不動，一度而不摇，因循而任下，責成而不勞。」

〔一一〕主術：淮南子主術訓高誘注：「主，君也；術，道也。君之宰國統御臣下，五帝三王以來，無不用道而興，故曰主術也。」

〔一二〕一僨二句：一僨一起，即一仆一起。莊子天運：「一死一生，一僨一起，所常無窮，而一不可待。」又孫子卷五：「奇正相生，如循環之無端，孰能勝之？」

〔一三〕以地二句：戰國策秦一蘇秦説秦惠王：「大王之國，西有巴、蜀、漢中之利，北有胡貉、代馬之用，南有巫山、黔中之限，東有殽、函之固。……蓄積饒多，地勢形便，此所謂天府，天下之雄國也。」賈誼過秦論：「秦地被山帶河以爲固，四塞之國也。」此用其意。

〔一四〕績乃可厎：功業可定。書舜典：「乃言厎可績。」馬注：「厎，定也。」

〔一五〕鳥有鳳：説文：「鳳，神鳥也。天老曰：鳳之象也，麐前鹿後，蛇頸魚尾，龍文龜背，燕頷雞喙，五色備舉，出於東方君子之國，翺翔四海之外，過崑崙，飲砥柱，濯羽弱水，莫宿風穴，見則天下大安寧。」

〔一六〕魚有鯤：莊子逍遥遊：「北冥有魚，其名爲鯤，鯤之大，不知其幾千里也。化而爲鳥，其名爲鵬。」

〔一七〕闊略：猶寬恕。漢書王嘉傳：「人情不能不有過差，宜可闊略。」注：「師古曰：當寬其小罪也。」

〔一八〕楊墨二句：孟子滕文公下：「聖王不作，諸侯放恣，處士横議，楊朱墨翟之言盈天下。天下之言，不歸楊，則歸墨。楊氏爲我，是無君也；墨氏兼愛，是無父也。無父無君，是禽獸也。」

〔一九〕申商：戰國時申不害、商鞅，二人皆事刑名之學，後世號爲法家，並稱申商。漢書武帝本紀丞相衛綰奏：「所舉賢良，或治申、商、韓非、蘇秦、張儀之言，亂國政，請皆罷。」

〔二〇〕善治水句：孟子告子下：「禹之治水，水之道也，是故禹以四海爲壑，今吾子以鄰國爲壑。」

〔二一〕善治財句：管子卷二十形勢解：「天覆萬物而制之，地載萬物而養之，四時生長萬物而收藏之，古以至今，不更其道。」

〔二二〕來如風雨二句：孫子卷五：「埶（勢）如彍弩，節如發機。」注引杜佑曰：「言形勢之彍，如弩之張；奔擊之易，如機之發也。」此用其意。

〔二三〕三寸之舌二句：史記平原君傳：「毛（遂）先生以三寸之舌，彊於百萬之師。」

〔二四〕間不容髮：喻形勢急迫，語出大戴禮曾子天圓。又文選枚乘上書諫吴王：「係絶於天，不可復結；墜入深淵，難以復出，其出不出，間不容髮。」

〔二五〕匪龜匪鏡：古代以爲龜可卜吉凶，鏡可别美惡，借喻洞察一切。北史長孫道生傳附紹遠上遺表：「此數事者，照爛典章，揚搉而言，足爲龜鏡。」

〔二六〕心不治二句：孫子卷七：「故三軍可奪氣，將軍可奪心。」注引梅堯臣云：「以旗鼓之變，或奪其氣，軍既奪氣，將亦奪心。」

〔二七〕治心養氣：孫子卷七：「故善用兵者，避其鋭氣，擊其惰歸，此治氣者也；以治待亂，以静待譁，此治心者也。」

〔二八〕党項二句：党項，古西北地區少數民族。此指西夏。據宋史紀事本末卷四十，神宗元豐永樂之役中失靈武。安燾元祐元年争之曰：「自靈武而東，皆中國故地，先帝有此武功，今無故棄之，豈不取輕於外夷邪？」

【彙評】

黄庭堅晚泊長沙示秦處度湛范元實温用寄明略和父：少游五十策，其言明且清。筆墨深關鍵，開闔見日星。陳友評斯文，如鐘磬鼓笙。誰能續鳳鳴？洗耳聽兩甥。

呂本中童蒙訓：文章有首有尾，無一言亂說，觀少游五十策（論）可見。（見仕學規范卷三十四引）

又：老蘇嘗自言：升裏轉，斗裏量，因聞此遂悟文章妙處。文章紆徐委曲，說盡事理，惟歐陽公爲得之。至曾子固加之字字有法度，無遺恨矣。文章有本末首尾，無一言亂說，觀少游五十策（論）可見。（見鑑衡卷二引）

陳善捫蝨新話卷六秦少游文自成一家：呂居仁嘗言少游從東坡游，而其文字乃自學西漢。以余觀之，少游文格似止（原注：一作正），此所進論策，辭句頗若刻露，不甚含蓄。若以比坡，不覺望洋而嘆也。然亦自成一家。

段斐君本淮海集徐渭眉批：（「自信者不避賢」四句）文法古健似老子。

文獻通考卷二三七別集類：玉山汪氏曰：「居仁呂公云：秦少游應制科，問東坡文字科紐，坡曰：但如公上呂申公書足矣。故少游五十篇只用一格。前輩如黄魯直、陳無己，皆極口稱道之。後來讀書，初不知其爲奇也。呂丈所取者，蓋以文章之工，固不待言；而尤可爲後人楷模者，蓋篇皆有首尾，無一字亂說。如人相見，接引應對茶湯之類，自有次序，不可或先或後也。」

林紓淮海集選序：呂居仁稱少游文字，自學西漢；而捫蝨新話則謂其刻露不甚含蓄，若比東坡，不覺望洋而嘆。實則二說皆似是而非。……唯策論，則與東坡同一軌轍。……實則學東坡之似者，無若少游：此少游之所以不及東坡也。楊西亭學石谷之畫，酷似石谷，人亦知有石谷而已，何必西亭！

張相、周邦英選評宋文鑑簡編評進策序：簡練錯綜，極似道德經。

國論〔一〕

臣聞古之人君，以其祖考之志而升黜人材、弛張法度者，多矣。太上忘言，其次有言，其下不及言〔二〕。何則？昔舜舉十六相〔三〕，去四凶〔四〕，肇十有二州〔五〕，皆堯志也。而精誠所動，神化所移，不待告之以言而天下曉然，固已心知其本末。此所謂「太上忘言」者也。而浮言横議，二三不一，至以其遷伐之意託於詞令，丁寧而告於庭，委曲而誓志也。盤庚之遷亳〔六〕，武王之伐商〔七〕，所以從先王之業〔八〕、承文考之諸野，然後民始悦然而服從。此所謂「其次有言」也〔九〕。秦孝公用商君之説，變法令，易風俗，所以修繆公之業、成獻公之志也〔一〇〕。然未嘗以其變法之意告民。疑而不服，則痛法以繩之。此所謂其下不及言者也。

夫秦之「不及言」，固無足道。而舜之「忘言」，又不可以遽及。然則後世人君，有以祖考之命而升黜人材、弛張法度者，安得不法盤庚、武王之「有言」哉？

陛下即位以來，圖任元老，眷禮名儒，屏棄奸臣，投竄刻吏，所以照臨海内甚盛。罷青苗之使，廢市易之司，削保甲之條，刊免役之令〔一一〕；至於摘山煮海冶鑄之事〔一二〕，他日吏緣以爲姦者，臨遣信臣，更定其法，所以加惠元元甚厚〔一三〕。臣竊聞之，凡此大功數十，淹速輕重，雖出於聖母之裁成〔一四〕，其大概則皆先帝之末命也〔一五〕。然大道之行，小人所不利，或作爲詆欺之言，悖亂群聽，以爲先帝之道陛下當終身奉以周旋；而數年之間遽聽一二大臣更張幾盡，異乎所謂「父作之、子述之」者矣〔一六〕。自非明智不惑之士，往往聞其説而疑之。嗚呼！此殆陛下不法盤庚、武王「有言」之過也。

夫子之事父，其生也養志爲大，養口體次之〔一七〕。知述事而不知繼志，猶養口體而不養志也，非所以爲達孝〔一八〕。秦皇、漢武皆以蓋世之氣，闢闔宇宙之材，并吞諸侯，攘却胡粤。若以功業言之，則始皇之英偉傑特，又非武帝之可比也。然而萬世之下，號始皇爲暴主，稱武帝爲賢君，秦祚遽傾，漢基益大者何哉？二世不變始皇之事〔一九〕，孝昭能改武帝之法故也〔二〇〕。向使先帝晚年，於人材法度初無升黜之心、弛張之意，陛下猶當繼其志，不述其事，又況親承於末命乎？

臣願陛下具以意作爲明詔，丁寧反覆，如古訓誥誓命之文〔三〕，布告天下，咸使聞之。則小人雖有詆欺之言，不能以疑衆矣。然後被之以詩章，傳示無窮，以明德意，使後世皆知成先帝之功者，陛下也。豈不休哉！

【箋注】

〔一〕本篇云：「陛下即位以來，圖任元老，眷禮名儒，屏棄奸臣，投竄刻吏。」係指「元祐更化」。詔案：據宋史哲宗本紀，元祐元年「閏月庚寅，蔡確罷，以司馬光爲尚書左僕射、門下侍郎。韓維、吕大防、孫永、范純仁定役法。壬辰，以吕公著爲門下侍郎。……辛亥，章惇罷」。故當作於此後不久。

〔二〕太上三句：左傳襄公二十四年：「大上有立德，其次有立功，其次有立言。」疏：「正義曰：太上，其次，以人之才知深淺爲上次也。太上，謂之最上者、上聖之人也；其次，次聖也，謂大賢之人也；其次，又次大賢者也。」此仿其意，而「忘言」、「有言」、「不及言」，皆少游所申者也。

〔三〕舜舉十六相：史記五帝本紀：「昔高陽氏有才子八人，世得其利，謂之『八愷』。高辛氏有才子八人，世謂之『八元』。此十六族者，世濟其美，不隕其名。至於堯，堯未能舉。舜舉八愷，使主后土，以揆百事，莫不時序。舉八元，使布五教於四方，父義母慈，兄友弟恭子孝，内平外成。」索隱：「左傳史克對魯宣公曰：『昔高陽氏有才子八人，倉舒、隤敳、檮戭、大臨、尨降、庭堅、仲容、叔達。』」又：「左傳：『高辛氏有才子八人，伯奮、仲堪、叔獻、季仲、伯虎、伯熊、叔豹、季貍。』」此即所謂十六相。

〔四〕去四凶：史記五帝本紀：「昔帝鴻氏有不才子，掩義隱賊，好行凶慝，天下謂之渾沌。少皞氏有不才子，毀信惡忠，崇飾惡言，天下謂之窮奇。顓頊氏有不才子，不可教訓，不知話言，天下謂之檮杌。……縉雲氏有不才子，貪于飲食，冒于貨賄，天下謂之饕餮。……舜賓于四門，乃流四凶族，遷於四裔，以御螭魅，於是四門辟，言毋凶人也。」

〔五〕肇十有二州：書舜典：「肇十有二州。」注引馬融曰：「禹平水土，置九州。禹以九州之北廣大分置并州，燕齊遼遠，分燕置幽州，分齊爲營州，於是爲十二州也。」案：禹貢九州爲冀、豫、雍、揚、兖、徐、梁、青、荆。

〔六〕盤庚之遷亳：史記殷本紀：「帝盤庚之時，殷已都河北，盤庚都河南，復居成湯之故居，迺五遷，無定處，殷民咨胥皆怨，不欲徙。盤庚乃告諭諸侯大臣曰：『昔高后成湯與爾之先祖俱定天下，法則可修。舍而弗勉，何以成德？』乃遂涉河南，治亳，行湯之政，然後百姓由寧，殷道復興。」

〔七〕武王之伐商：史記周本紀：「武王自稱太子發，言奉文王以伐（商），不敢自專。乃告司馬、司徒、司空、諸節：『齊栗，信哉！予無知，以先祖有德臣，小子受先功，畢立賞罰，以定其功。』遂興師。」下句「承文考之志」即承此句而來。

〔八〕從先王之業：書盤庚上：「天其永我命，于兹新邑，紹復先王之大業。」新邑，指亳，此句承上「盤庚之遷亳」而來。

〔九〕而浮言以下七句：分述盤庚、武王之動員民衆。書盤庚上：「王命衆，悉至于庭。」案蔡沈釋題云：「盤庚欲遷於殷，而大家世族，安土重遷，胥動浮言，小民雖蕩析離居，亦惑於利害，不適有居。盤庚喻以遷都之利，不遷之害。」野，指牧野。書牧誓蔡沈注：「牧，地名，在朝歌南，即今衛州治之南也。武王軍於牧野，臨戰誓衆。」

〔一〇〕秦孝公五句：史記秦本紀：「三年，衛鞅説孝公變法修刑，内務耕稼，外勸戰死之賞罰，孝公善之。……卒用鞅法，百姓苦之；居三年，百姓便之。」衛鞅，後封於商，號商君。繆公之業，獻公之志，皆謂稱霸於諸侯。

〔一一〕罷青苗之使四句：宋史紀事本末卷四十三元豐八年秋七月：「詔罷保甲法。」「十一月丙戌，罷方田。」「十二月壬戌，罷市易法。……罷保馬法。」元祐元年，「八月辛卯，詔復常平舊法，罷青苗錢」。

〔一二〕摘山煮海冶鑄之事：指採茶、燒鹽、冶煉等業。

〔一三〕元元：百姓。史記匈奴傳：「元元萬民。」洪邁容齋五筆：「又元元二字，考之六經，無所見，而兩漢書多用之。」

〔一四〕聖母：指太皇太后高氏，時垂簾聽政。宋史后妃上：「英宗宣仁聖烈高皇后，亳州蒙城人。曾祖瓊，祖繼勳，皆有勳王室，至節度使。母曹氏，慈聖光獻后姊也，故后少鞠宮中。時英宗亦在帝所，與后年同，仁宗謂慈聖，異日必以爲配。既長，遂成昏濮邸。生神宗皇帝、岐王顥、嘉王頵、壽康公主。治平二年，册爲皇后。……哲宗嗣位，尊爲太皇太后。」

〔一五〕先帝之末命：謂神宗臨終之遺言。宋史紀事本末卷四十三：「光居政府，凡王安石、吕惠卿所建新法剗革略盡。……於是天下釋然曰：『此先帝本意也。』」末命，書顧命：「皇后憑玉几，道揚末命，命汝嗣訓。」

〔一六〕「小人所不利」至「子述之者矣」：禮記中庸：「子曰：無憂者其唯文王乎？以王季爲父，以武王爲子，父作之，子述之。」案：宋史紀事本末卷四三引畢仲游與司馬光書：「今遂廢青苗，罷市易，蠲役錢，去鹽法：凡號爲利而傷民者，一掃而更之，則向來用事於新法者，必不喜矣。不喜之人必不但曰不可廢罷蠲去，必操不足之情，言不足之事，以動上意。」又引羅從彦曰：「孔子曰：『三年無改於父之道。』此孝子居喪，志存父在之道，不必主事而言也。……光不即理言之，乃曰：『以母改子，非子改父。』以此遏衆議，則失之矣。」此皆少游所反對之論點。

〔一七〕其生也二句：養志、養口體，莊子讓王：「故養志者忘形，養形者忘利。」孟子離婁上：「曾子養曾皙，必有酒肉，將徹，必請所與。問有餘，必曰有。曾皙死，曾元養曾子，必有酒肉，將徹，不請所與。問有餘，曰：『亡矣。』將以復進也。此所謂養口體者也。若曾子則可謂養志也。」此謂子之事父，不但養其口體，尤重承順其志。

〔一八〕達孝：中庸：「子曰：『武王周公，其達孝矣乎！』」顧炎武日知録經義：「達孝者，達於上下，達於幽明，所謂孝悌之至，通於神明，光於四海，無所不通者也。」

〔一九〕二世句：史記秦本紀：「始皇帝五十一年而崩，子胡亥立，是爲二世皇帝。三年，諸侯并起叛秦，趙高殺二世，立子嬰。子嬰立月餘，諸侯誅之，遂滅秦。」

〔二〇〕孝昭句：漢武帝好封禪，喜遊獵，屢次出征匈奴（見史記及漢書武帝本紀），至昭帝則改其法。漢書昭帝紀贊：「昔周成以孺子繼統，而有管蔡四國流言之變。孝昭幼年即位，亦有燕、蓋、上官逆亂之謀。成王不疑周公，孝昭委任霍光，各因其時以成名，大矣哉！承孝武奢侈餘敝師旅之後，户口減半，光知時務之要，輕繇薄賦，與民休息。至始元、元鳳之間，匈奴和親，百姓充實。舉賢良文學，問民所疾苦，議鹽鐵而罷榷沽。尊號曰昭，不亦宜乎！」

〔二一〕訓誥誓命：皆書篇名。書伊訓蔡傳：「訓，導也。太甲嗣位，伊尹作書訓導之。」又仲虺之誥蔡傳：「一曰誓，用之於軍旅；二曰誥，用之於會同，以喻衆也。」又説命上蔡傳：「説命，記高宗命傅説之言。『命之曰』以下是也，猶蔡仲之命、微子之命。後世命官之詞，其源蓋出於此。」

主術〔一〕

臣聞人主之術無他，其要在乎能任政事之臣與議論之臣而已〔二〕。政事之臣者，宰相執政，和陰陽萬物，宰制百辟，鎮撫四夷，與天子經綸於帷幄之中者也。議論之臣者，諫官御史，學術知古始，器識通世務，奮不顧身，與天子辨曲直爭是非者也。今天下之事，有執政之臣以行之，有議論之臣以言之，則人主可以弁冕端委而無所事〔三〕。不然，則雖弊精神，竭筋力，以夜繼日，猶無益也。

臣請以用人一事明之。士大夫以名列於仕版者，蓋以萬計，有智者，有愚者，有賢者，有不肖者。若智與賢，則功利之所從興也。愚與不肖，則罪害之所從起也。夫人主以一身之思慮，一耳目之聰明，而當天下功罪利害之機，非有政事之臣，則百官之進退，奈何而不亂也？然人之難知久矣。實愚而似智，實智而似愚者有之；實賢而似不肖，實不肖而似賢者有之。申以親疏之異，重以好惡之偏。夫以天下之智愚賢不肖，而付之於二三大臣之手，非有議論之臣，則進退當否，奈何而知之也？雖然，政事之臣者，人主之股肱；議論之臣者，人主之耳目〔四〕。任政事之臣而忽諫官，略御史，猶股肱便利而耳目盲聵也。任議論之臣而輕宰相，薄執政，猶耳目聰明而股肱折也。要之，二者不可偏勝，使之適平而已。

漢成帝用王鳳爲大將軍，政事大小皆自鳳出，天子曾不一舉手〔五〕。京兆尹王章言之，爲鳳所陷，罪至大逆〔六〕。故陽朔之後〔七〕，天下以言爲諱。唐明皇用李林甫爲相，十有九年，顓政用事，補闕杜璡上書，斥爲下邽令，由是諫諍路絶〔八〕。此則任政事之臣太勝也。漢武帝擢嚴助、朱買臣、吾丘壽王、司馬相如、東方朔之徒於左右，朝廷有政事，輒令助等與大臣辯論，大臣數絀〔九〕。唐德宗晚年，宰相唯奉行詔書，所與圖事者李齊運、裴延齡、韋渠牟而已〔一〇〕。此則任議論之臣太勝也。

臣聞仁祖時〔一一〕，天下之事，一切委之執政，群臣無得預者。除授或不當，雖貴戚近屬，旨從中出，輒爲固執不行〔一二〕。一旦諫官列其罪，御史數其失，雖元老名儒上所眷禮者，亦稱病而賜罷〔一三〕。政事之臣得以舉其職，議論之臣得以行其言，兩者之勢適平〔一四〕。是以治功之隆，過越漢唐，與成康相先後〔一五〕，蓋繇此也。

陛下即位以來，圖任老成，屬以事，屢下明詔，使中外大臣舉諫官，薦御史，保任骨鯁以備獻納之科，可謂得人主之要術矣〔一六〕。願鑒漢唐之弊，專取法於仁祖，常使兩者之勢適平，足以相制，而不足以相勝。則陛下可以弁冕端委而無事矣。

【校】

〔一〕「唐德宗晚年」「年」原誤作「言」，據張本、胡本、李本改。

【箋注】

〔一〕本篇云：「陛下即位以來，圖任老成，屬以事，屢下明詔，使中外大臣舉諫官，薦御史……」當亦作於元祐初。據宋史紀事本末卷四十三，元豐八年秋七月，以呂公著爲尚書左丞，元祐元年閏二月，以司馬光爲尚書左僕射兼門下侍郎，三月，詔起文彦博平章軍國重事。以上皆指此。主術，君主統治之道，參見本卷序篇注〔一一〕。

〔二〕政事之臣與議論之臣：前者指行政官員，如尚書左右僕射（即宰相）、尚書左右丞等；後者指諫官，亦稱言官，如御史臺諫等。見宋史職官志。

〔三〕弁冕端委：左傳昭公元年：「吾與子弁冕端委，以治民臨諸侯，禹之力也。」疏：「服虔曰：禮衣端正無殺，故曰端；文德之衣尚褒長，故曰委。」弁、冕，皆古冠名。穀梁傳僖公八年：「弁冕雖舊，必加於首。」此喻垂拱而治。

〔四〕政事之臣四句：股肱、書益稷：「帝曰：臣作朕股肱耳目。」左傳昭公九年：「君之卿佐，是謂股肱；股肱或虧，何痛如之。」耳目，淮南子主術訓：「人主者，以天下之目視，以天下之耳聽。……百官修同，群臣輻湊。」唐書韋思謙傳：「進御史大夫，性謇諤，顏色莊重不可犯，見王公未嘗屈體，或以爲譏，曰耳目官固當特立。」

〔五〕漢成帝三句：漢書成帝紀：「（竟寧元年）以元舅侍中衛尉陽平侯王鳳爲大司馬大將軍，領尚書事。」贊謂：「建始以來，王氏始執國命。」又元后傳謂成帝立，「以鳳爲大司馬大將軍領尚書事，益封五千户。王氏之興自鳳始」。後言官上疏稱高祖「非功臣不侯」，鳳懼欲謝職，成帝反而慰之曰：「將軍其專心固意，輔朕之不逮，毋有所疑。」於是「大將軍鳳用事，上遂謙讓無所顓。」

〔六〕京兆尹三句：漢書王章傳：「王章字仲卿，泰山鉅平人也。……爲京兆尹。時帝舅大將軍王鳳輔政。章雖爲鳳所舉，非鳳專權，不親附鳳。會日有蝕之，章奏封事，召見，言鳳不可任用，宜更選忠賢。上初納受章言，後不忍退鳳。章由是見疑，遂爲鳳所陷，罪至大逆。」

〔七〕陽朔：漢成帝年號，公元前二四年至前二一年。

〔八〕唐明皇六句：新唐書李林甫傳：「林甫居相位，凡十九年，固寵市權，蔽欺天子耳目，諫官皆持禄養資，無敢正言者。補闕杜璡再上書言政事，斥爲下邽令。因以語動其餘曰：『明主在上，群臣將順不暇，亦何所論？……』由是諫争路絶。」

〔九〕漢武帝四句：漢書嚴朱吾丘主父徐嚴終王賈傳：「嚴助，會稽吴人。……郡舉賢良，對策百餘人，武帝善助對，繇是獨擢助爲中大夫。後得朱買臣、吾丘壽王、司馬相如、主父偃、徐樂、嚴安、東方朔、枚皋、膠倉、終軍、嚴葱奇等，並在左右。是時征伐四夷，開置邊郡，軍旅數發，内改制度，朝廷多事……上令助等與大臣辯論，中外相應以義理之文，大臣數詘。」詘，通絀，即「屈」。

〔一〇〕唐德宗晚年三句：新唐書韋渠牟傳：「自陸贄免，帝（德宗）躬攬庶政，不復委權於下，宰相取充位行文書而已。至守宰御史，皆自推。簡然處深宮，所倚而信者，裴延齡、李齊運、王紹、李齊、韋執誼與渠牟等，其權侔人主。」

〔一一〕仁祖：即宋仁宗趙禎，公元一〇二三至一〇六三年在位。以下所云，見宋史仁宗紀，其贊云：「在位四十二年之間，吏治若媮惰，而任事蔑殘刻之人；刑法似縱弛，而決獄多平允之士。國未嘗無弊倖，而不足以累治世之體；朝未嘗無小人，而不足以勝善類之氣。君臣上下惻怛之心，忠厚之政，有以培壅宋三百餘年之基。」

〔一二〕除授四句：據宋史外戚傳上，駙馬都尉柴宗慶仁宗時「拜同中書門下平章事，徙節武成軍。……後判鄭州，以縱部曲擾民，召還奉朝請，歲減公用錢四百萬。久之，出判濟州，用御史中丞賈昌朝言，留不遣，盡停本使公使錢」。以其「歷官多過失，性極貪鄙」，故雖「貴戚近屬」，亦不予以除授，且加以處分，可見仁宗之不徇私情。

〔一三〕一旦四句：續資治通鑑卷四八宋紀仁宗慶曆五年：「詔以邊事寧息，盜賊漸衰，知鄆州富弼、知青州張存並罷安撫使；知邠州范仲淹罷陝西四路安撫使。其實讒者謂石介謀亂，弼將舉一路兵應之故也。仲淹先引疾求解邊任，是日改知鄧州。」案慶曆黨爭中多此例，許多元老名儒相繼稱病罷職。

〔一四〕政事三句：政事之臣與議論之臣見本篇注〔一一〕。宋代政府以此兩種官職相互監督、箝制，使權力得以平衡。

〔一五〕是以三句：謂仁宗治績，超過漢唐盛世，與周代成王、康王相媲美。案史記周本紀謂成王之世，「興正禮樂，度制于是改，而民和睦，頌聲興」，康王即位，「宣告以文武之業申之。……故成康之際，天下安寧，刑錯四十餘年不用」。仁宗治績參見注〔一一〕引本紀贊語。

〔一六〕屢下明詔以下五句：宋史哲宗紀一元豐八年冬十月：「癸酉，詔倣唐六典置諫官。丁丑，令侍從各舉諫官二人。詔監察御史兼言事，殿中侍御史兼察事。」于是唐淑問、朱光庭、蘇轍等任諫官。

治勢上

臣聞御天下之術，必審天下之勢。不審其勢而已信臆決，行其所謂道，守其所謂法，則雖有剛嚴果斷之材，或失而爲刻深〔一〕；慈惠惻隱之意，或壞而爲姑息。何則？設之不當也。

夫聖主之於天下，豈嘗有意用術哉？天下有强勢，吾則有寬術。天下有弱勢，吾則有猛術。非强非弱，天下無勢；非寬非猛，吾亦無術。蓋無勢者天下之常勢，而無術者天下之至術也。雖然，御强勢者必以寬，而强之弊實生於寬。御弱勢者必以猛，而弱之弊實生於猛。何則？昔漢之文景，承高祖開創之後，接呂氏蹀血之餘〔二〕，除誹謗，去肉刑，減笞法，定箠令〔三〕，可謂寬矣；而諸侯逆命，夷狄侵邊〔四〕。孝武不勝其憤，力攘匈奴，誅兩粤〔五〕；大臣相繼而入獄，二千石連頸而伏誅〔六〕；巫蠱之禍，至於夫婦父子之間而不相保〔七〕。由是言之，豈非强之弊實生於寬耶？昔唐肅宗器本刻深，以刑名自喜，安史之亂來歸者戮於獨柳之下，待罪者斃於縲紲之中〔八〕，可謂猛矣；而慶緒荐興〔九〕，思明復起〔一〇〕。代宗深鑒其事，舍脅從之罪，緩污染之誅，至於封豕長蛇無所懲艾〔一一〕，忠臣義士切齒不平。王室陵夷之漸，蓋基於此。由是言之，豈非弱之弊實生於猛耶？是故救强之弊，必於崇寬之時；救弱之弊，必於尚猛之日。夫强弱之相乘，寬猛之相代，猶東之有西，晝之有夜，理之所必至，事之所固然也，顧昧者不知耳。

昔陵陽嚴詡將去潁川，謂掾史曰：「我以柔弱召，必選剛猛代。代到，將有僵仆者矣。」及何並至郡，首治鍾威、趙季、李款之獄，果如詡言〔一二〕。以詡並觀之，則天下之勢，可以前百年而預定。古者刑罪，世輕世重，不爲定論。文王之時，關市譏而不征。周公、成王之時，則關市有征矣，至凶年，然後弛之〔一三〕。推此類而言，則先王之法度，大抵皆審天下之勢而爲之者也。

傳曰：「政寬則民慢，慢則糾之以猛。猛則民殘，殘則弛之以寬。寬以濟猛，猛以濟寬，政是以和。」〔一四〕夫傳所謂和者，則臣之所謂聖人之至術者歟。

【校】

〔必選剛猛代。代到〕底本、張本、胡本、李本少一「代」字，據蜀本補。

【箋注】

〔一〕刻深：嚴酷。戰國策秦一：「法及大子，黥劓其傅。期年之後，道不拾遺，民不妄取；然則深寡恩，特以强服之耳。」

〔二〕吕氏蹀血：指吕后之宗族吕産、吕禄，時欲奪漢室政權，爲陳平、周勃所平。後遂出現「文景之治」。蹀血，漢書文帝紀：「今已誅諸吕，新喋血京師。」師古曰：「喋本字當作蹀，蹀謂履涉之耳。」蹀血，謂踏血而行，喻殺人之多。

〔三〕除誹謗四句：漢書文帝紀前元十三年：「五月，除肉刑法。」又景帝紀孝景元年十月詔：「孝文皇帝……除誹謗，去肉刑，賞賜長老，收恤孤獨，以育群生。」又中元六年五月，景帝「詔有司減笞法，定箠令」。漢書刑法志景帝元年詔：「加笞與重罪無異，幸而不死，不可爲人。其定律：笞五百曰三百，笞三百曰二百。」至中六年詔：「其減笞三百曰二百，笞二百曰一百。」又曰：「笞者，所以教之也，其定箠令。」師古曰：「箠，策也，所以擊者也。」

〔四〕而諸侯二句：承上而言，謂文景之時内外尚有矛盾。漢書文帝紀前元三年，濟北王興居發兵反，六年淮南王長又謀反，事皆敗。又景帝紀前元三年春，吴王濞等七國反，諸將破之。以上皆係「諸侯逆命」。漢書文帝紀前元三年五月，匈奴入居北地、河南爲寇，又匈奴傳：「孝文十四年，匈奴單于十四萬騎入朝那、蕭關」，「至彭陽」，「候騎至雍甘泉」。後七年，匈奴「大入上郡、雲中三萬騎，所殺略甚衆」。景帝紀中元二年「匈奴入燕」；六年「匈奴入雁門關，至武泉，入上郡，取苑馬」；後元二年春，「匈奴入雁門，太守馮敬與戰死」。以上即所謂「夷狄侵邊」。

〔五〕孝武二句：據漢書武帝紀，元光六年，匈奴入上谷，殺略吏民。元朔元年秋，匈奴入遼西，殺太守。二年，復入代、定襄、上郡，殺略數千人。五年，西羌衆十萬人反，與匈奴通使，攻固安，圍抱罕，匈奴入五原殺太守。武帝不勝其憤，先後令衛青、公孫賀出征，元光六年有詔曰：「夷狄無義，所從來久。間者匈奴數寇邊境，故遣將撫師。」兩粤，粤通越，即南越、東越。武帝元朔五年，南越王吕嘉反，遣伏波將軍路博德擊之；六年，東越王餘善反，遣横海將軍韓説、中尉王温舒擊之。元封元年又有詔曰：「南越、東甌，咸伏其辜；西蠻北夷，頗未輯睦。朕將巡邊垂，擇兵振旅，躬秉武節，置十二部將軍，親帥師焉。」詞皆憤激。

〔六〕大臣二句：史記淮南衡山列傳謂淮南王謀反事敗，「吏因捕太子、王后，圍王宫，盡求捕王所與謀反賓客在國中者，索得反具以聞。上下公卿治所連引與淮南王謀反列侯、二千石、豪傑數千人，皆以罪輕重受誅。」又據漢書武帝紀，自建元二年至後元元年，大臣下獄、自殺、伏誅者有丞相李蔡、莊青翟、趙周、公孫賀、劉屈氂，御史大夫趙綰、張湯、王卿、暴勝之、商丘成及諸王侯將軍等。

〔七〕巫蠱二句：漢書武帝紀征和二年春正月，「丞相（公孫）賀下獄死。夏四月，大風發屋折木，諸邑公主、陽石公主，皆坐巫蠱死」。案：漢武帝時，方士與神巫多聚京師，女巫出入宫中，教宫人埋木偶求免災。適遇帝病，江充謂祟在巫蠱，因於宫中掘地得木偶。充與太子據有隙，因誣此爲太子所爲。太子懼，起兵捕斬江充，後兵敗，與母衛皇后皆自殺。史稱巫蠱之獄。事見漢書江充傳。

〔八〕昔唐肅宗四句：唐肅宗，即李亨，玄宗第三子，天寶十五載即位於靈武，在位五年（七五六——七六一）。舊唐書肅宗紀：「（至德二載十二月）己丑，賊將僞范陽節度使史思明以其兵衆八萬之籍，與僞河東節度使高秀巖並表送降。庚午，制：『人臣之節，有死無二；爲國之體，叛而必誅。……達奚珣等一十八人，並宜處斬；陳希烈等七人，並賜自盡；前大理卿張均特宜免死，配流合浦郡。』是日斬達奚珣等於子城西南隅獨柳樹，仍集百僚往觀之。」

〔九〕而慶緒荐興：慶緒，安禄山子。舊唐書肅宗紀謂至德二載正月乙卯，弑其父。乙亥，其將尹子奇寇睢陽，張巡死之。二月，郭子儀與安慶緒戰於太原，又戰於潼關、永豐倉。乾元二年三月，爲史思明所殺。

〔一〇〕思明復起：舊唐書肅宗紀謂至德三載十二月丁卯，史思明復陷魏州。乾元二年三月，郭子儀等與史思明戰，王師不利，九節度兵潰。四月乙巳，史思明僭號魏州。

〔一一〕代宗四句：代宗，即李豫，肅宗長子，在位十八年（七六二——七七九）。舊唐書代宗紀寶應元年冬十月：「丁酉，僞恒州張忠志以趙、定、深、恒、易五州歸順，以忠志檢校禮部尚書、恒州刺史，充成德軍節度使，賜姓名曰李寶臣。于是河北州郡悉平，賊范陽尹李懷仙斬史朝義首來獻，請降。」次年春，復賜李懷仙、薛崇、田承嗣諸降將以節度使。永泰元年正月朔，代宗有制曰：「歆至策勳，惟兇渠之授首；勞師黷武，豈人主之用心？軍役屢興，干戈未戢。茫茫士庶，斃於鋒鏑。」皆「深鑒其事」之意也。

〔一二〕昔陵陽九句：後漢書何並傳：「（何並）徙潁川太守，代陵陽嚴詡。詡本以孝行爲官，謂掾史爲師友，有過輒閉閤自責，終不大言。郡中亂，王莽遣使徵詡，官屬數百人爲設祖道，詡據地哭……曰：『吾哀潁川士，身豈有憂哉！我以柔弱徵，必選剛猛代。代到，將有僵仆者，故相吊耳。』」是時郡掾鍾威，臧千金，何並繼任爲太守，欲治之，其兄鍾元免冠爲弟請罪。並曰：「罪在弟身，與君律，不在於太守。」又有陽翟輕俠趙季、李款漁食閭里，姦人婦女，橫行郡中。二人者，俱逃亡。後並遣吏格殺之，郡中遂清静。

〔一三〕文王六句：文王之時，據禮記王制：「古者……市廛而不稅，關譏而不征。」鄭注：「廛，市物邸舍。稅其舍不稅其物。譏，譏異服識異言。征，亦稅也。」周公成王之時，據周禮地官司市及司關，關市皆有征，「國凶荒札喪」，則「市無征」，亦「無關門之征」。

〔一四〕傳曰八句：見左傳昭公二十年。

【彙評】

秦元慶本淮海集眉批：深入處如餌沉魚。

治勢下

臣聞祖宗之時，天下新脱割據戰伐之禍，天厭久亂，俱欲無爲，而又掃除煩苛之患，足以深結海縣之心，削平僭僞之威，足以逆折姦俠之氣〔一〕。當是時，天下之勢，如元氣在乎混淪之中，固莫得而名已。

逮嘉祐之後〔二〕，習安玩治，爲日既久，大臣以厚重相高，小臣以苟簡自便。肉食者鄙，未能遠謀〔三〕。誰能無偷，朝不及夕。故先皇即位之始，大講法度，作而新之〔四〕。覈名實以興百辟，攘夷狄以布威靈〔五〕。有司奉行於中，使者刺舉於外。此真得所謂以猛政救緩勢之術也。元豐之後，執事者矯枉過直，矜鉤距以爲法術〔六〕，任惠文以取媮快〔七〕。上下迫脅，民不堪命。故陛下即位之始，黜鍛鍊之吏，逐聚斂之臣，登老成於散地，擢忠鯁於謫籍，平冤獄，振乏餒，與天下休息〔八〕。此真得所謂以寬政解急勢之術也。而比日已來，執事者又將矯枉而過直矣。何則？告訐詆欺之言，率然敢陳〔九〕，而王體未嚴也；嚮背異同之見，各自爲守，而國論未決也；蠻夷猾夏，寇賊奸宄，隱忍羈縻，冀其自罷，而天誅未迄也。推此言之，天下之緩急，雖曰未見，而固已胚渾於冥冥之中矣〔一〇〕。

夫致先帝之用猛術者，嘉祐之緩勢也；致陛下之用寬術者，元豐之急勢也。今又矯枉過直，則勢必復緩；緩甚，則術又將出於猛矣。猛術一用，天下固已震動。若再用焉，則安危之計未可知也。何則？天下之勢，猶一人之身，緩而救之以猛，猶關鬲不通而涌泄之也〔一一〕。其急而解之以寬，猶虚中暴下而補養之也〔一二〕。補養至平，則可以已矣。平而不已，則又將至於關鬲不通；再加涌泄，正氣必傷。重被猛術，國本必伐。故曰：安危之計未可知也。

臣願陛下遏逋慢之原〔一三〕，杜解弛之漸，明詔内外，一乎中和，使天下之緩勢不得而成。緩勢不成，則後世雖有猛術，不可得而用之矣。

【校】

〔何則？告訐詆欺之言〕原脱「則」字，據王本、四部本補。

〔再加涌泄〕原脱「加」字,據張本、胡本、李本、段本、王本、秦本、四部本補。

〔杜解弛之漸〕「解」,王本、四部本作「懈」,通。

〔不可得而用之矣〕原脱「矣」字,據王本、四部本補。

【箋注】

〔一〕臣聞八句:割據戰伐之禍,指梁唐晉漢周之割據戰亂。宋史太祖本紀:「五代諸侯跋扈。」又贊曰:「五季亂極,宋太祖起介胄之中,踐九五之位……此非人力所易致也。建隆以來,釋藩鎮兵權,繩贓吏重法,以塞濁亂之源;州郡司牧,下至令録幕職,躬自引對;務農興學,慎罰薄斂,與世休息,迄於丕平。」

〔二〕嘉祐:宋仁宗年號,公元一〇五六至一〇六三年。

〔三〕肉食二句:左傳莊公十年:「齊師伐我,公將戰,曹劌請見,其鄉人曰:『肉食者謀之,又何間焉?』劌曰:『肉食者鄙,未能遠謀。』」肉食者,指享厚禄的高官。

〔四〕故先皇三句:先皇,指宋神宗趙頊。據宋史紀事本末卷三十七,熙寧二年二月以王安石參知政事,議行新法。九月丁卯,行青苗法。

〔五〕攘夷狄以布威靈:指對西夏之戰争。據宋史紀事本末卷四十,熙寧三年八月,夏人寇環慶,以韓絳爲陜西宣撫使,四年春,韓絳使种諤襲夏人。元豐四年,秋七月,詔熙河經制李憲等會陜西、河東五路之師,大舉伐夏。九月,种諤攻米脂,夏人八萬來救,敗之。

〔六〕鉤距：不用直截了當的方法，迂回輾轉地盤問實情。漢書趙廣漢傳：「尤善爲鉤距，以得事情。鉤距者，設欲知馬賈，則先問狗，已，問羊，又問牛，然後及馬。參伍其賈，以類相準，則知馬之貴賤不失實矣。」注引晉灼：「鉤，致；距，閉也。使對者無疑，若不問而自知，衆莫覺所由以閉，其術爲距也。」

〔七〕任惠文句：惠文，一稱柱後惠文，漢代法冠。借指以刑法治國。漢書張敞傳：「初，敞爲京兆尹，而敞弟武拜爲梁相。……武曰：『馭黠馬者利其銜策。梁國大都，吏民凋敝，且當以柱後惠文彈治之耳。』秦時獄法吏冠柱後惠文，武意欲以刑法治梁。」注引應劭曰：「柱後，以鐵爲柱，今法冠是也，一名惠文冠。」又引晉灼曰：「漢注：法冠也，一號柱後惠文，以纚裹鐵柱卷。秦制執法服，今御史服之，謂之解廌，一角。今冠兩角，以解廌爲名耳。」師古曰：「晉說是也。」句意指蔡確於元豐二年五月任參知政事後，皆以起獄奪人位而居之，吳充數爲神宗言新法不便，欲稍去其甚者。確沮之，法遂不便。又御史李定、舒亶摭拾蘇軾詩句，謂其「公爲詆呰」、「譏切時政」，遂下獄。世謂之「烏臺詩案」。見續資治通鑑卷七十四。

〔八〕故陛下八句：據宋史紀事本末卷四十三，元祐元年，黜蔡確、章惇，任司馬光、呂公著爲左右僕射，光居政府，凡王安石、呂惠卿所建新法，剗革略盡。以上八句指此。

〔九〕而比日五句：宋史紀事本末卷四十三元祐三年：「時，熙、豐之臣雖去，其黨分布中外，起私說以搖時政。鴻臚丞常安民貽公著書曰：『善觀天下之勢，猶良醫之視疾，方安寧無事之時，語人曰：其後必將有大憂。』」少游所謂「告訐詆欺之言」，當指此類。

〔一〇〕天下三句：胚渾，渾沌難辨之貌，猶言胚胎。文選郭璞江賦：「類胚渾之未凝，象太極之構天。」注：「善曰：言雲氣杳冥，似胚胎渾混尚未凝結。翰曰：胚渾，渾沌也。」緩急，偏義複詞，指緊急、危急，三句猶言危機已潛伏。

〔一一〕猶關鬲句：關鬲，中醫指陰陽失和之病。亦作關格。黄帝内經素問脈要精微論：「陰陽不相應，病名曰關格。」又黄帝内經素問至真要大論篇云，「厥陰之勝」，則「胃鬲如寒」，「鬲咽不通」；「太陰之勝」，則「心痛熱格」；「少陰之復」，則「隔腸不便」；「陽明之復」，則「病在鬲中」；「太陽之復」，則「胸膈不利」。涌泄，指濕邪可以滲泄，氣阻可以發泄，胃鬲不通可以吐泄等等。此處以醫學借喻政治。

〔一二〕猶虚中句：虚中，文選枚乘七發：「虚中重聽，惡聞人聲。」注：「向曰：精氣竭也。」暴下，謂腹瀉不止，屬水瀉一類。此句謂體虚水瀉，應加補養。

〔一三〕逋慢：謂不守法。晉書齊獻王攸傳：「夫先王馭世，明罰敕法，鞭朴作教，以正逋慢。」

淮海集箋注卷第十三

進策

安都

臣聞世之議者，皆以謂天下之形勢莫如雍〔一〕，其次莫如周〔二〕；至於梁，則天下之衝而已〔三〕，非形勢之地也。故漢唐定都，皆在周雍。至五季已來，實始都梁〔四〕。本朝縱未能遠規長安，盍亦近卜於洛陽乎？而安土重遷，眷眷於開封之境〔五〕，非所以爲萬世計也。

臣竊以爲不然。何則？唐漢之都必於周雍，本朝之都，必於梁而後可也。夫長安之地，左殽函〔六〕，右隴蜀，襟屏終南、太華之山，縈帶涇渭、洪河之水〔七〕。地方數千里，皆膏腴沃野。卒有急，百萬之衆可具，形勢便利，下兵於諸侯如建瓴水，四塞之國也〔八〕。故其地利守，自古號爲天府〔九〕。開封地平，四出諸道輻輳，南與楚境，西與韓境，北與趙境，東與齊境，無名山大川之限〔一〇〕，而汴蔡諸水參貫其中〔一一〕，車錯轂擊，蹄踵交道，舳艫銜尾，千里不絶，四通五達之郊也。故其地利戰，自古號爲戰場。洛陽左瀍右澗〔一二〕，表裏山河，扼殽黽之隘〔一三〕，阻成皋之險〔一四〕，直伊闕之固〔一五〕，廣袤六百里，四面受敵，以守則不如雍，以戰則不如梁，然雍得之可以爲重，自古號爲天下之咽喉〔一六〕。凡天下之形勢，無過此三者也。故彼蜀之成都，吴之建業，皆霸據一方之具。而楚之彭城，特盜賊之窟耳。

易曰：「天險，不可升也；地險，山川丘陵也。王公設險，以守其國。」〔一七〕所謂險者，豈必山川丘陵之謂哉？在天而不可升，在人而不可奪，則皆爲險矣。夫雍爲天府，梁爲戰場，周爲天下之咽喉。而臣以謂漢唐之都必於周雍，本朝之都必於梁而後可者，漢唐以地爲險，本朝以兵爲險故也。漢高祖曰：「吾以羽檄召天下兵，莫有至者。」〔一八〕武帝曰：「吾初即位，不欲出虎符發兵郡國。」〔一九〕蓋漢踵秦事，郡國背道，材官有變，則以符檄發之〔二〇〕。京師惟有南北兩軍〔二一〕，有期門、羽林、孤兒〔二二〕，以備扈從。唐分天下爲十道，置兵六百三十四府〔二三〕。其在關中者，惟二百六十有一府。府兵廢，始置神策爲禁軍〔二四〕，亦不過數萬人。以此見唐漢之兵皆在外也。故非都四塞之國，則不足以制海内之命。此所謂以地爲險者也。

本朝懲五季之弊，舉天下之兵宿於京師，名挂於籍者，號百餘萬。而衣食之給，一毫已上皆仰縣官，又非若府兵之制，一寓之於農也。非都四通五達之郊，則不足以養天下之兵。此所謂以兵爲險者也。夫以兵爲險者，不可以都周雍，猶以地爲險者，不可以都梁也。而昧者乃以梁不如周，周不如雍。嗚呼，亦不達於時變矣！

夫大農之家，連田阡陌，積粟萬斛，兼陂池之利，并林麓之饒，則其居必卜於郊野。大賈之室，斂散金錢，以逐什一之利；出納百貨，以收倍稱之息〔二五〕，則其居必卜於市區。何則？所操之術殊，則所託之地異也。今梁據天下之衝，歲漕東南六百萬斛以給軍食，猶恐不贍〔二六〕。矧欲襲漢唐之迹，而都周雍之墟，何異操大賈之術，而欲託大農之地也？由是言之，彼周雍之地者，漢唐之險耳，本朝何賴焉？

【校】

〔襟屏終南〕「屏」原作「憑」，此從張本、胡本、李本、段本、王本、秦本、四部本。

〔諸道輻輳〕「輳」原作「凑」，此從李本、王本、四部本。

〔參貫其中車錯轂擊〕原誤作「參貫巾車錯轂」，據蜀本改。

〔舳艫銜尾〕「舳」原誤作「軸」，據段本、王本、秦本、四部本改。

〔左瀍右澗〕「瀍」原誤作「廛」，據張本、胡本改。

【箋注】

〔一〕雍：雍州，古九州之一。書禹貢：「黑水西河惟雍州。」今陝西甘肅及青海額濟納之地即古雍州。此指古都長安(今西安)。

〔二〕周：武王滅商，建周，本都鎬，地在今西安西南灃水東岸。至平王東遷，都於洛邑(今河南洛陽市)。此指洛陽。

〔三〕至於二句：梁，汴梁，今河南開封市。天下之衝，天下之要衝。衝，通道。

〔四〕至五季二句：新五代史職方考：「梁以汴州爲開封府，建爲東都。後唐滅梁，復爲宣武軍。晉天福三年升爲東京，漢周因之。」

〔五〕安土重遷：安於本土，不輕易遷徙。漢書元帝紀：「安土重遷，黎民之性；骨肉相附，人情所願也。」注：「重，難也。」

〔六〕殽函：殽，一作崤。殽函，乃崤山與函谷之合稱。其地當今陝西潼關至河南新安一帶，形勢險要。史記秦始皇本紀引賈誼過秦論：「秦孝公據殽函之固，擁雍州之地，君臣固守而窺周室。」

〔七〕縈帶句：洪河，大河，即黄河。文選班固西都賦：「右界褒斜隴首之險，帶以洪河涇渭之川。」注：「良曰：洪河，大河也。涇渭，二水名。」

〔八〕卒有五句：卒，通「猝」。如建瓴水，史記高祖本紀：「秦，形勝之國，帶河山之險，懸隔千里，持戟百萬，秦得百二焉。地勢便利，其以下兵於諸侯，譬猶居高屋之上建瓴水也。」瓴，屋檐瀉水溝漕。四塞之國，見卷一黄樓賦注〔一二〕。

〔九〕天府：戰國策秦策一：「蘇秦始將連横説秦惠王曰：『大王之國，西有巴蜀漢中之利，北有胡貉代馬之用，南有巫山黔中之限，東有肴函之固，田肥美，民殷富，戰車萬乘，奮擊百萬，沃野千里，蓄積饒多，地勢形便，此所謂天府，天下之雄國也。』」

〔一〇〕開封七句：戰國策魏策一：「張儀爲秦連横説魏王曰：『（魏）埊（地）四平，諸侯四通，條達輻湊，無有名山大川之阻。……南與楚境，西與韓境，北與趙境，東與齊境……魏之埊勢，故戰場也。』」

〔一一〕而汴蔡句：孟元老東京夢華録卷一：「穿城河道有四：南壁曰蔡河，自陳蔡由西南戴樓門入京城，遼繞自東南陳州門出。……中曰汴河，自西京洛口分水入京城，東去至泗州入淮，運東南之糧，凡東南方物，自此入京城，公私仰給焉。……東北曰五丈河，來自濟鄆，般挽京東路糧斛入京城，自新曹門北入京。……西北曰金水河，自京城西南分京索河水築堤，從汴河上用木槽架過，從西北水門入京城，夾牆遮擁，入大内灌後苑池浦矣。」

〔一二〕洛陽句:書洛誥:「我乃卜澗水東,瀍水西。」案:澗水源出河南澠池縣東北白石山,東流經新安洛陽入於洛河。瀍水源出洛陽西北谷城山,南流經洛陽城東,入於洛水。

〔一三〕殽黽:殽山、澠池。澠池,亦作黽池。讀史方輿紀要河南河南府:「澠池縣,本韓地,後屬秦,漢置縣,屬弘農郡,以縣在殽澠間,故名。」

〔一四〕成皋:在今河南滎陽縣汜水鎮西。楚漢戰争時兩軍相持於此。

〔一五〕伊闕:見卷三春日雜興十首其二注〔八〕。

〔一六〕洛陽至自古號爲天下之咽喉:戰國策秦策四:「韓,天下之咽喉;魏,天下之胸腹。」案:戰國時洛陽在韓國境内,韓曾都於陽翟、南鄭,皆地近洛陽,故云。

〔一七〕易曰七句:見易習坎象辭。

〔一八〕漢高祖三句:漢書高帝紀:上曰:「陳豨反,趙代地皆豨有,吾以羽檄徵天下兵,未有至者,今計唯獨邯鄲中兵耳。」顔師古注:「檄者,以木簡爲書,長尺二寸,用徵召也。其有急事,則加以鳥羽插之,示速疾也。」

〔一九〕武帝曰三句:漢書嚴助傳謂建元三年(前一三八):閩越舉兵圍東甌,東甌告急於漢。時武帝年未二十,以問太尉田蚡,田蚡以爲不可,於是嚴助詰之。武帝曰:「太尉不足與計。吾新即位,不欲出虎符發兵郡國。」乃遣助以節發兵會稽。案漢書文帝紀前元三年(前一七七):「九月,初與郡守爲銅虎符、竹使符。」注引應劭曰:「銅虎符第一至第五,國家當發兵,遣使者至郡合符，符合乃聽受之。竹使符皆以竹箭五枚，長五寸，鐫刻篆書，第一至第五。」又引師古曰：「與郡守爲符者，謂各分其半，右留京師，左以與之。」

〔二〇〕蓋漢四句：漢書刑法志：「漢興……天下既定，踵秦而置材官於郡國。」漢官儀上：「高祖命天下郡國選能引關蹶張材力武猛者，以爲輕車、騎士、材官、樓船。……山阻用材官。」史記韓長孺列傳：「太中大夫李息爲材官將軍。」正義：「臣瓚云：騎射之官。」案漢代材官有二種，一爲勇猛之武卒，如漢官儀所云；一爲材官將軍，其責爲領郡國材官騎士以出征，師還則省，如史記所云。此指後者。

〔二一〕南北兩軍：漢書刑法志：「京師有南北軍之屯。」又胡建傳「守軍正丞」，顔師古注：「南北軍各有正，正又置丞。」吕后病困，「拜吕台（禄）、吕産爲將，將兵居南北軍」（見漢書外戚傳）。吕后薨，周勃平吕禄，「遂將北軍」；未幾，丞相陳平又召朱虚侯劉章佐勃入南軍，滅吕産。見漢書高后紀。

〔二二〕期門、羽林、孤兒：期門，官名，漢武帝建元三年置，掌執兵出入護衛（見漢書百官公卿表上）。武帝好微行，與侍中常侍武騎及待詔隴西北地良家子能騎射者期諸殿門，故名（見漢書東方朔傳）。羽林，漢武帝太初元年置建章營騎，掌宿衛侍從，後改名羽林騎、羽林郎（見漢書百官公卿表上）。孤兒，漢舊儀：「諸孤兒無數，父死子代，皆武帝時擊胡死，子孫能自活，養羽林，官比郎從官，從車駕不得冠，置令一人，名曰羽林騎孤兒，常挽大行喪車。」

〔二三〕置兵句：西魏大統間建府兵制，隋唐因之。唐置六百三十四府，府置折衝都尉及果毅都尉以統率其兵。征行及赴京宿衛，皆以遠近分番。宿衛時，兵則隸屬於諸衛；出征時由新任之主將統帥。戰事畢，將歸於朝，兵散於府。見新唐書兵志。

〔二四〕神策：唐禁軍名。初，哥舒翰破吐蕃臨洮西之磨環川，即其地置神策軍。後以衛伯玉所部號神策軍。代宗幸陝後，世以宦者統之，駐於禁中，勢壓諸禁軍之上，直至唐亡。

〔二五〕倍稱之息：漢書食貨志：「當有有者半賈而賣，亡者取倍稱之息。」注：「取一償二爲倍稱。」

〔二六〕今梁三句：宋史食貨志上三漕運：「宋都大梁，有四河以通漕運：曰汴河，曰黄河，曰惠民河，曰廣濟河，而汴河所漕爲多。……先是，四河所運未有定制，太平興國六年，汴河歲運江、淮米三百萬石，菽一百萬石；黄河粟五十萬石，菽三十萬石；惠民河粟四十萬石，菽二十萬石；廣濟河粟十二萬石：凡五百五十萬石。非水旱蠲放民租，未嘗不及其數。至道初，汴河運米五百八十萬石。大中祥符初，至七百萬石。」

【彙評】

李濂汴京遺跡志卷十八：按少游此議蓋附會本朝而爲之説，可謂失計之失矣，非中正之見也。余嘗著論駁之，漫録於左。（徐案：李濂有宋都汴論一文，謂「使當時蚤從藝祖之言，西遷於洛，豈有二帝蒙塵、中原陸沉之禍哉」？其見識較少游爲高。）

錢基博中國文學史第五編：策如安都、管制上、財用上；論如石慶論、李陵論、司馬遷論、韓愈論，其尤可誦者也。觀其以古監今，愜理而饜情，策論一體，尤嗣軾法，而辭主于達，氣異其激，俊邁軼蕩，雖不如軾之翻瀾不竭，而醇粹明白，意盡則言止，亦無軾好盡之累。

任臣上

臣聞明君之御臣也不致疑，忠臣之事君也不避嫌。嫌疑之事，皆出於姦臣庸君，度量狹隘，心意頗僻，不能以至誠相期而已。古之人有自舉其身者，有舉其子者，有舉其弟者，有舉其姪者，有舉其内外之親舊者，而其君不以爲疑，其臣不以爲嫌者，何哉？以其所舉者當而已矣。

漢宣帝欲擊先零，問誰可將者？趙充國曰：「無如老臣者矣！」宣帝用之，遂破先零〔一〕。此所謂自舉其身者也。晉君問孰可爲國尉？祁奚曰：「午也可。」君曰：「非子之子耶？」對曰：「君問可否，不問子也。」〔二〕君子謂祁奚能舉善矣。此所謂有舉其子者也。李石當國，薦弟福可任治人，繇監察御史爲户部侍郎〔三〕。此所謂有舉其弟者也。晉求文武良將，謝安以其姪幼度應舉。郄超聞而嘆曰：「安違衆舉親，明也；幼度不負舉，才也。」果破苻堅於淝水之上〔四〕。此所謂有舉其姪者也。崔貽孫爲相未踰年，除吏八百，莫不諧允。德宗曰：「人言卿擬官多親舊，何耶？」對曰：「陛下令臣進擬庶官。夫進擬者，必悉其材行。如不與聞，何由得其實？」〔五〕此所謂有舉其内外之親舊者也。此數子者，皆内有以自信，外有以信於人，仰無所愧，俯無所怍。其視身也與人等。其視子弟親舊也與不相誰何者等，故能立功於當年，垂名於後世，千載之下，想見其風。向使念瓜李之小嫌〔六〕，忘事君之大節，匿名迹，遠權勢，心知其然而不敢發，則與糞壤同朽耳。尚何功名之能立哉？

陛下即位以來，委政於六七大臣〔七〕。其人自以曠世遭遇，莫不悉心竭力，知無不爲，言無不盡，可謂千載一時之嘉會也。而臣竊有所不然者，未能去用親之嫌而已。奇材異行，實爲時輩所見推者，一涉大臣之親，則相顧繆悠〔八〕，莫敢援之以進。幸而不顧，進之，則諫官御史之章，相隨而至矣。臣以爲此風一成，非聖朝之事也。何則？大臣之親，嫌而不用；則侍臣之親，亦當嫌而不用。引而下之，至於臺、省、寺、監之官；推而廣之，至於漕、刑、郡、縣之吏：其親者皆嫌而不用矣。夫奇材異行，不常有於天下。幸而有焉，又以親疎嫌而棄之。則是非得草萊巖穴之士，終不用也。

昔西漢之韋氏、平氏〔九〕，東漢之袁氏、楊氏〔一〇〕，唐之韋杜蘇李陸蕭諸氏〔一一〕，皆兄弟爲三公，父子爲宰相，盛者至與國相始終。其間建功立業、號爲名臣者，蓋不可勝數。奈何專用草萊巖穴之士哉？

願詔中外之臣，惟賢是進，惟不肖是退，而勿以用親爲嫌。諫官御史，惟進退之當否是察，而勿以親嫌爲劾，則天下之奇材異行，庶乎皆得而用也。

【校】

〔果破苻堅於淝水之上〕各本「苻」俱誤「符」，據晉書苻堅載記改。

〔尚何功名之能立哉〕原脱「能」字，依王本、四部本補。

【箋注】

〔一〕漢宣帝六句：漢書趙充國傳：漢宣帝神爵元年春，先零羌「背畔犯塞，攻城邑，殺長吏」，「時充國年七十餘，上老之，使御史大夫丙吉問誰可將者，充國對曰：『亡踰老臣者矣。』」先零，羌族之一部落。

〔二〕晉君八句：祁奚，春秋時晉人，悼公時爲中軍尉，年老請退，公問誰可代，初薦其仇解狐，將任之而狐死。公又問，則薦其子午，因有「外舉不隱仇，内舉不隱子」之稱。見左傳襄公三年、國語晉語七。

〔三〕李石三句：李石，字中玉，唐元和中擢進士第。官同中書門下平章事，晚以太子少傅分司東都。弟福，字能之，大和中進士。治人，謂治理民政。孟子滕文公上：「勞心者治人。」新唐書宗室宰相傳云：「後石當國，薦福可任治人，繇監察御史至户部郎中，累歷州刺史，進諫議大夫。」又云：「福以善政聞，徙鎮鄭滑，再遷兵部侍郎，判度支，出爲宣武節度使，入遷户部尚書……以太子太傅卒。」此云户部侍郎，似誤。

〔四〕謝安七句：幼度，謝玄字。晉書謝玄傳：「時苻堅强盛，邊境數被侵寇，朝廷求文武良將可以鎮禦北方者。安乃以玄應舉。中書郎郄超雖素與玄不善，聞而嘆之曰：『安違衆舉親，明也。玄必不負舉，才也。』……于是徵還，拜建武將軍。」謝玄後與謝石在淝水之戰中擊潰苻堅，功勳卓著。

〔五〕崔貽孫十二句：唐崔祐甫字貽孫，沔子。第進士。歷起居舍人、中書舍人，遷門下侍郎、同中書門下平章事。新唐書本傳謂：「元載用事，非賄謝不與官。……未幾，（常）衮當國，懲其敝，凡奏請一杜絶之，惟文辭入第乃得進，然無所甄異，賢愚同滯焉。及祐甫，則薦舉惟其人，不自疑畏，推至公以行。未踰年，除吏幾八百員，莫不諧允。帝嘗謂曰：『人言卿擬官多親舊，何邪？』對曰：『陛下令臣進擬庶官，夫進擬者，必悉其才行。如不與聞知，何由得其實？』帝以爲然。」此篇脱「知」字。

〔六〕瓜李之小嫌：樂府詩集三二君子行：「君子防未然，不處嫌疑間。瓜田不納履，李下不正冠。」

〔七〕陛下二句：陛下，指哲宗；六七大臣，指司馬光、文彦博等。據宋史宰輔表，元祐元年，司馬光加左僕射兼門下侍郎，吕公著自尚書左丞加門下侍郎，又加右僕射兼中書侍郎，文彦博自河東節度使守太師開府儀同三司潞國公落致仕，加太師平章軍國重事。又吕大防除尚書右丞，復除中書侍郎，安燾進知樞密院事，范純仁同知樞密院事，劉摯除尚書左丞。

〔八〕繆悠：猶繆戾，喻違背不和。莊子天下：「以繆悠之説，荒唐之言，無端崖之辭。」

〔九〕西漢之韋氏平氏：韋氏，漢韋賢字長孺，魯國鄒人，本始三年代蔡義爲丞相。其先韋孟，家本彭城，爲楚元王傅。其少子玄成，復以明經歷位至丞相。見漢書本傳。平氏，漢哀帝時平當官至丞相，子晏以明經歷位大司徒，封防鄉侯。漢書平當傳云：「漢興，唯韋平父子至宰相。」

〔一〇〕東漢之袁氏楊氏：袁氏，建初八年袁安遷太僕，屢遷司空、司徒。祖父良，平帝時舉明經，爲太子舍人。安子京，初拜郎中，稍遷侍中。京子湯，桓帝時爲司空，累遷司徒、太尉，卒謚康侯。湯子逢，以累世三公子，著稱於時，後爲司空，謚曰宣文侯。見後漢書袁安傳。楊氏，楊震字伯起，華陰人。八世祖喜，高祖時有功，封赤泉侯。高祖敞，昭帝時爲丞相，封安平侯。震元初四年徵入爲太僕，遷太常，累遷司徒、太尉。震子牧，富波相。牧孫奇，靈帝時爲侍中。震中子秉，桓帝時，遷侍中、尚書，後拜太僕，遷太常。秉子賜，除陳倉令，因病不行，公車徵不至，連辭三公之命，後以司空高第，累遷少府光禄勳、太尉，終司空。後漢書楊震傳論：「累葉載德，繼踵宰相，信哉積善之家，必有餘慶！先世韋、平，方之蔑矣。」

〔二〕唐之韋杜蘇李陸蕭諸氏：韋，垂拱初，韋思謙官至尚書左丞、御史大夫，封博昌縣男。子嗣立，中宗時拜兵部尚書、同中書門下三品。新唐書韋思謙傳云：「父子並爲宰相，世罕其匹。」杜，杜如晦字克明，京兆杜陵人，官至尚書右僕射。叔父淹，官吏部尚書，卒贈尚書右僕射。六世孫審權，宣宗時爲尚書左僕射，卒贈太子太師，「與杜悰俱位將相」（新唐書杜如晦傳）。蘇，指蘇世長及其子良嗣、從孫弁。良嗣垂拱初遷冬官尚書，封温國公。見新唐書蘇世長傳。李，指李石、李福兄弟，見本篇注〔三〕。陸，陸元方武后時爲相；子象先，景雲中進同中書門下平章事，封兗國公，遷太子少保，卒贈尚書右丞相。象先四世孫希聲，昭宗時拜户部侍郎、同中書門下平章事，卒贈尚書左僕射。見新唐書陸元方傳。蕭，蕭瑀太宗時爲太子少師、尚書左僕射。子鋭，尚襄城公主，爲太常少卿。從孫嵩，官尚書左丞，授同中書門下三品，繼張説爲相，贈開府儀同三司。又有蕭寘者，咸通中位宰相。均見新唐書蕭瑀傳。

【彙評】

段斐君本淮海集徐渭評「夫奇材異行」以下六句：語意從李斯逐客來。

任臣下

臣聞人主之於諫諍之臣，非獨聽其言之難也，取其大節而略其小過，是爲難矣。

夫骨鯁自信，以身許國，不爲利害之所橈屈者，所謂大節也。材智之不周，思慮之不密，學術之不至，聞聽之不審，所謂小過也。必有大節而無小過者然後得爲諫諍之臣，則窮年没世不可得其人矣。如或不然，則與其無一時之小過，孰若有終身之大節哉？

昔汲黯通經術則不如平津侯〔一〕，恢武功則不如大將軍〔二〕，明習法令則不如張湯〔三〕，文章儒雅則不如司馬相如〔四〕，謹厚自全則不如石慶〔五〕，術略横出則不如主父偃〔六〕，然淮南王謀反，惟憚曰：「黯好直諫，守節死義，説平津侯等，如發蒙耳。」〔七〕由是言之，諫諍之臣，其功在於正綱紀，立風憲〔八〕，通上下之情，使亂臣賊子顧憚而不敢發。如此而已。一舉之不當理，一發之不中節，曾何足以深咎耶？

陛下即位以來，首下明詔，使中外大臣保任諫官御史，蓋充賦者百有餘人，其見用者十數人耳〔九〕。選擇既精，人頗自重，皆毅然有伏節死誼之心。興利除害，甚於嗜慾；攘擊姦惡，如報私讎。首尾數年之間，遂成冠古之治。雖神功聖化，敏妙自然，亦此曹獻替可否之力也〔一〇〕。然比者嘗以所言不效，諫官御史接迹引去〔一一〕，或遷他官，或補外郡，臺省爲之一空。臣愚疏遠不知朝廷之事，竊怪陛下何取之之難而去之之易也？且人非蓍龜〔一二〕，不無過誤，顧其設心措意何如耳。昔漢酈食其有橈楚之非〔一三〕，唐魏鄭公有縱薛延陀之過〔一四〕，本朝趙中令有遺趙保忠之失〔一五〕。此三人者皆天下之豪傑、一時之名臣也，猶有非繆過失如此，又況不及於三人者乎？臣願陛下鑒師古始，追御來今，重諫官之進退，慎御史之升黜，取其大節而略其小過，使天下之士得以盡忠畢力於前。則神功聖化又將有新於此矣。

或謂臣曰：古者諫諍之臣職於廣聰明、除壅蔽、成德業而已。後世狂夫小子狡猾不道之人，或假其名以資盜，竊其器以售姦。如谷永者，王鳳之客也，而譏斥帷幄〔一六〕。劉栖楚者，李逢吉之黨也，而額叩龍墀〔一七〕。陽爲剴拂之迹〔一八〕，陰成附麗之謀。以此言之，小過其可略乎？略其小過，則成其大惡矣。臣應之曰：不然。夫藥石所以瘉病也，而致病者有矣，然自古及今未有廢藥石者何哉？以其所瘉者衆、所害者寡也。諫諍之臣，雖器有遠近，才有脩短，大抵搢紳之選也。安可盡誣以谷永、劉栖楚之徒歟？就使有一二人焉，則去其一二人者可也，何至空臺省而逐之耶？

陸贄曰：「天不以地有惡木而廢發生，天子不以時有小人而廢聽納。」又曰：「諫者多，表我之能好；諫者直，示我之能賢；諫者之狂誣，明我之能恕；諫者之漏泄，彰我之能從。有一于斯，皆爲盛德。」〔一九〕嗚呼，人主用諫諍之臣，贊之論盡矣。

【校】

〔橈屈者〕「橈」，張本、胡本、李本、段本、王本、秦本、四部本作「撓」，通。

〔所謂大節〕原脱「所」字，據張本、胡本補。

〔惟憚〕王本、四部本「憚」下衍一「黯」字。

〔何足以深咎〕「何」原誤作「不」，據張本、胡本改。

〔竊怪陛下〕「竊」原誤作「切」，據蜀本改。

〔劉栖楚之徒〕「楚」原誤作「鳳」，據張本、胡本改。

【箋注】

〔一〕昔汲黯句：汲黯，字長孺，漢濮陽人。武帝時爲東海郡太守，後召爲九卿，敢于面折廷諍。後出爲淮陽太守，七年而卒。漢書有傳。平津侯，即公孫弘。弘，菑川薛人。武帝時，年已六十，以賢良徵爲博士，待詔金馬門。曾學春秋雜説，頗通經術。終年八十。漢書有傳。

〔二〕大將軍：指衛青。青，漢河東平陽人，字仲卿。官至大將軍，自元朔二年至元狩四年，前後七次出擊匈奴，屢建戰功，收河南地，置朔方郡，封長平侯。史記、漢書有傳。

〔三〕張湯：漢杜陵人，武帝時拜太中大夫，與趙禹共定律令，治獄嚴峻，摧抑豪富兼併之家，後爲朱買臣所陷，自殺。史記、漢書皆有傳。

〔四〕司馬相如：字長卿，西漢辭賦家。漢書有傳。

〔五〕石慶：漢萬石君石奮少子，歷仕太子太傅、御史大夫，官至丞相。漢書萬石君傳附曰：「慶爲丞相，文深審謹，無他大略。」

〔六〕主父偃：漢臨菑人。初習縱横家言，後乃學易、春秋百家之説。武帝元光初上書言事，一年四遷官，至中大夫。嘗提出削弱諸侯「推恩」法。元朔二年出任齊王相，以揭發王與姊通姦被誅。史記、漢書有傳。

〔七〕然淮南王六句：漢書汲黯傳：「淮南王謀反，憚黯，曰：『黯好直諫，守節死義；至説公孫弘等，如發蒙耳。』」此篇引文小異。案：淮南王劉安元狩元年謀反，被發覺，自殺。

〔八〕風憲：風紀法度。後漢書皇后紀論：「爰逮戰國，風憲逾薄；適情任欲，顛倒衣裳。」

〔九〕陛下五句：宋史哲宗本紀元豐八年：「五月丙申，詔百官言朝政得失。」又：「冬十月癸酉，詔仿唐六典置諫官。丁丑，令侍從各舉諫官二人，詔監察御史兼言事，殿中侍御史兼察事。」案：續資治通鑑卷七九謂元祐元年二月，以侍御史劉摯爲御史中丞、監察御史王巖叟爲左司諫，而蘇轍時爲右司諫。此爲升任諫官御史情況。

〔一〇〕獻替可否：謂敢於忠諫。左傳昭公二十年：「君所謂可，而有否焉，臣獻其否，以成其可；君所謂否，而有可焉，臣獻其可，以去其否：是以政平而民不干。」後漢書胡廣傳：「臣聞君以兼覽博照爲德，臣以獻可替否爲忠。」

〔一一〕諫官句：續資治通鑑卷八十元祐元年夏四月甲辰：「張舜民罷監察御史，依前判登聞鼓院。先是舜民言：『夏人政亂，强臣争權，乾順存亡未可知，朝廷未宜遽加爵命，近差封册使劉奉世等幸勿遣，緣大臣有欲優加奉世者，爲是過舉。』大臣，指文彦博也。故舜民有是責。傅堯俞乞速賜追還，以協易『不遠復』之義，王巖叟、孫升、上官均、韓川、梁燾、王覿皆以爲言，不報。」案：以上皆諫官。又五月戊辰：「貶右諫議大夫梁燾知潞州、侍御史孫升知濟州。」七月乙丑：「以左司諫吕陶爲京西轉運副使，侍御史上官均爲禮〔比〕部員外郎。」八月辛巳：「右司諫賈易罷知懷州。」

〔一二〕蓍龜：蓍草與龜甲，古代以爲靈物，占卜用。易繫辭上：「探賾索隱，鈎深致遠，以定天下之吉凶，成天下之亹亹者，莫大乎蓍龜。」

〔一三〕昔漢句：酈食其，陳留高陽人，曾直言諫沛公若欲起義，不宜踞見長者。爲沛公設計取陳留，諫漢王守成皋之險，示諸侯形制之勢。又請奉詔説齊王以七十餘城歸漢，有大功。史記、漢書俱有傳。橈楚之非，指漢三年漢王與酈食其謀橈楚權，食其獻計使漢王復立六國後世以橈之，事爲張良聞，亟言此舉有八不可，並曰：「且夫楚唯無彊，六國立者復橈而從之，陛下焉得而臣之？誠用客（酈食其）之謀，陛下事去矣。」於是漢王駡曰：「豎儒，幾敗而公事！」見史記留侯世家。橈，削弱。

〔一四〕唐魏鄭公句：魏鄭公即魏徵。徵字玄成，太宗時累官諫議大夫、祕書監，直言敢諫，進左光禄大夫、鄭國公。太宗嘗以之與房玄齡相比，謂「貞觀之後，納忠諫，正朕違，爲國家長利，徵而已」。新、舊唐書有傳。薛延陀，匈奴部落之一。新唐書東夷傳高麗：「兵部尚書李勣曰：『不然，曩薛延陀盜邊，陛下欲追擊，魏徵苦諫而止。向若擊之，一馬不生還。後復畔擾，至今爲恨。』」

〔一五〕本朝句：趙中令，指趙普。普，字則平，幽州薊人，後徙常山、洛陽。宋王朝建，以佐命功，累官至樞密使、同中書門下平章事。卒後追贈尚書令、韓王。宋史本傳云：「李繼遷之擾邊，普建議以趙保忠復領夏臺故地，因令圖之。保忠反與繼遷同謀爲邊患，時論歸咎於普，頗爲同列所窺，不得專決。」

〔一六〕如谷永三句：谷永，字子雲，長安人。漢建昭中以茂材被召爲太常丞。是時，朝政多委諸元舅大將軍王鳳，議者多歸咎焉。而永知鳳方見重用，陰欲自託，有章曰：「疏賤之臣，至敢直陳天意，斥譏帷幄之私，欲間離貴后盛妾，自知忤心逆耳，必不免於湯鑊之誅。」永既陰爲大將軍王鳳説矣，能實最高，由是擢爲光禄大夫。事見漢書本傳。

〔一七〕劉栖楚三句：新唐書劉栖楚傳謂：栖楚始爲鎮州小吏，王承宗薦之於李逢吉，由鄧州司倉參軍擢爲右拾遺，逢吉之罷裴度逐李紳，皆嗾而爲姦者。栖楚嘗諫曰：「臣以諫爲官使陛下負天下譏，請碎首以謝。」遂額叩龍墀，血被面。李逢吉傳詔「毋叩頭，待詔旨」，栖楚捧首立。

帝動容，揚袂使去。

〔一八〕剴拂：猶剴切，懇切也。新唐書魏徵傳：「乃展盡底藴無所隱，凡二百餘奏，無不剴切當帝心者。」

〔一九〕陸贄數句：陸贄，唐嘉興人，字敬輿，進士第，德宗時爲翰林學士，雖外有宰相參大議，而贄常居中參裁可否，時號「内相」。詔書多出其手。累遷中書侍郎、同平章事，其奏議爲世所宗，明張綖嘗以之方少游。唐書有傳。此處引文見全唐文卷四六八奉天請數對群臣兼許令論事狀。

朋黨上〔一〕

臣聞朋黨者，君子小人所不免也〔二〕。人主御群臣之術，不務嫉朋黨，務辨邪正而已。邪正不辨而朋黨是嫉，則君子小人必至於兩廢，或至於兩存。君子小人兩廢兩存，則小人卒得志，而君子終受禍矣。何則？君子信道篤，自知明，不肯偷爲一切之計；小人投隙抵巇〔三〕，無所不至也。

臣請以易道與夫堯舜漢唐之事明之。易以陽爲君子，陰爲小人〔四〕。一陽之生則爲復〔五〕，復者，反本也〔六〕。三陽用事則爲泰〔七〕，泰者，亨通之時也〔八〕。而五陽之極則爲夬〔九〕，夬者，剛決柔也〔一〇〕。以此見君子之道，必得其類，然後能勝小人也。一陰之生則爲姤〔一一〕，姤者，柔遇剛也〔一二〕。三陰用事則爲否〔一三〕，否者，閉塞之時也〔一四〕。而五陰之極則爲剥〔一五〕，剥者，窮上反下也〔一六〕。以此見小人之道，亦必得其類，然後能勝君子也。陰陽相與消長，而爲慘舒，爲生殺。君子小人相與勝負，而爲盛衰，爲治亂。然皆以其類也。臣故曰：朋黨者，君子小人所不免也。

堯之時有八元、八凱十六族者，君子之黨也〔一七〕。又有渾沌、窮奇、檮杌、饕餮四凶族者〔一八〕，小人之黨也。舜之佐堯有大功二十者，舉十六相、去四凶而已。不聞以其朋黨而兩廢之，亦不聞以其朋黨而兩存之也。臣故曰：人主御群臣之術，不務嫉朋黨，務辨邪正而已。

東漢鈎黨之獄〔一九〕，海内塗炭二十餘年。蓋始於周福、房植，謂之甘陵南北部〔二〇〕。至於李膺、陳蕃、王暢、張儉之徒，遂有三君、八顧、八俊、八及、八厨之號〔二一〕。人主不復察其邪正，惟知震怒而已。故曹節、侯覽〔二二〕、牢修〔二三〕、朱並〔二四〕得以始終表裏，成其姦謀。至於刑章討捕，錮及五族，死、徙、廢、禁者六七百人，卒不知修、並者乃節、覽之黨也。

唐室之季，朋黨相軋四十餘年，搢紳之禍不解，蓋始於李宗閔、李德裕二人而已〔二五〕。嫌怨既結，各有植立，根本牢甚，互相傾擠。牛僧孺、李逢吉之屬，則宗閔之黨也。李紳、韋處厚之屬，則德裕之黨也。而逢吉之黨，又有八關十六子之名〔二六〕，人主不復察其邪正，惟曰：「去河北賊易，去此朋黨難。」〔二七〕而其徒亦曰：「左右佩劍，彼此相笑。」〔二八〕蓋言未知孰是也。其後李訓、鄭注用事，欲以權市天下，凡不附己者皆指以爲二人之黨而逐去之，至於人人駭慄，連月雺晦，卒不知訓、注者，實逢吉之黨也〔二九〕。

臣故曰：邪正不辨而朋黨是嫉，則君子小人必至於兩廢，或至於兩存。君子與小人兩廢兩存，則小人卒得志，君子終受禍矣。

【箋注】

〔一〕朋黨上、下二篇，當作於元祐二年以後，係針對當時朋黨之爭。據宋史紀事本末卷四十五載：「時呂公著當國，群賢咸在朝，不能不以類相從，遂有洛黨、蜀黨、朔黨之語。洛黨以(程)頤爲首，而朱光庭、賈易爲輔。蜀黨以蘇軾爲首，而呂陶等爲輔。朔黨以劉摯、梁燾、王巖叟、劉安世爲首，而輔之者尤衆。是時熙、豐用事之臣退休散地，怨入骨髓，陰刺間隙。諸賢不悟，各爲黨比，以相訾議。惟呂大防秦人，戇直無黨；范祖禹師司馬光，不立黨。」案：

吕公著自元祐元年四月爲相，至元祐四年二月卒。又續資治通鑑卷八十載，二年八月一日起，黨争愈烈。

〔二〕臣聞二句：歐陽修朋黨論：「臣聞朋黨之説自古有之，惟幸人君辨其君子小人而已。大凡君子與君子以同道爲朋，小人與小人以同利爲朋，此自然之理也。」少游所論，與之相似。

〔三〕投隙抵巇：猶言吹毛求疵。投隙，乘隙。列子説符：「投隙抵時，應事無方。」新唐書酷吏傳周矩諫后曰：「推劾之吏……鑿空投隙，相矜以殘。」抵巇，乘其間隙，利用機會。韓愈釋言：「奔走乘機抵巇以要權利。」

〔四〕易以二句：繫辭下：「陽一君而二民，君子之道也；陰二君而一民，小人之道也。」朱熹注：「君，謂陽；民，謂陰。」

〔五〕一陽句：復卦象爲䷗，故謂「一陽之生」。易復朱熹注：「復，陽復生於下也。剥盡則爲純坤十月之卦，而陽氣已生於下矣。積之踰月，然後一陽之體始成而來復，故十有一月，其卦爲復。」

〔六〕復者句：易雜卦：「復，反也。」清陳夢雷周易淺述卷三：「至十一月，一陽之體始成，其卦爲復。陽往而復反，有亨象。……乃天運自然反復之道。」

〔七〕三陽句：泰卦象爲䷊，故曰三陽。爲卦天地交而二氣通，故爲泰，正月之卦也。禮記月令疏：「正月，三陽既上，成爲乾卦。」易泰朱熹注：「泰，通也。」

〔八〕泰者二句：易泰彖辭：「泰，小往大來，吉亨。則是天地交而萬物通也。」説卦：「泰，通也。」

〔九〕而五陽句：夬卦象爲䷪，故謂五陽。易夬朱熹注：「夬，決也，陽決陰也，三月之卦也，以五陽去一陰，決之而已。」

〔一〇〕夬者二句：易夬彖辭：「夬，決也，剛決柔也，健而説，決而和。」陳夢雷周易淺述卷五：「以五陽決一陰，乾健而濟以兑説，則不至於怯，亦不過於猛矣。其決之也，得無過、不及之中，非決而和乎？」

〔一一〕一陰句：姤卦象爲䷫，故謂「一陰之生」。陳夢雷周易淺述卷五：「姤卦，巽下乾上，風行天下，萬物無不經觸，乃遇之象。又卦爻五陽而一陰始生於下，陰與陽遇也，故爲姤。」

〔一二〕姤者二句：易彖：「姤，遇也，柔遇剛也。」陳夢雷周易淺述卷五：「五陽往而陰方來，故曰柔遇剛。」

〔一三〕三陰句：否卦象爲䷋，故謂「三陰用事」。陳夢雷周易淺述卷二：「否，閉塞也，三陰在內，七月之卦也。」

〔一四〕否者二句：易彖辭：「否……則是天地不交而萬物不通也。」故曰「閉塞」。朱熹注：「否，閉塞也。」

〔一五〕而五陰句：剥卦象爲䷖，故謂「五陰之極」。朱熹注：「剥，落也，五陰在下而方生，一陽在上而將盡，陰盛長而陽衰落。九月之卦也。」

〔一六〕剥者二句：序卦傳：「剥，窮上反下。」又：「困乎上者必反下。」

〔一七〕堯之時三句：歐陽修朋黨論：「堯之時，小人共工、驩兜等四人爲一朋，君子八元八凱十六人爲一朋。舜佐堯，退四凶小人之朋，而進『元凱』君子之朋，堯之天下大治。」參見卷十二國論注〔三〕。

〔一八〕渾沌、窮奇、檮杌、饕餮：見卷十二國論注〔四〕。

〔一九〕鈎黨之獄：東漢桓帝時，宦官勢盛，士大夫李膺等疾之，捕殺其黨。宦官乃言膺等與太學遊士爲朋黨，誹謗朝廷，辭連二百餘人，禁錮終身。靈帝時，膺等復起用，與大將軍竇武謀誅宦官。事敗，膺等百餘人皆被殺，死徙廢禁者六七百人。見後漢書黨錮傳。

〔二〇〕蓋始於二句：周福，字仲進；房植，字伯武。後漢書黨錮傳：「初，桓帝爲蠡吾侯，受學於甘陵周福，及即帝位，擢福爲尚書。時同郡河南尹房植有名當朝，鄉人謂之謡曰：『天下規矩房伯武，因師獲印周仲進。』二家賓客，互相譏揣，遂各樹朋徒，漸成尤隙，由是甘陵有南北部。黨人之議，自此始矣。」

〔二一〕至於二句：後漢書黨錮傳：「自是正直廢放，邪枉熾結，海内希風之流，遂共相標搒，指天下名士，爲之稱號：上曰『三君』，次曰『八俊』，次曰『八顧』，次曰『八及』，次曰『八厨』，猶古之『八元』、『八凱』也。竇武、劉淑、陳蕃爲『三君』。君者，言一世之所宗也。李膺、荀翌、杜密、王暢、劉祐、魏朗、趙典、朱寓爲『八俊』。俊者，言人之英也。郭林宗、宗慈、巴肅、夏馥、范滂、尹勳、蔡衍、羊陟爲『八顧』。顧者，言能以德行引人者也。張儉、岑晊、劉表、陳翔、孔昱、苑康、檀敷、翟超爲『八及』。及者，言者能導人追宗者也。度尚、張邈、王考、劉儒、胡母班、秦周、蕃嚮、王章爲『八厨』。厨者，言能以財救人者也。」

〔二二〕曹節、侯覽：據後漢書宦者列傳，曹節，字漢豐，南陽新野人。順帝初，以西園騎遷小黄門。桓帝時遷中常侍。建寧三年迎靈帝入宮，以定策封安鄉侯。後與朱瑀等矯詔誅竇武陳蕃，又誅桓帝弟勃海王劉悝，官至尚書令。侯覽，山陽防東人，桓帝時任中常侍，封高鄉侯。建寧初，張儉奏其罪惡，覽遂誣儉爲鈎黨，及李膺、杜密等，皆夷滅之，於是代曹節爲長樂太僕。熹平初自殺。

〔二三〕牢修：後漢河内人，張成弟子。李膺既殺成，修因上書誣告膺等養太學遊士，交結諸郡生徒。帝震怒，逮捕黨人。見後漢書黨錮傳。

〔二四〕朱並：後漢書黨錮傳：「又張儉鄉人朱並，承望中常侍侯覽意旨，上書告儉與同鄉二十四人别相署號，共爲部黨，圖危社稷。」

〔二五〕唐室四句：指唐代牛李黨争。新唐書李德裕傳：「（李逢吉）欲引（牛）僧孺益樹黨，乃出德裕爲浙西觀察使。俄而僧孺入相，由是牛李之憾結矣。」

〔二六〕而逢吉二句：李逢吉，唐隴西人。憲宗時，官同中書門下平章事。穆宗時召爲兵部尚書。其黨張又新等八人，附會又八人，號「八關十六子」。新、舊唐書有傳。又新唐書張又新傳云：「又新與拾遺李續、劉栖楚等爲逢吉搏吠所憎，故有『八關十六子』之目。」

〔二七〕去河北二句：唐文宗語，見新唐書李宗閔傳。

〔二八〕左右二句：新唐書楊嗣復傳：「嗣復曰：『臣聞左右佩劍，彼此相笑。』臣今不知鄭覃指誰爲朋黨。」案：楊嗣復爲李宗閔黨，故文云「其徒」。

〔二九〕其後七句：見新唐書李宗閔傳。案：李訓字子垂，故宰相揆族孫。敏於辯論，多大言，擢進士第。從父逢吉爲宰相，以其陰險善謀事，厚昵之，後聞鄭注好事，往見之，頗相得。時逢吉方留守，思復用，乃付金幣百萬，使之厚結鄭注。及訓自爲宰相，欲先誅宦者仇士良、魚志弘，設伏兵於左金吾大廳，詭稱甘露近在禁中，誘仇士良等往觀，藉以殺之，事泄被殺。史稱「甘露之變」。鄭注本姓魚，絳州翼城人，官至檢校尚書左僕射、鳳翔、隴右節度使，與李訓相朋比，兩人權震天下。事皆見新唐書本傳。

【彙評】

林紓林氏選評名家文集淮海集：小人得罪君子，君子雖有權，不之較也。君子取怨小人，小人即無權，亦必報復，猶之胡人以殘殺爲生業，舉族皆能戰，中華文勝，言戰，非其匹也。文決小人卒得志，千古不刊之論。行文尤警醒動人。

朋黨下

臣聞陛下即位以來，虛懷仄席〔一〕，博採公論，悉引天下名士與之經綸，至有去散地而執鈞衡〔二〕，起謫籍而參侍從者〔三〕，雖古版築、飯牛之遇〔四〕，不過如此而已。君子得時，則其類自至，數年之間，衆賢彈冠相繼而起〔五〕，聚於本朝。夫衆賢聚於本朝，小人之所深不利也。是以日夜恟恟，作爲無當不根、眩惑誣罔之計，而朋黨之議起焉。臣聞比日以來，此風尤甚，漸不可長。自執政從官臺閣省寺之臣，凡被進用者，輒爲小人一切指以爲黨，又至於三君、八顧、八俊、八及、八厨之名，八關、十六子之號，巧爲標榜，公肆詆欺〔六〕。一人名之於前，萬人實之於後。傳曰：「下輕其上爵，賤人圖柄臣，則國家摇動而人不静也。」〔七〕然則其可以不察歟？

臣聞慶曆中仁祖鋭於求治，始用韓琦、富弼、范仲淹以爲執政從官，又擢尹洙、歐陽修、余靖、蔡襄之徒列於臺閣，小人不勝其憤，遂以朋黨之議陷之〔八〕。琦、弼、仲淹等果皆罷去〔九〕。是時天下義士，扼腕切齒，髮上衝冠，而小人至於舉酒相屬，以爲一網盡矣〔一〇〕。賴天子明聖，察見其事，琦、弼、仲淹等旋被召擢，復蒙器使，遂得成其功名〔一一〕。今所謂元老大儒，社稷之臣，想望風采而不可見者，皆當時所謂黨人者也。向使仁祖但惡朋黨之名，不求邪正之實，赫然震怒，斥而不反，則彼數人者，皆爲黨人而死耳，尚使後世想望風采而不可見耶？今日之勢，蓋亦無異於此。

臣願陛下觀易道消長之理，稽帝虞廢舉之事〔一二〕，鑒漢唐審聽之失〔一三〕，法仁祖察見之明，杜媒蘖之端〔一四〕，窒中傷之隙，求賢益急，用賢益堅，而信賢益篤，使姦邪情沮而無所售其謀，讒佞氣索而無所啓其口。則今之所謂黨人者，後世必爲元老大儒社稷之臣矣。

【校】

〔虚懷仄席〕張本「仄」誤作「反」；蜀本作「側」，通。

〔日夜恟恟〕王本、四部本「恟恟」作「洶洶」。

〔不勝其憤〕「憤」原誤作「僨」，據張本、胡本改。

〔媒蘖之端〕「媒蘖」原作「媒孽」，通。此據王本、四部本。

〔姦邪情沮〕「沮」原誤作「得」，據段本、王本、秦本、四部本改。

【箋注】

〔一〕仄席：後漢書章帝紀：建初五年五月辛亥詔：「朕思遲直士，側席異聞。」李賢注：「側席，謂不正席，所以待賢士也。」仄，通「側」。

〔二〕至有句：執鈞衡，謂執政。宋書謝莊傳上表：「提鈞懸衡，委之選部，一人之鑒易限，而天下之才難原。」高適留上李右相詩：「鈞衡持國柄，柱石總賢經。」此句指司馬光自西京召還爲相、吕公著自揚州召還爲尚書左丞、文彦博詔起平章軍國重事，皆在元祐元年。

〔三〕起謫籍句：指李常、孫覺、蘇軾、蘇轍等，先後自謫籍還京任職。

〔四〕版築飯牛：版築，指武丁訪傅説於商巖，見卷二寄題傅欽之草堂注〔七〕。飯牛，淮南子道應：「桓公郊迎客，甯越飯牛車下，望見桓公而悲，擊牛角而疾商歌。桓公聞之，撫其僕之手曰：『異哉！歌者非常人也。』命後車載之。」

〔五〕彈冠：漢書王吉傳：「吉與貢禹爲友，世稱『王陽在位，貢公彈冠』，言其取舍同也。」王吉字子陽。意謂一人做官，政見相同者亦將出仕。

〔六〕又至於四句：三君等，見本卷朋黨上注〔二一〕；八關等，見朋黨上注〔二六〕。此處借指當時黨争。據續資治通鑑卷八十，哲宗元祐二年（一〇八七）冬十二月，程頤門人朱光庭攻擊蘇軾爲學士院所撰館職策題，不該將仁宗比作漢文帝、將神宗比作漢宣帝，謂之「考試官不識大體，反以媮刻爲議論，乞正考試官之罪」。詔軾特放罪，軾聞而自辯。蜀人吕陶亦爲蘇軾辯護，謂臺諫「不可假借事權以報私隙」。議者謂軾嘗戲薄程頤，朱光庭「必指其策問以爲訕謗，恐朋黨之弊，自此起矣」。翌年春正月，王覿、傅堯俞、王巖叟又捲入此議，洛蜀二黨之争便正式開始。

〔七〕傳曰四句：見漢書朱雲傳，原注：「師古曰：柄臣，執權之臣。」

〔八〕臣聞五句：續資治通鑑卷四六仁宗慶曆四年：「初，吕夷簡罷相，夏竦授樞密使，復奪之，代以杜衍，同時進用富弼、韓琦、范仲淹在二府，歐陽修等爲諫官。石介作慶曆聖德詩言進賢退姦之不易。姦，蓋斥夏竦也，竦銜之。而仲淹等皆修素所厚善。修言事，一意徑行，略不以形迹嫌疑顧避，竦因與其黨造爲黨論，目衍、仲淹及修爲黨人。」據宋史宰輔表二，慶曆三年四月，吕夷簡罷相，本年三月夏竦除樞密使，四月韓琦自陝西安撫使除樞密直學士，夏竦免，杜衍除樞密使。七月范仲淹自樞密副使除參知政事、富弼除樞密副使，皆固辭，八月復命之。四年九月，杜衍入相。本文所指黨争，乃發生在此一時期。

〔九〕琦弼句：據宋史宰輔表二，慶曆四年六月范仲淹罷參知政事，出爲陝西、河東宣撫使；八月富弼罷樞密副使，出爲河北宣撫使；而韓琦未云罷職。續資治通鑑卷四十七謂本年韓琦仍任樞密副使，曾上疏論富弼不當輕罷，至五年三月始以資政殿學士出知揚州。

〔一〇〕是時五句：此指慶曆四年事。續資治通鑑卷四十七載本年十一月集賢校理蘇舜欽與監進奏院劉巽除名：「先是杜衍、范仲淹、富弼等同在政府，多引用一時聞人，欲更張庶事。御史中丞王拱辰等不便其所爲，而舜欽乃仲淹所薦，其妻又衍女。舜欽年少，能文章，議論稍侵權貴。會進奏院祠神，舜欽循例，用鬻故紙公錢召妓樂、會賓客，拱辰廉得之，諷其屬魚周詢、劉元瑜等劾奏，因欲動摇衍。事下開封府劾治，於是舜欽及（劉）巽俱坐自盗除名，（孫）洙等同時斥逐。拱辰等喜曰：『吾一舉網盡之矣！』」附考異引六一居士集蘇長史墓志云：「范文正公與富丞相多所設施，而小人不便，乃以事中君。所指小人，乃拱辰等也。」

〔一一〕賴天子五句：據宋史宰輔表二，仁宗至和二年，富弼自宣徽南院使、檢校太保，判并州加户部侍郎、同平章事、集賢殿大學士。嘉祐元年，韓琦自三司使加檢校少傅，依前行工部尚書、樞密使；三年，依前官加同平章事、集賢殿大學士，與富弼並列相位；五年，歐陽修自翰林學士兼侍讀學士、禮部侍郎、知制誥，六年除參知政事。宋史范仲淹傳謂仲淹後自邠州以疾請鄧州，進給事中，尋徙杭州，再遷户部侍郎，徙青州。其事當在慶曆、皇祐之間。

〔一二〕稽帝虞句：指去四凶、舉十六相。參見朋黨上注〔一七〕。

〔一三〕鑒漢唐句：指東漢鈎黨、唐代牛李黨争及「八關十六子」事，參見朋黨上注〔一九〕至〔二九〕。

〔一四〕媒蘖：原指酒母。此喻構陷誣害，釀成過惡。漢書李廣傳附李陵：「今舉事一不成，全軀保妻子之臣，隨而媒蘖其短。」

【彙評】

林紓林氏選評名家文集淮海集：此非論體，直是一篇辯證之書，明白曉暢極矣！

淮海集箋注卷第十四

進策

人材

臣聞天下之材，有成材者、有奇材者、有散材者、有不材者。器識閎而風節勵，問學博而行治純，通當世之務，明道德之歸，此成材者也。經術藝文、吏方將略，有一卓然過人數等，而不能飾小行、矜小廉以自託於閭里，此奇材者也。隨群而入，逐隊而趨，既無善最之可紀〔一〕，又無顯過之可繩，攝空承乏〔二〕，取位而已，此散材者也。寡聞見，暗機會〔三〕，乖物理，昧人情，執百有司之事無一施而可，此不材者也。

古之人主，於成材則付以大任而備責之，於奇材則隨所長而器使之，於散材則明賞罰而磨礪之，於不材則棄之而已。四者各有所處，然而奇材者，尤人主所宜深惜者也。蓋天下之成材不世出，而散材者又不足以任能事，不材者適足以敗事而已。是則任天下之能事者常取乎奇材。有奇材而不深惜焉，則將與不材同棄，而曾散材之不如矣。夫匠氏之於木也，楩楠豫章〔四〕，易直而十圍者，必以爲明堂之棟、路寢之楹〔五〕。七圍八圍者，雖多節，必以爲高明之麗〔六〕。拱把而上者，雖小橈，必以爲狙猿之杙〔七〕。稍修則以爲榱桷，甚短則以爲侏儒〔八〕。至於液樠軸解、亟沉而易蠹者〔九〕，然後以之爨也。今有楩楠豫章於此，七圍八圍，拱把而上，特以多節小橈之故，遂並棄之，豈不惜哉！

人主用天下之材亦何以異於此。今國家之人材，可謂富矣。養之以學校，而取之以貢舉，名在仕版者，無慮數萬。然一旦有事，則常若乏人。何哉？以臣觀之，未能深惜天下之奇材故也。蓋不深惜天下之奇材，則用之或違其長，取之將責其備，雖有嵚嵜歷落、穎脱絶倫之士〔一〇〕，執事者始以名聞，未及試之，而媒糵其短者〔一一〕，固已圜視而起矣。夫奇材多自重，又不材者之所甚嫉也。以自重之勢，而被甚嫉之毁，其求免也，豈不難哉！一旦有事，而常若乏人，其勢之使然，無足怪也。

昔孟公綽爲趙魏老則優，不可以爲滕薛大夫〔一二〕。禆諶能謀，於野則獲，於邑則否〔一三〕。黄霸爲丞相，功名損於治郡時〔一四〕。人固有所長，亦有所短也。皋陶喑而爲大理，天下無虚刑〔一五〕。師曠瞽而爲太宰，晉國無亂政〔一六〕。賢如蕭何，而有市田請地之汙〔一七〕。直如汲黯，而有褊心忿罵之鄙〔一八〕。文如長卿，而有臨邛滌器之陋〔一九〕。將如韓信，而有胯下蒲伏之辱〔二〇〕。吏如張敞，而有便面拊馬之事〔二一〕。此數子者，責其備，則彼將老於耒耜之旁，死於大山龕巖之下耳，人主豈得而用之？

陛下即位以來，屢下明詔，舉監官御史臺閣學校之臣，刺史牧民之吏，與夫可備十科之選者〔二二〕，所得人材，蓋不可勝數。臣願陛下取其名實尤異者，用之而不疑。人情不能無小過。非有顯惡犯大義，所當免者，宜一切置而不問，以責異時之功。則彼將輸瀝肝膽，捐委軀命，求報朝廷而不可得。一旦有天下四夷之事，何足患哉！

【校】

〔蓋天下之成材不世出〕「成」原誤「人」，據四部本改。

〔常取乎奇材〕蜀本「取」作「在」。徐案：觀下文「而取之以貢舉」、「取之將責其備」，宜以「取」爲是。

〔液樠軸解〕「液樠」原作「棭樠」，誤。據莊子人間世「以爲門户則液樠」改。

〔大山龕巖〕「大山」原作「太山」，此從張本、胡本、李本、段本、秦本。

【箋注】

〔一〕善最：即四善二十七最，古代考察官吏政績的幾項標準。詳見新唐書百官志一。

〔二〕攝空承乏：左傳成公二年：「敢告不敏，攝官承乏。」注：「攝承空乏。」意猶掛名充數。

〔三〕機會：指時機或事物之要害。韓愈與鄂州柳中丞書：「此由天資忠孝，鬱於中而大作於外，動皆中於機會，以取勝於當世，而爲戎臣師。」

〔四〕楩楠豫章：皆良木名。戰國策宋策：「荆有長松文梓，楩枏豫樟。」枏，通楠。

〔五〕必以爲句：明堂，古天子朝會、宣明政教的殿堂。木蘭詩：「歸來見天子，天子坐明堂。」路寢，陸游老學庵筆記卷十：「古所謂路寢，猶今言正廳也。」

〔六〕七圍三句：莊子人間世：「三圍四圍，求高名之麗者斬之。七圍八圍，貴人富商之家求樿傍者斬之。」陸德明音義：「圍，崔云：圍，環八尺爲一圍。麗如字，又音禮，司馬云：小船也，又屋欐也。」案高明，禮記月令云：「仲夏之月，可以居高明，可以遠眺望，可以升山陵，可以處臺榭。」鄭注：「高明，謂樓觀也。」少游蓋用其意。麗，説文通訓定聲：「亦作欐，列子湯問：餘音繞梁欐。」此處猶梁棟。

〔七〕拱把三句：莊子人間世：「拱把而上者，求狙猴之杙者斬之。」陸德明音義：「司馬云：兩手曰拱，一手曰把。」杙，繫牲畜之木樁。

〔八〕稍修二句：榱桷，屋椽。侏儒，梁上短柱。淮南子主術訓：「賢主之用人也，猶巧工之制木也……修者以爲櫊椋，短者以爲朱儒枅櫨。」侏、朱通。

〔九〕至於句：液樠，謂木中滲出脂液。莊子人間世：「散木也，以爲舟則沉，以爲棺槨則速腐，以爲器則速毁，以爲門户則液樠，以爲柱則蠹，是不材之木也。」注引司馬彪云：「液，津液也；樠，謂脂出樠樠然也。」軸解，莊子人間世：「俯而視其大根，則軸解而不可以爲棺槨。」陸德明音義：「李云：如衣軸之直解也。」

〔一〇〕雖有句：嶔崟歷落，喻人之傑出不群。世説新語容止：「周伯仁道桓茂倫，嶔崟歷落可笑人。」穎脱絶倫，謂脱穎而出之人。史記平原君傳：「毛遂曰：『臣乃今日請處囊中耳。使遂蚤得處囊中，乃穎脱而出，非特其末見而已。』」

〔一一〕媒蘖：見卷十三朋黨下注〔一四〕。

〔一二〕昔孟公綽二句：見論語憲問。注引孔安國曰：「公綽，魯大夫也；趙魏，皆晉卿。家臣稱老。公綽性寡欲，趙魏貪賢，家老無職，故優。滕薛小國，大夫職煩，故不可爲。」

〔一三〕裨諶三句：論語憲問：「裨諶草創之。」注引孔安國曰：「裨諶，鄭大夫名也，謀於野則獲，謀於國則否。鄭國將有諸侯之事，則使乘車以適野，而謀作盟會之辭。」

〔一四〕黄霸二句：黄霸，字次公，漢淮陽陽夏人。武帝末以入財爲官。宣帝時召爲廷尉正。後爲揚州、潁川刺史，「以外寬内明得吏民心，户口歲增，治爲天下第一」。五鳳三年，代丙吉爲丞相。漢書本傳云：「霸材長於治民，及爲丞相，總綱紀號令，風采不及丙、魏、于定國，功名損於治郡。」

〔一五〕皋陶二句：皋陶，傳説中舜時名臣。史記五帝本紀：「皋陶爲大理，平，民各伏得其實。」淮南子主術訓：「故皋陶瘖而爲大理，天下無虐刑，有貴於言者也。」喑，通「瘖」。後漢書袁閎傳：「喑不能言。」

〔一六〕師曠二句：師曠，春秋晉樂師，字子野，生而目盲，善辨聲樂。淮南子主術訓：「師曠瞽而爲太宰，晉無亂政，有貴於見者也。」

〔一七〕賢如二句：蕭何，沛豐人，漢高祖丞相。史記蕭相國世家謂漢十二年秋，陳豨反，恐受牽連，有客説之曰：「今君胡不多買田地，賤貰貸以自汙？上心乃安。」劉邦歸，「民道遮行上書，言相國賤彊買民田宅數千萬」。邦問之，乃爲民請曰：「長安地狹，上林中多空地，棄，願令民得入田，毋收稾爲禽獸食。」邦大怒曰：「相國多受賈人財物，乃爲請吾苑！」乃下相國廷尉，械繫之。

〔一八〕直如二句：汲黯，字長孺，濮陽人。漢書汲黯傳謂，黯官列九卿，而公孫弘、張湯爲小吏，後與之同位，黯褊心，稍怨望，與湯議論，憤曰：「天下謂刀筆吏不可爲公卿，果然。」

〔一九〕文如二句：長卿，司馬相如字，嘗與卓文君在臨邛賣酒，文君當壚，相如着犢鼻褌，滌器於市。見史記本傳。

〔二〇〕將如二句：史記淮陰侯列傳：「淮陰屠中少年有侮信者，曰：『若雖長大，好帶刀劍，中情怯耳。』衆辱之曰：『信能死，刺我；不能死，出我袴下。』於是信孰視之，俛出袴下，蒲伏。一市人皆笑信，以爲怯。」蒲伏，即匍伏，爬行也。

〔二〕吏如二句：張敞，字子高，曾治京兆。漢書張敞傳：「然敞無威儀，時罷朝會，過走馬章臺街，使御吏驅，自以便面拊馬。又爲婦畫眉，長安中傳張京兆眉憮。」師古曰：「便面，所以障面，蓋扇之類也。不欲見人，以此自障面則得其便，故曰便面，亦曰屏面。」

〔三〕陛下五句：宋史哲宗本紀元祐元年閏月甲寅：「詔侍從、御史、國子司業各舉經明行修可爲學官者二人。」又四月辛丑：「詔執政大臣各舉可充館閣者三人。」又四月辛亥：「詔遇科舉，令升朝官各舉經明行修之士一人，俟登第日與升甲。」又秋七月辛酉，「設十科舉士法」。五句係指上述而言。

【彙評】

段斐君本淮海集徐渭評：重奇材是大旨。又評「昔孟公綽爲趙魏老則優……人主豈得而用之」：文勢迅利，酷似長公（蘇軾）。

林紓林氏選評名家文集淮海集：文即勿以寸朽棄連抱之材意，推闡而辯明之。讀之頗有英爽之氣。

法律上〔一〕

臣竊觀唐虞以後有天下者，安榮危辱之所從，長久亟絶之所自，無不出於其所任之術。而所任之術，大抵不過詩書、法律二端而已。蓋純用詩書者，三代也；純用法律者，秦也；詩書法律，雜舉而並用，迭相本末，遞爲名實者，漢唐也。

何以知其然耶？夏、商、周之興也，治教政令，既本於道德之意；而舟車器械，亦出於義理之文。其迹載於典謨訓誥誓命之篇〔二〕，而其旨寓於國風雅頌之什〔三〕。當是時也，聖賢之學著而百家之説熄，帝王之制舉而霸者之事廢。議事以制，不爲刑辟〔四〕。故曰：純用詩書者，三代也〔五〕。魏文侯之師李悝〔六〕，論次諸國之法，著爲法經。其徒商鞅用以相秦，始作牧司連坐告匿之法，而輔以詆欺文致細微之事〔七〕。晚節末路，至於焚書坑儒，偶語者棄市，以是古非今者族，吏見知不舉與同罪〔八〕。故曰：純用法律者，秦也〔九〕。漢自高祖納陸賈之言，命爲新語〔一〇〕；用叔孫通之説，而使定禮儀〔一一〕。可謂知所取矣。而以三章之約不足禦姦，於是蕭何攈摭秦法，作律九章〔一二〕。而張湯、趙禹之徒，又爲見知故縱監臨部主之法〔一三〕。唐自太宗詘封倫秦漢之論，用魏公帝王之謀〔一四〕，可謂知取捨矣；而朝廷郡縣百官有司所以朝夕從事者，一出於律、令、格、式之文〔一五〕。故曰：詩書法律雜舉而並用、迭相本末、遞爲名實者，漢唐也。

惟其純用詩書，故三代享國安榮，而歷年長久。惟其純用法律，故秦危辱而亟絶。惟其詩書法律雜舉而並用，迭相本末，遞爲名實，故漢唐之有天下雖號長久，而安榮之日少，危辱之日多，僅免亟絶而已〔一六〕。蓋詩書者所以崇德，其事皆孝悌忠信，人之所欲者也。而安榮長久，人之所欲者也〔一七〕。而法律者所以制姦，其事皆鞭笞斬艾，人之所惡，欲以報所惡之讎者也。以所惡之術報所惡之讎，亦其理之然哉〔一八〕！賈生曰：「今或言禮誼之不如法令，教化之不如刑罰，人主胡不引商周秦事以觀之也？」〔一九〕嗚呼！若賈生者，可謂知治體矣。

【校】

〔典謨訓誥誓命〕「誥」原誤作「告」，據李本、王本、四部本改。

〔而法律者所以制姦〕原脱「者」字，據王本、四部本補。

【箋注】

〔一〕本篇觀點與立論方法皆受賈誼陳政事疏影響。賈生立論方法曰：「稽之天地，驗之往古，按之當今之務。」少游所論亦以宋代祖宗之事結合三代秦漢史實加以闡述，其中心思想在於儒家的「爲政以德」（論語爲政），此點正是繼承賈生而加以發揮。文中從用詩書與用法律兩方面着手，以爲三代「純用詩書」，所以「長久」；秦代「純用法律」，所以「亟絶」，正如賈生所云「夫三代之所以長久者」，乃因「湯武廣大其德行，六七百歲而弗失」；「秦世之所以亟絶者」，乃因「秦滅四維（禮義廉耻）而不張」，「凡十三歲（而）社稷爲虚（墟）」。實上際三代乃奴隸社會，從當今甲骨文、金文研究及考古發掘的資料來看，當時用刑亦甚殘酷，非如少游所云「議事以制，不爲刑辟」。蓋少游亦儒家託古之説而已。

〔二〕典謨訓誥誓命之篇：指尚書的堯典、舜典、大禹謨、伊訓、康誥、牧誓、微子之命等。

〔三〕國風雅頌之什：詩經有十五國風、小雅、大雅、周頌、商頌、魯頌。

〔四〕議事二句：左傳昭公六年：「昔先王議事以制，不爲刑辟，懼民之有争心也。」刑辟，六部成語刑部注解：「以刑法治之也。」

〔五〕純用詩書二句：賈誼陳政事疏：「湯武置天下於仁義禮樂，而德澤洽，禽獸草木廣裕，德被蠻貊四夷，累子孫數十世，此天下所共聞也。」此用其意。

〔六〕李悝：史記魏世家作李克，戰國初魏人，爲魏文侯相，廢除世卿世禄，倡耕作，奬開荒，以盡地力。又儲糧平糴，使魏富强。論次列國法令，著爲法經六篇，又著李子三十二篇，已佚。見漢書食貨志上、藝文志、晉書刑法志。

〔七〕其徒三句：商鞅，戰國時衛人，姓公孫名鞅，以封於商，也稱商鞅、商君。相秦十九年，助秦孝公變法，廢井田，開阡陌，使秦富强。後死於車裂。史記本傳謂其法「令民爲什伍，而相牧司連坐」。索隱云：「牧司謂相糾發也。一家有罪而九家連舉發，若不糾舉，則十家連坐。」詆欺，誣詐。漢書刑法志：「詆欺文致，微細之法，悉蠲除。」文致，後漢書陳寵傳注：「文致，謂前人無罪，文飾致於法中也。」

〔八〕至於四句：史記秦始皇本紀丞相李斯曰：「臣請史官非秦記皆燒之。非博士官所職，天下敢有藏詩、書、百家語者，悉詣守、尉，雜燒之。有敢偶語詩書者棄市。以古非今者族。吏見知不舉者與同罪。令下三十日不燒，黥爲城旦。」

〔九〕純用法律二句：賈誼陳政事疏：「秦王置天下於法令刑罰，德澤亡一有，而怨毒盈於世，下憎惡之如仇讎，旤幾及身，子孫誅絶，此天下之所共見也。」

〔一〇〕漢自二句：史記陸賈列傳：「陸生迺粗述存亡之徵，凡著十二篇。每奏一篇，高帝未嘗不稱善，左右呼萬歲，號其書曰新語。」陸賈，楚人。

〔一一〕用叔孫通二句：叔孫通，薛人，秦時以文學徵，待詔博士，後從項羽，漢二年降漢王。漢五年采古禮與秦儀爲高祖制定朝儀。禮行，高祖喜曰：「吾迺今日知爲皇帝之貴也！」遂拜爲太常。史記有傳。

〔一二〕而以三句：漢書刑法志：「高祖初入關，約法三章，曰：殺人者死，傷人及盜抵罪。蠲削煩苛，兆民大悦。其後四夷未附，兵革未息，三章之法不足以禦姦，於是相國蕭何攈摭秦法，取其宜於時者，作律九章。」

〔一三〕而張湯二句：漢書刑法志：「及至孝武即位……招進張湯、趙禹之屬，條定法令，作見知故縱、監臨部主之法。」注：師古曰：「見知人犯法不舉告爲故縱，而所監臨部主有罪並連坐也。」張湯，見卷十三任臣下注〔三〕。趙禹，漢斄人，以刀筆吏積勞累遷爲御史、中大夫，以老徙爲燕相，卒於家。漢書有傳。

〔一四〕唐自二句：封倫，字德彝，觀州蓨人。由隋入唐，秦王討王世充，命倫參謀軍事。太宗立，拜尚書右僕射。倫資險佞内挾，數刺君主意，陰導而陽合之，故死後削封，改謚爲繆。新、舊唐書有傳。據貞觀政要政體第二云：「封德彝等對曰：『三代以後，人漸澆訛，故秦任法律，漢雜霸道，皆欲化而不能，豈能化而不欲？若信魏徵所説，恐敗亂國家。』徵曰：『五帝三王，不易人而化，行帝道則帝，行王道則王，在於當時所理，化之而已。……』德彝等無以難之，然咸以爲不可。太宗每力行不倦，數年間海内康寧。」

〔一五〕而朝廷二句：新唐書刑法志：「唐之刑書有四，曰：律、令、格、式。令者，尊卑貴賤之等數，國家之制度也；格者，百官有司之所常行之事也；式者，其所常守之法也。凡邦國之政，必從事於此三者。其有所違及人之爲惡而入於罪戾者，一斷以律。律之爲書，因隋之舊。」案：唐律十二卷係貞觀初長孫無忌、房玄齡等據隋律釐定。宋史刑法志一則曰「宋法制因唐律、令、格、式而隨時增益」，「元豐中，始成書二十有六卷」，神宗嘗曰：「禁於已然之謂敕，禁於未然之謂令，設於此以待彼之謂格，使彼效之之謂式。」「於是凡入笞、杖、徒、流、死，自名例以下至斷獄，十有二門，麗刑名輕重者皆爲敕。自品官以下至斷獄三十五門，約束禁止者皆爲令。命官之等十有七，吏、庶人之賞等七十有七，又有倍、全、分、釐之級凡五等，有等級高下者皆爲格。表奏、帳籍、關牒、符檄之類凡五卷，有體制模楷者皆爲式。」少游主要指後者。

〔一六〕惟其詩書法律雜舉七句：賈誼陳政事疏：「或道之以德教，或歐之以法令。道之以德教者，德教洽而民氣樂；歐之以法令者，法令極而民風哀。哀樂之感，禍福之應也。」此用其意。案論語爲政：「道之以政，齊之以刑，民免而無耻；道之以德，齊之以禮，有耻且格。」少游論漢唐「詩書法律雜舉而並用」，也就是「道之以政，齊之以刑」，僅能做到「民免而無耻」，也只能做到「僅免亟絶」。此乃儒家之説。

〔一七〕蓋詩書五句：賈誼陳政事疏：「夫立君臣，等上下，使父子有禮，六親有紀，此非天之所爲，人之所設也。」漢書董仲舒傳對策：「道者所繇適於治之路也，仁義禮樂皆其具也。故聖王已没而子孫長久安寧數百歲，此皆禮樂教化之功也。」

〔一八〕而法律六句：陸賈新語無爲：「夫法令者所以誅惡，非所以勸善。」桓寬鹽鐵論申韓：「法能刑人而不能使人廉，能殺人而不能使人仁。」此用其意。

〔一九〕賈生曰四句：見漢書本傳陳政事疏。賈生，賈誼，漢洛陽人，文帝時爲博士，遷太中大夫。嘗議制度，定禮樂，又言時弊，爲周勃、灌嬰諸大臣所忌，出爲長沙王太傅。後召還，文帝問以得失，遂上疏陳政事。著有新書。

【彙評】

林紓林氏選評名家文集淮海集：此篇立論正。

法律下

臣聞古今異勢，不可同日而語〔一〕。以今天下而欲純用詩書，盡去法律，則是腐儒不通之論也。要使詩書不爲法律所勝而已。祖宗之時，二端雖號並行，而士大夫頗自愛重，以經術爲職，文藝相推，間有喜刑名、精案牘者，則衆指以爲俗吏，而耻與之言。近世則不然，士大夫急於功利，不師古始，相與習者莫非柱後惠文之事〔二〕。父教其子，兄詔其弟，以爲速化之術，無以過此〔三〕。間有引古義決嫌疑，則掩口而笑曰：「此老生之常談耳，何所用於今哉？」〔四〕嗚呼，此風一成，非天下之福也。

蓋昔者以詩書爲本，法律爲末；而近世以法律爲實，詩書爲名。臣以爲天下之大弊君子所宜奮不顧身而救之者，無甚於此。何則？廢詩書而從法律，則是舉天下而入於申韓之術也〔五〕。揚子曰：「申韓之術，不仁之至矣。」〔六〕夫不仁者，三代之所以失天下也。君子救之，其可以緩耶？臣嘗思之，其所以然者無他，始於試法而已。朝廷試士以法者，欲其習爲吏也。而假之太優，擢之太峻，至有黄綬中選，數歲之間持斧仗節，領一道之權，任二千石之重〔七〕；而制策進士留滯於州縣之官，有十年而不得調者。嗚呼，欲士大夫之不廢詩書而從法律也，豈可得乎？且法吏之與儒臣，所聞異趣，所見異塗，猶方圓曲直之不相入也。昔匈奴渾邪王降漢，長安賈人與市者當坐死五百餘人，而汲黯固争以爲不可〔八〕。若使法吏言之，則必以爲闌出財物矣。密人有告部亭長受其米肉遺者，而卓茂折之以禮，以爲汝能高飛遠走，不在人間乎〔九〕。若使法吏言之，則以爲受所監臨矣。朱博曰：「如太守漢吏，奉三尺律令以從事耳，亡奈生所言聖人道何也！且持此道歸。堯舜君出，爲陳説之。」〔一〇〕今天下所以未受其禍者，以異時制策進士所得之臣，有如汲黯、卓茂者在也。十數年之後，耆老大臣相繼得謝，而試法所得之吏有如朱博者，當軸而處中焉〔一一〕。則君子雖欲奮不顧身以救之，亦無及已。

臣以爲縱未能盡罷其士，宜稍變革，以抑其風，使吏非有出身，毋得試法。其餘出仕换官之類，可一切試以經術藝文。要令天下皆知法律之不如詩書也，則申韓之禍熄矣。

【校】

〔臣以爲天下之大弊〕原脱「爲」字，據王本、四部本補。

【箋注】

〔一〕臣聞二句：本篇承法律上而言，所謂「古今異勢，不可同日而語」，意謂古代「純用詩書」，「盡去法律」，與宋代不同。其實不然。案舜時即命皋陶司法曰：「汝作士，五刑有服，五服三就」，見史記五帝本紀。至於三代，書湯誓有云：「爾不從誓言，予則孥戮女，毋予恨。」周公曾作誓命，聲稱對賊、藏、盜、姦、大凶要「在常無赦，在刑不忘」，見左傳文公十八年。孔孟之道，也禮樂刑罰並提。論語子路：「禮樂不興，則刑罰不中；刑罰不中，則民無所措手足。」孟子離婁上：「徒善不足以爲政，徒法不足以自行。」皆「雜舉而並用」，二者不可偏廢。少游之論，其見未全。

〔二〕近世四句：指王安石變法。據宋史紀事本末卷三七，熙寧二年二月，王安石對神宗曰：「變風俗，立法度，正方今之所急也。」又議行新法曰：「學者不能推明先王法意，更以爲人主不當與民爭利。今欲理財，則當修泉府之法，以收利權。」杜後惠文，借指法律，見卷十二治勢下注〔七〕。

〔三〕父教四句：似影射王安石。宋史王安石傳謂熙寧八年二月，安石復拜相，「以子雱爲龍圖閣直學士」，雱辭。又附王雱傳：「時安石執政，所用多少年，雱亦欲預選，乃與父謀曰：『執政子雖不可預事，而經筵可處。』安石欲上知而自用，乃以雱所作策及注道德經鏤板鬻於市，遂傳達於上。」唯安石之弟安禮、安國政見似不同，宋史傳論曰：「安石惡蘇軾而安禮救之，昵惠卿而安國折之。議者不以咎二弟也。」少游似另有所指。

〔四〕間有四句：世説新語規箴：「何晏、鄧颺令管輅作卦，云：『不知位至三公不？』卦成，輅稱引古義，深以戒之。颺曰：『此老生之常談。』」意謂無甚新意。

〔五〕廢詩書二句：申韓之術，指申不害、韓非刑名之學。史記李斯列傳：「若此，然後可謂能明申韓之術，而修商君之法。」案宋史選舉志一謂神宗從王安石之議，「又立新科明法，試律令、刑統，大義、斷桉，所以待諸科之不能業進士者。未幾，選人、任子，亦試律令始出官。又詔進士自第三人以下試法。」少游不同意此舉，故云。

〔六〕揚子曰三句：見揚雄法言卷四問道。

〔七〕至有四句：形容試法之後官吏擢升過速。黄綬，漢書百官公卿表上：「比二百石以上，皆銅印黄綬。」

〔八〕昔匈奴三句：漢書汲黯傳：「匈奴渾邪王帥衆來降，漢發車二萬乘。縣官亡錢，從民貰馬。……後渾邪王至，賈人與市者，坐當死五百餘人。黯入，請間，見高門，曰：『……愚民安知市買長安中而文吏繩以爲闌出財物如邊關乎？陛下縱不能得匈奴之贏以謝天下，又以微文殺無知者五百餘人，臣竊爲陛下弗取也。』」

〔九〕密人四句：卓茂，字子康，南陽宛人。初，辟丞相府史，事孔光。後以經術舉爲侍郎，給事黄門，遷密令。後漢書本傳云：「人嘗有言部亭長受其米肉遺者，茂辟左右問之曰：『亭長爲從汝求乎？爲汝有事囑之而受乎？將平居自以恩意遺之乎？』……又曰：『凡人之生，群居雜處，故有經紀禮義以相交接。汝獨不欲修之，寧能高飛遠走不在人間邪？亭長素善吏，歲時遺之，禮也。』……於是人納其訓，吏懷其恩。」

〔一〇〕朱博曰七句：朱博，字子元，漢杜陵人，初補安陵丞。成帝時，以陳咸薦，王鳳舉之爲櫟陽令，徙雲陽、平陵令，以高弟入爲長安令。又遷冀州、并州、琅邪太守。漢書本傳謂：「博尤不愛諸生，所至郡輒罷去議曹。……文學儒吏時有奏記稱説云云，博見謂曰：『如太守漢吏……』其折逆人如此。視事數年，大改其俗，掾史禮節如楚、趙吏。」

〔一一〕當軸而處中：謂官居要職。漢書車千秋傳贊：「車丞相履伊呂之列，當軸處中。」

【彙評】

林紓林氏選評名家文集淮海集：此篇決弊精。

論議上

臣竊聞役法之議，不決久矣。有司閱四方之牘，眩蜂起之説，牽制優游，相視而不斷者，二年于兹〔一〕。雖稍復筆削〔二〕，著爲一切之令，取濟期月，卒未有確然定論可以厭服人情傳萬世不弊者也〔三〕。其所以然者無他焉，士大夫據偏守獨，各有私吝，不能以至公爲心故耳。

何則？夫所謂役法者，其科條品目雖曲折不同，大抵不過差免二法而已。差役之法，雖曰迭任府史胥徒之士，率數年而一更，然而捕盜者奔命不遑，主藏者備償無算，囷倉竭於飛輓〔四〕，資産破於厨傳〔五〕。執事者患其弊也，於是變而爲免役之法。雖曰歲使中外之民，悉輸僦直以免其身〔六〕，然而平估至於室廬〔七〕，檢括及於車馬〔八〕，裒多以爲寬剩〔九〕，厚積以爲封樁〔一〇〕，則其弊又有甚於差役者矣。蓋差役之法不弊，則免役之法不作；免役之法不弊，則今日之議不興。然而士大夫進用於嘉祐之前者〔一一〕，則以差爲是而免爲非；進用於熙寧之後者〔一二〕，則以免爲得而差爲失。私意既揺於中，公議遂移於外。嗚呼，豈特二年而無定論哉？雖十年而無定論，不足怪也。

昔唐室賦役之法有租庸調者〔一三〕，最爲近古。自開元之後，版圖既隳，丁口田畝皆失其實，法以大弊，故楊炎變之以爲兩税之法〔一四〕。已而盜起兵興，征求無節，法又大弊，故陸贄以七事者力詆其非〔一五〕。然而終唐之世，不復改也。夫唐之諸臣豈不知兩税爲非古、租庸調爲近古哉？蓋以晚節末路，俱爲弊法，以此易彼，實無益也。今差役免役之法，蓋類於此。

然則何爲而可耶？臣聞楚人有第二區者，其甲則長子之所構也，其乙則少子之所構也。規摹不同，而歲久皆弊。其父謀所止，二子各請止其所構之廬，至數日不決。有鄰人告之曰：「昔少君以甲第壞甚，於是營乙以舍族人。今乙第又壞，而長君復欲徙之於甲。是以壞易壞，非計之得也，何不合二第可用之材，别營一區而棄其腐橈者乎？」父以爲然，其論遂定。今陛下以役法之議付於嘉祐、熙寧之臣，何異楚人之謀於二子也，盍亦質諸鄰人之論哉？陛下若以臣言爲然，願詔有司無牽於故新之論，毋必於差免之名，悉取二法之可用於今者，别爲一書，謂之「元祐役法」，則嘉祐、熙寧之臣皆黯然而心服矣。若夫酌民情之利病，因五方之所宜，條去取之科，列輕重之目，此則有司之事，臣所不能知之；亦猶楚人之第，某材可棄，某材可留，皆當付之匠氏，不可問諸鄰人也。

傳曰：「雖有絲麻，無棄菅蒯；雖有姬姜，無棄蕉萃。」〔一六〕唯陛下擇焉。

【校】

〔各有私吝〕「私」原誤作「系」，據蜀本改。

〔長子之所構〕原無「構」字，注曰：「御名。」蓋避宋高宗諱，下同。蜀本「構」作「建」，張本、胡本、李本、段本作「築」。

〔少子之所構〕原無「構」字，注曰：「御名。」蜀本「構」作「建」，張本、胡本、李本、段本作「築」。

〔所構之廬〕原無「構」字，注曰：「御名。」張本、胡本、李本、段本「構」作「建」，蜀本作「築」。

〔雖有姬姜〕原作「姜姬」，據王本、四部本改。

【箋注】

〔一〕臣竊聞七句：宋史紀事本末卷四十三載，元祐元年二月，章惇與司馬光争辯役法於高太后簾前，其語甚悖。三月，司馬光請悉罷免役錢，復差役法。而侍御史劉摯乞並用祖宗差法，監察御史王巖叟請立諸役相助法，中書舍人蘇軾請行熙寧給田募役法，并列其五利。王巖叟言「五利難信，而有十弊」，軾議遂格。後軾又與光論争，殊不合。及元祐二年尚無定議。故曰「二年于兹」。

〔二〕筆削：史記孔子世家：「至於爲春秋，筆則筆，削則削，子夏之徒，不能贊一辭。」

〔三〕著爲三句：據宋史食貨志上役法：哲宗立，從司馬光之議，始詔修定役書。元祐元年（一〇八六），劉摯、劉次莊、蘇軾、司馬光、王覿、章惇、蘇轍等紛紛參加討論，各抒己見，於是詔送役法詳定所詳定。蘇軾又在役法詳定所極言役法可雇不可差，司馬光以爲不然，並謂「屢有更張，號令不一」。「當是時（指元祐二年），議役法者皆下之詳定所，久不能決。於是文彦博言：『差役之法，置局衆議，命令雜下，致久不決。』於是詔罷詳定局，役法專隸户部。」取濟，求成也。韓愈論變鹽法事宜狀：「所在百姓貧多富少……多用雜物及米穀博易，鹽商利歸於己，無物不取……用此取濟，兩得利便。」

〔四〕飛輓：指運送糧草之徭役。元稹長慶集卷四七范季睦授尚書倉部員外郎：「而況於戎車未息，飛輓猶勤，新熟之時，豈宜無備。」

〔五〕厨傳：即驛站。厨，指供應過客飲食；傳，指供應過客車馬、住處。漢書王莽傳：「不持（布錢）者，厨傳勿舍，關津苛留。」注：「厨，行道飲食處；傳，置驛之舍也。」

〔六〕僦直：租賃之費。直通值。

〔七〕平估：即平價。宋史食貨志鹽上：「天聖八年，上書者言：『縣官禁鹽，得利微而爲害博，兩池積鹽爲阜……宜聽通商，平估以售，可以寬民力。』」

〔八〕檢括：文選劉琨答盧諶書：「昔者少壯，未嘗檢括。」注：「善曰：蒼頡篇曰：檢，法度也。薛君韓詩章句曰：括，約束也。」

〔九〕裒多：削減富裕者。易謙：「君子以裒多益寡，稱物平施。」注：「多者用謙以爲裒，少者用謙以爲益，隨物而與，施不失平也。」

〔一〇〕封樁：官庫名。宋初消滅各割據政權，所得金帛運送京師，設封樁庫以儲之，每年財政盈餘亦存入，以備非常之用。元祐三年，改封樁錢物庫爲元祐庫。見宋史食貨志會計。

〔一一〕士大夫進用於嘉祐之前者：指文彦博、司馬光、吕公著等大臣。

〔一二〕進用於熙寧之後者：指章惇等大臣。

〔一三〕租庸調：唐制，丁男、中男授田一頃，歲輸粟二石，謂之租。隨鄉土所産歲輸綾絹絁各二丈，布加五分之一。輸綾絹絁者，兼輸綿三兩；輸布者，麻三斤，謂之調。凡丁，歲無償服役二十日，若不服役，每日交絹三尺，謂之庸。見舊唐書食貨志上。

〔一四〕兩税之法：唐德宗建中元年，楊炎制兩税法，將租庸調合併爲一，規定用錢納税，夏秋兩次。夏税不超過六月，秋税不超過十一月。有兩税使以總其事。見新唐書食貨志二。

〔一五〕故陸贄句：新唐書本傳謂「帝始任楊炎、盧杞，引樹私黨，排忠良，天下怨疾」，贄曾上疏詆之。又陸宣公集卷二十二有均節賦税恤百姓第一條論兩税法之弊，凡七事，謂均足以導致人益困窮，宜革之。

〔一六〕傳曰五句：見左傳成公九年引逸詩。菅蒯，茅草之類，可製繩。常以借喻微賤之人。姬姜、蕉萃，左傳注：「姬姜，大國之女；蕉萃，陋賤之人。」

論議下〔一〕

臣聞世之議貢舉者，大率有三焉：務華藻者以窮經爲迂闊，尚義理者以綴文爲輕浮，好爲高世之論者則又以經術文辭皆言而已矣，未嘗以爲德行〔二〕。德行者，道也。是三者，各有所見而不能相通。臣請原其本末而備論之，則貢舉之議決矣。

古者諸侯卿大夫交接鄰國，以微言相感動，當周旋進退之時，必稱詩以喻其志，蓋以别賢不肖而觀盛衰焉〔三〕。其後聘問不行於列國，學詩之士逸於布衣，於是賢人失志之賦興，屈原離騷之詞作矣。此文詞之習所由起也。及其衰也，彫篆相夸，組繪相侈〔四〕，苟以譁世取寵而不適於用，故孝武好神仙，相如作大人賦以風其上，乃飄飄然有凌雲之志〔五〕。此文辭之弊也。昔孔子患易道之不明，乃作彖、象、繫辭、文言、説、序、雜卦十篇，以發天人之奥〔六〕。而左氏亦以春秋之法弟子傳失其真，於是論本事作傳，以記善惡之實〔七〕，此經術之學所由起也。及其衰也，幼童而守一藝，白首而後能言。故漢儒之陋，有曰秦近君能記説堯典二字至十餘萬言，但説「若稽古」猶三萬言也〔八〕。此經術之弊也。

古者民有恭敏任恤者，則閭胥書之；孝悌睦婣有學者，則族師書之；有德行道藝者，則黨正書之〔九〕。而又考之於州長，興之於鄉老大夫，而論之於司徒、樂正、司馬〔一〇〕。所謂秀選進造之士者是也。然後官而爵禄之，此德行之選所由起也。及其衰也，鄉舉里選之法亡，郡國孝廉之科設，而山林遺逸之聘興。於是矯言僞行之人，弊車羸馬，竄伏巖穴，以幸上之爵禄。故東漢之士有廬墓而生子〔一一〕，唐室之季或號嵩少爲仕途捷徑〔一二〕。此德行之弊也。是三者莫不有弊，而晚節末路文辭特甚焉。蓋學屈宋而不至者爲賈、馬、班、揚〔一三〕；學賈、馬、班、揚而不至者，爲鄴中七子〔一四〕；學鄴中七子而不至者爲謝靈運〔一五〕。沈休文之撰四聲譜也，自謂靈均以來此祕未睹，武帝雅不好焉〔一六〕；而隋唐因之，遂以設科取士，謂之「聲律」〔一七〕。於是敦朴根柢之學，或以不合而罷去；靡曼剽奪之伎，或以中程而見收。自非豪傑不待文王而興者，往往溺於其間。此楊綰、李德裕之徒所爲切齒者也〔一八〕。熙寧中，朝廷深鑒其失，始詔有司削去詩賦而易以經義〔一九〕，使學者得以盡心於六藝之文，其意信美矣。然士或苟於所習，不能博物洽聞以稱朝廷之意。至於歷世治亂興衰之迹，例以爲祭終之芻狗，雨後之土龍，而莫之省焉〔二〇〕。此何異斥桑間濮上之曲〔二一〕，而奏以舉重勸力之歌〔二二〕？雖華質不同，其非正音，一也。

傳曰：「梁麗可以衝城，而不可以窒穴，言殊器也。驊騮騏驥，一日而馳千里，捕鼠則不如狸狌，言殊技也。鴟鵂夜撮蚤、察毫末，晝出瞋目而不見丘山，言殊性也〔二三〕。」今欲去經術而復詩賦，近乎棄本而趨末；並爲一科，則幾於取人而求備。爲今計者，莫若以文詞、經術、德行各自爲科，以籠天下之士；則性各盡其方，技各盡其能，器各致其用，而英俊豪傑庶乎其無遺矣。

【校】

〔沈休文之撰四聲譜也〕王本考證云：「沈休文之撰，蘇門六君子文粹『沈休文』下、『之撰』上又叠有『休文』二字。」

〔舉重勸力〕「重」原誤作「動」，據王本、四部本改。

〔鵾鶡〕各本均作「鵾鶡」，唯王本作「鵾鶡」，據此改。

〔近乎棄本而趨末〕王本考證云：「近乎棄本，蘇門六君子文粹『近』上有『則』字。」

【箋注】

〔一〕此篇論貢舉，神宗熙寧以前之科舉，先策論，次詩賦。熙寧四年，更定科舉法，從王安石議，罷詩賦及明經諸科，專以經義、論、策試士。哲宗元祐元年，司馬光請立經明行修科。二年春，詔毋以老子、列子命題試士。時科舉罷詞賦，專用王安石經義，且雜以釋氏之説。吕公著當國，始請罷老、莊、申、韓與佛學。夏四月，吕公著請復制科。當是時，在經義、詩賦、明法分科試士方面，尚争論不休（見宋史紀事本末卷三十八）。少游此篇專論貢舉，對當時「去經術而復詩賦」的議論，尚持否定態度，當作於元祐二年。

〔二〕臣聞六句：此處歸納當時貢舉之議，大率有三。據宋史選舉志科目上，早在神宗時蘇軾已上疏曰：「至於貢舉，或曰鄉舉德行而略文章；或曰專取策論而罷詩賦；或欲舉唐故事，采譽望而罷封彌；或欲變經生帖、墨而考大義。……自文章言之，則策論爲有用，詩賦爲無益；自政事言之，則詩賦、論策均爲無用。然自祖宗以來莫之廢者，以爲設法取士，不過如此也。近世文章華麗，無如楊億。使億尚在，則忠清鯁亮之士也。通經學古，無如孫復、石介。使復、介尚在，則迂闊誕謾之士也。」少游所論，雖在哲宗元祐初，似仍不出蘇軾範圍，不過將蘇軾歸納的四點概括爲三點，所不同者唯詩賦而已。是時司馬光爲相，又議曰：「取士之道，當先德行，後文學；就文學言之，經術又當先於詞采。」實質上仍圍繞經義、詩賦兩科進行辯論。

〔三〕古者五句：古代稱引詩經，視爲語言藝術。論語季氏：「不學詩，無以言。」又子路：「誦詩三百，授之以政，不達；使於四方不能專對：雖多，亦奚以爲？」左傳記卿大夫交接鄰國，稱引詩經約二百餘處。如文公四年，「衛甯武子來聘，公與之宴，爲賦湛露及彤弓」。又十年冬將伐宋，「或謂子舟曰：『國君不可戮也。』子舟曰：『當官而行，何彊之有？詩曰：剛亦不吐，柔亦不茹。毋縱詭隨，以謹罔極。是亦非辟彊也，敢愛死以亂官乎？』」故清方玉潤詩經原始詩旨云：「列國士夫，出使朝聘，燕享會盟，莫不歌詩作樂，往來贈答。」

〔四〕其後八句：漢書藝文志：「春秋之後，周道寖壞，聘問歌詠，不行於列國，學詩之士，逸在布衣，而賢人失志之賦作矣。大儒孫卿及楚臣屈原，離讒憂國，皆作賦以風，咸有惻隱古詩之義。其後宋玉、唐勒，漢興枚乘、司馬相如，下及揚子雲，競爲侈麗閎衍之詞，没其風諭之義。」此用其義。

〔五〕故孝武三句：史記司馬相如列傳：「相如既奏大人之頌，天子大説，飄飄有凌雲之氣，似游天地之間意。」

〔六〕昔孔子三句：相傳孔子爲易經作十翼，主旨以一陰一陽之爲道，闡述事物變化。周易兼義卷七疏：「夫子本作十翼，申説上下二篇，經文繫辭，條貫義理，別自爲卷。」

〔七〕而左氏三句：左氏，左丘明，春秋魯人。相傳曾任魯太史。史記十二諸侯年表序：「孔子……論史記舊聞，興於魯而次春秋……七十子之徒口受其傳指。……魯君子左丘明懼弟子人人異端，各安其意，失其真，故因孔子史記具論其語，成左氏春秋。」世稱左傳。

〔八〕有曰秦近君二句：見桓譚新論正經。此處「若稽古」上脱「曰」字。或疑秦近君即漢書儒林傳張山拊傳中張之弟子秦恭。恭，字延君，傳謂「恭增師法至百萬言」。「近」與「延」形近易訛。曰若稽古，書堯典首句。孔傳：「若，順；稽，考也。能順考古道而行之者帝堯。」

〔九〕古者民有六句：閭胥、族師、黨正，皆周官名，見周禮地官，謂「閭胥各掌其閭之徵令」，「族師各掌其族之戒令政事」，「黨正各掌其黨之政令教治」。鄭玄注引鄭衆曰：「二十五家爲閭」，「百家爲族」，「五百家爲黨」。正，其長也。五黨爲一州，黨正位次於州長。

〔一〇〕而又考之三句：州長，周代官名，地官之屬，位次鄉大夫。鄉有五州，每州中大夫一人，名州長，掌州之政治教令之法。見周禮地官州長。鄉老大夫，亦周代官名。周禮地官序官：「鄉老，二鄉則公一人。」注：「老，尊稱也。王置六鄉，則公有三人也。三公者，內與王論道，中參六官之事，外與六鄉之教。其要爲民，是以屬之鄉也。」又鄉大夫：「鄉大夫之職，各掌其鄉之政教禁令。」司徒，書周官：「司徒，掌邦教，敷五典，擾兆民。」蔡沈注：「地官卿，主國教化，敷君臣、父子、夫婦、長幼、朋友五者之教，以馴擾兆民之不順者而使之順也。」樂正，樂官之長。禮記王制：「樂正崇四術，立四教，順先王詩書禮樂以造士。」注：「樂正，樂官之長，掌國子之教，幼者教之於小學，長者教之於大學。」司馬，書周官：「司馬掌邦政，統六師，平邦國。」傳：「夏官卿，主戎馬之事，掌國征伐，統正六軍，平治王邦四方國之亂者。」

〔一一〕故東漢句：古禮遇君父、尊長之喪，就墓旁爲廬而居，稱廬墓。後漢書陳蕃傳：「民有趙宣，葬親而不閉埏隧，因居其中，行服二十餘年，鄉邑稱孝，州郡數禮請之。郡內以薦蕃。蕃與相見，問及妻子，而宣五子皆服中所生。」埏隧，墓道。

〔一二〕嵩少：嵩山之別稱。新唐書隱逸傳序：「然放利之徒，假隱自名，以詭祿仕，肩相摩於道，至號終南、嵩少爲仕途捷徑。」

〔一三〕蓋學句：屈宋，指屈原、宋玉。賈、馬、班、揚，指賈誼、司馬相如、班固、揚雄。北堂書鈔卷一百引典論：「（屈）原據託譬喻，其意周旋，綽有餘度矣。長卿、子雲未能及已。」劉勰文心雕龍辨騷：「屈宋逸步，莫之能追……是以枚賈追風以入麗，馬揚沿波而得奇，其衣被詞人，非一代也。」

〔一四〕鄴中七子：即建安七子。漢末建安中，孔融、陳琳、王粲、徐幹、阮瑀、應瑒、劉楨，相聚鄴中，時號七子。曹丕典論論文云：「王粲長於辭賦，徐幹時有齊氣，然粲之匹也。如粲之初征、登樓、槐賦、征思，幹之玄猿、漏卮、圓扇、橘賦，雖張蔡不過也。然於他文未能稱是。琳瑀之章表書記，今之儁也。應瑒和而不壯，劉楨壯而不密。孔融體氣高妙，有過人者，然不能持論，理不勝辭，以至乎雜以嘲戲。及其所善，揚、班儔也。」

〔一五〕謝靈運：見前卷七遊龍門山次程公韻注〔六〕。鍾嶸詩品評謝靈運云：「其源出於陳思，……故尚巧似，而逸蕩過之，頗以繁蕪爲累。」

〔一六〕沈休文三句：休文，沈約字，南朝吴興武康人。在齊時歷官散騎常侍、吏部尚書兼右僕射。入梁爲尚書僕射。好爲詩賦，尤工音韻之學，梁書本傳謂：「又撰四聲譜，以爲在昔詞人，累千載而不悟，而獨得胸衿，窮其妙旨，自謂入神之作。高祖雅不好焉。帝問周捨曰：『何謂四聲？』捨曰：『天子聖哲是也。』然帝竟不遵用。」靈均，指屈原。

〔一七〕而隋唐三句：舊唐書玄宗紀天寶十二載：「上御勤政樓，試四科制舉人，策外加詩賦各一首。制舉加詩賦，自此始也。」唐趙匡舉選議：「國朝舉選，用隋氏之制……主司褒貶，實在詩賦。」聲律，宋陳鵠耆舊續聞：「四聲分韻，始於沈約。自唐以來，乃以聲律取士，則今之律賦是也。」

〔一八〕此楊綰句：本句承上斥敦朴之學不見用，而靡曼剽奪之伎反而中程。據楊綰條奏貢舉疏云：「（貢舉）積弊寖而成俗：幼能就學，皆誦當代之詩；長而博文，不越諸家之集。遞相黨與，用致虚聲。六經則未嘗開卷，三史則皆同掛壁。況復徵以孔孟之道，責其君子之儒者哉！」綰，字公權，華州華陰人，世以儒聞，不好立名。舉詞藻宏麗科。玄宗已試，又加詩、賦各一篇，綰爲冠。制舉加詩賦，由綰始。然觀此説，則似有異議。新唐書有傳。李德裕，字文饒，武宗時爲相，嘗與牛僧孺、李宗閔政見不合，世稱牛李二黨，其論貢舉之議未見，據全唐文卷七〇九所載王言論云：「人臣亦當然也。其有辯若波瀾，辭多枝葉，文經意而飾詐，矯聖言以蔽聰，此乃奸人之雄，游説之士，焉得謂之獻替哉？爲臣者當戒於斯，慎於斯，必不獲罪於天矣！」語意激切，蓋少游所謂切齒之論。

〔一九〕熙寧中三句：指王安石改革科舉。參見注〔一〕。

〔二〇〕例以爲二句：芻狗，古代結草爲狗，供祭祀用。莊子天運：「夫芻狗之未陳也，盛以篋衍，巾以文繡，尸祝齋戒以將之。及其已陳也，行者踐其首脊，蘇者取而爨之而已。」此喻已成過去，不再有用。土龍，土製之龍，古代用以求雨，雨後則無所用。淮南子説山：「若爲土龍以求雨，芻狗待之而求福，土龍待之而得食。」省，醒悟。

〔二一〕桑間濮上之曲：禮樂記：「桑間濮上之音，亡國之音也。」注：「濮水之上，地有桑間者。亡國之音，於此之水出也。昔殷紂使師延作靡靡之樂，已而自沉於濮水。」

〔二二〕舉重勸力之歌：指勞動之歌。淮南子道應訓：「今夫舉大木者，前呼邪許，後亦應之。此舉重勸力之歌也。」

〔二三〕傳曰十一句：見莊子秋水篇。梁麗，郭象注引崔云：「屋棟也。」窒，塞。騹騮騏驥，莊子作「騏驥驊騮」，皆駿馬。狸狌，野貓。鵂鶹，鳥名，貓頭鷹屬。瞋，張目。

淮海集箋注卷第十五

進策

官制上〔一〕

臣聞王者用人之要術惟資望而已〔二〕。歲月有等，功勞有差，天下莫得躐而進者謂之資。行能術業卓然高妙，爲世所推者謂之望。用人以資而已，則盛德尊行、魁奇雋偉之人，或拘格而邅回，如張釋之十年不得調〔三〕，揚子雲位不過侍郎之類是也〔四〕。用人以望而已，則狂繆之流、矯亢之士，或以虛名而進拔，如晉用王衍〔五〕、唐用房琯之類是也〔六〕。

古之善用人者不然，以資待天下有常之士，以望待天下非常之材，使二者各有所得，足以相推而不足以相礙。故自一命以至九命，自受職以至作牧，非有功不遷，非有缺不補，而天下不以爲淹〔七〕。或舉於耕〔八〕，或舉於版築〔九〕，或舉於屠釣〔一〇〕，加之士民之上，委以將相之權，而天下不以爲驟。何者？資之所當然、望之所宜爾也。

國家以寄禄格爲有定之制，而以職事官爲不次之選〔一一〕。於先王用資望之術，可謂得其意矣。然臣愚猶以爲未者，太必於用資，太不必於用望也。何則？夫郡守者，民之師帥，天子所與共理者也。衣冠而坐堂皇之上，則賓客造謁於前，掾屬趨走於下，政教賞罰軍旅之事，一皆聽其可否。所爲是，則千里蒙其賜；所爲非，則數十萬室受其害。可謂天下之重任矣。今將相大臣自朝廷而出者，不過爲郡守；而仕嘗再爲通判者，苟無大惡顯過，有保任人亦必至於郡守〔一二〕。是將相大臣與保任嘗再爲通判者，相去無幾耳。夫賢者能使所居官重，不肖者反之。今二千石所以不至尊重難居者，非特法令使然，亦其人材之所致也。豈非所謂太必於用資乎？館閣者〔一三〕，圖書之府，長育英材之地也。從官於此乎次補，執政於此乎遞升，故士非學術藝文屹然爲一時之望者，莫得而居之，可謂天下之妙選矣。今中材凡吏，一爲大臣之所論薦，則皆得居其位，嘗有金穀之職〔一四〕，兵刑之勞〔一五〕，則皆得假其名。嗚呼，比歲已來，校書正字之職〔一六〕，龍圖、集賢之號〔一七〕，何其紛紛也！

傳曰：「惟名與器，不可以假人。」〔一八〕此不幾於以名器而假諸人乎？臣所謂太不必於用望者，此也。昔漢制，郡守入爲三公，學者以東觀爲老氏藏室〔一九〕，道家蓬萊山，言其清祕，常人所不能到也。願下明詔，應中州已上，非更臺、省、寺、監、漕、刑之任者，不得爲郡守〔二〇〕。慎惜館閣之除，以待文學之士。則用人之術，庶乎其盡矣。

【校】

〔歲月有等〕「月」原誤作「用」，據張本、胡本、李本、段本、王本、秦本、四部本改。

〔寄禄格〕「寄」原誤作「爵」，此據張本、胡本、李本、段本、王本、秦本、四部本改。

〔民之師帥〕「師帥」原誤作「師師」，據張本、胡本改。

〔應中州〕王本、四部本「應」作「自」，義較勝。

【箋注】

〔一〕官制下云：「先皇帝惻然憫之，始詔有司作寄禄格。」先皇帝當指神宗，於元豐八年（一〇八五）駕崩。故知官制上、下篇作於元祐初。

〔二〕臣聞句：資望，資歷與聲望。晉書郗愔傳：「時欲以愔爲太守，愔自以資望少，不宜蒞超大郡。朝議嘉之。」古代官吏之擢升要看資歷，舊唐書憲宗紀：「諸州府五品以上官替後，委本道長官量其才行、官業、資歷，每年冬季一度聞薦。」也重視聲望，宋史范純仁傳：「純仁拜右僕射，宣仁后諭曰：『或謂卿必先引用王覿、彭汝礪，卿宜與吕大防一心。』對曰：『此二人實有士望，臣終不敢保位蔽賢。』」

〔三〕如張釋之句：史記本傳：「張廷尉釋之者，堵陽人也，字季，有兄仲同居。以訾爲騎郎，事孝文帝，十歲不得調，無所知名。」

〔四〕揚子雲：揚雄，字子雲，蜀郡成都人，成帝時爲給事黄門郎。新莽時校書天禄閣，官爲大夫，以事株連，投閣幾死。善辭賦，多仿司馬相如風格。明張溥輯有揚侍郎集。漢書有傳。

〔五〕晉用王衍：王衍，字夷甫，琅邪臨沂人，官至尚書令、太尉。常自比子貢，名傾一時，又尚玄言，好清談，世號「口中雌黄」。衍居宰輔之位，周旋諸王間，唯求自全。東海王司馬越死，推衍爲元帥，全軍爲石勒所破，本人亦被殺。見晉書王戎傳附。

〔六〕唐用房琯：房琯，唐河南人，字次律。安史亂中，玄宗奔蜀，官文部尚書，同中書門下平章事。肅宗立，多參預軍機。琯有重名，而疏闊好大言，至德元年，自請帥師與安禄山戰於陳陶斜，全軍覆没。後因虚言浮誕，貶爲邠州刺史。新、舊唐書有傳。

〔七〕故自一命五句：周禮春官大宗伯：「一命受職，再命受服，三命受位，四命受器，五命賜則，六命賜官，七命賜國，八命作牧，九命作伯。」受職，鄭玄注：「始見命爲正吏，謂列國之士於子男爲大夫，王之下士亦一命。」作牧，鄭玄注引鄭司農云：「一州之牧，王之三公亦八命。」

淹，淹滯，指有才德而不見叙用。左傳昭公十四年：「楚子使然丹……詰姦慝，舉淹滯。」案：少游似有所指，據葉夢得石林燕語卷五云：「元祐初，用治平故事，命大臣薦士試館職（徐案：翰苑新書前集五祕書省條引此作館閣，與少游下文同），多一時名士，在館率論資考次選，未有越次進用者，皆有滯留之歎。張文潛、晁無咎俱在其間。」張、晁，少游同門友也。

〔八〕或舉於耕：指伊尹，相傳被成湯舉於有莘氏之野，見孟子萬章上。史記殷本紀謂伊尹「爲有莘氏媵臣」，正義引括地志云：「古莘國在汴州陳留縣東五里，故莘城是也。」

〔九〕或舉於版築：指傅説，相傳被武丁舉於商巖之版築。見卷二寄題傅欽之草堂注〔七〕。

〔一〇〕或舉於屠釣：指吕尚。史記齊太公世家：「吕尚蓋嘗窮困，年老矣，以漁釣奸周西伯。」索隱：「譙周曰：『吕望嘗屠牛於朝歌，賣飲於孟津。』」案：吕尚相傳嘗釣於磻溪。

〔一一〕國家二句：寄禄格，宋史紀事本末卷三十九：「詳定官制所上寄禄格，下詔行之。凡領空名者，一切罷去而易之以階，因以寄禄。」案：宋制，官分階官與職事官。階官有名銜而無職事，僅作銓叙、升遷之依據，故稱寄禄官。寄禄格，則是關於寄禄官官銜及其食禄品秩之規定。元豐三年，雜取唐舊制，自開府儀同三司至將仕郎，定爲二十四階，每階食禄有定數。

〔一二〕今將相五句：洪邁容齋四筆卷二文潞公奏除改官制：「文潞公（文彦博）在元祐中任平章軍國重事，宣仁（高太后）面諭，令具自來除授官職次序一本進呈。公遂具除改舊制節目以奏，其一云：吏部選兩任親民，有舉主升通判；通判兩任有舉主升知州、軍：謂之常調。知州、軍有績效或有舉薦、名實相副者擢升轉運使副判官或提點刑獄府推判官，謂之出常調。……潞公所奏，乃是治平以前常行，今一切蕩然矣！京朝官未嘗肯兩任親民，纔爲通判，便望州郡。」案此爲北宋治平以前及南宋以後情況，然少游所云，亦有與之相似者。

〔一三〕館閣：指三館與祕閣。宋史職官志二：「國初，以史館、昭文館、集賢院爲三館，皆寓崇文院。太宗端拱元年，詔就崇文院中堂建祕閣，擇三館真本書籍萬餘卷及内出古畫、墨跡藏其中，以右司諫直史館宋泌爲直祕閣。直館、直院則謂之館職，以他官兼者謂之貼職。元豐以前，凡狀元、制科一任還，即試詩賦各一而入，否則用大臣薦而試，謂之入館。」葉夢得石林燕語卷二：「端拱中分三館書萬餘卷，别爲祕閣，命李至兼祕書監，宋泌兼直閣，杜鎬兼校理，三館與祕閣始合爲一，故謂之館閣。」長育英材，指入館深造之人。

〔一四〕金穀之職：揚雄大司農箴：「時維大農，爰司金穀；自京徂荒，粒人是斛。」宋史陳恕傳：「時太宗留意金穀，召三司使李溥等一十七人對於崇政殿。」案此指管錢糧之官，據宋史職官志二：「金部郎中、員外郎，參掌天下給納之泉幣，計其歲之所輸，歸於受藏之府，以待邦國之用。……分案六：曰左藏，曰右藏，曰錢帛，曰榷易，曰請給，曰知雜。」又：「倉部郎中、員外郎，參掌國之倉庾儲積及其給受之事。……分案六：曰倉場，曰上供，曰糶糴，曰給納，曰知雜，曰開拆。」

〔一五〕兵刑之勞：指兵部、刑部諸執事。宋史職官志三：「兵部，掌兵衛、儀仗、鹵簿、武舉、民兵、廂軍、土軍、蕃軍，四夷官封承襲之事，輿馬器械之政，天下地土之圖。……元官設官十：尚書、侍郎各一，四司郎中、員外郎各一。」又：「刑部，掌刑法、獄訟、奏讞、赦宥、叙復之事。……設官十有三：尚書一人，侍郎二人，郎中、員外郎、刑部各二人，都官、比部、司門各一人。」

〔一六〕校書正字之職：祕書省屬官。宋史職官志四：「校書郎四人，正字二人，掌校讎典籍，判正訛謬，各以其職隸於長貳。」

〔一七〕龍圖、集賢之號：宋史職官志二：「龍圖閣學士、直學士、待制，大中祥符中建。」又職官志四：「元祐初，復置直集賢院、校理。自校理而上，職有六等，内外官並許帶，恩數仍舊。又立試中人館職法，選人除正字，京官除校書郎。」原注：「校書郎供職二年，除集賢校理。祕書郎、著作佐郎比集賢校理。著作郎比直集賢院、直祕閣。丞及三年除祕閣校理。」

〔一八〕傳曰三句：見左傳成公二年。

〔一九〕東觀：在漢洛陽南宫，明帝時班固等在此撰漢記。章帝二年以後作爲藏書之處。後漢書竇融傳：「是時學者稱東觀爲老氏藏室，道家蓬萊山。」

〔二〇〕臺、省、寺、監、漕、刑：臺如御史臺，省如祕書省、殿中省，寺如太常寺、宗正寺、光禄寺、衛尉寺、太僕寺、大理寺、鴻臚寺、司農寺、太府寺，監如國子監、少府監、將作監、軍器監、都水監、司天監，漕如發運使（漕官），刑如提點刑獄等。少游謂須歷上述各官，始得爲郡守。

【彙評】林紓林氏選評名家文集淮海集：以資望定入仕之途，復能指出太用資望者之弊，大有分風擘流之能力。

官制下

臣聞國家次五代一切之制，百官稱號，最爲雜糅，名存而器不設，文具而實不應〔一〕。所謂臺、省、寺、監者，朝廷之官也，而其泛及於州縣筦庫之吏，其濫至於浮屠黄冠之師〔二〕。乖違之條，爽繆之目，至不可勝數。先皇帝惻然憫之，始詔有司作寄禄格〔三〕，以易天下之官而歸之於臺、省，還之於寺、監。然後循名可知其器，而緣實亦得其文，可謂帝王之盛典矣。

然有所未盡者，臣竊昧死而妄議焉。何則？自正議大夫以上，遷進太略；自中散大夫以下，清濁不分也〔四〕。夫遷進太略，則大臣僥倖，而其弊也至於無以復加而法制亂；清濁不分，則小臣偷惰，而其弊也至於莫爲之寵而資望乖。舊制侍郎至僕射凡十二遷〔五〕；其兼侍從之職者，八遷、九遷；其任執政之官，猶六遷也。蓋侍郎以上，皆天子之臣，非多其等級，則勢必至易極。易極，則國家慶賞將窒而不得行。此制官之深意也。今寄禄格則不然，自正議大夫，不問人之如何，四遷而至特進〔六〕。故大臣爲特進者，遇朝廷有大慶賞，則不得已而以司空之官予之。夫司空者，職事官也，寄禄無以復加而予焉，豈非所謂亂法制之甚歟？舊制少卿之官，率一秩而有四名：太常、光禄、衛尉、司農是也〔七〕。郎官、員外，率一秩而有八名：如禮、工、祠、屯、主、膳、虞、水之類是也〔八〕。京朝之官，率一秩而有三名：如太常、祕書、殿中諸丞是也〔九〕。蓋入仕之門，有制策進士、明經諸科、任子雜色之異〔一〇〕。歷官之途有臺、省、寺、監、漕、刑、郡、縣之殊。非銖銖而較之，色色而别之，則牛驥同皂〔一一〕，賢不肖混殽，而天下皆將泛泛然偷取一切，不復淬勵激昂，以功名爲己任。此亦制官之深意也。今寄禄格則不然，自中散大夫以下至承務郎，秩爲一名而已。故嘗任臺省之職，或任漕刑之司者，人心有所不厭而莫爲之寵，則往往假以龍圖、集賢之號。夫龍圖、集賢之號，所以待天下文學之士也。而以諸吏莫爲之寵而假焉，豈非乖資望之甚歟？

蓋爵禄者，天下之砥石，聖人所以礪世磨鈍者也〔一二〕。夫不爲爵勸不爲禄勉，古之人有行之者，蒙穀是也〔一三〕。齊死生，同貧富，等貴賤，古之人有行之者，莊周是也〔一四〕。今朝廷之臣皆得莊周、蒙穀而爲之，則爵禄之器，雖不復設可矣。如其不然，則遷進太略、清濁不分之弊，安得而不革哉？

晁錯曰：「爵者上之所命，出於口而無窮。」〔一五〕韓愈曰：「聖君所行，即是故事。自古豈有定制也？」〔一六〕願詔有司以寄格再加論定，稍放舊制，自正議大夫以上更增四秩之號，自中散大夫以下秩之號爲三等之名。如此則遷進頗詳，而法制不亂；清濁稍異，而資望不乖，是亦先皇之志也。惟陛下留神省察。

【校】

〔雜糅〕「糅」原作「揉」，據王本、四部本改。

〔何則〕原作「向之則」，據王本、四部本改。

〔倫取一切〕「倫」原誤作「倫」，據張本、胡本、李本改。

〔假以龍圖〕王本、四部本「假」作「加」。

〔願詔有司以寄格再加論定〕案：「寄」與「格」之間疑脱「禄」字。

〔自中散大夫以下〕王本、四部本案：「此下疑有脱文。」

【箋注】

〔一〕臣聞五句：宋史職官志一謂唐時官制，「蓋欲以名器事功甄别能否……殊不知名實混淆，品秩貿亂之弊，亦起於是矣。宋承唐制，抑又甚焉。三師、三公不常置，宰相不專任……臺、省、寺、監，官無定員，無專職……故中書令、侍中、尚書令不預朝政，侍郎、給事不領省職，諫議無言責，起居不記注，中書常闕舍人，門下罕除常侍，司諫、正言非特旨供職亦不任諫諍。至於僕射、尚書、丞、郎、員外，居其官不居其職者，十常八九」。

〔二〕而其泛及二句：言朝廷官制之濫，致有州縣管庫小吏及僧道之徒被任爲臺、省、寺、監之職。浮屠，借指僧人；黄冠，指道士。

〔三〕先皇帝二句：先皇帝，指神宗，元豐三年（一〇八〇）改官制，始行寄禄格。見官制上注〔一〕。

〔四〕自正議四句：據宋史職官志九，元豐新官制以階易官，定爲二十四階，正議大夫以上凡六階，中散大夫以下凡十五階。太略，過於簡略。洪邁容齋三筆卷三侍從轉官條：「元豐改諫議爲太中大夫，給舍爲通議，六侍郎同爲正議，左右丞爲光禄，兵、户、刑、禮、工書爲銀青，吏書金紫，但六轉，視舊法損其五，元祐中以爲太簡，增正議、光禄、銀青爲左右，然亦纔九資。」清濁不分，謂中散大夫以下低階官員優劣不分。

〔五〕舊制句：侍郎，指六部尚書之副職。僕射，即宰相。據宋史職官志九「文臣京官至三師叙遷之制」以下所列，六部侍郎一遷而至右丞，再遷而至左丞，三遷而至工部尚書，四遷而至禮部尚書，五遷而至刑部尚書，六遷而至户部尚書，七遷而至兵部尚書，八遷而至吏部尚書，九遷而至太子少保，十遷而至右僕射，十一遷而至太子少傅，十二遷而至左僕射。案容齋三筆卷三侍從轉官條云：「元豐末改官制以前用職事官寄禄，自諫議大夫轉給事中（學士轉中書舍人），歷三侍郎（學士轉左曹、禮、户、吏部，餘人轉右曹、工、刑、兵部），左右丞（吏侍轉左，兵轉右），然後轉六尚書，各爲一官。尚書轉僕射，非曾任宰相者，不許轉今之特進是也，故侍從止於吏尚。由諫議至此，凡十一轉。」少游云「舊制」，蓋指此耳。

〔六〕自正議三句：據宋史職官志九「元豐寄禄格以階易官」下所列「新官」，除大觀新置者外，正議大夫一遷而至光禄大夫，再遷而至銀青光禄大夫，三遷而至金紫光禄大夫，四遷而至特進。

〔七〕舊制少卿二句：少卿，卿之副職。宋史職官志四云太常寺、光禄寺、衛尉寺，宋初舊制皆置少卿一人。太常寺卿掌禮樂、郊廟、社稷、壇壝、陵寢之事，少卿爲之貳。光禄寺卿掌祭祀、朝會、宴饗、酒醴、膳羞之事，修其儲備而謹其出納之政，少卿爲之貳。衛尉寺卿掌儀衛兵械、甲胄之政令，少卿爲之貳。又職官志五，司農寺舊置判寺事二人，元豐官制行，始置卿、少卿，卿掌倉儲委積之政令，總苑囿庫務之事而謹其出納，少卿爲之貳。

〔八〕郎官二句：郎官、員外，即郎中、員外。有時員外亦與郎中統稱郎官，爲尚書省及其所屬禮、工、祠、屯、主、膳、虞、水各部高級官員，位次尚書丞與各部侍郎。左司郎中、員外郎與右司郎中、員外郎分掌尚書省所屬六部事務。元豐三年改制前爲寄禄官，改制後始有實際職掌。參見宋史職官志一。

〔九〕京朝二句：太常、祕書、殿中諸丞，太常丞位次少卿，祕書丞位次少監，殿中丞亦次少監，皆司參領之職。參見宋史職官四。

〔一〇〕有制策句：制策，謂皇帝親制課題試進士，其制自漢文帝始。宋史蘇軾傳：「軾始具草，文義燦然，復對制策，入三等。」亦稱對策、試策。明經，舉士科目之一，謂明於經術也。宋史選舉志一云嘉祐二年，增設明經試法。至熙寧中，王安石改以經義、論策試進士，而明經始廢。任子，因父兄功績，得保任而授予官職之人。漢書哀帝紀：「除任子令。」注引應劭：「任子令者，漢儀注：吏二千石以上，視事滿三年，得任同産若子一人爲郎。」

〔一一〕牛驥同皂：漢書鄒陽傳獄中上書：「今人主沈諂諛之辭，牽帷廧之制，使不羈之士，與牛驥同皂，此鮑焦所以憤於世也。」皂，通「槽」，此指牛馬同一食槽，喻賢愚不分。

〔一二〕蓋爵禄三句：漢書梅福傳：「爵禄束帛者，天下之砥石，高祖所以厲世摩鈍也。」

〔一三〕夫不爲三句：蒙穀，春秋楚大夫，昭王自隨反郢，五官失法，穀獻典，五官得法，百姓大治。王欲封之，穀辭而不受。見尚友録一。

〔一四〕齊死生五句：莊周，戰國宋蒙人，曾爲漆園吏，相傳楚威王聞其賢，聘以爲相，不就。見史記老子傳附。莊周著有莊子，中有齊物論，闡述「齊生死，了物我」之思想。

〔一五〕晁錯曰三句：全漢文卷十八晁錯說文帝令民入粟受爵：「爵者上之所擅，出於口而亡窮；粟者民之所種，出於地而不乏。夫得高爵與免罪，人之所甚欲也。」

〔一六〕韓愈曰四句：韓昌黎集卷十九京兆不臺參答友人書：「人見近事，司耳目所熟，稍殊事即怪之，其於道理有何所傷？聖人使行，即是故事，自古豈有定制也！」

【彙評】

林紓林氏選評名家文集淮海集：痛論寄禄格之弊，自是見到當日陞轉濫處；然「易極，則國家慶賞窒而不行」句，語如鐵鑄。

財用上〔一〕

臣聞先王之理財也若持衡然，天下之財，不使之偏歸於公室，亦不使之偏入於私家，惟其適平而已。故邦國有以供祭祀、奉養、禄廩、賜予之費，而民有以給朝晡、伏臘、冠婚、喪祭之資。其取民之制謂之什一。什一者，天下之中正也。多乎什一，小桀大桀。寡乎什一，小貉大貉〔二〕。魯哀公曰「二，吾猶不足」〔三〕，桀之道也。白圭以二十而取一〔四〕，貉之道也。推此言之，則先王理財之意，惟其適平而已。

自什一之法壞，天下之財始失其平。其偏歸於公室也，則有鬻鹽冶鑄以管山海之饒〔五〕；榷酒酤以漁井邑之利〔六〕；算舟車、告緡錢以摧抑商賈〔七〕；造皮幣、省酎金以侵牟封君〔八〕。甚者，至令吏坐列肆販物，以求利焉。其偏入於私家也，則有以農田而甲一州，販脂而傾都邑，賣漿而踰侈，洒削而鼎食，貨脯而連騎，馬醫而擊鐘〔九〕，甚者至累萬金而不佐公家之急。是以民常困於聚斂之吏，而吏常嫉夫兼并之民。所謂事勢之流相激使然，曷足怪哉！

本朝至和、嘉祐之間，承平百餘年矣。天子以慈儉爲寶，貢賦經常之外，殆無一毫取諸民〔一〇〕。田疇邸第，莫爲限量。衣食器皿，靡有約束。俯仰如意，豪氣浸生。貨賄充盈，侈心自動。於是大農富賈，或從僮騎，帶刀劍，以武斷於鄉曲，畢弋漁獵，聲伎之奉，擬於侯王。而一邑之財，十五六入於私家矣。熙寧、元豐之間，大臣用事，始作法度，與時變通，青苗、免役、市易之利相次而作〔一一〕。有司日夜手畫口說，區處於中。使者旁午，冠蓋相望，奉行於外。而言利之臣析秋毫矣，江淮則增煮海之息〔一二〕，閩蜀則倍摘山之羸〔一三〕，青徐則竭冶鑄之利〔一四〕。其他希風旨，效計數，無名之取，額外之求，蓋不可勝數。而天下之財太半歸於公室矣。

陛下即位之始，深知其弊。凡法度之不便於民者，一切罷去〔一五〕。吏嘗以掊克進者，相繼而黜〔一六〕。數因赦令而弛逋負，大出廩庾以振乏絶。於是公私之財，滋向於平。然而有大弊者，士大夫矯枉過直，邈然以風裁自持，不復肯言財利之事。易曰：「天地之大德曰生，聖人之大寶曰位，何以守位曰仁，何以聚人曰財，理財正辭、禁民爲非曰義。」〔一七〕而洪範「八政」，一曰食，二曰貨〔一八〕，以此見理財先食貨者，帝王之要務，所以安中國、服四夷者也。特不可使之偏入於公私耳。

今國家北有抗衡之虜，西有假息之羌〔一九〕，中有大河之費〔二〇〕，數萬之吏，取給於水衡之錢〔二一〕；百萬之兵，仰食於太倉之粟〔二二〕。公私窘急，可爲寒心。此正人臣揚搉斂散，以究虚盈、以濟用度之秋也。而耻言財用之事，是晉人而已矣。晉人王衍者，口不言錢而指以爲阿堵物〔二三〕。臣竊笑之，以爲此乃姦人故爲矯亢，盜虚名於暗世也。何則？使顔、閔言錢〔二四〕，不害爲君子；盜跖呼阿堵物〔二五〕，豈免爲小人哉！晉人尚清談而廢實務，大抵皆類此矣。昔管仲通輕重之權〔二六〕，范蠡計然否之策〔二七〕，蕭何漕關中之粟〔二八〕，財利之臣也。東郭咸陽之鬻鹽，孔僅之冶鑄〔二九〕，桑弘羊之均輸〔三〇〕，亦財利之臣也。士大夫言財利有如東郭咸陽、孔僅、桑弘羊所爲也，則不可；有如管仲、范蠡、蕭何之所爲也，亦惡乎而不可哉？

【校】

〔摧抑商賈〕「摧」原誤作「推」，據張本、胡本改。

〔以求利焉〕「求」原誤作「來」，據王本、四部本改。

〔貨脯而連騎〕王本考證附纂云：「貨脯而連騎，案史記、漢書貨殖傳並作『胃脯』。」

〔臣竊笑之〕「竊」原誤作「切」，據張本、胡本改。

〔通輕重〕「通」原誤作「道」，據蜀本改。

【箋注】

〔一〕本篇云：「陛下即位之始，深知其弊。」可知作於哲宗元祐初。

〔二〕什一者六句：語出公羊傳宣公十五年「初稅畝」。什一，古代稅法，依十分之一收稅。穀梁傳宣公十五年初稅畝：「初者始也。古者什一，藉而不稅。初稅畝，非正也。」釋文：「什音十，十稅一也。」孟子告子下：「夫貉，五穀不生，惟黍生之，無城郭宮室宗廟祭祀之禮，無諸侯幣帛饔飧，無百官有司，故二十取一而足也。……欲輕之於堯舜之道者，大貉小貉也；欲重之於堯舜之道者，大桀小桀也。」注：「貉，夷貉之人，在荒服者也。貉之稅二十而取一。」

〔三〕魯哀公句：論語顔淵：「哀公問於有若曰：『年饑用不足，如之何？』有若對曰：『盍徹乎？』曰：『二，吾猶不足，何其徹也？』」注：「孔曰：二，謂什二而稅。」

〔四〕白圭：史記貨殖列傳：「白圭，周人也。當魏文侯時，李克務盡地力，而白圭樂觀時變，故人棄我取，人取我與。……蓋天下言治生祖白圭。」孟子告子下：「白圭曰：『吾欲二十而取一，何如？』孟子曰：『子之道，貉道也。』」注：「白圭，周人也，節以貨殖，欲省賦利民，使二十而稅一。」

〔五〕其偏歸二句：公室，此處主要指地方政府。鬻鹽冶鑄以管山海之饒，指鹽鐵事業由官府壟斷。宋史食貨志下三：「宋自削平諸國，天下鹽利皆歸縣官。官鬻、通商，隨州郡所宜，然亦變革不常，而尤重私販之禁。」鐵亦如之，見食貨下二：國家置監冶鑄。

〔六〕榷酒酤句：謂對酒實行專營。漢書武帝紀：「初榷酒酤。」注：「如淳曰：榷音較。應劭曰：縣官自酤榷賣酒，小民不復得酤也。韋昭曰：以木渡水曰榷。謂禁民酤釀，獨官開置，如道路設木爲榷，獨取利也。」宋史食貨志下七：「宋榷酤之法：諸州城内皆置務釀酒，縣、鎮、鄉、閭或許民釀而定其歲課，若有遺利，所在多請官酤。」案：榷酒爲宋代重要財政收入，其法爲對大部份地區實行酒之禁榷，開封、洛陽、商丘由官府造麯，賣與酒户；多數州縣由官府開設酒坊、酒務，歲課其稅。

〔七〕算舟車句：算舟車，宋代對沿海船户編五户、十户、二十户爲一甲，以便控制與役使。又内河航運，亦置發運使領之，諸州歲受租稅及筦榷貨利、上供物帛，悉官給舟車。船隊亦稱「綱」，凡一綱計其舟車役人之值，給付主綱吏雇募。見宋史食貨志上三。緡錢，貫於錢串之錢。漢書武帝紀：「初算緡錢。」注：「李斐曰：緡，絲也，以貫錢也。一貫千錢，出算二十也。師古曰：謂有儲積錢者，計其緡貫而稅之。」王先謙補注：「算緡錢者，占度貨物成本直錢若干，簿納官稅；有不實，則繩以法。」告緡錢亦此義。

〔八〕造皮幣句：皮幣，猶今之紙幣。漢武帝時幣名。以白鹿皮方尺，緣以藻繪，直四十萬。見史記平準書。又漢書武帝紀：「用度不足，請收銀錫，造白金及皮幣以足用。」注：「應劭曰：時國用不足，以白鹿皮爲幣。」案：宋代中央及地方皆鑄錢，用銅、鐵，或夾以鉛。宋史食貨志下二引錢若水言：「今諸州銅錢尚六七十萬緡，虔、吉等州未有銅錢，各發六七萬緡，俾市金帛輕貨上供及博糴穀麥。」以後鑄錢者氾濫，故「元豐八年，哲宗嗣位，復申錢幣闌出之禁……罷徐州寶豐鼓鑄；詔户部條諸監之可減者，凡增置鑄錢監十四，皆罷之」。少游此議，與哲宗意圖合。酎金，史記平準書：「列侯坐酎金，失侯者百餘人。」集解引如淳曰：「侯歲以户口，酎黄金於漢廟……金少不如斤兩，色惡，王削縣，侯免國。」此處引申爲純金。

〔九〕其偏入七句：漢書貨殖傳：「故秦楊以田農而甲一州，翁伯以販脂而傾縣邑，張氏以賣醬而隃侈，質氏以洒削而鼎食，濁氏以胃脯而連騎，張里以馬醫而擊鐘，皆越法矣。」案：此段亦見史記貨殖傳，文字小異。索隱云：「洒削，謂摩刀以水洒之。」賣醬，史記作「賣漿」。少游行文，係從漢書。

〔一〇〕本朝五句：至和、嘉祐之間，謂宋仁宗至和元年（一〇五四）至嘉祐八年（一〇六三）。宋史食貨志下一：「仁宗……時，天下承平，帝方經略四夷，故每以財用爲憂不給」，「有司請造龍圖、天章閣覆欄檻青氈四百九十」，帝謂「不必」，「並延福宫覆檻氈罷之」，「詔内外勿給，土木工作非兩宫、倉廩、武庫皆罷省」，金州等地歲貢之斑竹簾等，「帝皆以道遠擾民，亟命停罷」。又食貨志上一：「仁宗之世……帝性恭儉寡慾，故取民之制，不至掊克。」

〔一一〕熙寧元豐五句：據宋史紀事本末卷三十七，熙寧二年二月甲子，議行新法，「由是安石信任（曾）布，亞於（吕）惠卿。而農田、水利、青苗、均輸、保甲、免役、市易、保馬、方田諸役，相繼並興，號爲新法，頒行天下」。後置三司條例司以司其事。

〔一二〕江淮則增煮海之息：宋史食貨志下三：「鬻海爲鹽，曰京東、河北、兩浙、淮南、福建、廣南：凡六路。」又下四：「其在淮南曰楚州鹽城監，歲鬻四十一萬七千餘石；通州利豐監四十八萬九千餘石，泰州海陵監如皋倉小海場六十五萬六千餘石……海州板浦、惠澤、洛要三場歲鬻四十七萬七千餘石，漣水軍海口場十一萬五千餘石。……凡鹽之入，置倉以受之，通、楚州各一，泰州三，以受三州鹽。」可見江淮沿海鹽業之發達。

〔一三〕閩蜀則倍摘山之贏：摘山，指採茶。宋史食貨志下六茶下引劉敞疏：「先時百姓之摘山者，受錢於官；而今也顧使之納錢於官。受納之間，利害百倍。」又下五茶：「福建則建、劍二州，歲如山場輸租折稅。……福建三十九萬三千餘斤，悉送六榷務鬻之。」另有荆湖、江南、兩浙産茶之記載，至於蜀中，則云：「李杞增諸州茶場，自熙寧七年至元豐八年，蜀道茶場四十一。」

〔一四〕青徐則竭冶鑄之利：食貨志下七：「元豐六年，京東漕臣吳居厚奏：徐、鄆、青等州，歲製軍器及上供簡鐵之類數多，而利國、萊蕪二監鐵少不能給。請鐵從官興煽，所獲可多數倍。」又云：「登、萊、徐、兗諸州軍，鐵之冶七十七。」登州近青州。

〔一五〕陛下即位四句：據宋史紀事本末卷四十三：元豐八年秋七月，詔罷保甲法；十一月，罷方田；十二月，罷市易法。元祐元年八月，罷青苗錢。

〔一六〕吏嘗以二句：掊克，以苛税搜刮民財。詩大雅蕩：「曾是彊禦，曾是掊克。」孟子告子下：「遺老失賢，掊克在位。」案：宋史紀事本末卷四十三載，元祐元年二月辛亥，「章惇罷，言者論惇讒很戾」，罪與蔡確等。蓋指此類人物而言。

〔一七〕易曰六句：見易繫辭下。

〔一八〕而洪範三句：八政，見書洪範，指食、貨、祀、司空、司徒、司寇、賓、師。蔡注：「食者，民之所急；貨者，民之所資，故食爲首而貨次之。食貨所以養生也。」

〔一九〕今國家二句：指北邊有遼、西有西夏，與下文「百萬之兵仰食於太倉之粟」相聯繫，不僅指每年向遼與西夏提供歲幣，且謂邊防供給。案真宗景德元年，曹利用赴契丹（遼）議和，以銀十萬兩、絹二十萬匹成約而還。自次年十二月起，便歲以爲常。至仁宗慶曆二年富弼至契丹，又增銀絹各十萬兩匹（見宋史紀事本末卷二一）。又宋史兵志八廩給之制：景祐元年，三司使程琳上疏，論：河北、陝西軍儲數匱，而召募不已，「河北歲費芻糧千二十萬，其賦入支十之三,陝西歲費千五百萬,其賦入支十之五。自餘悉仰給京師」。而馬步軍緡錢「合新舊兵所費,不啻千萬緡。天地生財有限,而用無紀極,此國用所以日屈也」。

〔二〇〕大河之費:大河,黄河。宋史河渠志一記載,太祖開寶四十一年,河決澶淵,泛數州。五年五月,河大決濮陽,又決陽武。詔發諸州兵及丁夫凡五萬人修堤。太宗太平興國二年秋七月,河決孟州、鄭州、澶州屬下之縣,皆發緣河諸州丁夫塞之。八年五月,河大決滑州韓村,詔發丁夫塞之。九年春,滑州復言河決,發兵五萬。真宗咸平三年五月,河決鄆州,浮鉅野,入淮、泗,命諸州二萬人塞之。大中祥符年間,又決多次。仁宗天聖中,以滑州決河未塞,至五年,發丁夫三萬八千,卒二萬一千,緡錢五十萬塞決河。神宗熙寧年間,河亦常決,尤以十年七月,大決於澶州曹村,河道南徙,凡灌郡縣四十五,而濮、齊、鄆、徐尤甚,壞田逾三十萬頃。元豐三年七月,澶州孫村、陳埽及大吴、小吴埽決,四年四月,小吴埽復大決,入御河。至八年哲宗即位,小吴之口未塞,十月又決大名,河北諸郡皆受災。元祐元年,常議防河。

〔二一〕水衡:官名。漢武帝元鼎二年置水衡都尉、水衡丞,掌上林苑,兼管皇室財物及鑄錢。漢書百官公卿表上「水衡都尉」,應劭注:「古山林之官曰衡,掌諸池苑,故稱水衡。」以上五句,謂用於遼、西夏之歲幣,治理黄河之費及官吏薪俸,皆「取給於水衡之錢」,國家靡費至鉅。

〔二二〕百萬二句:宋史兵志八廩禄之制:「宋懲五代之弊,收天下甲兵數十萬,悉萃京師。……國初,太倉所儲纔支三、二歲。承平既久,歲漕江淮粟六百萬石,而縑帛、貨貝、齒革百物之委不可勝用。」

〔二三〕阿堵物：世説新語規箴：「王夷甫（衍）雅尚玄遠，常嫉其婦貪濁，口未嘗言錢事。婦欲試之，令婢以錢遶牀不得行。夷甫晨起，見錢閡行，呼婢曰：『與卻阿堵物！』」

〔二四〕顔、閔：顔回、閔子騫，孔子弟子，世稱賢人。

〔二五〕盜跖：相傳爲春秋末期人，名跖，柳下惠之弟。莊子盜跖：「盜跖從卒九千人，横行天下，侵暴諸侯，穴室樞户，驅人牛馬，取人婦女，貪得忘親……所過之邑，大國守城，小國入保，萬民苦之。」

〔二六〕昔管仲通輕重之權：史記管仲列傳：「其爲政也，善因禍而爲福，轉敗而爲功。貴輕重，慎權衡。」索隱：「輕重謂錢也，今管子有輕重篇。」案管子輕重十云：「昔者桀霸有天下而用不足，湯有七十里之薄而用有餘。天非獨爲湯雨菽粟，地非獨爲湯出財物也，伊尹善通移輕重，開闔決塞，通於高下徐疾之筴、坐起之廢時也。」

〔二七〕范蠡計然否之策：史記貨殖列傳：「范蠡既雪會稽之耻，乃喟然而嘆曰：『計然之策七，越用其五而得意。既已施於國，吾欲用之家。』……後年衰老而聽子孫，子孫修業而息之，遂至巨萬。故言富者皆稱陶朱公。」裴駰集解：「徐廣曰：『計然者，范蠡之師也，名研。……』駰案：范子曰：『計然者，葵丘濮上人，姓辛氏，字文子，其先晉國亡公子也。嘗南游於越，范蠡師事之。』」案：少游此處以「計」作動詞解。

〔二八〕蕭何漕關中之粟：史記蕭相國世家：「夫漢與楚相守滎陽數年，軍無見糧，蕭何轉漕關中，給食不乏。」

〔二九〕東郭咸陽二句：東郭咸陽，漢武帝時人，以鬻鹽爲業。孔僅，漢南陽人，以鐵冶爲業。武帝時爲大農丞，與東郭咸陽領鹽鐵事，使天下鑄作器，三年中至大司農，列於九卿。見全上古三代秦漢三國六朝文前漢文二十八。又史記貨殖列傳載南陽孔氏以鐵冶爲業，家致富數千金，當即指孔僅。

〔三〇〕桑弘羊之均輸：桑弘羊，西漢洛陽人。武帝時任治粟都尉，領大司農，力主重抑商，推行鹽鐵酒類由國家專賣政策。後事昭帝，仍力主專賣之利，取消郡國鹽鐵。見桓寬鹽鐵論、漢書霍光傳。

【彙評】

秦元慶本淮海集評首段：典古有調。○又評「昔管仲通輕重之權」至結句：辨此良難。

財用下

臣嘗以爲君子理財之術，莫若盡地力、節浮費二者而已。何則？理財之要，在乎原其所自有而爲之道，要其所從無而制之法。風霆雨露之發生，山林川澤之滋養〔一〕，財之所從出也。不原其所自有，不要其所從無，切切焉從事於闤闠斂散之中，則是賤丈夫爭錐刀之末耳，豈君子所謂理財者耶〔二〕？是故原其所自有而爲之道，則莫若盡地力；要其所從無而制之法，則莫若節浮費。君子理財之術，蓋無以易於此。臣請爲陛下遂言之。

夫理天下之財，譬如治水，增繕隄防，決之於鄰國，非治水之善也。横賦彊市，取之於百姓，非治財之善也。是以善治水者，以四海爲壑〔三〕；善理財者，以天地爲資〔四〕。今天下之田稱沃衍者，莫如吴、越、閩、蜀，其一畝所出，視他州輒數倍。彼閩、蜀、吴、越者，古揚州、梁州之地也〔五〕。按禹貢：揚州之田第九，梁州之田第七〔六〕。是二州之田，在九州之中，等最爲下，而乃今以沃衍稱者何哉？吴、越、閩、蜀，地狹人衆，培糞灌溉之功至也。夫以第七、第九之田，培糞灌溉之功至，猶能倍他州之所出，又況其上之數等乎？以此言之，今天下之田，地力未盡者亦多矣。李悝曰：「治田勤則畮益三升，不勤亦如之。地方萬里，增減輒爲粟百八十萬石。」〔七〕然趙過爲代田，一畮歲收常過縵田一斛以上〔八〕；善，又倍之。秦漢開鄭白渠，溉田四萬四千餘頃〔九〕。至唐大曆初，兩渠所溉纔六千二百頃耳。以代田、鄭白渠事言之，則治田之勤不勤，何止畮有三升之損益也？

今二千石雖兼勸農之事，而例爲虚名，莫有任其責者。爲今之計，莫若詔天下州置勸農一司，以守將爲長，聽於倅介之中自擇一人爲副。先籍境内定墾田與夫陂塘、溝渠之數，而周知其利害，歲時出行諸郊，召見耆老，問以疾苦及所願欲而不得者，爲罷行之；而罰其遊惰不聽命者。歲終，部使者第其殿最以聞〔一〇〕，功效尤異者寵用之。如此則天下之田皆與閩蜀等，而地力盡矣。

古者吉凶之服則一比共之，祭器則一閭共之，喪器則一族共之，吉凶禮樂之器則一鄉共之〔一一〕。凡嫁子娶妻，純帛無過五兩，凶荒則又殺禮而多婚〔一二〕。夫一鄉者五百家，而五兩者五匹耳，其用財可謂約也。今則不然，嫁子、娶妻、喪葬之費，其約者錢數萬，其豐者至數百萬。中人之家一有吉凶之事，則賣田疇、鬻邸第、舉倍稱之息猶弗能給。然則今時吉凶之費，絶長補短殆二十倍於古也。財用安得而不竭乎？

周之太宰，王之大臣也。其職曰以九式均節財用〔一三〕。漢之許劭〔一四〕，魏之毛玠〔一五〕，唐之楊綰〔一六〕，人臣耳，而能使一時士大夫心化其風，損車馬，毁池觀，減騶馭，散音樂。以此見法制者，雖盛世不可去；而風化者，雖衰世亦可行也。今令雖有儀制之文，毛舉數事，不能委曲。爲今計者，莫若自宗室外戚，以至品官民庶之家，宫室輿馬，飲食衣服，皆倣典禮而爲之度數，稍寬其制，使可久行。其冠婚喪祭之事，則視歲上下而隆殺之。使諫官御史得以彈奏於中，而漕刑守令得以舉劾於外。敢不承者，雖貴且親，必罰無赦。然後陛下崇節儉、尚敦樸，以爲之率。棄難得之貨，却無用之器，罷不急之務，以爲之先。如此，則天下淫侈之俗曠然一變，而浮費節矣。賈生曰：「今背本而趨末，食者甚衆，是天下之大殘也。淫侈之俗日以長，是天下之大賊也。殘賊公行，莫之或止，大命將傾。」〔一七〕嗚呼！如賈生者，可謂知理財之術矣。

【校】

〔切切焉從事於闔闢斂散之中〕蜀本「切切」作「竊竊」，疑誤。

〔是以善治水者〕原脱「是以」二字，據蜀本補。

〔等最爲下〕李本、王本、四部本「等」作「第」。

〔先籍境内定墾田〕王本考證云：「蘇門六君子文粹『田』下有『畮』字。」

【箋注】

〔一〕山林川澤之滋養：宋史食貨志下一：「帝（仁宗）天資恭儉……山林、川澤、陂池之利，久與民共者，屢敕有司毋輒禁止。」

〔二〕切切焉三句：此點係與王安石之説相左。宋史食貨志上四：「初，神宗既用王安石爲參知政事，安石爲帝言天下財利所當開闔斂散者，帝然其説，遂創立制置三司條例司。」易繫辭上：「一闔一闢謂之變。」疏：「開閉相循，陰陽遞至。」此指政策的開放與收攏。錐刀之末，喻事之小。左傳昭公六年：「錐刀之末，將盡爭之。」晉書衛瓘傳：「瓘與太尉亮等疏曰：貴人棄德而忽道業，爭多少於錐刀之末，傷損風俗，其弊不細。」

〔三〕是以善治水者二句：見卷十二序篇注〔二〇〕。

〔四〕善理財者二句：見序篇注〔二一〕。

〔五〕彼閩、蜀句：古代吴、越、閩地在古揚州區域内。書禹貢：「淮海惟揚州。」蔡注：「揚州之域，北至淮，南至於海。」少游揚州集序：「而周禮職方氏亦稱東南曰揚州。其山鎮曰會稽，其澤藪曰具區，川曰三江，浸曰五湖。則三代以前所謂揚州者，西北劇淮，東南距海，江湖之間，盡有其地。」「惟宋（南朝）常以建業爲王畿，而東揚州爲揚州，東揚州者，會稽也。」古蜀地在梁州區域内，書禹貢：「華陽黑水惟梁州，岷嶓既藝，沱潛既道，蔡蒙旅平，和夷底績。」蔡注：「梁州之境，東距華山之南，西據黑水。……岷山在蜀郡。……嶓冢山，地志云在隴西郡。……沱水，地志：（在）蜀郡郫縣……。潛水，地志云巴郡宕渠縣……。蔡山，輿地記：在今雅州嚴道縣。蒙山，地志：（在）蜀郡青衣縣。……嚴道以西有和川，有夷道。」

〔六〕按禹貢三句：尚書禹貢：「淮海惟揚州……厥田惟下下。」注：「田第九。」又：「華陽黑水惟梁州。……厥田惟下上。」注：「田第七。」

〔七〕李悝曰五句：全上古三代文卷四李悝：「悝事魏文侯，爲上地守，尋入相。」又爲魏文侯作地力之教云：「地方百里，提封九萬頃，除山澤邑居參分之一，爲田六百萬畮，治田勤謹，則畮益三升；不勤，則損亦如之。地方百里之增減，爲粟一百八十萬石矣。」此處引文小異。參見卷十四法律上注〔六〕。

〔八〕然趙過二句：漢書食貨志上：「武帝末年……下詔曰：『方今之務，在於力農，以趙過爲搜粟都尉。』過能爲代田，一畮三甽，歲代處，故曰代田。」縵田，田中無溝渠者。漢書食貨志上：「一歲之收，常過縵田畮一斛以上。」注引師古曰：「縵田，謂不爲甽者也。」

〔九〕秦漢二句：開鄭白渠，漢書溝洫志：「秦欲殺鄭國。鄭國曰：『始臣爲間，然渠成亦秦之利也。……』卒使就渠，渠成，而用（溉）注填閼之水，溉舄鹵之地四萬餘頃，收皆畝一鍾。於是關中爲沃野，無凶年，秦以富强，卒并諸侯，因名曰鄭國渠。」又：「太始二年，趙中大夫白公復奏穿渠，引涇水首起谷口，尾入櫟陽，注渭中，袤二百里，溉田四千五百餘頃，因名曰白渠。」少游曰「溉田四萬四千餘頃」，係合二渠而言之。

〔一〇〕第其殿最：即評定名次。古代考核軍功或政績時，以上等爲最，末等爲殿。漢董仲舒春秋繁露卷七：「考試之法……九分三三列之，亦有上中下，以一爲最，五爲中，九爲殿。」史記絳侯周勃世家：「擊章邯車騎，殿。……攻槐里、好時，最。」

〔一一〕古者四句：比與閭，皆古之地方組織。周禮地官大司徒：「令五家爲比，使之相保，五比爲閭,使之相受。四閭爲族,使之相葬。五族爲黨,使之相救。五黨爲州,使之相賙。五州爲鄉,使之相賓。」

〔一二〕凡嫁子三句:周禮地官媒氏:「凡嫁子娶妻,入幣純帛無過五兩。」鄭玄注:「五兩,十端也。」又秋官掌客:「凶荒殺禮。」又地官大司徒:「以荒政十有二,聚萬民。……十曰多昏。」鄭玄注:「荒,凶年也。鄭司農云:救饑之政十有二品。……多婚,不備禮而娶昏者多也。」

〔一三〕周之太宰三句:周禮天官冢宰:「太宰之職……以九式均節財用:一曰祭祀之式,二曰賓客之式,三曰喪荒之式,四曰羞服之式,五曰工事之式,六曰幣帛之式,七曰芻秣之式,八曰匪頒之式,九曰好用之式。」注:「式,謂用財之節度。」周禮正義疏:「以九式均節財用者,此制國用之總要也。」

〔一四〕漢之許劭:後漢書許劭傳云:「許劭字子將,汝南平輿人也。少峻名節,好人倫,多所賞識。……初爲郡功曹,太守徐璆甚敬之。府中聞子將爲吏,莫不改操飾行。同郡袁紹……車徒甚盛,將入郡界,乃謝遣賓客曰:『吾輿服豈可使許子將見。』遂以單車歸家。」下文「損車馬」指此。

〔一五〕毛玠:字孝先,陳留平丘人。嘗爲曹操東曹掾。三國志魏書本傳云:「初,太祖平柳城,班所獲器物,特以素屏風、素馮几賜玠,曰:『君有古人之風,故賜君古人之服。』玠居顯位,常布衣蔬食,撫育孤兄子甚篤,賞賜以振施貧族,家無所餘。」

〔一六〕唐之楊綰：新唐書本傳云：「綰儉約，未嘗問生事，禄廪分姻舊，隨多寡輒盡。造之者清談終晷，而不及榮利，欲干以私，聞其言必内愧止。」參見卷十四論議下注〔一八〕。

〔一七〕賈生曰九句：賈生，即賈誼，見法律上注〔一九〕。所引數語見新書論積貯疏，唯「日以長」作「日月以長」，「大命將傾」作「大命將泛，莫知振救」。

淮海集箋注卷第十六

進策

將帥

臣聞將帥之難其人久矣〔一〕！勢有强弱，任有久近，敵有堅脆，地有遠邇，時有治亂，而勝敗之機不繫焉，惟其將而已矣。

昔智氏以韓魏三國之兵伐趙〔二〕，馬服君之子以四十萬之衆抗秦〔三〕，可謂强矣，而潰於晉陽，坑於長平。廉頗率老弱之卒守邯鄲〔四〕，田單鳩創病之餘保即墨〔五〕，可謂弱矣；而粟腹以摧，騎劫以走：是不在乎勢之强弱也。穰苴之用於齊，拔於閭伍之中也，一日斬莊賈，晉師罷去，燕師渡水而解〔六〕；韓信之擊趙，非素拊循士大夫也，背水一戰而擒趙王歇、斬成安君〔七〕：是不在乎任之久近也。以周瑜之望曹公，不啻虎狼,而吴兵捷於赤壁〔八〕;以玄德之視陸遜,甚於雛鷇,而蜀師衂於白帝〔九〕:是不在乎敵之堅脆也。東西異壤也,而鄧艾以縋兵取成都〔一〇〕;南北異習也,而王鎮惡以舟師平關中〔一一〕:是不在乎地之遠邇也。夫以東晉之衰,而謝玄得志於淝水〔一二〕;開元之盛,而哥舒翰失利於潼關〔一三〕:是不在乎時之治亂也。故善將者勢無强弱,任無久近,敵無堅脆,地無遠邇,時無治亂,不用則已,用之無不勝焉。故曰惟其將而已矣。

雖然,有一軍之將,有一國之將,有天下之將。走及犇馬,射中飛鳥,攻堅城,破强敵,所向無前,此有勇之士,一軍之將也。出奇制勝,無窮如天地,不竭如江河〔一四〕,攻輒破,擊輒服,此有智之士,一國之將也。福於己而禍於人,則功有所不立〔一五〕。利於今而害於後,則事有所不爲〔一六〕。功成事畢,自視缺然,無矜大之色〔一七〕,此有道之士,天下之將也。古者閫外之事,將軍制之,軍中不聞天子之詔〔一八〕,其委任責成如此。非有道之士,其可以輕付之哉?

國家將帥可謂盛矣!閱禮樂而敦詩書者肩摩而轂擊〔一九〕,縱横剽悍、稱智囊而號肉飛者〔二〇〕,至不可勝計。然驛騎有赤白囊至〔二一〕,則廟堂之上爲之紛然。進止賞罰皆從中決者何也?豈以爲將帥者皆智勇之人,非有道之士,不可獨任故耶?

夫廟堂議邊事，則王體不嚴；將帥之權輕，則武功不立。嗚呼，可謂兩失之也。臣以爲西北二邊〔二二〕，宜各置統帥一人，用大臣材兼文武、可任天下之將者爲之。凡有軍事，惟以大義上聞；進退賞罰，盡付其手，得以便宜從事〔二三〕。如此則雖有邊警，可以不煩廟堂之論。而豪傑之材，得以成其功矣。

【箋注】

〔一〕臣聞將帥之難其人久矣：孫子計篇論兵曰：「一曰道，二曰天，三曰地，四曰將，五曰法。」十家注於「將」下注曰：「杜佑曰經略，張預曰委任賢能。」計篇又曰：「將者，智、信、仁、勇、嚴也。」注引李筌曰：「此五者爲將之德，故師〔帥〕有丈人之稱也。」史記高祖本紀曰：「置將不善，一敗塗地。」張九齡送衛將第八章：「欲治兵者，必先選將。」歐陽修除李端懿寧遠軍節度使知澶州制：「用兵之要，在先擇於將臣。」

〔二〕昔智氏句：史記趙世家：「知伯益驕，請地韓、魏，韓、魏與之。請地趙，趙不與，以其圍鄭之辱。知伯怒，遂率韓、魏攻趙。趙襄子懼，乃奔保晉陽。……韓、魏與（趙）合謀，以三月丙戌，三國反滅知氏，共分其地。」智，通知。

〔三〕馬服君句：史記趙世家趙孝成王四年七月，「廉頗免而趙括代將。秦人圍趙括，趙括以軍降，卒四十餘萬皆阬之。王悔不聽趙豹之計，故有長平之禍焉」。又秦本紀：「秦使武安君白起擊，大破趙於長平，四十餘萬盡殺之。」馬服君，戰國時趙將趙奢封號。括地志云：「長平故城在澤州高平縣西二十一里，即白起敗括於長平處。」案：括，奢之子。

〔四〕廉頗句：史記廉頗列傳：「自邯鄲圍解五年，而燕用栗腹之謀，曰『趙壯者盡於長平，其孤未壯』，舉兵擊趙。趙使廉頗將，擊，大破燕軍於鄗（在今山西省南部），殺栗腹，遂圍燕。燕割五城請和，乃聽之。趙以尉文封廉頗爲信平君，爲假相國。」案：事在趙孝成王十五年（前二五一年）。邯鄲（今河北邯鄲市），戰國時趙都。

〔五〕田單句：據史記田單列傳：燕昭王時，本命樂毅攻齊，燕師長驅直入，唯田單保於即墨。燕惠王立，使騎劫代樂毅。「田單知士卒之可用，乃身操版插，與士卒分功，妻妾編於行伍之間，盡取飲食饗士。令甲卒皆伏，使老弱女子乘城。」並以兵刃束於牛角，燒其尾以衝燕軍，「老弱皆擊銅器爲聲，聲動天地。燕軍大駭，敗走。齊人遂夷殺其將騎劫」。鳩，聚集。書堯典：「共工方鳩僝功。」

〔六〕穰苴五句：即司馬穰苴，春秋時齊景公之名將，田完之苗裔。據史記司馬穰苴傳載，景公使之將兵扞燕晉之師，穰苴曰：「臣素卑賤，君擢之閭伍之中，加之大夫之上，士卒未附，百姓不信，人微權輕，願得君之寵臣，國之所尊，以監軍，乃可。」景公遂使莊賈監軍。因莊賈不守軍紀，穰苴斬之以徇三軍，三軍之士皆振慄，于是病者皆求行，争出赴戰，晉師聞之，爲罷去。燕師聞之，度水而解。

〔七〕韓信三句：史記淮陰侯列傳謂，韓信破趙，「斬成安君泜水上，禽趙王歇」。「諸將效首虜，畢賀，因問信曰：『兵法右倍山陵，前左水澤，今者將軍令臣等反背水陳，曰破趙會食，臣等不服。然竟以勝，此何術也？』信曰：『此在兵法，顧諸君不察耳。兵法不曰「陷之死地而後生，置之亡地而後存？」且信非得素拊循士大夫也，此所謂「驅市人而戰之」，其勢非置之死地，使人人自爲戰；今予之生地，皆走，寧尚可得而用之乎！』諸將皆服曰：『善。』」

〔八〕以周瑜三句：三國志吴書周瑜傳：「（孫）權遂遣瑜及程普等與（劉）備并力逆曹公，遇於赤壁。……（黄）蓋放諸船，同時發火。時風盛猛，悉延燒岸上營落。頃之，煙炎張天，人馬燒溺，死者甚衆。（曹）軍遂敗退，還保南郡。」

〔九〕以玄德三句：玄德，即蜀先主劉備。陸遜，東吴大將。三國志吴書陸遜傳：黄武元年，劉備率大軍與陸遜戰於夷陵。遜以火攻，破其四十餘營。備因夜遁，僅得入白帝城。

〔一〇〕而鄧艾句：鄧艾，三國魏將，率軍伐蜀時，自陰平道入，行無人之地七百里，山高谷深，至爲艱險，艾以氈自裹，推轉而下。進軍至成都，劉禪詣艾降，並遣使敕姜維等令降於鍾會。見三國志魏書本傳。

〔一一〕而王鎮惡句：王鎮惡，南朝宋人，猛孫，武帝以爲青州治中從事使，參太尉事。攻關中時，率水軍自河入渭，直至渭橋。鎮惡所乘皆蒙衝小艦，行船者悉在艦内。北土素無舟檝，莫不驚惋，咸謂爲神。遂陷長安。見宋書本傳。

〔一二〕而謝玄句：參見卷一郭子儀單騎見虜賦注〔一四〕。

〔一三〕而哥舒翰句：翰，唐突騎施酋長哥舒部之裔，世居安西。初爲王忠嗣衙將，因戰功封西平郡王。安禄山起兵，用爲元帥，守潼關，出戰不利，遂降禄山，不久被殺。新、舊唐書有傳。

〔一四〕出奇制勝三句：孫子勢篇：「故善出奇者，無窮如天地，不竭如江河。」十家注：「杜佑曰：言應變出奇無窮竭。」

〔一五〕福於己二句：黄石公三略上略：「將帥者，必與士卒同滋味而共安危。」「以身先人，故其兵爲天下雄。」尉繚子戰威：「勤勞之事，將必先己。」

〔一六〕利於今二句：謂須有深謀遠慮。孫子計篇：「夫未戰而廟算勝者，得算多也；未戰而廟算不勝者，得算少也。多算勝，少算不勝，而況於無算乎。」又九變篇：「是故智者之慮，必雜於利害。」諸葛亮便宜十六策治軍：「揚士卒之能，圖成敗之計，慮生死之事，然後乃可出軍任將。」

〔一七〕功成三句：俗謂驕兵必敗，此從正面説。史記項羽本紀：「戰勝而將驕卒惰者，敗。」漢書魏相傳上書：「恃國家之大，矜民人之衆，欲見威於敵者，謂之驕兵。兵驕者滅。」僧皎然從軍行：「功高將不驕。」

〔一八〕古者閫外三句：史記馮唐傳：「臣聞上古王者之遣將也，跪而推轂曰：『閫以内者，寡人制之；閫以外者，將軍制之。』」集解：「韋昭曰：此郭門之閫也。門中橛曰閫。」

〔一九〕閱禮樂句：左傳僖公二十七年：「（晉文公）作三軍，謀元帥，趙衰曰：『郤縠可。臣亟聞其言矣，説（悦）禮樂而敦詩書。詩書，義之府也。禮樂，德之則也。德義，利之本也。』」肩摩而轂擊，喻人多。戰國策齊策：「臨淄之途，車轂擊，人肩摩。」

〔二〇〕稱智囊句：智囊，喻足智多謀人物。史記樗里子列傳：「樗里滑稽多智，秦人號曰智囊。」後世稱智囊者尚有晁錯、魯匡、桓範等。肉飛，喻行動矯捷。隋書沈光傳：「光以口銜索，拍竿而上，直至龍頭。繫繩畢，手足皆放，透空而下，以掌拒地，倒行數十步。觀者駭悦，莫不嗟異，時人號爲『肉飛仙』……及從（煬）帝攻遼東，以衝梯擊城，竿長十五丈，光升其端，臨城與賊戰，短兵接，殺十數人。賊競擊之而墜，未及於地，適遇竿有垂絙，光接而復上。」比喻驍勇善戰之將。

〔二一〕赤白囊：一種告急文書。漢書丙吉傳：「適見驛騎持赤白囊，邊郡發犇命書馳來至。」

〔二二〕西北二邊：西邊，指與西夏對峙的防線；北邊，指與遼相持的前沿。

〔二三〕進退三句：黄石公三略中略引軍勢：「出軍行師，將在自專；進退内御，則功難成。」孫子謀攻篇：「將能而君不御者勝。」十家注：「杜佑曰：司馬法曰：進退惟時，無曰寡人。將既精能曉練兵勢，君能專任事，不從中御，故王子曰：指授在君，決戰在將也。」又：「李筌曰：將在外，君命有所不受者，真將軍也。」

【彙評】

段斐君本淮海集徐渭眉批：歷叙雄爽，然多主蒙莊説劍篇。○又評「昔智氏以韓魏……惟其將而已」：工煉。

林紓林氏選評名家文集淮海集：宋鑒於唐籍(藩)鎮之禍，故無特將專師之人。用一狄武襄，猶懷疑忌，而進退賞罰，盡付其人，能動聽邪？然文字實切中北宋之流弊。

奇兵〔一〕

臣聞萬物莫不有奇，馬有驥，犬有盧〔二〕，畜之奇也。鷹隼將擊，必匿其形，虎擬而後動，動而有獲，禽獸之奇也。天雄、烏喙、堇葛之毒，奇於藥〔三〕。繁弱、忘歸〔四〕，奇於弓矢。鷫鷞、莫邪〔五〕，奇於刀劍。雲爲山奇。濤爲海奇。陰陽之氣，怒爲風，交爲雹，亂爲霧，薄而爲雷，激而爲霆，融散而爲雨露，凝結而爲霜雪，天地之奇也。

惟兵亦然，嚴溝壘，盛輜重，傳檄而出，計里而行，剋期而戰，此兵之正也。提百一之士，力扛鼎而射命中者，縋山航海，依叢薄而晝伏，乘風雨而夜起，恍焉如鬼之無迹，忽焉如水之無制，此兵之奇也〔六〕。兵之道莫難於用奇，莫巧於用奇，莫妙於用奇。何以言之？凡用奇之法，必以正兵爲主，無正兵爲主而出者，謂之孤軍。孤軍勝敗，未可知也。霍去病所將，常選有大軍繼其後，是以深入而未嘗困絶〔七〕。李陵提步卒五千，轉鬬單于於漠北，而無他將援之，其擒宜矣〔八〕。故曰：莫難於用奇。

夫材有勇怯，技有精冗。勇者克敵，則怯者奮；冗爲敵破，則精者却：自然之勢也。善將者，擇其精勇以爲奇，悉其冗怯以爲正。奇兵雖少，而以鋭爲正之勢；正兵雖雜，而以衆爲奇之勢〔九〕。長短相補，强弱相資，則寡者亦爲衆，冗怯者亦爲精勇也。故曰：莫巧於用奇。

昔岑彭泝都江而上以拔武陽，繞出延岑軍後，而公孫述驚〔一〇〕。鄧艾取陰平道，下油江，破綿竹，徑薄成都，而劉禪降〔一一〕。孫處自江左浮大海，直擣番禺，而盧循破〔一二〕。李愬越文成戍，殲張柴栅，夜襲蔡州，而吴元濟擒〔一三〕。此數子者，皆智謀足以料敵，勇敢足以決勝，故能乘變投隙而就其功名。使敵雖有强將勁卒，不得盡試其能，而固已敗也。故曰：莫妙於用奇。

孫臏曰：「解雜亂糾紛者不控捲，救鬬者不搏撠，批亢擣虚，形禁勢格，則自爲解耳。」〔一四〕則非夫通陰陽之幾、達萬物之變以得用奇之奥者，何足以及此？

今夫屠者之解牛也，經肯綮則以刀，遇大軱則以斧。至庖丁則不然，批隙導窾，游其刃於空虚，而磔然已解矣〔一五〕。弈者之鬬碁也，諦分審布，失其守者，逐而攻之。

至弈秋則不然〔一六〕，倒行而逆施，用意於所爭之外，而沛然已勝矣。夫屠、弈，鄙事也，有奇技則無與抗者，況於兵乎。兵法曰：「兵以正合，以奇勝。」〔一七〕然而天下之狃於常而駭於變，知所以合者多，而悟所以勝者少也。

【校】

〔水之無制〕底本「制」作「創」，疑誤。此從張本、胡本、李本、段本。

〔他將援之〕「他」原作「它」，此從張本、胡本。

〔以拔武陽〕「拔」原誤作「援」，據張本、胡本改。

〔救鬭者不搏撠〕「搏撠」原作「搏檄」，王本作「搏擊」。王本攷證附纂云：「救鬭者不搏擊，案史記孫子傳作『不搏撠』，索隱曰：『音博戟，謂當善擣解之，無以手助相搏撠。』當依作『不搏撠』。」

【箋注】

〔一〕本篇作於元豐三年庚申（一〇八〇），參見卷十二序篇注〔一〕。

〔二〕馬有驥二句：漢書王莽傳：「遣將不與兵符，必先請而後動，是猶紲韓盧而責之獲也。」注：「師古曰：韓盧，古韓國之名犬也。黑色曰盧。」三國志魏陳思王傳：「臣聞騏驥長鳴，伯樂昭其能；盧狗悲號，則韓國知其才。」

〔三〕天雄二句：天雄、烏喙：淮南子繆稱：「天雄、烏喙，藥之凶毒也，良醫以活人。」堇葛：堇，指和堇；葛，指野葛。淮南子説林訓：「蝮蛇螫人，傅以和堇，則愈。」注：「和堇、野葛，毒藥。」又王充論衡言毒：「草木之中，有巴豆、野葛，食之湊懣，頗多殺人。」鄭處誨明皇雜録：「玄宗謂中貴人高力士曰：『……嘗聞堇斟飲之者死，（張果）若非仙人，必敗其質，可試以飲也。』會天大雪，寒甚，玄宗命進堇斟賜果。果遂舉飲，盡三巵，醺然有醉色，顧謂左右曰：『此酒非佳味也。』即偃而寢，食頃方寤。忽覽鏡視其齒，皆斑然焦黑。」

〔四〕繁弱、忘歸：古弓箭名。文選嵇康贈秀才入軍詩之一：「左攬繁弱。右接忘歸。」李善注引新序曰：「楚王載繁弱之弓，忘歸之矢，以射兕於雲夢。」

〔五〕鸊鵜、莫邪：刀劍名。相傳以鸊鵜鳥之膏塗於刀口，可以防銹而增其鋒利，參見卷七鮮于子駿使君生日注〔一〇〕。莫邪，據吴越春秋闔閭内傳，吴王闔閭令干將在匠門鑄劍，鐵汁不下，其妻莫邪自投鑪中，鐵汁乃下，遂成二劍，雄劍名干將，雌劍名莫邪。

〔六〕惟兵以下十五句：此段論奇正。孫子勢篇：「凡戰者以正合，以奇勝。」十家注：「杜牧曰：正者當敵，奇者從傍擊不備，以正道合戰，以奇變取勝也。」案宋史兵志九：熙寧五年四月，神宗曾有「今之邊臣無知奇正之體者，況奇正之變乎」之嘆，故少游論之。

〔七〕霍去病三句：霍去病，漢河東平陽人，年十八爲侍中，曾六次出擊匈奴，涉沙漠，遠至狼居胥山。封冠軍侯，爲驃騎將軍。史記、漢書有傳。史記本傳説他「所將常選，然亦敢深入，常與壯騎先其大軍……未嘗困絶也」。

〔八〕李陵四句：見卷二司馬遷詩注〔三〕。史記李將軍列傳：天漢二年秋，李廣利將三萬騎擊匈奴，而使李陵將射士步兵五千人出居延北可千餘里，欲以分匈奴兵。「單于以兵八萬圍擊陵軍，陵軍五千人兵矢既盡，士死者過半……連鬭八日……食乏而救兵不到」，遂爲匈奴所擒。

〔九〕奇兵四句：孫子勢篇：「三軍之衆，可使必受敵而無敗者，奇正是也。」十家注張預曰：「奇正之説，諸家不同：尉繚子則曰正兵貴先，奇兵貴後；曹公則曰先出合戰爲正，後出爲奇；李衛公則曰兵以前向爲正，後却爲奇。此皆以正爲正，以奇爲奇，曾不説相變循環之義。唯唐太宗曰：以奇爲正，使敵視以爲正，則吾以奇擊之；以正爲奇，使敵視以爲奇，則吾以正擊之，混爲一法，使敵莫測。」少游之説，殆與唐太宗爲近。

〔一〇〕昔岑彭三句：岑彭，字君然，南陽棘陽人。王莽時守本縣長，後歸劉秀。秀稱帝，拜廷尉，行大將軍事。後漢書本傳謂彭率師入蜀，多張疑兵，使楊翕與臧宫拒延岑等，自分兵浮江下還江州，泝都江而上，襲擊侯丹，大破之。因晨夜倍道兼行二千餘里，徑拔武陽。蜀地震駭。公孫述大驚，以杖擊地曰：「是何神也！」

〔一一〕鄧艾五句：見卷十六將帥注〔一〇〕。

〔一二〕孫處三句：孫處，南朝宋永興人，字季高，從武帝征孫恩，以功封新番侯。盧循之難，處率衆泛海擊破之。循黨奔廣州，復追擊之。見宋書本傳。番禺，指廣州。

〔一三〕李愬四句：李愬，唐臨潭人，字元直。元和中，藩鎮割據；十年，淮西節度使吴元濟反，愬爲鄧州節度使討伐之。新唐書本傳云：「師夜起……愬率中軍三千，田進誠以下軍殿，出文成栅，令曰：引而東，六十里止，襲張柴，殲其戍。會大雨雪，夜入城，元濟請罪，檻送京師。」世稱「雪夜破蔡州」。

〔一四〕孫臏六句：孫臏，戰國時齊人，兵法家，孫武之後世孫。一九七四年山東臨沂曾出土孫臏兵法殘簡。引文見史記本傳。索隱：「捲即拳。」「撠，以手撠刺人。」「亢者，敵人相亢拒也。」

〔一五〕今夫屠者七句：莊子養生主：庖丁爲文惠君解牛，「依乎天理，批大郤，導大窾，因其固然，技經肯綮之未嘗，而況大軱乎。……以無厚入有間，恢恢乎其於遊刃必有餘地矣。……動刀甚微，謋然已解」。窾，骨節空處。肯綮，筋骨結合處。軱，大骨。謋然，骨肉分離的聲音。

〔一六〕弈秋：孟子告子上：「弈秋，通國之善弈者也。」注：「弈秋，善弈者名秋也。」

〔一七〕兵法曰三句：孫子勢篇：「夫戰者，以正合，以奇勝。」注引曹公曰：「正者當敵，奇兵從傍，擊不備也。」

【彙評】

段斐君本淮海集徐渭評：筆端奇横，是古今文中利器。

王敬之小言集宜略識字齋雜著：元祐邑賢中，惟少游進策談兵。

辯士

臣聞兵之大概：我爲主，彼爲客，是守之而已〔一〕；彼爲主，我爲客，是攻之而已〔二〕；彼我相埒，塗覯而卒遇，是戰之而已〔三〕。此兵之常法也。且事固有常法所不能辨者，守則形不便，攻則勢不利，戰則氣不克。當是時也，雖有智勇無所用之，獨可馳一介之使，憑軾撙銜〔四〕，喻以禍福而得志。此軍中所以不可無辯士也。

然則所謂辯士者，必以其具三德，明五機，而利口者不與焉。蓋上知道德性命之原，下達禮義形器之變，旁通幽明時物之所宜者，識也。窘之而益出，費之而益新，掩之以卒而不亂，壓之以重而不懾者，才也。經傳子史，天星地志，醫方卜筮，百家之書，無所不涉，而能謹守其宗者，學也。夫是之謂三德。俯而賀，仰而吊，聞者遑懅，心折骨驚〔五〕，手足俱廢，其名曰恐機。道以令名，贊以美利，聞者悦懌，陽氣浸淫，上滿大宅，其名曰喜機〔六〕。訐過差而不貸，觸忌諱而無疑，聞者忿然髮上衝冠，目眥盡裂〔七〕，其名曰怒機。旁刺其所悼念，逆鈞其所感傷，聞者泫然，涕下霑臆，不復自勝，其名曰悲機。發端而指隙，其説泛而不根，其意圓而無主，聞者茫然如獲異物，不知其名，欲捨之而行，則恐其寶也，欲取之而去，則恐其怪也，徙倚周章，狐疑而不決〔八〕，其名曰思機。此五者，天之所以命於人，有觸之則彍然而發〔九〕，莫能禦已，夫是之謂五機。蓋三德不具，不足以立己。五機不明，不足以移人。故曰：所謂辯士者，必具三德、明五機，而利口者不與焉。昔蘇秦〔一〇〕、張儀〔一一〕、犀首〔一二〕、陳軫〔一三〕、代、厲〔一四〕之屬嘗以辯名於世矣；然三德不足而五機有餘，故事求遂而不問禮之得失，功求成而不恤義之存亡，偷合苟容，取濟一時而已。此其所以爲利口之雄，而君子不道也。然後世之人見其如此，遂以辯爲縱横之術，諱問而耻言之，則所謂因咽而廢食也。孔子曰：「賜能辯而不能訥。」〔一五〕孟子曰：「予豈好辯哉？予不得已也。」〔一六〕由此觀之，孔孟之門未嘗廢辯，特貴夫時然後發，不得已而後用爾。

古者列國之大夫聘於塗者，肩摩而轂擊〔一七〕。兵之交，則使在其間，若非辯士爲之，則安能專對而不辱於君命耶？或曰：戰國之時，無定勢，無常形，横則秦帝，縱則楚王〔一八〕，故辯士足以乘間而執其機。自漢以來，形勢異矣，尚安所事辯乎？曰：是不然，人之生也，有手足則知搏擊，有心智則知思慮，有口舌則知語言。天下之亂，常生於此三者。然反而用之，亦可已亂。蓋搏擊爲力，思慮爲謀，語言爲辯。天下未嘗一日不用力與謀也，何獨於辯而疑之？昔酈食其使齊，田廣以七十城下漢[一九]；陸賈使南越，尉佗去黄屋而稱臣[二〇]；賈林致李抱真命而王武俊倒戈[二一]；韓愈入鎮州而牛元翼出矣[二二]：此後世用辯士之明效也。天下不用兵則已矣；如用兵，辯士不可無也。

【校】

〔戰則氣不克〕徐案：「克」疑爲「充」字，形近而誤。

〔孔孟之門〕「門」原誤作「間」，據王本、四部本改。

〔田廣以七十城下漢〕「廣」原誤作「横」，據史記酈生傳改。

〔尉佗〕「佗」原作「它」，此從王本、四部本。

〔韓愈入鎮州而牛元翼出矣〕王本攷證附纂云：「韓愈入鎮州而牛元翼出矣，案宋袁樞通鑑紀事本末：『王庭湊解深州之圍，兵實猶在深州城下。韓愈往至鎮曰：神策六軍之將如牛元翼者不少，尚書何爲圍之不置？庭湊曰：即當出之。未幾，牛元翼突圍出深州。』據此當作『韓愈入鎮州而牛元翼突圍出深州矣』，事義方顯，策句有譌脱。」

【箋注】

〔一〕我爲主三句：孫子形篇：「不可勝者，守也。」十家注：「杜牧曰：言未見敵人有可勝之形，己則藏形爲不勝之備，以自守也。」又虛實篇：「守而必固者，守其所不攻也。」

〔二〕彼爲主三句：孫子謀攻篇：「下政攻城，攻城之法爲不得已。」十家注張預曰：「攻城則力屈，所以必攻者，蓋不獲已耳。」又虛實篇：「攻而必取者，攻其所不守也。」

〔三〕彼我三句：彼我相埒，謂敵我雙方勢均力敵。埒，相等。塗覯而卒遇，見文選王褒四子講德論：「非有積素累舊之歡，皆塗覯卒遇而以爲親者也。」意謂陌生人猝然相遇。此指遭遇戰，即孫子九地篇所云：「疾戰則存，不疾戰則亡者爲死地。」

〔四〕憑軾撙銜：憑軾，猶伏軾。戰國策秦策一：「伏軾撙銜，橫歷天下。」軾，一作式。漢書王吉傳：「大王不好書術，而樂逸遊，憑式撙銜，馳騁不止。」注：「撙，捉也。師古曰：撙，挫也。」王先謙補注：「銜，馬勒也。」

〔五〕心折骨驚：梁江淹別賦：「使人意奪神駭，心折骨驚。」

〔六〕聞者四句：文選枚乘七發：「然陽氣見於眉宇之間，侵淫而上，幾滿大宅。」注：「良曰，大宅謂面也。」黃庭經「靈宅」，注：「面爲靈宅，一名大宅。」

〔七〕聞者二句：史記項羽本紀：「（樊）噲遂入，披帷西嚮立，瞋目視項王，頭髮上指，目眥盡裂。」又趙世家：「（相如）因持璧卻立，怒髮上衝冠。」

〔八〕徙倚二句：徙倚，楚辭遠遊：「步徙倚而遥思兮。」注：「彷徨東西，意愁憤也。」曹植洛神賦：「徙倚彷徨。」周章，惶懼貌。文選左思吴都賦：「輕禽狡獸，周章夷猶。」狐疑，漢書文帝紀:「方大臣誅諸呂迎朕,朕狐疑。」注:「師古曰:狐之爲獸,其性多疑,每渡冰河,且聽且渡,故言疑者而稱狐疑。」

〔九〕彍然而發:漢書吾丘壽王傳:「十賊彍弩,百吏不敢前。」注:「師古曰:引滿曰彍。」

〔一〇〕蘇秦:戰國時縱横家。見卷八客有傳朝議欲以子瞻使高麗……注〔七〕。

〔一一〕張儀:戰國時縱横家,魏人。曾與蘇秦師事鬼谷子。蘇秦游説六國以抗秦。張儀後相秦惠王,以連衡之策説六國背縱約而事秦。武王立,不爲所用,去秦事魏,一年而卒。史記有傳。

〔一二〕犀首:指公孫衍。莊子則陽:「犀首聞而耻之。」釋文:「犀首,魏官名。司馬(彪)云:若今虎牙將軍,公孫衍爲此官。」史記張儀傳附:「犀首者,魏之陰晉人也,名衍,姓公孫氏,與張儀不善。」後入相秦,嘗佩五國相印,爲約長。

〔一三〕陳軫:戰國楚夏邑人,游説之士,歷事秦、楚。見戰國策秦策、齊策、楚策、魏策、韓策及史記張儀傳附。

〔一四〕代厲:史記蘇秦傳謂,蘇秦之弟代、厲,見兄遂,亦皆學游説之術。

〔一五〕孔子曰二句:賜,端木賜,字子貢,孔子弟子。列子仲尼篇:「子夏避席而問曰:『然則四子者何爲事夫子?』曰:『居,吾語汝:回能仁而不能反,賜能辯而不能訥,由能勇而不能怯,師能莊而不能同,兼四子之有以易吾,吾弗許也。此其所以事吾而不貳也。』」

〔一六〕孟子曰三句:見孟子滕文公下。

〔一七〕肩摩而轂擊：見卷十六將帥注〔一九〕。

〔一八〕横則二句：史記蘇秦傳：「故從合則楚王，衡成則秦帝。」從，通縱；衡，通横。

〔一九〕昔酈食其二句：史記酈生列傳謂酈食其説齊王田廣，「淮陰侯聞酈生伏軾下齊七十餘城，迺夜度兵平原襲齊」。田廣遂烹酈生。參見卷十三任臣下注〔一二〕。

〔二〇〕陸賈二句：陸賈，楚人，以客從漢高祖定天下，著名辯士，常使諸侯。中國初定，尉佗平南越，因王之。高祖使陸賈賜尉佗印爲南越王。陸生至，尉佗魋結箕踞以見。陸生曉以大勢，於是尉佗迺蹶然起坐，卒拜南越王，令稱臣奉漢約。見史記本傳。

〔二一〕賈林句：新唐書李抱真傳載，建中中，朱滔與王武俊反，抱真乃遣客賈林以大義説武俊，使合從擊滔，武俊許諾，而内猶豫。抱真以數騎入見之，涕下交頤，武俊亦感泣，遂合力殲滔。

〔二二〕韓愈句：新唐書韓愈傳：鎮州亂，立王廷湊，穆宗詔韓愈前往宣撫。愈至，廷湊嚴兵迓之。愈曉以大義，且曰：「神策六軍如牛元翼者爲不乏，但朝廷顧大體，不可棄之。公久圍之，何也？」廷湊曰：「即出矣。」會元翼亦潰圍出，廷湊不追，愈歸奏，帝大悦。

【彙評】

段斐君本淮海集徐渭評：可翼韓公子説難。

林紓林氏選評名家文集淮海集：其叙三德五機，大似素書。至論戰國之辯士，謂「事求遂，不問禮之得失；功求成，不問義之存亡」，語如鐵鑄，不可移易。想長公見之，亦當卻步。文前緊後鬆，真舒暢自由之作！

謀主

臣聞兵家之所以取勝者，非特將良而士卒勁也，必有精深敏悟之士，料敵合變、出奇無窮者爲之謀主焉〔一〕。古之人將有天下之事，未嘗不先於謀。故考訂卿士之議，參酌庶人之言，所以謀之於明也；拂龜端策，灼之而辨兆，揲之而分卦，所以謀之於幽也〔二〕。

易曰：「天地設位，聖人成能。人謀鬼謀，百姓與能。」〔三〕夫謀者，聖人所不能免也，況於兵乎？兵之道，猶一人之身。將者，心也。謀主者，思慮也。圖籍者，臟腑也。法制者，脈絡也。號令者，聲音也。旌旗鼓鐸者，耳目也。車騎步兵者，四肢也。心之統臟腑，總脈絡，出聲音，用耳目，役四肢也。精以思慮，則外不攘於人事，內不寇於陰陽。思焉而不精，慮焉而不熟，則飢飽勞佚之遇，漫然而不知；寒暑溫清之變，冥然而不察；冒犯水火，嬰觸金石，無所不至矣。故心雖明，臟腑雖安，脈絡雖通，聲音雖和，耳目雖聰明，四肢雖便利，不可以無思慮。將雖良，圖籍雖具，法制雖謹，號令雖嚴，旌旗鼓鐸雖脩，車騎步兵雖練，不可以無謀主。蓋將軍之於謀主也，有之者勝，無之者敗；已棄之而資敵者敗，敵取之而助己者勝。嘗用矣而或棄者亦敗，棄矣而或用者亦勝。

何以知其然耶？昔楚漢之强弱者，不待較而知也。而項氏乘百戰之威，身死東城〔四〕；劉氏以顛沛奔北之餘，五載而成帝業〔五〕。何哉？漢有良、平之屬爲之謀〔六〕，楚有一范增而不能用也〔七〕。故揚雄曰：「漢屈群策，群策屈群力。楚懍群策，而自屈其力。屈人者勝，自屈者負。」〔八〕此所謂有之者勝，無之者敗也。

昔陳餘捨李左車之計，死泜水上〔九〕，韓信釋縛而師事之，遂收燕齊〔一〇〕。袁本初棄許攸之策，攸奔曹公，公跣而迎之，遂破冀州〔一一〕。夫攸、左車者，豈欲負彼而忠此哉？用舍之勢然也。此所謂已棄之而資敵者敗，敵取之而助己者勝也。

昔張繡以精卒追魏師，賈詡以爲不可，已而果敗；既又請收散卒而攻之，已而果勝〔一二〕。夫詡之爲繡謀，一也，從違不同，則勝敗異變，可不察哉？此所謂嘗用矣而棄之者亦敗，嘗棄矣而用之者亦勝也。

是以良將之待謀主也，致之以禮而不敢慢，交之以誠而不敢欺，結之以恩而不敢厭，遺其過差而略其缺失，所與圖畫者雖父子兄弟有不得而知焉。古之人所以談笑而折衝，偃息而銷釁者，繇此道也。

後世則不然。將受命之日，士大夫莫敢仰視；而所謂幕府從事者，往往皆闒茸取具之人〔一三〕，一旦敵傅於陴隍之下〔一四〕，變發乎肘腋之間，召而問之，五色已無主矣。是豈有補於萬分之一哉？臣病夫世之論兵者，止知重將帥之選，急士卒之練，講器械陣營之所宜，究山川形勢之便，而推風角鳥占之説〔一五〕。至於謀主，則未始一言及焉。不知夫謀主者，一軍勝敗之樞機也。

【校】

〔不先於謀〕王本、四部本「於」作「以」。

〔寒暑温清〕「清」原作「凊」，此從蜀本、胡本、王本、四部本。

〔蓋將軍之於謀主也〕王本案：「軍字疑衍。」

〔一旦敵傅於陴隍之下〕「傅」原誤作「傳」，據蜀本、王本改。

〔將帥之選〕「帥」原誤作「師」，據張本、胡本改。

〔究山川形勢之便〕王本攷證云：「蘇門六君子文粹『之』下『便』上有『所』字。」

【箋注】

〔一〕臣聞四句：孫子計篇：「將聽吾計，用之必勝，留之。將不聽吾計，用之必敗，去之。」説明作戰時必有人爲之出謀獻計。十家注梅堯臣謂孫武以十三篇干吴王闔閭，「謂王將聽吾計而用，戰必勝，我當留此也。王將不聽我計而用，戰必敗，我當去此也」。故孫子實爲吴王闔閭之謀主。計篇又云：「夫未戰而廟算勝者，得算多也。」十家注張預曰：「古者興師命將，必致齋於廟，授以成算，然後遣之，故謂之廟算。籌策深遠，則其計所得者多，故未戰而先勝。」少游之説，係從孫子引申，下文「蓋將軍之於謀主也，有之者勝，無之者敗」，則逕用孫子之言而略加變化。

〔二〕故考訂七句：尚書洪範：「汝則有大疑，謀及乃心，謀及卿士，謀及庶人，謀及卜筮；汝則從，龜從，筮從，卿士從，庶民從，是之謂大同。」蔡沈注：「有所疑，則卜筮以考之。龜曰卜，蓍曰筮。蓍龜者，至公無私，故能紹天下之明。卜筮者，亦必至公無私，而後能傳蓍龜之意。」策，亦占卜之用。易繫辭上：「乾之策，二百一十有六；坤之策，百四十有四；凡三百有六十，當期之日。二篇之策，萬有一千五百二十，當萬物之數也。」此皆古人迷信方法，史記龜策列傳有云：「百僚蕩恐，皆曰龜策能言。」

〔三〕易曰五句：見易繫辭下，朱熹注：「天地設位，而聖人作易以成其功；於是人謀鬼謀，雖百姓之愚，皆得以與其能。」

〔四〕而項氏二句：據史記項羽本紀，羽自垓下突圍，渡淮至陰陵，復引兵而東，至東城，乃有二十八騎，於是欲東渡烏江，追兵至，身被十餘創，乃自刎而死。案東城，集解云：「漢書音義曰：縣名，屬臨淮。」正義云：「東城縣故城在濠州定遠縣東南五十里。」

〔五〕劉氏二句：秦二世二年（前二〇八），劉邦與項羽方攻陳留，聞項梁被秦軍章邯擊斃，遂引兵而東，軍於碭，此即所謂「奔北之餘」。二世三年（前二〇七），沛公引兵西入咸陽，至漢五年（前二〇二）於垓下擊潰項羽，正月甲午，乃即皇帝位於汜水之陽，前後約五年而成帝業。見史記高祖本紀。

〔六〕漢有句：良、平，張良（字子房）、陳平，漢之謀士。史記高祖本紀高祖曰：「夫運籌策帷帳之中，決勝於千里之外，吾不如子房。鎮國家，撫百姓，給餽饟，不斷糧道，吾不如蕭何。連百萬之軍，戰必勝，攻必取，吾不如韓信。此三者，皆人傑也，吾能用之，此吾所以取天下也。」又留侯世家載張良曾建議劉邦增張旗幟爲疑兵，秦將見之果叛；良又説劉邦勿貪咸陽宫室重寶，還軍霸上，遂贏得秦地父老擁護。後又諫封雍齒，使功臣皆服。如此等等，皆爲漢王設謀也，故漢王美之。又陳丞相世家載，陳平自楚歸漢，建議爲漢王行反間於楚軍，項王果不信范增、鍾離眛等，終至衆叛親離。後韓信擁兵欲反，陳平復建議漢王僞遊雲夢，韓信方出迎，即縛之而歸。高祖被匈奴圍於平城，七日不得食，後用陳平奇計，圍以得解。「其後常以護軍中尉從攻陳豨及黥布，凡六出奇計，輒益邑，凡六易封。奇計或頗秘，世莫能聞也。」故太史公贊曰：「常出奇計，救紛糾之難，振國家之患，……非知謀孰能當此者乎？」

〔七〕范增：秦末居鄛（今安徽巢縣西南）人，年七十輔項羽霸諸侯，被尊爲亞父。屢勸殺劉邦，不聽，憤而離去，疽發背死。參見史記項羽本紀、陳丞相世家。又高祖本紀載王陵語曰：「項羽妒賢嫉能，有功者害之，賢者疑之。……」高祖曰：「公知其一，未知其二。……項羽有一范增而不能用，此其所以爲我擒也。」少游用其意。

〔八〕故揚雄七句：揚雄，字子雲，見卷三春日雜興十首其十注〔五〕。引文見法言重黎。「屈人者勝」，原文作「屈人者克」。李軌注：「屈，盡。懟，惡。克，勝。負，敗。」

〔九〕陳餘：號成安君，李左車曾勸其固守，不聽，終爲韓信所殺。參見本卷將帥注〔七〕。

〔一〇〕韓信二句：史記淮陰侯列傳：「信乃令軍中毋殺廣武君（李左車），有能生得者購千金。於是有縛廣武君而致戲下者，信乃解其縛，東鄉坐，西鄉對，師事之。……從其策，發使使燕，燕從風而靡。」後又平齊。

〔一一〕袁本初四句：袁本初，名紹，漢汝南汝陽人，袁安裔孫。靈帝時爲佐軍校尉，獻帝初起兵討董卓，被推爲盟主，建安七年官渡之戰中，兵敗，病死。三國志魏書崔琰傳注引魏略曰：「（許）攸，字子遠，少與袁紹及太祖善。初平中隨紹在冀州，嘗在坐席言議。官渡之役，諫紹勿與太祖相攻……紹自以强盛，必欲極其兵勢。攸知不可爲謀，乃亡詣太祖。紹破後，及後得冀州，攸有功焉。」

〔一二〕昔張繡五句：三國志魏書賈詡傳：「太祖比征之，一朝引軍退，繡自追之。詡謂繡曰：『不可追也，追必敗。』繡不從，進兵交戰，大敗而還。詡謂繡曰：『促更追之，更戰必勝。』繡謝曰：『不用公言，以至於此。今已敗，奈何復追？』詡曰：『兵勢有變，亟往必利。』繡信之，遂收散卒赴追，大戰，果以勝還。」

〔一三〕闒茸：無能、卑賤。漢劉向九歎憂苦：「同駑贏與乘駔兮，雜斑駮與闒茸。」注：「闒茸，駑頓也。」

〔一四〕一旦句：傅，接近。陴隍：城池。陴，城上女牆；隍，無水城濠。

〔一五〕風角鳥占：古占候之術。後漢書郎顗傳：「父宗，字仲綏，學京氏易，善風角、星算，六日七分。」注：「風角，謂候四方四隅之風，以占吉凶也。」又新唐書李靖傳贊：「世言靖精風角、鳥占、雲祲、孤虛之術，爲善用兵。」案：鳥占，謂察鳥之飛鳴，以占人事之吉凶。

【彙評】

林紓林氏選評名家文集淮海集：此文純學孫子十三篇，中間引據古事，妙不即説出，先將其所以然及所當然辨别分明，以下始將史事分疏。此是行文先占便宜處。若先引古事而後加以論斷，便是一節史評，不見論斷之能矣。

淮海集箋注卷第十七

進策

兵法〔一〕

臣聞御兵者將，而將所以御之者法。法不得將，與無兵同。將不知法，與無將同〔二〕。蓋「斵木爲棋，刓革爲鞠，亦皆有法」〔三〕；況於帥無罪之人，被堅執鋭，從事於萬死一生之地哉〔四〕！兵之有法，猶人之有精神魂魄也。精神失守，魂喪而魄奪，則雖有七尺之軀，死無日矣。何則？所以使形者亡也。故知兵有法，正行無間；不知而將，是謂妄行。

古之論兵者多矣，大率不過有四：一曰權謀，二曰形勢，三曰陰陽，四曰技巧〔五〕。然此四術者，以道用之，則爲四勝；不以道用之，則爲四敗。事同而功異，不可不察也。何以知其然耶？昔孫臏伏萬弩於馬陵之下，魏軍至而伏發，龐涓死焉〔六〕。王恢伏車騎材官三十萬於馬邑之旁，匈奴覺之而去，恢以自殺〔七〕。此則用權謀之異也。馬服君救閼與，既遣秦間，卷甲而趨之，二日一夜，遂破秦軍〔八〕。曹公追劉先主，一日一夜，行三百里，敗於烏林〔九〕。此則用形勢之異也。西伯將獵，卜之，曰：「獲霸王之輔。」果得太公望而克商〔一〇〕。漢武卦諸將，貳師最吉，因以爲將，卒降匈奴〔一一〕。此則用陰陽之異也。申公巫臣教吴以車戰，吴是以始通上國〔一二〕。房琯用車以抗禄山，賊投芻而火之，王師奔潰〔一三〕。此則用技巧之異也。豈非以道用之則爲四勝，不以道用之則爲四敗乎？

雖然，所謂道者何也？治心養氣而已矣〔一四〕。蓋心不摇於死生之變，氣不奪於寵辱利害之交，則四者之勝敗，自然洞見，如形影入於水鏡之中〔一五〕，是兵法之大略也。

夫鏃金羽鶚以爲矢，傅膠合漆以爲弓，天下所同也，而羿爲善射〔一六〕。服在箱，驂在旁，制以銜轡之利，而加以鞭策之威，天下之所同也，而王良爲善御〔一七〕。是何也？其所以用之者，道也。今世之學兵法者，肩相摩，袂相屬，雖其精粗不同，然率向之所謂四術而已。至於治心養氣之道，則以爲書生之語而不與焉。嗚呼！是守弓矢與馬而欲爲羿、王良也。

【校】

〔被堅執鋭〕「被」，張本、胡本、李本、段本作「披」，通。

〔漢武卦諸將〕「卦」，張本作「封」。王本攷證附纂云：「漢武封諸將，案漢書西域傳作『卦諸將』。卦，漢紀作『卜』，玉海兵制引集文正作『卜』。」案：觀上文「西伯將獵卜之」，下文曰「此則用陰陽之異也」，似應作「卦」或「卜」。

〔兵法之大略〕張本、胡本、李本「略」作「要」。

【箋注】

〔一〕本篇作於元豐三年庚申（一〇八〇）參見卷十二序篇注〔一〕。

〔二〕臣聞六句：孫子計篇：「兵者，國之大事……一曰道，二曰天，三曰地，四曰將，五曰法。」十家注：「杜牧曰：此之謂五事也。」「張預曰：節制嚴明，夫將與法在五事之末者，凡舉兵伐罪，廟堂之上先察恩信之厚薄，後度天時之順逆，次審地形之險易；三者已熟，然後命將征之。兵既出境，則法令一從於將。」又孫子敘録引吴越春秋卷二：「（吴王）問曰：『兵法寧可以小試耶？』孫子曰：『可，可以小試於後宫之女。』王曰：『諾。』孫子曰：『得大王寵姬二人以爲軍隊長，各將一隊。令三百人皆被甲兜鍪，操劍盾而立，告以軍法，隨鼓進退，左右回旋，使知其禁。』……孫子顧視諸女連笑不止。孫子大怒……顧謂執法曰：『取鈇鑕！』孫子曰：『約束不明，申令不信，將之罪也。……』執法曰：『斬！』武乃令斬隊長二人。……孫子復搗鼓之，當左右進退，回旋規矩，不敢瞬目，二隊寂然無敢顧者。於是乃報吴王曰：『兵已整齊，願王觀之，惟所欲用，使赴水火，猶無難矣，而可以定天下。』」少游論將與法之關係，蓋本於此。然後文多就戰略戰術言之，乃其發揮之處。

〔三〕蓋斵木三句：見揚雄法言吾子。刓，原作梡，削也。屈原懷沙：「刓方以爲圜兮。」鞠，皮球。

〔四〕況於三句：孫子計篇：「兵者，國之大事，死生之地，存亡之道，不可不察也。」孫子十家註遺説：「或問死生之地何以先存亡之道？曰：武意以兵事之大在將得其人，將能則兵勝而生，兵生於外則國存於内。將不能則兵敗而死，兵死於外則國亡於内，是外之生死繫内之存亡也。」

〔五〕一曰權謀四句：漢書藝文志著録吴孫子兵法等十三家爲「兵權謀家」，曰：「權謀者，以正守國，以奇用兵，先計而後戰，兼形勢，包陰陽，用技巧者也。」又著録楚兵法等十一家爲「形勢家」，曰：「形勢者，靁動風舉，後發而先至，離合背鄉，變化無常，以輕疾制敵者也。」又著録太壹兵法等十六家爲「陰陽家」，曰：「陰陽者，順時而發，推刑德，隨斗擊，因五勝，假鬼神而爲助者也。」又著録鮑子兵法等十三家爲「技巧家」，曰：「技巧者，習手足，便器械，積機關，以立攻守之勝者也。」

〔六〕昔孫臏三句：史記孫子列傳：「（龐涓）乃棄其步軍，與其輕鋭倍日并行逐之。孫子度其行，暮當至馬陵。馬陵道狹，而旁多阻隘，可伏兵，乃斫大樹白而書之曰：『龐涓死於此樹之下。』于是，令齊軍善射者萬弩，夾道而伏，期曰『暮見火舉而俱發』。龐涓乘夜至砍木下，見白書，乃鑽火燭之。讀其書未畢，齊軍萬弩俱發，魏軍大亂相失。龐涓自知智窮兵敗，乃自剄，曰：『遂成豎子之名！』」

〔七〕王恢三句：史記匈奴傳：「漢伏兵三十餘萬馬邑旁，御史大夫韓安國爲護軍，護四將軍以伏單于。……漢兵約單于入馬邑而縱，單于不至，以故漢兵無所得。漢將軍王恢部出代擊胡輜重，聞單于還，兵多，不敢出。漢以恢本造兵謀而不進，斬恢。」據此，伏兵非王恢所布，恢亦非自殺。然集解引韓長孺傳曰：「恢自殺。」少游似從此說。材官，勇武之卒。應劭漢官儀上：「高祖命天下郡國選能引關蹶張材力武猛者，以爲輕車騎士、材官、樓船，常以立秋後講肄課試，各有員數。平地用車騎，山阻用材官，水泉用樓船。」

〔八〕馬服君五句：史記趙世家：「（趙惠文王）二十九年，秦韓相攻，而圍閼與。趙使趙奢將，擊秦，大破秦軍閼與下，賜號爲馬服君。」正義引括地志云：「閼與，聚落，今名烏蘇城，在潞州銅鞮縣西北二十里。」

〔九〕曹公四句：三國志蜀書先主傳：「曹公以江陵有軍實，恐先主據之，乃釋輜重，輕軍到襄陽。聞先主已過，曹公將精騎五千急追之，一日一夜行三百餘里，及於當陽之長坂。……（孫）權遣周瑜、程普等水軍數萬，與先主并力，與曹公戰於赤壁，大破之，焚其舟船。」烏林，在今湖北嘉魚縣西江北岸，與赤壁相對。

〔一〇〕西伯四句：西伯，即周文王。史記齊太公世家：「西伯將出獵，卜之，曰：『所獲非龍非彲，非虎非熊，所獲霸王之輔。』於是周西伯獵，果遇太公於渭之陽。」後載與俱歸，立爲師，佐武王滅紂。

〔一一〕漢武四句：漢書西域傳載武帝詔曰：「古者卿大夫與謀，參以蓍龜，不吉不行。……易之，卜得太過，爻在九五，匈奴困敗。公車方士，太史治星望氣，及太卜龜蓍，皆以爲吉，匈奴必破，時不可再得也。又曰：『北伐行將，於鬴山必克。』卦諸將，貳師最吉，故朕親發貳師下鬴山，詔之必毋深入。今計謀卦兆皆反謬。……乃者，貳師敗，軍士死略離散。」案：貳師，即李廣利。漢書本傳謂封貳師將軍、海西侯；既降，爲匈奴所殺。

〔一二〕申公巫臣二句：申公，春秋楚人，原名屈巫，一名巫臣，字子靈，封申公，盜夏姬，奔晉，晉人以爲邢大夫。楚子怨之，滅屈巫之族。屈巫亦怒，使吴。其子狐庸爲吴行人，教以乘車用兵之法，吴遂聯晉伐楚。見左傳成公二年、七年。

〔一三〕房琯三句：新唐書房琯傳記陳濤斜之戰云：「初，琯用春秋時戰法，以車二千乘繚營，騎步夾之。既戰，賊乘風譟，牛悉髀栗，賊投芻而火之。人畜焚燒，殺卒四萬，血丹野，殘衆才數千，不能軍。」

〔一四〕治心養氣：見卷十二序篇注〔二四〕。

〔一五〕水鏡：三國志蜀書李嚴傳注：「夫水者至平，邪者取法，鏡者至明，醜者無怒，水鏡所以能窮物無怨者，以其無私也。」

〔一六〕羿：即后羿，傳説中之善射者。史記夏本紀正義引帝王世紀云：「帝羿有窮氏，未聞其先何姓。帝嚳以上，世掌射正。至嚳，賜以彤弓素矢，封之於鉏，爲帝司射，歷虞夏。羿學射於吉甫，其臂長，故以善射聞。」

〔一七〕服在箱六句：詩鄭風大叔于田：「兩服上襄，兩驂雁行。」傳：「車衡外兩馬曰驂。……衡下夾轅兩馬曰服。」王良，春秋時晉之善御馬者。孟子滕文公下：「昔者趙簡子使王良與嬖奚乘，終日而不獲一禽。嬖奚反命曰：『天下之賤工也。』或以告王良。良曰：『請復之。』强而後可，一朝而獲十禽。嬖奚反命曰：『天下之良工也！』」案荀子王霸楊倞注以爲王良即伯樂。

盜賊上〔一〕

臣聞治平之世，内無大臣擅權之患，外無諸侯不服之憂。其所事乎兵者，夷狄、盜賊而已。夷狄之害，士大夫講之詳，論之孰矣。至於盜賊之變，則未嘗有言之者，夫豈智之不及哉？其意以爲不足恤也。

天下之禍嘗生於不足恤。昔秦既稱帝，以爲六國已亡，海内無足復慮，爲秦患者，獨胡人耳〔二〕。於是使蒙恬北築長城，却匈奴七百餘里〔三〕。然而陳勝、吴廣之亂乃起於行伍阡陌之間〔四〕。由此言之，盜賊未嘗無也。夫平盜賊與攘夷狄之術異，何則？夷狄之兵，甲馬如雲，矢石如雨，牛羊橐駝轉輸不絶，其人便習而整，其器犀利而精。故方其犯邊也，利速戰以折其氣。盜賊則不然，險阻是憑，抄奪是資，亡命是聚。勝則烏合，非有法制相縻；敗則獸遯，非有恩信相結。然揭竿持梃，郡縣之卒或不能制者，人人有必死之心而已。故方其群起也，速戰以折其氣〔五〕，勿迫以攜其心〔六〕。蓋非速戰以折其氣，則緩而勢縱；非勿迫以攜其心，則急而變生。

今夫虎之爲物，嘯則風生，怒則百獸震恐，其氣暴悍，可殺而不可辱〔七〕。故捕虎之術，必先設機穽，旁置網罟，撞以利戟，射以强弓〔八〕，鳴金鼓而乘之，不旋踵而無虎矣。至蛇與鼠則不然。雖其毒足以害人，而非有風生之勇；其貪足以蠹物，而非有震恐百獸之威。然不可以驟而取者，以其急則入於窟穴而已〔九〕。故捕蛇鼠之術，必環其窟穴而伺之，薰以艾，注以水，彼將無所得食而出焉，則尺捶可以制其命。夷狄者，虎也。盜賊者，蛇鼠也。虎不可以艾薰而水注，蛇鼠不可以弓射而戟撞。故曰：平盜賊與攘夷狄之術異也。

雖然，盜賊者平之非難，絶之爲難。平而不絶，其弊有二，不可不知也，蓋招降與窮治是已。夫患莫大於招降，禍莫深於窮治。何則？凡盜賊之起，必有梟桀而難制者〔一〇〕。追討之官，素無奇略，不知計之所出，則往往招其渠帥而降之，彼姦惡之民見其負罪者未必死也，則曰：與其俛首下氣以甘饑寒之辱，孰若剽攘攻劫而不失爵禄之榮。由此言之，是乃誘民以爲亂也。故曰患莫大於招降。凡盜賊之首，既已伏其辜矣，而刀筆之吏不能長慮却顧，簡節而疏目〔一一〕，則往往窮支黨而治之。迫脅之民見被污者必不免也，則將曰：「與其嬰錮金木束手而受斃〔一二〕，孰若遯逸山海，脱身而求生。」由此言之，是驅以爲亂也。故曰：禍莫深於窮治。

且王者所以感服天下者，惠與威也。仁及有罪則傷惠，戮及不辜則損威。威惠兩失，而欲天下心畏而力服，堯舜所不能也。夏書曰：「殲厥渠魁，脅從罔治。舊染污俗，咸與維新。」〔一三〕蓋渠魁盡殺而不赦，則足以奪奸雄之氣；脅從污染不治而許其自新，則足以安反側之心。夫如是，天下之人，孰肯舍生之塗而投必死之地哉？嗚呼，先王已亂之道，可謂至矣！

【校】

〔然揭竿持梃〕「梃」原誤作「挺」，據王本、四部本改。

【箋注】

〔一〕少游論盜賊三篇皆作於元豐三年庚申（一〇八〇），參見卷十二序篇注〔一〕。其盜賊觀有時受歷史局限，如對陳勝、吴廣之評價尚不及司馬遷，當細辨之。

〔二〕昔秦既稱帝五句：此段少游所述，與史實不盡符。案史記秦始皇本紀：秦始皇三十二年（前二一五），「燕人盧生使入海還，以鬼神事，因奏録圖書，曰：『亡秦者胡也。』」集解引鄭玄曰：「胡，胡亥，秦二世名也。秦見圖書，不知此爲人名，反備北胡。」然秦並不「以爲六國已亡，海内無足復慮」。史記秦始皇本紀載，三十六年東郡黔首刻殞石曰「始皇帝死而地分」。「始皇聞之，遣御史逐問，莫服，盡取石旁居人誅之，因燔銷其石。」又項羽本紀載楚南公曰：「楚雖三户，亡秦必楚。」漢書高帝紀謂秦始皇自己亦懷疑「東南有天子氣」，説明秦對海内亦懷有疑慮。

〔三〕於是二句：賈誼過秦論：「及至始皇……乃使蒙恬北築長城而守藩籬，却匈奴七百餘里，胡人不敢南下而牧馬，士不敢彎弓而抱怨。」蒙恬，秦將，史記有傳。

〔四〕陳勝吴廣：陳勝字涉，陽城人。吴廣字叔，陽夏人。秦二世元年（前二〇九），率戍卒九百人，在蘄縣大澤鄉揭竿起義。勝自立爲陳王，廣爲假王，國號張楚。後勝爲御者莊賈所害，廣爲部將田臧殺死。見史記陳涉世家。

〔五〕故方其二句：孫子作戰篇：「故兵聞拙速，未睹巧之久也。」十家注：「陳皞曰：所謂疾雷不及掩耳，卒電不及瞬目。」又：「何氏曰：速雖拙，不費財力也；久雖巧，恐生後患也。」

〔六〕勿迫句：孫子軍争篇：「窮寇勿迫。」十家注：「杜牧曰：春秋時吴伐楚，楚師敗走，及清發，闔閭復將擊之，夫概王曰：『困獸猶鬭，況人乎。』」又引趙充國曰：「窮寇也不可迫，緩之則走不顧；急之則還致死。」（語見漢書趙充國傳）少游下文用其意。

〔七〕今夫虎五句：北史張定和傳論：「虎嘯風生，龍騰雲起。」太平御覽卷八九一獸部三：「馬遷書曰：猛虎在山中，百獸震恐。」

〔八〕故捕虎五句：太平御覽卷八九二獸部四：「晉令曰：諸有虎，皆檻穽籬柵，皆施餌，捕得大虎，賞絹三疋，虎子半之。」又引吴志曰：「孫權親乘馬射虎庱亭，馬爲所傷；權投以雙戟，虎即廢。」

〔九〕至蛇與鼠七句：太平御覽卷九三三鱗介部六引雷次宗豫章記：「吴猛與弟子數人往，欲殺蛇，蛇藏深穴不肯出。」又卷九一一獸部二十三：「説文曰，鼠，穴蟲總名也。」

〔一〇〕梟桀：猶梟猛。南史薛安都傳：「魯爽世梟猛，咸云萬人敵。」

〔一一〕簡節而疏目：猶簡疏，簡約寬大也。新唐書張嘉貞傳：「性簡疏，與人不疑。」案禮記樂記：「嘽諧慢易，繁文簡節之音作。」正義：「簡節，少易也。」

〔一二〕金木：刑具。莊子列禦寇：「爲外刑者，金與木也。」注：「金謂刀鋸斧鉞，木謂捶楚桎梏。」

〔一三〕夏書曰五句：見尚書卷二胤征，蔡沈注：「今我但誅首惡之魁而已，脅從之黨則罔治之，舊染汙習之人亦皆赦而新之，其誅惡宥善，是猶王者之師也。」

【彙評】

林紓林氏選評名家文集淮海集：大旨全在禽賊禽王，亦是常解。然招降、窮治兩弊，卻説得切實無倫。其曰負罪者未必死，被汙者必不免，窮深極邃，文無遺義，髣髴蘇家議論。

盜賊中

臣聞自古盜之所以興，皆出於仍歲水旱，賦斂横出，徭役數發。故愚民爲盜，弄兵於山海險阻之間，以爲假息之計。自陛下即位以來，輕徭役，薄賦斂，善氣既應，年穀胥熟。是宜外户不閉，道不拾遺；而郡縣之間枹鼓或驚，遊徼旁午〔一〕，未見休已者何也？以臣思之，蓋不任吏之弊也。

夫任法不任吏，爲弊至多，而於盜賊尤甚。何則？今盜賊之法，可謂密矣〔二〕：强盜得財滿匹及傷人者，輒棄市〔三〕；殺一家三人以上若支解人者，論如律〔四〕；案問欲舉者，得減重論〔五〕；殺併徒伴及告獲他盜者，降除其罪〔六〕；爲之囊橐通行飲食者，從末減〔七〕；若文致於法而人心不厭者，輒讞考之〔八〕。若此之類，與夫捕獲亡逸賞罰之格，凡數十條，然皆畫一之制也。

夫民之所以爲盗賊者，其情不一：或閭里惡少自負其氣，椎埋鼓鑄〔九〕，不復齒於平人；或驕兵惰卒窮苦無聊，亡命嘯聚；或執左道轉相誑惑〔一〇〕，以爲徒黨；或困於饑寒，迫於逋負〔一一〕，剽奪衣食，以延一日之命；或故吏善家子失計隨流，輕舉妄動。若此之類，特盗賊之大情耳。其間夤緣曲折〔一二〕，可矜可疾者，蓋不可勝數。夫以畫一之法，御不可勝數之情，而吏莫敢爲重輕，則宜殺而生、宜生而殺者有之矣。吏果於生殺而不察其宜，則威惠不行，盗賊所以充斥也。

臣嘗觀古之能吏盗賊之課尤異者，其術不過數端而已。蓋有使吏民雜舉少年惡子鮮衣凶服之人，悉籍記之，一旦收捕，納於虎穴中者：尹賞之治長安也〔一三〕。有明設購賞令相斬，捕吏追胥有功而上名尚書調補縣令者：張敞之治膠東也〔一四〕。有耳目具知主名區處，窮里空舍，坐語未訖，捕吏已至者：趙廣漢之治京兆也〔一五〕。有擇縣之豪傑用以爲吏，一旦竊發，則移書詭責取辦其人者：朱博之治琅琊也〔一六〕。有置正、五長，閭里阡陌有非常，吏輒聞知，姦不得舍者：韓延壽之治潁川也〔一七〕。省遣發之兵，罷捕逐之吏，單車獨行，務以德化撫之而安之者：龔遂之治渤海也〔一八〕。此數子者，可謂善治盗賊矣。然以今日之法繩之，則彼將皇恐救過之不暇，尚何功名之有哉！何則？非賊殺不辜，則故縱反者也。夫以龔遂、韓延壽、張敞、朱博、趙廣漢、尹賞爲吏於今之時，猶不能最盜賊之課〔一九〕，又可責於常人乎？

爲今計者，莫若寬法而任吏，稍重郡守之權，責以大綱而略其小過。凡重法之地〔二〇〕，皆慎擇其人，聽於法外處置盜賊；有司覆按，不得劾以出入。其所賜緝捕緡錢，使得益以釀酒；賞格之外，得酒數百石，亦足以布設耳目而畜養爪牙。如此，則守臣之威權稍重，而盜賊可以清矣。王嘉曰：「國家有急，取辦於二千石。尊重難危，乃能使其下。」〔二一〕嗚呼！二千石能使其下，則雖有黄巾、赤眉〔二二〕，無足畏也。

【校】

〔朱博之治琅琊也……龔遂之治渤海也〕各本「琅琊」俱誤作「渤海」，「渤海」俱誤作「瑯琊」。王本攷證附纂云：「朱博之治渤海也，案漢書本傳作『遷瑯琊太守』。龔遂之治瑯琊也，本傳作『爲渤海太守』。」其説是，據此改。

〔韓延壽之治潁川也〕「潁」原誤作「穎」，據王本、四部本改。

〔省遺〕「省」原作「有」，據張本、胡本、李本、段本改。

〔尊重難危乃能使其下〕王本攷證附纂云：「尊重難危乃能使其下，案漢書王嘉傳『取辦於二千石』下『尊重難危』上叠『二千石』字。無『其』字。」

【箋注】

〔一〕遊徼旁午：遊徼，鄉官名，秦置，掌管一鄉察捕姦盜之事。旁午，交錯，紛繁。詳見卷二田居四首其三注〔八〕。

〔二〕今盜賊之法二句：謂宋刑統卷十九、二十中關於强盗之法律可謂嚴密。案：宋刑統，題竇儀撰，據宋會要輯稿刑法云，宋初用唐律、令、格、式之外，又有元和删定格後敕、太和新編後敕等多種。建隆四年（九六三），以顯德刑統爲基礎，别加詳定，八月成宋刑統，總三十卷五百零二條，實行中「隨時損益」，然「終宋之世未變」。

〔三〕强盗二句：宋刑統卷十九：「諸强盗，不得徒二年，一尺徒三年，二匹加一等，十匹及傷人者絞；殺人者斬。其持杖者，雖不得財，流三千里；五匹絞，傷人者斬。」唐律卷十九同此。然宋刑統卷十九此條下准曰：「唐建中三年三月二十四日敕節文：自今以後，捉獲竊盜，贓滿三匹以上者，並集衆決殺。」又云：「爲准律云：『假有十人共盜十匹，各得十匹之罪，謂之贓滿，盡處極刑。』」故少游云「今盜賊之法，可謂密矣」。棄市，禮王制：「刑人於市，與衆棄之。」漢書景帝紀師古注：「棄市，殺之於市也。」

〔四〕殺一家二句：唐律卷十七：「諸殺一家非死罪三人者及支解人者，皆斬；妻子流二千里。」「論如律」，謂按律論罪。律指唐律。

〔五〕案問二句：唐律謂朝廷根據對制或奏事派遣臣下查究案情曰案、問、推。唐律卷二十五詐僞：「若別下問、案、推，報上不以實者，徒一年；其事關由所司，承以奏聞而不實者，罪亦如之。未奏者，各減一等。」原注：「無罪名，謂之問；未有告言，謂之案；已有告言，謂之推。」疏議謂問者，指「問百姓疾苦、豐儉、水旱之類」；案者，指「風聞官人有罪，未有告言之狀而奉制案問」；推者，指「事發遣推，已有告言之者」。「未奏者，各減一等」，謂「承前人上書詐不以實，若非密及下問、案、推報上不實，事關所司，承以聞奏，申報不實，未奏者，各減一等」。少游云「案問欲舉者，得減重論」，係指此。「減重」，謂從重減刑。

〔六〕殺併二句：殺併徒伴，謂兼併同夥而殺之。徒伴，猶徒衆、同伴。除降其罪，謂免除或降低其罪。宋刑統卷二十三：「諸告小事虛，而獄官因其告檢得重事，及事等者，若類其事，則除其罪。」其「告反逆」疏云：「若告二罪以上，重事實，及數事等，但一事實，除其罪。」少游謂「告獲他盜」，與此條合，故可除、降其罪。

〔七〕爲之二句：謂爲盜賊窩藏、放行、供給飲食。漢書刑法志：「豪桀擅私，爲之囊橐，姦有所隱。」注：「師古曰：有底曰囊，無底曰橐。言容隱姦邪，若囊橐之盛物。」從末減，即從最低一等減刑。

〔八〕若文致二句：漢書景帝紀：「諸疑獄，若雖文致於法而於人心不厭者，輒讞之。」注引師古曰：「厭，服也，音一贍反。讞，平議也，音魚列反。」後漢書陳寵傳：「除文致之請。」注：「文致，謂人無罪，文飾至於法中也。」

〔九〕椎埋鼓鑄：椎埋，殺人而埋之，亦解作盜墳掘墓。史記王温舒傳：「少時椎埋爲奸。」集解引徐廣曰：「椎殺人而埋之，或謂發冢。」發冢，即掘墓盜墳。鼓鑄，鼓扇熾火，冶煉銅鐵以鑄錢。此指盜鑄錢。史記吴王濞列傳：「吴有豫章郡銅山，濞則招致天下亡命者〔盜〕鑄錢。」正義按：「言吴國山既出銅，民多盜鑄錢。」宋史食貨志下二：「太祖初鑄錢，文曰『宋通元寶』……其私鑄者皆棄市。熙寧中，張方平嘗諫曰：『禁銅造幣，盜鑄者抵罪至死。』」又大觀中「申嚴私鑄之法」。

〔一〇〕左道：禮記王制：「析言破律，亂名改作，執左道以亂政，殺。」疏：「左道，謂邪道。」

〔一一〕逋負：拖欠賦税。史記鄭當時傳：「（鄭）莊任人賓客爲大農僦人，多逋負。」又左傳昭公十三年「施舍寬民」注：「施恩惠，舍逋負。」

〔一二〕夤緣曲折：謂牽連攀附，案情複雜。舊唐書令狐楚牛僧孺傳贊：「喬松孤立，蘿蔦夤緣。」

〔一三〕尹賞之治長安：尹賞，字子心，漢鉅鹿楊氏人。永始、元延間，貴戚驕恣，長安中姦滑寖多，殺吏剽劫，死傷横道。賞以三輔高第選長安令，得一切便宜從事。賞至，修治長安獄，穿地爲「虎穴」，乃令吏民雜舉輕薄少年惡子，無市籍商販作務，而鮮衣凶服被鎧扞持刀兵者，悉籍記之，得數百人。賞親閱案，見十置一，其餘投於虎穴，覆以大石。數日，皆相枕藉死，令家屬領尸回。視事數月，郡以大治。見漢書本傳。

〔一四〕張敞之治膠東：據漢書張敞傳載，宣帝時，勃海、膠東盜賊並起，敞上書自請治之，拜膠東相。以爲治劇郡非賞罰無以勸善懲惡。及到膠東,明設購賞,開群盜令相捕斬除罪。吏追捕有功,上名尚書調補縣令者數十人。由是盜賊解散,轉相捕斬。吏民歙然,國中遂平。」

〔一五〕趙廣漢之治京兆:趙廣漢,字子都,漢涿郡蠡吾人。太始中爲京兆尹。漢書本傳:「郡中盜賊,閭里輕俠,其根株窟穴所在,及吏受取請求銖兩之姦,皆知之。長安少年數人會窮里空舍,謀共劫人,坐語未訖,廣漢使吏捕治具服。……京兆政清,吏民稱之不容口。長老傳以爲自漢興以來治京兆者莫能及。」

〔一六〕朱博之治琅琊:朱博,字子元,漢杜陵人。成帝時爲琅琊太守。漢書本傳稱:「博治郡,常令屬縣各用其豪桀以爲大吏,文武從宜。縣有劇賊及它非常,博輒移書以詭責之。其盡力有效,必加厚賞;懷詐不稱,誅罰輒行。以是豪强慹服。」

〔一七〕韓延壽之治潁川:韓延壽,字長公,本燕人,徙杜陵。漢昭帝時爲潁川太守。漢書本傳謂潁川多豪强,難治。延壽至,教之以禮義,「又置正、五長,相率以孝悌,不得舍姦人。閭里阡陌有非常,吏輒聞知,姦人莫敢入界」。

〔一八〕龔遂之治渤海:龔遂,字少卿,漢山陽南平陽人。漢書本傳云,宣帝時,渤海左右郡歲饑,盜賊並起。遂爲渤海太守,「至渤海界,郡聞新太守至,發兵以迎,遂皆遣還,移書敕屬縣悉罷逐捕盜賊吏。諸持鉏鉤田器者皆爲良民,吏無得問,持兵者乃爲盜賊。遂單車獨行至府,郡中翕然,盜賊亦皆罷」。

〔一九〕最盜賊之課：課，差也，見廣韻。此句謂今日即使尹賞等能吏在治理盜賊之差使方面猶不能稱最。

〔二〇〕凡重法之地：宋史刑法志一：「凡重法地，嘉祐中，始於開封府諸縣，後稍及諸州。以開封府東明、考城、長垣縣，京西滑州，淮南宿州，河北澶州，京東應天府，濮、齊、徐、濟、單、兖、鄆、沂州，淮陽軍，亦立重法，著爲令。至元豐時，河北、京東、淮南、福建等路皆用重法，郡縣寖益廣矣。元豐敕：重法地分，劫盜五人以上，凶惡者，方論以重法。」是宋代各地法有輕重，並不統一。

〔二一〕王嘉曰五句：王嘉，字公仲，漢平陵人。據漢書本傳云，鴻嘉中召見宣室，對政事得失，超遷太中大夫。出爲九江、河南太守，治甚有聲。哀帝時，嘉上疏有云：「誠以爲國家有急，取辦於二千石，二千石尊重難危，乃能使下。」文字與少游所引小異。

〔二二〕黄巾、赤眉：黄巾，東漢末農民起義軍；赤眉，西漢末農民起義軍。

【彙評】

林紓林氏選評名家文集淮海集：任法不任吏一語，直道破千古治盜流弊。中間雜引古事，固是賣弄家私；然眉目井然，使少年見之，則亦不至廢書而不讀。

盜賊下

臣聞盜賊之起，小則蜂屯蟻聚，鹵掠閭里；大者擅名號，攻城邑，取庫兵，釋死罪，殺掠吏民。然皆無足深慮，如臣前效計足以辦。所以深慮者，其間有豪俊而已。何則？人之有豪俊，猶馬之有驥，犬之有盧〔一〕，雖上觀下獲，一日千里，而縱踶嚙之變〔二〕，亦可畏也。昔周亞夫得劇孟，喜曰：「吳楚舉大事而不求劇孟，吾知其無能爲也。」天下騷動，大將得之，隱如一敵國云〔三〕。唐縱朱克融北還盧龍，未幾軍亂，遂復失河朔〔四〕。夫孟、克融皆匹夫耳，而得失去就之間，繫吳楚之成敗，爲河朔之存亡。以此言之，盜賊之間而有豪俊，豈不爲可深慮也哉？

臣以爲銷亡大盜之術，莫大乎籠取天下之豪俊。天下之豪俊爲我籠取，則彼卒材鼠輩，雖有千百爲群，不足以置齒牙之間矣。國家取人之制，其選高者，惟制策、進士〔五〕。夫豪傑之士，固有文武縱橫之間無不可者；亦有椎魯少文獨可以任之大事者〔六〕。使天下豪傑皆文武縱橫之才，二科足以取之。若有椎魯少文之人，則不可得而取之矣。是制策進士所得之外，不能無遺材也。

臣嘗爲朝廷患之，未知所處。有搢紳先生告臣曰：「漢法郡縣秀民，推擇爲吏，考行察廉，以次遷補，或至於二千石，入爲公卿。古者不專以文詞取人，故得士爲多。黄霸起於卒史〔七〕，薛宣奮於書佐〔八〕，朱邑選於嗇夫〔九〕，邴吉出於獄吏〔一〇〕。其餘名臣循吏由此而進者，不可勝數。唐自中葉以後，方鎮皆選列校以掌牙兵。是時四方豪傑不能以科舉自達者，皆争爲之，往往積功以取旄鉞〔一一〕。雖老姦宿盜或出其中，而名卿賢將，如高仙芝〔一二〕、封常清〔一三〕、李光弼〔一四〕、來瑱〔一五〕、李抱玉〔一六〕、段秀實之流〔一七〕，所得亦已多矣。

王者用人如江河。江河之所趨，百川赴焉，蛟龍生焉；及其去而之他，則魚鼈無所還其體，而鯢鰍爲之制。今世胥吏牙校皆奴僕庸人者，無他，以朝廷不用也。今欲用胥吏牙校，而胥吏行文書，治刑獄錢穀，其勢不可棄鞭撻。鞭撻一行，則豪傑不出於其間。故凡刑者不可用，而用者不可刑。朝廷若採唐之舊制，使諸路監司郡守，慎選士人以補衙職，課之以鎮稅場務〔一八〕、督捕盜賊之類，有公罪則贖焉〔一九〕。使長吏得薦其材者，第其功閥〔二〇〕，書歲月，使得出仕比任子〔二一〕，而不以流外限其所至。朝廷察其尤異者，擢用數人。則豪傑英偉之士，漸出於此塗；而姦猾之黨可得而籠入也。臣嘗思之，逆銷盜賊之術，未有以過於此者。竊取其説以獻，惟陛下財擇之〔二二〕！

【校】

〔鹵掠閭里〕張本、胡本、李本「鹵」作「虜」，通。

〔吾知其無能爲也〕王本攷證附纂云：「吾知其無能爲也，案漢書游俠傳『也』作『已』。」

〔大將得之隱如一敵國云〕王本攷證附纂云：「大將得之隱如一敵國云，漢書游俠傳『如』作『若』，無『隱』字。」

〔天下之豪俊〕張本、胡本、李本、段本、王本、秦本俱脱「之」字。

〔亦有椎魯〕原脱「亦有」二字，據段本、秦本補。

〔若有椎魯少文之人二句〕王本攷證附纂云：「若有椎魯少文之人，則不可得而取之矣，『不』下衍『可』字。」是，各本均衍「可」字。

〔不能無遺材也〕王本攷證附纂云：「不能無遺才也，才誤材。」案各本均作「材」，應不誤。

〔邴吉出於獄吏〕「吏」原誤作「史」。據王本、四部本改。

〔慎選士人〕「慎」原作「其」，此從胡本、李本、段本、秦本。

〔財擇之〕張本、胡本、李本「財」作「裁」，通。

【箋注】

〔一〕犬之有盧：見卷十六奇兵注〔一一〕。

〔二〕踶齧：馬踢噬也。晉書庾峻傳：「牛馬有踶齧者，恐傷人，不貨於市。」齧，通嚙。

〔三〕昔周亞夫七句：周亞夫，漢絳侯周勃子，以治軍嚴整著稱，封條侯。漢書有傳。又漢書劇孟傳云：「劇孟者，洛陽人也。周人以商賈爲資，劇孟以俠顯。吴楚反時，條侯爲太尉，乘傳東，將至河南，得劇孟，喜曰：『吴楚舉大事而不求劇孟，吾知其無能爲已。』天下騷動，大將軍得之若一敵國云。」

〔四〕唐縱三句：新唐書藩鎮朱克融傳：「克融等留京師，久之不得調，數詣宰相求自試，皆不聽，羸色敗服，飢寒無所貣丐，内怨忿。會張弘靖赴鎮，因悉遣還。俄幽州亂，囚弘靖。……衆……因推克融領軍務。……朝廷度幽薊未可復取，乃拜克融檢校左散常侍，爲幽州盧龍節度使，長慶元年也。」河朔，泛指黄河以北地區。三國志魏書袁紹傳：「撮冀州之衆，威振河朔。」此指幽薊。

〔五〕制策、進士：宋代科舉之二種。宋史選舉志一：「宋之科目，有進士，有諸科，有武舉。常選之外，又有制科，有童子舉，而進士得人爲盛。」制科，即制策，亦稱賢良方正能直言極諫科。故宋史選舉志一又云：「熙寧三年，親試進士，始專以策，定著限以千字。舊特奏名人試論一道，至是亦制策焉。」

〔六〕椎魯少文：指魯鈍無文化。蘇軾六國論：「其力耕以奉上，皆椎魯無能爲者。」

〔七〕黄霸：字次公。見卷十四人材注〔一四〕。

〔八〕薛宣：字贛君，漢東海郯人，少爲廷尉書佐、都船獄史。後爲丞相，封高陽侯。見漢書本傳。

〔九〕朱邑：字仲卿，漢廬江舒人。漢書本傳云：「少時爲舒桐鄉嗇夫，廉平不苛，以愛利爲行，未嘗笞辱人，存問耆老孤寡，遇之有恩，所部吏民愛敬焉。」後遷北海太守。案：嗇夫，鄉官，職掌聽訟、收税。

〔一〇〕邴吉：一作丙吉，字少卿，漢魯國人。漢書本傳云：「治律令，爲魯獄吏，積功勞，稍遷至廷尉右監。」後爲丞相，封博陽侯。

〔一一〕旄鉞：白旄黄鉞。指指揮征伐之權。書牧誓：「（武）王左杖黄鉞，右秉白旄以麾。」注：「鉞，斧也，以黄金爲飾。王無自用鉞之理，左杖以爲儀耳。旄，軍中指麾，白則見遠，麾非右手不能，故右秉白旄也。」亦以授將帥，表示軍權。三國志蜀書後主傳「五年春，丞相亮出屯漢中」注引諸葛亮集（劉）禪三月詔：「今授之以旄鉞之重，付之以專命之權。」

〔一二〕高仙芝：唐高麗族人。善騎射。開元末，任安西都護，四鎮都知兵馬使。天寶中，平小勃律，敗石國。拜右羽林軍大將軍，封密雲郡公。安史之亂中，以仙芝爲副元帥，屯兵於陝。東京陷，退保潼關，爲監軍官邊令誠譖斬。新、舊唐書有傳。

〔一三〕封常清：唐蒲州人，少孤貧，年三十未有名，乃投牒爲高仙芝傔從，因潛爲高軍勝利作捷布而知名。積功官至范陽節度副大使。後敗於安禄山，退守潼關，與高仙芝並爲邊令誠譖斬。新、舊唐書有傳。

〔一四〕李光弼：唐柳城人，其先契丹之酋長。光弼起家左衛親左郎將。肅宗朝，平安史之亂，拜節度使。後鎮朔方，授天下兵馬都元帥。爲人沈毅有大略，多操勝算，與郭子儀並稱「李郭」，爲唐室中興名將。新、舊唐書有傳。

〔一五〕來瑱：唐來曜子，安史亂中守潁州，以功封潁國公，歷數地節度使。代宗時，同中書門下平章事。後以程元振譖，貶播州，旋賜死。新、舊唐書有傳。

〔一六〕李抱玉：唐河西人，初名重璋，戰河西有功，玄宗賜今名。安史亂中守南陽。代宗時，官至兵部尚書，多戰功，時稱良將，卒謚昭武。新、舊唐書有傳。

〔一七〕段秀實：唐汧陽人，字成公，舉明經，棄去從軍，積功至節度使，吐蕃不敢犯塞。建中初，召爲司農卿。朱泚反，秀實以笏擊中其額，遂遇害，追贈太尉。新、舊唐書有傳。

〔一八〕鎮税場務：指管理賦税機構。宋會要輯稿八四職官四三：「乞應今茶場、馬場，比較課額，並委都大提舉茶事司及提舉買馬司詳具逐處增虧。」又云：「其税務監官許將免過税錢，歲終計算於茶事司。」此皆謂「鎮税場務」。

〔一九〕有公罪句：謂犯公罪者可以贖罪。宋刑統卷二：「若犯公罪者（原注：公罪謂緣公事致罪而無私曲者），各加一年當。以官當流者，三流同徒四年，其有二官，先以高者當，次以勳官當，行守者各以本品當，仍各解見任。」同卷又云：「諸應議請減及九品以上之官，若官品得減者之祖父母、父母、妻、子、孫，犯流罪以下聽贖。」注云：「有官爵者，各從除免當贖法。」贖罪，即以錢物或功勞折贖刑罰。史記平準書：「（桑）弘羊又請令吏得入粟補官及罪人贖罪。」三國志吴書凌統傳：「（孫）權壯其果毅，使得以功贖罪。」然宋刑統不詳。

〔二〇〕第其功閥：第，次其序；閥，明其等。意謂評其功之等級。

〔二一〕任子：見卷十五官制下注〔三〕。

〔二二〕財擇：見卷十二序篇注〔六〕。

【彙評】

張綎鄂州刻本淮海集篇末按：綎按：富鄭公、蘇長公論彌盜嘗有此説。秦公謂「有搢紳先生告臣者」，其實指蘇公，殆非設言也。（徐案：富鄭公，即富弼；蘇長公，即蘇軾。）

林紓林氏選評名家文集淮海集：方鎮皆選列校以主牙兵，是唐藩鎮之漸也。欲用以收羅庶雄，則先以土人爲雉媒，議論可云奇闢，然不可行也。而行文自饒英氣。

淮海集箋注卷第十八

進策

邊防上

臣嘗以爲方今夷狄之患，未有甚於西邊者。夫契丹强大，幾與中國抗衡〔一〕；党項遺種假息之地〔二〕，不當漢之數縣；而臣以爲夷狄之患未有甚於西邊者何也？蓋大遼自景德結好之後，雖有餘孽，金帛綿絮他物之賂，而一歲不過七十餘萬〔三〕。西邊自熙寧犯境以來，雖絶夏人賜予〔四〕；熙河蘭會轉輸飛輓之費，一歲至四百餘萬〔五〕。北邊歲賂七十餘萬，而兵寢士休，累世無犬吠之警。西邊歲費四百餘萬，而羌虜數入，逆執事如雁行，將吏被甲冑而卧。以此言之，北邊之患孰與西邊之患重乎？

今天下謀臣策士議欲綏西邊之患者多，大率不過有二，臣請具陳其説而去取之。有曰昔漢武以遼陽九百里之地斗辟難守，棄以予胡〔六〕。元帝亦以關東歲饑，納賈捐之疏，罷朱崖郡〔七〕。蓋王者不以無用弊所恃也。狄道、枹罕故爲吐蕃諸侯之巢穴〔八〕，五泉、會寧亦久爲夏人所據〔九〕，若以蘭會之地復賜夏人，用府州故事，擇土酋以爲熙河之守〔一〇〕，則數百萬之費可一朝而省。此其説一也。有曰：狄道、枹罕，五泉、會寧，皆中國故地，自漢唐以至國初，不聞苦其難守者，以靈武内屬故也。今置靈武於度外者八十餘年〔一一〕，蕃漢地形相錯如繡，耕鑿則有蹂踐之患，饋運則有鈔奪之虞，是以苦其難守也。若遂取横山〔一二〕，次復靈武，則蘭會、熙河自爲内地，尚安有數百萬之費乎？此又一説也。

以臣觀之，以前説可以施於陛下即位之初，後説可以施於今日之後。何則？陛下即位之初，羌虜各率種落，交臂屈膝，請命下吏；是若赦其罪戾，與之更始，假以熙河之節，賜以蘭會之區，則外足以懷犬羊之心，内足以寬元元之力。今則不然，天奪其魄〔一三〕，自干誅夷，相爲輔車〔一四〕，遊魂疆埸，邊屯吏士攘袂切齒，皆欲犂其庭而掃其閭〔一五〕。夫順逆之勢殊，則撫御之術異。爲今計者，獨有取横山而復靈武耳，羈縻不絶之説可復道哉？臣故曰，前説可施於陛下即位之初，後説可以施於今日之後也。

昔曹公征漢中而弗克，乃下教曰「雞肋」，楊脩以爲「雞肋者，食之無所得，棄之如可惜，公將歸矣」〔一六〕。已而果然。蓋是時，成都方爲劉氏所據，曹公以爲雖得漢中之地，必有輸將之費，禦捍之勤，其勢未易久守，故不若棄之便也。及鄧艾襲取成都〔一七〕，而漢中遂爲控引輸寫之地，豈可謂「食之無所得，棄之如可惜」者乎？然則曹公之棄漢中，特以未暇取成都耳。以此言之，則知前二説者，去取各有時也。

且天下之形勢固有不相關而實相待者：飛者以翼，而縶其足則不能飛；走者以足，而縛其手則不能走。瓶罄則罍耻〔一八〕，脣亡則齒寒矣〔一九〕。横山、靈武，亦蘭會、熙河之手足；而蘭會、熙河，亦横山、靈武之罍齒也。功成於彼，則患紓於此矣。杜欽議夜郎以爲不毛之地〔二〇〕，無用之民，聖王不以勞中國，宜罷郡，放棄其民，絶其侯王，勿復通。如以先帝所立之功不可墮壞，亦宜因其萌芽絶之。嗚呼，是今日西邊之勢也。

【校】

〔逆執事如雁行〕王本、四部本篇末注云：「逆執事如雁行，已載攷證。案：逆執事之顔行，見漢書嚴助傳注。『顔行』猶『雁行』，『如』當依作『之』。」王本攷證云：「逆執事如雁行，案漢書嚴助傳云：『以逆執事之顏行。』注：『顏行猶雁行，在前行故曰顏也。』行，胡郎反。『如』是『之』譌。蘇門六君子文粹作『逆執事者如雁行』，非。」

〔鈔奪之虞〕「奪」原誤作「集」，據張本、胡本、李本、段本、王本改。

〔不絶之説〕原脱「説」字，據張本、胡本、李本、段本補。

【箋注】

〔一〕夫契丹二句：契丹，我國北方民族，爲東胡之一支。居今遼河上游西拉木倫河一帶，以游牧爲生。北魏時自號契丹，分屬八部。唐於此置松漠都護府。唐末耶律阿保機統一各部，於公元九一六年建契丹國，自稱皇帝。據遼史太宗紀：大同元年（九四七）「建國號大遼」。至聖宗時重又稱契丹。宋英宗治平三年（一〇六六）再度改國號爲遼（見宋史英宗紀）。曾長期與北宋對峙。

〔二〕党項：見前序篇注〔一五〕。

〔三〕蓋大遼四句：據宋史紀事本末卷二一載，宋真宗景德元年（一〇〇四）十二月庚辰，契丹使韓杞持書與曹利用俱來，請盟。利用言契丹欲得關南地。寇準未許，會有譖準幸兵自重，準不得已，乃許其成。復遣曹利用如契丹軍議歲幣。帝曰：「必不得已，雖百萬亦可。」寇準召利用至帷幄，謂曰：「雖有敕旨，汝所許過三十萬，吾斬汝矣！」利用竟以銀十萬兩、絹二十萬匹成約而還。後逐漸增至七十萬。

〔四〕西邊二句：據宋史紀事本末卷四十載，宋神宗熙寧三年（一〇七〇）八月己卯，夏人寇環州、慶州，九月以韓絳爲陝西宣撫使。四年正月己丑，韓絳使种諤襲夏人，大敗之。自是夏人日聚兵爲報復計。三月丁亥，夏人陷撫寧諸城，絳坐興師敗衄，罷知鄧州。自是，遂絶夏人賜予。

〔五〕熙河二句：據宋史地理志三：陝西秦鳳路有熙州臨洮郡，本武勝軍，熙寧五年收復，初置熙河路經略安撫使，熙州、河州、洮州、岷州、通遠軍五州屬焉；後得蘭州，因加「蘭會」二字。元祐改熙河蘭會路爲熙河蘭岷路，元符復故。轉輸飛輓之費，指供應前方之糧餉軍費。

〔六〕有曰二句：胡，指匈奴。漢書武帝紀云，元朔元年「秋，匈奴入遼西，殺太守」，二年，「匈奴入上谷、漁陽」。漢將韓安國千餘騎且盡，衛青兩次出擊，取河南地，也僅「築朔方，復繕秦時蒙恬所爲塞，因河而爲固。漢亦棄上谷之斗辟縣造陽地以予胡」（匈奴傳上）。斗辟，孤懸偏僻。漢書原注：「斗，絶也。縣之斗曲入匈奴界者，其中造陽地也。」案：造陽故地在今河北懷來境，戰國時燕長城西起於此，東至於遼陽。少游云「遼陽九百里之地」，蓋大略言之。

〔七〕元帝三句：漢書賈捐之傳載，元帝初元元年，珠厓又反，發兵擊之，諸縣更叛。帝問賈捐之，捐之對曰：「今天下獨有關東，關東大者獨有齊楚，民衆久困，連年流離，離其城郭，相枕席於道路。……願遂棄珠厓，專用恤關東爲憂。」帝從之。案：賈捐之，字君房，賈誼曾孫，元帝初立，待詔金馬門。珠厓，郡名，今海南省海口市。

〔八〕狄道枹罕：狄道，縣名，漢置，屬隴西郡。宋時屬熙州。枹罕，古郡名，故治所在今甘肅臨夏。漢置，屬金城郡。

〔九〕五泉會寧：五泉，本漢金城縣，隋改名五泉，唐歸於吐蕃，宋元豐中歸宋，其地在今甘肅蘭州市。會寧，縣名，今屬甘肅省。

〔一〇〕用府州故事二句：新五代史折從阮傳：「唐莊宗鎮太原，以（折從阮）爲牙將，後以爲府州刺史。……漢高祖入立，於府州建永安軍，以從阮爲節度使。明年，以其族朝京師，徙鎮武勝，即拜從阮子德扆爲府州團練使。」府州，後唐天祐八年以麟州東北河濱之地置，宋稱永安軍，今陝西府谷縣。折氏源出匈奴，宋爲大姓，多居慶州。此處喻邊境以當地土酋世守其地。

〔一一〕今置句：靈武，縣名，本漢富平縣地，北魏破赫連昌，號胡地城。隋初移靈武縣治於此，唐肅宗在此即位。據宋史紀事本末卷十四載，真宗咸平五年（一〇〇二），夏人李繼遷大合蕃部，攻陷靈武，至哲宗元祐二年，恰爲八十五年。

〔一二〕横山：在今陝西北境。主峯在横山縣南，縣以山名。山饒鹽鐵之藏，夏人據爲利藪。當時沈括、种諤嘗請城横山以禦夏，少游實際上亦持此説。

〔一三〕天奪其魄：左傳宣公十五年：「不及十年，原叔必有大咎，天奪之魄矣。」

〔一四〕輔車：釋名釋形體：「頤或曰輔車，其骨强可以輔持其口。」案：即頰骨與牙床，二者相輔。

〔一五〕犂其庭而掃其閭：喻徹底摧毁。漢書匈奴傳揚雄上書云：「近不過旬月之役，遠不離二時之勞，固已犂其庭，掃其閭，郡縣而置之。」

〔一六〕昔曹公六句：見三國志魏書武帝紀建安二十四年注引九州春秋。參見卷二次韻邢敦夫秋懷十首之五注〔二〕。

〔一七〕及鄧艾句：鄧艾，三國魏棘陽人，字士載，仕魏至鎮西將軍，進封鄧侯。魏伐蜀，艾督軍自陰平道入，行無人之地七百里，至成都，蜀後主劉禪降。三國志魏書有傳。

〔一八〕瓶罄則罍耻：詩小雅蓼莪：「缾之罄矣，維罍之耻。」箋：「缾小而罍大，罄，盡也。缾小而盡，罍大而盈。言爲罍耻者，刺王不使富分貧，衆恤寡。」

〔一九〕脣亡則齒寒：左傳僖公五年：「晉侯復假道於虞以伐虢。宫之奇諫曰：『虢，虞之表也；虢亡，虞必從之。……諺所謂「輔車相依，脣亡齒寒」者，其虞虢之謂也。』」

〔二〇〕杜欽句：杜欽，字子夏，漢杜周中子。爲人深博有謀，曾爲議郎。漢書西南夷傳載，杜欽曾爲夜郎説大將軍王鳳曰：「即以爲不毛之地，亡用之民，聖王不以勞中國，宜罷郡，放棄其民，絶其王侯勿復通。」

【彙評】

王敬之愛日堂詩第一集讀秦太虚淮海集之一：應舉賢良對策年，儒生壯節蚤籌邊。可憐餘技成真賞，山抹微雲萬口傳。

邊防中

或謂臣曰：咸平中，賊繼遷者攻陷靈武，進圍麟州，朝廷檄召諸鎮兵討之，僅能解圍而已〔一〕。逮寶元、慶曆之間，元昊僭逆，兵拏而不解者數年〔二〕，竟亦不能致其頭於北闕下。元豐初，大舉吊伐之師，五道並進，輒無功而返〔三〕。未幾永樂陷沒，詔使死者二人〔四〕。夫羌之勁悍，不可以力屈久矣，奈何輕議取横山、復靈武哉〔五〕？

臣應之曰：不然。夫勝有勢，敗有時。聖人不能生其時，時至而不失其勢。昔咸平之時，海内初離分裂之禍，上下厭苦於兵，俱欲休息。而繼遷之黨以兇悍狡險之姿，據平夏之全壤，扼瀚海之要衝。故其攘清遠而竊靈武也〔六〕，朝廷置之度外而不復問。寶元、慶曆之間，天下承平日久，邊防之備大率皆弛，將不知兵，而兵不習戰。彼元昊者，雖生於砂磧牛馬之區，而計數足以濟其姦，勇決足以成其惡，料敵合變，有古單于之風〔七〕。小羌入事請盟，唯恐居後。於是盡有河南之地，又取河西之境。乃歸節旄，僭名號，卷甲一出，其鋒不可當者矣。

先皇帝自熙寧以來，懲累朝之事，爲萬世之計，申嚴武備，命將出征〔八〕。戎軒啓行，枹罕請命〔九〕；天戈再指，五原内屬〔一〇〕。元豐之初，遂決策大舉，夏人震懼，不知所爲〔一一〕。然猶未即伏辜者，其形勢已成，其支黨具在，譬如不肖子守其先人之廬，雖終賣鬻，而期月之間資用尚饒，未可問也。今則不然，承先皇帝飭勵之後，懲艾胡粤之餘〔一二〕，將帥之銓擇〔一三〕，士卒之蒐練〔一四〕，器甲之犀利〔一五〕，財用之充委〔一六〕，皆數倍於寶元、慶曆之間。而天方厭羌，内難屢起，權臣擅事，蚌鷸相持，既狃於永樂之役，常以中國爲易與耳〔一七〕。又謂陛下新即位，方務休靖，未能外事四夷。夫戰而輕驕，與夫解不設備，在兵法皆滅亡之道也〔一八〕。由是言之，彼無敗形，我無勝勢者，咸平之時是也。我之勝勢已具、彼之敗形未成者，元豐之初是也。我有必勝之勢、彼有必敗之形者，今日是也。且時難得而易失，一日縱敵，數世之患也。奈何不議取横山而復靈武哉？

昔漢武帝擊匈奴，追奔逐北者二十餘年，浮西河，絶大漠，破寘顔，襲王庭，封狼居胥山，禪於姑衍，以臨瀚海〔一九〕。虜名王貴人以百數，築單于邸城於長安〔二〇〕。然竟不能南面而臣之也。逮宣帝，匈奴内亂，五單于争立，漢以威德覆之，於是始肯臣服〔二一〕。甘露中，呼韓邪單于遂來朝於甘泉之宫〔二二〕。唐太宗伐高麗，至身屬櫜鞬，鞍結兩服〔二三〕,雖拔遼東、白崖諸城,而駐蹕之後,靺鞨犯陣,李勣等力戰破之〔二四〕。軍還,悵然思「魏徵在,朕豈有此行邪」〔二五〕!迨高宗時,蓋蘇文死,諸子鬩很〔二六〕,怨禍構連,饑饉頻仍,災異並見;於是唐遣勣等討之,遂滅其國,以其地置安東都護〔二七〕。夫孝武、太宗,用武之主也;宣帝、高宗,守文之君也。然而匈奴之所以叛服、高麗之所以存亡者何哉?用武之主奮威而擊於前,守文之君乘弊而取於後,亦其形勢使然,無足怪也。

臣以爲陛下觀匈奴、高麗之所以破,則知夏國之可夷;觀宣帝、高宗之所以克,則知天誅之可致。觀武帝、文皇之功,則先帝之志不可忘也。願陛下擇大臣知兵者一人以爲統帥,盡護諸將之軍,使之毋顧小利,毋急近功,而專以横山、靈武爲事,不過三年,河南之地復歸於中國矣。

【校】

〔解不設備〕「解」,蜀本、張本、胡本、李本作「懈」,通。

〔諸子鬩很〕「鬩很」原誤作「鬩狼」。案:新唐書東夷傳高麗謂蓋蘇文死,其子男生、男建、男産不睦,故曰「兄弟鬩很」,據此改。

【箋注】

〔一〕咸平中五句：李繼遷（九六三——一〇〇四），西夏人，太平興國中，其族兄繼捧歸宋，而繼遷起於夏州。雍熙三年，被遼册爲夏國主。卒，追尊爲皇帝，廟號太祖，見宋史卷四八五。據宋史紀事本末卷十四，咸平三年（一〇〇〇）二月，李繼遷遣使納款，且求蕃仕。真宗許之，授以定難節度使，且割夏、綏、銀、宥、静五州與之。咸平五年三月，李繼遷大合蕃部，攻陷靈州，改爲西平府，居之。六年六月圍麟州，詔金明巡檢李繼周擊之。繼遷被知州衛居寶擊退。十月，李繼遷轉攻西涼府，中流矢死。

〔二〕逮寶元三句：寶元、慶曆，皆宋仁宗年號。宋史紀事本末卷三十云：「寶元元年（一〇三八）冬十月，元昊僭稱帝，建國號曰大夏。」直至慶曆三年（一〇四三）正月癸巳，元昊始上書請和。在此數年間，常入侵延州、三川砦以及渭州等地，宋遣夏竦、韓琦、范仲淹等抵禦。慶曆四年十二月，宋遣尚書員外郎張子奭充册禮使，册元昊爲夏國主。

〔三〕元豐初四句：據宋史紀事本末卷四十載，元豐四年（一〇七一）七月庚寅，詔熙河經制李憲等會陝西、河東五路之師，大舉伐夏。……李憲出熙河，种諤出鄜延，高遵裕出環慶，劉昌祚出涇原，王中正出河東，分道並進。雖分別收復古蘭州、米脂及通遠軍，然竟無功而還：高遵裕被夏人決黄河水灌營，潰軍僅餘三萬而已；王中正士卒死者二萬人。唯李憲帥五路軍直趨興、靈，營於天都山下，焚夏之南牟内殿及館庫，班師而還。

〔四〕永樂二句：據宋史紀事本末卷四十載，元豐五年九月丁亥，「夏人陷永樂，徐禧等敗死。……將校死者數百人，喪士卒役夫二十餘萬」。詔使死者二人，謂徐禧、李舜舉。

〔五〕輕議取橫山、復靈武：指种諤。元豐五年八月，諤曾上言，謂：「橫山延袤千里，多馬，宜稼，人物勁悍善戰，且有鹽鐵之利，夏人恃以爲生。其城壘皆控險，足以守禦。今之興功，當自銀州始，其次遷宥州，又其次遷夏州。三郡鼎峙，則橫山之地已囊括其中。」

〔六〕故其句：攘清遠，據宋史紀事本末卷十四，宋真宗咸平五年(一〇〇二)秋七月，「李繼遷寇清遠軍，守將張延擊敗之」。宋史卷四八五夏國上：咸平「五年三月，繼遷大集蕃部，攻陷靈州，以爲西平府」。

〔七〕彼元昊六句：宋史夏國傳上，元昊本名曩霄，小字嵬理，李繼遷之孫，德明之子。「性雄毅，多大略，善繪畫，能創制物始」，「晚曉圖學，通蕃漢文字」。弱冠立爲皇太子，數諫其父勿臣宋，曰：「衣皮毛，事畜牧，蕃性所便。英雄之生，當王霸耳。」「既襲封，明號令，以兵法勒諸部。」屢侵宋，嘗晝夜角戰二百餘日。時而請和。宋寶元元年(一〇三八)，即皇帝位，慶曆八年(一〇四八)正月殂，年四十六。謚曰武烈皇帝，廟號景宗。史稱夏國主。

〔八〕先皇帝五句：見邊防上注〔四〕。

〔九〕枹罕：見邊防上注〔八〕。

〔一〇〕五原：唐代稱龍游原、乞地干原、青嶺原、可嵐貞原、橫槽原爲五原，在今寧夏境内。

〔一一〕元豐四句：見本篇注〔三〕。

〔一二〕承先皇帝二句：飭勵、戒勉。漢書文翁傳：「選郡縣小吏……親自飭勵，遣詣京師，受業博士。」胡粵，泛指。案神宗時僅有事於西夏、瀘夷，而不及粵，故知爲泛指。

〔一三〕將帥句：此句以下皆以元豐末與元祐初年與仁宗寶元、慶曆時相比較。宋史兵志一：「仁宗之世，西兵招刺太多，將驕士惰，徒耗國用，憂世之士屢以爲言，竟莫之改。神宗奮然更制，於是聯比其民以爲保甲，部分諸路以爲將兵，雖不能盡拯其弊，而亦足以作一時之氣。時其所任者，王安石也。」又云：「康定（寶元三年改元康定）初，趙元昊反，西邊用兵，詔募神捷兵，易名萬勝，爲營二十。所募多市井選愞，不足以備戰守。」至神宗元豐改制：「總天下爲九十二將，而鄜延五路又有漢蕃弓箭手，亦各附諸將而分隸焉。凡諸路將各置副一人，東南兵三千人以下唯置單將；凡將副皆選內殿崇班以上、嘗歷戰陳、親民者充，且詔監司奏舉；又各以所將兵多寡，置部將、隊將、押隊、使臣各有差；又置訓練官次諸將佐；春秋都試，擇武力士，凡千人選十人，皆以名聞，而待旨解發。」（兵志二）可見將士銓擇之嚴。於是初步改變太祖以來以文官任邊事「兵不知將，將不知兵」狀況。哲宗嗣位之初，尚仍神宗之制。司馬光、孫覺雖上言「乞盡罷諸路將官，其禁軍各委本州長吏」，然「卒不能盡罷將、副」。少游所論，當係據改制後事實。

〔一四〕士卒句：宋時軍隊編制有禁軍、廂兵、鄉兵、蕃兵。禁軍爲天子之衛兵，元祐元年三月，寄招河北路保甲，充填在京禁軍闕額。廂兵者，諸州之鎮兵。「元豐之末，總天下廂兵馬步指揮凡八百四十，其爲兵凡二十二萬七千六百二十七人。」（兵志三）「鄉兵者，選自户籍，或土民應募，在所團結訓練，以爲防守之兵也。」（兵志四）仁宗時，鄉兵久廢，至慶曆二年，河北、河東籍强壯爲義勇；英宗治平元年，又籍陝西義勇，得十三萬餘人。神宗元豐六年，詔置場集教弓箭手，八年令經略司講求土人習教所宜立法。兵志九云：「元祐元年四月，右司諫蘇轍上言：『諸道禁軍自置將以來，日夜按習武藝，將兵皆早晚兩教，新募之士或終日不得休息。』」此皆少游所謂「士卒之蒐練」也。「蕃兵者，具籍塞下内屬諸部落，團結以爲藩籬之兵也。」「自治平四年以後，蕃部族帳益多，而撫御團結之制益密。」（兵志五）

〔一五〕器甲句：宋史兵志十一：「器甲之制，其工署則有南北作坊，有弓弩院，諸州皆有作院，皆役工徒而限其常課。南北作坊歲造塗金脊鐵甲等凡三萬二千，弓弩院歲造角弝弓等凡千六百五十餘萬，諸州歲造黄樺黑漆弓弩等凡六百二十餘萬。……戎具精緻犀利，近代未有。」仁宗時，天下久不用兵，詔令減少器甲之作；神宗元豐中，西邊用兵，乞賜錢百萬造器甲。哲宗元祐元年，詔「以切要軍器立爲歲課，務得中道，他非要切，並權住勿造」。可見少游進策時器甲擇「切要」者生産，必相當犀利。

〔一六〕財用句：陸佃神宗皇帝實録叙録：「迨元豐間，年穀屢登，積粟塞上蓋數千萬石，而四方常平之錢不可勝計。餘財羨澤，至今蒙利。」又宋史食貨志下一元祐元年蘇轍言：「元豐及内庫財物山委，皆先帝多方蓄藏，以備緩急。」可見哲宗繼位後「財用之充委」。

〔一七〕而天方六句：蚌鷸相持，戰國策燕二：「趙且伐燕，蘇代爲燕謂惠王曰：『今者臣來，過易水，蚌方出曝，而鷸啄其肉，蚌合而拑其喙。鷸曰：今日不雨，明日不雨，即有死蚌。蚌亦謂鷸曰：今日不出，明日不出，即有死鷸。兩者不肯相舍，漁者得而並禽之。』」此喻西夏統治集團内部矛盾，未知何所據。案：「天方厭羌，内難屢起」，則有之，據長編卷三六〇載，哲宗元豐八年冬十月，范純仁在慶州屢言兵事，謂「夏國天旱無苗，難點人馬」；又云夏國主母梁氏薨。又載韓維上言，勸息兵棄地，謂「兵之不可不息者有三，地之不可不棄者有五」，未言該國内部鬬争。又卷三六二載，元豐八年十二月乙丑，夏國遣人入貢，「示不忘恭順之義」。又卷三六五載元祐元年二月司馬光上疏論邊事，謂「神宗皇帝以夏國主趙秉常爲臣下所囚，興兵致討，奮揚天威，震蕩沙漠，彼攜其種落，竄伏河外」。然其事發生於元豐四年四月，距少游進策已五年多。且光之論點亦在棄地息兵。蓋少游聯繫往事而言之，所謂「永樂之役」，見本篇注〔四〕。

〔一八〕夫戰三句：孫子計篇：「卑而驕之……攻其無備，出其不意。」十家注：「王晳曰：示卑弱以驕之，彼不虞我，而擊其間。」又：「曹公曰：擊其懈怠，出其空虛。」是輕敵而驕、懈不設防皆戰之大忌。此用其意。

〔一九〕昔漢武帝九句：據漢書匈奴傳上，武帝元光二年（前一三三），命韓安國、李廣、公孫賀、王恢擊匈奴,元封元年(前一一〇),武帝曾率十八萬騎巡行北邊威懾匈奴,太初二年(前一〇三),趙破奴擊匈奴,天漢二年(前九九)李廣利出酒泉擊匈奴右賢王。……少游謂「二十餘年」,當係概數。寘顔,古山名,在今蒙古烏剌特旗境内。狼居胥山,今名狼山,在今内蒙古五原縣西北。姑衍,古山名,在漠北;瀚海,亦稱北海,今俄羅斯東西伯利亞南部之貝加爾湖。上述地區戰事皆發生於元狩四年(前一一九)。

〔二〇〕築單于句:漢書匈奴傳上:「漢使王烏等如匈奴。匈奴復讇以甘言,欲多得漢財物,紿王烏曰:『吾欲入漢見天子,面相結爲兄弟。』王烏歸報漢,漢爲單于築邸於長安。」

〔二一〕逮宣帝五句:漢宣帝以後,匈奴因屢爲漢所敗,勢漸不振。後分立爲五單于:呼韓邪單于(左部稽侯𤟤)、屠耆單于(右部日逐王)、呼揭單于(西方呼揭王)、車犂單于(右奥鞬王)、烏藉單于(右部烏藉都尉)。五單于相互争奪,後歸併於呼韓邪單于。見漢書匈奴傳下。

〔二二〕甘露二句:甘露,漢宣帝年號(前五三至五〇)。漢書匈奴傳云甘露三年:「(呼韓邪)單于正月朝天子於甘泉宫,漢寵以殊禮,位在諸侯王上。」

〔二三〕唐太宗三句:新唐書東夷傳高麗:「帝身屬櫜房,結兩箙於鞍。四月,勣濟遼水,高麗皆嬰城守。帝大饗士,帳幽州之南,詔長孫無忌誓師,乃引而東。」櫜鞬,盛弓箭之器。左傳僖公二十三年:「右屬櫜鞬。」杜注:「櫜以受箭,鞬以受弓。」「服」通箙,盛箭之器。周禮夏官司弓矢:「中秋獻矢服。」

〔二四〕雖拔四句：舊唐書東夷傳高麗載，唐太宗拔遼東、白崖諸城後，次安市，「於是高麗北部耨薩高延壽、南部耨薩高惠貞率高麗、靺鞨之衆來援安市城」，延壽獨見李勣兵，欲與戰。李勣以步卒長槍一萬擊之，延壽遂敗。案：時在貞觀十九年。靺鞨，古民族名，周曰肅慎，唐時建渤海國，宋時建金國。

〔二五〕軍還三句：新唐書魏徵傳：「遼東之役，高麗、靺鞨犯陣，李勣等力戰破之。軍還，悵然曰：『魏徵若在，吾有此行邪！』」

〔二六〕迨高宗三句：蓋蘇文，新唐書東夷傳高麗：「有蓋蘇文者，或號蓋金，姓泉氏。……父爲東部大人、大對盧。」後爲高麗王。舊唐書東夷傳謂其死於乾封元年（六六六）：「其子男生代爲莫離支，與其弟男建、男産不睦，各樹朋黨，以相攻擊。」鬩很，指兄弟不睦。詩小雅常棣：「兄弟鬩於牆，外禦其侮。」傳：「鬩，很也。」

〔二七〕於是三句：舊唐書東夷傳云：後男生脱身奔唐，詔授特進、遼東大都督兼平壤道安撫大使，封玄菟郡公。乾封元年十一月命李勣征高麗，克之，置安東都護府以統之。

邊防下

臣既言靈武、蘭會之形勢〔一〕，因請遂陳攻守之策。今夫盡堅悉鋭，傅壘而陣，八部並進,晝夜不息,是知攻而已者也。增陴濬隍〔二〕,嬰城自固〔三〕,屈指計功,以須援兵,是知守而已者也。知攻而已者,可以擒小敵矣,而不可以擒大敵。知守而已者,可以保堅城矣,而不可以保脆城。古之知攻守者不然,堅壁不戰,自養其鋒,則雖大敵而可擒。直前逆擊,折其盛勢,則雖脆城而可保。是之謂以守爲攻、以攻爲守,非天下之奇材,何足以知之乎?

諸葛相蜀,歲出師以伐魏,魏人患之〔四〕。及亮死,師不復出,而蜀遂以亡。蓋亮以蜀者險阻新造之國,而四面皆迫强敵,非數出鋭師以挫之,則其勢不能自保。此則以攻爲守者也。漢使趙充國擊先零,而請罷騎兵,留步士萬人,屯田以待其敝〔五〕。宣帝從其議,遂滅先零。蓋充國以先零窮寇,急與之角,則中國必有饋輓轉輸之勞,故罷騎留屯,而圖以期月〔六〕。此則以守爲攻者也。

臣以爲孔明所以保蜀之策,可以守蘭會;而充國所以破先零之計,可以取靈武。何則?今蘭會之地與夏人接界,犬牙相入;若積粟儲械,端坐而守,彼必時入而寇我,小則掠羊馬,大則拔障隧。援兵將至,羌輒引去;既解而歸,則又復入。如此連年,則我數摇動而車甲疲,非長久之道也。爲今之策,莫若以秦鳳、涇原、麟府、鄜延、環慶五路之兵〔七〕，與蘭會相表裏，約以兵萬人，歲各一出，雖大勝無輕入，雖小却無久留，務以撓羌人而已。夫以五路之兵，歲各一出，則是我之兵歲一戰，而羌人歲五戰也。羌雖魁健，豈有歲五戰而不罷極者也？彼既救死扶傷之不給，則蘭會之地，自然無事。此則孔明守蜀之遺意也。

自靈武陷没八十餘年〔八〕，其地北距大河，南抵環慶，瀚海七百里，舄鹵無水泉。若誠舉大兵徑薄其下，則虜將嬰其巢穴，竄伏不出，而潛以精兵擊吾歸路。吾軍糧盡引還，則腹背受敵而進退不可得，非萬全也。爲今之策，莫若興屯田，假以歲月，以爲必誅之計。今屯田自關中以至塞下，往往而有，然水利不興，人力未盡，内無良吏爲之教督，外無遊兵爲之捍敵。是以雖有其名，而未享其利。願置使者一人，如漢之搜粟都尉之類〔九〕，專領其事。凡要害之利，盡發吏卒屯之，濬溝澮，繕亭障，頻出騎士以爲田者遊兵，積粟數百萬斛，則靈武在吾掌股中矣。此亦充國破先零之遺意也。

夫羌以數縣之衆，乃能與中國之師抗者無他，吾軍動以轉輸輜重自隨，非饋餉不行；彼則各赢斗升之糧負於馬上而戰耳。是中國所長者兵多，所短者難餉。羌所長者易食，所短者兵少也。今既大興屯田，假以歲月，以爲必誅之計；又分諸路之兵，歲各一出，以爲撓賊之謀。則吾所短者無足慮，彼之所長者無所施。臣謂不過三年，羌必大困。然後遣一介之使告之曰：「能以靈武之地歸中國則罷兵；不然並取夏臺數州矣。」〔一〇〕彼知我不得靈武兵未息也，必自割其地獻於朝廷。如有迷愎不從，則以數萬人自鄜畤度塞門〔一一〕，抵回東畈，可唾手而取也。

傳曰：「猛虎在深山，百獸震恐；及其在陷穽之中，搖尾而求食，積威約之漸也。」〔一二〕夫能以積威約之漸，則羌雖勁悍，將摇尾而求食矣。

【校】

〔猛虎在深山百獸震恐〕原脱「震」字。此從王本、四部本。案漢書司馬遷傳報任安書作「猛虎處深山，百獸震恐」，下一句「陷穽」，報任安書作「穽檻」。

【箋注】

〔一〕靈武、蘭會：見本卷邊防上注〔五〕〔一一〕。

〔二〕增陴濬隍：謂修築城池。陴，城上女牆；隍，城濠。

〔三〕嬰城：環城固守。戰國策秦四：「小黄、濟陽嬰城，而魏氏服矣。」注：「嬰，猶縈也，蓋二邑環兵自守。」

〔四〕諸葛三句：諸葛亮，字孔明，琅邪陽都人。劉備三顧茅廬，有隆中對，出爲蜀相，封武鄉侯。相傳曾六出祁山以伐魏。然據三國志蜀書諸葛亮傳記載，亮攻魏凡六次：一、後主建興六年攻祁山，戰於街亭；二、同年冬，出散關，圍陳倉，糧盡而還；三、七年，出建威，克武都、陰平二郡；四、八年秋，魏來攻，亮待之於城固赤坂；五、九年春，圍祁山，始以木牛運；六、十二年，由斜谷出，據武功、五丈原，始以流馬運。六役中出祁山實僅二次。

〔五〕漢使四句：趙充國，字翁孫，漢隴西上邽人，後徙金城令居。武帝時拜爲中郎，遷車騎將軍長史。昭帝時遷中郎將。宣帝時率師擊先零。曾奏曰：「臣愚以爲屯田内有亡費之利，外有守禦之備。騎兵雖罷，虜見萬人留田爲必禽之具，其土崩歸德，宜不久矣。」見漢書本傳。案：先零（零音憐），漢時羌族之一支。初居於湟水流域，後移至西海鹽池一帶。宣帝時復渡湟水，爲趙充國所破。

〔六〕蓋充國五句：漢書趙充國傳：「充國引兵至先零在所。虜久屯聚，解弛，望見大軍，棄車重，欲渡湟水，道阸狹，充國徐行驅之。或曰逐利行遲。充國曰：『此窮寇不可迫也。緩之則走不顧，急之則還致死。』……後罕竟不煩兵而下。」此用其意。

〔七〕秦鳳、涇原、麟府、鄜延、環慶：皆宋行政區。宋史地理志三陝西：「仍以永興、鄜延、環慶、秦鳳、涇原、熙河分六路，各置經略、安撫司。」

〔八〕自靈武陷没八十餘年：見本卷邊防上注〔一一〕。

〔九〕搜粟都尉：古官名，春秋時始置，後廢。漢武帝時復置，掌督促農事。漢書食貨志：「以趙過爲搜粟都尉。」

〔一〇〕夏臺數州：泛指西夏領土。宋史夏國傳下：「夏之境土，方二萬餘里。……河之内外，州郡凡二十有二。河南之州九：曰靈、曰洪、曰宥、曰銀、曰夏、曰石、曰鹽、曰南威、曰會。河西之州九：曰興、曰定、曰懷、曰永、曰涼、曰甘、曰肅、曰瓜、曰沙。熙、秦、河外之州四：曰西寧、曰樂、曰廓、曰積石。」

〔一一〕鄜畤：秦文公祭白帝處。史記封禪書：「文公夢黄蛇自天下屬地，其口止於鄜衍。文公問史敦，敦曰：『此上帝之徵，君其祠之。』於是作鄜畤，用三牲郊祭白帝焉。」其地在今陝西洛川東南。

〔一二〕傳曰六句：見漢書司馬遷傳報任安書。

【彙評】

宋楊時龜山語録卷三：問：秦少游進卷論所以禦戎，乃欲以五路之兵，歲出一路，以擾夏人之耕，如此是吾五歲一出兵，而使夏人歲歲用兵，此滅狄之道也。此果可用否？曰：王者之兵，有征無戰，必不得已，誅其君而吊其民可也，豈容如此？兼是亦無此理。今常以五路之師，合攻夏人，尚時有不支。歲出一路，其傾國而來，攻城破邑，吾其可止以一路之衆當之乎？大抵今之士人議論，只是口頭説得，施之於事，未必有效。

淮海集箋注卷第十九

進論

晁錯論〔一〕

臣聞世之論者，皆以爲漢用袁盎之謀〔二〕，斬晁錯以謝天下爲非是。以臣觀之，漢斬晁錯，七國之兵所以破也。何則？勝敗之機，繫於理之曲直。理直則師壯，師壯，勝之機也。理曲則師老，師老，敗之機也。故善戰者，戰理。昔晉欲報楚之惠，退師三舍〔三〕，軍吏以爲師老，子犯曰：「師直爲壯，曲爲老，豈在久乎？」〔四〕若子犯，可謂善戰理矣。蓋不退師，則背惠失言，而曲在晉；師退而楚不還，則曲在楚：我直彼曲，所以勝也。漢斬晁錯之事，何異於此？

夫漢之諸侯，連城數十，地方千里，雖號强大，然則皆高帝之封也。一旦用錯計，擿其罪過而削奪之，則天下忿然，皆有不直漢之心。當此之時，諸侯直而漢曲，故吳王得以藉口反也。然吳王即山鑄錢，煮海爲鹽〔五〕，以其子故，招致天下亡命，欲爲反者三十餘年〔六〕。其稱兵也，發憤削地，以誅錯爲名耳。漢斬錯而兵不罷，則逆節暴露，天下亦忿然有不直七國之心。當此之時，諸侯曲而漢直，故太尉得以破其兵也〔七〕。雖然，漢之斬錯也，其謀發於袁盎。盎與錯有隙，故世之論者以錯死爲冤。此正樓緩所謂以母言之則爲是，以妻言之則爲妒〔八〕。夫言之者異，而其意同也。就使盎與錯素無睚眦之嫌〔九〕，其爲漢計亦當出此。

然則漢不斬錯奈何？即七國之兵未易破也。何以知之？以唐安禄山之事可知也。方明皇之時，姦臣楊國忠用事，天下皆切齒不平，故禄山以誅國忠爲名而反〔一〇〕。是時唐若斬國忠以謝天下，則禄山安得而至長安乎？惜其不知此，至賊入潼關，人神共怒，然後爲陳玄禮之所殺也〔一一〕。由是觀之，漢不斬錯，則七國之兵豈易破哉？

或曰：王思禮之徒嘗以此勸哥舒翰用其計，留卒三萬守關，悉精鋭渡滻水以誅君側〔一二〕，禄山可遂破乎？曰：不然。漢斬晁錯，事出景帝，袁盎發其端而已，故足以激忠義之氣而折姦雄之心。使翰雖斬國忠，事不出於人主，亦不能感動天下，祇足以危身矣，尚爲禄山之成敗哉？故斬國忠以破禄山，事非明皇不可爲也。

【校】

〔天下皆切齒不平〕蜀本「下」下原衍「不」字，此據底本、張本、胡本、李本、段本。

〔哥舒翰用其計〕明印宋刻本原脱「其」字，此從底本、張本、胡本、李本、段本。

【箋注】

〔一〕晁錯：見卷二次韻邢敦夫秋懷十首其九注〔二〕。

〔二〕袁盎：一作爰盎，漢楚人，字絲。父徙居安陵。文帝遷淮南王於蜀，盎諫不聽。王至雍絶食死，盎又請立子三人爲王，由是名重朝廷。爲吴相，景帝時晁錯案盎受吴王財物，抵罪，詔赦爲庶人。吴楚七國反，景帝問計於盎，對曰：「方今計，獨有斬錯，發使赦吴楚七國，復其故地，則兵可毋血刃而俱罷。」於是帝默然良久曰：「顧誠何如，吾不愛一人謝天下。」錯死事平，盎爲楚王相，病免居家，後爲梁王所殺。見漢書本傳。

〔三〕昔晉二句：左傳僖公二十三年載晉公子重耳出奔至楚，楚子饗之，曰：「公子若反晉國，則何以報不穀？」對曰：「晉楚治兵，遇於中原，其辟君三舍，若不獲命，其左執鞭弭，右屬櫜鞬，以與君周旋。」

〔四〕軍吏五句：左傳僖公二十八年記晉楚城濮之戰曰：「晉師退，軍吏曰：『以君辟臣，辱也。且楚師老矣，何故退？』子犯曰：『師直爲壯，曲爲老，豈在久乎？微楚之惠不及此，退三舍辟之，所以報也。……我曲楚直，其衆素飽，不可謂老。我退而楚還，我將何求！若其不還，君退臣犯，曲在彼矣。』」老，指軍旅士氣衰。

〔五〕然吴王二句：史記吴王濞傳：「會孝惠、高后時……吴有豫章郡銅山，濞則招致天下亡命者盜鑄錢，煮海水爲鹽，以故無賦，國用富饒。」

〔六〕以其子三句：漢文帝時，吴王濞之子劉賢入宫，得侍皇太子飲博。因輕悍而驕，與太子争道，不恭，爲皇太子所殺。吴王爲此稱病不朝，「他郡國吏欲來捕亡人者，訟共禁弗予，如此者四十餘年。以故能使其衆」（史記吴王濞傳）。四十餘年，漢書作「三十餘年」。

〔七〕太尉：指周亞夫，漢書本傳謂景帝三年任太尉，僅三月平吴楚七國之亂。又見史記絳侯世家。

〔八〕此正二句：樓緩，戰國趙人，武靈王之臣。戰國策趙策三記樓緩謂趙王曰：「公甫文伯官於魯，病死，婦人爲之自殺於房中者二八。其母聞之，不肯哭也。相室曰：『焉有子死而不哭者乎？』其母曰：『孔子，賢人也，逐於魯，是人不隨。今死，而婦人爲死者十六人。若是者，其於長者薄，而於婦人厚。』故從母言之，之爲賢母也；從婦言之，必不免爲妒婦也。故其言一也，言者異，則人心變矣。」

〔九〕睚眦之嫌：指小怨小忿。史記范雎傳：「一飯之德必償，睚眦之怨必報。」睚眦，怒目而視。

〔一〇〕故禄山句：新唐書安禄山傳：「（天寶十四載）冬十一月，反范陽，詭言奉密詔討楊國忠。」又外戚楊國忠傳：「禄山反，以誅國忠爲名。」

〔二〕然後句：新唐書外戚楊國忠傳：「右龍武大將軍陳玄禮謀殺國忠，不克。進次馬嵬，將士疲，乏食，玄禮懼亂，召諸將曰：『今天子震蕩，社稷不守，使生人肝腦塗地，豈非國忠所致？欲誅之以謝天下，云何？』……會吐蕃使有請於國忠，衆大呼曰：『國忠與吐蕃謀反！』衛騎合，國忠突出，或射中其頞，殺之。」

〔三〕王思禮三句：天寶十四載，唐玄宗以哥舒翰爲太子先鋒兵馬元帥，王思禮、李承光等爲屬將，守潼關。新唐書哥舒翰傳云：「或説翰曰：『禄山本以誅國忠故稱兵，今若留卒三萬守關，悉精鋭度滻水誅君側，此漢挫七國計也。』思禮亦勸翰。」滻水，古代關中八川之一，源出陝西藍田縣，北流至長安，東入灞水。

【彙評】

段斐君本淮海集徐渭評：以忠形錯，復以錯形忠，兩案於一論發之，可謂餘勇賈革。

韋玄成論〔一〕

臣觀韋玄成等議漢宗廟之事〔二〕，未嘗不竊笑之，以爲此乃不達時變腐儒之論也。何則？禮非天降地出，出於人心而已〔三〕。合於先王之迹而不合於人心，君子不以爲禮也。

夫事死如事生，事亡如事存，古今之情，一也〔四〕。上古之世，生養之具未備，巢居而穴處，食草木之實、鳥獸之肉，飲其血，茹其毛〔五〕；則祭其先也，亦不過薦毛血於中野而已。中古以來，養生之具漸備，範金合土以爲臺榭宮室，以炮以燔，以烹以炙，以爲醴酪〔六〕。夫以備者自奉，而以不備者奉其先，則非人心之所安也。於是始制宗廟之禮，祭祀之儀〔七〕。故有天下者事七世〔八〕，日有祭，月有祀，時有享，歲有貢〔九〕，始終有歸。其物則天之所生，地之所長，苟可薦者，莫不咸在。夫豈求勝於上古之世哉？蓋以謂不如是則人心怵焉而不安〔一〇〕，此制禮之本意也。昔惠帝作複道，叔孫通因請以爲原廟〔一一〕；又嘗出遊於離宫，因請獻櫻桃〔一二〕。夫原廟與諸果之獻，前此未嘗有，而通輒以爲請者，知制禮之本意，則可以義起之也。

彼玄成等不然，徒見漢之宗廟祭祀不合六藝之文〔一三〕，遂欲一切毀之。不知六藝之文，中古之事也。上古之事，不可盡行於中古。中古之事，豈可盡行於後世哉？古者君子將營宮室，宗廟爲先，廄庫次之，宮室爲後〔一四〕。將毀，宮室、廄庫爲先，宗廟爲後。何則？營之先親而後身，毀之先身而後親可知也。漢之制度不合於六藝之文者多矣。彼玄成等，徒知陵廟、園寢、便殿、祭祀之爲過，而不知神仙、長年、合歡、增成、飛廉、象玉之爲過也〔一五〕；知廟在郡國月游衣冠之爲非，而不知千門萬户之宫〔一六〕、神明通天之臺〔一七〕、離宫别館百有餘區之爲非也。

元帝初元中，雖以侈異，嘗罷角抵、上林宫館希御幸者〔一八〕；而永光中，幸長楊射熊館，布車騎，大獵〔一九〕，則是宫室宴享之事未能如禮也。宫室宴享非禮，則置而不議。宗廟祭祀非禮，則議而毁之。漢之祖宗神靈，不存則已；神靈若存，能不發怒於子孫乎？元帝寢疾而夢祖宗譴責也〔二〇〕，豈非以此乎？史稱元帝少而好儒，及即位，用玄成等爲宰相，而孝宣之業衰焉〔二一〕。後世遂以儒爲不足用。嗚呼！以玄成等議宗廟祭祀之事言之，元帝所用者，蓋腐儒耳，安得真儒用之哉？

【校】

〔上林宫館〕「館」原誤作「餘」，據胡本、李本、段本、王本、秦本、四部本改。

【箋注】

〔一〕韋玄成：漢鄒人，字少翁，韋賢少子。漢書本傳説他「少好學，修父業，尤謙遜下士」。「以明經擢爲諫議大夫，遷大河都尉。」數歲，「徵爲未央衛尉，遷太常」。元帝時官至丞相。見漢書韋賢傳附。

〔二〕臣觀句：漢時宗廟極多，宣帝時凡在郡國百六十七所，京師百七十六所，祭祀浩繁。元帝從貢禹奏,永光四年下詔議罷郡國廟。玄成等七十人曰:「臣等愚以爲宗廟在郡國宜無修。」奏可。月餘,玄成等四十四人復奏議「高帝受命定天下,宜爲帝者太祖之廟,世世不毁,承後屬盡者宜毁」,元帝不決者一年。玄成復奏「繼祖以下,五廟而迭毁」,「太上、孝惠廟皆親盡,宜毁」;「孝文太后、孝昭太后寢祠園宜如禮勿復修」。奏可。見漢書韋賢傳附。

〔三〕禮非二句:禮記禮器:「先王之立禮也,有本有文:忠信,禮之本也;義理,禮之文也。無本不立,無文不行。禮也者,合於天時,設於地財,順於鬼神,合於人心。」又云:「禮之以多爲貴者,以其外心者也。……禮之以少爲貴者,以其内心者也。」是禮皆出於人心。

〔四〕夫事死四句:論語八佾:「祭如在,祭神如神在。」禮記内則:「父母在,朝夕恒食,子婦佐餕,既食恒餕。父没母存,冢子御食,群子婦佐餕如初。」此用其意。

〔五〕上古六句:禮記禮運:「昔者先王未有宫室,冬則居營窟,夏則居橧巢。未有火化,食草木之實,鳥獸之肉,飲其血,茹其毛。未有麻絲,衣其羽皮。」

〔六〕中古六句:禮記禮運:「後聖有作,然後脩火之利,範金合土,以爲臺榭宫室牖户。以炮以燔,以亨以炙,以爲醴酪。治其絲麻,以爲布帛。以養生送死,以事鬼神上帝。」

〔七〕於是二句:禮記祭法:「有虞氏禘黄帝而郊嚳,祖顓頊而宗堯。夏后氏亦禘黄帝而郊鯀,祖顓頊而宗禹。」注:「今以成周之禮例而推之,有天下者立始祖之廟,百世不遷;又推始祖所自出之帝,祭於始祖之廟。」故知「始治宗廟之禮、祭祀之儀」,蓋在虞、夏之際。

〔八〕故有天下者事七世：禮記王制：「天子七廟：三昭三穆，與太祖之廟而七。」注：「此周制。七者，太祖及文王、武王之祧，與親廟四太祖、后稷。」疏：「周所以七者，以文王、武王受命，其廟不毀，以爲二祧，並始祖后稷及高祖以下親廟四，故爲七也。若王肅則以爲：天子七廟者，謂高祖之父、祖廟爲二祧，并始祖及親四爲七。」

〔九〕日有祭四句：禮記祭法：「是故王立七廟，一壇一墠，曰考廟，曰王考廟，曰皇考廟，曰顯考廟，曰祖考廟，皆月祭之。」又王制：「天子諸侯宗廟之祭，春曰礿，夏曰禘，秋曰嘗，冬曰烝。」此即「時有享」也。漢儀，據漢書韋賢傳附：「日祭於寢，月祭於廟，時祭於便殿。寢，日四上食；廟，歲二十五祠；便殿，歲四祠。月一游衣冠。」

〔一〇〕蓋以謂句：禮記曲禮上：「人有禮則安，無禮則危。」

〔一一〕昔惠帝二句：漢書叔孫通傳：「惠帝爲東朝長樂宫，及閒往，數蹕煩民，作復道，方築武庫南，通奏事，因請曰：『陛下何自築復道高帝寢，衣冠月出游高廟？子孫奈何乘宗廟道上行哉！』惠帝懼，曰：『急壞之。』通曰：『人主無過舉。今已作，百姓皆知之矣。願陛下爲原廟渭北，衣冠月出游之，益廣宗廟，大孝之本。』上乃詔有司立原廟。」

〔一二〕又嘗出二句：漢書叔孫通傳：「惠帝常出游離宫，通曰：『古者有春嘗菓，方今櫻桃孰，可獻。願陛下出，因取櫻桃獻宗廟。』上許之。諸菓獻由此興。」注：「師古曰：禮記曰：『仲春之月，羞以含桃，先薦寢廟。』即此櫻桃也。」

〔一三〕彼玄成等二句：六藝之文，指六經：禮、樂、詩、書、易、春秋。貢禹曾「建言漢家宗廟祭祀多不應古禮」(漢書郊祀志下)。韋玄成也説「春秋之義，父不祭於支庶之宅，君不祭於臣僕之宅，王不祭於上土諸侯」(漢書韋賢傳附)，以爲漢儀不符古禮。

〔一四〕古者四句：禮記曲禮下：「君子將營宫室，宗廟爲先，廄庫爲次，居室爲後。」

〔一五〕而不知句：神仙等，皆西漢宫殿名。太平御覽卷一七五居處部三：「漢宫殿名曰：長安有臨華殿、神仙殿、高門殿、朱鳥殿、曾城殿……合懽殿。」三輔黄圖卷二：「廟記云：未央宫有增成、昭陽殿。……三輔决録云：未央宫有延年殿、合歡殿、四車殿。又漢宫閣記云：未央宫有宣明、長年、温室、昆德四殿。」漢書武帝紀元封二年：「作甘泉通天臺、長安飛廉館。」注引應劭曰：「飛廉，神禽能致風氣者也。明帝永平五年，至長安迎取飛廉并銅馬，置上西門外，名平樂館。」又引晉灼曰：「身似鹿，頭如爵，有角而蛇尾，文如豹文。」三輔黄圖卷五：「飛廉觀在上林。」象玉，疑即屬玉，三輔黄圖卷五云：「屬玉觀在扶風。屬玉，水鳥，似鵁鶄，以名觀也。」漢書宣帝紀謂甘露二年帝幸屬玉觀。

〔一六〕千門萬户之宫：指建章宫。史記孝武本紀：武帝以柏梁臺災，聽勇之言，「於是作建章宫，度爲千門萬户」。

〔一七〕神明通天之臺：史記孝武本紀元封六年：「乃立神明臺。」索隱：「臺高五十丈，上有九宫，常置九天道士百人也。」又元封二年：「乃作通天臺，置祠具其下，將招來神僊之屬。」索隱：

「漢書：作通天臺於甘泉宮。案漢書舊儀：臺高三十丈，去長安二百里，望見長安城也。」

〔一八〕元帝初元中三句：漢書元帝紀云，初元元年，關東大饑，有詔曰：「其令諸宮館希御幸者勿繕治，太僕減穀食馬，水衡省肉食獸。」又五年夏四月，有詔曰：「罷角抵、上林宫館希御幸者、齊三服官、北假田官、鹽鐵官、常平倉。」角抵，古代表演技藝。漢書武帝紀元封三年：「三年春，作角抵戲，三百里内皆觀。」注引文穎：「名此樂爲角抵者，兩兩相當角力，角技藝射御，故名角抵，蓋雜技樂也。」

〔一九〕而永光中四句：漢書元帝紀永光五年：「冬，上幸長楊射熊館，布車騎，大獵。」

〔二〇〕元帝句：漢書韋玄成傳：「後歲餘，玄成薨，匡衡爲丞相。上寢疾，夢祖宗譴罷郡國廟，上少弟楚孝王亦夢焉。」衡因禱於高祖、孝文、孝武廟，又告謝毁廟之罪。「久之，上疾連年，遂盡復諸所罷寢廟園，皆修祀如故。」

〔二一〕史稱四句：漢書元帝紀贊：「少而好儒，及即位，徵用儒生，委之以政，貢、薛、韋、匡迭爲宰相。而上牽制文義，優游不斷，孝宣之業衰焉。」

【彙評】

段斐君本淮海集徐渭評：有波有采。

林紓林氏評選名家文集淮海集：據禮以争，立論甚正。

石慶論〔一〕

臣聞漢武帝既招英俊,程其器能,用之如不及,内修法度〔二〕,外攘胡粤〔三〕,封泰山〔四〕,塞決河〔五〕。朝廷多事,丞相李蔡、嚴青翟、趙周、公孫賀、劉屈氂之屬,皆以罪伏誅〔六〕。其免者平津侯公孫弘〔七〕、牧丘侯石慶而已。平津以賢良爲舉,首用經術取漢相,辯論有餘,習文法吏事,其免固宜。牧丘,鄙人耳,爲相已非其分,又以全終何也?蓋慶之終於相位,非其才智之足以自免也,事勢之流相激使然而已矣。

何則?夫君之與臣,猶陰之與陽也。陰勝而僭陽,則發生之道缺。陽勝而偪陰,則刻制之功虧。僭實生偪,偪亦生僭。兩者無有,是謂太和〔八〕;萬物以生,變化以成。方武帝即位之始,富於春秋,武安侯田蚡以肺腑爲丞相,權移主上〔九〕,上滋不平,特以太后之故,隱忍而不發。當此之時,臣强君弱,陰勝而僭陽。武安侯既死,上懲其事,盡收威柄於掌握之中。大臣取充位而已,稍不如意,則痛法以繩之。自丞相以下,皆皇恐救過而不暇。當此之時,君强臣弱,陽勝而偪陰。夫豪傑之士,類多自重,莫肯少殺其鋒。鄙人則唯恐失之,無所不至也。當君强臣弱、陽勝偪陰之時,雖有豪傑，安得而用？雖用之安得而終？然則用之而終者，惟鄙人而後可也。

慶爲相時，九卿更進用事，不關決於慶。慶醇謹而已，在位九歲，無能有所正言。嘗欲治上近臣，反受其過〔一〇〕，上書乞骸骨，詔報反室，自以爲得計〔一一〕。既而不知所爲，復起視事。嗚呼，此其所以見容於武帝者歟？夫慶終於相位，是田蚡之所致也。故曰事勢之流相激使然而已矣。然則平津之免何也？弘之才術，雖不與慶同日而語，至於朝奏暮議，開其端使人主自擇，不肯面折廷争。公卿約議，至上前，皆背其約以順上旨〔一二〕。如此之類，則與慶相去爲幾何耶？弘與慶爲人不同，其所以獲免者一也。

蓋是時，非特丞相也，如東方朔、枚皋、司馬相如、嚴助、吾丘壽王、朱買臣、主父偃之屬，號爲左右親幸之臣，而亦多以罪誅。唯相如稱疾避事，朔、皋不根持論，以此獲免〔一三〕。由是觀之，武帝之廷臣，鄙人者多矣，豈特慶也哉！故淮南王謀反，惟憚汲黯好直諫、守節死義。至説公孫弘等，如發蒙耳〔一四〕。嗚呼，如黯者，可謂豪傑之士也！

【箋注】

〔一〕石慶：漢書石奮傳附其生平。見卷十三任臣下注〔五〕。

〔二〕内修法度：指漢武帝興太學、舉孝廉、置博士、恤孤養老，獎懲武將等等。漢書武帝紀贊曰：「孝武初立，卓然罷黜百家，表章六經。遂疇咨海内，舉其俊茂，與之立功。興太學，修郊祀，改正朔，定曆數，協音律，作詩樂，建封禮，禮百神，紹周後，號令文章，焕焉可述。」皆謂修法度也。

〔三〕外攘胡粤：指征匈奴、南越、東越。

〔四〕封泰山：據漢書武帝紀，元封元年夏四月登封泰山，二年秋作明堂於泰山下。後於太初元年、三年及天漢三年，又三次封泰山、祀明堂。

〔五〕塞決河：史記河渠書：「今天子（徐案：指漢武帝）元光之中，而河決於瓠子，東南注鉅野，通於淮、泗。於是天子使汲黯、鄭當時興人徒塞之，輒復壞。……自河決瓠子後二十餘歲，歲因以數不登，而梁、楚之地尤甚。……天子乃使汲仁、郭昌發卒數萬人塞瓠子決。於是天子已用事萬里沙，則還自臨決河，沈白馬玉璧於河，令群臣從官自將軍已下皆負薪寘決河。」是時武帝作瓠子之歌以悼之。案：武帝時黄河決堤凡三次：一爲建元三年（前一三八）秋，河水溢於平原；一爲元光三年（前一三二），河決瓠子；泛郡十六；一爲元封四年（前一〇七），泛濫十餘郡，見資治通鑑卷十七及漢書石奮傳。

〔六〕丞相李蔡二句：李蔡，漢書武帝紀元狩五年：「春三月甲午，丞相李蔡有罪，自殺。」注：「文穎曰：李廣從弟，坐侵陵壖地。」嚴青翟（本作莊青翟，避後漢明帝諱改），封武彊侯。漢書武帝紀元鼎二年：「十二月，丞相青翟下獄死。」趙周，漢書武帝紀元鼎五年：「九月，列侯坐獻黃金酎祭宗廟不如法奪爵者百六人，丞相趙周下獄死。」公孫賀，字子叔，北地義渠人。少爲騎士。自武帝爲太子時，賀爲舍人，及武帝即位，遷至太僕。後代石慶爲丞相，封葛繹侯。漢書有傳，武帝紀謂「征和二年春正月，丞相賀下獄死」。劉屈氂，武帝庶兄中山靖王之子，征和二年，自涿郡太守爲左丞相，封澎侯。後因謀立昌邑王爲帝，事洩，腰斬東市。漢書有傳。

〔七〕公孫弘：見卷十三任臣下注〔一〕。

〔八〕太和：見卷六反初詩注〔一〇〕。

〔九〕方武帝四句：漢書田蚡傳：「田蚡，孝景王皇后同母弟也，生長陵。……及孝景晚節，蚡益貴幸，爲中大夫。……孝景崩，武帝初即位，蚡以舅封爲武安侯。」史記魏其武安侯列傳謂建元六年田蚡爲丞相。「上（武帝）初即位，富於春秋……當是時，丞相入奏事，坐語移日，所言皆聽。薦人或起家至二千石，權移主上。」

〔一〇〕慶爲相八句：漢書石奮傳附：「公家用少，桑弘羊等致利，王溫舒之屬峻法，兒寬等推文學，九卿更進用事，事不關決於慶。慶醇謹而已。在位九歲，無能有所匡言，嘗欲請治上近臣所忠、九卿咸宣，不能服，反受其過，贖罪。」案：九卿，漢代爲太常、光禄勳、衛尉、太僕、廷尉、大鴻臚、宗正、大司農、大府。

〔一一〕上書三句：漢書石奮傳附：元封四年，慶上書曰：「願歸丞相、侯印，乞骸骨歸，避賢者路。」上報曰：「間者，河水滔陸，泛濫十餘郡，堤防勤勞，弗能陻塞，朕甚憂之。……君其反室。」

〔一二〕弘之才術八句：漢書公孫弘傳：「弘奏事，有所不可，不肯庭辯。常與主爵都尉汲黯請間，黯先發之，弘推其後。上常説，所言皆聽。以此日益親貴。嘗與公卿約議，至上前，皆背其約以順上指。」

〔一三〕如東方朔六句：據漢書嚴朱吾丘主父……傳，嚴助，會稽吴人，嚴夫子之子。以善於對策，武帝時擢爲中大夫。「上令助等與大臣辯論，中外相應以義理之文，大臣數詘。其尤親信者，東方朔、枚皋、嚴助、吾丘壽王、司馬相如。相如常稱疾避事。朔、皋不根持論，上頗俳優畜之。唯助與壽王見任用，而助最先進。」後助與淮南王謀反有牽連，竟棄市。朱買臣，字翁子，吴人。家貧曾採樵。以嚴助薦，説春秋，言楚辭，拜爲中大夫，徙會稽太守。因破東越有功，徵入爲主爵都尉，列於九卿。後因告張湯陰事，湯自殺，帝亦誅買臣。吾丘壽王，字子贛，趙人。從董仲舒受春秋，遷侍中中郎，坐法免，復召爲郎，拜東郡都尉，後徵入爲光禄大夫侍中。坐事誅。主父偃，齊國臨菑人。上書言事，遷謁者、中郎、中大夫。元朔中，偃言齊王内有淫失之行，帝拜偃爲齊相，後自殺。

〔一四〕故淮南王四句：見卷十三任臣下注〔六〕。

【彙評】

林紓林氏選評名家文集淮海集：石慶終於相位，謂爲田蚡之所致，真史眼如炬！凡精明强毅之君，恒懼爲人所劫制。其視柔懦之臣，固屬無用，然正恃有己之精明，使之備位，亦不至自掣其肘。此石慶之所以得全也。蓋有田蚡之跋扈，所以曲全石慶之無能。既揭漢武之心，亦形石慶之劣。

張安世論〔一〕

臣聞張安世匿名迹，遠權勢〔二〕，自前史皆以爲賢。以臣觀之，安世亦具臣耳，賢則未也。何則？有大臣者，有具臣者，有姦臣者。天下之士，於道可進，則請於君而進；於道可退，則請於君而退。進退在道，而不在我。進之不從，退之不聽，去而已。此之謂以道事君，不可則止，大臣者也〔三〕。進賢而不能固，退不肖而不能必，取充位而已，具臣者也〔四〕。同乎己，雖不肖必與；異乎己，雖賢必擠，專爲利而已，此姦臣者也。

安世身爲漢之大臣，與聞政事，當天下進賢退不肖之責，而竊竊焉專爲匿名迹、遠權勢之事。進之不從，退之不聽也，能致爲臣而去乎？臣知安世之不能也。蓋安世與霍光同功一體之人，女孫敬，又霍氏之外屬婦也。光得薨而子禹謀反，夷宗族，敬當相坐,宣帝雖赦之,而安世心不自安〔五〕,顧上徽博陸之顯〔六〕,方貪權勢在己,是以深思熟計,欲以自媚於上。故每定大政,已決,輒移病出。聞有詔令,乃驚,使吏之丞相府問焉〔七〕。謂其長史曰:「明主在上,賢不肖較然。臣下自修而已,何知士而薦之。」〔八〕嗚呼,其視姦臣則有間矣!豈大臣之所以事君者乎?臣故曰:安世則具臣矣,賢則未也。

昔伊尹之相湯曰阿衡〔九〕,周公之相周曰太宰〔一〇〕。衡者,所以權萬物之輕重而歸於平。宰者,所以制百味之多寡而適於和。唯其和平而已矣,故爲重爲多者,無所於德;爲輕爲寡者,無所於怨。衡、宰之工,實無心也。伊尹、周公所以事其君者如此,曾若安世遠權勢者乎?雖號不同,而其於有心則同也。

昔叔向被囚,祁奚免之,叔向不告,免焉而朝。范滂被繫,霍諝理之,滂往候之而不謝〔一一〕。管仲奪伯氏騈邑三百,没齒無怨言〔一二〕。諸葛亮廢廖立、李平,及亮卒,立泣涕,平致死〔一三〕。嗚呼,國之大臣,其好賢也,如祁奚之於叔向、霍諝之於范滂;其疾惡也,如管仲之於伯氏,諸葛之於廖立、李平,則名迹之或匿或見,權勢之或遠或近,皆可以兩忘矣。

山濤爲吏部,拔賢進善,時無知者。身殁之後,天子出其奏於朝,然後知群才皆濤所進〔一四〕；而王通以爲密，不以仁予之也〔一五〕。嗚呼，知通之不與濤，則知臣之不與安世矣。

【校】

〔敬當相坐〕「當」原誤作「尚」，據王本、四部本改。

〔知士而薦〕原脱「而」字，據張本、胡本補。

〔曾若安世遠權勢者乎〕王本、四部本此下有注云：「案此下似有闕文。」

〔祁奚免之〕「祁奚」原作「奚祁」，誤倒。

〔管仲奪伯氏駢邑三百〕各本「仲」作「氏」，王本攷證附纂云：「管氏奪伯氏駢邑三百，案『氏』當作『仲』，下文『如管仲之於伯氏』，正作『管仲』。」據此改。

【箋注】

〔一〕張安世：杜陵人，張湯子，字子孺，少以父任爲郎。擢爲尚書令，遷光禄大夫。昭帝時，大將軍霍光重之，封富平侯，徙爲車騎將軍。昭帝崩，與光謀立宣帝，論功僅次大將軍光。光卒，拜安世爲大司馬車騎將軍，領尚書事。卒謚敬侯。漢書有傳。

〔二〕匿名迹，遠權勢：漢書張安世傳云：「嘗有所薦，其人來謝，安世大恨，以爲舉賢達能，豈有私謝邪？絶勿復爲通。有郎功高不調，自言，安世應曰：『君之功高，明主所知。人臣執事，何長短而自言乎？』……其欲匿名迹遠權勢如此。」

〔三〕此之謂三句：論語先進：「所謂大臣者，以道事君，不可則止。」

〔四〕具臣：論語先進：「今由與求也，可謂具臣矣。」注：「具臣，謂備臣數而已。」

〔五〕女孫敬七句：漢書張安世傳云：「後歲餘，（霍光子）禹謀反，夷宗族，安世素小心畏忌，已內憂矣。其女孫敬爲霍氏外屬婦，當相坐，安世瘦懼，形於顏色。上怪而憐之，以問左右，乃赦敬，以慰其意。」

〔六〕博陸：指霍光，漢河東平陽人，字子孟，霍去病異母弟，封博陸侯。武帝時爲奉車都尉。出入宮廷二十餘年，未嘗有過。昭帝八歲即位，光受遺詔輔政。宣帝地節二年，光薨，後子禹以謀反致夷族。帝後念光功，圖形於麒麟閣。漢書有傳。

〔七〕聞有詔令三句：見漢書本傳。

〔八〕明主在上四句：見漢書本傳。

〔九〕阿衡：史記殷本紀：「伊尹名阿衡。」索隱：「孫子兵書：伊尹名摯。孔安國亦曰名摯。然解者以阿衡爲官名。按：阿，倚也；衡，平也。言依倚而取平。書曰『惟嗣王弗惠於阿衡』，亦曰保衡，皆伊尹之官號，非名也。」

〔一〇〕太宰：晉書職官志：「太宰、太傅、太保，周之三公也。」案：此與古文獻名稱有異。尚書周官：「立太師、太傅、太保，兹惟三公論道經邦，燮理陰陽。」是周之三公初無太宰之名。而周禮天官冢宰疏引鄭目録曰：「冢，大也。」是冢宰即「大宰」，「大宰」之職，掌建邦之六典，以佐王治邦國。」猶後世之宰相。尚書大誥有「周公相成王」之語，少游謂「周公之相周曰太宰」，蓋以「太」「大」互用而言之，於古未必合也。又尚書君奭謂「召公爲保，周公爲師」，是周公爲太師，謂之爲「太宰」者，後人語也。

〔一一〕昔叔向七句：范滂，東漢汝南征羌人，字孟博。舉孝廉，有澄清天下之志。後牢脩誣以鈎黨，滂坐繫黄門北寺獄，尚書霍諝理之。後漢書黨錮傳謂「及得免，到京師，往候諝而不爲謝，或有讓滂者。對曰：『昔叔向嬰罪，祁奚救之，未聞羊舌有謝恩之辭，祁奚有自伐之色。』竟無所言。」注引左傳：「晉討欒盈之黨，殺叔向之弟羊舌虎，並囚叔向。於是祁奚聞之，見范宣子曰：『夫謀而鮮過，惠訓不倦者，叔向有焉。社稷之固也，猶將十代宥之。今一不免其身，不亦惑乎？』宣子説而免之。祁奚不見叔向而歸，叔向亦不告免焉而朝。」案：叔向，晉羊舌肸之字。事見左傳襄公二十一年。

〔一二〕管仲二句：管仲，字夷吾，春秋時潁上人。少與鮑叔牙游。已而，鮑叔事齊公子小白，管仲事公子糾。及小白立爲桓公，鮑叔遂進管仲。管仲既相桓公，九合諸侯，一匡天下，成爲五霸之一。論語憲問：「問管仲，曰：人也，奪伯氏駢邑三百，飯蔬食，没齒無怨言。」注：「孔安國曰：『伯氏，齊大夫。駢邑，地名也。』」

〔一三〕諸葛亮四句：廖立，字公淵，蜀武陵臨沅人。諸葛亮以其「誹謗先帝，疵毁衆臣」，廢爲民。

後聞亮卒，垂泣歎曰：「吾終爲左衽矣！」見三國志蜀書本傳。李平：初名嚴，字正方，南陽人。因「運糧不繼」，影響出征，被諸葛亮廢爲民。十二年，平聞亮卒，發病死。見三國志蜀書本傳。

〔一四〕山濤六句：山濤，字巨源，晉河内懷人，竹林七賢之一。咸寧初，轉太子少傅，加散騎常侍；除尚書僕射，領吏部。晉書本傳謂：「濤居選職十有餘年，每一官缺，輒啓擬數人，詔旨有所向，然後顯奏，隨帝意所欲爲先。故帝之所用，或非舉首，衆情不察，以濤輕重任意，或譖之於帝。……而濤行之自若，一年之後衆情乃寢。濤所奏甄拔人物，各爲題目，時稱山公啓事。」

〔一五〕而王通二句：王通，隋龍門人，字仲淹，曾西游長安，上太平十二策，知謀不用，退居河汾，授徒千人，房玄齡、杜如晦、魏徵俱出其門。舊唐書王質傳稱其「爲隋大儒」。有王氏六經，多佚。門人謚曰文中子。其文中子天地篇云：「叔恬曰：『山濤爲吏部，拔賢進善，時無知者，身殁之後，天子出其奏於朝，然後知群才皆濤所進。如何？』子曰：『密矣！』『仁乎？』子曰：『吾不知也。』」

淮海集箋注卷第二十

進論

李陵論〔一〕

臣聞「草食之獸，不疾易藪；水生之蟲，不疾易水：行小變而不失其大常也」〔二〕。知此者可以用兵矣。何則？夫用兵之法，有所謂常，有所謂變。什則圍之，伍則攻之，不敵則逃之，兵之所謂常也〔三〕。以寡覆衆，兵之所謂變也〔四〕。古之善用兵者，雖能以寡覆衆，而什圍伍攻之道未嘗忽焉，所謂行小變而不失其大常也。嗚呼，李陵之所以敗者，其不達於此乎？

兵法曰：「小敵之堅，大敵之擒也。」〔五〕方漢武時，匈奴承冒頓之後，號爲强盛，控弦百萬〔六〕，幾與中國抗衡。衛青、霍去病之徒〔七〕，每出塞，至少不下三萬騎，其多至十萬騎，又有諸將相爲應援，然後有功。陵乃以步卒五千出居延，行三十日，至浚稽山〔八〕，與單于七八萬騎接戰，一日數十合，安得而不敗哉？蓋陵嘗將八百騎，深入匈奴二千餘里，過居延北，不見虜，還；又嘗將輕騎五百，出燉煌至鹽水，迎貳師〔九〕，未聞困絶。謂以少擊衆可以爲常，不知幸之不可以數也。

昔秦始皇問李信曰：「吾欲取荆，將軍度用幾何人而足？」李信曰：「不過二十萬人。」又問王翦，曰：「非六十萬人不可。」始皇使信伐荆，既而軍敗，復欲使翦。翦曰：「大王必不得已用臣，非六十萬人不可。」始皇從之，遂平荆地〔一〇〕。夫王翦豈不知以少擊衆爲利哉？以爲小變不可恃、大常不可失也。故田單疑趙奢之用衆，而奢以爲鏌鋣之劍，肉試則斷牛馬，金試則截盤匜，薄之柱上而擊之，則折爲三，質之石上而擊之，則碎爲百〔一一〕。嗚呼，以王翦之事、趙奢之言觀之，則陵之敗也，其自取之哉？

夫豪傑之士，不患無才，患不能養其氣而已。不能養其氣，則雖有奇才，適足以殺其身也。方陵之召見武臺，天子欲使爲貳師將輜重，陵心耻之，不敢言也，遂請當一隊以分單于兵〔一二〕。夫以陵之奇才，向使少加持重，則衛、霍之功豈難繼耶〔一三〕？而不勝一旦之憤，輕用其鋒，至兵敗降匈奴，頽其家聲。是以不能養其氣而已矣。

或曰：李陵以孤軍深入，其亡也宜矣。然則李靖以騎三千，蹀血虜庭，遂取定襄〔一四〕，何也？曰：唐之擊突厥也，六總管，師十萬，皆授靖節制，所向輒克。虜勢窘甚矣，頡利諸酋〔一五〕，皆勒所部來奔。所謂傷弓之禽，可以虛弦下也〔一六〕，況於勁騎三千乎？與陵之事異矣！

【校】

〔臣聞草食之獸……不失其大常也〕原作「臣聞草食之獸，不疾而易藪；水生之蟲，不疾而易水：行小變不失其常者也」。王本考證附纂云：「臣聞草食之獸不疾而易藪，水生之蟲不疾而易水，案莊子田子方篇無兩『而』字。行小變不失其大常也，『變』下有『而』字，論下文『所謂』句亦有『而』字。繹莊子晉向秀注義，上四語不應有『而』字，蓋後人因論下句脫『而』字誤補於上句，轉寫增譌也。」據莊子原文改。

〔鏌鋣之劍〕戰國策趙策三作「吴干之劍」。

【箋注】

〔一〕李陵：見卷二司馬遷詩注〔三〕。

〔二〕臣聞五句：引文見莊子田子方。疾，猶忌。易，變換。

〔三〕什則圍之四句：孫子卷三謀攻篇：「故用兵之法，十則圍之，五則攻之，倍則分之，敵則能戰之，少則能逃之，不若則能避之，故小敵之堅，大敵之擒也。」

〔四〕以寡覆衆二句：即以少勝多之意。孫子謀攻篇：「識衆寡之用者勝。」十家注：「張預曰：有以少而勝衆，有以多而勝寡者，在乎度其所而不失其宜則善。」此處少游以以多勝少爲常，而以少勝多爲變，所論頗符合孫子虛實篇：「故兵無常勢，水無常形，能因敵變化而取勝者謂之神。」

〔五〕兵法三句：兵法指孫子，見卷三謀攻篇。引文見注〔三〕。十家注：「李筌曰：小敵不量力而堅戰者，必爲大敵所擒也。漢都尉李陵以步卒五千人衆對十萬之軍而見殁匈奴也。」

〔六〕方漢武時四句：冒頓，秦末漢初匈奴單于，殺父自立。漢書匈奴傳上謂「是時漢方與項羽相距，中國罷於兵革，以故冒頓得自强，控弦之士三十餘萬」。注引師古曰：「控，引也。控弦言能引弓者。」案：冒頓時兵力，匈奴傳稱「控弦三十萬」，婁敬傳則謂漢初「冒頓單于兵彊，控弦四十萬騎」。至於漢武時匈奴兵力達百萬，則史無明文，似爲少游臆度。

〔七〕衛青、霍去病：漢武帝時大將。衛青，見卷十三任臣下注〔二〕。霍去病，見卷十六奇兵注〔六〕。

〔八〕陵乃以步卒五千出居延三句：漢書李廣傳：「陵於是將其步卒五千人出居延，北行三十日，至浚稽山止營。」又云：「陵至浚稽山，與單于相直，騎可三萬圍陵軍。」案：居延，古邊塞名，漢初爲匈奴南下涼州要道。太初三年，路博德於此築塞。遺址在今甘肅，南起合黎山麓，北抵居延故城。浚稽山，在今蒙古人民共和國圖拉河與鄂爾渾河之間。

〔九〕出燉煌二句：漢書李廣傳附李陵傳：「陵留吏士與輕騎五百出敦煌，至鹽水，迎貳師還。」敦煌即燉煌。漢武帝元鼎六年分酒泉置敦煌郡，今屬甘肅省。鹽水：又稱鹽澤，即今新疆羅布泊。史記大宛列傳：「于窴之西，水皆西流，注西海；其東水東流，注鹽澤……鹽澤去長安西可五千里。」索隱：「鹽水也。」正義引括地志云：「蒲昌海一名泑澤，一名鹽澤。」貳師：貳師將軍李廣利。天漢二年，率三萬騎出酒泉，擊匈奴右賢王於天山。見史記匈奴傳。

〔一〇〕昔秦始皇……遂平荆地：見史記王翦傳。

〔一一〕故田單疑趙奢之用衆八句：戰國策趙策三：「趙惠文王三十年，相都平君田單問趙奢曰：『吾非不説將軍之兵法也，所以不服者，獨將軍之用衆。用衆者，使民不得耕作，糧食輓賃不可給也。此坐而自破之道也，非單之所爲也。單聞之，帝王之兵，所用者不過三萬，而天下服矣。今將軍必負十萬、二十萬之衆乃用之，此單之所以不服也。』馬服君（趙奢）曰：『君非徒不達於兵也，又不明其時勢。夫吴干之劍，肉試則斷牛馬。……今以三萬之衆，而應强國之兵，是薄柱擊石之類也。』」

〔一二〕方陵五句：漢書李廣傳：「召陵，欲使爲貳師將輜重。陵召見武臺，叩頭自請曰：『臣所將屯邊者，皆荆楚勇士奇材劍客也。……臣願以少擊衆，步兵五千人涉單于庭。』上壯而許之。」

〔一三〕衛霍之功：衛青、霍去病擊匈奴之功，參見卷十八邊防中注〔一九〕及原文。

〔一四〕然則三句：李靖，字藥師，唐京兆三原人，唐初從李世民征王世充，授開府。貞觀二年，以兵部尚書爲代州行軍總管，率勁騎三千由馬邑趨惡陽嶺。突厥之頡利可汗大驚，曰：「兵不頃國來，靖敢提孤軍至此？」靖遂夜襲定襄，破之，進封代國公。太宗曰：「李陵以步卒五千絶漠，然卒降匈奴，其功尚得書竹帛。靖以騎三千，蹀血虜庭，遂取定襄，古未有輩，足澡吾渭水之耻矣！」見新唐書李靖傳。

〔一五〕頡利（？——六三四）：唐初東突厥可汗，屢擾唐，貞觀四年（六三〇）被唐軍俘送長安。

〔一六〕所謂二句：戰國策楚策四：趙使魏加謂楚春申君曰：「更羸與魏王處京臺之下，仰見飛鳥。更羸謂魏王曰：『臣爲王引弓虚發而下鳥。』……有間，雁從東方來，更羸以虚發而下之。……王曰：『先生何以知之？』對曰：『其飛徐而鳴悲。飛徐者，故瘡痛也；鳴悲者，久失群也。故瘡未息而驚心未至也，聞弦音，引而高飛，故瘡隕也。』」晉書苻堅載記：「傷弓之鳥，落於虚發。」

【彙評】

林紓林氏選評名家文集淮海集：此論平平。

司馬遷論〔一〕

班固贊司馬遷，以爲「是非頗謬於聖人，論大道則先黄老而後六經，序游俠則退處士而進姦雄，述貨殖則崇勢利而羞貧賤〔二〕。先黄老而後六經，求古今搢紳先生之論，尚或有之。至於退處士而進姦雄，崇勢利而羞貧賤，則非閭里至愚極陋之人，不至是也，孰謂遷之高才博洽而至於是乎？以臣觀之不然，彼實有見而發、有激而云耳。

孟子曰：「仁者，人也；合而言之，道也。」〔三〕揚子亦曰：「道以導之，德以得之，仁以人之，義以宜之，禮以體之，天也。合則渾，離則散〔四〕。」蓋道德者，仁義禮之大全；而仁義禮者，道德之一偏。黄老之學，貴合而漸離，故以道爲本。六經之教，於渾者略，於散者詳，故以仁義禮爲用。遷之論大道也，先黄老而後六經，豈非有見於此而發哉？

方漢武用法刻深，急於功利，大臣一言不合，輒下吏就誅；有罪當刑，得以貨自贖，因而補官者有焉。於是，朝廷皆以偷合苟免爲事，而天下皆以竊資貨殖爲風。遷之遭李陵禍也〔五〕，家貧無財賄自贖，交遊莫救，左右親近不爲一言，以陷腐刑。其憤懣不平之氣無所發泄，乃一切寓之於書。故其序游俠也，稱昔虞舜窘於井廩〔六〕、伊尹負於鼎俎〔七〕、傅説匿於傅巖〔八〕、吕尚困於棘津〔九〕、夷吾桎梏〔一〇〕、百里飯牛〔一一〕、仲尼阨於陳蔡〔一二〕，蓋遷自況也。又曰：「士窮窘得委命，此豈非人所謂賢豪者耶？誠使鄉曲之俠與季次、原憲比權量力，效功於當世，不同日而論矣。」〔一三〕蓋言當世號爲修行仁義者，皆畏避自保，莫肯急於人之難，曾匹夫之不若也。其述貨殖也，稱秦始皇令烏氏倮比封君，於列臣朝請〔一四〕，以巴寡婦清爲貞婦而客之，爲築女懷清臺〔一五〕：蓋以譏孝武也。又云：「諺曰：『千金之子，不死於市。』非空言也。」〔一六〕蓋遷自傷砥節礪行，特以貧故不免於刑戮也。以此言退處士而進奸雄，崇勢利而羞貧賤，豈非有激而云哉？彼班固不達其意，遂以爲是非頗謬於聖人，亦已過矣！

然遷爲人，多愛不忍〔一七〕，雖刺客、滑稽、佞幸之類，猶屑屑焉稱其所長，況於黃老、游俠、貨殖之事有見而發，有激而言者！其所稱道，不能無溢美之言也。若以春秋之法「明善惡、定邪正」責之〔一八〕，則非矣。揚子曰：「太史公，聖人，將有取焉。」又曰：「多愛不忍，子長也。仲尼多愛，愛義也。子長多愛，愛奇也。」〔一九〕夫惟所愛，不主於義，而主於奇，則遷不爲無過。若以是非頗謬於聖人，曷爲乎有取也！

【校】

〔以巴寡婦清爲貞婦而客之〕「巴寡婦清」，原作「巴蜀寡婦清」。王本考證附纂云：「以巴蜀寡婦清爲貞婦，案史記漢書貨殖傳並無『蜀』字。」據史漢原文改。

【箋注】

〔一〕司馬遷：見卷二司馬遷注〔一〕。

〔二〕以爲四句：引文見漢書司馬遷傳贊。案漢書班固撰，多採其父班彪所作史記後傳六十五篇，對司馬遷之評價，亦繼承乃父觀點。後漢書班彪傳略論前史得失，評司馬遷云：「至於採經摭傳，分散百家之事，甚多疎略，不如其本。務欲以多聞廣載爲功，論議淺而不篤。其論術學，則崇黄老而薄五經；序貨殖，則輕仁義而羞貧窮；道游俠，則賤守節而貴俗功：此其大弊傷道，所以遇極刑之咎也。然善述事序理，辯而不華，質而不野，文質相稱，蓋良史之才也。誠令遷依五經之法言，同聖人之是非，意亦庶幾焉。」少游此處言班固，而其司馬遷詩則批評班彪云：「區區班叔皮，未易議疎略。」兩處有異。

〔三〕孟子曰五句：見孟子盡心下。原文作「仁也者，人也；合而言之，道也。」

〔四〕揚子九句：見揚雄法言問道。

〔五〕遷之遭李陵禍：漢書本傳：「十年，而遭李陵之禍，幽於纍紲，並受腐刑。」案：李陵陷匈奴，遷深爲同情。其報任安書云：「僕懷欲陳之，而未有路，適會召問，即以此指推言陵功，欲以廣主上之意，塞睚眦之辭。明主不深曉，以爲僕沮貳師，而爲李陵游説，遂下於理。」理，治獄官。

〔六〕虞舜窘於井廩：史記游俠傳：「昔者，虞舜窘於井廩。」案孟子萬章上：「萬章曰：父母使舜完廩，捐階，瞽叟焚廩；使浚井，出，從而揜之。」史記五帝本紀：「使舜上塗廩，瞽叟從下縱火焚廩，舜乃以兩笠自扞而下，去，得不死。後瞽叟又使舜穿井，舜穿井爲匿空旁出。舜既入深，瞽叟與象共下土實井。舜從匿空中出，去。」

〔七〕伊尹負於鼎俎：見史記游俠列傳。按殷本紀：「伊尹名阿衡。阿衡欲奸湯而無由，乃爲有莘氏媵臣，負鼎俎，以滋味説湯，至於王道。」參見卷十五官制上注〔八〕。

〔八〕傅説匿於傅巖：見史記游俠列傳。按殷本紀：「武丁夜夢得聖人，名曰説。……是時説爲胥靡，築於傅險。見於武丁，武丁曰是也。得而與之語，果聖人，舉以爲相，殷國大治。故遂以傅險姓之，號曰傅説。」

〔九〕吕尚困於棘津：見史記游俠列傳。按史記齊太公世家：「吕尚蓋嘗窮困，年老矣，以漁釣奸周西伯。西伯……遇太公於渭之陽，與語大説，曰：『自吾先君太公曰當有聖人適周，周以興。子真是邪？吾太公望之久矣。』故號之曰『太公望』，載與俱歸，立爲師。」索隱：「譙周曰：吕望嘗屠牛於朝歌，賣飲於孟津。」而史記游俠列傳正義引尉繚子云：「太公望行年七十，賣食棘津。」蓋傳聞有異。案：棘津，渡口名，在今河南延津東北。水經注河水：「亦謂之石濟津，故南津也。」

〔一〇〕夷吾桎梏：見史記游俠列傳。夷吾，即管仲。史記管仲列傳：「管仲事公子糾，及小白立爲桓公，公子糾死，管仲囚焉。」本句指此。

〔一二〕百里飯牛：見史記游俠列傳。管子小問：「百里傒，秦之飯牛者也，穆公舉而相之，遂霸諸侯。」

〔一三〕仲尼阨於陳蔡：史記游俠列傳原文作：「仲尼畏匡，菜色陳蔡。」少游此處僅用其後一事。孔子，字仲尼。史記孔子世家：孔子遷于蔡三歲，陳蔡「發徒役圍孔子於野，不得行，絶糧，從者病，莫能興。孔子講誦弦歌不衰」。「畏匡」指匡人誤以孔子爲陽虎而拘之五日。

〔一四〕士窮窘五句：見史記游俠列傳。原文作：「故士窮窘而得委命，此豈非人之所謂賢豪閒者邪？誠使鄉曲之俠予季次、原憲比權量力，效功於當世，不同日而論矣。」季次，春秋齊人，名公皙哀，孔子弟子。史記仲尼弟子列傳：「孔子曰：『天下無行，多爲家臣，仕於都；唯季次未嘗仕。』」原憲，同上：「原憲字子思。……孔子卒，原憲遂亡在草澤中。」二人皆遁世不仕，故司馬遷以爲若論「效功於當世」，他們與鄉曲之俠比權量力不可同日而語。

〔一五〕稱秦始皇二句：史記貨殖列傳：「烏氏倮畜牧，及衆，斥賣，求奇繒物，閒獻遺戎王。戎王十倍其償，與之畜，畜至用谷量馬牛。秦始皇令倮比封君，以時與列臣朝請。」

〔一六〕以巴寡婦清二句：史記貨殖列傳：「而巴寡婦清，其先得丹穴，而擅其利數世，家亦不訾。……秦始皇以爲貞婦而客之，爲築女懷清臺。」

〔一七〕諺曰四句：見史記貨殖列傳。

〔一七〕多愛不忍：揚雄語，見法言君子，李軌注：「史記叙事，但美其長，不貶其短，故曰多愛。」

〔一八〕春秋之法：史記太史公自序：「夫春秋，上明三王之道，下辨人事之紀，别嫌疑，明是非，定猶豫，善善惡惡，賢賢賤不肖，存亡國，繼絶世，補敝起廢，王道之大者也。」

〔一九〕揚子曰……愛奇也：見法言君子。

李固論〔一〕

取天下者必有功臣，守天下者必有名臣。雖然，有國家者寧無功臣，不可以無名臣。何則？功臣以乘逐便利爲能，名臣以伏節死義爲任也。

昔西漢之末，海内承平，四夷賓服，而王氏竊持國柄，談笑而輒移之〔二〕。東漢之季，奸雄崛起，中原大亂，而曹公睥睨神器，終身不敢取〔三〕。臣嘗疑焉，及讀李固與杜喬之誅，門生弟子貫械腰鈇鑽、願俱死者相屬〔四〕，然後始知其所以然也。何則？西漢多功臣也。

蓋西漢自高祖以馬上得天下，不悦諸生〔五〕。其取人也先器識，所以朝多功臣，則乘便逐利者衆。形不便，勢不利，彼不爲也。故晚節末路，王鳳用事，王章以直言被誅〔六〕，而天下靡然以苟患失之爲風矣。其大臣如張禹、孔光輩，皆持禄取容，偷爲一切之計〔七〕。其清節之士如龔勝、郭欽、蔣詡之徒，亦不過謝病免歸而已〔八〕。其風如此，亂臣賊子奈何而有懼哉？此王氏所以談笑而移之也。

東漢自光武不任功臣，鋭意文士。其取人也先經術，所以朝多名臣，則伏節死義者衆。節之所在，義之所存，彼必爲也。故晚節末路，梁冀擅命〔九〕，固與杜喬以死抗之，而天下靡然以殺身成仁爲俗矣。其大臣如陳蕃、黄琬輩，皆捐覆宗族〔一〇〕，以急國家之難。黨錮之士如李膺、杜密、范滂之徒〔一一〕，至連頸就誅而無愠色。其俗如此，亂臣賊子奈何而不懼哉？曹公之所以終身而不敢取也。

然西漢易亡而復興、東漢難亡而易絶者何也？孟子曰：「三代之得天下也以仁，其失天下也以不仁。」〔一二〕故三代之君其始也雖勢强大，非有仁心則不興。及其季也，雖德失政亂，非有不仁之罪則不絶。哀成之君〔一三〕，失德甚矣！然其事止於女寵佞幸而已，未犯不仁之罪也，故國亡而復興。桓靈之時，無道極矣！鉤黨之獄，忠臣義士死者百有餘人〔一四〕；諸所夷滅，至不可勝數。則是不仁之罪已貫盈矣〔一五〕，故國亡而遂絶。此亦理之必至，事之固然，無足怪也。

嗚呼，國者，天下之大器也。君臣者，相與持此器者也。視器之安危，則知人之能否。視國之理亂，則知君臣之賢不肖。以二漢論之，報施之道其不殊也如此。然則爲君臣者,可不戒哉!

【校】

〔杜喬之誅〕「誅」,張本、胡本作「諫」。

【箋注】

〔一〕李固:字子堅,東漢漢中南鄭人。少好學,究覽墳籍,結交英賢,四方之士多慕其風。歷任荆州刺史、將作大匠、大司農,官至太尉。後爲梁冀所誅。事見後漢書本傳。

〔二〕而王氏二句:王氏,指王莽。漢書本傳贊云:「莽既不仁而有佞邪之材,又乘四父歷世之權,遭漢中微,國統三絶,而太后壽考爲之宗主,故得肆其姦慝,以成篡盗之禍。」二句指此。談笑,言移祚之易。

〔三〕而曹公二句:三國志武帝紀注引張璠漢紀:「王立後數言於(漢獻)帝曰:『天命有去就,五行不常盛,代火者土也,承漢者魏也,能安天下者,曹姓也,唯委任曹氏而已。』公聞之,使人語立曰:『知公忠於朝廷,然天道深遠,幸勿多言。』」又引魏氏春秋曰:「夏侯惇謂(魏)王曰:『天下咸知漢祚已盡,異代方起。……今殿下即戎三十餘年,功德著於黎庶,爲天下所依歸,應天順民,復何疑哉!』王曰:『施於有政,是亦爲政。若天命在吾,吾爲周文王矣。』」此皆曹操睥睨神器而終不敢取之意,少游乃概言之。

〔四〕及讀二句：據後漢書李固傳，質帝崩，「蠡吾侯志當取（梁）冀妹，時在京師，冀欲立之」。而固與杜喬堅以爲清河王蒜明德著聞，又屬最尊親，宜立爲嗣。冀激怒，「乃説太后先策免固，竟立蠡吾侯，是爲桓帝」。後歲餘，又誣固爲妖言，下獄。「門生渤海王調貫械上書，證固之枉，河内趙承等數十人亦要鈇鑕，詣闕通訴。」李固有與梁冀書論立嗣云：「國之興亡，在此一舉。」被誅前又有書與胡廣、趙戒云：「漢家衰微，從此始矣！」杜喬，字叔榮，河内林慮人，舉孝廉，遷南郡太守，轉東海相，入拜侍中，官至光禄勳。李固見廢，内外喪氣，唯喬正色無所回橈。及清河王蒜事起，被梁冀繫於獄中，死，與李固俱暴尸於城北。故掾楊匡聞之，亦帶鈇鑕詣闕上書，並乞李杜二人骸骨，太后許之。事見後漢書本傳。案：鈇鑕，腰斬之刑具。公羊傳昭公二十五年注：「鈇鑕，要斬之罪。」

〔五〕蓋西漢二句：史記酈生陸賈列傳記沛公麾下騎士言云：「沛公不好儒。」及稱帝後，陸賈「時時前説稱詩書，高帝駡之曰：『迺公居馬上而得之，安事詩書！』陸生曰：『居馬上得之，寧可以馬上治之乎？』」

〔六〕王鳳二句：漢書王章傳：「（成帝）時帝舅王鳳輔政，章雖爲鳳所舉，非鳳專權，不親附鳳。會日有蝕之，章奏封事，召見，言鳳不可任用，宜更選忠賢。上初納受章言，後不忍退鳳。章由是見疑，遂爲鳳所陷，罪至大逆。」贊云：「王章剛直守節，不量輕重，以陷刑戮，妻子流遷，哀哉！」

〔七〕其大臣三句：張禹，字子文，河内軹人。河平四年代王商爲丞相，封安昌侯。漢書本傳稱「而禹與(王)鳳並領尚書，内不自安，數病上書乞骸骨，欲退避鳳」。孔光，字子夏，孔子十四世孫。成帝時爲僕射，尚書令。平帝時，王莽權勢日盛，光憂懼不知所出，上書乞骸骨。明年，徙爲太師，而莽爲太傅。光常稱疾，不敢與莽並。見漢書本傳。漢書傳贊謂張禹、孔光輩「皆持禄保位，被阿諛之譏」，少游是其説。

〔八〕其清節二句：龔勝，字君賓，漢楚人，與龔舍相友，並著名節，故世謂之「楚兩龔」。以夏侯常恨之，乞骸骨。帝乃出勝爲渤海太守，勝謝病免歸。見漢書本傳。郭欽、蔣詡：漢書王貢兩龔鮑傳：「始隃麋郭欽，哀帝時爲丞相司直，奏免豫州牧鮑宣、京兆尹薛修等，又奏董賢，左遷盧奴令，平帝時遷南郡太守。而杜陵蔣詡元卿爲兗州刺史，亦以廉直爲名。王莽居攝，欽、詡皆以病免官，歸鄉里，卧不出户，卒於家。」

〔九〕梁冀：東漢安定烏氏人，字伯卓，爲順帝、桓帝皇后之兄，驕横不法，質帝稱之爲「跋扈將軍」。後毒殺質帝，迎立桓帝，專斷朝政二十餘年。見後漢書梁統傳附。

〔一〇〕其大臣二句：陳蕃，東漢汝南平輿人，字仲舉。官豫章太守，遷至太尉、太傅，封高陽侯。爲人剛正不阿，崇尚氣節，因與竇武謀誅宦官曹節、王甫，事洩遇害。宗族、門生、故吏皆斥免禁錮。後漢書有傳。黄琬，字子琰，官五官中郎將。後漢書本傳謂「琬、蕃同心，顯用志士」，遂被陷爲朋黨，遭禁錮，廢棄幾二十年。

〔一一〕李膺、杜密、范滂：東漢時人，皆罹黨錮。膺，字元禮，潁川襄城人，桓帝時爲度遼將軍，後拜司隸校尉。陳、竇事敗，以鉤黨下詔獄死。杜密，字周甫，潁川陽城人。歷仕代郡太守、太山太守、北海相。桓帝時徵拜尚書令，遷河南尹，轉太僕。後坐黨事自殺。范滂，見卷十九張安世論注〔一一〕。

〔一二〕孟子曰三句：見孟子離婁上。

〔一三〕哀成之君：指漢哀帝、成帝。

〔一四〕桓靈之時四句：指東漢黨錮。參見卷十三朋黨上注〔五〕。

〔一五〕貫盈：書泰誓上：「商罪貫盈，天命誅之。」傳：「紂之爲惡，一以貫之，惡貫已滿，天畢其命。」

陳寔論〔一〕

孟子曰：「伯夷，聖之清者也；柳下惠，聖之和者也。」〔二〕又曰：「伯夷隘，柳下惠不恭。」〔三〕何也？蓋古之君子，初無意於制行。其制行也，因時而已。伯夷之時，天下失於太濁，於是制其行以清。柳下惠之時，天下失於太潔，故制其行以和。雖然，清者所以激濁也，非激濁而爲清，是隘而已。和者所以救潔也，非救潔而爲和，是不恭而已。故由其本而言之，則爲清爲和；由其弊而言之，則爲隘爲不恭。故伯夷、柳下惠者，實未嘗清、未嘗和也，安有隘、不恭之弊哉？

前史稱中常侍侯覽託太守高倫用吏，陳寔曰：「此人不宜用，而侯常侍不可違，寔乞從外署。」〔四〕又中常侍張讓歸葬潁川，雖一郡畢至，而名士無往者，張甚耻之，寔乃獨吊焉〔五〕。嗚呼，若寔者，可謂殆庶幾於夷、惠矣！何則？桓靈之時，政在宦人，而天下之士方以名節相高，疾之已甚，至使其屬無所發憤，常欲以身死〔六〕。黨錮之禍，海内塗炭者二十餘年，豈特小人之罪哉？君子亦有以取之也。寔知其然，故於用吏、送葬之事，稍詘其身應之，所以因時救弊而已。其後復誅黨人，張德寔，以此多所全宥〔七〕，則其效蓋可見也。嗚呼，使東漢之士大夫制行皆如寔也，黨錮之禍何從而興乎？以此言之，寔殆庶幾於夷、惠，信不誣矣。

然則寔爲侯、張而身詘也不爲過，則元積之徒因宦官以得宰相〔八〕，亦不爲過歟？斯不然也。昔孔子於衛見南子矣，於魯敬陽虎矣〔九〕，至彌子以爲「主我，衛卿可得也」，則曰「有命」〔一〇〕。蓋見南子、敬陽虎者，身可詘也；不主彌子者，道不可詘也。寔與侯、張，亦詘身以伸道耳，豈若元積之徒詘道而伸身者哉？

然則士大夫爲道而或詘身於宦人者，亦可乎？斯又不然也。昔齊人獲臧堅，齊侯使人唁之，且曰：「無死。」堅稽首曰：「拜命之辱，抑君賜不終，姑又使其刑臣禮於士。」以杙抉其傷而死〔一〕。古之人耻其身之辱於刑也。是故爲伯夷之清而非其時者，是隘而已；爲柳下惠之和而非其時者，是不恭而已。若陳寔之詘身於宦人而非其時者，是爲姦而已。

【校】

〔乞從外署〕原「署」作「舉」。王本考證附纂云：「乞從外舉，案漢書本傳『舉』作『罷』。」（徐案：後漢書本傳，「乞從」句作「寔乞從外署」，據改。）

〔張讓歸葬潁川〕原脱「讓」字，「潁」誤作「穎」，據王本、四部本改。

〔名節相高〕「名節」原誤作「高節」，據王本、四部本改。

〔姑又使其〕除四部本外各本「姑」俱誤作「始」，據左傳改。

〔以杙抉其傷而死〕原脱「其」字，據左傳改。

〔爲柳下惠之和而非其時者，是不恭而已〕原脱此二句，據段本、王本、秦本、四部本補。

【箋注】

〔一〕陳寔：字仲弓，東漢潁川許人，幼好學，縣令鄧邵奇之，聽受業太學，補聞喜長，遷太丘長，因事牽連入黨獄。靈帝初，大將軍竇武辟爲掾屬。後誅黨人，張讓宥之。卒，謚爲文範先生。後漢書有傳。

〔二〕孟子曰五句：見孟子萬章下。朱注：「無所雜者，清之極；無所異者，和之極。勉而清，非聖人之清；勉而和，非聖人之和。所謂聖者，不勉不思而至焉者也。」

〔三〕又曰三句：見孟子公孫丑上。朱注：「隘，狹窄也；不恭，簡慢也。」

〔四〕前史稱五句：見後漢書陳寔傳。侯覽，見卷十三朋黨上注〔八〕。高倫原用侯覽所託人爲文學掾，陳寔以爲不合適，建議改在外署任職。比聞議者少之，倫曰：「陳君可謂善則稱君，過則稱己者也。」見後漢書本傳。

〔五〕又中常侍五句：後漢書陳寔傳：「讓父死，歸葬潁川，雖一郡畢至，而名士無往者，讓甚耻之，寔乃獨往吊焉。」案：張讓，東漢潁川人，靈帝時爲中常侍，建議斂財以修宫室，百姓怨之。帝崩，袁紹勒兵捕宦官，讓劫少帝走河上，投河死。見後漢書宦者列傳。

〔六〕桓靈之時六句：見卷十三朋黨上注〔五〕。

〔七〕其後三句：後漢書陳寔傳：「及後復誅黨人，讓感寔，故多所全宥。」

〔八〕則元稹句：元稹，字微之，唐河南河内人，詩與白居易齊名，號「元和體」。穆宗時遷中書舍人、翰林承旨學士。新唐書本傳謂「中人争與稹交，魏弘簡在樞密，尤相善」，「未幾，進同中書門下平章事，朝野雜然輕笑，稹思立奇節報天子以厭人心」。

〔九〕昔孔子二句：論語雍也：「子見南子，子路不悅。」史記孔子世家：「（衛）靈公夫人有南子者，使人謂孔子曰：『四方之君子不辱與寡君爲兄弟者，必見寡小君。寡小君願見。』孔子辭謝，不得已而見之。夫人在絺帷中，孔子入門，北面稽首。夫人自帷中再拜，環珮玉聲璆然。」又論語陽貨：「陽貨欲見孔子，孔子不見，歸孔子豚。孔子時其亡也而往拜之，遇諸塗。」朱注：「陽貨，季氏家臣，名虎，嘗囚季桓子而專國政。……陽貨之欲見孔子，雖其善意，然不過欲使助己爲亂耳。故孔子不見者義也，其往拜者禮也；必時其亡而往者，欲其稱也；遇諸塗而不避者，不終絶也。」

〔一〇〕至彌子三句：彌子，即彌子瑕，衛靈公幸臣。曾僞託君命駕衛君車，又食桃而甘，以其半奉衛君，以此受衛君贊，後寵衰復以此得罪。見韓非子説難。本句出於孟子萬章上，原作：「（孔子）於衛主顔讎由。彌子之妻與子路之妻，兄弟也。彌子謂子路曰：『孔子主我，衛卿可得也。』子路以告，孔子曰：『有命。』」趙岐注：「顔讎由，衛賢大夫也，孔子以爲主。……孔子知彌子幸於靈公不以正道，故不納之，而歸於命也。」

〔一一〕昔齊人九句：見左傳襄公十七年。文字小異，「齊侯使人唁之」作「齊侯使夙沙衛唁之」。案臧堅，魯人，是時齊人伐魯北鄙，圍桃。魯軍宵犯齊師，此役中臧堅被俘。不終，猶「無死」。姑，通「故」，故意。杙，一端尖鋭的小木樁。抉，挖。傷，瘡口。此句謂臧堅不願接受齊侯禮遇，遂以木樁自戕而全節。

【彙評】

林紓林氏選評名家文集淮海集：拈一時字，是説不得已也。太邱等於李東陽。顧太邱爲時所諒，官不高而行高也；東陽則病在位高，而又不及時而去，故無諫之者。文言身可詘，道不可詘，其辨甚微。

淮海集箋注卷第二十一

進論

袁紹論〔一〕

天下之禍，莫大於殺士。古之人欲有爲於世者，雖負其豪俊傑特之才，據强大不可拔之勢，疑若殺一士不足以爲損益然，而未始不亡者何耶？士，國之重器，社稷安危之所繫，四海治亂之所屬也。是故師士者王，友士者霸，臣士者彊，失士者辱，慢士者危，殺士者亡。

世之論者，皆以袁紹之亡繫於官渡〔二〕，臣竊以謂不然。紹之所以亡者，殺田豐耳〔三〕。使紹不殺田豐，雖有官渡之敗，未至亡也。何則？昔楚漢相距於京索之間〔四〕，高祖犇北，狼狽甚於袁紹者數矣，而卒有天下。項籍以百戰百勝之威，非特曹公比也，而竟死東城〔五〕。其所以然者無他，士之得失而已。故高祖以爲張子房、韓信、蕭何者皆人傑，吾能用之，所以取天下；項羽有一范增而不能用，所以爲我擒〔六〕。以楚漢之事言之，則知紹之亡果在於田豐，不在於官渡也。且紹之械繫田豐也，何異高祖械繫婁敬於廣武乎？高祖圍於平城而還，以二千户封敬，號建信侯〔七〕。紹敗而還，慚豐而殺之。嗚呼，人之度量相遠，一至於此哉！

傳曰，善敗者不亡〔八〕。故楚昭王軫、越王句踐，皆濱於絶滅而復續〔九〕。紹雖敗於官渡，而冀州之地，南據大河，北阻燕代，形勢之勝尚可用也〔一〇〕。向使出豐於獄，東向而事之，問以計策，卑身折節以撫傷殘之餘；親執金鼓以厲奔走之氣，内修農戰，外結英雄，縱不能并吞天下，豈遽至於亡哉？方紹與董卓異議，横刀不應，長揖而出〔一一〕。及起兵渤海，遂有四州之地，連百萬之衆，威震河朔，名重天下，不可謂非一時之傑也。然殺一田豐遂至於此，則天下之禍，其有大於殺士者乎？

文若曰：「袁紹，布衣之雄耳，能聚人而不能用。」〔一二〕臣竊以爲知言也。

【校】

〔楚昭王軫〕「軫」原作「珍」，通，見史記楚世家。此據王本、四部本改。

【箋注】

〔一〕袁紹：見卷十六謀主注〔一一〕。

〔二〕官渡：在今河南中牟縣東北。建安五年（二〇〇），曹操破袁紹軍於此。見三國志魏書武帝紀及袁紹傳。

〔三〕紹之所以亡者二句：三國志魏書袁紹傳：「建安五年，太祖自東征（劉）備，田豐説紹襲太祖後，紹辭以子疾，不許。豐舉杖擊地曰：『夫遭難遇之機，而以嬰兒之病失其會，惜哉！』太祖至，擊破備，備奔紹。」「紹軍既敗，或謂豐曰：『君必見重。』豐曰：『若軍有利，吾必全；今軍敗，吾其死矣。』紹還，謂左右曰：『吾不用田豐言，果爲所笑。』遂殺之。」傳末評曰：「昔項羽背范增之謀，以喪其王業，紹之殺田豐，乃甚於羽遠矣！」

〔四〕京索：古地名，在今河南滎陽一帶。公元前二〇五年楚漢兩軍會戰之地。史記項羽本紀：「與漢戰於滎陽南，京索間。」集解：「京，縣名，屬河南。」水經注濟水：「濟水又東，索水注之。……索水又北屈，東逕大索城南。……晉地道志所謂京有大索、小索亭，漢書『京索之間』也。」

〔五〕竟死東城：見卷十六謀主注〔四〕。

〔六〕故高祖五句：漢書高祖紀：「夫運籌帷幄之中，決勝千里之外，吾不如子房；鎮國家，撫百姓，給餽餉，不絶糧道，吾不如蕭何；連百萬之衆，戰必勝，攻必取，吾不如韓信：三者皆人傑，吾能用之，此吾所以取天下者也。項羽有一范增而不能用，此所以爲我禽也。」

〔七〕何異四句：婁敬，漢齊人，因説高祖都關中，賜姓劉，拜爲郎中，號曰奉春君。漢七年，出使匈奴，還報曰「匈奴不可擊」，帝罵敬曰：「齊虜！以舌得官，乃今妄言沮吾軍。」因械繫敬於廣武。後帝出戰，被匈奴圍於白登七日，還至廣武，赦敬曰：「吾不用公言，以困平城。」乃封敬二千户，爲關内侯，號建信侯。見漢書本傳。

〔八〕善敗者不亡：穀梁傳：「善爲國者不師，善師者不陳，善陳者不戰，善戰者不死，善死者不亡。」此用後一句而略改之。

〔九〕故楚昭王二句：楚昭王，即熊軫，史記楚世家軫作「珍」，云：「十年冬，吴王闔閭、伍子胥、伯嚭與唐、蔡伐楚，楚大敗。吴兵遂入郢，辱平王之墓，以伍子胥故也。……楚兵走，吴乘勝逐之，五戰及郢。己卯，昭王出奔。庚辰，吴人入郢。」「昭王之出郢也，使申鮑胥請救於秦，秦以車五百乘救楚，楚亦收餘散兵，與秦擊吴。十一年六月，敗吴於稷。」遂挽救楚國。越王句踐，春秋時人，曾爲吴王夫差所敗，被俘至姑蘇，養馬於石室。釋歸，困於會稽，卧薪嘗膽，十年生聚，十年教訓，用范蠡、文種，終以亡吴。見吴越春秋、國語越語、史記越王句踐世家。

〔一〇〕紹雖敗於五句：冀州，漢以後，指今河北及河南北部。三國志魏書袁紹傳沮授説紹曰：「將軍濟河而北，則勃海稽首。振一郡之卒，撮冀州之衆，威震河朔，名重天下。……横大河之北，合四州之地，收英雄之才，擁百萬之衆。……以此争鋒，誰能敵之？」後紹據有其地；官渡之戰後二年，紹發病卒。在此期間，冀州一帶仍爲其所有，故少游云「形勢之勝尚可用也」。燕代，古國名，此處泛指今河北山西一帶。

〔二〕方紹三句：三國志魏書袁紹傳：「董卓呼紹，議欲廢帝，立陳留王……紹不應，横刀長揖而去。」

〔三〕文若四句：文若，荀彧字。三國魏潁川潁陰人，漢末，除亢父令，後從曹操，軍國事皆與籌劃。曹征袁紹，嘗謂操曰：「紹貌外寬而内忌，任人而疑其心。」（見三國志本傳）又云：「且紹布衣之雄耳，能聚人而不能用。」見三國志魏武帝紀、全後漢文卷二一荀彧報曹公書。

【彙評】

林紓林氏選評名家文集淮海集：文隨引隨結，氣定神閒。末段奇峯陡起，始折入田豐，氣力極偉。

魯肅論〔一〕

魯肅勸吴以荆州之地借先主，先主因以取蜀，吴主悔之，歸咎於肅〔二〕。夫以肅之籌略過人，而其昧有至於此乎？以臣觀之，吴人雖欲不借荆州以資先主，不可得也。肅策之善矣。何則？是時曹氏已據中原，挾天子以令天下，毅然有併吞諸侯之心〔三〕，袁紹、吕布皆爲擒滅。其能合從並力以抗之者，獨仲謀與玄德耳〔四〕。此所謂胡、越之人未嘗相識，一旦同舟而遇風波，則相應如左右手〔五〕，勢使然也。吴人雖欲不借荆州以資先主，其可得乎？且吴不借荆州，則先主必還公安〔六〕；不然則當殺之：二者皆不可也。

昔高祖入關，與秦父老約法三章，秋毫無所犯，秦民大悦〔七〕。項羽雖徙之於漢中〔八〕，而高祖還定三秦〔九〕，如探囊中物耳〔一〇〕。何則？秦民之心已繫於漢也。方先主東下，荆州之人歸者十餘萬，或勸速行，以據江陵。先主曰：「夫舉大事必以人爲主，今人歸吾，何棄去？」〔一一〕是時，先主若還公安，吴爲仇也。夫以董卓之罪，上通於天，王允以順誅之，而李傕、郭汜糾合黨與，猶能爲之報仇〔一二〕。何則？卓雖兇逆，亦一時之望也。先主以宗室之名蓋當代，士之歸者如水之赴海〔一三〕。烏林之役，曹公以百萬之衆泝江而下，非其雄略，則周瑜水軍豈能獨勝耶〔一四〕？吴若殺之，豪傑四面而至，必矣。孫氏之亡，可立待也。由是言之，先主借荆州之事，拒之則爲仇，殺之則招禍，因而借之，則可以合從並力而抗曹公。肅之爲吴策者，豈不善乎？

然則，周瑜嘗欲徙先主置吴，盛爲築宫室，多其美女玩好〔一五〕，其策何如？此又大不可也。先主嘗見其髀裹肉生，慨然流涕，歎功業之不建〔一六〕。其在許也，曹公與之出則同輿，坐則同席，竟亦不留〔一七〕。此其志豈以美女、玩好老於吴者耶？

史稱曹公聞孫權以土地借備，方作書，落筆於地〔一八〕。彼知先主得荆州，輔車之勢成〔一九〕，天下未可以遽取也。由是言之，借荆州之事，豈惟劉氏所以取蜀，亦孫氏所以保吴者矣。

【校】

〔先主若還公安〕王本、四部本注云：「此下似有缺文。」

〔盛爲築宫室多其美女玩好〕各本俱脱「室」字，「玩好」作「好玩」。王本考證附纂云：「盛爲築宫多其美女好玩，案三國志吴周瑜傳『宫』下有『室』字，『好玩』作『玩好』，論下文正作『美女玩好』。」據此補改。

〔先主嘗見其髀裹肉生〕王本考證附纂云：「先主嘗見其髀肉生，案三國志蜀先主傳裴松之注引九州春秋『髀』下有『裹』字。」據此補。

【箋注】

〔一〕魯肅：字子敬，三國吴臨淮東城人。家富於財，有兩囷米，各三千斛。周瑜爲居巢長，求糧，肅指一囷與之，遂相交。瑜薦之於孫權。赤壁之戰中，建議聯蜀拒曹，獲致大勝。瑜死，代領其兵,爲奮武校尉。三國志吴書有傳。

〔二〕魯肅勸吴四句:先主,指劉備。三國志吴書魯肅傳:「後備詣京見權,求都督荆州,惟肅勸權借之,共拒曹公。曹公聞權以土地業備,方作書,落筆於地。」「後備西圖璋,留關羽守,權曰『猾虜乃敢挾詐!』」

〔三〕是時三句:見三國志蜀諸葛亮傳,先主三詣亮,亮分析天下大勢云:「今操已擁百萬之衆,挾天子而令諸侯。」

〔四〕仲謀與玄德:孫權,字仲謀;劉備,字玄德。三國志各有傳。

〔五〕此所謂三句:孫子九地:「夫吴人與越人,相惡也。當其同舟而濟,遇風,其相救也如左右手。」

〔六〕且吴二句:公安,縣名,今屬湖北省。赤壁戰爭後,劉備從周瑜手中分得之地。三國志蜀先主傳注引江表傳:「周瑜爲南郡太守,分南岸地以給備。備别立營於油江口,改名爲公安。……備以瑜所給地少,不足以安民,復從權借荆州數郡。」

〔七〕昔高祖四句:史記高祖紀:沛公入秦後召諸縣豪傑曰:「吾與諸侯約,先入關者王之,吾當王關中。約,法三章耳:殺人者死,傷人及盗抵罪。」「秦民大喜,争持牛羊酒食獻享軍士,沛公讓不受,曰:『倉粟多,不欲費民。』民又益喜,惟恐沛公不爲秦王。」

〔八〕項羽句:之,指劉邦。史記高祖紀漢元年:「二月,羽自立爲西楚霸王,王梁、楚地九郡,都彭城。背約，更立沛公爲漢王，王巴、蜀、漢中四十一縣，都南鄭。」

〔九〕而高祖句：三秦，史記高祖紀：「（韓信）因陳羽可圖、三秦易并之計。」注引應劭曰：「章邯爲雍王，司馬欣爲塞王，董翳爲翟王，分王秦地，故曰三秦。」漢元年五月，高祖定雍地；秋八月，塞王欣、翟王翳皆降漢，遂定三秦。

〔一〇〕探囊中物：五代史南唐世家李穀曰：「中國用吾爲相，取江南如探囊中物耳。」

〔一一〕先主曰四句：見三國志蜀先主傳。「何棄去」原文作「我何忍棄去」。

〔一二〕夫以董卓五句：董卓，字仲穎，東漢臨洮人。少帝時，大將軍何進密召之入朝誅宦官，後遂擅權，自爲相國，廢少帝，立獻帝。三國志本傳説他「殘忍不仁」，「嚴刑脅衆」，殺民衆擄掠婦女財物，姦亂宫人公主，又挾獻帝遷往長安，發掘洛陽陵墓，取寶物。傳末評曰：「董卓狼戾賊忍，暴虐不仁，自書契已來殆未之有也。」後司徒王允使吕布殺之。其部下李傕、郭汜用賈詡策，收卓故部曲合圍長安，驅吕布，「誅殺卓者，尸王允於市，葬卓於郿」。

〔一三〕先主以二句：劉備世稱漢景帝子中山靖王勝之後，因係宗室，故其未得荆州時，「荆州豪傑歸先主者日多」；「（劉）琮左右及荆州人多歸先主」。見三國志蜀先主傳。

〔一四〕烏林四句：烏林之役，即赤壁之戰。烏林，在今湖北嘉魚西，長江北岸，對岸爲赤壁。三國志魯肅傳注引吴書：「羽曰：烏林之役，左將軍身在行間，寢不脱介，自力破魏。」左將軍，劉備也。雄略，指孫劉聯盟之決策。赤壁之戰前，「先主遣諸葛亮自結於孫權，權遣周瑜、程普等水軍數萬，與先主并力，與曹公戰於赤壁，大破之」(三國志蜀先主傳)。

〔一五〕周瑜三句：周瑜，字公瑾，三國吴廬江舒人。少與孫策友善，後將兵隨策攻横江、秣陵等地，授中郎將。孫權時爲前部大督。三國志吴書本傳云：「備詣京見權。瑜上疏曰：『劉備以梟雄之姿，而有關羽、張飛熊虎之將，必非久屈爲人用者。愚謂大計宜徙備置吴，盛爲築宫室，多其美女玩好，以娱其耳目。』」

〔一六〕先主嘗三句：三國志蜀先主傳注引九州春秋曰：「備住荆州數年，嘗於(劉)表坐起至厠，見髀裏肉生，慨然流涕。還坐，表怪問備，備曰：『吾常身不離鞍，髀肉皆消。今不復騎，髀裏肉生。日月若馳，老將至矣，而功業不建，是以悲耳。』」説文：「髀，股也。」

〔一七〕其在許四句：三國志蜀先主傳：「曹公自出東征，助先主圍布於下邳，生禽布。先主復得妻子，從曹公還許，表先主爲左將軍，禮之愈重，出則同輿，坐則同席。」後竟出據下邳。

〔一八〕史稱曹公三句：見本篇注〔二〕。

〔一九〕輔車：頰輔與牙牀，喻相依之物。左傳僖公五年：「諺所謂輔車相依，脣亡齒寒者，其虞虢之謂也。」

【彙評】

段斐君本淮海集徐渭評「周瑜嘗欲徙先主至吴……老於吴者耶」：有此案，論更確。

林紓林氏選評名家文集淮海集：魯肅沈厚而見遠，周喻聰明而量狹。謂借荆州，正肅所以保吴，當時情事未必有此，然論自新闢。

諸葛亮論〔一〕

晁錯曰：「五帝神聖，其臣莫及；三王臣主俱賢；五霸不及其臣。」〔二〕臣竊以爲不然。夫覆杯水於坳堂之上，置杯焉則膠〔三〕；鷦鵬之翮拔而傅鳲鳩，則累矣〔四〕。故有帝者之君，則有帝者之臣；有王者之君，則有王者之臣；有霸者之君，則有霸者之臣。諸葛亮雖天下之奇材，亦霸者之臣耳。

何則？亮帝王之輔，肯爲蜀先主而委耶？王通以爲「使亮而無死，禮樂其有興乎」〔五〕，尤非也。臣以爲亮雖無死，曾不足取天下，況於興禮樂乎！何則？亮之所事者蜀先主，而所自比者，管仲、樂毅也〔六〕。先主雖號人傑〔七〕，然取天下則不及曹孟德〔八〕，保一方則不如孫仲謀〔九〕。其所以得蜀者，以劉璋之闇弱而已〔一〇〕。先主雖存，司馬仲達〔一一〕、陸伯言〔一二〕諸公皆無恙，尚不足以取魏，而死其能取天下乎？管仲相齊，九合諸侯，一匡天下，然不能先自治而後治人，故孔子以爲小器〔一三〕。樂毅爲弱燕合五國之從，夷萬乘之齊，然曠日持久，不能下莒與即墨，至間者得行，捐燕之趙〔一四〕。管仲、樂毅雖得志於天下，尚不能興禮樂。亮而無死，其能興禮樂乎？

夫古之君子，進難而退易。伊尹耕於有莘之野也，則固已曰：「使是君爲堯舜之君，使是民爲堯舜之民。」〔一五〕蓋求之而不用其道，則彼有不出而已。孔子曰：「如有用我者，吾其爲東周乎？」〔一六〕蓋用之而不盡其蘊，則彼有不留而已。是故有所不出，出則可以取天下；有所不留，留則可以興禮樂。方先主之顧亮於草廬之中，所言者取荆、益二州耳。至言天下有變，則一軍向宛洛，一軍出秦川〔一七〕。所謂「俟河之清，人壽幾何」者邪〔一八〕？關羽之死，大舉伐吴〔一九〕，亮曾不能强諫。及兵敗，乃歎曰：「法孝直若在，能制主上，令不東；就復東行，必不危矣！」〔二〇〕所謂「虎兕出於柙，龜玉毁於櫝中，是誰之過歟？」〔二一〕以此論之，亮不足以取天下而興禮樂，亦明矣！

然亮與先主，一言道合，遂能霸有荆益，成鼎峙之勢。及受寄託孤〔二二〕，義盡於主，國無間言。身死之日，雖遷廢之人，爲之泣下〔二三〕，有致死者〔二四〕。雖古往社稷之臣，何以加諸？陳壽以爲管蕭之亞匹，蓋近之矣。然壽以爲應變將略，非其所長〔二五〕，信乎此非也。亮之征孟獲，曰：「公，天威也，南人不復反矣。」〔二六〕其卒於渭上，司馬仲達按行其營壘處所，曰：「天下之奇材也！」〔二七〕所作八陣圖〔二八〕，後世言兵者必稽焉。則亮之應變將略，不言可知矣。嗚呼，豈壽果挾髡其父之故耶〔二九〕？抑其所自見如此也？

【校】

〔覆杯水〕「杯」原誤作「柸」，據張本、胡本、李本改。

〔鵜鶘之翮〕「鵜」原作「焦」，此從李本、王本、四部本。

〔一匡天下〕「一匡」原作「一正」，以避太祖諱故，據李本、段本、王本、秦本、四部本改。

〔法孝直若在……必不危矣〕王本、四部本案：「『法孝直』至『危矣』，語見蜀志，『不東』下脱『行』字，『危』上脱『傾』字。」又王本考證附纂：「能制主上令不東，案蜀志法正傳『東』下有『行』字。必不危矣，『危』上有『傾』字。」

【箋注】

〔一〕諸葛亮：字孔明，琅邪陽都（今山東諸城東南）人。漢末隱居隆中，自比管仲、樂毅，人稱「卧龍」。劉備三顧，始見之。出佐劉備，取荆州、定益州，遂成魏蜀吴三國鼎立之勢。備稱帝，以亮爲丞相。備死，輔後主劉禪，封武鄉侯，領益州牧。屢次北伐，志復中原。卒於五丈原。三國志蜀書有傳。

〔二〕晁錯曰五句：漢書晁錯傳對策：「臣聞五帝神聖，其臣莫能及，故自親事，處於法宫之中，明堂之上，動静上配天，下順地，中得人。」又：「臣聞三王臣主俱賢，故合謀相輔，計安天下，莫不本於人情。」又：「臣聞五伯不及其臣，故屬之以國，任之以事。」

〔三〕夫覆杯水二句：莊子逍遥遊：「覆杯水於坳堂之上，則芥爲之舟，置杯焉則膠。水淺而舟大也。」

〔四〕鷦鵬之翮二句：揚雄法言寡見：「鷦明沖天，不在六翮乎？拔而傅尸鳩，其累矣夫！」李軌注：「喻授小人以大位而不能成大功也。」案：鷦明，一作鷦鵬，傳説中南方之神鳥，鳳凰之屬。鳲鳩，鳥名，一名布穀。爾雅釋鳥：「鳲鳩，鴶鵴。」注：「布穀也，江東呼穫穀。」

〔五〕王通二句：王通文中子中説王道篇：「子曰：使諸葛亮而無死，禮樂其有興乎？」

〔六〕自比管仲樂毅：三國志蜀諸葛亮傳：「亮躬耕隴畝，好爲梁父吟，身長八尺，每自比於管仲、樂毅，時人莫之許也。」

〔七〕先主雖號人傑：三國志魏書武帝紀：「夫劉備，人傑也，今不擊，必爲後患。」

〔八〕曹孟德：曹操字孟德。

〔九〕孫仲謀：孫權字仲謀。

〔一〇〕劉璋：字季玉，江夏竟陵（今屬湖北）人，襲父焉位領益州牧。建安十六年，從張松、法正之言，與劉備結好。十九年，劉備進圍成都，城中尚有精兵三萬，吏民欲死戰。璋以不忍加害百姓，開城出降。三國志蜀書本傳注引英雄記云：「璋性寬柔，無威略。」又引張璠曰：「劉璋愚弱而守善言，斯亦宋襄公、徐偃王之徒，未爲無道之主也。」

〔一一〕司馬仲達：司馬懿，字仲達，三國魏温人，爲曹操所重用，曹丕時任大將軍，嘗建言伐蜀攻吴，「每與大謀，輒有奇策」。曹芳即位，以太傅與丞相曹爽同輔政。後殺爽，自爲丞相，獨攬朝政。至孫炎代魏，建晉朝，謚爲宣帝。晉書有紀。

〔一二〕陸伯言：陸遜，字伯言。三國吴郡吴人，孫策婿。孫權時，佐吕蒙敗關羽，占荆州。黄武元年（二二二）夷陵之戰中，以火攻破劉備四十餘營；加拜輔國將軍，領荆州牧。黄武七年與魏將曹休戰於皖，大敗魏師。赤烏中，官至丞相。三國志吴書有傳。

〔一三〕管仲五句：論語憲問：「子曰：『管仲相桓公，霸諸侯，一匡天下。』」又八佾：「子曰：『管仲之器小哉！』或曰：『管仲儉乎？』曰：『管氏有三歸，官事不攝，焉得儉？』」

〔一四〕樂毅六句：樂毅，戰國時燕將，魏樂羊之後，習兵書。自魏使燕，燕昭王任爲上將，聯趙、楚、韓、魏，統五國兵以伐齊，下七十餘城，惟莒與即墨未下。燕惠王繼位，齊國田單行反間計，惠王使騎劫代毅。毅懼誅，奔趙。田單大破燕軍，盡復失地。史記有傳。

〔一五〕伊尹四句：孟子萬章上：「伊尹耕於有莘之野……湯三使往聘之，既而幡然改曰：『與我處畎畝之中，由是以樂堯舜之道。吾豈若使是君爲堯舜之君哉，吾豈若使是民爲堯舜之民哉，吾豈若於吾身親見之哉！』」

〔一六〕孔子曰三句：見論語陽貨。

〔一七〕方先主五句：三國志蜀書諸葛亮傳：先主詣亮，三往乃見，亮屏人勸先主據荆州、益州，且謂：「天下有變，則命一上將將荆州之軍以向宛、洛，將軍身率益州之衆出於秦川，百姓孰敢不簞食壺漿以迎將軍者乎？誠如是，則霸業可成，漢室可興矣。」顧亮於草廬之中，見本傳出師表。

〔一八〕俟河二句：乃周逸詩，見左傳襄公八年。河水本濁，不可能清，此喻時不我待。

〔一九〕關羽二句：關羽，字雲長，河東解人。三國志蜀書有傳。先主西定益州後，拜羽董督荆州事。建安二十四年（二一九），羽討樊城，擒魏將于禁，孫權遣呂蒙偷襲其後，羽敗走麥城，爲吴軍所獲而誅。先主忿孫權之襲，章武元年（二二一）秋七月帥諸軍伐吴，見三國志蜀書先主傳。

〔二〇〕法孝直五句：法正，字孝直，扶風郿人。初依劉璋。劉備立爲漢中王，以正爲尚書令，護軍將軍。三國志蜀書本傳云：「先主既即尊號，將東征孫權以復關羽之耻，群臣多諫，一不從。章武二年，大軍敗績，還住白帝。亮嘆曰：『法孝直若在，則能制主上，令不東行；就復東行，必不傾危矣。』」

〔二一〕虎兕三句：見論語季氏。

〔二二〕及受寄託孤：三國志蜀書諸葛亮傳：「章武三年春，先主於永安病篤，召亮於成都，屬以後事。」又蜀先主傳章武三年：「先主病篤，託孤於丞相亮。」

〔二三〕雖遷廢之人爲之泣下：指廖立，詳見卷十九張安世論注〔一三〕。

〔二四〕有致死者：指李平，見卷十九張安世論注〔一三〕。

〔二五〕陳壽四句：見三國志諸葛亮傳評語。陳壽，字承祚，巴西安漢人，由蜀入晉，除著作郎，撰有三國志。晉書有傳。

〔二六〕亮之征五句：三國志蜀書諸葛亮傳謂章武「三年春，亮率衆南征，其秋悉平」。注引漢晉春秋云：「（孟獲）七縱七禽，而亮猶遣獲。獲止不去，曰：『公，天威也，南人不復反矣。』遂至滇池，南中平。」

〔二七〕其卒四句：據三國志本傳，章武十二年春，亮卒於渭南五丈原，生前與司馬懿相持百餘日，「及軍退，宣王（司馬懿）案行其營壘處所，曰：『天下奇才也！』」

〔二八〕所作八陣圖：三國志本傳：「推演兵法，作八陣圖。」盛弘之荆州記云：「魚復縣鹽井以西，石磧平曠，騁望四遠，諸葛孔明積細石爲壘，方可數百步；壘西郭又聚石爲八行，相去二丈許，謂之八陣圖。曰：『八陣既成，自今行師，庶不復敗。』自後深識見者并莫能了。桓宣武（温）伐蜀經之，以爲常山蛇勢。」

〔二九〕豈壽句：晉書陳壽傳：「壽父爲馬謖參軍，謖爲諸葛亮所誅，壽父亦坐被髡，諸葛瞻又輕壽。壽爲亮立傳，謂亮『將略非長，無應敵之才』，言瞻『惟工書，名過其實』。議者以此少之。」

臧洪論〔一〕

臣聞臧洪以袁紹不救張超,絶不與通,至於敗死〔二〕。以臣觀之,洪實游俠之靡也,豈臣子之義哉〔三〕?何則?夫欲生而惡死,天下之真情也〔四〕。然古之君子,或捐軀命、棄親族,不爲苟得者,非不欲生,以其所欲有甚於生而已。觸鼎鑊〔五〕、冒鋒鏑、患有所不避者,非不惡死,以其所惡有甚於死而已。使其所欲未有甚於生,所惡未有甚於死,則君子豈有矯世絶俗拂其所謂真情者耶?

詩云:「既明且哲,以保其身。」〔六〕君子之常也。傳曰:「志士仁人,有殺身以成仁,無求生以害仁。」〔七〕君子之變也,不得已而爲之者也。世衰道微,士大夫講學不明於是,始惑於輕重取舍之際,徒知保身之爲易、殺身之爲難,不知妄死之與苟生,其失一也。齊有崔氏之難,其臣死者十有餘人。晏子獨以爲「君爲社稷死,則死之;爲社稷亡,則亡之;若爲己死,而爲己亡,非其私暱,誰敢任之?」〔八〕以晏子之言論之,洪爲張超而死者果何爲也?夫曹操、呂布皆漢之姦臣。然方是時,操挾天子,其勢爲順;布背朝廷,其勢爲逆。使超去逆就順,紹弗爲救,猶或可責;矧叛操而歸布〔九〕,

安能責其不救乎？

夫張超、袁紹之於洪，雖交有故新，遇有厚薄，然受其表用，則皆主也。使舊主爲新主所殺，洪絶之而致死，猶或近義。矧滅超者曹氏，焉得與紹爲仇乎？由是言之，洪爲張超而死者果何謂也？孔融嘗爲管亥所困，太史慈爲突重圍求救於先主。先主從之，遂解都昌之急〔一〇〕。蓋是時，俗尚名節甚矣，天下之士惟以然諾不終爲愧，禍亂不解爲恥。厥志有在，生死以之。故事成則爲太史慈，不成則爲臧洪。以臣子之義責之，皆罪人也。

揚子以要離爲蛛蝥之靡、聶政爲壯士之靡、荆軻爲刺客之靡者耶〔一一〕。孟子曰：「可以死，可以無死，死傷勇。」〔一二〕若數子者，可謂傷勇矣，亦足以悲夫！

【箋注】

〔一〕臧洪：字子源，東漢廣陵射陽人，年十五，知名太學。舉孝廉，補即丘長。中平末，太守張超請爲功曹。時董卓圖危社稷，洪説超糾合義兵討之，不果。袁紹命爲青州刺史，在事二年，徙爲東郡太守。因曹操起兵滅張超，袁紹不救，于是怨紹。紹攻陷其城，生執洪，不屈而死。見後漢書本傳。

〔二〕臣聞三句：後漢書本傳云：「時曹操圍張超於雍丘，甚危急。……洪始聞圍超，乃徒跣號泣，並勒所領，將赴其難。自以衆弱，從紹請兵，而紹竟不聽之，超城遂陷，張氏族滅。洪由是怨紹，絶不與通。」紹興兵圍之，陷城生執洪，不能使屈，乃命殺焉。

〔三〕洪實游俠二句：游俠之靡，即游俠中之小者。史記游俠列傳：「今游俠，其行雖不軌於正義，然其言必信，其行必果，已諾必誠，不愛其軀，赴士之阨困，既已存亡死生矣，而不矜其能，羞伐其德，蓋亦有足多者焉。」少游下文云「天下之士惟以然諾不終爲愧……厥志有在，生死以之。……以臣子之義責之，皆罪人也」云云，皆符合史記所云游俠之特徵，而以臧洪爲游俠之小者也。

〔四〕夫欲生二句：吕氏春秋論威：「人情欲生而惡死，欲榮而惡辱。」

〔五〕鼎鑊：古之烹刑。史記廉頗藺相如列傳：「臣知欺大王之罪當誅，臣請就湯鑊。」蘇軾留侯論：「以刀鋸鼎鑊待天下之士。」

〔六〕既明二句：見詩大雅烝民。

〔七〕志士三句：見論語衛靈公。

〔八〕齊有崔氏十句：史記齊太公世家莊公六年，崔杼殺莊公，晏嬰立崔杼門外，曰：「君爲社稷死則死之，爲社稷亡則亡之，若爲己死己亡，非其私暱，誰敢任之？」

〔九〕叛操而歸布：三國志魏書吕布傳：「興平元年，太祖復征（陶）謙，邈弟（張）超與太祖將陳宮、從事中郎許汜、王楷，共謀叛太祖。……遂以其衆東迎布爲兖州牧，據濮陽。……邈從布，留超將家屬屯雍丘。太祖攻圍數月，屠之，斬超及其家。」

〔一〇〕孔融四句：後漢書孔融傳：「時黄巾復來侵暴，融乃出屯都昌，爲賊管亥所圍。融逼急，乃遣東萊太史慈求救於平原相劉備。備驚曰：『孔北海乃復知天下有劉備邪？』即遣兵三千救之。」

〔一一〕揚子句：揚雄法言淵騫：「(要)離也，火妻灰子，以求反於慶忌，實蛛蝥之靡也，焉可謂之義也？(聶)政爲嚴氏犯韓，刺相俠累，曼面爲姊，實壯士之靡也，焉可謂之義也？(荆)軻爲丹奉於期之首，燕督亢之圖，入不測之秦，實刺客之靡也，焉可謂之義也？」靡，小。

〔一二〕孟子曰以下三句：見孟子離婁下。意謂在可以死可以不死時，求死並不是真勇。

王導論〔一〕

臣聞春秋書趙盾之罪，而三傳皆以爲實其族穿，非盾也〔二〕。盾爲正卿，亡不越境，反不討賊，故被大惡之名。臣始疑之，及讀晉史，見王導、周顗之事〔三〕，然後知三傳之説爲不誣矣。何則？經誅其志，傳述其事也。

王敦之舉兵也，劉隗勸帝盡誅王導之族，導嘗求救於顗。顗申救甚切，而不與之言，導心銜之〔四〕。及敦得志，問顗於導，不答，顗遂見誅。後見其表，始流涕曰：「吾雖不殺伯仁，伯仁由我而死。」然則顗之死雖假手於敦，實導意也。若使後世良史書曰「王導殺周顗」，不亦宜乎？以此觀之，則趙盾之事，從可知矣。

夫盾以驟諫不入，靈公使鉏麑賊之，麑不忍殺〔五〕；又伏甲而攻之，僅以身免〔六〕，故其族穿攻靈公於桃園。然則靈公之死雖假手於穿，實盾志也。不然，則其返也曷爲其不討穿乎？傳以爲志同則書重〔七〕，信不誣矣。豈非經誅其志而傳述其事耶？然則，穿，首惡也；盾，疑似者也。舍首惡而誅疑似者何也？蓋名實俱善者，天下不疑爲君子；心迹俱惡者，天下不疑爲小人。有善之名，無善之實；有惡之心，無惡之迹，是爲姦人。姦人者，嘗託身於疑似之間，天下莫得而誅之。此春秋所以誅之也。太史公以春秋「别嫌疑、明是非、定猶豫」〔八〕，蓋以此矣。

漢淮南厲王母坐趙氏死，厲王以爲辟陽侯力能釋之而不争，輒椎殺之〔九〕。唐高宗欲立武后，畏大臣異議，李勣曰：「此陛下家事，無須問外人。」〔一〇〕帝意遂定。唐人以爲立武后者，勣也。由此觀之，誅志不誅事，非特春秋，古今人情之所同然也，春秋能發之耳。

然則王導之罪與趙盾同乎？曰：非也。導實江左之名臣。東晉之興，導力爲多。特其殺周顗之事，有似於盾而已。

【校】

〔力能釋之〕清鈔本「釋」作「得」。

【箋注】

〔一〕王導：晉臨沂人，字茂弘。元帝爲瑯玡王，居建康，導知天下已亂，勸帝招攬賢俊以結人心。於是，政務清静，户口殷實，朝野依賴，號爲仲父。及帝即位，以導爲丞相。歷仕元帝、明帝、成帝三朝，出將入相，官至太傅。晉書有傳。

〔二〕臣聞春秋三句：趙盾，即趙宣子，春秋晉靈公、成公時執政。春秋宣公二年：「秋九月，晉趙盾弑其君夷皋（晉靈公）。」左傳：「乙丑，趙穿攻靈公於桃園，宣子未出山而復。太史書曰：『趙盾弑其君。』以示于朝。宣子曰：『不然！』」穀梁傳云：「穿弑也，盾不弑，而曰盾弑何也？以罪盾也。其以罪盾何也？曰：靈公朝諸大夫而暴彈之，觀其辟丸也。趙盾入諫，不聽，出亡，至於郊，趙穿弑公，而後反趙盾。」公羊傳：「親弑君者趙穿也。親弑君者趙穿，則曷爲加之趙盾？不討賊也。」按晉靈公不聽趙盾之諫，反欲加害盾，盾遂出逃。趙穿弑靈公後，盾返而不討穿。

〔三〕王導、周顗之事：周顗，晉安成人，字伯仁。元帝時任尚書右僕射。王敦起兵，敦從弟王導赴闕待罪，顗在元帝前多方申救，帝納其言而導不知。及敦兵至，敦問導：「周顗何如？」導不答，敦遂殺顗。後導見顗申救之表，泣曰：「吾雖不殺伯仁，伯仁由我而死。幽冥之中，負此良友!」見晉書周顗傳。

〔四〕王敦六句:晉書周顗傳:「初,敦之舉兵也,劉隗勸帝盡除諸王,司空導率群從詣闕請罪,值顗將入,導呼顗謂曰:『伯仁!以百口累卿。』顗直入不顧,既見帝,言導忠誠,申救甚至,帝納其言。顗喜飲酒,致醉而出,導猶在門,又呼顗,顗不與言,顧左右曰:『今年殺諸賊奴,取金印如斗大繫肘後。』既出,又上表明導,言甚切至。導不知救己,而甚銜之。」

〔五〕夫盾三句:左傳宣公二年:「宣子驟諫,公患之,使鉏麑賊之,晨往,寢門闢矣,盛服將朝,尚早,坐而假寐。麑退,歎而言曰:『不忘恭敬,民之主也。賊民之主,不忠。棄君之命,不信。有一於此,不如死也。』觸柱而死。」

〔六〕又伏甲二句:左傳宣公二年:「秋九月,晉侯飲趙盾酒,伏甲將攻之。其右提彌明知之,趨登曰:『臣侍君宴,過三爵,非禮也。』遂扶(趙盾)以下。」「闘且出,提彌明死之。」甲士中靈輒曾受恩於盾,「倒戈以禦公徒」,盾始得免。

〔七〕傳以爲句:穀梁傳宣公二年:「史狐曰:子(指趙盾)爲正卿,入諫不聽,出亡不遠,君弒,反不討賊,則志同。志同則書重,非子而誰?」注:「志同穿也。」

〔八〕別嫌疑三句:見史記太史公自序。

〔九〕漢淮南厲王三句:淮南厲王,名長:劉邦少子。其母爲故趙王張敖美人。史記淮南厲王傳:「及貫高等謀反柏人事發覺,並逮治(趙)王,盡收捕王母、兄弟、美人,繫之河内。厲王母亦繫。……厲王母弟趙兼因辟陽侯言吕后。吕后妒，弗肯白，辟陽侯不彊争。及厲王母已生厲王，恚，即自殺。」其後厲王長大，「力能扛鼎，乃往請辟陽侯。辟陽侯出見之，即自袖鐵椎椎辟陽侯，令從者魏敬剄之」。

〔一〇〕唐高宗五句：新唐書李勣傳云：李勣，字懋功，曹州離狐人，本姓徐氏。從李密起義。太宗即位，拜并州都督，俄同中書門下三品；高宗立，爲尚書左僕射。帝欲立武昭儀爲皇后，畏大臣異議，未决。李義府、許敬宗又請廢王皇后。帝後密訪勣，曰：「將立昭儀，而顧命之臣皆以爲不可，今止矣。」勣答曰：「此陛下家事，無須問外人。」帝意遂定，而王皇后廢，詔李勣、于志寧奉册立武氏。

【彙評】

林紓林氏選評名家文集淮海集：趙穿弑君，盾使之迎立新君，是欲以勞掩罪，此不待辯而知。其包存禍心，傳固但述其事，然微旨即見諸叙事之中。文言「經誅志、傳述事」，二語真成鐵案。中間論疑似之獄，甚有理解。天下正於疑似中，寫藏無數罪人耳。

崔浩論〔一〕

臣聞有有道之士，有有才之士〔二〕。至明而持之以晦，至智而守之以愚〔三〕，與物並遊而不離其域者〔四〕，有道之士也。以明濟明，以智資智，穎然獨出，不肯與衆爲耦者，有才之士也。夫有道之與有才，相去遠矣，不可不知也。

史稱崔浩自比張良，謂稽古過之〔五〕。以臣觀之，浩曾不及荀、賈〔六〕，何敢望子房乎？夫子房之於漢，荀攸、賈詡之於魏，浩之於元魏，運籌制勝，算無遺策，實各一時之謀臣也。高祖以子房與韓信、蕭何爲三人傑，用之以取天下〔七〕。韓信王楚數十城，蕭何封侯第一，而子房獨願封留而已〔八〕。及太子監關中兵，乃行少傅事，晏然處於叔孫通之下〔九〕，了無矜伐不平之意。故司馬遷以爲無智名，無勇功〔一〇〕，可謂有道之士也。荀、賈雖不足以與於此，然攸謀謨帷幄，時人子弟莫知其言；詡亦闔門自守，退無交私，皆以令終。故陳壽以爲良、平之亞〔一一〕。雖有才之士，亦頗聞君子之道者也。浩則不然。其設心措意，惟恐功之不著，名之不顯而已。李順之死，浩既有力〔一二〕，而奏五寅元曆，章尤夸誕，妄詆古人〔一三〕，所撰國記，至鑱石道傍〔一四〕，以彰直筆。明哲之所爲固如此乎？正孟子所謂小有才，未聞君子之大道，適足以殺其身而已，盆成括之流也〔一五〕。以此論之，浩曾不及荀、賈明矣，何敢望子房乎？

夫以其精治身，以緒餘治天下，功成事遂，奉身而退者，道家之流也〔一六〕。觀天文，察時變，以輔人事，明於末而不知本，陰陽家之流也〔一七〕。子房始遊下邳，受書圯上老人，終曰願棄人間從赤松子游耳。則其術蓋出於道家也〔一八〕。浩精於術數之學，其言熒惑之入秦〔一九〕，彗星之滅晉〔二〇〕，與夫兔出後宮、姚興獻女之事尤異〔二一〕。及黜莊老，乃以爲矯誣之言〔二二〕。則其術蓋出於陰陽而已。此其所以不同也。

然高帝用子房之謀，棄咸陽，還定三秦，滅項羽於垓下〔二三〕。太武用浩，亦取赫連昌，破蠕蠕，平沮渠牧犍於涼州〔二四〕。惠帝得不廢者，子房之本謀〔二五〕。而太武爲國副主，亦自浩發之〔二六〕。其迹蓋相似也。嗚呼，豈欲爲子房而不知所以爲子房者歟？

【校】

〔浩之於元魏〕原脱「之」字，據王本、四部本補。

〔時人子弟莫知其言〕王本考證附纂云：「時人子弟莫知其言，案魏志荀攸傳作『時人及子弟莫知其所言』。」

〔退無交私〕王本考證附纂云：「退無交私，案魏志賈詡傳作『退無私交』。」

〔所撰國記〕各本「國記」均作「圖書」，王本考證附纂云：「所撰圖書，案通鑑綱目魏主使崔浩高允等『共譔國記，閔湛郗標勸浩刊所譔國史於石，以彰直筆』。『圖』是『國』之譌。」案魏書本傳既作國書，亦作國記。

〔以彰直筆〕「以」原誤作「公」，據王本、四部本改。

【箋注】

〔一〕崔浩：字伯淵，北魏清河東武城人，博覽經史、百家之言。太宗明元初，拜博士祭酒，累官至司徒，仕魏三世，軍國大計，多所參贊。工書，長天文曆學，作國書三十卷，又著晉後書，上五寅元曆。終爲鮮卑諸大臣所忌，矯誣罪滅族。魏書、北史有傳。

〔二〕臣聞二句：莊子大宗師女偊曰：「夫卜梁倚有聖人之才，而無聖人之道；我有聖人之道，而無聖人之才。」

〔三〕至明二句：係道家思想。老子二十章：「衆人皆有餘，而我獨若遺，我愚人之心也哉。沌沌兮，俗人昭昭，我獨昏昏；俗人察察，我獨悶悶。澹兮其若海，飂兮若無止，衆人皆有以，而我獨頑似鄙。」又四十五章：「大巧若拙，大辯若訥。」又五十八章：「是以聖人……光而不燿。」王弼注：「以光鑑，其所以迷；不以光照，求其隱慝也：所謂明道若昧也。」此皆道家至明持晦、至智守愚思想；然儒家亦有之，如易明夷象辭曰：「用晦而明。」王弼注：「藏明於内，乃得明也。顯明於外，巧所辟也。」又如孔子家語三恕記孔子於魯桓公之廟見欹器歎曰：「夫物惡有滿而不覆哉！」在答子路問時亦云：「聰明睿智，守之以愚。」

〔四〕與物並遊：列子仲尼：「子列子好遊」，壺丘子開導他説：「至遊者不知所適，至觀者不知所眡，物物皆遊矣，物物皆觀矣。」張湛注：「忘遊，故能遇物而遊；忘觀，固能遇物而觀。」是

「與物並遊」即忘其所遊，即「不知所適」之「至遊」。

〔五〕史稱二句：魏書崔浩傳：「浩纖妍潔白，如美婦人，而性敏達，長於謀計，常自比張良，謂己稽古過之。」案：史記留侯世家太史公曰：「余以爲其人計魁梧奇偉，至見其圖，狀貌如婦人好女。」故崔浩以張良自比。

〔六〕荀、賈：荀攸、賈詡，三國魏謀士。攸，字公達，彧從子。漢獻帝時，官黄門侍郎，後應曹操徵，官至尚書令。詡，姑臧人，字文和，曾説張繡歸曹操，表爲執金吾，封都亭侯。詡自以爲非操舊臣，而策謀深長，懼見猜嫌，闔門自守，退無私交。魏文帝時，官至太尉。以上俱見三國志魏書荀攸賈詡傳。

〔七〕高祖二句：見本卷袁紹論注〔六〕。

〔八〕而子房句：子房，張良字。史記留侯世家：「漢六年正月封功臣，良未嘗有戰鬭功。高帝曰：『運籌策帷帳中，決勝千里外，子房功也。自擇齊三萬户！』良曰：『始臣起下邳，與上會留，此天以臣授陛下。陛下用臣計，幸而時中。臣願封留足矣，不敢當三萬户。』乃封張良爲留侯。」

〔九〕及太子三句：史記留侯世家：「（良）因説上曰：『令太子爲將軍，監關中兵。』上曰：『子房雖病，彊卧而傅太子。』是時叔孫通爲太傅，留侯行少傅事。」

〔一〇〕故司馬遷二句：史記太史公自序：「運籌帷幄之中，制勝於無形，子房計謀其事，無知名，無勇功，圖難於易，爲大於細。」

〔一一〕故陳壽句：陳壽三國志魏書荀攸賈詡傳評：「荀攸、賈詡，庶乎算無遺策，經達權變，其良、平之亞歟？」良，張良；平，陳平。

〔一二〕李順二句：魏書崔浩傳：「初浩構害李順，基萌已成，夜夢秉火爇順寢室，火作而順死，浩與室家群立而觀之。」案：李順，字德正，北魏趙郡平棘人。平三秦，遷四部尚書。順與崔浩爲「一門婚媾」：浩弟娶順妹，浩弟子娶順女。而浩輕順，順又不服，故浩惡之，嘗毀順受牧犍父子重賂，詐稱涼州無水草，不可行師。世祖大怒，遂刑順於城西。見魏書浩、順本傳。

〔一三〕而奏三句：魏書律曆志上：「真君中，司徒崔浩爲五寅元曆，未及施行，浩誅，遂寢。」真君中指北魏太武帝拓跋燾太平真君年間（四四〇至四五一）。魏書崔浩傳：「浩又上五寅元曆，表曰：自秦始皇燒書之後，經典絶滅。漢高祖以來，世人妄造曆術者有十餘家，皆不得天道之正，大誤四千，小誤甚多，不可言盡。臣愍其如此。今遭陛下太平之世，除僞從真，宜改誤曆，以從天道。是以臣前奏造曆，今始成訖。」故少游斥之爲「章尤夸誕，妄詆古人」。

〔一四〕所撰國記二句：北史崔浩傳：「初，道武詔祕書郎鄧彦海著國記十餘卷，編年次事，體例未成，逮於明元，廢不著述。神麚二年，詔集諸文人摭録國書，浩及弟覽、高讜、鄧穎、晁繼、范亨、黄輔等共參著作，叙成國書三十卷。著作令太原閔堪、趙郡郗標素諂事浩，乃請立石，銘載國書，以彰直筆。」

〔一五〕正孟子四句：孟子盡心下：「盆成括仕於齊。孟子曰：『死矣盆成括。』盆成括見殺，門人問曰：『夫子何以知其將見殺？』曰：『其爲人也，小有才，未聞君子之大道也，則足以殺其軀而已矣。』」集注：「盆成，姓；括，名也。恃才妄作，所以取禍。」

〔一六〕夫以其精五句：莊子讓王：「道之真以治身，其緒餘以爲國家，其土苴以治天下。由此觀之，帝王之功，聖人之餘事也，非所以完身養生也。」釋文：「緒餘，司馬李曰：緒者殘也，謂殘餘也。……土苴，糟魄也，皆不真物也。」據此，則少游所云之「精」，即莊子之「真」、「真物」，亦即與糟粕相對之精華。老子九章：「金玉滿堂，莫之能守；富貴而驕，自遺其咎；功遂身退，天之道。」道家，漢書藝文志：「道家者流，蓋出於史官，歷記成敗存亡禍福古今之道，然後知秉要執本，清虚以自守，卑弱以自持，此君人南面之術也。」後世凡崇黄帝老莊之學者，皆稱道家。

〔一七〕觀天文五句：易賁彖辭：「觀乎天文，以察時變；觀乎人文，以化成天下。」又繫辭下：「其初難知，其上易知，本末也。」莊子天下：「易以道陰陽。」易繫辭上：「陰陽不測之謂神。」疏：「天下萬物，皆由陰陽，或生或成，本其所由之理，不可測量之謂神也。」案：陰陽家，古九流之一。戰國時以陰陽名家者有鄒衍鄒奭。漢書藝文志著録陰陽家二十一家，其學含數度之學與五行之説。

〔一八〕子房四句：子房，張良字。史記留侯世家：「良嘗閒從容步游下邳圯上，有一老父，衣褐，至良所，直墮其履圯下。……（良）彊忍，下取履。……因長跪履之。……曰：『孺子可教矣。後五日平明與我會此。』……五日，良夜未半往。有頃，父亦來，喜曰：『當如是。』出一編書，曰：『讀此則爲王者師矣。』……旦日視其書，乃太公兵法也。」良後功成，乃曰：「今以三寸舌爲帝者師，封萬户，位列侯，此布衣之極，於良足矣。願棄人間事，欲從赤松子游耳。」索隱引列仙傳：「（赤松子）神農時雨師也，能入火自燒，崑崙山上隨風上下也。」

〔一九〕熒惑之入秦：魏書本傳：「初，姚興死之前歲也，太史奏：熒惑在匏瓜星中，一夜忽然亡失，不知所在。」太宗聞之，大驚。浩對曰：「請以日辰推之，庚午之夕，辛未之朝，天有陰雲，熒惑之亡，當在此二日之内。庚之與未，皆主於秦，辛爲西夷。今姚興據咸陽，是熒惑入秦矣。」案：熒惑，火星名。史記天官書：「（熒惑）出則有兵，入則兵散。」

〔二〇〕彗星之滅晉：魏書本傳泰常三年：「彗星出天津，入太微，經北斗，絡紫微，犯天棓，八十餘日，至漢而滅。」浩對太宗曰：「彗孛者，惡氣之所生，是爲僭晉將滅，劉裕篡之之應也。」

〔二一〕兔出後宫，姚興獻女：魏書本傳：「是時，有兔在後宫，驗問門官，無從得入。太宗怪之，命浩推其咎徵。浩以爲當有鄰國貢嬪嬙者，善應也。明年，姚興果獻女。」案姚興：後秦國君姚萇長子，後嗣立稱王。晉書、魏書皆有傳。

〔二二〕及黜莊老二句：魏書本傳：「性不好莊老，每讀不過數十行，輒棄之，曰：『此矯誣之説，不近人情。』」

〔二三〕然高帝四句：漢書高帝紀元年冬十月：「（高祖）遂西入咸陽，欲止宫休舍，樊噲、張良諫，乃封秦重寶財物府庫，還軍霸上。」又：「（韓信）因陳羽可圖、三秦易并之計，漢王大悦，遂聽信策。」史記淮陰侯列傳：「漢王之困固陵，用張良計會齊王信，遂將兵會垓下。」案：三者之中，唯還定三秦非用張良計，但高祖所以能還定三秦，是靠張良之謀安度鴻門宴之危。故此處籠統言之。

〔二四〕太武四句：魏書本傳云：始光中，議討赫連昌，群臣皆以爲難，唯浩贊助。世祖遂分騎奮擊，昌軍大潰。又云：是年議擊蠕蠕，朝臣内外盡不欲行，世祖皆不聽，唯浩讚成策略。於是乘蠕蠕不備，攻陷之。又云，是時河西王沮渠牧犍内有貳意，世祖將討焉，先問於浩。浩謂不可不誅。於是遂討涼州而平之。案：赫連昌，五胡夏勃勃子，匈奴右賢王去卑之後。蠕蠕，即柔然，古北方民族，魏書有傳。沮渠牧犍，前代爲匈奴左沮渠，其父蒙遜始稱涼王。牧犍繼任，自稱河西王。

〔二五〕惠帝二句：史記留侯世家：「上欲廢太子，立戚夫人子趙王如意。大臣多諫争，未能得堅決者也。吕后恐，不知所爲。人或謂吕后曰：『留侯善畫計筴，上信用之。』吕后乃使建成侯吕澤劫留侯，曰：『君常爲上謀臣，今上欲易太子，君安得高枕而卧乎？』」於是子房請迎商山四皓。會黥布反，高祖欲使太子將兵擊之。子房從四皓議，遂説吕后請高祖勿以太子將兵，而以之監關中兵，故得以不廢。

〔二六〕而太武二句：太武，即魏世祖太武皇帝拓拔燾。魏書崔浩傳謂太宗恒有微疾，使中貴人密問於浩，浩建議立燾，「太宗納之，於是使浩奉策告宗廟，命世祖爲國副主，居正殿臨朝」。

淮海集箋注卷第二十二

進　論

王儉論〔一〕

臣聞君子之論人，觀其終身之大節。大節喪矣，雖有一時之美、一日之長足以夸污世而矯流俗，君子無取焉。史稱王儉「嘗謂『江左風流宰相，惟有謝安』，蓋自況也」〔二〕。以臣觀之，儉實安之罪人也，豈可同日而語哉？

何則？自晉以閥閱用人，王謝二氏最爲望族，江左以來，公卿將相出其門者十七八〔三〕。子爲主壻〔四〕，女爲王妃〔五〕，布臺省而列州郡者，不可勝數。亦猶齊之諸田〔六〕、楚之昭屈景氏〔七〕，皆與國同其休戚者也。安之仕晉，始爲桓温司馬〔八〕。孝武之世，政由温出，搢紳顧望，不知所爲〔九〕。而安與王坦之盡忠王室，蔑有二心〔一〇〕。

至於屢改袁宏之文，以寢九錫之命〔一一〕，可謂以身許國、社稷之臣者矣〔一二〕！儉之仕宋，襲封選尚〔一三〕，其爲親貴，固非安之比也。蕭公雖有異志，而謝朏、褚彦回之屬，初無從意。齊室之建，儉實發之〔一四〕。至引梁王魯國之事，使臣珥貂，所居稱殿〔一五〕，何異取六藝以文姦言者？安之於晉，其大節如彼；儉之於宋，其大節如此。臣故曰：儉實安之罪人也。至於該洽經史，明習故事，工詞令，妙威儀，動爲名流之所稱，所謂一時之美、一日之長夸污世而矯流俗者也。君子何取焉？

安少有重名，累年辟召不至〔一六〕，其後雖受朝寄，而東山之志，始末不渝，形於言色〔一七〕。則安之功名出於無意者也。儉少時志在宰執，見於所賦之詩〔一八〕。及生子，字曰元成〔一九〕，取仍世作相之義。則儉之富貴取於有心者也。夫無意之與有心相去遠矣，豈可同日而語哉？

宋初受命，陶潛自以祖侃晉世宰輔〔二〇〕，耻復屈身，投劾而歸，躬耕於潯陽之野。其所著書，自義熙以前，題晉年號；永初以後，但稱甲子而已〔二一〕。以此論之，則儉之爲人，蓋可見也。

【校】

〔取六藝〕「六藝」原誤作「大勢」，此從張本、胡本、李本、段本、王本、秦本、四部本。

【箋注】

〔一〕王儉：南齊琅琊臨沂人，字仲寶。南朝宋明帝時，歷官太子舍人，祕書丞。入齊，遷尚書右僕射，領吏部。卒謚文憲。南齊書、南史皆有傳。

〔二〕史稱二句：見南史、南齊書本傳。案謝安，晉陽夏人，字安石。少有重名，每游賞，必攜妓。後爲尚書僕射，因遣侄玄等大破苻堅於淝水，拜太保，卒贈太傅。晉書有傳。

〔三〕自晉四句：閥閱，猶門閥、門第。指祖先建立功勳之家世，亦即名門望族。以閥閱用人，實自東漢章帝時始，故後漢書章帝紀云：「每尋前世舉人貢士，或起甽畝，不繫閥閱。」注：「言前代舉人務取賢才，不拘門地。」又宦者傳論：「刑餘之醜，理謝全生，聲榮無暉於門閥。」魏晉以後，此風尤盛。南史侯景傳：「（景）請娶於王謝，帝曰：王謝門高非偶，可於朱張以下訪之。」可見王謝爲東晉時門閥之高者。據晉書列傳載，瑯玡王導因中興有功，位居丞相，其子悦，官至中書侍郎；悦無子，以弟恬子琨爲嗣，襲導爵丹陽尹；琨卒，子嘏嗣，官至尚書。導又有子恬，官至會稽内史；洽，官至中書令；協，襲爵武岡侯；洽之子珣，加散騎常侍；珉，官至中書令。王導從子羲之官右軍將軍，子凝之、徽之、操之、獻之，皆有重名。又有太原王渾，官安東將軍；王沈，官司空；王浚，官大都督；王濟，官侍中。東海王愷，官散騎常侍。謝氏有謝安，因淝水之戰有功，進拜太保。其子瑶襲爵，官至琅邪王友；琰，曾官右將軍，卒贈司空。琰三子：肇，歷驃騎將軍；峻，以琰勳封建昌侯；混襲父爵，歷中書令、尚書左僕射。安兄奕，卒贈鎮西將軍；奕子玄，因參加淝水之戰爲前鋒都督，授散騎常侍、會稽内史。子瑍嗣，早卒；瑍子靈運，永熙中，爲劉裕世子左衛率。安弟萬，萬弟石，石兄子朗，朗弟子邈，俱有官。參見晉書、宋書。少游謂「公卿將相出其門者十七八」，是矣。

〔四〕子爲主壻：據晉書王導傳附，導之曾孫嘏尚鄱陽公主；又謝安傳附，「謝混尚主」。又王獻之傳，獻之尚新安公主。

〔五〕女爲王妃：晉書后妃傳下：「安僖王皇后，琅邪臨沂人也，父獻之。」又王獻之傳：獻之卒於官，「安僖皇后立，以后父追贈侍中、特進、光禄大夫、太宰，謚曰憲」。

〔六〕齊之諸田：史記齊太公世家景公九年，晏嬰與叔向私語曰：「齊政卒歸田氏。田氏雖無大德，以公權私，有德於民，民愛之。」案：田氏本姓陳，史記田敬仲完世家云：「敬仲之如齊，以陳字爲田氏。」索隱：「敬仲奔齊，以陳、田二字聲相近，遂以爲田氏。應劭云『始食菜於田』，則田是地名，未詳其處。」田完既卒，有田文子事齊莊公，文子卒，其子田桓子無宇仍事齊莊公，甚有寵。無宇卒，其子田釐子乞事齊景公爲大夫，行陰德於民，由是田氏得齊衆心，宗族益强。故晏子與叔向私語曰：「齊國之政其卒歸於田氏矣。」景公四年，田乞卒，子常代立，是爲田成子，後弑簡公而立平公，自爲相。田常卒，子襄子盤代立，相齊宣公，使其兄弟宗人盡爲齊都邑大夫。襄子卒，子莊子白立，相宣公。莊子卒，子太公和立。康公十九年，田和立爲齊侯，列於周室。和卒，子桓公午立，六年，卒，子威王因齊立，於是，奉邑皆入田氏。見史記田敬仲完世家。

〔七〕楚之昭屈景氏：史記項羽本紀范增引楚南公曰：「楚雖三户，亡秦必楚也。」索隱：「韋昭以爲三户，楚三大姓昭、屈、景也。」

〔八〕安之二句：晉書謝安傳謂，謝安少有重名，隱居會稽之東山，以聲色自娱。後受桓温徵，爲司馬。桓温，字元子，晉譙國龍亢人。初爲荆州刺史，定蜀，攻前秦，官至大司馬。晉書有傳。

〔九〕孝武四句：晉書桓温傳：「及孝武即位，詔曰：『先帝遺敕云：事大司馬如事吾。』……又詔：『大司馬社稷所寄，先帝託以家國，内外衆事便就關公施行。』……及温入朝……百僚皆拜於道側，當時豫有威望者咸戰慴失色，或云因此殺王、謝，内外懷懼。」案孝武，即晉帝司馬曜，字昌明，簡文帝第三子，在位三年。

〔一〇〕而安與二句：王坦之，字文度。弱冠與郗超俱有重名。累遷參軍、從事中郎、散騎常侍。出爲大司馬桓温長史。温卒，與謝安共輔幼主，遷中書令。晉書有傳。又晉書謝安傳云：「時孝武帝富於春秋，政不自己，温威振内外。人情噂喈，互生同異。安與坦之盡忠匡翼，終能輯穆。」

〔一一〕至於二句：晉書謝安傳：「及温病篤，諷朝廷加九錫，使袁宏具草。安見，輒改之，由是歷旬不就。會温薨，錫命遂寢。」

〔一二〕社稷之臣：身繫國家安危之臣。論語季氏：「是社稷之臣也，何以伐爲？」孟子盡心上：「有安社稷臣者，以安社稷爲悦者也。」

〔一三〕襲封選尚：南史王儉傳：「（儉）爲叔父僧虔所養，數歲，襲爵豫寧縣侯。……（丹陽尹袁粲）言之宋明帝，選尚陽羨公主，拜駙馬都尉。」

〔一四〕蕭公五句：蕭公，蕭道成，字紹伯，南朝南蘭陵人。初仕宋，控朝政，封齊公，後殺宋順帝，建齊，自立爲高帝。南齊書、南史均有紀。南史王儉傳稱蕭欲代宋，「儉素知帝（蕭道成）雄異，後請間言於帝曰：『功高不賞，古來非一，以公今日位地，欲北面居人臣，可乎？』帝正色裁之，而神采内和。儉因又言曰：『儉蒙公殊眄，所以吐所難吐，何賜拒之深？宋以景和元徽之淫虐，非公豈復寧濟？』」蕭道成遂欲代宋，後果爲齊高帝。

〔一五〕至引三句：南史王儉傳謂齊臺建，王儉遷尚書右僕射。「時朝議草創，衣服制度，未有定準，儉議曰：『漢景六年，梁王入朝，中郎謁者金貂出入殿門。左思魏都賦云「藹藹列侍，金貂齊光」，此藩國侍臣有貂之明文。』……世子鎮石頭城，仍以爲世子宫，儉又曰：『魯有靈光殿，漢之前例也。聽事爲崇光殿，外齋爲宣德殿，以散騎常侍張緒爲世子詹事，車服悉依東宫制度。』」

〔一六〕安少有二句：晉書謝安傳：「王導亦深器之，由是少有重名。初辟司徒府，除佐著作郎，並以疾辭。」「復除尚書郎，琅邪王友，並不起。」

〔一七〕其後四句：見晉書謝安傳，原文「形」字上有「每」字。

〔一八〕儉少時二句：王儉春日家園詩：「稷契匡虞夏，伊吕翼商周。撫躬謝先哲，解紱歸山丘。」

〔一九〕元成：晉書王騫傳：「騫，字思寂，本字玄成，與齊高帝偏諱同，故改焉。」元，通玄。案西漢韋賢與子玄成皆爲宰相，故下云「取仍世作相之義」。

〔二〇〕陶潛：字元亮，一字淵明，晉大司馬陶侃曾孫。詳見卷一和淵明歸去來辭注〔一〕。

〔二一〕義熙：晉安帝年號，公元四〇五至四一八年。永初：南朝宋武帝年號，公元四二〇至四二二年。案：前人謂陶淵明在晉所書皆題年號，入劉宋，唯書甲子，以示忠於前朝，詳彙評。

【彙評】

胡仔苕溪漁隱叢話後集卷三：藝苑雌黄云：「秦少游言：『宋初受命，陶潛自以祖先晉世宰輔，耻復屈身，投劾而歸，躬耕於潯陽之野。其所著書，自義熙以前，題晉年號；永初以後，但稱甲子而已。』魯直詩亦有『甲子不數義熙前』之句。此説蓋出五臣文選注。淵明集第三卷首已嘗辨此説爲非是。如少游、魯直尚惑於五臣之説，其他可知。」

王士禛帶經堂詩話卷十八辯析類：臨川人傅平叔（占衡）永初甲子辨云：「陶詩中凡題甲子者十，皆是晉年；最後丙辰，安帝尚在，琅邪未立，雖知裕篡代形成，何得先棄司馬家年號，而豫題甲子乎？自沈約、李延壽並爲此説，顔魯公醉石詩亦云：『題詩庚子歲，自謂羲皇人。』蓋始以集考之,謂庚子後不復題年矣。不知陶公之出處大節,豈在區區耶?晉書陶傳削去甲子之說,昭明靖節傳亦無是語,一在南史前,一在宋書後,同時若此,不妄附會」云云。及讀宋文憲公集,乃知此論先發於潛溪,平叔特踵其說耳。宋跋淵明像云:「有謂淵明恥事二姓,在晉所作皆題年號,入宋之時唯書甲子。」則惑於傳記之說,而其事不得不辨。今淵明之集具在,其詩題甲子者,始於庚子而迄於丙辰,凡十有七年,皆晉安帝時所作。初不聞題隆安、元興、義熙之號。若九日閑居詩有「空視時運傾」,擬古九章有「忽值山河改」之語,雖未敢定於何年,必宋受晉禪之後所作,不知何故反不書甲子也?其說蓋起於沈約,而李延壽著南史、五臣注文選皆因之。雖有識如黄庭堅、秦觀、李燾、真德秀,亦踵其謬而弗之察。獨蕭統撰本傳,以曾祖晉世宰輔,恥復屈身後代;朱元晦述綱目遂本其説,書曰「晉徵士陶潛卒」,可謂得其實矣。烏虖,淵明之節,其待書甲子而後見耶!(池北偶談)

林紓林氏選評名家文集淮海集:王儉之不及謝安,自是常解。

韓愈論〔一〕

臣聞先王之時,一道德,同風俗〔二〕,士大夫無意於爲文。故六藝之文,事詞相稱,始終本末,如出一人之手。後世道術爲天下裂,士大夫始有意於爲文。故自周衰以來，作者班班相望而起，奮其私知，各自名家；然總而論之，未有如韓愈者也。

何則？夫所謂文者，有論理之文，有論事之文，有叙事之文，有託詞之文，有成體之文。探道德之理，述性命之情，發天人之奥，明死生之變，此論理之文，如列禦寇、莊周之所作是也〔三〕。别白黑陰陽，要其歸宿，决其嫌疑，此論事之文，如蘇秦、張儀之所作是也〔四〕。考同異，次舊聞，不虚美，不隱惡，人以爲實録，此叙事之文，如司馬遷、班固之作是也〔五〕。原本山川，極命草木，比物屬事，駭耳目，變心意，此託詞之文，如屈原、宋玉之作是也〔六〕。鉤列、莊之微，挾蘇、張之辯，摭班、馬之實，獵屈、宋之英，本之以詩書，折之以孔氏，此成體之文，韓愈之所作是也。蓋前之作者多矣，而莫有備於愈；後之作者亦多矣，而無以加於愈。故曰：總而論之，未有如韓愈者也。

然則列、莊、蘇、張、班、馬、屈、宋之流，其學術才氣，皆出於愈之文，猶杜子美之於詩〔七〕，實積衆家之長，適當其時而已。昔蘇武、李陵之詩長於高妙〔八〕，曹植、劉公幹之詩長於豪逸〔九〕，陶潛、阮籍之詩長於沖澹〔一〇〕，謝靈運、鮑照之詩長於峻潔〔一一〕，徐陵、庾信之詩長於藻麗〔一二〕。於是杜子美者，窮高妙之格，極豪逸之氣，包沖澹之趣，兼峻潔之姿，備藻麗之態，而諸家之作所不及焉。然不集諸家之長，杜氏亦不能獨至於斯也。豈非適當其時故耶？

孟子曰:「伯夷聖之清者也,伊尹聖之任者也,柳下惠聖之和者也,孔子聖之時者也。孔子之謂集大成。」〔一三〕嗚呼,杜氏、韓氏,亦集詩文之大成者歟〔一四〕!

【校】

〔謝靈運鮑照之詩〕「照」原作「昭」,據王本改。

【箋注】

〔一〕韓愈:見卷三春日雜興十首其十注〔六〕。

〔二〕一道德二句:禮記王制:「司徒脩六禮以節民性,明七教以興民德,齊八政以防淫,一道德以同俗。」陳澔注:「六禮、七教、八政……皆道德之用也,道德則其體也。體既一,則俗無不同矣。」

〔三〕列禦寇、莊周:列禦寇,戰國鄭人,與鄭穆公同時。著有列子,漢書藝文志著録八卷。早佚,今本列子晉張湛序謂係永嘉後據各種版本集録而成。其中雜有漢人言論、兩晉佛家思想與神話。莊周(約前三六九——前二八六),戰國宋蒙人,曾爲漆園吏。相傳楚威王聞其名,欲聘爲相,辭不就。漢書藝文志著録莊子五十二篇,莊周撰。今存三十三篇,相傳内篇七篇爲莊子撰,而外篇與雜篇爲其弟子及後來道家所作。

〔四〕蘇秦、張儀:蘇秦(前?——前三一七),戰國時東周洛陽人,游説六國,合縱抗秦,後爲張儀所破。漢書藝文志著録蘇子三十一篇。張儀（前？——前三〇九），戰國魏人，相傳與蘇秦同師鬼谷子，後以連横説六國，使之背縱約而事秦。漢書藝文志著録張子十篇。二人史記皆有傳。

〔五〕司馬遷、班固：皆漢代史學家。司馬遷著有史記，詳卷二司馬遷注〔一〕。班固（三二——九二），漢扶風安陵人，字孟堅，繼父彪撰漢書，明帝時詔爲蘭臺令史，後遷爲郎，典校秘書。後漢書有傳。

〔六〕屈原、宋玉：屈原（約前三四〇——二七八），名平，字原，戰國楚人。楚懷王時任左徒、三閭大夫。後遭讒見逐，作離騷。頃襄王時，復遭讒毁，流放沅湘，投汨羅而死。史記有傳。漢書藝文志著録屈原賦二十五篇。宋玉，戰國楚鄢人，或謂屈原弟子，曾爲楚頃襄王大夫。漢書藝文志著録宋玉賦十六篇，今存九辯、招魂、風賦、高唐賦、神女賦、登徒子好色賦，見文選，另有收於楚辭。

〔七〕杜子美：唐杜甫，字子美。原籍湖北襄陽，生於河南鞏縣。因居長安杜曲，在少陵原之東，自稱杜陵布衣或少陵野老。舉進士不第。安禄山陷長安，甫逃至鳳翔肅宗行在，任左拾遺。因疏救房琯，被貶爲華州司功參軍。不久棄官入蜀，依劍南節度使嚴武，爲檢校工部員外郎，在成都築草堂以居。後入湘，没於湘江途中。其詩反映社會動亂與人民疾苦，語言精煉，風格沉鬱，被稱爲「詩史」。然在成都草堂期間，亦有閑適之作，新唐書有傳。

〔八〕蘇武、李陵之詩：僧皎然詩式：「五言周時已見濫觴，及乎成篇，則始於李陵蘇武。」鍾嶸詩品序：「逮漢李陵，始著五言之目，古詩眇邈，人世難詳。」案文選録李少卿與蘇武詩三首，又蘇子卿詩四首，注引漢書曰：「李陵字少卿」；「蘇武字子卿。」藝文類聚、初學記、古文苑所收還有十首。明馮惟訥古詩紀以前七首爲原作，後十首爲後人擬作。蘇軾答劉沔書則云：「李陵、蘇武贈别長安，而詩有江漢之語，正齊梁間小兒所擬作，決非西漢人。」

〔九〕曹植、劉公幹之詩：鍾嶸詩品：「故知陳思（曹植）爲建安之傑，公幹、仲宣爲輔。」其評曹植詩曰：「骨氣奇高，詞采華茂，情兼雅怨，體被文質。」評劉公幹曰：「仗氣愛奇，動多振絶，真骨凌霜，高風跨俗。」案：曹植，字子建，曹操第三子，初封東阿王，尋改陳王，謚思，世稱陳思王，著有曹子建集，三國志魏書有傳。劉公幹，名楨，見卷九送平仲學士注〔四〕。

〔一〇〕陶潛、阮籍之詩：陶潛，字淵明，見卷二和淵明歸去來辭注〔一〕。嚴羽滄浪詩話：「淵明之詩，質而自然。」元好問論淵明詩曰：「豪華落盡見真淳。」（見論詩絶句）亦即「沖澹」之意。阮籍，字嗣宗，見卷十次韻宋履中題李侯檀欒亭注〔四〕。胡應麟詩藪内編卷二評其詩曰：「嗣宗詠懷，興寄沖遠。」

〔一一〕謝靈運、鮑照之詩：謝靈運，詩書皆獨絶，尤以山水詩爲著名。詳見卷七游龍門山次程公韻注〔六〕。鍾嶸詩品稱其「名章迥句，處處間起，麗典新聲，絡繹奔會，譬猶青松之拔灌木，白玉之暎塵沙，未足貶其高潔也。」鮑照，宋書宗室傳：「照，字明遠，文辭贍逸，嘗爲古樂府，文甚遒麗。世祖以照爲中書舍人。上好爲文章，自謂物莫能及。照悟其旨，爲文多鄙言累句，當世咸謂照才盡，實不然也。」

〔一二〕徐陵、庾信之詩：徐陵，字孝穆，南朝陳東海郯人。官至尚書，文章綺麗。輯有玉臺新詠，著有徐孝穆集。南史、陳書有傳。庾信，字子山。初仕南朝梁，奉使西魏，被留。西魏亡，仕北周，官至驃騎大將軍、開府儀同三司。善宫體詩，詩風綺豔，與徐陵齊名，時稱「徐庾體」，「當時後進，競相模範，每有一文，都下莫不傳誦」。北史、周書有傳。

〔一三〕孟子曰六句：見孟子萬章下。

〔一四〕嗚呼三句：集大成之説本于蘇軾。陳師道後山詩話：「蘇子瞻云：『子美之詩，退之之文，魯公之書，皆集大成者也。』」

【彙評】

惠洪天厨禁臠：秦少游曰：「蘇武、李陵之詩長於高妙；曹植、劉公幹之詩長於豪逸；陶潛、阮籍之詩長於沖澹；謝靈運、鮑照之詩長於峻潔；徐陵、庾信之詩長於藻麗。而杜子美者，窮高妙之格，極豪逸之氣，包沖澹之趣，兼峻潔之姿，備藻麗之態，而諸家之作不能及焉。」予以謂子美豈可人人求之，亦必兼諸家之所長。故唐人工詩者多專門，以是皆名世。專門句法，隨人所去取，然學者不可不知。凡諸格法，畢録於此。

胡仔苕溪漁隱叢話後集卷二：後山詩話云：「少游謂元和聖德詩，於韓文爲下，與淮西碑如出兩手，蓋其少作也。孫學士覺喜論文，謂退之淮西碑，叙如書，銘如詩。子瞻謂杜詩、韓文、顔書、左史，皆集大成也。」苕溪漁隱曰：「少游集中進卷，有韓愈論云：『韓氏、杜氏，其集詩文之大成者與？』非子瞻語也。」

又後集卷八：宋子京作唐史杜甫贊，秦少游作進論，皆本元稹之説，意同而詞異耳。子京贊云：「唐興，詩人承陳、隋風流，浮靡相矜。至宋之問、沈佺期等，研揣聲音，浮切不差，而號『律詩』，競相沿襲。逮開元間，稍裁以雅正。然恃華者質反，好麗者壯違。人得一概，皆自名所長。至甫，渾涵汪茫，千彙萬狀，兼古今而有之。他人不足，甫乃厭餘，殘膏賸馥，沾丐後人多矣。故元稹謂詩人以來，未有如子美者。甫又善陳時事，律切精深，至千言不少衰，世號詩史。昌黎韓愈于文章少許可，至歌詩獨推曰：『李杜文章在，光焰萬丈長。』誠可信云。」少游進論云：「杜子美之於詩，實積衆家之長，適當其時而已。昔蘇武、李陵之詩長於高妙。曹植、劉公幹之詩長於豪逸。陶潛、阮籍之詩長於沖澹。謝靈運、鮑照之詩長於峻潔。徐陵、庾信之詩長於藻麗。于是杜子美者，窮高妙之格，極豪逸之氣，包沖澹之趣，兼峻潔之姿，備藻麗之態，而諸家之作所不及焉。然不集諸家之長，杜氏亦不能獨至於斯也。豈非適當其時故耶？」（案：宋蔡夢弼杜工部草堂詩話卷第一又引少游論杜甫一節。）

段斐君本淮海集徐渭評「何則夫所謂文者……未有如韓愈者也」一段：有百川歸海之致。又評「猶杜子美之於詩」以下：韓杜絶世之作，少游絶世之評。

潘德輿養一齋李杜詩話卷二：秦氏觀曰：「杜子美之詩，實集衆家之長……」按東坡云：「子美之詩，退之之文，魯公之書，皆集大成者也。」集大成之説，首發於東坡，而少游和之。然考元微之工部墓誌曰：「余讀詩至杜子美，而知大小之有總萃焉。上薄風雅，下該沈宋，言奪蘇李，氣吞曹劉，掩顔謝之孤高，雜徐庾之流麗，盡得古人之體勢而兼人人之所獨專。能所不能，無可無不可，詩人以來，未有如子美者。」此即「集大成」之義，特未明言耳；則亦非東坡、少游之創論也。顧少游謂「子美集衆家之長」可，謂由於「適當其時」則不可。假令子美生於六朝，生於宋元，將不能「集衆家之長」耶？抑非其時而遂降與衆家等也？少游，詞人之俊耳，論詩則膠矣。且孔子所以爲「聖之時者」，時中之義。今既謂子美「集詩之大成」，則宜取微之所言「無可無不可」者當之。若以「適當其時」之「時」爲「聖之時者」之「時」，不幾於郢書燕説耶？至以「豪邁」目曹植，則不盡其量；以「沖淡」目阮籍，以「峻潔」目靈運，則不得其情。此與微之以「孤高」目顔謝者，同一粗疏也。其尤疏者，微之少游尊杜至極，無以復加，而其所以尊之之由，則徒以其包衆家之體勢姿態而已，於其本性情、厚倫紀、達六義、紹三百者，未嘗一發明也，則又何足以表洙泗「無邪」之旨，而允爲列代詩人之稱首哉？

林紓林氏選評名家文集淮海集：説韓氏雖盡其妙，文能以杜爲配，先主後客，亦文心之變幻處。

李泌論〔一〕

臣聞有善聽，無良謀；有善謀，無利勢。天下之勢，善謀之則無不利。天下之謀，善聽之則無不良。

臣嘗以爲唐室方鎮之患至於百有餘年而不能解者〔二〕，其弊蓋始於天寶之際肅宗不用李泌之謀先取范陽而已〔三〕。何則？夫范陽者，禄山之巢穴也。鳥焚其巢，雖有勁翮無所歸；獸失其穴，雖有絶足無所恃〔四〕：其勢然也。禄山帥范陽，專三道勁兵，不徙者十有四年矣〔五〕，其人視之，猶子之於父也。一旦舉兵犯順，天下之人以爲反虜，切齒攘袂，惟恐其不滅；而范陽之人獨以爲主，引領企踵，惟恐其不興。此所謂家臣不知有國，自古小人之常情。故郭子儀、李光弼自朔方兵起，皆欲先圖范陽〔六〕。而泌爲肅宗言之最悉，此蓋天下之利勢乘之不可失者也。使肅宗能聽其謀，先詔李、郭諸將，掎角而取范陽，賊失巢穴，則其衆自潰，兩京可以傳檄而定，兵亦遂息矣！惟其不用泌謀，是以慶緒、思明相繼復起〔七〕。至兇徒逆黨，久稽天誅，則偷爲一切之計，瓜分河北地以付之。此方鎮之患所從起也〔八〕。

昔之取天下者，皆以首事之地爲根本，故雖困敗而能復振。高祖之保關中〔九〕，光武之據河内〔一〇〕，魏武之完兗州是也〔一一〕。夫范陽者，亦禄山之關中、河内、兗州也。方其陷兩京，所得禁府珍寶，輒以槖駝載歸〔一二〕。其俗至謂禄山、思明爲「二聖」。後十七年，張弘靖欲懲其事，發墓毁棺，而衆猶不悦，以至於亂〔一三〕。由是言之，天寶之際，若非唐之威德在人，忠臣義士乃心王室，則天下之事可勝言哉！

柳玭稱兩京之復，泌謀居多，其功大於魯連、范蠡〔一四〕。若以范陽言之，泌之謀不見聽者多矣。其言「王者之師當務萬全，圖久安，使無後害」〔一五〕；又言「得兩京則賊再亂」〔一六〕，已而果然。嗚呼，使泌之謀盡見聽也，豈有方鎮之患哉？

【校】

〔其勢然也〕原脱「然」字，據張本、胡本補。

〔又言得兩京〕原脱「言」字，依王本、四部本補。

【箋注】

〔一〕李泌：字長源，先世遼東襄平人，徙居京兆。幼聰穎，受玄宗及張九齡稱賞。及長，治《易》、《老子》，待詔翰林。肅宗即位靈武，入議國事，以圖謀畫策見重。歷事四朝，出入禁中，位至宰相。數爲佞臣所嫉，常以智免。後封鄴縣侯，家富藏書。新、舊《唐書》有傳。

〔二〕唐室方鎮之患：方鎮，謂掌握一方兵權之軍事長官，唐代爲各州節度使。又稱藩鎮。唐自安史之亂後，朝廷大權削弱，方鎮竟發展至四十餘，「自國門以外，皆分裂於方鎮」(新唐書兵志)；「方鎮之患，始也各專其地以自世，既則迫於利害之謀，故其喜則連衡而叛上，怒則以力而相并，又其甚則起而弱王室」(新唐書方鎮表一)；「由是朝廷益弱，而方鎮愈强，至於唐亡」(新唐書憲宗紀贊)。時間約一百三十年。

〔三〕其弊句：據新唐書本傳，李泌向肅宗獻策，謂「使子儀毋取華，令賊得通關中，則北守范陽，西救長安，奔命數千里，其精卒勁騎，不逾年而弊……徐命建寧王爲范陽節度大使，北並塞與光弼相犄角，以取范陽」。肅宗欲速得長安，不聽。

〔四〕絶足：疾足。文選孔文舉薦禰衡表：「飛兔騕褭，絶足奔放。」杜甫行次昭陵詩：「風雲隨絶足，日月繼高衢。」

〔五〕禄山三句：據新唐書安禄山傳，天寶元年，以禄山爲平盧節度使；至三年，又爲范陽節度、河北採訪使。至天寶十四載，共十有四年。

〔六〕故郭子儀二句：新唐書郭子儀傳：「於是河北諸郡往往斬賊守，迎王師。方北圖范陽，會哥舒翰敗，天子入蜀，太子即位靈武，詔班師。」又李光弼傳：「光弼以范陽本賊巢窟，當先取之，搤賊根本。」

〔七〕慶緒、思明：安慶緒，禄山子。至德二載，與嚴莊殺其父自立。史思明，寧夷州突厥族人，天寶初，累功至將軍。十四載，與安禄山同反，略河北，攻常山，陷兩京。禄山死，僭稱大聖周王，殺安慶緒，併其衆。更國號大燕，自稱應天皇帝。唐書有傳。

〔八〕至兇徒五句：新唐書藩鎮魏博傳：「安、史亂天下，至肅宗大難略平，君臣皆幸安，故瓜分河北地，付授叛將，護養孽萌，以成禍根。亂人乘之，遂擅署吏，以賦稅自私，不朝獻於廷。效戰國，肱髀相依，以土地傳子孫，脅百姓，加鋸其頸，利怵逆汙，遂使其人自視由羌狄然。一寇死，一賊生，訖唐亡百餘年，卒不爲王土。」此爲藩鎮之患起因。舉其大者有：魏博傳五世，成德更二姓、傳五世，盧龍更三姓、傳五世，淄青傳五世，滄景傳三世，宣武傳四世，彰義傳三世，澤潞傳三世。

〔九〕高祖句：漢高祖劉邦入關後即從韓信之説確保關中，以爲根據地。見漢書韓信傳。

〔一〇〕光武句：河内，郡名，見漢書地理志上，漢高祖二年置，其地當今河南省黄河南北岸。據後漢書光武帝紀，帝爲南陽蔡陽人，王莽地皇三年，起兵於宛。又郡國志一謂河内郡有南陽城，故云「光武據河内」。

〔一一〕魏武：指曹操，黄巾起義後，從陳宫之説，領兗州牧。興平二年，兗州平，遂東略陳地。見三國志魏武帝紀。

〔一二〕方其三句：新唐書史思明傳：「賊之陷兩京，常以橐它載禁府珍寶貯范陽，如丘阜然。」它，通「駝」。

〔一三〕其俗六句：張弘靖，唐延賞之子，字元理。元和中，拜刑部尚書、同中書門下平章事。長慶初充盧龍節度使。新唐書本傳謂：「始入幽州，老幼夾道觀。……俗謂禄山、思明爲『二聖』，弘靖懲始亂，欲變其俗，乃發墓毁棺，衆滋不悦。」

〔一四〕柳玭三句：柳玭，仲郢子。文德初，以吏部侍郎修國史，拜御史大夫。昭宗欲以爲相，宦官譖以非廊廟器，乃止。新唐書李泌傳云：「獨柳玭稱，兩京復，泌謀居多，其功乃大於魯連、范蠡云。」案：李泌嘗對肅宗陳破賊之計，謂先取范陽，「賊失巢窟，當死河南諸將手」。是李泌多從戰略考慮，故柳玭稱之。魯連，即魯仲連，戰國時齊人。游於趙，魏使辛垣衍請帝秦，仲連力言不可。後燕將據聊城，齊人攻之，歲餘不能下，仲連遺書燕將，城乃下。史記有傳。范蠡，春秋楚宛人，字少伯。仕越爲大夫，輔佐越王句踐刻苦圖强，卒滅吴國。以句踐可與同患難，不可與同安樂，遂去越而之齊，易名鴟夷子皮。到陶稱朱公，經商致富。見史記越王句踐世家、貨殖列傳。

〔一五〕其言三句：見新唐書李泌傳。

〔一六〕又言句：新唐書李泌傳泌曰：「必得兩京，則賊再强，我再困。且我所恃者，磧西突騎、西北諸戎耳。若先取京師，期必在春，關東早熱，馬且病，士皆思歸，不可以戰。賊得休士養徒，必復來南，此危道也。」案：李泌意在先圖范陽，後復兩京，故云。

【彙評】

林紓林氏選評名家文集淮海集：唐之失，不止不圖范陽，尤在分任賊將。有一禄山，而田承嗣、李懷仙諸人，皆禄山也。當日若直擣其巢，草薙而禽獮之，則賊將當慄懼，將不敢有分符之望。言至切中流弊。

白敏中論〔一〕

臣聞白敏中用李德裕薦入翰林爲學士〔二〕，及德裕貶，敏中爲相，詆之甚力〔三〕。或曰：人臣事君，公義而已，何以私恩爲乎？敏中之事，未足深咎也。臣竊以爲不然。人臣能盡私恩，然後能盡公義。敏中之罪不容誅矣！

孔子曰：「事親孝，故忠可移於君。事兄悌，故順可移於長。」〔四〕推此言之，則背師賣友之人，必不能以身許國。何則？於所厚者薄，則所施無不薄也。昔吕布爲丁原主簿，爲董卓而殺原；爲卓之子，又爲王允而殺卓。及兵敗被執，魏祖欲生之，劉先主曰：「明公不見布之事丁建陽、董太師乎？」於是殺布〔五〕。漢封陳平，辭曰：「非魏無知，臣安得進。」上曰：「若子可謂不背本矣。」乃復賞魏無知〔六〕。其後誅吕氏而安劉氏者，平與周勃也〔七〕。夫以布之不忠於丁、董也，其肯忠於曹氏乎？以陳平之不負魏無知也，豈肯負於劉氏乎？此魏所以誅布、漢所以屬平者也。然則敏中之事蓋可見矣。

雖然，敏中所以負德裕也，亦有繇焉。傳曰：「盜憎主人。」〔八〕主人何負於盜而盜憎之乎？蓋自度其事必爲主人所惡故也。白氏素與楊虞卿姻家，居易又與李宗閔、牛僧孺厚〔九〕。若敏中，本無英氣，雖緣德裕以進，而不能無意於僧孺、宗閔、虞卿之徒。自度其事，必爲德裕惡也，故因其勢，盡力以擠之耳。夫德裕，忠臣也，以非罪被斥，天下皆知其冤。使敏中素與仇，猶當爲社稷而救之，況因之以進也！然則敏中豈惟不忠於德裕，亦不忠於唐也！臣故曰：人臣能盡私恩，然後能盡公義，敏中之罪不容誅矣。

然則公義私恩適不兩全，則如之何？以道權之而已。義重而恩輕，則不以私害公，若河曲之役，趙宣子使人以其乘車干行，韓厥執而戮之是也〔一〇〕。恩重而義輕，則不以公廢私，若庾公之斯追子濯孺子，抽矢叩輪，去其鏃，發乘矢而後反是也〔一一〕。夫公義私恩適不兩全，猶當以道權其輕重，奈何無故而廢之哉？雖然，逢蒙殺羿，孟子以爲是亦羿有罪焉〔一二〕。以此言之，德裕之薦敏中，亦不得爲無罪也。

【校】

〔抵之甚力〕「抵」，王本、四部本作「詆」。

〔臣竊以爲不然〕「竊」原誤作「切」，據張本、胡本改。

〔以其乘車干行〕「干行」二字原誤爲「于」字，據張本、胡本改。

〔庾公之斯〕「之斯」原誤作「斯之」，據張本、胡本改。

【箋注】

〔一〕白敏中：字用晦，居易從父弟，唐下邽人，長慶初，第進士。遷右拾遺，改殿中侍御史。御史中丞高元裕薦爲侍御史，宰相李德裕薦爲翰林，再轉左司員外郎。歷武宗、宣宗、懿宗朝，仕至中書令，以太傅致仕。新、舊唐書有傳。

〔二〕臣聞句：新唐書白敏中傳：「武宗雅聞居易名，欲召用之。是時居易足病廢，宰相李德裕言其衰苶不任事，即薦敏中文詞類其兄而有器識，即日知制誥，召入翰林爲學士，進承旨。」

〔三〕及德裕貶三句：新唐書白敏中傳：「宣宗立，以兵部侍郎同中書門下平章事，遷中書侍郎，兼刑部尚書。德裕貶，敏中抵之甚力，議者訾惡。德裕著書亦言『惟以怨報德爲不可測』，蓋斥敏中云。」

〔四〕孔子曰五句：見孝經廣揚名章。

〔五〕昔吕布九句：據三國志魏書吕布傳：吕布，字奉先，漢末五原郡九原人。刺史丁原爲騎都尉，屯河内，以布爲主簿，大見親待。後爲董卓所誘，布斬原首詣卓，卓以布爲騎都尉，誓爲父子。及受司徒王允厚遇，又手刃刺卓。建安三年，曹操征布，生縛之，布請爲將騎兵以定天下，操有疑色，劉備進曰：「明公不見布之事丁建陽及董太師乎？」遂梟首。

〔六〕漢封七句：據史記陳丞相世家：陳平去項羽，至修武降漢，因魏無知求見漢王。漢王召入，拜爲都尉。因功欲封爲户牖侯，平辭曰：「此非臣之功也。」漢王曰：「吾用先生謀計，戰勝剋敵，非功而何？」平曰：「非魏無知臣安得進？」漢王曰：「若子可謂不背本矣。」乃復賞魏無知。

〔七〕其後二句：史記陳丞相世家：「吕太后立諸吕爲王，陳平僞聽之。及吕太后崩，平與太尉（周）勃合謀，卒誅諸吕，立孝文皇帝。陳平本謀也。」

〔八〕盜憎主人：見左傳成公十五年。此蓋當時俗諺，亦見孔子家語觀周引金人銘。

〔九〕白氏二句：新唐書白居易傳：「楊虞卿與居易姻家，而善李宗閔。居易惡緣黨人斥，乃移病還東都。」案：居易妻爲楊虞卿妹。楊虞卿，字師皋，虢州弘農人。順宗初，召爲殿中侍御史，終國子祭酒。穆宗朝，李宗閔、牛僧孺輔政，引爲右司郎中，遷給事中。新唐書本傳稱「虞卿佞柔，善諧麗權幸，倚爲姦利」。在牛李黨争中，抵李德裕。牛僧孺，鶉觚人，唐貞元元年進士，憲宗時，與李宗閔對策，條指失政，以方正敢言進身，累官御史中丞。穆宗時，同平章事，敬宗立，封奇章郡公。李宗閔，字損之，宗室鄭王元懿四世孫，舉賢良方正，以言忤時宰，流落不偶。穆宗時，進中書舍人。以託所親於典貢舉，爲李德裕所揭，坐貶。由是與牛僧孺、楊虞卿結爲朋黨，相互傾軋達四十年。太和中遷同平章事。二人新舊唐書有傳。

〔一〇〕若河曲三句：史記秦本紀：「繆公自將伐晉，戰於河曲。」集解引杜預曰：「河曲在蒲阪南。」韓厥，即韓獻子，春秋時晉臣，與趙盾（宣子）同時，官司馬，曾與景公謀立趙氏孤兒。國語晉語五：「趙宣子言韓獻子於靈公，以爲司馬。河曲之役，趙孟使人以其乘車干行，獻子執而戮之。衆咸曰：『韓厥必不没矣，其主朝升之而暮戮其車，其誰安之？』宣子召而禮之曰：『吾聞事君者，比而不黨。夫周以舉義，比也；舉以其私，黨也。……吾舉厥也而中，吾乃今知免於罪矣。』」

〔一一〕若庾公四句：孟子離婁下：「鄭人使子濯孺子侵衛，衛使庾公之斯追之。子濯孺子曰：『今日我疾作，不可以執弓，吾死矣夫！』問其僕曰：『追我者誰也？』其僕曰：『庾公之斯也。』曰：『吾生矣。』其僕曰：『庾公之斯，衛之善射者也，夫子曰吾生，何謂也？』曰：『庾公之斯學射於尹公之他，尹公之他學射於我。夫尹公之他，端人也；其取友必端矣。』庾公之斯至，曰：『……我不忍以夫子之道，反害夫子。雖然，今日之事，君事也，我不敢廢。』抽矢叩輪，去其金，發乘矢而後反。」

〔一二〕逢蒙二句：孟子離婁下：「逢蒙學射於羿，盡羿之道，思天下惟羿爲愈己，於是殺羿。孟子曰：『是亦羿有罪焉。』」趙岐注：「羿，有窮后羿。逢蒙，羿之家衆也。……罪羿不擇人也。」

【彙評】

秦元慶本淮海集徐渭評末段：得此，駁意方完。

林紓林氏選評名家文集淮海集：推度白敏中之心，以黨牛，故決爲贊皇所惡，似非妄語。文之援引，成案確不可易。

李訓論〔一〕

臣聞天下無易事，非其人則難於登天；天下無難事，得其人則易於反掌。難無定勢，易無常形，惟其人也。昔漢有諸侯强大之患，連城數十，地方千里〔二〕，擅爵人〔三〕，赦死罪〔四〕，戴黄屋〔五〕，刺客公行〔六〕。景帝用晁錯之謀，始議削之。法令未及行，而七國合從而起矣〔七〕。何其難耶？逮武帝用主父偃之謀，令諸侯得推恩分其子弟。詔下之日，人人各得所願，法令不更，疆境不變，而尾大之患亡矣〔八〕。又何其易耶？以此言之，則知天下之事惟其人也。

臣讀唐史至「甘露」之事，未嘗不爲文宗而歎息。何則？欲除累世之姦而倚一區區之李訓，豈不疏哉〔九〕！宦官之禍深矣，自德宗懲北軍之變，以左右神策、天威等軍，分委宦官主之〔一〇〕。由是太阿倒持〔一一〕，不復可取。憲宗之賊，歷三世而不能討，天下憤焉〔一二〕。是時，故老名臣如裴度、李德裕之徒皆在也〔一三〕。向使文宗有知人之明，委任二臣，俾之圖畫，則刀鋸之殘豈難制哉！何則？以訓之輕躁寡謀，尚能殺王守澄〔一四〕，則知度與德裕可以制仇士良之屬無疑矣〔一五〕。惟其不用二臣，而委之訓與鄭注，是以事敗謀泄，害及忠良，蹀血觀闕之前〔一六〕，不勝飲恨而已。非事之難，不知人之禍也。

或曰：注之帥鳳翔也，欲因宦者送守澄之喪以鎮兵誅之，訓忌其功，乃先五日舉事〔一七〕。使注不爲訓所忌也，庶其有濟乎？臣曰不然，惟其訓之事敗，則唐之禍在士良；使注之功成，則唐之禍在注矣。何則？袁紹、董卓、崔休、朱温之事蓋嘗成矣〔一八〕，其禍何如哉？以此觀之，事敗亦受禍，成亦受禍。禍在用小人而已矣。德裕嘗曰：「舉大事非北軍無以成功。」〔一九〕此所謂天下之常勢也。又曰：「焚林而畋，明年無獸；竭澤而漁，明年無魚。」〔二〇〕既經李訓之猖獗，則天下常勢亦不用。臣以爲德裕能不爲於會昌之時也，則知其能爲於大和之時必矣〔二一〕。

【校】

〔蹀血觀闕之前〕王本、四部本「蹀」作「喋」。

〔於大和之時〕原脱「於」字，據王本、四部本補。

【箋注】

〔一〕李訓：字子垂；始名仲言，字子訓。擢進士第。從父逢吉爲宰相，厚昵之，後結鄭注。大和八年，遷周易博士兼翰林侍讀學士，文宗以師臣待之。明年進兵部郎中，知制誥，居中倚重，實行宰相事。挾注相朋比，因楊虞卿獄，指李德裕、李宗閔爲黨人。中外震畏。不踰月，以禮部侍郎同中書門下平章事。後與鄭注不兩立，使之出鎮鳳翔，又欲去宦官仇士良。甘露事變中捕訓黨千人，訓逃至盩厔被執受誅。新、舊唐書有傳。

〔二〕昔漢有三句：漢書主父偃傳偃説上曰：「今諸侯或連城數十，地方千里，緩則驕奢易爲淫亂，急則阻其彊而合從以逆京師。」又諸侯王表第二序云：「藩國大者夸州兼郡，連城數十，宫室、百官，同制京師。」

〔三〕擅爵人：謂擅自封官。漢書淮南衡山濟北王傳：「（衡山）王奇（其子）孝材能，乃佩之王印，號曰將軍。……王乃使孝客江都人枚赫、陳喜作輣車鍛矢，刻天子璽，將相軍吏印。」又史記吴王濞列傳：「膠西王印以賣爵有姦，削其六縣。」

〔四〕赦死罪：漢書景十三王傳：「太子丹與其女弟及同産姊姦……下魏郡詔獄，治罪至死。彭祖上書冤訟丹，願從國中勇敢擊匈奴，贖丹罪，上不許。久之，竟赦出。」

〔五〕戴黄屋：史記淮南衡山列傳：「淮南王長廢先帝法，不聽天子詔，居處無度，爲黄屋蓋乘輿，出入擬於天子。」

〔六〕刺客公行：漢書文三王傳：「梁王怨爰盎及議臣，乃與羊勝、公孫詭之屬謀，陰使人刺殺爰盎及他議臣十餘人。賊未得也。」又：「濟東王彭離立二十九年。彭離驕悍，昏莫私與其奴亡命少年數十人行剽，殺人取財物以爲好。所殺發覺者百餘人，國皆知之，莫敢夜行。」

〔七〕景帝四句：漢書晁錯傳：「景帝即位，以錯爲内史……遷爲侍御史，請諸侯之罪過，削其支郡。……後十餘日，吴楚七國俱反，以誅錯爲名。」

〔八〕逮武帝七句：主父偃，漢齊臨菑人，學長短縱横術，上書闕下，乃遷謁者、中郎、中大夫。元光元年以諸侯割據之患説武帝，並云：「願陛下令諸侯得推恩分子弟，以地侯之。彼人人喜得所願，上以德施，實分其國，必稍自銷弱矣。」（見漢書本傳）於是上從其計，「夏四月，赦天下，賜民長子爵一級，復七國宗室前絶屬者」。顔師古注：「此等宗室前坐七國反，故絶屬；今加恩赦之，更令上屬籍於宗正也。」見漢書武帝紀。

〔九〕臣讀唐史五句：甘露事變，據舊唐書文宗紀，大和九年（八三五），宰相李訓等謀殺宦官，詐使人言左金吾廳事後石榴樹上有甘露，請帝觀之，而密伏甲兵於廳内，蓋欲借此引諸宦官至而殺之。詎料宦官仇士良等先至，窺見甲兵，大驚告變，謂李訓等謀行大逆，急召禁兵，殺李訓等而夷其族。史臣評其事曰：「（文宗）承父兄奢弊之餘，當閽寺撓權之際……帝以累世變起禁闈，尤側目於中官，欲盡除之，然（李）訓、（鄭）注狂狡之流，制御無術，矢謀既誤，幾致顛危，所謂有帝王之道而無帝王之才，雖旰食焦憂，不能弭患，惜哉！」少游之「歎息」與此同。

〔一〇〕宦官之禍四句：謂自德宗後宦官掌握兵權，禍遂深矣。案：北軍，指天子禁軍中之「北衙」。據新唐書兵志：天子禁軍分南、北衙。「南衙，諸衛兵是也；北衙者，禁軍也。」肅宗即位靈武，「稍復調補北軍」，「增置威武、長興等軍，名類頗多」。「其後京畿之西，多以神策軍鎮之」。「自德宗幸梁還，以神策兵有勞，皆號『興元元從奉天定難功臣』，恕死罪。」考德宗紀，興元元年（七八四）二月，太尉李懷光反，帝如梁州。又宦者傳上，「及涇師亂，帝召近衛，無一人至者，惟文場等率宦官及親王左右從」。少游所謂「懲北軍之變」，當指此。又兵志載，貞元十二年（七九六），德宗以竇文場爲左神策軍護軍中尉，霍仙鳴爲右神策軍護軍中尉，張尚進爲右神威軍中護軍，焦希望爲左神威軍中護軍：「護軍中尉、中護軍皆古官，帝既以禁衛假宦官，又以此寵之」，故少游歎曰：「宦官之禍深矣。」兵志謂天威軍乃憲宗元和三年（八〇八）合左右神威軍曰「天威軍」；八年又廢天威軍，以其兵分隸左右神策軍。少游謂德宗時即有天威軍，當據新唐書宦者傳上。傳謂德宗自山南（梁州）還，「廢天威軍入左右神策」，而以竇文場、霍仙鳴總之。實際上天威軍已不存在。

〔一一〕太阿倒持：漢書梅福傳：「倒持泰阿，授楚其柄。」注引師古曰：「泰阿，劍名，歐冶所鑄也。言秦無道，令陳涉、項羽乘間而發，譬倒持劍而以把授與人也。」

〔一二〕憲宗之賊三句：元和十五年（八二〇）正月，宦官王守澄與陳弘志（舊唐書作陳弘慶）殺憲宗，託言服柳泌金丹毒發而卒。穆宗乃由宦官所立，四年服金丹致死。敬宗立二年，又爲宦官劉克明所殺，明日僞託遺詔，立文宗。克明次年被誅，而陳弘志歷三世而不能討，至大和九年方追究殺憲宗之事，杖殺之。參見兩唐書宦官傳。「天下憤焉」，舊唐書宦官傳引崔胤奏疏，謂宦官「朋儕日熾，交亂朝綱，此不翦其本根，終爲國之蟊賊」，激憤之情，溢於言表。又新唐書劉蕡傳，文宗大和二年，舉賢良方正，劉蕡對策極言宦官專横之禍，考官皆嘆服，「以爲過古晁、董，而畏中官眦睚，不敢取。士人讀其辭，至感慨流涕者，諫官御史交章論其直」，可謂朝野共憤。蕡以此終身不仕，對後七年，有甘露之變。後被宦官誣以罪，貶之而卒。

〔一三〕故老名臣句：裴度，唐聞喜人，字中立，貞元進士，憲宗時以力主平蔡州吴元濟之亂有功，封晉國公，入知政事。文宗時徙東都留守，建緑野堂，與白居易、劉禹錫燕游其間。新、舊唐書有傳。李德裕，見卷十三朋黨上注〔一〇〕。

〔一四〕以訓之二句：李訓微時，鄭注介之謁宦官王守澄，守澄善遇之，薦之於文宗。及行宰相事，復以計白罷守澄觀軍容使，賜鴆死。見新唐書李訓傳。

〔一五〕仇士良：字匡美，唐興寧人。元和、大和間，任内外五坊使，殘暴恣肆。武宗朝，累進觀軍容使，兼統左右軍。嘗殺二王一妃四宰相，貪酷二十餘年。兩唐書有傳。

〔一六〕蹀血觀闕之前：指甘露之變。唐文宗大和九年，宰相李訓等謀殺宦官，詐使人言左金吾廳事後石榴樹上有甘露，請帝觀之，而密伏甲兵於廳内，蓋欲藉此引諸宦官至而殺之。宦官仇士良等先至，窺見甲兵，大驚告變，謂李訓等謀行大逆，急召禁兵，殺李訓等而夷其族。見舊唐書文宗紀。又新唐書文宗紀十一月乙丑：「左神策軍中尉仇士良殺王涯、賈餗、舒元輿、李孝本、羅立言、王璠、郭行餘、鳳翔少尹魏逢。」觀闕，城門高闕，此指長安建福門、光範門。

〔一七〕注之帥四句：據新唐書鄭注傳，鄭注甘露事變前出守鳳翔，聞王守澄死，以十一月葬滻水，因奏言：「守澄，國勞舊，願身護喪。」因群宦者臨送，欲以鎮兵悉禽誅之。訓畏注專其功，乃先五日舉事。

〔一八〕袁紹句：謂用小人平叛，則小人篡權亦成禍。袁紹，見卷十六謀主注〔一一〕。董卓，見卷二十一魯肅論注〔一二〕。崔休，字惠盛，後魏孝文帝時爲給事黄門侍郎。宣武中，歷幽州、青州刺史。官至尚書僕射，卒謚文貞侯。魏書有傳。朱温，唐末宋州碭山人。天復三年入長安誅宦官，封梁王。次年殺唐昭宗，立太子柷，天祐四年廢帝自立，國號梁。五代史有紀。

〔一九〕德裕二句：李德裕驅逐回紇事宜狀：「須於河朔側近别徵兵，取滿萬人，方可濟事。須令一兩月内便見成功。……蓋以國之大事，最在戎機。」其魏城入賊路狀等類此，少游亦取其義也。

〔二〇〕焚林四句：此段引自吕氏春秋義賞：「竭澤而漁，豈不獲得，而明年無魚。焚藪而田，豈不獲得，而明年無獸。詐僞之道雖今偷可，後將無復，非長術也。」

〔二一〕臣以爲二句：會昌，唐武宗年號，公元八四一年至八四六年。大和，唐文宗年號，公元八二八年至八三五年。案：李德裕大和中召拜兵部侍郎，後以「牛李」黨争，徙劍南西川。至會昌時入相，力主削藩，討平劉稹。此處少游謂德裕大和中如能爲相，當能除宦官之患。

王朴論〔一〕

臣聞適用而不窮者，天下之真材也。材而不適用，用而有所窮，雖有高世之名、難能之行，實庸人耳，何有補於世耶！臣讀五代史，見王朴爲周世宗決平邊之策〔二〕，然後知朴者，天下之真材也。

夫用兵之要，在乎識序之先後；而識先後之要，在於知敵之難易。天下之敵非大而堅，則小而脆也，其難易孰不知之。所以不知者，敵大而脆則疑於難，敵小而堅則疑於易也。昔漢兵圍宛丘，光武以別將徇昆陽，王邑欲攻之，嚴尤以謂昆陽城小而堅，宜進擊宛；宛敗，昆陽自服。邑不聽，盡鋭攻之，兵以大敗〔三〕。邑之所以不聽尤者，疑於難而已。朴嘗爲世宗畫平邊之策，其言曰：攻取之道，從易者始。當今吴易圖，得吴，則桂廣皆爲内臣，閩蜀可飛書而召之；如不至，則四面並進，席卷而平之必矣。惟并必死之寇，可謂後圖〔四〕。蓋李氏雖據江南之地二十一州〔五〕，爲桂廣閩蜀之脊；然南帶江、東距海，可撓者二千餘里。其人易動摇，輕擾亂，不能持久，號爲大國，實脆敵也。劉氏雖據河東十州之面，與中國爲境〔六〕；然左有常山之險〔七〕，右有大河之固〔八〕，北有契丹之援〔九〕。其人剽悍彊忍，精急高氣，樂鬬而輕死，號爲小國，實堅敵也。是時中國欲取之也，譬如壯士操利兵於深山之中，左觸虎而右遇熊，不可並刺，則亦先虎而後熊矣。何則？虎躁悍易乘，熊便捷難制。舉虎困，則熊必畏威而逃；困於熊，虎將乘弊而至。形勢然也。故朴以大而脆者爲易，小而堅者爲難，易者宜先，難者宜後，則所以先吴而後并也。及皇朝受命〔一〇〕，四方僭僞次第削平，皆如其策。非所謂天下之真材而孰能與於此？

朴雖出於五代擾攘傾側之中，然其器識學術，雖治世士大夫，與之比者寡。方世宗之時，外事征伐，内修法度；而朴至於陰陽律曆之學，無所不通〔一一〕。所定欽天曆，當世莫能異〔一二〕；而其所作樂，至今用之而不可改〔一三〕。其五策之意，彼民與此民之心同，是與天意同契。天人意同，則無不成之功〔一四〕。以此推之，朴之所知者，蓋未可量也。使遭休明之時，遇不世出之主，則其所就者將不止於此哉！

【校】

〔次第削平〕「第」原作「弟」，通，此據張本、胡本。

【箋注】

〔一〕王朴：五代後周東平人，字文伯。世宗鎮澶州，辟爲掌書記，及即位，遷比部郎中，獻平邊策，遷左諫議大夫，知開封府。復遷左散騎常侍，充端明殿學士，官至樞密使。新舊五代史有傳。

〔二〕平邊之策：王朴平邊策略曰：「攻取之道，從易者始。當今惟吴易圖，東至海，南至江，可撓之地二千里。……得吴，則桂、廣皆爲内臣，岷、蜀可飛書而召之。……吴、蜀平，幽可望風而至。唯并必死之寇，不可以恩信誘，必須以彊兵攻。」見新、舊五代史引。

〔三〕昔漢兵十句：見後漢書光武帝紀。王邑時爲新莽大司空，注曰：「王邑，王商子，於莽爲從父兄弟也。」嚴尤，時爲納言將軍，注引桓譚新論云：「莊尤，字伯石，此言『嚴』，避明帝諱也。」光武初爲舂陵侯訟逋租於尤，尤見而奇之。及是時光武徇昆陽，嚴尤説王邑曰：「昆陽城小而堅，今假號者在宛，亟進大兵，彼必奔走。宛敗，昆陽自服。」邑不聽，以百萬之衆，圍昆陽數十重，王鳳等乞降，亦不許，及光武援軍至，邑軍遂大敗。

〔四〕其言曰十二句：皆王朴平邊策中語，見注〔二〕引。其中「吴」，指南唐，係襲用舊稱。據新五代史職方考序云：「至於周末，閩已先亡（徐案：被南唐兼併），而在者七國：自江以南二十一州爲南唐，自劍以南及山西南道四十六州爲蜀，自湖南、北十州爲楚，自浙東、西十三州爲吴越，自嶺南、北四十七州爲南漢，自太原以北十州爲東漢，而荆、歸、峽三州爲南平。」王朴所云「桂、廣」，主要指南漢、含楚之南部；「閩、蜀」，王朴原作「岷、蜀」，指後蜀。「并」，指東漢，亦稱北漢。

〔五〕蓋李氏句：據宋史南唐李氏世家：後周顯德二年至交泰元年，南唐揚、楚、濠、壽、泗、光、海諸州皆爲後周所有。據新五代史職方考，此時僅存江南潤、常、宣、歙、鄂、昇、池、饒、信、江、洪、撫、袁、吉、虔、筠、建、汀、劍、漳、泉等二十一州。

〔六〕劉氏二句：指劉旻、劉承鈞之東漢（即北漢）。旻於後周廣順元年（九五一）即位於太原，後五年，承鈞嗣立。河東十州，即新五代史職方考序所謂「太原以北十州」，表云計有忻、代、嵐、石、憲、麟、并、汾、沁、遼諸州。中國，指後周。後周取代後漢而自稱中國。

〔七〕常山：指恒山，在今山西渾源東。在北漢東境，故云有險可憑。

〔八〕大河：即黄河。北漢西瀕黄河，故云。

〔九〕契丹：北宋時更名爲遼。後周時與北漢接壤，據有幽、涿、檀、薊、順、營、平、蔚、朔、雲、應、新、嬀、儒、武、寰諸州。見新五代史職方考。劉承鈞繼位後，遣人奉表契丹，自稱男。天會元年（九五七），契丹遣高勳助承鈞攻上黨；明年，後周世宗北伐契丹，下三關，而承鈞將發兵來援，周師遂退（見新五代史東漢世家）。可見常互相援助。

〔一〇〕皇朝受命：宋史太祖本紀周顯德七年（九六〇）春：「北漢結契丹入寇，命（太祖）出師禦之。次陳橋驛，軍中知星者苗訓引門吏楚昭輔視日下復有一日，黑光摩盪者久之。夜五鼓，軍士集驛門，宣言策點檢（徐案：周世宗時太祖爲殿前都點檢。）爲天子，或止之，衆不聽。遲明，逼寢所，太宗入白，太祖起。諸校露刃列於庭，曰：『諸軍無主，願策太尉（案：周恭帝即位，太祖爲檢校太尉。）爲天子。』未及對，有以黄衣加太祖身，衆皆羅拜，呼萬歲。」於是改元建隆，定國號曰宋。

〔一一〕方世宗之時五句：新五代史王朴傳：「世宗之時，外事征伐，而内修法度。朴爲人明敏多才智，非獨當世之務，至於陰陽律曆之法，莫不通焉。」

〔一二〕所定欽天曆二句：新五代史王朴傳：「顯德二年，詔朴校定大曆，乃削去近世符天流俗不經之學，設通、經、統三法，以歲軌離交朔望周變率策之數，步日月五星，爲欽天曆。」按宋史藝文志六：「王朴周顯德欽天曆十五卷。」新五代史司天考引劉羲叟評欽天曆云：朴之曆法，能協二曜，密交會，實軌漏，齊五緯，「然不能宏深簡易，而徑急是取。至其所長，雖聖人出不能廢也。」

〔一三〕而其所作樂二句：新五代史王朴傳：「（顯德）六年，又詔朴考正雅樂，朴以謂十二律管互吹，難得其真。乃依京房爲律準，以九尺之絃十三，依管長短寸分設柱，用七聲爲均，樂成而和。」「其所作樂，至今用之不可變。」案：據宋史樂志一，太祖時詔「和峴以王朴律準較洛陽銅望臬石尺爲新度，以定律吕」，名「和峴樂」；仁宗時李照謂「朴準高五律，與古制殊，請依神瞽法鑄編鍾」，遂改定雅樂，名「李照樂」；神宗時，楊傑、劉几「請遵祖訓，一切下王朴二律，用仁宗時所制編鍾」，「故元豐中有楊傑、劉几樂」。可見王朴樂影響之深遠，然亦不盡如少游所云「至今用之而不可改」。

〔一四〕其五策五句：王朴平邊策云：「必先進賢退不肖，以清其時；用能去不能，以審其材；恩信號令,以結其心；賞功罰罪,以盡其力；恭儉節用,以豐其財；徭役以時,以阜其民。俟其倉廩實,器用備,人可用而舉之……彼民與此民之心同,是與天意同；與天意同,則無不成之功。」少游用其意。

【彙評】

林紓林氏選評名家文集淮海集：論大小堅脆,卓然遠識,似陸宣公疏中語。

淮海集箋注卷第二十三

論

擬郡學試近世社稷之臣論〔一〕

古之所謂社稷之臣者，至矣！忠足以竭才性之分，敏足以應事物之變。苟利社稷，則遂事矯制〔二〕，雖君有所不從。苟害社稷，則伏節死誼〔三〕，雖身有所不顧。夫人莫不尊於君，莫不親於身。君與身也，猶有時而忘之，知有社稷之事而已，況其它乎？此古之所謂社稷之臣者也。

揚子法言：「或問近世社稷之臣，曰：『若張子房之智，陳平之無誤，絳侯勃之果，霍將軍之勇，終之以禮樂，可謂社稷之臣矣。』」〔四〕夫揚子之所以有取於四子者，豈以運籌帷幄之中、制勝於無形歟〔五〕？料敵制變，算無遺策〔六〕，攻城野戰，前無堅敵歟〔七〕？出入禁闥二十餘年，小心謹慎，未嘗有過歟〔八〕？果在乎是，則戰國之末士，一介之庸人，皆可以爲社稷之臣矣。豈揚子之意哉？

方高帝之時，天下初定，諸將論功，日夜不決。子房辭齊三萬户，願封於留；又勸先封雍齒，諸將乃服〔九〕。及欲廢太子，子房乃行少傅事，晏然處於叔孫通之下，招致四老人者，以羽翼之，太子以安〔一〇〕。此其所以有取於子房者也。高后時，諸吕擅權，欲危劉氏，平、勃用陸賈之謀，深自相結，卒能誅諸吕，迎文帝於代而立之〔一一〕。此其所以有取於陳平、絳侯勃者也。後元、元平之際，漢室多故，子孟擁昭立宣，政繇己出，前後二十年，海内厭服〔一二〕。此其有取於霍將軍者也〔一三〕。然光不學無術，闇於大體，死纔三年，宗族誅夷〔一四〕，勃免相就國〔一五〕，不遠嫌疑，陷於吏議，幾致顛覆〔一六〕。平多陰禍，至孫而廢，掌雖親貴，終以不侯〔一七〕。子房雖無三子之過，然不能爲漢制禮作樂，追迹三代之隆。以聖人之道概之，皆未得爲全人也。故曰：「終之以禮樂。」

雖然，四人者，或氏而字之，或氏而名之，或爵而名之，或氏而官之。何也？此蓋揚子之深意、春秋之大法也。春秋之法，雖貴賤不嫌同號，美惡不嫌同辭〔一八〕。然而州不若國，國不若氏，氏不若人，人不若名，名不若字，字不若爵，爵不若子〔一九〕，因此等以寄褒貶焉。氏者别其所自出也。字以言其德，名以言其體，爵以言其功，官以言其業。張子房以智，蓋言其德也，故氏而字之。陳平以無誤，蓋言其體也，故氏而名之。絳侯勃以果，蓋言其功，故爵而名之。霍將軍以勇，蓋言其業，故氏而官之〔二〇〕。四人者，子房最優，故獨字之；絳侯勃爲下，故獨不氏焉。嗚呼，不如是，何足以爲法言？

【校】

〔揚子法言：或問近世社稷之臣……可謂社稷之臣矣〕原作「揚子曰：近世社稷之臣，終之以禮樂，可謂社稷之臣矣。」案：此中脱四句，與下句：「夫揚子之所以有取於四子者」不符，故改從王本、四部本。

〔貴賤不嫌〕「賤」原誤作「而」，據李本、段本、王本、秦本、四部本改。

【箋注】

〔一〕本篇元祐元年丙寅（一〇八六）春作於蔡州，參見卷七擬郡學試東風解凍注〔一〕。

〔二〕遂事矯制：漢書馮奉世傳：「春秋之義亡遂事，漢家之法有矯制。」注：「師古曰：無遂事者，謂臨時制宜，前事不可必遂也。漢家之法，擅矯詔命，雖有功勞不加賞也。」案：論語子罕：「遂事不諫。」集注：「謂事雖未成而勢不能已者。」

〔三〕伏節死誼：漢書諸葛豐傳：「今以四海之大，曾無伏節死誼之臣。」誼，通「義」。

〔四〕或問近世八句：見揚雄法言淵騫。

〔五〕運籌帷幄之中，制勝於無形：指張良，見史記太史公自序。

〔六〕料敵制變，算無遺策：指陳平。史記太史公自序評曰：「六奇既用，諸侯賓從於漢；吕氏之事，平爲本謀，終安宗廟，定社稷。」漢書陳平傳：「平自初從，至天下定後，常以護軍中尉從擊臧荼、陳豨、黥布。凡六出奇計，輒益邑封。奇計或頗秘，世莫得聞也。」

〔七〕攻城野戰二句：指周勃，事蹟詳見漢書本傳。史記索隱述贊曰：「始擊碭東，亦圍尸北。所攻必取，所討咸克。陳豨伏誅，臧荼破國。事居送往，推功伏德。」

〔八〕出入禁闥三句：指霍光，語見漢書本傳。

〔九〕子房辭齊四句：見卷二十一崔浩論注〔八〕。

〔一〇〕子房乃行五句：見卷二十一崔浩論注〔九〕。四老人，指商山四皓：東園公、綺里季、夏黄公、甪里先生。時高祖欲廢太子，吕后用張子房計，迎四皓輔太子。及見，高祖曰：「羽翼成矣！」見史記留侯世家。

〔一一〕高后時七句：見卷二十二白敏中論注〔七〕。

〔一二〕後元、元平六句：後元，漢武帝年號（公元前八八——八七）。元平，漢昭帝年號（公元前七四年）。子孟，霍光字。漢書本傳贊曰：「擁昭立宣，光爲師保，雖周公、阿衡，何以加此！」案：漢昭帝劉弗陵八歲即位，「政事壹決於光」；十四年後，昭帝崩，迎立昌邑王劉賀，既至，行淫亂；光遂議廢昌邑王而立劉詢爲宣帝。光乃歸政，「上謙讓不受。諸事皆先關白光，然後奏御天子」，故少游云「政繇己出」。

〔一三〕霍將軍：指霍光，武帝後元二年，以霍光爲大司馬大將軍。見漢書本傳。

〔一四〕然光四句：漢書本傳贊曰：「然光不學亡術，闇於大理，陰妻邪謀，立女爲后，湛溺盈溢之欲，以增顛覆之禍，死財三年，宗族誅夷，哀哉！」陰妻邪謀，注引晉灼曰：「不揚其過也。」案：霍光宗族夷滅，乃因妻顯、子禹及兄孫雲、山謀反，漢書本傳引宣帝詔曰：「乃者東織室令史張赦使魏郡豪李竟報冠陽侯雲謀爲大逆，朕以大將軍故，抑而不揚，冀其自新。今大司馬博陸侯禹與母宣成侯夫人顯及從昆弟子冠陽侯雲、樂平侯山諸姊妹壻謀爲大逆，欲詿誤百姓。賴宗廟神靈，先發得，咸伏其辜，朕甚悼之。」本傳又云：「會事發覺，（霍）雲、山、（范）明友自殺，（太夫人）顯、（霍）禹、（鄧）廣漢等捕得。禹要斬，顯及諸女昆弟皆棄市。唯獨霍后廢處昭臺宮。與霍氏相連坐誅滅者數千家。」

〔一五〕勃免相就國：漢書周勃傳：「文帝即位，以勃爲右丞相……勃懼，亦自危，乃謝請歸相印。上許之。歲餘，陳丞相平卒，上復用勃爲丞相。十餘月，上曰：『前日吾詔列侯就國，或頗未能行。丞相朕所重，其爲朕率列侯之國。』乃免相就國。」案：就國謂至所封之地絳也。

〔一六〕不遠嫌疑三句：漢書周勃傳：「歲餘，每河東守尉行縣至絳，絳侯勃自畏恐誅，常被甲，令家人持兵以見。其後人有上書告勃欲反，下廷尉，逮捕勃治之。……文帝既見勃獄辭，乃謝曰：『吏方驗而出之。』於是使使持節赦勃，復爵邑。」

〔一七〕平多陰禍四句：史記陳丞相世家：始陳平曰：「我多陰謀，是道家之所禁。吾世即廢，亦已矣！終不能復起，以吾多陰禍也。」至曾孫何，坐略人妻，棄市，國除。其後曾孫陳掌以衛氏親貴戚，願得續封陳氏，然終不得。

〔一八〕春秋之法三句：公羊傳隱公七年：「春秋貴賤不嫌同號，美惡不嫌同辭。」

〔一九〕然而七句：見公羊傳莊公十年，末二句原作「字不若子」一句，案：子即古代爵位。何休注：「爵最尊。春秋假行事以見王法，聖人爲文辭孫順，善善惡惡，不可正言其罪。因周本有奪爵，稱國、氏、人、名、字之科，故加州，文備七等以進退之。若自記事者，書人姓名，主人習其讀而問其傳，則未知己之有罪焉爾。」可見此爲古代史家寫人寫事之七個等級，其中寓有褒貶之意。

〔二〇〕張子房以智十二句：張子房，張，氏，子房，字；陳平，陳，氏，平，名；絳侯勃，絳侯，爵，勃，名；霍將軍，霍，氏，將軍，官。以上少游皆以爲法言本春秋之法，有意用此稱謂以寓褒貶。

聖人繼天測靈論〔一〕

古之語道德者，未始不以聖人〔二〕；而論聖人者，亦未始不以道德〔三〕。蓋捨道德則無以見聖人，而微聖人則道德或幾乎息矣。何者？其體相俱，而其用無以異也〔四〕。

夫物生謂之化，物極謂之變，變化而不可知謂之神〔五〕。神也者，其合則藏於無爲〔六〕，其散則寓於有得〔七〕。昔之命道者，因其無爲也。故彊名之以天，所謂莫之爲而常自然者是已〔八〕。自其有得也，故彊名之以靈，所謂地得一以靈是已〔九〕。天者，道也，而於神爲無體之體〔一〇〕。靈者，德也，而於神爲無用之用〔一一〕。體則可以繼，用則可以測。由此兩者而不能知，百姓是也。知此兩者而不能行，智者是也。行此兩者而不能盡，仁者是也。由而能知，知而能行，行而能盡，静可以繼，動可以測，此聖人所以至也。蓋聖人者，其聰無所不知，其明無所不察。積聰明而爲淵，則極天下之深；盡聰明而爲懿，則窮天下之美〔一二〕。夫人之所以喪己於物，失性於俗，而一切事變之來不能以明辨而應對之者，以其質有不足而修有未至爾。聖人既已具聰明之質，而又加之以淵懿之修，則尚惡往而不至耶？是以合而爲體，則於上與造物者遊〔一三〕，而無所爲；散而爲用，則足以遂知來物之不窮而各有得。夫合於無爲，則固以天也；散於有得，則固以靈也。以吾之天而繼天之天〔一四〕，以吾之靈而測物之靈，是猶操五寸之矩，求天下之方〔一五〕。其不合亦以鮮矣。

易曰：「無思也，無爲也，寂然不動，感而遂通天下之故。」〔一六〕夫無思無爲、寂然不動者，所謂繼天也。感而遂通天下之故，所謂測靈也。蓋靈與天，其始也出於神，其終也入於神。而聖人與之俱焉，故揚子曰：「聖人聰明淵懿，繼天測靈。」〔一七〕夫聰明淵懿者，乃所以繼天測靈也。及乎天已至於可繼，靈已至於可測，雖聰明淵懿，亦莫得而言矣。何則？極道德之精，則粗不足以盡之也。彼百姓與仁智則不然，其質與聖人未嘗不同，而其修與聖人未嘗不異。是以雖有存乎人之天，而不能開之以物於有累〔一八〕；雖有貴於物之靈，而不能盡之以器於有窮〔一九〕。夫以有累有窮之具，而欲繼無爲之天、測無不得之靈，其難也可明矣。嗚呼，於是知聖人之所以聖也。

【校】

〔修有未至〕「修有」原作「修所」，據王本、四部本改。

〔而無所爲〕「所」原誤作「以」，據王本、四部本改。

【箋注】

〔一〕漢書揚雄傳云：「雄見諸子各以其知舛馳，大氐詆訾聖人，即爲怪迂，析辯詭辭，以撓世事，雖小辯，終破大道而或衆，使溺於所聞而不自知其非也。及太史公記六國，歷楚漢，〔訖〕麟止，不與聖人同，是非頗謬於經。故人時有問雄者，常用法應之，譔以爲十三卷，象論語，號曰法言。法言文多不著，獨著其目。……聖人聰明淵懿，繼天測靈，冠于群倫，經諸范。譔五百第八。」案「聖人聰明淵懿，繼天測靈」，見法言孝至。少游準雄意，作此篇，重在闡明聖人與道德之關係。

〔二〕古之語道德者二句：蓋指道家。老子亦稱道德經，云：「故從事於道者，道者同於道，德者同於德……同於道者，道亦樂得之；同於德者，德亦樂得之。」（二十三章）道家雖曰「絶聖棄智」，仍屢言聖人，如「聖人處無爲之事，行不言之教，萬物作焉」（二章）；「是以聖人自知不自見，自愛不自貴」（七十二章）等。莊子天下：「以天爲宗，以德爲本，以道爲門，兆於變化，謂之聖人。」鶡冠子泰鴻：「聖人之道，與神明相得，故曰道德。」

〔三〕而論聖人者二句：蓋指儒家。禮記中庸：「大哉聖人之道，洋洋乎發育萬物，峻極於天。」論語子罕：「大宰問於子貢曰：『夫子聖者與？何其多能也！』子貢曰：『固天縱之將聖，又多能也。』」孟子萬章下：「伯夷，聖之清者也；伊尹，聖之任者也；孔子，聖之時者也。」又滕文公上：「聞君行聖人之政，是亦聖人也。」然儒家亦常言道德，如大戴禮記王言：「道者，所以明德也。」論語述而：「志於道，據於德。」又衛靈公：「人能弘道，非道弘人。」孟子公孫丑上：「配義與道，無是餒也。」「以德行仁者王。」

〔四〕其體二句：體，本體；用，功用。此謂儒道二家所説之「道德」在本體與功用上原本相同。

案：其實並不相同：老子四十二章：「道生一，一生二，二生三，三生萬物。」又三十二章：「道常無名。」王弼注：「道無形，不繫常，不可名，以無名爲常，故曰道常無名也。」又三十八章：「上德不德，是以有德。」王弼注：「德者，得也。常得而無喪，利而無害，故以德爲名焉。何以得德，由乎道也。」此道家之道德觀。禮記曲禮上：「道德仁義，非禮不成。」又中庸：「君臣也，父子也，夫婦也，昆弟也，朋友之交也：五者天之達道；知、仁、勇，三者天下之達德也。」論語陽貨：「君子學道則愛人。」集解引孔注：「道，謂禮樂也。」孟子滕文公下：「行天下之大道。」注：「大道，仁義之道也。」此乃儒家之道德觀。

〔五〕夫物生三句：黄帝内經素問天元紀大論：「故物生謂之化，物極謂之變，陰陽不測謂之神，神用無方謂之聖。」易繫辭上：「無思也，無爲也，寂然不動，感而遂通天下之故，非天下之至神，其孰能與於此？」又：「陰陽不測之謂神。」注：「神也者，變化之極，妙萬物而爲言。」

〔六〕無爲：意爲純任自然。老子三章：「無爲則無不治。」又十章：「明白四達，能無爲乎。」王弼注：「言至明四達，無迷無惑，能無以爲乎，則物化矣。」史記老莊申韓列傳：「老子所貴道，虚無因應，變化於無爲。」

〔七〕有得：史記天官書：「五星皆從太白而聚乎一舍，其下之國可以兵從天下。居實，有得也；居虚，無得也。」

〔八〕故彊名之二句：莊子天地：「無爲爲之之謂天。」又山木：「有人天也，有天亦天也。」注：

「凡所謂天，皆明不爲而自然。」

〔九〕地得一以靈：老子三十九章：「天得一以清，地得一以寧，神得一以靈。」

〔一〇〕無體之體：易繫辭上：「故神无方而易无體。」蔡注：「易之變化，无有形體也。」孔疏以爲其義有二，一是「自然而變，而不知變之所由，是无形體；二則隨變而往，无定在一體，亦是无體也。」

〔一一〕無用之用：莊子人間世：「人皆知有用之用，而莫知無用之用也。」又外物：「莊子曰：『知無用而始可與言用矣。夫地非不廣且大也，人之所用容足耳。然則廁足而墊之致黃泉，人尚有用乎？』惠子曰：『無用。』莊子曰：『然則無用之爲用也，亦明矣。』」洪邁容齋續筆十二以爲莊子此義本起於老子「三十輻共一轂當其無有車之用」一章。案老子王弼注云：「言無者有之，所以爲利，皆賴無以爲用也。」

〔一二〕積聰明四句：揚雄法言問明：「盛者成湯丕承也，文王淵懿也。或問：……淵懿，曰：『重易六爻，不亦淵乎？浸以光大，不亦懿乎？』」

〔一三〕是以二句：莊子達生：「夫形全精復，與天爲一。天地者，萬物之父母也。合則成體，散則成始。」又應帝王：「予方將與造物者爲人。」注：「司馬彪曰：造物謂道也。」

〔一四〕以吾之天而繼天之天：莊子達生：「不開人之天，而開天之天。」注：「開天（之天）者，性之動也；開人（之天）者，知之用也。」

〔一五〕是猶操二句：荀子不苟：「故操彌約而事彌大，五寸之矩，盡天下之方也。」注：「矩，正方之器也。」即曲尺。

〔一六〕易曰五句：見易繫辭上。

〔一七〕故揚子曰三句：見注〔一〕。

〔一八〕而不能句：開之以物，易繫辭上：「夫易何爲者也？夫易開物成務，冒天之道，如斯而已者也。」清陳夢雷周易淺述卷七：「開物，謂人所未知者開發之。」有累，有係累。累指連累，妨礙。此謂在有限制之條件下開發自然界之物。

〔一九〕而不能盡之以器：易繫辭下：「象事知器。」周易淺述卷七：「凡有形之實事，皆器也。」如繫辭下所云「刳木爲舟，剡木爲楫，舟楫之利，以濟不通，致遠以利天下」，皆盡器之用也，亦即繫辭上所謂「備物致用，立成器以爲天下利。」有窮，有限度。莊子則陽：「君以意在四方上下有窮乎？」

【彙評】

段斐君本淮海集徐渭評「是以雖有存乎人之天……其難也可明矣」：只把凡人形容，亦會躲閃。　又：由淺入深法。

變化論〔一〕

萬物不能常有，有極則入於無；不能常無，無極則出於有〔二〕。變者，自有入於無者也。化者，自無入於有者也〔三〕。方其入也，則質散而返形，形散而返氣，氣散而返於芒芴之間〔四〕。闢陰以爲陽者有矣，闔陽以爲陰者有矣〔五〕。其巧妙，其功深，故難窮難終。此物之極者所以由之也。方其出也，則芒芴之間，合而成氣，合而成形，合而成質。移剛以爲柔者有矣，易柔以成剛者有矣〔六〕。其巧顯，其功淺，故隨起隨滅。此物之生者所以由之也。是故物生謂之化，物極謂之變〔七〕。變者，天道也，君道也，聖人之事，而化之所以始也。化者，地道也，臣道也，賢人之事，而變之所以終也。是二者，猶生之有死，晝之有夜，動之有靜，往之有來，常相待爲用，而未有能獨成者也。二者雖不能獨成，而亦不能兩立。何則？一氣不頓進，變進，則化退矣。一形不頓虧，化進，則變退矣。一進一退，迭相出入，而神用無窮焉。故曰：「變化者，進退之象也。」〔八〕又曰：「知變化之道者，其知神之所爲乎？」〔九〕

昔之論變化者，有先變而言者，有先化而言者，有兼變化而言者。易曰：「形而上者謂之道，形而下者謂之器，化而裁之謂之變。」〔一〇〕夫道者，變之統也。器者，化之宇也。有形者不能相有，是以雖器也，而制之者亦存乎道。雖化也，而裁之者亦存乎變。故曰：「化而裁之謂之變。」此所謂先化而言者也。中庸曰：「其次致曲，曲能有誠，誠則形，形則著，著則明，明則動，動則變，變則化。」〔一一〕蓋自致曲而至於變化者，由人以盡天道。自變而至化者，由天以盡人道。盡天道所以率性〔一二〕。盡人道所以立教。故曰：「變則化。」此所謂先變而言者也。

荀卿曰：「誠心守仁則形，形則神，神則能化矣。誠心行義則理，理則明，明則能變矣。變化代興，謂之天德。」〔一三〕夫變者所以原始，化者所以要終〔一四〕。獨化則不能以生，獨變則不能以形。生生形形，而道之用盡矣。故曰：變化謂之天德，此所謂兼變化而言者也。蓋先變者以言乎自無而出有，先化者以言乎自有以入無，而兼變化者以言乎出有入無，相待爲用而已矣。然則主變者天也，司化者地也，而荀氏皆以爲天德何也？曰：天道成終而成始，凡言變者，亦可以兼化。地道無成而待有終，凡言化者，則不可以兼變。易於乾曰：「乾道變化。」〔一五〕而於坤則曰：「萬物化光。」〔一六〕蓋乾者用陽氣以統天地，天既可以兼化，則乾固不獨變矣。地不可以兼變，則坤固止於化矣。故曰：「闢户謂之乾，闔户謂之坤，一闔一闢謂之變。」〔一七〕又曰：「在天成象，在地成形，變化見矣。」〔一八〕由是觀之，變化者，神之用也。神無方則無乎不在。故在天則乾道是已，在地則坤道是已，在人則聖人是已。故曰：「天地變化，聖人效之。」〔一九〕此之謂矣。

【校】

〔方其出也〕「出」原誤作「入」，據王本改。

【箋注】

〔一〕變化：見本卷聖人繼天測靈論注〔五〕。

〔二〕萬物不能常有四句：老子一章：「道可道，非常道；名可名，非常名。……故常無欲以觀其妙，常有欲以觀其徼：此兩者同出而異名，同謂之玄，玄之又玄，衆妙之門。」王弼注：「物始於微而後成，始於無而後生，故常無。」又云：「凡有之爲利，必以無爲用，欲之所本，適道而後濟，故常有。」

〔三〕變者四句：即「物生謂之化，物極請之變」之意，參注〔一〕。案：「自無入於有」之「入」字，據上下文行文，似爲「出」字之誤。

〔四〕則質散三句：莊子至樂：「是其始死也，我獨何能無槩？然察其死而本無生；非徒無生也，而本無形；非徒無形也，而本無氣。雜乎芒芴之間，變而有氣，氣變而有形，形變而有生，今又變而之死。」芒芴，喻混沌不清。

〔五〕闢陰二句：易繫辭上：「闔户謂之坤，闢户謂之乾，一闔一闢謂之變。」又繫辭下：「乾，陽物也；坤，陰物也。」

〔六〕移剛二句：易繫辭上：「是故剛柔相摩。」又：「剛柔相推而生變化。」

〔七〕是故二句：見注〔一〕。

〔八〕變化者二句：見易繫辭上。

〔九〕知變化二句：見易繫辭上。

〔一〇〕形而上三句：見易繫辭上。

〔一一〕其次致曲八句：中庸，禮記篇名。此八句有注曰：「其次謂自明誠者也。致，至也。曲，猶小小之事也。不能盡性而有至誠，於有義焉而已。形，謂人見其功也。盡性之誠，人不能見也。著，形之大者也。明，著之顯者也。動，動人心也。變，改惡爲善也。變之久，則化而性善也。」

〔一二〕率性：中庸：「天命之謂性，率性之謂道。」注：「率，循也，循性行之是謂道。」

〔一三〕誠心守仁八句：見荀子不苟篇，注曰：「既能變化，則德同於天。馴致於善謂之化，改其舊質謂之變。言始於化，終於變也。猶天道陰陽運行則爲化，春生冬落則爲變也。」

〔一四〕夫變者二句：易繫辭下：「易之爲書也，原始要終以爲質也。」原始要終，探究事物之起源與歸宿。陳夢雷周易淺述：「言聖人之畫卦，必原其事之始、要其事之終。」

〔一五〕易於乾二句：易乾彖辭：「乾道變化，各正性命，保合太和，乃利貞。」朱熹注：「變者化之漸，化者變之成。物所受爲性，天所賦爲命。……此言乾道變化無所不利，而萬物各得其性命以自全，以釋利貞之義也。」

〔一六〕而於坤二句：易坤：「含萬物而化光，坤道其順乎，承天而時行，」陳夢雷周易淺述卷一：「即彖傳含弘光大之意。静翕則含生意於中，動闢則有光輝也。」

〔一七〕闢户三句：見易繫辭上，原文「闢户」句在「闔户」句下，詳注〔五〕引。

〔一八〕在天三句：見易繫辭上。

〔一九〕天地二句：見易繫辭上。

【彙評】

段斐君本淮海集徐渭評「蓋乾者用陽氣以統天地……則坤固止於化矣」：妙理。

君子終日乾乾論〔一〕

天任命，人任力。君子之道原於天而相之以人，安於命而輔之以力。故凡乘勢以應變，因時以立功，雖一聽於自然，而進德修業未始不以自强不息爲主〔二〕。何則？力有所不盡則未可以言命，而人有所不至則未可以言天故也。乾九三所謂「君子終日乾乾，夕惕若，厲无咎」者，蓋亦以此矣。

夫九三以不中之位據重剛之險〔三〕，前有五之可至，後有二之可終，非所至而至，則失義；非所終而終，則失幾〔四〕。失義則驕，失幾則憂。於時也，可謂危矣，可謂難其處矣。此其所以終日乾乾、而夕猶惕若也。日者，有爲之時；夕者，無爲之時也。於有爲之時乾乾以致其力，於無爲之時，則惕若以致其心。夫亂生於所忽，治生於所憂。安安者危，亡亡者存，固天之理也。外既有以致其力，而内又有以盡其心。然則，德其有所不進，業其有所不修，而過其有所不補者乎？故曰：「君子終日乾乾，夕惕若，厲无咎。」而孔子亦曰：「乾乾，因其時而惕；雖危，无咎也。」〔五〕易曰：「无咎者，善補過也。」〔六〕蓋當勇於進而安於苟簡〔七〕，而不能果於自强，能以无咎者寡矣！

嗚呼，非深知天人力命之説者，何足以與於此？

【校】

〔夫九三〕「九三」張本誤作「天三」，此據底本、李本、段本、王本、秦本、四部本。

【箋注】

〔一〕易乾文言：「九三曰：『君子終日乾乾，夕惕若，厲無咎。』何謂也？子曰：『君子進德修業。忠信，所以進德也；修辭立其誠，所以居業也。知至至之，可與幾也；知終終之，可與存義也。是故居上位而不驕，在下位而不憂，故乾乾因其時而惕，雖危，無咎矣。』」少游本此旨而作是篇。乾乾，自强不息貌。近人聞一多謂「乾乾」當讀爲「悁悁」，憂念貌；「若」字斷句，「厲」字屬下。此從之。无咎，善補過也。見易繫辭上。或曰：乾乾，勤勉努力。惕，警惕。惕若猶惕惕然。厲，危也。咎，災也。謂君子晝則勤勉，夜則警惕，雖處危境，亦無咎失。見高亨周易大傳今注卷一。

〔二〕而進德句：易乾文言：「君子進德修業。」李道平周易集解纂疏卷一注：「虞翻曰：『乾爲德，坤爲業，以乾通坤，謂爲進德修業。』」自强不息，易乾象：「天行健，君子以自强不息。」

〔三〕夫九三以不中之位據重剛之險：九三，易卦名。重剛，謂上下爻皆陽。不中，謂上不在天，下不在田。易乾文言：「九三重剛而不中，上不在天，下不在田。」疏：「重剛者，上下皆陽，故重剛也。不中者，不在二五之位，故不中也。」

〔四〕前有五之可至六句：五謂九五：「飛龍在天，利見大人。」二謂九二：「見龍在田，利見大人。」陳夢雷周易淺述卷一：「易卦皆以五爲君位，以其居上卦之中也。……以陽居中，中正也。純陽居上之中而得正，有飛龍在天之象。居上之中，人所共仰，有利見大人象。」又釋九二云：「二，自下而上第二爻也。後倣此。出潛離隱，故有見龍之象。澤能及物，猶田之得雨，耕穫有功，故有在田之象。雖非君位，而在下卦之中，有君之德，故有大人象。」此處謂九三雖不在二、五之位，然向前可至九五，向後可至九二。失幾，易乾文言孔疏：「幾者，去無入有，有理而無形之時。」

〔五〕而孔子亦曰五句：見注〔一〕。

〔六〕无咎二句：見易繫辭上。

〔七〕苟簡：漢書董仲舒傳：「其心欲盡滅先王之道，而顓爲自恣苟簡之治。」注引師古曰：「苟謂苟於權利也，簡謂簡於仁義也。」

以德分人謂之聖論〔一〕

古之聖人，其道本於成己，而終於成物〔二〕。得其始不知其終，則蔽於爲我；見其末而遺其本，則蔽於爲人。爲我之蔽溺於楊，而爲人之蔽流於墨〔三〕。二者所事不同，要皆不該不偏一曲之所爲，而非道德之正也。聖人則不然，其入不藏，其出不陽〔四〕。入而不藏，故德先乎身，而有以公於物；出而不陽，故道濟天下，而有以私於己。夫公於物，仁也；私於己，智也。公公私私，仁智兩得，聖人之道盡矣。傳曰「以德分人謂之聖」，其此之謂乎？

夫天下之人，因其性而觀之，則未嘗不同〔五〕。因其習而觀之，則未嘗不異〔六〕。使天下皆知性之無不同也，則其俛仰之際，語默顰笑之間〔七〕，固足以官陰陽而府萬物矣，又奚聖人之俟哉？夫惟不知，故尊其習者，有至於上智；而卑其習者，或至於下愚〔八〕。夫以本同之性而異於上下相遠之習，此天下所以有俟於聖人，而聖人者所以不可一日無於天下也。故古之人，當其德未成則修之於己；既成則分之於人。其大也，以其所知覺所未知，以其所覺覺所未覺〔九〕。其小也，以其所中養所不中，以其所才養所不才。既以與人，己愈有。既以爲人，己愈多。仁者得仁，智者得智。得其精者，足以治身。得其緒餘，足以治國家天下。豈固有求於外哉？以爲人之所以望吾，而吾之所以與人者，適當然而已矣。

且上覆下，大容小，高者抑之，下者舉之，有餘損之，不足與之〔一〇〕，理之當然也。彼聖人以德分人者也，豈固有意於是哉？蓋以爲人之所望吾，吾之所以與人者，亦理之適當然而已矣。

【校】

〔不偏一曲〕「偏」，張本、胡本作「徧」。

〔有求於外哉〕原脱「哉」字，據四部本補。

〔彼聖人以德分人者也〕原脱「者」字，據王本、四部本補。

【箋注】

〔一〕莊子徐無鬼：「以德分人謂之聖，以財分人謂之賢。」此就前者立論。

〔二〕古之聖人三句：禮記中庸：「誠者物之終始，不誠無物。是故君子誠之爲貴。誠者，非自誠己而已也，所以成物也。成己，仁也；成物，知也。性之德也，合外内之道也。」

〔三〕爲我之蔽二句：孟子滕文公下：「天下之言，不歸楊，則歸墨。楊氏爲我，是無君也。墨氏兼愛，是無父也。無父無君，是禽獸也。」案：楊，楊朱，戰國時魏人，字子居。墨，墨翟，春秋戰國間人，曾爲宋大夫。參見莊子天下、史記荀卿列傳。

〔四〕聖人三句：莊子達生：「仲尼曰：無入而藏，無出而陽，柴立其中央。」郭象注：「藏既内矣，而又入之，此過於入也。陽既外矣，而又出之，此過於出也。」

〔五〕因其性二句：孟子以爲人性本善，如孟子告子上云：「人性之善也，猶水之就下也。人無有不善，水無有不下。」而告子以爲人性本無所謂善不善：「性猶湍水也，决諸東方則東流，决諸西方則西流。人性之無分於善不善也，猶水之無分於東西也。」（引同上）荀子則以爲人性本惡，如荀子性惡篇云：「人之性惡，其善者僞也。今人之性，生而有好利焉，順是故争奪生而辭讓亡焉；生而有疾惡焉，順是故殘賊生而忠信亡焉；生而有耳目之欲，有好聲色焉，順是故淫亂生而禮義文理亡焉。」三者立説雖異，然皆以爲人性「未嘗不同」，少游就此立論。

〔六〕因其習二句：即人性因染習而異。論語陽貨：「子曰：性相近也，習相遠也。」朱熹注：「此所謂性，兼氣質而言者也。氣質之性，固有美惡之不同矣；然以其初而言，則皆不甚相遠也，但習於善則善，習於惡則惡，於是始相遠耳。」

〔七〕語默顰笑：易繫辭上：「君子之道，或出或處，或默或語。」韓非子内儲上：「吾聞明主之愛，一嚬一笑，嚬有爲嚬，而笑有爲笑。」嚬，通顰。

〔八〕故尊其四句：論語陽貨：「唯上知與下愚不移。」知，通智。孔穎達正義：「孔子又嘗曰：唯上知聖人不可移之使爲惡，下愚之人不可移之使强賢。」以「上知」即「聖人」。少游之論「聖人」，則超於「上知」之上。

〔九〕以其所知二句：孟子萬章上：「天之生此民也，使先知覺後知，使先覺覺後覺也。」

〔一〇〕高者抑之四句：老子七十七章：「天之道其猶張弓與？高者抑之，下者舉之，餘者損之，不足者補之。天之道損有餘而補不足。人之道則不然，損不足以奉有餘。」

淮海集箋注卷第二十四

傳

浩氣傳〔一〕

氣之爲物，至矣！其在陽也，成象而爲天；其在陰也，成形而爲地〔二〕。陽沴於上，則日月星辰之光悖；陰沴於下，則草木山川之精變〔三〕。氣也者，天之所以旋，地之所以運也，況於人乎〔四〕！夫氣之主在志〔五〕，志之主在心，心者，神之合也〔六〕。志者，精之合也。氣者，魄之合也。神虧，則精不復。精弊，而魄不寧〔七〕。君子虛心以養志，弱志以養氣〔八〕。故能外探事物之奧，内安性命之情，浩然無際，與道自會〔九〕，豈特通體乎天地、同精於陰陽而已哉？

嗚呼，氣之爲物，亦已至矣！此公孫丑所以問之悉、而孟子所以告之詳也〔一〇〕。

凡進以禮、退以義，動而智、靜而仁者，皆性也；窮通之有數，廢興之不常者，皆命也〔一一〕。君子審去就之分，循得喪之理，以盡其性，則寵辱於己猶蚊虻之一過〔一二〕，死生於己猶夜旦之一易〔一三〕，皆命之偶然者也；烏足概其心哉？故曰：「夫子加齊之卿相，得行道焉，雖由此霸王不異矣。如此則動心否乎？」對曰：「否，我四十不動心。」〔一四〕傳曰：「色盛者驕，力盛者奮，未可以語道也。」〔一五〕二十曰弱，弱則未足以窮理。三十曰壯，壯則未足以盡性。所以窮理盡性，四十其時也〔一六〕。四十而不能，斯亦不足畏也已〔一七〕。故於四十曰不動心。孟子所謂不動心，孔子所謂不惑者也〔一八〕。不以內蔽外，故曰不惑。不以物役己，故曰不動心。不惑者，未必知命也，故孔子五十而後知命。不動心，未必知義也，故告子猶以義爲外焉〔一九〕。然則孟子遂無喜怒哀樂之情乎？曰：非也，吾之所以謂不動心者，即有而無，即實而虛，其於外也，應而不遷，其於中也，受而無止，雖終日言猶不言、終日爲猶不爲也。安可以喜怒之形、哀樂之發而累其所謂不動者耶？君子固有以與人同，亦有以與人異。所同者外，所異者內也。自其同者視之，則孟子之勇有似於孟賁，不動心有似於告子。故曰：「若是，則夫子過孟賁遠矣。」〔二〇〕對曰：「是不難，告子先我不動心。」〔二一〕

夫矢石相攻，鋒刃相搏，壯士遇之，雄入而不顧。彼得全於勇猶若是，況得全於道者乎？故刺其膚而不撓，注於目而不逃。其思己也，一毫之挫若市朝之撻。其視人也，萬乘之尊若褐夫之賤，無嚴諸侯，惡聲至，必反之。此北宫黝之養勇也〔二二〕。視强如弱，進不量敵之大小，會不慮勝之中否，曰：舍豈能爲必勝哉？能無懼而已矣。此孟施舍之養勇也〔二三〕。昔曾子事親，主於養志〔二四〕。子夏之門人，先於洒掃應對而已〔二五〕。舍之所養者，本也，故似曾子之約。黝之所養者，末也，故似子夏之詳。由二子觀之，則本固宜可以勝末，約固宜可以勝詳。由君子觀之，則二子之養皆氣而已，未足以知義也。故曰：「夫二子之養勇，未知其孰賢。然而孟施舍守約也。」〔二六〕夫知勇而已者，有時而窮；知勇知怯者，無時而屈。「自反而不縮，雖褐寬博，吾不惴焉」，所謂知怯者也。「自反而縮，雖千萬人，吾往矣」，所謂知勇者也〔二七〕。夫曾子之守約所以異於孟施舍之守氣者，豈有他哉，勇而能怯、與義偕行而已矣。故曰：「孟施舍之守氣，又不如曾子之守約也。」〔二八〕

然則不言子夏何也？曰：黝養勇之詳，固不若舍所養之約。舍似曾子而不及，則黝之不若子夏，從可知矣。蓋黝之與舍，可謂不動心，而與夫告子之養者同矣。曾子、子夏可謂知義，而與夫孟子之所養者亦有以同之也。故夫丑問不動心之道，而告以四子之養勇。則孟子所以異於告子者，固已存乎其間矣。

言，心之聲也〔二九〕；心，氣之主也〔三〇〕。不得於本，固可以勿求諸末。不得於文，則不可以勿求諸實。故曰：「不得於心，勿求於氣，可；不得於言，勿求於心，不可。」〔三一〕而有以知告子所求者外也。人以心爲君，以志爲帥，以氣爲師，以體爲國。君欲虛而靜，帥欲知而專，師欲和而勇，國欲實而强。四者自正，治之美也。四者失道，而亂莫大焉。故曰：「志，氣之帥也；氣，體之充也。」〔三二〕以言志立於心，而足以率氣；氣役於志，而足以實體。志有强有弱，故以帥言之。氣一滿一虛，故以充言之。夫帥之所適，師之所以從也；志之所之，氣之所止也。故曰：「志，至焉；氣，次焉。」〔三三〕帥不專，則鋭師不能以取勝；師不和，則良帥不能以有功。志之與氣，亦猶是也。故曰：「持其志，無暴其氣。」〔三四〕夫有尤物，足以移人〔三五〕。一物之玩，且或喪志〔三六〕，況情僞之感、利害之攻乎？孟子曰：「此天之所以與我者，先立乎其大者，則其小者不能奪也。」〔三七〕持其志之謂也。朝氣鋭，晝氣墮，暮氣歸〔三八〕。朝暮之變，且或動其氣，況自少而壯、自壯而老乎？孔子曰：「君子有三戒。」〔三九〕無暴其氣之謂也。雖然，此猶有待也。若夫縱心而動，順性而游，處衆枉不失其直，與天下並流而不流其域。若然者，無持志之念，有持志之功；有暴氣之迹，無暴氣之患。彼且烏乎待哉？

「既曰志至焉，氣次焉，又曰持其志，無暴其氣，何也？」〔四〇〕蓋可以善惡邪正久而遷者，志也；而亦足以害氣。可以喜怒哀樂驟而干者，氣也；而亦足以害志。故曰：「氣壹則動志，志壹則動氣。」〔四一〕凡物壅之則壹而相與鬱，散之則疏而相與通。蹶者，動之逆也。趨者，動之順也。逆順不同，皆非志使之然也，氣而已矣。故曰：「今夫蹶者、趨者，是氣也，而反動其心。」〔四二〕氣以心爲本。反者，所以復本也。夫知言然後可以不惑，養氣然後可以不動心。詖淫邪遁之辭，莫不畢見〔四三〕。所謂知言也；「至大至剛，以直養而無害，則塞于天地之間」〔四四〕。所謂養氣也。外不惑於人，內不動於己。雖孟子之長，又何以加于此？故曰：「敢問夫子惡乎長？對曰：我知言，我善養吾浩然之氣。」〔四五〕

天下之理固有可以言論者，固有可以意致者。可以言論，則言之也易；可以意致，則言之也難。故曰：「何謂浩然之氣？曰：難言也。」〔四六〕言之雖難，猶爲可言者爾。彼言之所不逮、意之所不一者，又烏可以言言耶？「大」者氣之體也，「剛」者氣之用也。氣之體不可圍，故曰「至大」；氣之用不可屈，故曰「至剛」。夫晝動則氣擾，夜息則氣安。此人情之常、愚智之所同也。君子外不勞精於事，內無思慮之患，抵時投隙，以自得爲功，故雖晝動，曾不異於夜息。衆人反是，雖一夜之靜，且或不能息也，矧旦晝之所爲？此非天之所與者殊也，不能以直養氣使之無害而已矣。夫能以直養氣，率理而往，循命而趨，不爲貧賤富貴之所移，威武之所屈〔四七〕，則俛仰之近，六合之遠，固無適而不得矣，豈不全其所謂浩然者耶！

老子曰：「天地之間，其猶橐籥乎。虛而不屈，動而愈出。」〔四八〕氣之養也亦猶是矣。故曰：「以直養而無害，則塞于天地之間。」〔四九〕然則亦有出于天地者乎？曰方其配義，則塞于天地之間而已矣。及其配道，則固有出于天地者也。虛形萬物所道謂之道〔五〇〕；因緣無革天下之理得謂之德〔五一〕；理生昆群兼愛無私謂之仁〔五二〕；列敵度宜謂之義〔五三〕。德非道不神，仁非義不立。自義而入於天則極於道。自道而出於人則極於義。氣之養也，直而推之則無不宜，此其所以配義也；擴而充之則無不在，此其所以配道也。集者，自然而至也；襲者，有因而至也。夫所謂配者，豈固有因而求合於彼乎？直而推之無不宜，擴而充之無不在，則自然與之合矣。故曰：「配義與道。」〔五四〕又曰：「是集義所生，非義襲而取之也。」〔五五〕以其自然，故於集曰生；以其有因，故於襲曰取。心有餘曰慊。腹不足曰餒。慊則有裕於中，而餒則有求於外。老子曰：「聖人之治，虛其心，實其腹。」〔五六〕蓋虛其心者，所以欲其慊；實其腹者，所以

惡其餒。故曰：「無是餒也。」〔五七〕又曰：「行有不慊於心則餒矣。」〔五八〕

孟子之所以數闢告子何也？曰君子惡似而非者。使天下之人善如堯、惡如桀，微君子其誰不知？天下之所以不知者，疑似之間也。邪與正同門，情與僞同鄰，至精莫之能分，是以君子懼焉。彼告子之不動心，誠有似於孟子。然而以生爲性，以義爲外，使天下相率而從之，則將求性於形，而求義於物矣。此其所以闢之也。故曰：「告子未嘗知義，以其外之也。」〔五九〕豈唯於告子之若是乎？其所以距楊、墨者，亦如此而已矣。

夫所謂正心者，有無爲而自正者，有有意而正之者。聖人之心如衆竅然，泠風則小和，飄風則大和，厲風濟則衆竅爲虛〔六〇〕；其應物也如是而已，所謂無爲而自正者也。彼衆人則不然：有所距，有所受，有所將，有所迎。一事之至，必欲正其心以應之，弊弊然若操五寸之矩、一尺之規，以求合乎天下之形器者焉。吾見夫心勞於中、智盡於外而形器之不能合也，此所謂有意而正之者也。故曰：「必有事焉而勿正心。」〔六一〕夫知天而不知人者，無以與俗交；知人而不知天者，無以與道遊。夫既有意而正其心矣，則於事也，豈免以命廢力而以人勝天者乎？故曰：「勿忘，勿助長。」〔六二〕以命廢力，是忘之也；以人勝天，是助之也。莊子曰：「善養生者，若牧羊然，視其後者而鞭之。」〔六三〕又曰：「爲天下者，亦奚以異於牧馬者哉？亦去害馬者而已。」〔六四〕然則君子之修身治天下，鞭其後、去其害可也。必欲弊精神而求益、勞智慮而速成，則命之分有所不安而害且至矣。故曰：「以爲無益而舍之者，不耘苗者也；助之長者，揠苗者也：非徒無益，而又害之。」〔六五〕嗚呼，人之於性也豈欲揠而使長哉，亦去其害性者而已。

不平謂之陂，有過謂之淫，畔於正謂之邪，逃其本謂之遁。蔽於一隅者，其言不平，故「詖辭知其所蔽」〔六六〕。陷於一曲者，其言有過，故「淫辭知其所陷」〔六七〕。離道者其言畔正，故「邪辭知其所離」〔六八〕。術窮者其言逃本，故「遁辭知其所窮」〔六九〕。此四者，淺深固殊，然以一邪説之家則足以具之矣，楊、墨之類是也。夫爲我者智也，兼愛者仁也。雖孟子之道亦未始離乎此。而二氏之所以失者，知其一不知其二，有見於此無見於彼而已矣。若此者謂之蔽。其弊也，爲己者至於不拔一毛，兼愛者至於摩頂放踵〔七〇〕，往而不知反焉。若此者謂之陷。其甚也，則爲楊者反以仁爲失己，爲墨者反以智爲失物。始於毫末之差，終以千里之繆〔七一〕，亦其理之必然也。若此者謂之離。又其甚也，則爲己者至於無君，兼愛者至於無父。無父無君，是禽獸也〔七二〕，若此者謂之窮。其於言也，詖而後淫，淫而後邪，邪而後遁；其於心也，蔽而後陷，陷而後離，離而後窮：亦其序也。以心對政，則心爲内，政爲外。以政對事，則政爲大，事爲小。生於内，必形於外。故曰：「生於其心，害於其政。」〔七三〕發於大，必及於小，故曰：「發於其政，害於其事。」〔七四〕

孔子曰：「聖人之作易也，將以順性命之理。」〔七五〕然則君子之所以有言者，豈固拂其所有而强其所無哉？亦述性命之理而已矣。唯如此，是以前乎吾者，可以稽之而不悖；後乎吾者，可以俟之而不惑。何者？命無異性，性無異理故也。故曰：「聖人復起，必從吾言矣。」〔七六〕然則又曰：「作於其心，害於其事，作於其事，害於其政。聖人復起，不易吾言矣。」〔七七〕何也？蓋前則因知言而發，原邪説之所起也；後則以楊、墨而言，闢邪説之既成也。原邪説之所起者，以理言之也，故曰「生」曰「發」，而先「政」後「事」。闢邪説之既成者，以事言之也，故曰「作」，而先「事」後「政」。理藏於無形，則疑於可違，故曰「必從」；事見於有迹，則疑於可變，故曰「不易」〔七八〕。其言雖殊，考之各有所當也。雖然，彼邪説者其所謂道，亦吾之道也；其所謂德，亦吾之德也。道德與吾同，而所以與吾異者，倚於一偏，蔽於一曲，如僚之與丸，秋之與弈〔七九〕，各師其習，而不能相通；是以君子疾之焉耳。揚子曰：「適堯舜文王者爲正道，非堯舜文王者爲他道。」〔八〇〕正與他雖不同，然而莫非道也。而後世之學者徒見君子之疾之也，遂以爲彼之所謂道德非吾所謂道德者焉，則亦已過矣。

然則孟子論不動心之道而止及於知言養氣何也？曰：能知言則不惑於外，能養氣則不動於内。外不爲邪説之所干，内不爲妄情之所溺，則吾之心也復何爲哉！以此事上，以此臨下，退居而閒游，進爲而撫世，固無施而不可。此孟子之深意也。蓋體合於心，心合於氣，氣合於無，則介然之色，唯然之音，遠在八荒之外，近在眉睫之間。來干我者，我必知之〔八一〕。況詖淫邪遁之辭乎！潛行不窒，蹈火不熱，行乎萬物之上而不慄，是純氣之守也〔八二〕，況卿相之位、霸王之權乎？雖然，是道也豈唯聖人有之，天下莫不有也。是其道與之命、天與之性，晝而動、夜而息者，曷嘗不與聖人同乎？惟其外不能知言，内不能養氣，是以予之則驚，奪之則怨，惛於操捨之際，汩於寵辱利害之交，氣與魄俱擾，志與精俱弊，而心與神俱亡。若然者，雖一語默、一嚬笑〔八三〕，設之或不當也。況治身以及家、治國以及天下乎？嗚呼，聞孟子之風，可以興起矣！

【校】

〔與天下並流而不流其域〕王本攷證附纂云：「與天下並流而不流其域，案『不流』當爲『不離』之謌，語見淮南子詮言訓。」

〔塞于天地之間〕「于」，四部本作「乎」。

〔因緣無革天下之理得〕革，原誤作「事」，據四庫全書本揚雄太玄經改，詳注〔五一〕。

〔夫所謂配者〕王本、四部本「夫」作「其」。

〔泠風〕「泠」原俱作「冷」，此據段本、秦本改。

〔詖而後淫〕「詖」原作「蔽」，據王本、四部本改。

〔何者？命無異性〕李本、王本、四部本「何者」作「何也」。

〔介然之色〕「色」原誤作「有」，據王本、四部本改。

【箋注】

〔一〕浩氣：浩然之氣，亦即正大剛直之氣。孟子公孫丑上：「敢問夫子惡乎長？曰：『我知言，我善養吾浩然之氣。』敢問何謂浩然之氣？曰：『難言也，其爲氣也，至大至剛，以直養而無害，則塞于天地之間。其爲氣也，配義與道，無是餒也。』」

〔二〕氣之爲物六句：易繫辭上：「天尊地卑，乾坤定矣。……在天成象，在地成形，變化見矣。」朱熹注：「天地者，陰陽形氣之實體；乾坤者，易中純陰純陽之卦名也。」列子天瑞：「太初者，氣之始也；太始者，形之始也。……清輕者上爲天，濁重者下爲地；沖和氣者爲人，故天地含精，萬物化生。」又曰：「故天地之道，非陰則陽。」少游此段立論皆基於此。

〔三〕陽沴於上四句：莊子大宗師：「陰陽之氣有沴。」郭象注：「沴，陵亂也。」

〔四〕氣也者四句：黄帝内經素問寶命全形論：「人以天地之氣生。……夫人生於地，懸命於天，天地合氣，命之曰人。」莊子知北遊：「人之生，氣之聚也。聚則爲生，散則爲死。」抱朴子至理：「夫人在氣中，氣在人中，自天地至於萬物，無不須氣以生者也。」

〔五〕夫氣之主在志：孟子公孫丑上：「夫志，氣之帥也。」又曰：「夫志至焉，氣次焉，故曰持其志，無暴其氣。」

〔六〕志之主在心三句：論語學而：「父在觀其志。」皇疏：「志，謂在心未行也。」黄帝内經靈樞本神：「心有所憶謂之意，意之所存謂之志。」莊子達生：「用志不分，乃凝於神。」凝，合也。荀子解蔽：「心者，形之君也，而神明之主也，出令而無所受令。」亦有心神連稱，三國志蜀關羽傳：「察其心神。」獨異志：「北齊侍御史李廣博覽群書，夜夢一人曰：『我心神也，君役我太苦！』辭去，俄而廣疾卒。」

〔七〕志者精之合也八句：黄帝内經靈樞本神：「天之在我者德也，地之在我者氣也，德流氣薄而生者也。故生之來謂之精，兩精相搏謂之神，隨神往來者謂之魂，並精而出入者謂之魄。」又：「是故怵惕思慮者則傷神，神傷則恐懼流淫而不止。……喜樂無極則傷魄，傷魄則狂。……恐懼而不解則傷精，精傷則骨痠痿厥。」左傳昭公七年子産曰：「人生始化曰魄……用物精多，則魂魄强。」管子内業：「凡物之精，此則爲生。」房玄齡注：「精謂神之至靈者也，得此則爲生。」又：「精也者，氣之精者也。」

〔八〕君子虚心二句：老子第三章：「是以聖人之治，虚其心，實其腹，弱其志，强其骨。」莊子論「虚心」謂之「心齋」，人間世：「虚者，心齋也。」王夫之莊子解：「心齋之要無他，虚而已矣。」王夫之又將此與儒家之「修身正心」相聯繫，如禮記大學所云：「修身在正其心。」王夫之讀四書大全説卷一：「以虚明無物爲正。」亦即孟子盡心下所云：「養心莫善於寡欲。」管子心術：「心也者，智之舍也」；「虚其欲，神將入舍，掃除不潔，神乃留處。」莊子讓王則謂「養志者忘形，養形者忘利」。孟子公孫丑上曰：「我養吾浩然之氣。」朱熹注：「養氣，則有以配夫道義，而於天下之事無所懼。」又「志」，少游以爲「精之合」，故「弱志」即惜其精。老子所謂「治人事天，莫若嗇」，河上公章句：「治身者當愛精氣，不放逸。」又韓非子解老：「嗇之者，愛其精神。」此即「弱志以養氣」之義。少游之論，實糅儒道兩家之説。

〔九〕故能外探四句：管子内業：「是故民氣（房玄齡注：人氣也）杲乎如登於天，杳乎如入於淵，淖乎如在於海，卒乎如在於己。是故此氣也，不可止以力，而可安以德……德成而智出，萬物果得。……不見其形，不聞其聲，而序其成謂之道。……萬物以成，命之曰道。……氣，道乃生。……道滿天下，普在民所。」又：「靈氣在心，一來一逝，其細無内，其大無外……心能執静，道將自定。得道之人，理丞而屯泄。」

〔一〇〕此公孫丑二句：指公孫丑與孟子關於浩然之氣之問答，詳見孟子公孫丑上。案公孫丑，孟子弟子，有政事之才，齊人。

〔一一〕凡進以禮五句：易乾彖辭：「乾道變化，各正性命。」疏：「性者，天生之質，若剛柔遲速之別；命者，人所禀受，若貴賤夭壽之屬是也。」

〔一二〕則寵辱句：後漢書孔融傳：「既毁之於己，猶蚊虻之過也。」淮南子俶真訓：「毁譽之於己，猶蚊虻之一過也。」

〔一三〕死生句：莊子大宗師：「死生，命也。其有夜旦之常，天也。」

〔一四〕故曰八句：見孟子公孫丑上。趙岐注：「丑問孟子：如使夫子得居齊卿相之位，行其道德，雖用此臣位，而輔君行之，亦不異於古霸王之君矣。如是，寧動心畏難自恐不能行否耶？……孟子言：禮『四十强而仕』，我志氣已定，不妄動心，有所畏也。」

〔一五〕色盛三句：見列子説符。

〔一六〕二十曰六句：禮記曲禮上：「人生十年曰幼學，二十曰弱冠，三十曰壯有室，四十曰强而仕。」

〔一七〕四十而二句：論語子罕：「子曰：『後生可畏，焉知來者之不如今也。四十五十而無聞焉，斯亦不足畏也已。』」

〔一八〕孔子所謂不惑：論語爲政：「子曰：吾十有五而志於學，三十而立，四十而不惑，五十而知天命，六十而耳順，七十而從心所欲，不踰矩。」

〔一九〕不動心三句：孟子曰：「告子先我不動心。」（孟子公孫丑上）又孟子告子上：「告子曰：食色，性也；仁，内也，非外也；義，外也，非内也。」孟子以爲仁義皆出於内，而告子以爲仁内義外，故孟子曰：「告子未嘗知義，以其外之也。」（孟子公孫丑上）案：告子名不害，兼治儒墨之道者，嘗學於孟子，而不能純徹性命之理。見孟子告子上趙岐注。

〔二〇〕若是二句：孟子公孫丑上：「曰：若是，則夫子過孟賁遠矣。」趙岐注：「若此，夫子意志堅勇過孟賁。賁，勇士也。」朱熹集注：「孟賁血氣之勇，丑蓋借之以贊孟子不動心之難。」

〔二一〕是不難二句：孟子語，見孟子公孫丑上。

〔二二〕故刺其膚十句：孟子公孫丑上：「北宫黝之養勇也，不膚橈，不目逃。思以一豪挫於人，若撻之於市朝。不受於褐寬博，亦不受於萬乘之君。視刺萬乘之君，若刺褐夫，無嚴諸侯。惡聲至，必反之。」趙岐注：「北宫姓，黝名也。」朱熹集注：「黝蓋刺客之流，以必勝爲主，而不動心者也。」

〔二三〕視强七句：孟子公孫丑上：「孟施舍之所養勇也，曰：視不勝猶勝也。量敵而後進，慮勝而後會，是畏三軍者也。舍豈能爲必勝哉？能無懼而已矣。」朱熹集注：「孟姓，施發語聲，舍名也。……舍蓋力戰之士，以無懼爲主，而不動心者也。」

〔二四〕昔曾子二句：孟子離婁上：「事親，事之本也。……曾子養曾晳，必有酒肉；將徹，必請所與；問有餘，必曰有。……若曾子，則可謂養志矣。事親若曾子者，可也。」朱熹集注：「曾子則能承順父母之志，而不忍傷之也。」曾晳，曾子之父。

〔二五〕子夏二句：論語子張：「子游曰：『子夏之門人小子，當洒掃應對進退，則可矣。抑末也，本之則無如之何。』」趙岐注：「包曰：言子夏弟子，但當對賓客脩威儀禮節之事則可，然此但是人之末事耳。不可無其本。云『本之則無如之何』。」朱熹注：「子游譏子夏弟子，於威儀容節之間則可矣，然此小學之末耳。推其本，如大學正心誠意之事，則無有。」案：此處少游引孟子，以曾子之事親爲本。

〔二六〕夫二子三句：見孟子公孫丑上。

〔二七〕自反而不縮八句：見孟子公孫丑上。

〔二八〕孟施舍二句：見孟子公孫丑上。趙岐注：「施舍雖守勇氣，不如曾子守義之爲約也。」

〔二九〕言，心之聲也：揚雄法言問神：「言，心聲也；書，心畫也。聲畫形，君子小人見矣。聲畫者，君子小人之所以動情乎。」

〔三〇〕心，氣之主也：春秋繁露循天之道：「心，氣之君也。」此用其意。

〔三一〕不得於心六句：見孟子公孫丑上。

〔三二〕志氣之帥四句：見孟子公孫丑上。

〔三三〕志至焉四句：見孟子公孫丑上。

〔三四〕持其志二句：孟子公孫丑上：「又曰：持其志，無暴其氣者，何也？曰：志壹則動氣，氣壹則動志也。」

〔三五〕夫有二句：見左傳昭公二十八年。

〔三六〕一物之玩二句：書旅獒：「玩人喪德，玩物喪志。」

〔三七〕此天之三句：見孟子告子上。

〔三八〕朝氣鋭三句：見孫子軍争篇。

〔三九〕君子有三戒：論語季氏：「孔子曰：君子有三戒：少之時，血氣未定，戒之在色；及其壯也，血氣方剛，戒之在鬭；及其老也，血氣既衰，戒之在得。」

〔四〇〕既曰志至五句：見孟子公孫丑上。

〔四一〕氣壹二句：孟子公孫丑上作：「曰：志壹則動氣，氣壹則動志也。」趙岐注：「孟子言壹者，志氣閉而爲一也。志閉塞，則氣不行；氣閉塞則志不通。」壹，通噎。

〔四二〕今夫蹶三句：見孟子公孫丑上。

〔四三〕夫知言四句：孟子公孫丑上：「何謂知言？曰：詖辭知其所蔽，淫辭知其所陷，邪辭知其所離，遁辭知其所窮。」朱熹集注：「詖，偏陂也；淫，放蕩也；邪，邪僻也；遁，逃避也。四者相因，言之病也。」

〔四四〕至大至剛三句：見孟子公孫丑上。朱熹集注：「至大，初無限量。至剛，不可屈撓。蓋天地之正氣，而人得以生者，其體段本如是也。惟其自反而縮，則得其所養，而又無所作爲以害之，則其本體不虧而充塞無間矣。」

〔四五〕敢問四句：見孟子公孫丑上。

〔四六〕何謂三句：見孟子公孫丑上。

〔四七〕不爲貧賤富貴二句：孟子滕文公下：「富貴不能淫，貧賤不能移，威武不能屈，此之謂大丈夫。」

〔四八〕天地之間四句：見老子第五章。橐籥，原注：「中空虚，人能有聲氣。」

〔四九〕以直養二句：見孟子公孫丑上。

〔五〇〕虚形萬物句：揚雄太玄經玄攡：「虚形萬物所道之謂道也。」范望注：「虚，空也。空無形象而萬物由之而出，故謂之道，法之而用也。」亦即老子二十一章所云：「道之爲物，惟恍惟惚。惚兮恍兮，其中有象；恍兮惚兮，其中有物。」王弼注：「以無形始物，不繫成物。萬物以始以成，而不知其所以然。」

〔五一〕因緣無革句：太玄經玄攡：「因循無革天下之理得之謂德也。」范望注：「革，更也。因緣天地自然之性無所改更而得其理者，故謂之德。德者，得人及物之謂也。」亦即易繫辭上：「易簡而天下之理得矣。天下之理得，而成位乎中央矣。」

〔五二〕理生昆群句：太玄經玄攡：「理生昆群兼愛之謂仁也。」范望注：「昆，同也。同愛天下之物無有偏私，故謂之仁。仁者，仁愛之及物也。」

〔五三〕列敵度宜句：太玄經玄攡：「列敵度宜之謂義也。」范望注：「敵，匹也。列，序也。序其彙匹，度時之宜而處者，故謂之義。義者，宜人及物也。」

〔五四〕配義與道：見孟子公孫丑上。朱熹注：「配者，合而有助之意。義者，人心之裁制；道者，天理之自然。」

〔五五〕是集義二句：見孟子公孫丑上。朱熹集注：「集義，猶言積善，蓋欲事事皆合於義也。襲，掩取也，如齊侯襲莒之襲，言氣雖可以配乎道義……而此氣自然發生於中，非由只行一事偶合於義，便可掩襲於外得之也。」

〔五六〕聖人之治三句：見老子安民，然無「之」字。

〔五七〕無是餒也：見孟子公孫丑上。

〔五八〕行有句：見孟子公孫丑上。朱熹集注：「慊，快也，足也。言所行一有不合於義，而自反不直，則不足於心而其體有所不充矣。」

〔五九〕告子未嘗知義二句：見孟子公孫丑上。

〔六〇〕泠風三句：見莊子齊物論。案：泠風，小風。飄風，爾雅：「回風爲飄。」即旋風。厲風，烈風。

〔六一〕必有事句：見孟子公孫丑上。少游此處斷句有獨特見解，「心」字一般斷句屬下。

〔六二〕勿忘二句：見孟子公孫丑上。一般斷句作「心勿忘」。

〔六三〕善養生三句：見莊子達生。

〔六四〕爲天下三句：見莊子徐無鬼。

〔六五〕以爲無益六句：見孟子公孫丑上。

〔六六〕詖辭知其所蔽：見孟子公孫丑上。趙岐注：「人有險詖之言，引事以褒人，若賓孟言雄雞自斷其尾之事，能知其欲以譽子朝、蔽子猛也。」

〔六七〕淫辭知其所陷：見孟子公孫丑上。趙岐注：「有淫美不信之辭，若驪姬勸晉獻公與申生之事，能知欲以陷害之也。」

〔六八〕邪辭知其所離：見孟子公孫丑上。趙岐注：「有邪辟不正之辭，若豎牛觀仲壬賜環之事，能知其欲行譖毁以離之於叔孫也。」

〔六九〕遁辭知其所窮：見孟子公孫丑上。趙岐注：「有隱遁之辭，若秦客之廋辭於朝，能知其欲以窮晉諸大夫也。此四者之類，我聞能知所趨也。」

〔七〇〕爲己者二句：孟子盡心上：「楊子取爲我，拔一毛而利天下，不爲也。墨子兼愛，摩頂放踵利天下，爲之。」朱注：「摩突其頂，下至於踵。」

〔七一〕始於毫末二句：禮經解：「易曰：『君子慎始，差若毫釐，繆以千里。』此之謂也。」

〔七二〕則爲己者四句：孟子滕文公下：「楊氏爲我，是無君也；墨氏兼愛，是無父也。無父無君，是禽獸也。」

〔七三〕生於其心害於其政：見孟子公孫丑上。趙岐注：「生於心，譬若人君有好殘賊嚴酷心，必妨害仁政不得行之也。」

〔七四〕發於其政害於其事：見孟子公孫丑上。趙岐注：「發於其政者，若出令欲以非時田獵，築作宫室，必妨害民之農事，使百姓有饑害之患也。」

〔七五〕聖人之作易二句：見易説卦。

〔七六〕聖人復起必從吾言矣：見孟子公孫丑上。趙岐注：「吾見其端，欲防而止之，如使聖人復興，必從我言也。」

〔七七〕作於其心六句：見孟子滕文公下。

〔七八〕蓋前則因知言而發十八句：前，指孟子公孫丑上所云，見注〔七四〕；後，指滕文公下所云，見注〔七七〕。此二段含義相似而用語不同。蓋公孫丑上一段中所云乃指邪説之初起，所以説「生」和「發」依注〔七三〕所箋，此係從執政者即「人君」着手説起。故先説「害於其政」，後説「害於其事」，而滕文公下一段中所云乃指楊墨之邪説已形成，而楊墨又非從政者，所以不能先説「政」，而僅能先説「事」；如其得以其心之所想，發於所行之事，則必影響於政治，所以最後方説「害於其政」。前段因係推論，故語氣於堅定中略帶緩和，曰「必從吾言」；後段因楊墨之説已成，孟子爲此而懼，須「閑（衛也）先聖之道」，故語氣於堅定中顯得斬截，曰「不易吾言」。

〔七九〕僚之與丸二句：莊子徐無鬼：「市南宜僚弄丸，而兩家之難解。」注引司馬曰：「宜僚，楚之勇士也,善弄丸。」孟子告子上:「弈秋,通國之善弈者也。」朱熹注:「弈,圍棊也。……弈秋,善弈者名秋也。」韓愈送高閑上人序:「僚之與丸,秋之與弈,伯倫(即西晉劉伶)之於酒,樂之終身不厭,奚暇外慕?」

〔八〇〕適堯舜二句:見揚雄法言問道。

〔八一〕蓋體合於心九句:見列子仲尼。中脱「氣合於神,神」五字。色,原作有。注:「唯豁然之無,不干聖慮耳。涉於有分,神明所照,不以遠近爲差也。」

〔八二〕潛行不窒四句:莊子達生:「子列子問於關尹曰:『至人潛行不窒,蹈火不熱,行乎萬物之上而不慄,請問何以至於此?』關尹曰:『是純氣之守也。』」

〔八三〕一語默一嚬笑:見卷二十三以德分人謂之聖注〔七〕。

【彙評】

段斐君本淮海集徐渭評「氣之爲物……況於人乎」:是修煉家秘密藏。

又評「弱志以養氣」:弱志之説,子輿氏所遺。

又評「故曰不動心,不惑者,未必知命也」:理學宗語也,宋儒中不可多得。

又評「然則不言子夏何也」:不漏過子夏,妙!

又評「朝氣鋭,晝氣墮,暮氣歸」:語出孫武子。

又評:通篇枝分節解,段段落處無痕,有斲輪游刃之趣。

淮海集箋注卷第二十五

傳、説

陳偕傳〔一〕

偕，姓陳氏，淮南廣陵人。家故饒財，而偕與其弟獨喜學畫。其後，技日以進，家日以微，遂以爲業。士大夫既喜其畫，且愛其爲人，往往稱之。然非偕之好也。

其言曰：「予從事於兹有年矣，凡古今之畫，不見則已；苟有見焉，雖敝縑裂素之餘〔二〕，未嘗不學。一不可於意，輒復易之。舐筆濡墨，欣然忘勞。蓋是時余方以畫爲事，固其勢不得不然。乃今思之，亦良苦矣。且物之有形，如浮埃聚沫，來無所從，去無所詣，一興一僨於無窮之中〔三〕。而我方汩汩然隨而畫之〔四〕，可不惑歟？彼好事者又從而玩之，至藏於巾笥〔五〕，目不欲以數閲，可不謂大惑者歟？嘻，今老矣！

顧家貧無以給衣食之奉,聊復俛仰於其間。至於得失精粗,不復經意也。」又曰:「有學於余者衆矣,余將教之,必使縱心之所動,肆筆之所成,以觀其天。蓋工而不雅者有矣,疏而不俗者有矣。詳略得宜、意氣容與、卓乎遂若無與及者,亦或有焉。余從而告之曰:『其後當然,其後當然。』已而果然。夫畫,固技之微者也,其猶若是。又況有貴於畫者哉!」

其子直躬亦世其學,而所言尤異。嘗曰:「昔宋元君將畫圖,有一史解衣槃礴。元君曰:是真畫者也〔六〕。夫解衣槃礴,固倜儻之所得、閒暇之所好也。元君乃以爲真畫,其意果安在乎?有得於此,然後可以言畫。而或説以謂神定意閑,固以異於他史,其亦失元君之意矣。」

余聞而異之,又從而思之,豈所謂自得於己者耶?抑亦得於人者耶?將内雖不充其言而頗亦有志於是耶?人固未易知,然比夫衒技以夸人、賈能以售汙俗者,相去亦遠矣!古之君子聞一言中於理必書之。故漁人之所賦〔七〕,孺子之所歌〔八〕,皆得載於前史。矧其有合於道德之要者乎?於是爲傳其言,以遺同好。亦時觀之以自釋焉。

【校】

〔元君曰〕「元」，原作「嬴」，據張本、胡本改。

〔有合於道德〕原脱「有」字，據張本、胡本、李本、段本、王本、秦本、四部本補。

〔以自釋焉〕「釋」，張本、胡本、李本作「擇」。

【箋注】

〔一〕本篇當作於元豐間。傳謂「偕，姓陳氏，淮南廣陵人」，又云「其子直躬亦世其學」。案蘇軾元豐七年自黄州量移汝州時，於十一月過高郵（見蘇詩總案卷二十四），賦有高郵陳直躬處士畫雁二首（見蘇詩集成卷二十四），施註引高郵志云：「陳直躬，偕之子也。家故饒財，而偕與其弟獨喜學畫。其後，伎日以進，家日以微，遂以爲業。士大夫既喜其畫，且愛其爲人，往往稱之，直躬亦世其學云。」查註：「鄧椿畫繼：『陳直躬，高郵人，坡公有題所畫雁二詩。』」可知陳偕原籍廣陵徙居高郵者。

〔二〕敝縑裂素：縑素，古代供書畫用的白色細絹，此指畫。張彦遠歷代名畫記：「（吴道玄）氣韻雄壯，幾不容於縑素。」

〔三〕一興一債於無窮之中：莊子天運：「四時迭起，萬物循生……一死一生，一債一起，所常無窮。」興，起也。

〔四〕汩汩然：此喻藝術構思勃發。韓愈答李翊書：「當其取於心而注於手也，汩汩然來矣。」

〔五〕藏於巾笥：莊子秋水：「吾聞楚有神龜，死已三千歲矣，王巾笥而藏之廟堂之上。此龜者，寧其死爲留骨而貴乎？寧其生而曳尾於塗中乎？」二大夫曰：寧生而曳尾塗中。」巾笥，以巾覆蓋之箱篋。

〔六〕昔宋元君四句：莊子田子方：「宋元君將畫圖，衆史皆至，受揖而立，舐筆和墨，在外者半。有一史後至者，儃儃然不趨，受揖不立，因之舍。公使人視之，則解衣般礴，臝。君曰：『可矣，是真畫者也！』」陸德明音義：「臝，本又作羸，同，力果反。司馬云：將畫故解衣見形。」案説文通訓定聲隨部：「羸，瘦也……又爲裸。」

〔七〕漁人之所賦：即孺子之歌，見於楚辭漁父，又見孟子離婁上。

〔八〕孺子之所歌：即孺子歌，辭曰：「滄浪之水清兮，可以濯我纓；滄浪之水濁兮，可以濯我足。」見孟子離婁上。

【彙評】

林紓林氏選評名家文集淮海集：陳直躬畫，東坡曾題其上曰：「野鶴見人時，未起意先改。君從何處看，得此無人態。」蓋稱其體物之工夫。直躬爲偕子，尚見賞於東坡，則偕之畫雖不傳之後，而淮海稱之，決非虚語。

眇倡傳〔一〕

吳倡有眇一目者〔二〕，貧不能自贍，乃計謀與母西遊京師。或止之曰：「倡而眇，何往而不窮？且京師天下之色府也，美盼巧笑〔三〕，雪肌而漆髮，曳珠玉，服阿錫〔四〕，妙彈吹，籍於有司者以千萬計〔五〕。使若具兩目，猶恐往而不售，況眇一焉。其瘠於溝中必矣。」倡曰：「固所聞也，然諺有之：『心相憐，馬首圓。』以京師之大，是豈知無我儷者？」〔六〕

遂行，抵梁，舍於濱河逆旅〔七〕。居一月，有少年從數騎出河上，見而悦之，爲解鞍留飲燕，終日而去。明日復來。因大嬖〔八〕，取置别第中。謝絶姻黨，身執爨以奉之。倡飯，少年亦飯；倡疾不食，少年亦不食。囁嚅伺候，曲得其意，唯恐或不當也。有書生嘲之曰：「間者缺然不見，意有奇遇，乃從相矢者處乎？」〔九〕少年忿曰：「自余得若人，還視世之女子，無不餘一目者。夫佳目得一足矣，又奚以多爲？」

贊曰：前史稱劉建康嗜瘡痂，其門下二百人，常遞鞭之，取痂以給膳〔一〇〕。夫意之所蔽，以惡爲美者多矣，何特眇倡之事哉？傳曰：「播糠眯目，則天地四方易位。」〔一一〕余嘗三復其言而悲之。

【校】

〔吳〕他本作「美」，誤。

【箋注】

〔一〕本篇記眇倡在梁奇遇，當爲元祐五年（一〇九〇）供職秘書省後所作。文中刺美醜不分，當有所喻。

〔二〕吳倡：吳地妓女。吳，指今江蘇蘇州。

〔三〕美盼巧笑：詩王風碩人：「巧笑倩兮，美目盼兮。」

〔四〕曳珠玉，服阿錫：淮南子脩務訓：「設笄珥，衣阿錫。」注：「阿，細穀；錫，細布。」

〔五〕籍於有司者：此指官妓。案宋妓有官妓、營妓、軍妓、私妓之別。軍妓或由官妓充任，宋史太宗紀：「繼元獻官妓百餘，以賜將校。」或由私妓輪值，徐大焯燼餘録：「軍妓由勾欄妓輪值之，歲各人值一月。後多斂資給吏胥購代者。」則亦有購貧家女爲之者。官妓或爲籍没者，群談採餘：「宋淳祐間，瑞州高安鄭氏女，棄俗修道……乃與道士淫奔，得於龍興新建之境，籍爲官妓，道士就樂户。」又有營妓，苕溪漁隱叢話前集卷五十引高齋詩話：「少游在蔡州，與營妓婁琬字東玉者甚密，贈之詞云『小樓連苑横空』，又云『玉佩丁東別後』者是也。」

宋時汴京多妓館，東京夢華録卷二謂，御街「嚮西皆妓女館舍，都人謂之『街院』」。又卷三記相國寺東門街巷云：「寺南即録事巷妓館。……北即小甜水巷，巷内南食店甚盛，妓館亦多。」時文人常游妓院，陸游老學庵筆記卷六：「蘇叔黨政和中至東都，見妓稱録事。」洪邁夷堅丁志卷十一：「衆謂江東士人多好游蔡河岸妓家。」

〔六〕無我儷者：儷，配偶。左傳成公十一年：「鳥獸猶不失儷。」注：「儷，耦也。」

〔七〕抵梁二句：梁，即宋之東京，戰國時名大梁（魏都），西漢時爲梁國。宋史地理志一：「東京，汴之開封也。梁爲東都，後唐罷，晉復爲東京，宋因周之舊爲都。」今河南開封。據東京夢華録卷一東都外城所載，時東京有蔡河（正名惠民河）、汴河、金水河；楊侃皇畿賦亦云：「天設二渠，曰蔡曰汴。」此處濱河逆旅，疑指蔡河附近。參見注〔五〕引夷堅志。

〔八〕嬖：寵愛。列女傳殷紂妲己：「嬖幸於紂。」

〔九〕相矢：相誓。矢通誓。詩衛風考槃：「獨寐寤言，永矢弗諼。」

〔一〇〕前史稱四句：劉建康，應作劉南康，指南朝宋劉邕。邕，劉穆之之孫。宋書劉穆之傳云：「邕所至嗜食瘡痂，以爲味似鰒魚。嘗謂孟靈休，靈休先患灸瘡，瘡痂落牀上，因取食之。靈休大驚。答曰：『性之所嗜。』……南康國吏二百許人，不問有罪無罪，遞互與鞭，鞭瘡痂常以給膳。」

〔一一〕播糠二句：莊子天運：「孔子見老聃而語仁義，老聃曰：『夫播糠眯目，則天地四方易位矣。』」穅亦作糠。

魏景傳〔一〕

魏景，字同叟，淮南高郵之隱君子也。身長六赤，骨如削石，瞳子碧色有光。嘗賣繒於市，遇華山元翁，從授鍊丹、鑄劍、長生之術。元翁名碧天，其師曰劉海蟾〔二〕。海蟾之師曰呂洞賓〔三〕。洞賓之師曰鍾離權〔四〕。自權至景，凡五世矣。景問元翁曰：「余欲兼忘〔五〕，其方奈何？」翁曰：「執汝身，守汝一〔六〕，謹而勿失。」景曰：「執害通，守害變，則如之何？」翁曰：「不然，子以爲構中天之臺者〔七〕，土木未考，則能無經乎？適千里之國者，車馬未館，則能無行乎？故將欲通之，必固執之；將欲變之，必固守之〔八〕。此其理也。」於是景以爲然，乃述碧天之意，著書萬餘言論神仙事，號太沖子云。

太沖子〔九〕曰：「道者，盜也；釋者，識也。盜天地陰陽之機謂之道。識萬物之理謂之釋。甚矣人心之神也，雖造化亦無加焉。今夫天地之生物，煦之以陽，肅之以陰，然後乃成〔一〇〕。人心則不然，一舉而物已生矣。故天生萬物，地生萬物，人心生萬物〔一一〕，是故人心之形象天地。陰中生陽，陽中生陰〔一二〕，非陽不能養陰。故修陽法者，去陰以純其陽；修陰法者，去陽以純其陰。陽用其精，陰假諸物，此陰陽之法也。水之性潤下，火之性炎上。衆人離上而坎下，故不交。真人坎上而離下，故交〔一三〕。炁，真炁也〔一四〕。氣，穀氣也〔一五〕。真人，真炁純。衆人，穀氣雜。神仙之道，有中立無，無中立有。死而不亡者，至矣；一身而形二者，次矣；不死不亡、一身而形不二者，又其次也。」其大略如此。同叟穎脱强記，得於自然。凡陰陽醫藥鍛鍊之技，無所不精而能諱其術，所以世莫知焉。頗解屬文，亦工於詩。其贈元翁篇云：「幽斷青松骨，鍊盡江月心。」佳句多此類也。

嗚呼！自大道隱，學者各師異習，尠得其本真。於是趨滅而不知生者，爲佛氏之緣覺〔一六〕；趨生而不知滅者，爲道家之神仙。二者不同，其蔽一也。然比夫生而行，死而伏，冥然日用而不知者〔一七〕，固有間矣。如同叟者，雖不足以窺老莊之藩翰〔一八〕，亦葛稚川之流乎〔一九〕？余素與之友善，别之且六年矣。既思其人而不可見，又惜其事泯泯不少概見於世，如古之所謂隱逸者也。乃撰次行義，並擇其言之雅者，書而記之，聊以致余之意云。

【校】

〔身長六赤〕「赤」，張本、胡本、李本作「尺」，通。

〔構中天之臺〕原無「構」字，注曰：「御名。」此據張本。

〔葛稚川〕「稚」原誤作「雅」。此據宋本、胡本、李本、段本、王本、秦本、四部本改。

【箋注】

〔一〕本篇云：「魏景，字同叟，淮南高郵之隱君子也。……余素與之友善，别之且六年矣。」據此，似元祐五年初作于蔡州，因少游元豐八年去高郵赴京應舉，尋爲蔡州教授，至此將六年。

〔二〕劉海蟾：據陝西通志，名哲，字元英，號海蟾子。後梁陝西人。相燕王劉守光，好黄老之學，後棄官從正陽子隱修於終南山。列仙全傳卷七則謂：「劉玄英，燕地廣陵人，號海蟾子，初名操，後得道改焉。明經，事燕主劉守光爲相，雅喜性命之説，欽崇黄老之教。一日，忽有道人自稱正陽子來謁，海蟾邀坐堂上……道人爲演清浄無爲之宗，含液還丹之要，……由此大悟……遁迹終南山下。」正陽子，即吕洞賓。

〔三〕吕洞賓：能改齋漫録卷十八吕洞賓唐末人條云：「本朝國史稱：『關中逸人吕洞賓，年百餘歲，而狀貌如嬰兒，世傳有劍術，時至陳摶室。』……雅言系述有吕洞賓傳云：『關右人，咸通初舉進士不第，值巢賊爲梗，攜家隱居終南，學老子法』云。」又吕洞賓傳神仙之法條云：「吕洞賓嘗自傳，岳州有石刻云：『吾乃京兆人，唐末，累舉進士不第。因遊華山，遇鍾離，傳授金丹大藥之方；復遇苦竹真人，方能驅使鬼神；再遇鍾離，盡獲希夷（即陳摶）之妙旨。」案：吕洞賓乃傳説中八仙之一。列仙全傳卷六謂蒲州永東縣人，貞元十四年四月十四日生，因號純陽子。唐會昌中兩舉進士不第，後遊長安，遇雲房先生（即鍾離權），授黄白之術及上真秘訣。常游江淮、湘、鄂及兩浙、汴、譙間，人莫之識，稱回道人。諸説不一。

〔四〕鍾離權：列仙全傳卷三：「鍾離權，燕台人，後改名覺，字寂道，號和谷子，又號王陽子，又號雲房先生……仕漢爲大將，征吐蕃失利……夜入深林，遇一胡僧……引行數里，見……一老人，乃回心向道。……又遇華陽真人，傳以太乙刀圭火符内丹，洞曉玄玄之道。又遇上仙王玄甫，得長生訣，游雲水……再得玉匣秘訣，遂仙去。」宣和書譜則謂唐咸陽人，又號真陽子。因係傳説人物，常有異説。

〔五〕兼忘：道教術語。道家原講「坐忘」，莊子大宗師：「仲尼蹴然曰：『何謂坐忘？』顔回曰：『墮枝體，黜聰明，離形去知，同於大通，此謂坐忘。』晉代王坦之作廢莊論，云：「動人由於兼忘，應物在乎無心。」始用「兼忘」。其後唐代道教學者成玄英釋莊子大宗師「朝徹」時，用「死生一觀，物我兼忘」之語，可見「兼忘」之「兼」乃兼物我而言之。此詞遂爲道家所習用。

〔六〕執汝身二句：莊子在宥載廣成子與黄帝語「道」云：「天地有官，陰陽有藏，慎守汝身，物將自壯；我守其一，以處其和。故我脩身二百歲矣，吾形未常衰。」守一，亦道家術語。抱朴子地真：「人能守一，一亦守人，所以白刃無所措其鋭，百害無所容其兇，居敗能成，在危獨安也。」

〔七〕中天之臺：列子周穆王：「而臺始成，其高千仞，臨終南之上，號曰中天之臺。」

〔八〕故將欲通之四句：意即不塞不流、不止不行，而用老子三十六章「將欲歙之，必固張之」句式。

〔九〕太沖子：太沖，道家術語。莊子應帝王載壺子試神巫季咸之術，季咸第三次見壺子，壺子「示之以太沖，莫勝」。郭象注：「居太沖之極，淡然泊心而玄同萬方，故勝負莫得厝其間也。」沖，空虛之意。老子第四章：「道沖而用之或不盈。」又四十五章：「大盈若沖，其用不窮。」此處之太沖子，或即夏侯太沖秀才，見卷三十四書輞川圖後注〔六〕。

〔一〇〕今夫天地四句：易繫辭上：「天尊地卑……鼓之以雷霆，潤之以風雨。……乾知大始，坤作成物。」「一陰一陽謂之道。」易説卦：「故水火相逮，雷風不相悖；山澤通氣，然後能變化，既成萬物也。」黄帝内經素問天元紀大論：「寒暑燥濕風火，天之陰陽也。」「地亦有陰陽，木火土金水，地之陰陽也。」

〔一一〕故天生萬物三句：此爲對老子四十二章「道生一，一生二，二生三，三生萬物」之一種詮釋。「道生一」，一者「一氣」。「一生二」，二者，一氣又分清濁，清氣上昇爲天，濁氣下降爲地。「二生三」，陰陽化合而爲人，人法天地。「三生萬物」，即「天生萬物，地生萬物，人心生萬物」。

〔一二〕陰中生陽二句：黄帝内經素問天元紀大論：「天以陽生陰長，地以陽殺陰藏。……生長化收藏，故陽中有陰，陰中有陽。」黄帝内經靈樞壽夭剛柔：「黄帝問於少師曰：『余聞人之生也，有剛有柔，有弱有强，有短有長，有陰有陽，願聞其方。』少師答曰：『陰中有陰，陽中有陽，審知陰陽，刺之有方。』」

〔一三〕衆人離上四句：易下經：「䷿坎下離上」爲「未濟」，象曰：「火在水上，未濟，君子以慎辨物居方。」朱注：「未濟，事未成之時也。水火不交，不相爲用，卦之六爻，皆失其位，故爲未濟。」此云衆人未濟。又「䷾離下坎上」爲「既濟」，象曰：「水在火上，既濟，君子以思患而豫防之。」朱注：「既濟，事之既成也。爲卦水火相交，各得其用，六爻之位，各得其正。」此云真人既濟。真人，謂修真得道之人。莊子大宗師云：「何謂真人？古之真人，不逆寡，不雄成，不謨士。……真人之息以踵，衆人之息以喉。……古之真人，不知説生，不知惡死。其出不訢，其入不距，翛然而往，翛然而來而已矣。不忘其所始，不忘其所終，受而喜之，忘而復之：是之謂不以心捐道，不以人助天，是之謂真人。」衆人，老子二十章：「衆人熙熙。」王弼注：「衆人，迷於美進，惑於榮利。」案：本篇前文已説明「水之性潤下」，「火之性炎上」，故此處雖用易經，其實乃本之於道教典籍。據道藏洞真部方法類丹經極論所述，人體之坎位即「腎水」，離位即「心火」（此釋與易異）。衆人心火上升，腎水下降，即「離上坎下」。真人修煉内丹，運用氣功，能使腎水與心火相交，「取坎填離」，使「一點真陽」上通「重樓十二環」（喉嚨），直「上衡泥丸」（頭部），最後「徐徐咽歸丹田」（臍下三寸）。故道教將丹田又稱爲「坎離交濟之鄉」。

〔一四〕炁，真炁也：炁，道教作爲内丹鍊氣之專用名詞。抱朴子釋滯：「一日一夜有十二時，其從半夜以至日中六時爲生氣，從日中至夜半六時爲死氣。死氣之時，行炁無益也。」是氣、炁已分用，含義有別。道教書天仙正理直論煉藥直論：「煉炁化神，煉炁而息定，化神而胎圓，陽神升遷於天門而出現，得仙之事得矣。」此即所謂「真炁」。

〔一五〕氣，穀氣也：指食穀者之氣。道教提倡「辟穀」、「導引」，以爲衆人之氣爲穀氣。淮南子地形訓：「食氣者神明而壽（高誘注：仙人松喬之屬是也），食穀者知慧而夭。」可見「穀氣」乃食穀者之氣，與赤松子、王子喬等煉氣之真人不同。王充論衡道虛所謂：「道家相誇曰：『真人食氣。』以氣而爲食，故傳曰：『食氣者壽而不死，雖不穀飽，亦以氣盈。』」亦將二者加以區別。太平御覽卷七三九疾病部二總叙疾病下引楊泉物理論：「穀氣勝元氣，其人肥而不壽；元氣勝穀氣，其人瘦而壽。養性之術，常使穀氣少則病不生矣。」

〔一六〕緣覺：梵語「辟支」之義譯。觀十二因緣而悟道，故稱緣覺。大乘義章卷十七：「言緣覺者，外國正音名辟支佛，此翻辟支名曰因緣，佛名爲覺。」

〔一七〕生而行，死而伏三句：林紓謂從莊子所謂「古之真人，不知説生，不知惡死」一段「脱胎而來」，見彙評，並詳注〔一三〕。

〔一八〕藩翰：詩大雅板：「价人維藩，大師維垣，大邦維屏，大宗維翰。」此指藩籬。

〔一九〕葛稚川：葛洪，字稚川，自號抱朴子，晉句容人。始以儒術知名，後好神仙導養之法，就鄭隱學煉丹之術。著有抱朴子。晉書有傳。

【彙評】

林紓林氏選評名家文集淮海集：力闢寂滅、導引二家，斷之以玄同，其解甚高。所謂「生而行，死而伏，冥然日用而不知者」，即莊子所謂「古之真人，不知説生，不知惡死，其出不訢，其入不距，翛然而往，翛然而來」意脱胎而來。蓋與化爲體，氣聚而生，生爲我時；氣散而死，死爲我順。一不關懷，即所謂「冥然日用而不知」也。真人蓋知用心則背道，助天則傷生，故有所不爲。同叟言多詞費，故少游以數語斷之，其識高於同叟也。

又淮海集選序：集中如魏景傳及心説，皆直造蒙莊之室，爲東坡集中所無。

汝水漲溢説〔一〕

汝南風物甚美，但入夏以來，水潦爲患。異時，道路化爲陂浸。汝水漲溢，城堞危險，濕氣熏蒸，殆與吴越間不異。郡人歲歲患此。漢書稱汝南有鴻隙陂，翟方進爲相，始奏罷之，郡人怨甚〔二〕。竊意鴻隙陂者，非特爲灌溉之利、菱芡蒲魚之饒，實一郡瀦水處也。大陂既廢，水無歸宿，則自然散漫爲害。又水經稱汝水至汝南郡西北，枝左別出一枝，又屈而東，轉南，會汝，形如垂瓠，故號懸瓠城〔三〕。今汝水故道已亡，惟存別枝，水潦暴降，則有泛溢之患，亦其勢然也。在漢時爲豫州刺史治之，諸邑皆春秋時沈、江、道、柏之國〔四〕，事迹甚多，欲爲作記，無文字檢耳。

【校】

〔道路化爲陂浸〕「浸」字，王本、四部本作「池」、張本誤作「波」。

〔歲歲患此〕「患」原作「如」，據王本、四部本改。

〔竊意鴻隙陂者〕「竊」原誤作「切」，據王本、四部本改。

【箋注】

〔一〕本篇元祐三年作於蔡州。秦譜繫於元祐元年，非是。參見卷九次韻太守向公登樓眺望詩二首注〔一〕。

〔二〕漢書稱四句：漢書翟方進傳：汝南舊有鴻隙大陂，郡以爲饒。成帝時，關東數水，陂溢爲害。翟方進爲相，與御史大夫孔光共遣掾行視，以爲決去陂水，其地肥美，省隄防費而無水憂。遂奏罷之。及翟氏滅，鄉里歸惡。……王莽時，郡中追怨方進，時有童謠云：「壞陂誰？翟子威，飯我豆食羹芋魁。反乎覆，陂當復。誰云兩黄鵠！」案翟方進，字子威，汝南上蔡人，官至丞相，封高陵侯。

〔三〕又水經稱七句：水經注卷二十一汝水：「又東南過汝南上蔡縣西。汝水又東逕懸瓠城北。城之西北，汝水枝別左出西北流，又屈西東轉，又西南會汝，又東南過平輿縣南。」注：「元和志：蔡州理城，古懸瓠城也。汝水屈曲，形若垂瓠，故城取名焉。」

〔四〕在漢時二句：漢書地理志上：「汝南郡。」（原注：「高帝置……屬豫州。」）又云：「縣三十七：平輿（應劭注：「故沈子國，今沈亭是也。」）、陽安（應劭注：「道國也，今道亭是。」）……西平（應劭注：「故柏子國也，今柏亭是。」）……安陽（應劭注：「故江國，今江亭是」）。」左傳僖公五年：「楚鬬穀於菟滅弦，弦子奔黄，於是江、黄、道、柏方睦於齊，皆弦親也。」案：沈國，在今安徽阜陽西北沈丘集；江國，在今河南息縣西南；道國，在今河南確山西北，柏國，在今河南西平。

心說〔一〕

心本無説，説之非心也〔二〕。雖本無説，而不得不有説。默而神之，與道全之；説而明之，與道散之〔三〕。其全爲體，即體而有用；其散爲用，即用而有體〔四〕。體用並游於不窮而俱止於無所極者〔五〕，其唯心而已矣。而世之君子迷己於物，沉真於僞，而莫之見焉，此心説之所以作也。

目無外視，耳無外聽〔六〕，遺物忘形〔七〕，在我而已：此其心歟？曰：非也，心不在我。然則目無内視，耳無内聽，馳神游精〔八〕，在物而已：此其心歟？曰：非也，心不在物。然則物之有色，我因視焉；物之有聲，我因聽焉；來則御之，去則將之，彼是兩忘〔九〕，在物我之間而已矣：此其心歟？曰：非也，心不在物我之間。然則心無所在乎？曰：惡得而無在也。雖不在我，未始離我；雖不在物，未始離物；雖不在物我之間，而亦未始離乎物我之間者：此心之真也。譬如虛空焉，虛空者，即之不親，遠之不疎，萬物方有則與之有，萬物方無則與之無〔一〇〕。俛仰消息，唯萬物之與俱。夫虛空之於心，猶一星之於天而一塵之於地也〔一一〕。及其至猶若是，又況於心乎哉？是故即心無物謂之性，即心有物謂之情〔一二〕，心有所感謂之意，心有所之謂之志〔一三〕，意有所歸謂之思，志有所致謂之慮〔一四〕；故合精以止謂之魄，配神以行謂之魂〔一五〕，與神爲一謂之精，不離於精謂之神〔一六〕。此十者，入則一，出則不一，出入無常，要皆以心爲主爾。不得乎主，未有得乎臣者也。是以古之通乎此則動爲一氣〔一七〕，靜爲二儀〔一八〕，動靜有萬物，鼓舞有死生。若然者，陰可以開，陽可以闔〔一九〕，天地可以倒置，日月可以逆行。上焉，造物者不得臣；下焉，外形體、忘始終者不得友〔二〇〕；而況富貴之儻來〔二一〕，死生之小變乎〔二二〕。其不能累也亦明矣。

彼世之君子則不然，知其曲不知其通，安於近而迷於遠。有見於外者則求心於物，有見於内者則求心於我。又其甚，則蔽形而忘其神，以謂心者，特在乎方寸胸臆之間〔二三〕，外此則物而已矣。嗚呼，其亦不智也哉！有人於此，棄邑而取宮，棄堂而取室，世必以爲不智人矣。是何也？所有者小而所遺者大也。心之形非特宮與室之微，心之神非特堂與邑之廣，而所取者如此，而棄者如彼，豈不惑哉？一人惑之，一國笑之；一國惑之，天下笑之。天下盡惑〔二四〕，孰笑之哉？悲夫！是皆不見心之真在之過也。

由此觀之，太上見心而無所取捨〔二五〕，其次無心〔二六〕，其次虛心〔二七〕，其次有心。有心者累物〔二八〕，衆人之事也。虛心者遺實，賢人之事也。無心者忘有，聖人之事也。見心之真在而無所取捨者，死生不得與之變，神人之事也。嗚呼，安得神人而與之説心哉？

【校】

〔心無所在乎〕原脱「無」字，據王本補。

〔則與之無〕原脱「與」字，據張本、胡本、李本、段本、王本、秦本、四部本補。

〔則求心於物〕張本脱「求」字，此據底本、胡本、李本、段本、王本、秦本、四部本。

【箋注】

〔一〕本篇將心與道並而論之，與禪宗萬物皆空、一切本無、以心爲本之思想有關，並與老莊哲學有一定聯繫，體現出宋儒思想之某些特徵。

〔二〕心本無説二句：莊子知北遊：「知北遊於玄水之上，登隱弅之丘，而適遭無爲謂焉。知謂無爲謂曰：『予欲有問乎若：何思何慮則知道？何處何服則安道？何從何道則得道？』三問而無爲謂不答也。非不答，不知答也。……知以之言也問乎狂屈。狂屈曰：『唉！予知之，將語若。』中欲言而忘其所欲言。知不得問，反於帝宫，見黄帝而問焉。黄帝曰：『無思無慮始知道，無處無服始安道，無從無道始得道。』知問黄帝曰：『我與若知之，彼與彼不知也。其孰是邪？』黄帝曰：『彼無爲謂真是也，狂屈似之，我與汝終不近也。』夫知者不言，言者不知，故聖人行不言之教。」此仿其説。

〔三〕默而神之四句：莊子知北遊：「辯不若默，道不可聞。……道不可聞，聞而非也；道不可見，見而非也；道不可言，言而非也。」郭象注：「故默成乎不聞不見之域，而後至焉。」此用其意，並引申老子「道可道，非常道；名可名，非常名」之意而用於「心」説。

〔四〕其全爲體四句：管子心術：「心之在體，君之位也；九竅之有職，官之分也。耳目者，視聽之官也，心而無與視聽之事，則官得守其分矣。」少游論心之體與心之用之相互關係與此相似而稍異。又荀子解蔽：「心者形之君，而神明之主也。」楊倞注：「心出令以使百體，不爲百體所使也。」又：「故曰心枝則無知，傾則不精，貳則疑惑，以贊稽之，萬物可兼知也。」少游之論庶幾近之。

〔五〕游於不窮而俱止於無所極：莊子在宥：廣成子曰：「余將去汝，入無窮之門以遊無極之野。」文心雕龍神思：「故思理爲妙，神與物游。」

〔六〕目無外視二句：莊子在宥：「無視無聽，抱神以静……目無所見，耳無所聞，心無所知，汝神將守形，形乃長生。慎汝内，閉汝外，多知爲敗。」宗密禪源諸詮集都序：「攝心内證。」文選陸機文賦：「收視反聽。」李善注：「言不視聽也。」

〔七〕遺物忘形：莊子大宗師：「墮肢體，黜聰明，離形去知，同於大通，此謂坐忘。」又在宥：「墮爾形體，黜爾聰明，倫與物忘。」

〔八〕然則目無内視三句：莊子外物：「心有天遊。」列子周穆王：「我與王神遊也。」宗密禪源諸詮集都序：「起心外照。」陸機文賦：「精騖八極，心游萬仞。」

〔九〕然則物之有色七句：莊子天道：「故視而可見者形與色也，聽而可聞者名與聲也。悲夫！世人以形色名聲爲足以得彼之情，夫形色名聲果不足以得彼之情，則知者不言，言者不知，而世豈識之哉？」

〔一〇〕虚空者五句：用釋道二家之説。禪宗六祖惠能壇經般若品：「日月星辰，山河大地，泉源溪澗，草木叢林，惡人善人，惡法善法，天堂地獄，一切大海，須彌諸山，總在空中。」道家所説之「無」，亦即虚空。老子第一章：「無，名天地之始。」莊子知北遊：「光曜問乎無有曰：『夫子有乎？其無有乎？』光曜不得問而孰視其狀貌，窅然空然，終日視之而不見，聽之而不聞，搏之而不得也。光曜曰：『至矣，其孰能至此乎？予能有無矣，而未能無無也。』」又天下：「以空虚不毁萬物爲實……人皆取實，己獨取虚。」

〔一一〕夫虚空之於心二句：用佛家之説。景德傳燈録卷五信州智常禪師：「於中夜獨入方丈，禮拜哀請大通（和尚），乃曰：『汝見虚空否？』（智常）對曰：『見』彼曰：『汝見虚空有相貌否？』對曰：『虚空無形，有何相貌？』彼曰：『汝之本性猶如虚空，返觀自性，了無一物，可見是名正；見無一物，可見是名真。知無有青黄長短，但見本源清浄，覺體圓明，即名見性成佛，亦名極樂世界。』」本性，近似少游所説之「心」。

〔一二〕是故即心無物二句：荀子正名：「生之所以然者謂之性……性之好惡喜怒哀樂謂之情。」陸機演連珠：「情生於性。」詩大序：「情動於中而形於言。」文心雕龍情采：「五性發而爲辭章。」

〔一三〕心有所感二句：黄帝内經靈樞本神：「心有所憶謂之意，意之所存謂之志。」春秋繁露循天之道：「心之所之謂意。」少游則謂「心有所感謂之意。」孟子公孫丑上：「夫志，氣之帥也。」

趙岐注：「志，心所念慮也。」禮記孔子閒居：「志之所至。」注：「志，謂思慮也。」少游則云「心有所之謂之志。」少游之説雖有所本，然却作出自己之判斷與解釋，與上引稍有不同。

〔一四〕意有所歸二句：黄帝内經靈樞本神：「因志而存變謂之思，因思而遠慕謂之慮。」案「思」、「慮」古人多互釋，如爾雅釋詁：「慮，思也。」荀子解蔽楊倞注：「思，慮也。」又正名：「情然，而心爲之擇，謂之慮。」也是一説。禮記王制：「意論輕重之序。」注：「意，思念也。」墨子經説上：「慮也者，以其知有求也。」論衡卜筮：「夫人用神思慮……一身之神，在胸中爲思慮。」文心雕龍神思：「覃思之人，情饒歧路，鑒在疑後，研慮方定。」少游之説較接近禮記、墨子。

〔一五〕故合精以止二句：黄帝内經靈樞本神：「隨神往來者謂之魂，並精而出入者謂之魄。」少游之説似之。又論衡對作：「愁精神而憂魂魄，動胸中之静氣，賊年損壽，無益於性。」

〔一六〕與神爲一二句：莊子天下：「不離於精謂之神人。」少游套用此句減一「人」字，而意義不同。黄帝内經靈樞本神：「生之來謂之精，兩精相搏謂之神。」易繫辭上：「非天下之至精，其誰能與於此？」繫辭下：「精義入神，以致用也。」僧皎然詩式卷一：「有時意静神王，佳句縱横……蓋由先積精思，因神王而得乎？」少游之説差近之。

〔一七〕一氣：太一混然之氣，萬物之元氣。莊子知北遊：「萬物一也，通天下一氣耳，聖人故貴一。」

〔一八〕二儀：天與地。易繫辭上：「是故易有太極，是生兩儀。」疏：「不言天地而言兩儀者，指其物體,下與四象相對,故曰兩儀,謂兩體容儀也。」

〔一九〕陰可以開二句:即易繫辭上「闔户謂之坤,闢户謂之乾」之意。

〔二〇〕上焉五句:莊子天下:「上與造物者游,而下與外死生、無終始者爲友。」

〔二一〕儻來:無意得來。莊子繕性:「物之儻來,寄也。」成玄英疏:「儻者,意外忽來者耳。」

〔二二〕死生之小變:莊子至樂:莊子妻死,惠子吊之,莊子則方箕踞鼓盆而歌。惠子責之,莊子曰:「而本無氣,雜乎芒芴之間變而有氣,氣變而有形,形變而有生;今又變而之死!是相與爲春秋冬夏四時行也。」

〔二三〕以謂心者二句:白虎通五臟六腑主性情:「五臟者何?謂肝、心、肺、腎、脾也。」故曰心在「胸臆之間」。

〔二四〕天下盡惑:莊子天地:「三人行而一人惑,所適者猶可致也,惑者少也。二人惑則勞而不至,惑者勝也。而今也以天下惑,予雖有祈嚮不可得也,不亦悲乎!」

〔二五〕見心而無所取捨:莊子天下:「不顧於慮,不謀於知,於物無擇,與之俱往,古之道術有在於是者。」又應帝王:「至人之用心若鏡。」郭象注:「鑒物而無情。」亦即心境澄澈,無所取捨。

〔二六〕無心:莊子知北遊:披衣贊齧缺曰:「形若枯骸,心若死灰……媒媒晦晦,無心而不可與之謀。」

〔二七〕虚心:莊子人間世:「虚者,心齋也。」

〔二八〕有心者累物:莊子刻意:「故曰聖人之生也天行,其死也物化……無物累,無人非。」物累,郭象注：「累生逆物。」

【彙評】

林紓林氏選評名家文集淮海集：此篇注重在「聖」、「神」二字。所謂「無心忘有」者，即「太沖莫勝」也。沖虛不見優劣，即不見勝負。優劣勝負，皆出於心。既有此心，即不能淡然常得、泊然無爲，何能造於玄默？故惟聖人，始能忘有。其云「無所取舍，死生不得與之變」，即未始出吾宗也。宗，根極也。未始出，即未嘗出；未嘗出，則真在矣。變化無常，而常根諸冥極，未嘗有外。未嘗有外，則何所不在？任世之變化頹靡，而神人不變也。理本莊子之應帝王，而少游强之以己意，頗足耐人尋味。

二侯説〔一〕

閩有侯白，善陰中人以數〔二〕，鄉里甚憎而畏之，莫敢與較。一日，遇女子侯黑於路，據井旁，佯若有所失。白怪而問焉，黑曰：「不幸墮珥於井，其直百金，有能取之，當分半以謝。夫子獨無意乎？」白良久計曰：「彼女子亡珥，得珥固可紿而勿與。」〔三〕因許之。脱衣井旁，縋而下。黑度白已至水，則盡取其衣亟去，莫知所塗。故今閩人呼相賣曰〔四〕：「我已侯白，伊更侯黑。」

余謂二侯皆俚巷滑稽之民，適相遭而角其技，勢固不得不然；於其所親戚游舊，未必爾也。而今世薦紳之士，閒居負道德，矜仁義，羞漢唐而不談，真若無徇於世者〔五〕。一旦爵位顯於朝、名聲彰于時，稍迫利害，則釋易而趨險，叛友而誣親，擠人而售己，更相伺候，若弈棋然。唯恐計謀之不工，僥倖一切之勝而曾白黑之不若者，武相仍、袂相屬也〔六〕。則二侯之事，亦何所怪哉！

【箋注】

〔一〕本篇託諸閭人傳説而發揮議論，蓋有所寓。案：文中「侯白」、「侯黑」，似傳説中人物。隋有侯白。隋書陸爽傳附載：「爽同郡（案指魏郡臨漳）侯白，字君素，好學有捷才，性滑稽，尤辯俊。舉秀才，爲儒林郎。通侻不恃威儀，好爲誹諧雜説，人多愛狎之。所在之處，觀者如市。」舊唐書經籍志小説家類、新唐書藝文志小説家類均著録「啓顔録十卷」，題「侯白」撰；但據今人考證，傳世之啓顔録似非侯白作，因其内容多記侯白之事而徑謂之侯白，而隋書本傳僅謂「著旌異記十五卷行於世」，並未稱其著啓顔録。蓋後人以其滑稽多智而以詼諧故事加於其名下者，如後世之徐文長故事然。此閩人傳説更添造出一侯黑與之相較，亦民間之創造也。南宋周密齊東野語卷十八云：「嘗見侯白所注論語。」

〔二〕陰中人以數：暗中計算他人。數，術，計策。吕氏春秋察覺：「任其數而已矣。」注：「數，術也。」

〔三〕紿：欺騙。穀梁傳僖公元年：「惡公子之紿。」史記高祖本紀：「乃紿爲謁曰『賀錢萬』，實不持一錢。」

〔四〕相賣：互相欺騙、叛賣。戰國策東周：「公何不令人謂韓魏之王曰：『欲秦趙之相賣乎？』」

〔五〕今世薦紳五句：薦紳，史記五帝本紀贊：「薦紳先生難言之。」集解：「薦紳，即縉紳也，古字假借。」案：此處似指道學家。「羞漢唐而不談」，道學家即有「髒唐爛漢」之譏。元祐中自洛蜀之議起，少游緊隨東坡與道學家程頤之洛黨相左，而洛黨對之排斥亦不遺餘力。據長編卷四六三載，元祐六年，「八月戊子朔，以趙君錫論秦觀疏付三省，劉摯私志其事云：『初，除觀爲正字，用君錫之薦，既而賈易詆觀不檢之罪，同日君錫亦有一章曰：臣前薦觀，以其有文學，今始知其薄於行，願寢前薦，罷觀新命。……君錫遂翻然首之。首觀可也，今日之章，似乎太甚。君錫與軾，極相友善，兼所傳言（案：指蘇軾遣其所親王遹詣趙君錫爲秦觀説情，兼爲兩浙災傷事辨誣）無他禱請，遽白之，朋友之道缺矣。』」少游此篇云：「稍迫利害，則釋易而趨險，叛友而誣親，擠人而售己。」或有所指。其中賈易，即出自程門。

〔六〕武相仍、袂相屬：喻絡繹不絶、人數衆多。武，步也；半步爲武。袂，袖也。

十二經相合義説〔一〕

易曰：「同聲相應，同氣相求，水流濕，火就燥，雲從龍，風從虎。」〔二〕嘗以謂知易之説則十二經相合，或以相生，或以相剋者，因理之自然，無所可疑之矣。何以知其然耶？經曰：「南方生熱，熱生火」；「北方生寒，寒生水」；「西方生燥，燥生金」；「中央生濕，濕生土。」〔三〕是則水者寒之形，濕者土之氣。夫水之於土，妻道也〔四〕，故水流濕。火者熱之形，燥者，金之氣。火之於金，夫道也〔五〕，故火就燥。或以陰求陽，或以陽求陰也。管輅曰：「龍者陽精，而居於淵，故能興雲。虎者陰精，而居於山，故能運風。」〔六〕是則龍，陽中之陰也；惟陽中之陰，爲能召陰中之陽，故雲從龍〔七〕。虎，陰中之陽也，惟陰中之陽，爲能致陽中之陰，故風從虎〔八〕。夫陰陽之道，固有因同類而相感者，亦有以異類而相感者。同聲相應，同氣相求，所謂同類而相感者也。同異雖殊，於其相感，一也。

十二之經相合，亦何異於是哉？經曰：「少陽之上，火氣治之，中見厥陰。」〔九〕又曰：「厥陰之上，風氣治之，中見少陽。」〔一〇〕厥陰，風木也，位東方〔一一〕。少陽，相火也，位南方〔一二〕。火與木相生〔一三〕，故厥陰與少陽合。而肝膽、三焦〔一四〕、命門〔一五〕所以相爲表裏也。經曰：「陽明之上，燥氣治之，中見太陰」〔一六〕。又曰：「太陰之上，濕氣治之，中見陽明。」〔一七〕太陰，濕土也，位中央〔一八〕。陽明，燥金也，位西方〔一九〕。土與金相生〔二〇〕，故陽明與太陰合，而脾與胃、肺與大腸所以相爲表裏也。經曰：「太陽之上，寒氣治之，中見少陰。」〔二一〕又曰：「少陰之上，熱氣治之，中見太陽。」〔二二〕少陰，君火也，位南方。太陽，寒水也，位北方〔二三〕。水與火相配，故太陽與少陰合，而心與小腸、腎與膀胱所以相爲表裏也。蓋木位東方，則陽之中也；金位西方，則陰之中也；土位中央，則陰陽之中也；水位北方，則陰之正也；火位南方，則陽之正也。凡陰陽中則和，和則相生，故金木火土以相生而合〔二四〕。陰陽正則相配，故水火以相配而合〔二五〕。相生而合者，所謂同類而相感也。相配而合者，所謂異類而相感也。故經曰：「水火者，陰陽之徵兆。」〔二六〕金木者，生成之始終〔二七〕。蓋水火者，日之與月，坎之與離〔二八〕，而男之與女也。萬物之所以有也，金木者因其有而生成始終之而已矣。於徵兆則以相配言之，於生成則以相生言之，亦其理也。又水火譬之，則夫婦也；金木火土譬之，則父子也〔二九〕。夫婦以異而相合，父子以同而相合。有夫婦然後有父子，有水火然後有金木，四者具然後有土〔三〇〕。同類雖殊，其合一也。

嗚呼！陰陽之爲道博而要，小而大。數之可十者，推之可百；數之可千者，推之可萬。萬之大，不可勝也。然其要一也〔三一〕。故遠之於天地，近之於父子之間。又其悉也，至於言笑飲食，莫不具而有焉。苟直而推之，曲而求之，則何所而不得也。雖然，今之所謂學醫者，惡足以語此哉？

【箋注】

〔一〕本篇爲醫學論文。「十二經」，指十二經脈。黄帝内經靈樞經別：黄帝問於岐伯曰：「余聞人之合於天道也……十二經脈者，此五藏六府之所以應天道。夫十二經脈者，人之所以生，病之所以成，人之所以治，病之所以起，學之所始，工之所止也。」以下岐伯歷論十二經之離合出入，其相合者有六。少游亦就此立論。

〔二〕同聲六句：見易乾文言。李道平周易集解纂疏卷一易乾文言引虞翻注：「陰與陽，陽變成震、坎、艮，陰變成巽、離、兑，故立卦。震爲雷，巽爲風，雷風相薄，故同聲相應。……艮、兑、山、澤通氣，故相求也。……坎爲水，離爲火，火動而炎上，水動而潤下。射，厭也。惟不相厭，故水流濕火就燥也。」案：陽動之坤而爲坎水，故曰「水流濕」，陰動之乾而爲離火，故曰「火就燥」。

〔三〕南方八句：見黄帝内經素問陰陽應象大論。

〔四〕夫水之於土，妻道也：此以五行相生相剋之説解釋六親。案：戊土爲陽土，壬水爲陽水；己土爲陰土，癸水爲陰水。是則戊土剋壬水，即陽剋陽，是爲偏財，爲妾；戊土剋癸水，即陽剋陰，是爲正財，爲妻。故曰「水之於土，妻道也」。

〔五〕火之於金，夫道也：同上理：丙火爲陽火，庚金爲陽金；丁火爲陰火，辛金爲陰金。是則以丙火剋庚金，即陽剋陽，是爲偏官、偏夫；以丙火剋辛金，即陽剋陰，是爲正官、正夫。故曰「火之於金，夫道也」。以上二句亦用「丈夫雖賤皆爲陽，婦人雖貴皆爲陰」之意，見春秋繁露陽尊陰卑。

〔六〕管輅曰七句：管輅，三國魏平原人，字公明，擅星象占卜之道。清河太守華表召爲文學掾，正元初爲少府丞。三國志魏書本傳注引輅别傳云：「若以參星爲虎，則谷風更爲寒霜之風。寒霜之風非東風之名。是以龍者陽精，以潛爲陰，幽靈上通，和氣感神，二物相扶，故能興雲。夫虎者，陰精而居於陽，依木長嘯，動於巽木，二氣相感，故能運風。」此用其意。

〔七〕是則龍五句：李道平周易集解纂疏卷一易乾文言「雲從龍」注：「荀爽曰『龍喻王者，謂乾二之坤五爲坎也。』虞翻曰：『乾爲龍，雲生天，故從龍也。』」又疏：「荀注：『蒼龍，東方之宿也。帝出乎震，震爲龍，故喻王者。陽主升，故乾二上之坤五則爲坎，上坎爲雲。需象傳云：雲上于天，不稱水，稱雲，故知坎爲雲也。昭二十九年左傳曰：龍，水物也，坎水上天爲雲。故曰雲從龍。』」案：坎爲水，上升之水爲雲；則爲陰中之陽。離爲火，下降之水爲陰，則爲陽中之陰。

〔八〕虎陰中之陽五句：周易集解纂疏卷一易乾文言「風從虎」，注：「荀爽曰：『虎喻國君，謂坤五之乾二爲巽，而從三也。三者，下體之君，故以喻國君。』虞翻曰：『坤爲虎，風生地，故從虎也。』」又疏：「荀注：『白虎，西方之宿也。説文：虎，西方獸。蓋虎感金氣而生，金星附日而行者也，故喻國君。』」案：虎西方獸，西方屬金，爲陰，又坤爲虎，亦屬陰，故陰中有陽。

金星附日而行，日屬陽，故陽中有陰。

〔九〕少陽之上三句：見黄帝内經素問六微旨大論，玄啓子注：「少陽，南方火，故上見；火氣治之，與厥陰合，故中見厥陰也。」又陰陽應象大論：「厥陰之表，名曰少陽。」玄啓子注：「少陽之脈者，膽脈也，循足跗上出小指次指之端，由此則厥陰之表名少陽也。」又：「少陰之前，名曰厥陰。」注：「少陰腎也，厥陰肝也。」

〔一〇〕厥陰之上三句：見素問六微旨大論，注：「厥陰，東方木，故上；風氣治之，與少陽合，故風氣之下，中見少陽也。」

〔一一〕厥陰，風木也，位東方：素問氣交變大論：「東方生風，風生木，其德敷和，其化生榮。」

〔一二〕少陽，相火也，位南方：素問氣交變大論：「南方生熱，熱生火，其德彰顯，其化蕃茂。」

〔一三〕火與木相生：春秋繁露五行之義：「天有五行：一曰木，二曰火，三曰土，四曰金，五曰水。木，五行之始也；水，五行之終也；土，五行之中也：此其天次之序也。木生火，火生土，土生金，金生水，水生木。此其父子也。木居左，金居右，火居前，水居後，土居中央。此其父子之序相受而布。是故木受水，而火受木，土受火，金受土，水受金也。」

〔一四〕三焦：指食道、胃、腸及其生理機能。難經榮衛三焦三十一難：「三焦者，水穀之道路，氣之所終始也。上焦者，在心下下膈，在胃上口，主内而不出。……中焦者，在胃中脘，不上不下，主腐熱水穀。……下焦者，當膀胱上口，主分别清濁，主出而不内以傳導也。」

〔一五〕命門：中醫指右腎。難經三十六難：「左者爲腎，右者爲命門。命門者，諸神精之所舍，原氣之所繫也。」亦指目。黄帝内經素問陰陽離合論：「太陽根起於至陰，結於命門，名曰陰中之陽。」注引靈樞經曰：「命門者目也。」

〔一六〕陽明之上三句：見素問六微旨大論，玄啓子注：「陽明，西方火，故上；燥氣治之，與太陰合，故燥氣之下，中見太陰也。」又陰陽應象大論：「太陰之前，名曰陽明。」注：「人身之中，胃爲陽明，脈行在脾脈之前。脾爲太陰，脈行於胃脈之後。」

〔一七〕太陰之上三句：見素問六微旨大論，注：「太陰，西南方土，故上；濕氣治之，與陽明合，故濕氣之下，中見陽明也。」

〔一八〕太陰，濕土也，位中央：素問氣交變大論：「中央生濕，濕生土，其德溽蒸，其化豐備。」

〔一九〕陽明，燥金也，位西方：素問氣交變大論：「西方生燥，燥生金，其德清潔，其化緊斂。」

〔二〇〕土與金相生：見注〔一三〕。

〔二一〕太陽之上三句：見素問六微旨大論，注：「太陽，北方水，故上；寒氣治之，與少陰合，故寒氣之下，中見少陰也。」又陰陽離合論：「少陰之上，名曰太陽。」注：「腎藏爲陰，膀胱府爲陽。陰氣在下，陽氣在上，一合之經氣也。靈樞經曰：足，少陰之脈者，腎脈也。……足，太陽之脈者，膀胱脈也。」

〔二二〕少陰之上三句：見素問六微旨大論，注：「少陰，東南方君火，故上；熱氣治之，與太陽合，故熱氣之下，中見太陽也。」

〔二三〕太陽，寒水也，位北方：素問氣交變大論：「北方生寒，寒生水，其德淒滄，其化清謐。」

〔二四〕金木火土以相生而合：見注〔一三〕。此處未言水，蓋省略。

〔二五〕水火以相配而合：左傳昭公九年：「火，水妃也。」故下文云：「又水火配之，則夫婦也。」

〔二六〕水火者二句：見素問陰陽應象大論。

〔二七〕金木者二句：五行相生説謂木生火……金生水，故謂之「生成之始終」，參見注〔一三〕。

〔二八〕坎之與離：易説卦：「坎爲水。」又：「離爲火。」

〔二九〕則父子也：見注〔一三〕

〔三〇〕有水火然後有金木二句：少游此説與前文不一致，蓋因「土」於五行中居中央之位而特重之，亦玄虚之説而已。

〔三一〕陰陽之爲道九句：見素問陰陽離合論，唯個别字句有異。

淮海集箋注卷第二十六

表

代賀坤成節表〔一〕

竊以聖誕當期，嚴秋在序，協氣蟠乎穹壤〔二〕，頌聲溢於華戎。中賀。伏惟太皇太后陛下，德並神明，功參覆載〔三〕。斷鼇立極，追配於媧皇〔四〕；用楫濟川，責成於傅說。忠謀入而姦黨破，弊事革而嘉應來〔五〕。巍乎在唐虞之間，卓然出馬鄧之右〔六〕。嘉辰既屬，率土交歡。臣猥緣肺腑之親〔七〕，叨分符竹之寄〔八〕。前瞻觀闕，阻奉萬年之觴；遠託封章，庶比千秋之鑑〔九〕。

【校】

〔中賀〕王本、四部本無此二字。

〔責成於傳説〕「責」原誤作「貴」，據張本、胡本改。

【箋注】

〔一〕本篇作於元祐二年或三年。續資治通鑑長編卷三五四載，元豐八年夏四月，乙亥，哲宗詔以太皇太后七月十六日生辰爲坤成節。太皇太后，即英宗高皇后。后，亳州蒙城人，曾祖瓊，祖繼勳，官至節度使。母曹氏，爲仁宗曹皇后之姊，故后少鞠於宫中。既長，遂成昏濮邸。生神宗。神宗立，尊爲皇太后。哲宗立，尊爲太皇太后，權同聽政，凡熙寧新法不便者，悉罷之。元祐八年九月崩。宋史有傳。表云「臣緣肺腑之親，叨分符竹之寄」，當指向宗回，宗回係神宗皇后向氏之弟，元祐二年五月起守蔡州，至元祐四年六月得替，時少游爲蔡州教授，故爲代作謝表。秦譜謂作於元祐元年，因未考向宗回到任時間所致，兹駁正之。

〔二〕協氣：文選司馬相如封禪文：「懷生之類，霑濡浸潤，協氣横流，武節飄逝。」注：「善曰：協氣，和氣也。」

〔三〕功參覆載：中庸：「天之所覆，地之所載。」「功參覆載」，猶功參天地，與天地而爲三。

〔四〕斷鼇二句：見卷六和子瞻雙石注〔五〕。此以女媧煉石補天、斷鼇立極之事喻高太后。宋史本傳謂元豐八年神宗病革，高后主持立延安郡王爲皇太子，未幾神宗崩，太子繼位，是爲哲宗，高太后權同聽政。

〔五〕用楫四句：書説命上謂殷王武丁訪傅説，得之於傅巖之野，用以爲相，命之曰：「朝夕納誨，以輔台德。若金，用汝作礪。若濟巨川，用汝作舟楫。若歲大旱，用汝作霖雨。」此喻任用宰執大臣。案：宋史本傳謂哲宗嗣位，高氏被尊爲太皇太后，召司馬光、吕公著入朝，罷蔡確，罷新法：「凡熙寧以來政事弗便者，次第罷之。」

〔六〕卓然出馬鄧之右：馬，指東漢明德馬皇后。據後漢書皇后紀，馬皇后爲馬援之小女，顯宗(明帝)即位，以后爲貴人，盡心撫育肅宗，勞悴過於所生。永平三年，遂立爲皇后。及帝崩，肅宗(章帝)即位，被尊爲皇太后，不封外戚，躬行儉樸，曰：「吾爲天下母，而身服大練，食不求甘，左右但著帛布，無香薰之飾者，欲身率天下也。」鄧，指東漢和熹鄧皇后，諱綏，太傅鄧禹之孫。父訓，后事之至孝。永平七年入宫，恭肅小心，動有法度。元興元年，和帝崩，殤帝生始百日，后乃迎立之，尊后爲皇太后，並臨朝。及殤帝崩，太后定策立安帝，猶臨朝聽政。「每聞人飢，或達旦不寐，而躬自減徹，以救災戹，故天下復平，歲還豐穰。」又召宗室及鄧氏子弟，教學經書，躬自監試。永寧二年三月崩。事見後漢書皇后紀。

〔七〕肺腑之親：喻帝王之近親。後漢書劉般傳：「時五校官顯職閑，而府寺寬敞，輿服光麗，伎巧畢給，故多以宗室肺腑居之。」宗回爲向太后之弟，故云。

〔八〕符竹：漢郡守受竹使符，後因以符竹爲郡守之代稱。白居易忠州刺史謝上表：「臣得爲昇平之人，遭遇已極；況居符竹之寄，榮幸實多。」此指爲蔡州太守。

〔九〕千秋之鑑：新唐書張九齡傳謂，千秋節，公王並獻寶鑑，九齡上事鑒十章，號千秋金鑑録，以伸諷諭。

代賀興龍節表〔一〕

大吕飛灰，爰屬星回之序〔二〕；靈樞繞電，寔當聖誕之期〔三〕。凡屬生成〔四〕，所同抃蹈。中賀。恭惟皇帝陛下，裁成天地，參並神明〔五〕。以言乎道，則持盈而守成〔六〕；以言乎時，則重熙而累洽〔七〕。昭哉嗣服，纘六聖之洪休〔八〕；大矣孝熙，備三宫之至養〔九〕。清風發而群陰伏〔一〇〕，元首明而庶事康〔一一〕。令節載逢，鴻儀斯舉。加籩折俎，初嘗露酎之醇〔一二〕；擊石彈絲，始奏鈞天之妙〔一三〕。可謂一時之嘉會，故得四海之歡心。臣猥以葭莩〔一四〕，厠於藩翰〔一五〕。十章獻鑒，空懷唐相之誠〔一六〕；萬壽稱觴，莫預漢庭之列〔一七〕。

【校】

〔中賀〕王本、四部本無此二字。

【箋注】

〔一〕本篇作於元祐二年丁卯（一〇八七）十二月。宋史哲宗本紀元祐二年：「十二月丙戌，興龍節，初上壽於紫宸殿。」續資治通鑑長編卷三五六云：「（元豐八年）五月丁酉，以十二月八日爲興龍節，上實七日生，避僖祖忌，故改焉。」時少游任蔡州教授，向宗回爲向太后弟，故表中稱「臣猥以葭莩，厠於藩翰」。

〔二〕大吕二句：大吕，農曆十二月之别稱。國語周語：「元閒大吕，助宣物也。」注：「十二月曰大吕。」飛灰，後漢書律曆志謂燒葭成灰，置於律管内，至相應節氣，灰即飛出，從而知節令。杜甫小至詩：「刺繡五紋添弱綫，吹葭六琯動飛灰。」

〔三〕靈樞二句：用傳説中黄帝降生典故。史記五帝本紀正義：「（黄帝）母曰附寶，之祁野，見大電繞北斗樞星，感而懷孕，二十四月而生黄帝於壽丘。」此喻哲宗誕辰。宋史哲宗紀謂熙寧九年十二月七日，生於宫中，赤光照室，故云。

〔四〕生成：原指生育。杜甫屏迹三首其二：「桑麻深雨露，燕雀半生成。」此猶生靈。

〔五〕裁成二句：裁成，謂裁製而成。亦作「財成」，易泰：「后以財成天地之道。」傳：「財成，謂體天地交泰之道，而裁成其施爲之方也。」禮記孔子閒居：「三王之德，參於天地。」注：「參天地者，與天地爲三也。」又左傳襄公十四年：「仰之如日月，畏之如神明。」

〔六〕持盈而守成：謂保守成業。國語越語下：「夫國家之事，有持盈，有定傾，有節事。」注：「持，守也；盈，滿也。」宋史蘇易簡傳：「願陛下持盈守成，慎終如始。」

〔七〕重熙而累洽：謂光明和洽。何晏景福殿賦：「至於帝星，遂重熙而累盛。」累洽，謂累世太平。班固東都賦：「至於永平之際，重熙而累洽。」

〔八〕纘六聖句：纘，繼承。六聖，指宋太祖、太宗、真宗、仁宗、英宗、神宗六帝。洪休，洪福。左傳襄公二十八年：「以禮承天之休。」注：「休，福禄也。」

〔九〕大矣二句：孝熙，謂孝而受福。漢書禮樂志：「大矣孝熙，四極爰轃。」注引師古曰：「熙亦福也。」三宮，原指天子、太后、皇后，此處曰「大哉孝熙」，曰「至養」，則側重於太后（太皇太后）。

〔一〇〕清風句：漢書李尋傳：哀帝初立，問尋以天文事，尋對曰：「夫日者……人君之表也。故日將旦，清風發，群陰伏。」

〔一一〕元首明而庶事康：書益稷：「皋陶……乃賡載歌曰：『元首明哉，股肱良哉，庶事康哉。』」

〔一二〕加籩二句：籩，古竹編食器。論語泰伯：「籩豆之事，則有司存。」折俎，宴禮時將牲體解節折盛於俎。左傳宣公十六年：「王享有體薦，宴有折俎。」俎，盛犧牲之禮器。露酎之醇，禮記月令：「孟夏之月……是月也，天子飲酎，用禮樂。」注：「酎之言醇，謂重釀之酒也。」

〔一三〕鈞天之妙：原指天上音樂。史記扁鵲傳：「（趙）簡子寤，語諸大夫曰：『我之帝所甚樂，與百神游於鈞天，廣樂九奏萬舞，不類三代之樂，其聲動心。』」

〔一四〕葭莩：漢書中山靖王傳：「今群臣非有葭莩之親，鴻毛之重，群居黨議，朋友相爲，使夫宗室擯却，骨肉冰釋。」後泛指戚屬爲葭莩。

〔一五〕藩翰：見卷二十五魏景傳注〔一八〕。此指地方長官。

〔一六〕十章二句：唐相，指張九齡，見前代賀坤成節表注〔九〕。

〔一七〕萬壽二句：後漢書明帝紀永平十七年：「夏五月戊子，公卿百官以帝威德懷遠，祥物顯應，乃並集朝堂，奉觴上壽。」注：「壽者人之所欲，故卑下奉觴進酒，皆言上壽。」此處漢庭，借指宋庭。

代賀太皇太后受册表〔一〕

臣某言，伏審今月某日太皇太后於某殿受册者，纘繼鴻休〔二〕，亘華夷而共慶；昭明鉅禮，極天壤以均歡。臣某誠歡誠喜，頓首頓首。恭以太皇太后陛下，鍾睿知之資，御休明之運〔三〕。以至仁而子養萬國，以盛德而母儀三朝〔四〕。造舟爲梁，始作文王之合〔五〕；斷鼇立極，終成媧氏之功〔六〕。忠邪辨而和氣通，威惠行而頌聲作〔七〕。既增光於聖統，宜受禮於神孫〔八〕。典章載崇，寰海交抃。臣猥被藩宣之寄〔九〕，叩居肺腑之親〔一〇〕。不獲隨例稱慶闕庭，無任踴躍歡欣之至。謹具表陳賀以聞。

【箋注】

〔一〕秦譜元祐元年：「先生在蔡州，是歲太皇太后、皇太后上尊號受册……作賀表。」案秦譜非是。據宋史哲宗本紀，元祐二年「九月乙卯，發太皇太后册寶於大慶殿」。則高太后之受册不在元祐元年，而爲二年甚明。且本篇云「叨居肺腑之親」，亦爲蔡州郡守向宗回語氣。若爲元年，宗回猶未到任。説見本卷代賀坤成節表注〔六〕。

〔二〕鴻休：通洪休，見本卷代賀興龍節表注〔八〕。

〔三〕休明：美好旺盛。左傳宣公三年：「定王使王孫滿勞楚子，楚子問鼎之大小輕重焉。對曰：『在德不在鼎。……德之休明，雖小，重也。』」後漢書班固傳：「將軍以周召之德，立乎本朝，承休明之策，建威靈之號。」

〔四〕三朝：指英宗、神宗、哲宗三朝。

〔五〕造舟二句：詩大雅大明寫文王娶太姒：「親迎於渭，造舟爲梁，不顯其光。」朱注：「造，作；梁，橋也。作船於水，比之而加版於其上，以通行者，即今之浮橋也。」又云：「文王初載，天作之合。」毛傳：「載，識；合，配也。」此喻高太后與宋英宗之美滿婚姻。

〔六〕斷鼇二句：見卷六和子瞻雙石詩注〔五〕。

〔七〕忠邪辨二句：參見本卷代賀坤成節表注〔五〕。

〔八〕神孫：指哲宗趙煦。

〔九〕藩宣：猶藩翰，見卷二十五魏景傳注〔一八〕。

〔一〇〕肺腑之親：喻帝王之親近。見本卷代賀坤成節表注〔七〕。

代賀皇太后受册表〔一〕

臣某言，伏審今月某日皇太后於某殿受册者，稽酌天人〔二〕，備嚴典禮。孝治既先於宫闈〔三〕，歡心自得於寰區。中賀。恭以皇太后妙道生知〔四〕，英能天縱〔五〕。自長門而登長樂〔六〕，法度無違；以太任而事太姜〔七〕，晨昏不懈。至於弼成先帝之治〔八〕，保佑聖子之功〔九〕，幽通神明，顯被動植〔一〇〕。施之大者報必厚，實之富者名必隆。位號既昭，華夷增抃。臣謬通屬籍，叨假郡章〔一一〕，不獲隨例稱慶闕庭，無任踴躍歡欣之至。

【校】

〔中賀〕王本、四部本無此二字。

【箋注】

〔一〕本篇作於元祐二年丁卯（一〇八七）。據宋史哲宗紀，是歲九月丙辰，發皇太后册於文德殿。皇太后，指神宗皇后向氏，河内人，故宰相向敏中曾孫女，神宗爲潁王時被選爲妃，見宋史后妃列傳。表爲代其弟向宗回作，時宗回守蔡州，少游在其屬下爲教授。

〔二〕稽酌：稽考參酌。稽音啓。天人，天意人事。文選阮嗣宗爲鄭沖勸晉王牋：「允當天人。」

注引銑曰:「天人,謂天意人事也。」

〔三〕孝治句:宋史后妃列傳下:「哲宗立,尊(向皇后)爲皇太后,宣仁(高太后)命葺慶壽故宫以居,后辭曰:『安有姑居西而婦處東?瀆上下之分。』不敢徙,遂以慶壽後殿爲隆佑宫居之。」

〔四〕妙道生知:妙道,精妙之道。莊子齊物論:「我以爲妙道之行也。」梁肅藥師琉璃光如來繡像贊:「得妙道者,聖之大;感罔極者,孝之至。」生知,論語季氏:「生而知之者,上也;學而知之者,次也;困而學之,又其次也。」

〔五〕天縱:論語子罕:「故天縱之將聖,又多能也。」朱注:「縱猶肆也,言不爲限量也。」

〔六〕自長門而登長樂:稱頌向氏自皇后而至皇太后。長門宫,指皇后所居。三輔黄圖卷三:「長門宫,離宫,在長安城,孝武陳皇后得幸,頗妬,居長門宫。」長樂宫,指太后所居。史記叔孫通傳「孝惠帝爲東朝長樂宫」,集解引關中記:「長樂宫本秦之興樂宫也,漢太后常居之。」

〔七〕以太任而事太姜:劉向列女傳「周室三母」:「三母者,太姜太任太姒。太姜者,王季之母,有吕氏之女也。……太任者,文王之母……王季娶爲妃。」此處不僅以太姜比高太皇太后,以太任比向太后,亦以哲宗比文王。

〔八〕先帝:指神宗。

〔九〕聖子:指哲宗,哲宗非向后所生,然「后贊宣仁后定建儲之議」,見宋史后妃列傳下。

〔一〇〕動植:指動物與植物。薛道衡隋高祖頌:「道洽幽顯,仁霑動植。」

〔一二〕臣謬通二句：史記商君傳：「宗室非有軍功，論不得爲屬籍。」正義曰：「屬籍，謂屬公族宗正籍書也。」案向宗回爲向后弟，故云。又本年宗回守蔡州，故云「叨假郡章」。

代賀皇太后生辰表〔一〕

考曆占星，氣應元英之候〔二〕；稱觴獻壽，禮行長樂之宮〔三〕。凡在照臨，所同欣抃。中賀。恭以皇太后德符坤載，位正母儀，淵沖自乎生知〔四〕，慈惠本乎天縱。弼成文考〔五〕，既隆逮下之風〔六〕；共養太姜〔七〕，益著思齊之美〔八〕。内宣陰化，日嗣徽音〔九〕。矧當孝治之朝，尤崇慶誕之節。鼓鐘具舉，環珮畢臻。歡聲動於宮闈，佳氣蟠於觀闕。某繆通屬籍，叨守近藩〔一〇〕，匪惟宗族之同榮，實與吏民而共慶。

【校】

〔中賀〕王本、四部本無此二字。

【箋注】

〔一〕皇太后：指神宗皇后。參見本卷代賀皇太后受册表注〔一〕。本篇結四句云：「某繆通屬籍，叨守近藩，匪惟宗族之同榮，實與吏民而共慶。」當爲元祐二年代蔡州守向宗回作。宗回，向后弟，故稱同族。

〔二〕氣應元英之候：元英，即玄英，指冬季。爾雅釋天：「冬爲玄英。」注：「氣黑而清英。」可見皇太后生辰在冬天。

〔三〕長樂：漢宫名，見本卷代賀皇太后受册表注〔六〕。

〔四〕淵沖：文選陸機皇太子讌玄圃宣猷堂有令賦詩：「茂德淵沖，天姿玉裕。」張銑注：「沖，深也，言茂盛之德，如淵之深。」生知，見本卷代賀皇太后受册表注〔四〕。

〔五〕文考：周武王對先父文王之稱呼，此指神宗。

〔六〕逮下：恩惠及於下人。詩周南樛木序：「樛木，后妃逮下也；言能逮下而無嫉妬之心焉。」

〔七〕太姜：借指高太皇太后。見本卷代賀皇太后受册表注〔七〕。按前後文皆隨手掇拾典故歌功頌德，不暇顧及歷史人物之實際輩份。

〔八〕思齊：詩大雅思齊：「思齊大任，文王之母。」箋：「齊，莊。……常思莊敬者大任也，乃爲文王之母。」

〔九〕徽音：猶德音。詩大雅思齊：「大姒嗣徽音，則百斯男。」箋：「嗣大任之美音，謂續行其善教令。」此喻向太后繼承高太皇太后之美德。

〔一〇〕某繆通二句：見本卷代賀皇太后受册表注〔一一〕。

代賀明堂禮畢表〔一〕

有司備物，親嚴三歲之祠〔二〕；率土均恩，實賴一人之慶〔三〕。照臨所逮，欣抃攸同。中賀。伏惟皇帝陛下，道貫神明，功參覆載〔四〕。昭哉嗣服，纘六聖之洪休〔五〕；大矣孝熙，備三宮之至養〔六〕。擢英髦而共政，革苛弊以濟時〔七〕。庶事用康，善祥斯應。物無疵癘，民不怨咨。天地得以清寧，草木遂其零茂〔八〕。九功之德既皆可歌〔九〕，四海之臣亦各來祭。乃遵彝典，爰盡孝思。時以季秋之良，日用上辛之吉〔一〇〕，始告虔於原廟，遂嚴配於合宮〔一一〕。精意感通，景貺昭答〔一二〕。大賚而兆人富〔一三〕，肆眚而衆心新〔一四〕。實萬世無疆之休〔一五〕，蓋千載不逢之會。臣乍辭帷幄，方守藩垣〔一六〕。徒欣右饗之成〔一七〕，莫預駿奔之列〔一八〕。瞻望闕庭云云。

【校】

〔中賀〕王本、四部本無此二字。

〔草木遂其零茂〕王本、四部本「零」作「暢」。

〔瞻望闕庭云云〕王本、四部本無此六字。

【箋注】

〔一〕宋史哲宗本紀云：「元祐元年……九月辛酉，大享明堂，以神宗配，赦天下。」長編卷三八七元祐元年九月：「辛酉，大饗明堂，上詣大慶殿，行禮畢，改常服御紫宸殿。」表云：「季秋之良日，用上辛之吉。」即指九月辛酉也。又少游鮮于子駿行狀云：「元祐元年，明堂禮畢。」可證表作於是歲九月。明堂，據宋史禮志四云：「夫明堂者，布政之宮，朝諸侯之位，天子之路寢，乃今之大慶殿也。……其以大慶殿爲明堂，分五室於内。」本篇云：「臣乍辭帷幄，方守藩垣。」當指劉攽。續資治通鑑長編卷三八〇云：「(元祐元年六月)甲辰，祕書少監劉攽爲直龍圖閣知蔡州，攽以病自乞也。給事中孫覺、胡宗愈、中書舍人蘇軾、范百禄奏疏留中，不報。」是時劉攽到任不久，故云「乍辭」、「方守」。

〔二〕三歲之祠：謂三年一祭祖先。太平御覽禮儀部禘祫：「五經通義曰：王者所以三年一祫，五年一禘何？三年一閏，天道小備，故三年一祫。祫皆取未遷廟主，合食太祖廟中。」據宋史禮志四：「本朝每三歲一行郊祀，皇祐以來始講明堂之禮。」又云神宗時，「詔每歲季秋大享，親祠明堂」，「自是迄宣和七年，歲皆親祀明堂」，是哲宗時每年皆行明堂禮，而郊祀則爲三年舉行一次。

〔三〕率土二句：率土均恩，指「赦天下」。「實賴一人之慶」，此次祀明堂爲哲宗即位改元元祐後之第一次，故「赦天下」。平時每年之明堂禮無此隆重。

〔四〕功參覆載：見本卷代賀坤成節表注〔三〕。

〔五〕纘六聖之洪休：參見本卷代賀興龍節表注〔八〕。

〔六〕大矣二句：見本卷代賀興龍節表注〔九〕。

〔七〕擢英髦二句：英髦，指英俊之士。魏書李諧傳述身賦：「綴鴻鷺之末行，連英髦之茂序。」此謂起用司馬光、吕公著等人，革除青苗、免役、方田、保馬諸法。見宋史哲宗紀，參見本卷代賀坤成節表注〔五〕。

〔八〕零茂：謂茂盛也。文選王褒四子講德論：「胎卵得以成育，草木遂其零茂。」注：「善曰：零茂，茂盛。」

〔九〕九功句：九功，指水、火、金、木、土、穀「六府」及正德、利用、厚生「三事」之功。書大禹謨：「德惟善政，政在養民，水、火、金、木、土、穀，惟修；正德，利用，厚生，惟和。九功惟叙，九叙惟歌。……六府三事允治，萬世永賴。」

〔一〇〕時以二句：宋史禮志四：「禮制局言：……季秋享帝，以先王配，則有常月而未有常日。禮不卜常祀而卜其日，所謂卜日者，卜其辛爾。蓋月有上辛、次辛，請以吉辛爲正。」上辛，此指九月第一次辛日。

〔一一〕始告二句：原廟，正廟以外别立之廟。宋史哲宗本紀元祐元年正月丙辰，「立神宗原廟」，又九月辛酉：「大享明堂，以神宗配。」參見詩集駕幸太學注〔一一〕。

〔一二〕景貺昭答：吉慶語，謂天賜福禄也。

〔一三〕大賚：重大賞賜。書武成：「大賚於四海，而萬姓悦服。」傳：「施舍己債，救乏賙無，所謂周有大賚，天下皆悦仁服德。」

〔一四〕肆眚：猶言大赦。書舜典：「眚災肆赦。」傳：「眚，過；災，害。……過而有害，當緩赦之。」宋史哲宗本紀元祐元年九月辛酉大享明堂：「赦天下。」長編卷三八七謂是日「肆赦，鬭殺罪至死，雖犯在約束内，情理稍輕者減一等，刺配千里外，輕者五百里。……」注引吕公著家傳：「總校前赦，凡增一十七事，四方歡呼，以爲新天子赦令，首以憂民爲意，無不稱慶。」

〔一五〕實萬世句：語本書太甲。休，福。

〔一六〕藩垣：猶藩宣、藩翰、近藩。此指蔡州。參見本卷代賀興龍節表注〔一五〕。

〔一七〕右饗：詩周頌我將：「伊嘏文王，既右饗之。」朱注：「能錫福之文王，既降而在此之右，以饗我祭，若有以見其必然矣。」漢書韋賢傳：「省察右饗皇帝之孝。」注引師古曰：「右，讀曰佑。」

〔一八〕莫預句：駿奔，疾奔。詩周頌清廟：「駿奔走在廟。」朱熹集傳：「駿，大而疾也。」形容在宗廟中參加祭祀者往來趨走。此句言己未能赴京參預盛典。

代賀皇太妃受册表〔一〕

臣某言：伏審今月某日皇太妃於某殿受册者，史官揆日，宗伯陳儀〔二〕。舉令典於宫闈，溢歡聲於方夏〔三〕。中賀。恭以皇太妃挺生淑質，休應昌期。贊陰化於椒塗〔四〕，嗣徽音於彤管〔五〕。晨昏共養之禮，簡在兩宫〔六〕；動静謙肅之風，形於六寢〔七〕。在先朝則有警戒相成之道，於聖主則有劬勞罔極之恩〔八〕。中外所瞻，情文宜稱〔九〕。肆彼册書之美，爰昭位號之隆。臣猥被爪牙，叨居藩屏〔一〇〕，不獲隨例稱慶闕庭，無任踴躍歡欣之至。

【校】

〔中賀〕王本、四部本無此二字。

【箋注】

〔一〕本篇作於元祐二年。據宋史哲宗本紀，是歲九月丙辰，發皇太妃册寶於文德殿。皇太妃，即朱氏，熙寧初，入宫爲御侍，進才人、婕妤，生哲宗，累進德妃。哲宗即位，尊爲皇太妃。輿蓋、仗衛、冠服悉侔皇后。死後謚爲欽成朱皇后，見宋史后妃傳下。此表代郡守向宗回作。

〔二〕宗伯：書周官：「宗伯掌邦禮，治神人，和上下。」

〔三〕方夏：謂中國。書武成：「誕膺天命，以撫方夏。」後漢書董卓傳贊：「方夏崩沸，皇京煙埃。」注：「方，四方。夏，華夏也。」

〔四〕贊陰化句：陰化，婦人之德化。後漢書皇后紀論：「述宣陰化，脩成内則。」注：「銑曰：皇后主陰教也。」椒塗，后妃所居之宫室。顔延之宋文皇帝元皇后哀策文：「蘭殿長陰，椒塗弛衛。」后妃宫室以椒和泥塗壁，又稱椒房。

〔五〕嗣徽音句：徽音，見本卷代賀皇太后生辰表注〔七〕。彤管，詩邶風静女：「静女其孌，貽我彤管。」傳：「古者后夫人必有女史彤管之法。」箋：「彤管，筆赤管也。」此借指内史。

〔六〕晨昏二句：共養，即恭養、供養。共，通恭。兩宫，指高太皇太后與向太后。

〔七〕六寢：周禮天官宫人：「宫人掌王之六寢之脩。」注：「六寢者，路寢一，小寢五。」此泛指後宫。

〔八〕劬勞罔極：謂養育之恩浩大無邊。詩小雅蓼莪：「哀哀父母，生我劬勞。……欲報之德，昊天罔極。」

〔九〕情文宜稱：荀子禮論：「故（禮）至備情文俱盡，其次情文代勝。」楊倞注：「情謂禮意……文謂禮物威儀也。」又曰：「稱情而立文。」注引鄭康成曰：「稱人之情輕重而制其禮也。」

〔一〇〕臣猥被二句：爪牙，後漢書度尚傳：「（交阯刺史張）磐備位方伯，爲國爪牙。」注：「爪牙，以猛獸爲喻，言爲國之扞衛也。」詩曰：「圻父，予王之爪牙也。」藩屏，見本卷代賀興龍節表注〔一五〕。

辭史官表〔一〕

竊以史屬之除，聖朝所慎。若非承父兄之教詔，世守其言；則必積師友之淵源，材充厥職〔二〕。臣於二者，實無一堪，聞命若驚，撫躬增懼。重念臣少而愚賤，長更屯奇〔三〕。積累歲時，尚慮人情之未與；超踰涯分〔四〕，豈爲物議之所容。以蕞爾不勝任之材〔五〕，處灼然非所居之地，必招官謗〔六〕，上累恩私。況儒館之中，資任高於臣者不少；班行之內，學術過於臣者甚多。與其容菲薄以濫居，不若擇英豪而改授。伏望聖慈，追寢新命〔七〕，檢會臣近申三省〔八〕，除臣一外任差遣。

【校】

〔擇英豪〕「擇」原誤作「檡」，據張本、胡本改。

【箋注】

〔一〕本篇作於元祐八年七月。黄嵤山谷年譜云：「元祐八年七月，吕大防言：神宗皇帝正史，限一年了畢契勘。昨修兩朝正史，係遣史官五員，今來止有三員，切慮猝難就緒，欲差前實録院檢討官黄庭堅、正字秦觀充編修官。從之。」又蘇軾與參寥子簡之十：「吕丞相爲公奏得妙聰師號……秦少游作史官，亦稍見公議，亦吕公薦也。」王文誥蘇詩總案卷三六繫之於元祐八年七月。此表應作於當時。案：史官宋時屬祕書省。宋史職官志四祕書省：「（祕書）監掌古今經籍圖書、國史實録。……祕書郎二人，掌集賢院、史館。……」又云國史實録院置「提舉國史、監修國史、提舉實録院、修國史、同修國史、史館修撰、同修撰、實録院修撰、同修撰、直史館、編修官、檢討官、校勘、檢閱、校正、編校官」。少游是時充編修官。充，備也，猶云備位。

〔二〕若非四句：宋史職官志四祕閣注宋時三館用人情況云：「初，英宗謂輔臣曰：『館閣所以育雋材，比選數人出使，無可者，豈乏材耶？』歐陽脩曰：『今取材路狹，館閣止用選人編校書籍，故進用稍遲。』上曰：『卿等各舉數人，雖親戚世家勿避。』於是宰相（韓）琦、（曾）公亮，參知政事（歐陽）脩、（趙）槩各薦五人。」少游所云，大致如此。

〔三〕屯奇：左傳閔公元年：「屯固比入。」注：「屯，險難也。」易繫辭下：「陽卦奇，陰卦耦。」奇，即不偶，不遇。此謂遭遇艱險。

〔四〕涯分：謂所處之分際、地位。曾鞏上歐陽學士書：「環視其中所有，頗識涯分。」

〔五〕蕞爾：渺小貌。左傳昭公七年：「鄭雖無腆，抑諺曰『蕞爾國，而三世執其政柄。』」

〔六〕必招官謗：此指元祐六年除祕書省正字時，洛黨賈易、朱光庭以及趙君錫對秦觀之論列。據長編卷四六二元祐六年七月己卯：「左宣德郎呂大臨、祕書省校對黃本書籍秦觀並爲正字。……王巖叟獨移簡（劉）摯曰：『命出必有竊議者，恐於朝廷、於公及其人皆不爲美事。』摯答曰：『敬服。』逾兩月，（大臨）卒與觀並命。」注：「八月五日，賈易云云，六日，觀罷新命。劉摯日記云：『二十二日除目：呂大臨、秦觀並祕書正字。大臨，左揆（左僕射呂大防）之弟，有學行，觀能文，有氣節，向亦遭嫉嫌，攻以曖昧事。除目下，舍人初欲論觀事，後遂已。

東臺亦過矣。』」按摯所稱『舍人』及『東臺』，當考姓名。時范祖禹、朱光庭爲給事，必光庭嘗有論列。」又卷四六三載六年八月戊子朔：「同日，又以趙君錫論秦觀疏付三省。劉摯私志其事云：『初，除觀爲正字，用君錫之薦。既而賈易詆觀不檢之罪，同日君錫亦有一章曰：「臣前薦觀，以其有文學。今始知其薄於行，願寢前薦，罷觀新命。臣妄薦觀罪，不敢逃也。」觀亦有狀辭免。今日君錫之疏曰：「二十七日，觀來見臣，言賈御史之章云邪人在位，引其黨類。……觀之傾險如此，乞下觀吏究治之。緣臣與賈易二十六日彈觀，才一夕而觀盡得疏中意，此必有告之者，朝廷之上，不密如此。」』」案：此次官謗，牽連蘇軾、蘇轍兄弟，結果「太皇太后不悦，諭三省曰：『君錫全無執守。』吕大防曰：『誠如聖諭，大抵賈易强、君錫弱，爲所劫持也。』」見注文。而於是年八月癸巳，「詔秦觀罷正字，依舊校對黄本書籍，以御史賈易言觀過失及觀自請也」。見長編卷四六四。

〔七〕追寢新命：收回成命。寢，止息，停止執行。

〔八〕檢會臣近申三省：三省，指門下省、中書省、尚書省。元豐改制，以門下省掌有法式事，審核命令，駁正違失；以中書省掌無法式事，取皇帝旨意，宣布命令；以尚書省掌執行政令。元祐間，三省同取旨，實際已合而爲一。此句謂少游近已向三省申請放外任，再請查閱一下。

代蘄守謝上表〔一〕

奉法明時，方悔推行之誤；分符近地，俄蒙假貸之私〔二〕。祇荷寵恩，載深感涕。

伏念臣資材闇昧，問學空疏，遭逢昌辰，叨竊劇任〔三〕。徒冀事功之立，靡思罪釁之成。昨以出按刑章，兼程鹽課，猥虞曠廢，妄致勤勞〔四〕。屬吏承風，不無過當；小民競利，豈免怨尤？雖不待於人言，即行改正；儻追論其事迹，殆可誅夷。敢祈造物之恩，猶竊長人之任〔五〕。矧蘄春之便郡，實淮右之名區〔六〕。風氣和平，獄訟稀少。平時來者，尚樂寬閑；謫官居之，真爲僥倖。此蓋伏遇太皇太后、陛下推天地之賜，回日月之光，黜陟不失其所宜，輕重各當其所適。察臣過舉，止於四月之間；許臣自新，付以一州之寄。念捐軀而莫報，徒撫己以增慚。復路回車，顧迷途其未遠〔七〕；輸肝破膽〔八〕，庶報效之可圖。

【箋注】

〔一〕本篇似作於元祐三年戊戌（一〇五八）九月。續資治通鑑長編卷四一四云：是歲九月庚戌，「倉部郎中范子諒知蘄州。……各罰銅二十斤。」案長編又載右正言劉安世言：錢勰（穆父）因妄奏開封府獄空，止令罰金，出知越州，林邵、范子諒並與小郡，「此乃陛下至仁至厚，不欲窮治，而勰等所犯，情實欺君」云云。案謝表云：「儻追論其事迹，殆可誅夷；敢祈造物之恩，猶竊長人之任。」又云：「謫官居之，真爲僥倖」；「陛下推天地之賜，回日月之光，黜陟不失其所宜」，如此等等，均係被謫口吻，與長編所載頗爲一致。是時少游正在京試賢良方正科，故得與之代作謝表。蘄州，宋史地理志四謂屬淮南西路，今爲湖北蘄春。宋趙升朝野類要卷四：「謝表。帥、守、監、司初到任並升除，或有宣賜，皆上四六句謝表。」

〔二〕分符二句：分符，分授符命。杜甫潭州送韋員外迢牧韶州詩：「分符先令望，同舍有輝光。」假貸，寬宥。後漢書和熹鄧皇后傳：「自是親屬犯罪，無所假貸。」

〔三〕劇任：繁忙之職務。福惠全書蒞任部投到任禀：「謬叨劇任，星馳載道。」

〔四〕昨以四句：刑章，刑法。李覯讀史詩：「嗟嗟夫子没，兩觀無刑章。」案：宋史職官志三：「倉部郎中、員外郎，參掌國之倉庾儲積及其給受之事。凡諸路收糴折納，以時舉行；漕運上供封樁，以時催理；應供輸中都而有登耗，則比較以聞。歲以應用芻粟，前期報度支，均定支移、折變之數。」范子諒爲倉部郎中時，蓋因瀆職而處以罰金。故云。

〔五〕長人之任：謂堪當爲人表率之重任。易乾：「君子體仁，足以長人。」注：「以仁爲體，則無一物不在所愛之中，故足以長人。」此指爲一州之長。

〔六〕矧蘄春二句：宋史地理志四淮南西路：「蘄州，望，蘄春郡，防禦。」便郡，郡在便側之處，非正郡也。淮右，指淮南西路。以左右志方位，面南，右爲西，左爲東。

〔七〕復路二句：此處兼用二事。世説新語棲逸：「阮步兵嘯聞數百步」注引魏氏春秋：「阮籍常率意獨駕，不由徑路，車跡所窮，輒痛哭而反。」陶淵明歸去來辭：「實迷途其未遠，覺今是而昨非。」

〔八〕輸肝破膽：謂竭誠盡忠。司馬光辭門下侍郎第二劄子：「臣得輸肝瀝膽，極竭以聞，退就鼎鑊，死且不朽。」

代程給事乞致仕表〔一〕

臣某言：臣聞未老遽歸，非臣子報君之義；既衰猶仕，豈儒生處己之方。惟去就適合其時，乃進退不愆於禮。輒陳悃愊〔二〕，仰瀆高明。臣誠惶誠恐，頓首頓首。

伏念臣家本單微〔三〕，材尤綿薄。早緣章句聲律之末技，偶中上科〔四〕；繼以簿書獄訟之微勞，誤更劇任〔五〕。三持使節〔六〕，八領郡麾〔七〕，以至承乏小行人之官〔八〕，備位大司農之屬〔九〕。山川陟涉，幾徧於五方；日月推移，殆踰於四紀〔一〇〕。遂叨蘭省之秩，仍忝秘殿之名〔一一〕。每撫心而自循，縱没齒其焉報？昨以蒙恩罷守，被旨歸班。身雖寄於海隅〔一二〕，夢已升於帝所。非不知懷金結綬〔一三〕，侍清光而足榮；佩玉鳴騶，聯法從之爲幸〔一四〕。但以風霜漸迫，蒲柳遽衰〔一五〕，爰及上印之期，當披乞骸之懇〔一六〕。日莫途遠〔一七〕，顧己分之非安；漏盡鍾鳴〔一八〕，亦人言之可畏。

伏惟皇帝陛下恢覆載之量〔一九〕，廓照臨之明，憐其實知止而請身，察其非偷安而避事。俾還官政，獲反里閭。況臣北陌東阡，雅多遊舊；左食右粥，良給歲時。是以誦歌真主之稀逢，盛述聖朝之難遇。馬方羸老，徒結戀於軒墀〔二〇〕；木已朽枯，或能蒸於芝菌〔二一〕。臣不任祈天俟命、激切屏營之至！

【箋注】

〔一〕本篇作於元豐二年己未（一〇七九）歲暮。時少游如越省親，與程從游八月（見卷二十八謝程公闢啓），歲暮，有別程公闢詩。據北宋經撫年表，是歲十二月，丁竦代程公闢爲越州守。公闢生平，見卷七游龍門山次程公韻注〔一〕。

〔二〕悃愊：至誠也。廣韻：「悃愊，至誠。」

〔三〕家本單微：謙辭。據宋龔明之中吴紀聞卷三程光禄：「程師孟，字公闢，所居在（蘇州）南園之側，號晝錦坊。自高祖思爲錢氏營田使，因徙姑蘇。」

〔四〕偶中上科：同上卷三程光禄：「擢景祐元年進士第。」

〔五〕繼以二句：同上卷三程光禄：「除知南康軍，又知楚、遂二州，提點夔路刑獄，屬歲大饑，公行部，以常平粟賑民，猶不足，即奏發倉以濟之……遂活飢民四十餘萬。擢提點河東路刑獄。」宋史本傳所載稍略。劇任，見本卷代蘄守謝上表注〔三〕。

〔六〕三持使節：據宋史本傳，程師孟曾任接伴契丹使、賀契丹生辰使。

〔七〕八領郡麾：據宋史本傳，程師孟曾知南康軍、楚州、渝州、河東路、洪、福、廣、越諸州郡。

〔八〕以至句：小行人，周禮秋官：「小行人，掌邦國賓客之禮籍，以待四方之使者。」此句蓋指程接伴契丹使者蕭惟輔事。

〔九〕備位句：大司農，漢書百官公卿表：「治粟内史，秦官，景帝後元元年，更名大農令；武帝太初元年，更名大司農。」案：大司農即户部。此指程師孟曾爲度支判官，度支屬户部，故云。

〔一〇〕四紀：四十八年。十二年爲一紀。程師孟以景祐元年（一〇三四）入仕，至本年爲四十五年，故云「殆逾於四紀」。

〔一一〕遂叨二句：蘭省，此猶蘭臺，指秘書省之昭文館。中吴紀聞卷三謂熙寧中，「以公直昭文館，知福州」。秘殿，指秘書省之集賢殿，北宋經撫年表卷五謂熙寧十年十月，程師孟以給事中、充集賢殿修撰知越州。

〔一二〕海隅：謂越州地處海邊。

〔一三〕懷金結綬：懷金印，結紫綬，喻任高官。

〔一四〕佩玉二句：禮玉藻：「公侯佩山玄玉而朱組綬，大夫佩水蒼玉而純組綬。」南史劉溉傳：「鳴騶枉道，以相存問。」騶，指騶從。晉書輿服志：「大使車，立乘，駕四，赤帷裳，騶騎導從。」法從，跟隨皇帝車駕。漢書揚雄傳注：「法從者，以言法當從耳，非失禮也。一曰從法駕也。」

〔一五〕風霜蒲柳：喻身之早衰。世説新語言語：「顧悦與簡文（司馬昱）同年而髮早白。簡文曰：

『卿何以先白？』」對曰：『蒲柳之姿，望秋而落；松柏之質，經霜彌茂。』」

〔一六〕乞骸之懇：古人告老還鄉，謂之「乞賜骸骨」。晏子春秋重而異者七：「臣愚不能復治東阿，願乞骸骨。」

〔一七〕日莫途遠：喻力竭將死，而前程尚遠。史記伍子胥傳：「爲我謝申包胥曰：『吾日莫途遠，吾故倒行而逆施之。』」索隱：「子胥言志在復讎，常恐且死，不遂本心，……譬如人行，前途尚遠，而日勢已莫。」莫，通暮。

〔一八〕漏盡鍾鳴：三國志魏書田豫傳：「豫書答曰：『年過七十而以居位，譬猶鍾鳴漏盡而夜行不休，是罪人也。』」

〔一九〕覆載之量：天所覆，地所以載，喻大恩。參見本卷代賀坤成節表注〔三〕。

〔二〇〕馬方二句：喻己猶戀闕。晉書宣帝紀：「駑馬戀棧豆。」軒墀，殿前階砌。庾信代人乞致仕表：「謂臣等經侍軒墀，子孫尚延保護。」

〔二一〕木已二句：列子湯問：「朽壤之上，有菌芝者。」蘇軾次韻呂梁仲屯田詩：「空虛豈敢酬瓊玉，枯朽猶能出菌芝。」

【彙評】

段斐君本淮海集徐渭評：駢語流活宛轉乃爾。

代王承事乞回授一官表〔一〕

臣聞緹縈納身贖父，文帝因之變法〔二〕；王縉削爵請兄，肅宗爲之推恩〔三〕。夫漢唐之主豈欲撓不刊之典而詭從女子、輔臣之意哉？蓋以子弟之願獲伸，則孝悌之風寖廣，天下忠順之俗於是乎始成，故不以所輕廢所重也。

恭惟陛下神聖，功德參並天地〔四〕，固非漢唐之主所能擬倫。臣雖愚陋，不敢自比於王縉，然身遇休明，名列仕版，不猶愈於緹縈之女子乎？輒冒死亡斧鉞之誅，瀝血陳誠，上干天聽。惟陛下賜察哀憐，不勝大願。

竊念臣父，昨於元豐四年得罪，蒙朝廷放歸田里，逮今已及四年矣。初出於特旨，有司既無叙法可舉，而中外臣寮，又以臣伯父待罪宰相〔五〕，懷避嫌疑，莫敢言者。臣伏睹陛下近以功成治定，因時制作，建列聖之廟而申以大霈〔六〕，正百官之制而授以新書〔七〕。其遠至於亡没之裔，尚被甄收；其微至於胥史皁隸之能，猶得自效。和氣既洽，頌聲並作。符貺屢至，年穀胥熟〔八〕。此所謂千載一時不可逢之嘉會。而臣父獨嬰罪釁，流寓江海，天高日遠，自新無路。臣誠私心痛之。

臣昨自元豐元年，蒙恩授大理評事，繼奉新制改承事郎〔九〕，逮及七年，未曾磨勘。臣願以合轉宣義郎一官回授臣父〔一〇〕，乞賜叙用。伏望陛下推覆載之恩，生骨肉之惠〔一一〕，惻然憐之，特垂俞允〔一二〕。況陛下自臨御以來〔一三〕，坐法之人，未嘗終棄，爲親之請，多所願從。竊以近事言之，王安國自著作佐郎放歸田里，比踰朞年，起丞大理〔一四〕。鄧忠臣以宣德一官爲母求封，奏書既上，得邑壽昌〔一五〕。以臣父方之安國，則四年之廢久於朞年；以臣比之忠臣，則爲父之請重於爲母。若獲遠繼緹縈、王緡之事，近依安國、忠臣之例，使臣父復得齒於士大夫之列，則臣雖身先犬馬塡委溝壑，無所復恨。臣無任瞻天望聖、激切屏營之至！

【校】

〔竊念臣父〕「竊」原作「切」，據王本改。

【箋注】

〔一〕本篇作於元豐八年乙丑（一〇八五）三月以前。表云：「竊念臣父，昨於元豐四年得罪，蒙朝廷放歸田里，逮今已及四年矣。」查續資治通鑑長編卷三一三，元豐四年六月甲子，「朝請大夫登聞檢院王琉衝替，以御史朱服言：琉父子同惡，行如禽獸，雖會赦降，而朝廷原情揆法，固將投棄荒裔，終身不齒；今有司雖許令釐務，而琉略無愧耻，遽請朝見故也。琉坐與其子仲甫姦大理評事石士端妻王氏，付有司劾治，尋詔琉放歸田里」。原注：「放歸田里在二十二日。」由此可知王承事當名仲甫，官承事郎。據宋史神宗紀：元豐八年三月戊戌神宗崩。此表所提陛下所作之一切，皆神宗時事，故知表作於是歲三月以前。

〔二〕臣聞二句：緹縈，漢太倉令淳于意少女。漢文帝四年，淳于意有罪被逮，緹縈隨父入長安，上書請入身爲官婢，以贖父刑。帝悲其意，爲除肉刑，意乃得免。見史記倉公列傳、漢書刑法志。

〔三〕王縉二句：王縉，唐太原祁人，詩人王維之弟。安史之亂中，王維受僞職爲給事中，亂平，下獄。據新唐書王維傳云：「時縉位已顯，請削官贖維罪，肅宗亦自憐之，下遷太子中允。」

〔四〕功德參並天地：禮記孔子閒居：「三王之德，參於天地。」

〔五〕又以句：臣伯父，指王珪。續資治通鑑長編卷三〇四謂王珪曾爲弟琉乞推恩，詔以琉爲蔡河撥發，可知爲王承事伯父。珪自熙寧九年入相，至元豐八年五月庚戌卒。「待罪宰相」，漢書王陵傳記文帝問陳平：「主者爲誰乎？」平謝曰：「主臣！陛下不知其駑下，使待罪宰相。」此處爲謙詞。

〔六〕建列聖之廟句：宋史神宗紀謂熙寧六年春正月辛亥，復僖祖爲太廟始祖，以配感生帝。祧順祖於夾室。十一月癸丑，中太一宫成，減天下囚罪一等，流以下釋之。元豐五年十一月壬午，景靈宫成，告遷祖宗神御；乙酉，以奉安神御赦天下，官與享大臣子若孫一人。七年五月壬戌，以孟軻配食文宣王，封荀況、揚雄、韓愈爲伯，並從祀。

〔七〕正百官之制句：此指元豐三年改官制。宋史神宗紀元豐三年九月：「乙亥，正官名。以開府儀同三司易中書令、侍中、同平章事，特進易左右僕射，自是以下至承務郎易祕書省校書郎、正字、將作監主簿有差，檢校僕射以下及階散憲銜並罷，詳在職官志。」新書，指王安石三經新義，熙寧八年六月頒，「有司純用以取士」。詳卷三十與蘇子由著作簡其二注〔四〕。

〔八〕符貺二句：新唐書李渤傳：「年穀屢熟，符貺委至。」符貺，謂祥瑞。宋史神宗紀元豐二年夏四月：「南康軍甘露降，眉州生瑞竹。」又六月：「南康軍甘露降，忠州雨豆。」秋七月：「陳州芝草生。」又三年五月：「青州臨朐、益都石化爲麵。」此皆迷信。

〔九〕蒙恩二句：大理評事，爲舊寄禄官，正八品。元豐三年改制後，相當於新寄禄官承事郎。

〔一〇〕宣義郎：宋代文職寄禄官名，元豐三年置，從七品，相當於舊寄禄官光禄寺丞。

〔一一〕伏望二句：覆載之恩，天地覆載之恩。見本卷代賀坤成節表注〔三〕。生骨肉之惠，使白骨生肉，喻恩惠之大。左傳襄公二十二年：「（薳子馮）謂八人者曰：『吾見申叔夫子，所謂生死而肉骨也。』」注：「已死復生，白骨更肉。」

〔一二〕俞允：書堯典：「帝曰：俞。」傳：「俞，然也。」後因稱天子之許可曰俞允。宋史趙普傳：「又有群臣當遷官，太祖素惡其人，不與。普堅以爲請……立於宮門，久之不去，竟得俞允。」

〔一三〕臨御：謂嗣位登極。

〔一四〕王安國三句：王安國，字平甫，安石之弟。宋史有傳。王平甫墓誌銘云：「(熙寧初)召試進士及第，除武昌軍節度推官教授西京國子。未幾，校書崇文院，特改著作佐郎祕閣校理，士皆以謂君且顯矣，然卒不偶，官止於大理司丞。年止於四十七，以熙寧七年八月十七日不起。」案續資治通鑑長編紀事本末卷五八云：熙寧八年正月甲午，「著作佐郎祕閣校理王安國追毁出身以來文字，放歸田里。」又卷六十一云：「七月己卯，復放歸田里人王安國爲大理寺丞、江寧府監，當命下而安國死矣。」此處所謂「比踰朞年」云云，即指此。

〔一五〕鄧忠臣三句：鄧忠臣字慎思，長沙人。詳見卷九與鄧慎思沐於啓聖遇李端叔注〔一〕。其母以其求封，故得封壽昌縣君，案張耒柯山集同文唱和詩鄧忠臣考校同文館戲贈子方兼呈文潛：「單閼孟夏草木長，望都樓觀鬱蒼蒼。」原注：「忠臣癸亥六月以家艱去國，丁卯四月還省。」似其母於元豐六年逝世。其上書求封當在其前。

淮海集箋注卷第二十七

表

代謝敕書獎諭表〔一〕

臣某言：今月日進奏院遞到敕書一道〔二〕，伏蒙聖恩以臣云云，特賜獎諭者。捕翦兇徒，蓋守臣之常職；降頒温詔，實聖世之異恩。祗服寵靈〔三〕，重增愧懼。中謝。伏念臣稟材綿薄，受性顓愚〔四〕，因緣肺腑之親〔五〕，昧冒藩宣之寄。浩穰十邑〔六〕，每懷曠敗之餘〔七〕；僶俛再期〔八〕，敢起覬覦之望〔九〕。一昨兇年乏食，狂盜干誅，初鼠竊於村墟〔一〇〕，俄鴟張於道路〔一一〕，殺傷吏卒，攘奪印章。居民以此震驚，列郡爲之騷動。至煩廟論，申命使車，輟悍將於山東，募驍兵於隴右〔一二〕。尚且遊魂疆場，假息朝昏。臣志欲掃除，日思方略。忽知囊橐之處〔一三〕，近在掌股之間。竊以爲稽討蕩則荏苒而蜂屯，待會合則張皇而鳥散。遂令幕吏，潛引將兵，從間道以兼行，指孤巢而突擊。渠魁格鬬，既就殲夷；餘黨散亡，尋皆殄滅。

臣既不能如子賤任德使民不忍欺〔一四〕，又不能如龔遂却兵致盜亦皆罷〔一五〕。仰慚睿化，方虞黜責之嚴；豈謂宸音，遽有旌嘉之寵。此蓋伏遇皇帝陛下聖仁天覆，盛德海涵，欲庶職之咸修，雖微勞其必録。是致鉛刀之割〔一六〕，亦膺衮字之褒。臣敢不效螢爝之光〔一七〕，竭犬馬之力，誓糜捐於軀命〔一八〕，期補報於恩私。臣無任。

【校】

〔中謝〕王本、四部本無此二字。

〔臣無任〕王本、四部本無此三字。

【箋注】

〔一〕本篇作於元祐四年己巳（一〇八九）六月。續資治通鑑長編卷四二九云，是歲六月戊申，賜温州刺史知蔡州向宗回詔曰：「日者有司，備盜不謹，寖長弗制，滋擾於民。汝以戚藩，實任州寄，指授機宜，訖使殄平。厥功有聞，深用嘉嘆！」此即敕書獎諭之内容也。本篇所述，亦見卷三十九代敕書獎諭記，末署「元祐四年六月二十八日，臣向宗回記」。向宗回事，見卷九次韻裴秀才上太守向公二首其一注〔一〕。

〔二〕進奏院：官署名。太平興國七年置，元豐三年改制後，隸給事中，掌承轉詔敕與三省、樞密院命令及有關各部文件給諸路；摘録各州章奏事由報告門下省，投遞各州文書與有關官署。

〔三〕寵靈：左傳昭公七年：「親步玉趾，辱見寡君，寵靈楚國。」文選江淹雜體詩：「伊余荷寵靈，感激徇馳騖。」注：「濟曰：我蒙天子神靈寵愛。」

〔四〕顓愚：愚昧無知。揚雄法言學行「倥侗顓蒙」注：「顓，愚也。」蓋本史記陳涉世家：「或説陳王曰：客愚無知，顓妄言，輕威。」

〔五〕肺腑之親：見卷二十六代賀坤成節表注〔七〕。

〔六〕浩穰句：浩穰，漢書張敞傳：「長安中浩穰，於三輔尤爲劇。」注：「師古曰：浩，大也；穰，盛也；言人衆之多也。」按據宋史地理志一：蔡州「户九萬八千五百二，口十八萬五千一十三。貢綾」。爲當時州中人口較多者。十邑，指蔡州所轄十個縣。宋史地理志一京西路蔡州：「縣十：汝陽、上蔡、新蔡、褒信、遂平、新息、確山、真陽、西平、平輿。」

〔七〕曠敗：因無所作爲而不能成功。宋史陳韡傳：「仗陛下威靈，苟逃曠敗耳，何功之有！」

〔八〕僶俛句：僶俛，努力，奮勉。賈誼新書勸學：「然則舜僶俛而加志，我儃僈而弗省耳。」再期，兩週年。

〔九〕覬覦之望：即非份之企圖。左傳桓公二年：「是以民服事其上，而下無覬覦。」注：「下不冀望上位。」

〔一〇〕鼠竊：喻小偷小盜。史記叔孫通傳：「此特群盜鼠竊狗盜耳，何足置之齒牙間！」

〔一一〕鴟張：鴟鳥張翼，喻囂張。三國志吴書孫堅傳：「（張）温責讓（董）卓，卓應對不順，堅時在座，前耳語謂温曰：『卓不怖罪而鴟張大語……』」

〔一二〕申命使車三句：卷三十九代蔡州敕書獎諭記云：「有旨合京西南北部使者督捕，移將官於京東，募弓箭手騎兵於渭州。」案：輟，古通掇，見文選左思魏都賦注。山東，指太行山以東，宋京西路、京東路在其地。隴右，即渭州一帶。

〔一三〕囊橐之處：窩藏之處。漢書刑法志：「饑寒並至，窮斯濫溢，豪桀擅私，爲之囊橐。」注：「有底曰囊，無底曰橐。言容隱奸邪，若囊橐之盛物。」

〔一四〕子賤任德使民不忍欺：吕氏春秋具備：「宓子賤治亶父……三年，巫馬旗短褐衣敝裘，而往觀化於亶父，見夜漁者得則舍之。巫馬旗問焉，曰：『漁爲得也，今子得而舍之何也？』對曰：『宓子不欲人之取小魚也，所舍者小魚也。』巫馬旗歸告孔子曰：『宓子之德至矣，使民闇行若有嚴刑於旁。敢問宓子何以至於此？』孔子曰：『丘嘗與之言曰：誠乎此者刑乎彼，宓子必行此術於亶父也。』」注：「子賤，孔子弟子宓不齊。」

〔一五〕龔遂：見卷九答曾存之注〔五〕及卷十七盜賊中注〔一八〕。

〔一六〕鉛刀之割：自謙才如鉛刀之鈍。後漢書班超傳：「昔魏絳列國大夫，尚能和輯諸戎，況臣奉大漢之盛，而無鉛刀一割之用乎？」

〔一七〕螢爝之光：喻光之微弱。莊子逍遥遊：「堯讓天下於許由，曰：『日月出矣，而爝火不息。其於光也，不亦難乎！』」南齊書王儉傳求辭尚書表：「秋葉辭枝，不假風飈之力；太陽躋景，無俟螢爝之光。」

〔一八〕糜捐：猶糜殞。王安石謝表：「迫千載之遭逢，殆無前比；顧百身之糜殞，安可仰酬。」粉身碎骨之意。

代謝加勳封表〔一〕

宗祀以配上帝〔二〕，盛禮載陳；大封而錫善人〔三〕，彝章具舉〔四〕。寵靈誤逮〔五〕，愧懼交深。中謝。伏念臣學術本迂，器能素拙，徒屬休明之運〔六〕，獲參英俊之遊〔七〕。發金匱石室之藏，討論何補〔八〕？承神州赤縣之乏，瘝曠偶逃〔九〕。晚自喉舌之司，亟更管轄之任〔一〇〕。辱甄收之已過，知報稱之尤難。比出近藩〔一一〕，猶通祕籍。會考我將之頌〔一二〕，傾稽公玉之圖〔一三〕。路寢爰開〔一四〕，總章斯寓。涓季秋而精享〔一五〕，肅群后以駿奔〔一六〕。熙事備成，既盡情文之典〔一七〕；湛恩汪濊〔一八〕，遂周中外之臣。曾是孤蹤，亦膺殊祉。崇勳遽進，真食驟增。奉綸綍以凌競〔一九〕，仰雲天而隕越〔二〇〕。此蓋伏遇皇帝陛下天仁丕冒，海德包涵。尚記惷愚〔二一〕，嘗陪於國論；更憐衰晚，方守於郡章。俾異數之併加，示純禧之均畀。甘泉緬邈〔二二〕，難望屬車之塵〔二三〕；清都邃嚴，徒夢鈞天之奏〔二四〕。

【校】

〔中謝〕王本、四部本無此二字。

【箋注】

〔一〕本篇當作於元祐四年己巳（一〇八九）九月明堂禮畢之時，詳注〔一二〕、〔一四〕。此表云：「晚自喉舌之司，亟更管轄之任。……比出近藩，猶通祕籍。」據宋史宰輔表，元祐四年六月甲辰，王存自尚書左丞以端明殿學士知蔡州。頗與表中所云相合。案：王存字正仲，見卷六正仲左丞生日注〔一〕。

〔二〕宗祀以配上帝：孝經聖治章：「昔者周公郊祀后稷以配天，宗祀文王於明堂以配上帝。」皮錫瑞疏：「文王，周受命主，祭之宗廟以鬼享之，不足以昭嚴敬，故周公舉行宗祀明堂之禮以配上帝。」

〔三〕大封：周禮春官大宗伯：「大封之禮合衆也。」注：「正封疆，溝塗固，所以合聚其民。」

〔四〕彝章：常典。長孫無忌進律疏表：「虞帝納麓，皋陶創其彝章。」

〔五〕寵靈：見本卷代謝敕書奬諭表注〔三〕。

〔六〕休明：見卷二十六代賀太皇太后受册表注〔三〕。

〔七〕獲參句：漢書枚乘傳：「乘久爲大國上賓，與英俊並遊。」此指身爲朝官。

〔八〕發金匱二句：金匱石室：古藏書契之所。漢書高祖紀下：「又與功臣破符作誓，丹書鐵契，金匱石室，藏之宗廟。」注：「以金爲匱，以石爲室，重緘封之，保慎之義。」二句謂在朝廷作引經據典之議論，無補於「赤縣神州之乏」，猶下文所謂「喉舌之司」。

〔九〕瘝曠：曠廢。書冏命：「非人其吉，惟貨其吉，若時瘝厥官。」傳：「言不于其人之善，而惟以貨賄爲善，則是曠厥官。」此指前任尚書左丞，無補於實際之空職，而倖免責難。

〔一〇〕晚自二句：喉舌之司，指任尚書左丞。詩大雅烝民：「出納王命，王之喉舌。」傳：「喉舌，冢宰也。」後多以喉舌指尚書。揚雄尚書箴：「是機是密，出入朕命，王之喉舌。」二句謂王存自尚書左丞出知蔡州。案王存曾與范純仁上章營救前相蔡確，至本年，蔡確已責降英州别駕新州安置，而言官梁燾、劉安世、傅堯俞、朱光庭等復論確之所厚，首及邢恕，又及范純仁與王存，而范祖禹更言「右僕射范純仁：左丞王存，營救蔡確，違道失職，並乞黜罷」。五月己亥晦，「詔以諫官御史所劾范純仁、王存章付門下省」，六月甲辰，范純仁遂出知潁昌府，王存出知蔡州。事見長編卷四二八至四二九。

〔一一〕近藩：蔡州屬京西路，距開封近，故云。

〔一二〕我將：詩周頌篇名。傳：「此宗祀文王於明堂，以配上帝之樂歌。」

〔一三〕公玉之圖：史記封禪書：「濟南人公玉帶，上黄帝時明堂圖。」

〔一四〕路寢：見卷十四人材注〔五〕。

〔一五〕涓季秋而精享：季秋，九月。宋時以九月上辛之吉祀明堂，故云。參見卷二十六代明堂禮畢表注〔一〕。案：本年高太后有旨，諸臣不上賀表。見續資治通鑑卷八十一。

〔一六〕駿奔：見卷二十六代賀明堂禮畢表注〔一八〕。

〔一七〕情文：見卷二十六代賀皇太妃受册表注〔九〕。

〔一八〕汪濊：深廣貌。司馬相如難蜀父老：「威武紛紜，湛恩汪濊。」案：續資治通鑑卷八十一元祐四年九月：「辛巳，大饗明堂，赦天下，百官加恩，賜賚士庶高年九十以上者。」王存之加勳當以此。

〔一九〕奉綸綍句，綸綍，制令。禮記緇衣：「王言如綸，其出如綍。」柳宗元代廣南節度使謝出鎮表：「鴻霈曲臨，惶駭交集；捧對綸綍，不知所圖。」凌兢，恐懼貌。梅堯臣禽言竹雞詩：「馬蹄凌兢雨又急，此鳥爲君應斷腸。」此句謂奉加勳制書之惶懼心情。

〔二〇〕隕越：左傳僖公九年：「恐隕越於下，以遺天子羞。」注：「隕越，顛墜也。」

〔二一〕惷愚：愚昧無知。戰國策魏策二：「寡人惷愚，前計失之。」

〔二二〕甘泉：漢宫名，此處借指宋宫殿。

〔二三〕屬車：皇帝侍從之車。漢書賈捐之傳：「鸞旂在前，屬車在後。」

〔二四〕鈞天之奏：指鈞天廣樂，見卷二十六代賀興龍節表注〔一三〕。

代賀元會表〔一〕

十三月爲正，前既稽於夏道〔二〕；二千石上壽，仍參用於漢儀〔三〕。盛旦載逢，彝章具舉〔四〕。中賀。伏惟皇帝陛下財成天地〔五〕，參並神明，命羲和之二官〔六〕，謹春秋之五始〔七〕。調和元氣，撫御中區。肆屬春王之朝，肇修元會之禮。雞人呼旦〔八〕，庭燎有光〔九〕。外則虎賁、羽林〔一〇〕，嚴宿衛之列；内則謁者、御史，肅班行之容〔一一〕。漏未盡而車輅陳，蹕既鳴而鼓鐘作〔一二〕。應龍高舉，雲氣畢從。北極上臨，星宿咸拱〔一三〕。受四海之圖籍，拜萬國之衣冠〔一四〕。歲月日時，於焉先正；聲明文物〔一五〕，粲爾可觀。邁康王酆宫之朝〔一六〕，揜高帝長樂之事〔一七〕。藹頌聲而並作，鬱協氣以横流。臣比遠天光，遽更年籥〔一八〕。職拘藩國〔一九〕，莫瞻龍衮之升〔二〇〕，心折宸居〔二一〕，但想獸樽之列〔二二〕。瞻望闕庭。云云。

【校】

〔中賀〕王本、四部本無此二字。

〔聲明文物〕「明」，王本、四部本作「名」，誤。

〔瞻望闕庭云云〕王本、四部本無此六字。

【箋注】

〔一〕本篇當作於元祐五年庚午（一〇九〇）。元會，皇帝於元旦朝見群臣之禮，亦曰正會。據宋史哲宗本紀，元祐元年、二年俱未書元會，三年、四年元旦俱書「不受朝」，惟「五年春正月丁卯朔，御大慶殿視朝。」又長編卷四三七：「元祐五年春正月丁卯朔，御大慶殿視朝。」注：「劉摯云：仁宗即位之五年行冬會，神宗即位之五年行元會，今稽據之。」東京夢華録卷六元旦朝會：「正旦大朝會，車駕坐大慶殿。……諸國使人入賀，殿庭列法駕儀仗，百官皆冠冕朝服……諸州進奏吏各執方物入獻。」是時王存（正仲）守蔡州，此表係少游爲之代作。

〔二〕十三月二句：尚書大傳略説：「夏以十三月爲正，以平旦爲朔。」

〔三〕二千石二句：後漢書禮儀志中：「每歲首爲大朝受賀。……及贄，公侯璧，中二千石、二千石羔。」注引蔡質漢儀：「正月旦，天子幸德陽殿，臨軒。公卿、將、大夫、百官各陪朝賀。……位既定，上壽。」二千石，指郡守。

〔四〕彝章：見本卷代謝加勳封表注〔四〕。

〔五〕財成天地：易泰：「象曰：『天地交泰，后以財成天地之道，輔相天地之宜，以左右民。』」釋文「財」作「裁」。

〔六〕命羲和句：書堯典：「乃命羲和，欽若昊天，歷象日月星辰，敬授人時。」蔡沈注：「羲氏、和氏，主歷象授時之官。……歷，所以紀數之書；象，所以觀天之器。」堯典又云：「分命羲仲，宅嵎夷，以殷仲春」；「申命羲叔，宅南交，……以正仲夏」；「分命和仲、宅西，……以殷仲秋」；「申命和叔，宅朔方，……以正仲冬。」則共有四人，制定原始曆法，少游蓋略言之，命其「謹春秋之五始」。

〔七〕春秋之五始：漢書王褒傳聖主得賢臣頌：「共惟春秋法五始之要。」注：「元者，氣之始；春者，四時之始；王者受命之始；正月者，政教之始；公即位者，一國之始。是爲五始。」

〔八〕雞人呼旦：周禮春官雞人：「雞人掌共雞牲，辨其物。大祭祀，夜呼旦以嘂百官。」雞人，古報曉之官。

〔九〕庭燎：庭中以火炬照明。詩小雅庭燎：「夜如何其？夜未央，庭燎之光。」

〔一〇〕虎賁、羽林：指皇帝禁軍。據後漢書百官制，漢武帝置期門郎，至平帝元始元年更名虎賁郎，置中郎將主宿衛，無常員，多至千人。羽林，亦漢武帝置，宣帝時稱羽林郎。

〔一一〕内則句：皆官名。謁者，秦置，漢因之，掌賓讚。長官爲僕射，又稱大謁者。唐廢，以其職屬通事舍人。此泛指朝官。御史，宋史職官志四：「殿中侍御史，二人，掌以儀法糾百官之失。凡大朝會及朔望、六參，則東西對立，彈其失儀者。」故曰「肅班行之容」。

〔一二〕蹕：帝王出行前呼喝清道以禁行人。禮記曾子問：「主出廟入廟必蹕。」疏：「主出入當蹕止行人也。」

〔一三〕應龍四句：皆皇帝大輅所建太常等大旂上所畫之象。宋史輿服志一：「太常繡日月五星二十八宿，旂上則繡以雲龍。」又儀衛志一：「宋興，太祖增創錯繡諸旗並幡氅等，著於通禮，正、至、五月一日，御正殿則陳之。青龍、白虎旗各一……日月合璧旗一在左，五星連珠旗一在右。」

〔一四〕拜萬國之衣冠：謂元會時萬國使者亦皆來朝，服飾各異。詳見注〔一七〕。

〔一五〕聲明文物：左傳桓公二年：「錫、鸞、和鈴，昭其聲也；三辰旂旗，昭其明也。……文物以紀之，聲明以發之，以臨照百官，百官於是乎戒懼而不敢易紀律。」

〔一六〕康王酆宫：左傳昭公四年：「康有酆宫之朝。」案康王，姬姓，名釗，成王之子。酆宫，周文王所建，故址在今陝西户縣東。

〔一七〕高帝長樂之事：史記叔孫通列傳：「漢七年，長樂宫成，諸侯群臣皆朝十月。儀：先平明，謁者治禮，引以次入殿門，廷中陳車騎步卒衛宫，設兵，張旗志。傳言『趨』。殿下郎中俠陛，陛數百人。功臣列侯諸將軍軍吏以次陳西方，東鄉；文官丞相以下陳東方，西鄉。大行設九賓，臚傳。於是皇帝輦出房，百官執職傳警，引諸侯王以下至吏六百石以次奉賀。自諸侯王以下，莫不振恐肅敬。至禮畢，復賜法酒。諸侍坐殿上，皆伏抑首，以尊卑次起上壽。觴九行，謁者言『罷酒』。御史執法舉不如儀者，輒引去。竟朝置酒，無敢讙譁失禮者。於是高帝曰：『吾迺今日知爲皇帝之貴也。』」索隱引小顏云：「漢以十月爲正，故行朝歲之禮。史家追書十月也。」案：東京夢華録卷六元旦朝會云：「正旦大朝會，車駕坐大慶殿。有介胄長大人四人，立於殿角，謂之鎮殿將軍。諸國使人入賀，殿庭列法駕儀仗。百官皆冠冕朝服。諸路舉人解首，亦士服立班，其服二量（梁）冠，白袍青緣。諸州進奏吏，各執方物入獻。諸國使人：大遼大使頂金冠，後簷尖長如大蓮葉，服紫窄袍，金蹀躞。副使展裹金帶，如漢服。大使拜則立左足，跪右足，以兩手着右肩爲一拜。副使拜如漢儀。夏國使、副，皆金冠短小樣制，服緋窄袍，金蹀躞，吊敦背叉手展拜。高麗與南番交州使人，並如漢儀。回紇皆長髯高鼻，以疋帛纏頭，散披其服。于闐皆小金花氈笠，金絲戰袍束帶，並妻男同來，乘駱駝氈、兜銅鐸入貢。三佛齊皆瘦脊，纏頭，緋衣上織成佛面。又有南蠻五姓番，皆椎髻烏氈，並如僧人禮拜，入見，旋賜漢裝錦襖之類。更有真臘、大理、大食等國，有時來朝貢。……翌日，人使朝辭。朝退，内前燈山已上綵，其速如神。」兩相比較，少游之言，可謂不虚。

〔一八〕年籥：指曆本。孟浩然荆門上張丞相詩：「四時年籥盡，千里客程新。」籥，説文鍇注：「謂編竹以習書。」

〔一九〕藩國：指蔡州。

〔二〇〕龍衮：天子之服。禮記禮器：「禮有以文爲貴者，天子龍衮，諸侯黼，大夫黻，士玄衣纁裳。」

〔二一〕宸居：帝王所居之處。文選班孟堅典引：「是以高光二聖，宸居其域。」注「言高祖、光武如北辰，居其所而衆星拱之。」

〔三〕獸樽：即白虎樽。宋書禮志一：「魏制……正旦元會，設白虎樽於殿庭。樽蓋上施白虎，若有能獻直言者，則發此樽飲酒。」唐人諱虎字，改稱白獸樽。蘇軾次韻王定國得潁倅之二：「灔翻白獸樽中酒，歸煮青泥坊底芹。」

代工部文侍郎謝表〔一〕

入司太僕〔二〕，已慚稱效之虛；進貳冬官〔三〕，尤愧選掄之誤。顧叨塵之已甚〔四〕，念辭避之弗容。承命惟驚，撫躬以懼。中謝。伏念臣身承家訓，世受國恩，荷先朝特達之知〔五〕，蒙二聖生成之賜〔六〕。左選都司之要，既獲備員〔七〕；內閣祕殿之嚴，更容通籍〔八〕。以至外專兩郡〔九〕，內閱三卿〔一〇〕，徒爲歲月之淹，莫見事功之舉。方虞罷黜，退伏於田廬；敢意推遷，遽陪於法從〔一一〕。材微任過，恩重報難。此蓋伏遇聖德海涵，至仁天覆。以臣父某歷四朝而被遇〔一二〕，登三事以退居〔一三〕。知父子至情，欲慰桑榆之景〔一四〕；念君臣難遇，遂收菅蒯之才〔一五〕。豈惟一敝族之榮，時乃百執事之勸。臣敢不鞭策駑蹇，淬礪鈍頑，以捐軀報國之誠，爲竭力事親之義。

【校】

〔中謝〕王本、四部本無此二字。

〔退伏於田廬〕「於」原誤作「以」，據張本、胡本改。

【箋注】

〔一〕本篇作於元祐八年癸酉（一〇九三）。工部文侍郎，即文彦博第六子及甫。宋史文彦博傳附載：「（及甫）初以大理評事直史館，與邢恕相善。元祐初，爲吏部員外郎，以直龍圖閣知同州。……彦博再致仕，及甫知河陽，召爲太僕卿，權工部侍郎。」案：續資治通鑑長編卷四六八元祐六年十一月壬寅：「左朝奉郎、直龍圖閣、管勾西京留守司御史臺文及（甫），爲集賢殿修撰知河陽。」又卷四七六元祐七年八月丁丑：「詔河東節度使、致仕潞國公文彦博太子少師、宣徽南院使。」同日（原注：二十八日），「集賢殿修撰章衡知河陽」。又卷四七七元祐七年九月壬午（二日）：「集賢殿修撰知河陽文及（甫）爲太僕卿。」其權工部侍郎時間長編未見，然卷四八四謂元祐八年五月戊辰（二十二日）：「權工部侍郎王欽臣權吏部侍郎。」及甫當於此時代之。案王文誥蘇詩總案卷三十三：「元祐中文及甫避高魯王諱，改名及，後仍名及甫。」

〔二〕太僕：宋承唐制設太僕寺，置判寺事一人。元豐改制，以太僕卿、少卿爲長官，副長官，掌車輅、厩牧之政。此謂及甫召爲太僕卿。

〔三〕進貳句：冬官，周禮：周有六官，司空爲冬官，司工程制作。見周禮考工記。後世作爲工部之通稱。進貳指副職，謂任工部侍郎。

〔四〕叨塵：猶叨光，感謝之意。

〔五〕荷先朝句：先朝，指神宗朝。特達，禮記聘義：「圭璋特達，德也。」疏：「行聘之時，惟執圭璋，特得通達，不加餘幣也。」文選王子淵四子講德論：「咨，夫特達而相知者，千載之一遇也。」

〔六〕蒙二聖句：二聖，指太皇太后高氏與哲宗。生成，見卷二十六代賀興龍節表注〔四〕。

〔七〕左選二句：指曾任吏部員外郎。唐宋時尚書省亦稱都司，尚書左右司亦稱左、右曹。左丞領吏、户、禮三部。「備員」，指任員外郎。

〔八〕内閣二句：指曾任直史館。祕殿，指祕閣，見卷二十六代程給事乞致仕表注〔一一〕。

〔九〕外專兩郡：及甫曾出知同州與河陽，故云。

〔一〇〕内閲三卿：及甫曾爲衛尉、光禄少卿，後又爲太僕卿，故云。

〔一一〕法從：見卷五送劉貢父舍人二首其一注〔九〕。

〔一二〕臣父某歷四朝：文彦博自仁宗朝入仕，歷英宗、神宗、哲宗四朝。宋史文彦博傳：「彦博逮事四朝，任將相五十年，名聞四夷。」

〔一三〕三事：三公。詩小雅雨無正：「三事大夫，莫肯夙夜。」集傳：「三事，三公也。」文彦博嘗被命平章軍國重事，封太子少保及太師。故云。

〔一四〕桑榆之景：謂晚年。桑榆，指日暮。太平御覽三引淮南子：「日西垂景在樹端，謂之桑榆。」注：「言其光在桑榆上。」

〔一五〕菅蒯：茅草之類。左傳成公九年：「詩曰：『雖有絲麻，無棄菅蒯。』」文選任彦昇爲范尚書讓吏部封侯第一表：「陛下不棄菅蒯，愛同絲麻。」此處自謙才微人賤。

代中書舍人孫君孚謝表〔一〕

君某言：伏奉制命，除臣中書舍人仍改賜章服者〔二〕。蒙恩承乏〔三〕，方懷曠職之憂；拜命爲真〔四〕，更竊非才之愧。寵榮遽逮，驚懼交增。伏以三省之興，實先朝之盛典〔五〕；西禁之任，尤當代之要津〔六〕。上潤色於訓詞，下稽參於政理〔七〕。自非文章妙絶，可先諸子之鳴；吏術精通，能最群工之課，則何以當文士之極任，備宰相之屬官？如臣者地胄素寒，資材尤戇，以童子雕蟲之技〔八〕，偶得科名；用司空城旦之書〔九〕，嘗更州縣。比從柱後〔一〇〕，擢立螭頭〔一一〕。閱歲月之推移，乏毫分之稱效。惟虞罷斥，歸耕寂寞之濱；豈謂遭逢，入直禁嚴之地。光增末路，望過初心。此蓋伏遇皇帝陛下在宥中區〔一二〕，統和元氣。上則承周太姒求賢之意〔一三〕，下則納召康公用士之言〔一四〕。耆老畢歸，俊英咸事。鏌鋣滿庫〔一五〕，未忘一割之鉛刀〔一六〕；驊騄成群〔一七〕，不棄十駕之駑馬〔一八〕。遂令拔擢，爰及鈍頑。臣敢不敬佩德音，恪居官守，竭心思之逮及，效耳目之聞知。經宿進磚〔一九〕，敢效矜夸於近世；累年無草，願希愼密於前人〔二〇〕。臣無任感天荷聖激切屏營之至！

【校】

〔題〕「孫君孚」三字原爲小號字置「表」字下。此從王本，四部本。

【箋注】

〔一〕本篇作於元祐六年辛未（一〇九一）。續資治通鑑長編卷四六一云，是歲七月乙丑，「寶文閣待制知應天府曾肇、起居郎孫升並爲中書舍人」。孫升，字君孚，高郵人。治平乙巳進士，與邑人孫覽、喬執中同年，簽書泰州判官。哲宗立，爲監察御史，遷殿中侍御史。梁燾責張問，升以附梁燾出知濟州。踰年，提點京西刑獄，召爲金部員外郎，復拜侍御史。旋遷中書舍人，知應天府。宋史有傳。

〔二〕改賜章服：章服爲古代君臣法定之服，以圖文爲標志。相傳始於虞舜之時，其後歷代制度大同小異，大抵天子爲十二章，群臣爲九章、七章、五章、三章，按品遞降。宋史輿服志五：「公服：凡朝服謂之具服，公服從省，今謂之常服。宋因唐制，三品以上服紫，五品以上服朱，七品以上服緑，九品以上服青。」又云：「雍熙初，郊祀慶成，始許升朝官服緋、緑二十年者，叙賜緋、紫。」此時孫君孚除中書舍人，當屬「叙賜」之列。

〔三〕承乏：在任之謙詞。左傳成公二年：「敢告不敏，攝官承乏。」注：「言欲以己不敏，攝承空乏之。」此指本年三月以來權中書舍人。參見本卷代中書舍人謝上表注〔一〕。

〔四〕拜命爲真：此指本年七月除中書舍人。真，真除，猶今語轉正。

〔五〕伏以二句：三省，指中書省、門下省、尚書省等宰執，見文獻通考職官三。宋初，三省雖存，然僅作寄禄官，政歸中書、樞密院及三司。此二句指元豐三年改制，分建三省，與樞密院同爲最高權力機構。

〔六〕西禁二句：西禁，猶西垣、西掖，指中書省。元豐三年改制後，中書省歸尚書右僕射兼中書侍郎領其事，另置中書侍郎副之，職掌政務，宣布皇帝詔書，批覆臣僚奏疏，以及朝中侍從、職事官以上、外任通判以上、武官横行以上之除授。中書舍人則掌起草詔令，如事有失當，可奏請重新考慮。因稱「當代之要津」。

〔七〕上潤色二句：宋史職官志一「中書舍人」：「掌行命令爲制詞，分治六房，隨房當制，事有失當，及除授非其人，則論奏封還詞頭。……及修官制，遂……判後省之事。」

〔八〕童子雕蟲之技：揚雄法言吾子：「或問：『吾子少而好賦？』曰：『然。童子雕蟲篆刻。』俄而曰：『壯夫不爲也。』」

〔九〕司空城旦之書：指儒家經典。史記儒林轅固生傳：「竇太后好老子書，召轅固生問老子書。固曰：『此是家人言耳。』太后怒曰：『安得司空城旦書乎？』乃使固入圈刺豕。」集解：「徐廣曰：『司空，主刑徒之官也。』駰案：漢書音義曰『道家以儒法爲急，比之於律令。』」城旦，秦漢時刑名。史記秦始皇本紀：「令下三十日不燒（書），黥爲城旦。」集解：「如淳曰：『律説「論決爲髡鉗，輸邊築長城，晝日伺虜寇，夜暮築長城」。城旦，四歲刑。』」

〔一〇〕柱後：古御史所戴冠名，即柱下惠文冠。見卷十二治勢下注〔七〕。此謂曾任殿中侍御史。

〔一一〕螭頭：殿前雕有螭頭形之石階。新唐書百官志二門下省：「其後復置起居舍人，分侍左右，秉筆隨宰相入殿。若仗在紫宸内閤，則夾香案分立殿下，直第二螭首，和墨濡筆，皆即坳處，時號螭頭。」此謂曾任起居郎。

〔一二〕在宥：莊子在宥：「聞在宥天下，不聞治天下也。」郭象注：「宥使自在則治，治之則亂也。」

〔一三〕周太姒：借喻高太皇太后。太姒，有莘氏之女，周文王妻，武王母。詩大雅大明：「纘女維莘，長子維行，篤生武王。」

〔一四〕召康公：即召公奭。詩大雅江漢：「文武受命，召公維翰。」毛傳：「召公，召康公也。」鄭箋：「召康公名奭。……文王武王受命，召康公爲之楨榦之臣。」史記燕召公世家：「召公奭與周同姓，姓姬氏。」集解引譙周曰：「周之支族，食邑於召，謂之召公。」

〔一五〕鏌鋣：古良劍名，一作莫邪。

〔一六〕一割之鉛刀：見本卷代謝敕書奬諭表注〔一六〕。

〔一七〕騂騄：即騂騮、騄耳兩馬，皆古良馬名。荀子性惡：「騂騮、騹驥、纖離、緑耳，此皆古之良馬也。」注：「皆周穆王八駿名。」緑耳，即騄耳。史記樂書：「何必華山之騄耳而後行遠乎？」又秦本紀：「造父以善御幸於周繆王，得驥、温驪、騂騮、騄耳之駟，西巡狩，樂而忘歸。」

〔一八〕十駕之駑馬：荀子修身：「夫驥一日而馳千里，駑馬十駕，則亦及之矣。」

〔一九〕經宿進碑：北史宗懍傳：「（懍）嘗夕被召宿省，使製龍川廟碑，一夜便就。詰朝呈上，梁元帝歎美之。」

〔二〇〕愼密：謹愼保密。易繫辭上：「幾事不密則害成，是以君子愼密而不出也。」

代中書舍人謝上表〔一〕

左螭清近〔二〕，顔無咫尺之違；右掖峻嚴，言有絲綸之出〔三〕。皆一時之妙選〔四〕，爲四海之聳觀〔五〕。承命震驚，撫躬愧懼。伏念臣縉紳末胄，淮海孤生〔六〕。弓必爲箕，嘗奉父兄之教〔七〕；枘不量鑿，莫爲姻黨之容〔八〕。自亦笑其闊迂，人或憐其狂直。分甘常調，望絶顯途〔九〕。屬二聖之載營〔一〇〕，收群英而自助〔一一〕。巍然大老，皆歸圖任之中〔一二〕；蕞爾小才〔一三〕，亦備兼收之數。越從戎幕，擢預憲臺〔一四〕。猥陳狂瞽之言，屢瀆高明之聽。間嘗罷去，旋復召還〔一五〕。惟是七年之間，遂叨兩制之列〔一六〕。而況訓詞之任，政教所原；除授不當者得以論而封還，指麾或匿者得以白而改正〔一七〕。號爲要地，當慎選掄，豈伊鄙人，所能堪克？此蓋伏遇太皇太后陛下德配任姒〔一八〕，道稽唐虞。用檝以濟大川〔一九〕，斷鼇而立四極〔二〇〕。雖節儉正直，在位若羔羊之時〔二一〕；而思念憂勤，進賢如卷耳之際〔二二〕。致令頑鈍，誤辱寵靈〔二三〕。臣敢不慎出王言，審求國體，非特修異日祖宗之事，亦以信平生師友之謀。報德未期，悵念歲時之晚；捐軀有處，敢懷家室之私。

【校】

〔太皇太后陛下〕原脱「陛下」二字，據蜀本補。

【箋注】

〔一〕本篇作於元祐六年辛未（一〇九一）。續資治通鑑長編卷四五六云，是歲三月乙酉，「起居郎孫升權中書舍人」。孫升，字君孚，詳見本卷代中書舍人孫君孚謝表注〔一〕。案：孫升兩度爲中書舍人，本年三月係「權（暫時代理）中書舍人」即本表所云；至七月乙丑，始與曾肇「並爲中書舍人」，正式任此職，即前表所云真除。

〔二〕左螭：見本卷代中書舍人孫君孚謝表注〔一一〕。宋史職官志一「起居郎」：「大朝會則與起居舍人對立於殿下螭首之側。凡朝廷命令……皆書以授著作官。」

〔三〕右掖二句：右掖，猶西掖，指中書省。絲綸，喻天子詔敕。禮記緇衣：「王言如絲，其出如綸。」此謂中書舍人職掌起草詔誥。

〔四〕妙選：中選之出色人物。世説新語文學：「（劉惔）進謂撫軍曰：『下官今日爲公得一太常博士妙選。』」

〔五〕聳觀：猶聳秀。此謂尚書省地位之崇高。

〔六〕淮海孤生：孫升爲高郵人，故自稱。

〔七〕弓必爲箕二句：禮記學記：「良冶之子，必學爲裘；良弓之子，必學爲箕。」陳皓注：「箕，柳箕也。善爲弓之家，使斡角撓屈，調和成弓，故其子弟亦觀其父兄世業，學取柳條和軟撓之成箕也。」此喻子承父教。

〔八〕枘不量鑿二句：枘不量鑿，喻孤傲寡合，參見卷三春日雜興十首其十注〔一〇〕。姻黨，謂因婚姻關係結成之幫派。據長編卷四五三，元祐五年十二月壬子，御史中丞蘇轍言：「本朝勢家莫如韓氏之盛，子弟姻婭，布滿中外，朝之要官，多其親黨者。昔韓維爲門下侍郎，專欲進用諸子及其姻家。……其後范純仁秉政，亦專附益韓氏……未幾而傅堯俞任中書侍郎。堯俞與韓縝通昏，而素與純仁親厚，遂擢其弟純禮自外任權刑部侍郎，曾未數月，復擢補給事中。」同日，侍御史孫升亦上章附議，言：「給事之職，比臺諫爲重，前世顯名，莫非儒士；官制以來，皆用辭科。……伏見給事中范純禮本由蔭補，不學無術。……今豈可以爲給事乎？伏望聖慈詳察，别除純禮職任，以協公議。」章上，至元祐六年正月壬午，「侍御史孫升爲起居郎」（見長編卷四五四），劉摯述其始末云：「執政（吕大防）欲爲鄧温伯地，念獨升在言路，必争論，久欲移升，摯持其議。既而升連擊范純禮，益犯黨意，滋欲移升甚。摯堅守之，至欲禁升以知舉（徐案：本月己巳，執政聚議，始欲用侍御史孫升同知貢舉，劉摯謂無舊比，乃止），其意類此，於是升竟有此除。」（引同上）「莫爲姻黨之容」係指此而言。

〔九〕分甘二句：乃謙詞，謂自顧本分而安於常調也。常調，錢大昕與一統志館同事書：「宋時人謂『常調宜好做』，常調猶云常選。」此處謂孫升經「姻黨」打擊後，感到仕途已無望。

〔一〇〕載營：即載營魄。老子第十章：「載營魄，抱一能無離乎？」王弼注：「載，猶處也；營魄，人之常居處也；一，人之真也。言人能處常居之宅，抱一清神，能常無離乎，則萬物自賓也。」此謂高太皇太后與哲宗臨朝聽政。

〔一一〕收群英句：宋史孫升傳謂哲宗立，嘗上疏曰：「自二聖臨御，登用正人，天下所謂忠信端良之士，豪傑俊偉之材，俱收並用，近世得賢之盛，未有如今日者。」

〔一二〕巍然二句：指元祐初文彦博、司馬光、吕公著等老臣皆入朝爲相。大老，孟子離婁上：「二老者（指伯夷、姜尚），天下之大老也。」後遂以「大老」作爲對年高望重者之敬稱。圖任，書盤庚上：「古我先王，亦惟圖任舊人共政。」傳：「盤庚言，先王亦惟謀任舊人共政。」

〔一三〕蓋爾：見卷二十六辭史官表注〔五〕。

〔一四〕越從二句：戎幕，軍府。北齊書皮景和傳論：「皮景和等爰自霸基，策名戎幕。」杜甫到村詩：「老去參戎幕，歸來散馬蹄。」案：續資治通鑑長編卷三五四元豐八年四月丁丑：「奉議郎真定府路安撫司勾當公事孫升爲監察御史。」注：「按新舊録孫升傳並云：『中丞劉摯引爲監察御史。』摯初未入臺，黄履實爲中丞……則升必履所薦也。」案真定府路爲防遼前線，安撫司爲安撫使官署，後漸成管理防務與治安之軍事機構，故稱「戎幕」。憲臺，指御史臺。

〔一五〕猥陳四句：狂瞽之言，後漢書戴憑傳：「臣無謇諤之節，而有狂瞽之言。」此謂屢次直言上疏。據孫公談圃卷下：「元祐初，吕申公（公著）欲以張問爲給事中。張老甚，外議恟恟。公（指孫升）上言：『朝廷欲用老成者，謂其有成人之德，豈特蒼頭白髮而已乎？』人有讒於申公，申公以（已）皓首；又弟公績除慶帥，辭疾不行，請宫觀，即以祕書少監領真祠。公言近嘗有某官亦如此請者因得罪，不宜以宰相弟遂撓法。申公不悦，出公知濟州。」宋史本傳亦載此而極略，惟曰：「踰年，提點京西刑獄，召爲金部員外郎，復拜殿中侍御史，進侍御史。」故本篇曰「旋復召還」。

〔一六〕惟是二句：七年之間，指元豐八年（一〇八五）至本年。兩制，宋代翰林學士加知制誥起草制、誥、詔、令、赦書、德音等，稱内制；他官加知制誥官銜，起草上述文書稱外制。合稱兩制。案宋史職官志一謂中書舍人掌制詞，起居郎掌記天子言動。本篇「遂叨兩制之列」蓋指此。

〔一七〕而況訓詞四句：皆中書舍人職責，見本卷代中書舍人孫君孚謝表注〔七〕。

〔一八〕任姒：太任、太姒，見卷二十六代賀皇太后受册表注〔七〕。

〔一九〕用檝以濟大川：見卷二十六代賀坤成節表注〔五〕。

〔二〇〕斷鼇而立四極：見卷六和子瞻雙石詩注〔五〕。

〔二一〕雖節儉正直二句：詩召南羔羊：「羔羊之皮，素絲五紽。退食自公，委蛇委蛇。」朱熹傳：「南國化文王之政，在位皆節儉正直，故詩人美其衣服有常而從容自得如此也。」

〔二二〕進賢如卷耳之際：詩周南卷耳序：「卷耳，后妃之志也。又當輔佐君子，求賢審官，知臣下之勤勞。内有進賢之志，而無險詖私謁之心，朝夕思念，至於憂勤也。」此處借喻太皇太后之求賢。

〔二三〕寵靈：見本卷代謝敕書獎諭表注〔三〕。

代南京謝上表　孫君孚〔一〕

訓詞失當，宜正嚴誅；恩貸特優，止從外補〔二〕。任忝別都之重〔三〕，職叨祕殿之華〔四〕。祇荷寵靈〔五〕，載深感涕。伏念臣猥以一介之賤，誤蒙二聖之知〔六〕。本出書生，朝無黨援。屢爲御史，身有怨仇〔七〕。間雖竊於科名，實不長於文字。因緣寵數，冒昧班聯〔八〕。既不能被命固辭，以防涯分之過；又不能先時引去，以避賢俊之升。滿器難持〔九〕，孤根易毁。及越樽而求治〔一〇〕，果代斲以致傷〔一一〕。然猶冒文儒弄翰之名，玷侍從均勞之地〔一二〕。省循備至，僥倖實多。此蓋伏遇皇帝陛下盛德海涵，至仁天覆。念嘗更於任使，遽未忍於棄捐。雖去掖廷〔一三〕，猶分宫鑰〔一四〕。天都甚邇，常瞻佳氣之鬱葱；鄉國非遥，益見湛恩之汪濊〔一五〕。永期糜潰，用報生成〔一六〕。

【校】

〔題〕王本、四部本案曰：「疑有脱字。」是；蜀本題下附注：「孫君孚」，據此補。

〔此蓋伏遇皇帝陛下盛德海涵〕原脱「伏遇皇帝陛下」六字，據蜀本補。

〔雖去掖廷〕「廷」原誤作「延」，據張本、胡本改。

【箋注】

〔一〕本篇作於元祐七年壬申（一〇九二）。據續資治通鑑長編卷四七四云，是歲六月丙寅，「中書舍人孫升爲天章閣待制知應天府」。應天府，即南京，故址在今河南商丘。孫升字君孚，見本卷代中書舍人孫君孚謝表注〔一〕。

〔二〕訓詞四句：謂孫升爲殿中侍御史時訓詞失當。長編卷四七四云：「董敦易言升文字疎謬，非代言之才，而又懷嫌挾私，情涉譏斥，今既加美職，又付近藩（徐案：指以集賢殿修撰守南京。），與善去者無異，請加黜責。監察御史黃慶基言：升行梁燾、鄭雍誥詞，有『勿卹用人不終』之言。升居代言之任，乃因誥命刺譏朝廷，請參驗情實，特賜睿斷，以協公議。詔升罷天章閣待制，爲集賢殿修撰權知應天府。」

〔三〕別都：指南京應天府。參注〔一〕。

〔四〕秘殿：指集賢殿。宋史職官志二：「集英殿修撰：國初，有集賢殿修撰、直龍圖閣、直秘閣三等。政和六年，始置集英殿修撰、右文殿修撰、秘閣修撰。」時孫升爲集賢殿修撰，故云「職叨秘殿之華」。

〔五〕寵靈：見本卷代謝敕書獎諭表注〔三〕。

〔六〕二聖：指宋哲宗與高太皇太后。

〔七〕屢爲御史二句：孫升於哲宗即位之初爲監察御史，遷殿中侍御史，因附梁燾攻張問，出知濟州。踰年，提點京西刑獄，召爲金部員外郎，復拜殿中侍御史，進侍御史。見宋史本傳。又曾於元祐五年附議蘇轍，上章彈「姻黨」，以此結怨臣僚。見本卷代中書舍人謝上表注〔八〕。

〔八〕班聯：席次，行列。猶言置身於朝臣之列。

〔九〕滿器難持：荀子宥坐：「孔子曰：『吾聞宥坐之器者，虚則欹，中則正，滿則覆。』孔子顧謂弟子曰：『注水焉。』弟子挹水而注之，中而正，滿而覆，虚而欹。孔子喟然歎曰：『吁！惡有滿而不覆者哉？』子路曰：『敢問持滿有道乎？』……」淮南子氾論：「周公可謂能持滿矣。」高誘注：「滿而不溢也。」

〔一〇〕越樽而求治：莊子逍遥遊：「庖人雖不治庖，尸祝不越樽俎而代之矣。」此喻己雖越權行事而意在求治。

〔一一〕代斲以致傷：莊子徐無鬼：「郢人堊漫其鼻端，若蠅翼，使匠石斲之。匠石運斤成風，聽而斲之，盡斲而鼻不傷。」此處反用其意。致傷，指招致董敦易、黄慶基等之非議。

〔一二〕然猶二句：冒文儒弄翰之名，指任集賢殿修撰。玷侍從均勞之地，指知應天府。均勞，謂分擔首都之勞務。語出逸周書大匡解：「中匡用均勞，故禮新。」

〔一三〕掖廷：通掖庭，宫中官署，掌宫人事。此處借喻朝廷。

〔一四〕宫鑰：宫殿之鎖鑰。宋史錢惟演傳：「（演以）先壟在洛陽，願守宫鑰。即以判河南府。」此喻分司南京之職。

〔一五〕汪濊：見本卷代謝加勳封表注〔一八〕。

〔一六〕永期二句：糜潰，糜爛。二句義猶粉身碎骨，以報恩寵。

代中書舍人謝上表〔一〕

方爲左史，注二聖之起居；遽入西臺〔二〕，命百官之進退。顧叨塵之已甚，念辭避之莫容。仰對寵靈〔三〕，伏深震懼。竊以周分内史，出王命之策書〔四〕；漢列從官〔五〕，參相臣之辨論。後世放其遺意〔六〕，制此近班，職分四禁之嚴〔七〕，事押六曹之重〔八〕。必得或遲或速，文兼枚馬之長〔九〕；知古知今，學擅高崔之富〔一〇〕。然後可以與紫薇之進畫〔一一〕，贊黄閣之調和〔一二〕。如臣者，門地素寒，資才尤戇。早更州縣，奉司空城旦之書〔一三〕；晚玷班聯，任柱下惠文之事〔一四〕。初無補報，祇取怨尤。身投韁鎖之中，足寄風波之上。惟虞罷斥，復奔走於東西；豈意推遷，備論思於朝夕。光增末路，望過初心。此蓋伏遇……（闕文）

【校】

〔此蓋伏遇闕文〕王本、四部本無此六字。

【箋注】

〔一〕本篇當作於元祐元年丙寅（一〇八六）。續資治通鑑長編卷三九一謂是歲十一月戊寅，剛由右司諫擢爲起居郎之蘇轍，再次擢爲中書舍人。啓云：「方爲左史，注二聖之起居；遽入西臺，命百官之進退。」即指此。案蘇轍熙寧末，張方平知陳州，辟爲教授。元豐初，從方平簽書南京判官。元豐三年，坐兄軾烏臺詩案，謫監筠州鹽酒税。五年之後移知績溪縣。哲宗立，以祕書省校書郎召，元祐元年爲右司諫。故表有「早更州縣」、「晚玷班聯」之説。

〔二〕西臺：中書省之别稱。唐高宗龍朔時改門下省爲東臺，中書省爲西臺，後遂沿用。

〔三〕寵靈：見本卷代謝敕書奬諭表注〔三〕。

〔四〕竊以二句：西周始置内史，協助天子管理爵禄廢置等政務。周禮春官内史：「内史掌王之八枋之灋，以詔王治。……凡命諸侯及孤卿大夫，則策命之。……内史掌書王命。」

〔五〕漢列從官：漢書元帝紀：「令從官給事宫司馬中者，得爲大父母、父母、兄弟通籍。」注：「從官，親近天子，常侍從者皆是也。」案即侍從官，洪邁容齋隨筆侍從官云：「（宋）自觀文殿大學士至待制爲侍從官，令文所載也。」據宋史職官志八合班之制，元豐後官制，中書舍人位列於待制之上，故亦預從官之列。

〔六〕放其遺意：即仿其遺意。廣雅釋詁：「放，效也。」

〔七〕四禁之嚴：唐書百官志：「中書舍人，其禁有四：一曰漏洩，二曰稽緩，三曰違失，四曰亡誤。」

〔八〕六曹：宋時名爲六房。宋史職官志一：「（中書）舍人……分治六房，隨房當制，事有失當及除授非其人，則論奏封還詞頭。」案宋時分房實不止此數，職官志一中書省：「分房八：曰吏房，曰户房，曰兵禮房，曰刑房，曰工房，曰主事房，曰班簿房，曰制敕庫房。元祐以後，析兵、禮爲二，增催驅、點檢，分房十有一。」

〔九〕必得二句：漢書賈鄒枚路傳附枚臯傳：「（臯）爲文疾，受詔輒成，故所賦者多。司馬相如善爲文而遲，故所作少而善於皋。」

〔一〇〕知古二句：高，高允，字伯恭，後魏蓨人，好文學，徵拜中書博士，官至中書令。崔，崔浩，見卷二十一崔浩論注〔一〕。二人皆博古通今。北史高允傳：「時（崔）浩集諸術士，考校漢元以來日月薄蝕，五星行度，並譏前史之失，別爲魏曆以示允。允曰：『善言遠者，必先驗於近。……恐後之譏今猶今之譏古。』」魏書崔浩傳史臣曰：「崔浩才藝通博，究覽天人，政事籌策，時莫之二。」

〔一一〕紫薇：即紫薇垣，星座名，唐宋以來常作中書省、中書舍人之代稱。

〔一二〕黃閣：見卷九送蔣穎叔帥熙河二首其一注〔七〕。

〔一三〕司空城旦：見本卷代中書舍人孫君孚謝表注〔九〕。

〔一四〕柱下惠文：見卷十二治勢下注〔七〕。

代謝曆日表〔一〕

被命守藩，方念闕庭之遠；蒙恩告朔，重驚歲月之新。仰服訓詞，俯增愧汗。伏惟皇帝陛下欽崇天道，敬授人時。頒太史之占前，謹清臺之課候〔二〕。罷諸家之疏遠，正歷世之繆差〔三〕。上考鄧平，法取黃鐘之妙〔四〕；下參一行，術推大衍之微〔五〕。

斗建龍躔，於焉有序〔六〕；珠連璧合〔七〕，由是可窺。豈惟百辟之奉行〔八〕，足使四夷之承用。臣猥緣寄委，叨奉寵靈〔九〕。宣布詔條，預識金穰之歲〔一〇〕；省觀風俗，不疑絳老之年〔一一〕。

【校】

〔伏惟皇帝陛下〕原脱「皇帝陛下」四字，據蜀本補。

【箋注】

〔一〕曆日：即曆本，今稱日曆。此指元祐觀天曆。續資治通鑑卷八十二元祐六年十一月乙酉朔：「初，衛朴曆後天一日，元祐五年十一月癸未冬至，驗景長之日乃在壬午，遂改造新曆，至是曆成。壬辰，詔以元祐觀天曆爲名。」長編卷四七四元祐七年六月甲戌：「進呈新曆。」是元祐六年十一月新曆命名，至七年六月始刻就進呈御覽。據王文誥蘇詩總案，蘇軾任杭州、潁州、定州地方官時，每於十一月上謝賜曆日表，則少游此篇亦當作於元祐七年、或八年之十一月，然蘇軾謝表皆自撰，唯孫升少游曾爲之代作中書舍人謝上表兩道、並南京謝上表一道，則此表亦可能爲之代作；且表云：「被命守藩，方念闕庭之遠。」係到任不久語氣。孫升於元祐七年六月知應天府（見本卷代南京謝上表注〔一〕）詔下至到任當有一、二月。應天府屬京東西路，自是藩國。所云時間、地點均與孫升相合。故可定爲本年代孫升作。

〔二〕清臺：即靈臺，漢代之天文臺。漢書律曆志上：「詔與丞相、御史、大將軍、右將軍史各一人，雜侯上林清臺，課諸曆疏密，凡十一家。」三輔黃圖卷五：「漢靈臺，在長安西北八里，漢始曰清臺，本爲候者觀陰陽天文之變，更名曰靈臺。」

〔三〕罷諸家二句：罷諸家之疏遠，語本漢書律曆志上：「（鄧平曆）罷廢尤疏遠者十七家。」宋史律曆志十元祐觀天曆注：「上考往古，每年減一；下驗將來，每年加二。」此處諸家，指衛朴曆、鄧平曆、一行大衍曆等。參見注〔一〕。

〔四〕上考二句：漢書律曆志上：武帝元封七年欲造太初曆，「乃選治曆鄧平……及與民間治曆者，凡二十餘人……巴郡落下閎與焉。……而閎運算轉曆」，「其法以律起曆」，曰「黃鐘紀元氣之謂律」，「與鄧平所治同」。後「遂用鄧平曆，以平爲太史丞。」所謂「法取黃鐘之妙」，即指「以律起曆」。

〔五〕一行：僧名，俗名張遂，唐魏州昌樂人。其人博覽經史，尤精曆象、陰陽、五行之學，卒謚大慧禪師。著有開元大衍曆經。舊唐書方伎有傳。元祐觀天曆多參照大衍曆，如宋史律曆志十元祐觀天曆「赤道宿度」云：「前皆赤道宿度，與古不同。自大衍曆依渾儀測爲定，用紘帶天中，儀極攸憑，以格黃道。」

〔六〕斗建二句：謂天象井然有序。古代依斗（北斗星）節時，稱斗柄所指之辰曰斗建。漢書律曆志上：「日至其初爲節，至其中，斗建下爲十二辰，視其建而知其次，故曰『制禮上物，不過十二，天之大數也。』」龍躔，謂辰時之星躔。漢書律曆志上：「玉衡杓建，天之綱也；日月初躔，星之紀也。」注：「孟康曰：躔，舍也。二十八舍列在四方，日月行焉，起於星紀而又周之，猶四聲爲宫紀也。」

〔七〕珠連璧合：贊曆法之合於天象，十分精密。漢書律曆志上：「宦者淳于陵渠復覆太初曆（即鄧平曆）晦朔弦望，皆最密，日月如合璧，五星如連珠。」注引孟康曰：「謂太初上元甲子夜半朔旦冬至時，七曜皆會聚斗、牽牛分度，夜盡如合璧連珠也。」又引師古曰：「言其應候不差也。」

〔八〕百辟：書洛誥：「汝其敬識百辟享。」蔡傳：「百辟，諸侯也。」此處與下句「四夷」相對，引申爲當時諸州之知州，亦含上謝表之孫升本人。

〔九〕寵靈：見本卷代謝敕書奬諭表注〔三〕。

〔一〇〕預識句：史記天官書：「必察太歲所在，在金，穰；水，毁；木，饑；火，旱；此其大經也。」金穰之歲，謂太歲在金，定兆豐年。

〔一一〕絳老之年：左傳襄公三十年：「晉悼夫人食輿人之城杞者。絳縣人或年長矣，無子，而往與於食。有與疑年，使之年，曰：『臣小人也，不知紀年。臣生之歲，正月甲子朔，四百有四十五甲子矣。其季於今，三之一也。』吏走問諸朝，師曠曰：『……七十三年矣。』」後因用「絳老」泛指老年人。